이만열 교수의
민족·통일 여행일기

이만열교수의 민족·통일 여행일기

초 판   제1쇄 인쇄 2005. 12. 2.
초 판   제1쇄 발행 2005. 12. 7.

지은이   이 만 열
펴낸이   김 경 희
펴낸곳   (주)지식산업사
주 소   서울시 종로구 통의동 35-18
전 화   (02)734-1978(대)
팩 스   (02)720-7900

인터넷한글문패 지식산업사
인터넷영문문패 www.jisik.co.kr
      전자우편 jsp@jisik.co.kr

등록번호 1-363
등록날짜 1969. 5. 8.

© 이만열, 2005
ISBN 89-423-7036-5 03810
ISBN 89-423-0048-0 (전2권)

책값은 뒤표지에 있습니다.

이 책을 읽고 지은이에게 문의하고자 하는 이는 지식산업사 전자우편으로 연락 바랍니다.

이만열 교수의 민족·통일 여행일기

10개 나라에서 찾아본 통일의 길

지식산업사

민족·통일 여행일기를 내면서

　나의 일기 쓰기는 여행 기록으로부터 시작된다. 1982년 10월 5일 두 번째로 미국에 갈 때부터 쓰기 시작한 일기가 그럭저럭 23년이 되어 간다. 그때 시작한 일기 쓰기는, 장거리 여행에서 일자 변경선 때문에 어쩔 수 없이 하루를 넘기거나 당기는 때 외에는, 하루도 빠뜨림이 없다. 1999년까지는 노트에 직접 썼으나, 2000년부터는 컴퓨터로 쓰고 있다. 매일 A4 용지 한두 장을 쓴다는 것이 여간 힘든 것이 아니어서 때로는 그만두고 싶은 생각이 일어날 때도 있다. 그러나 지금까지 써 온 정성이 아까워서 이제는 그만둘 수도 없게 되었다.

　누구나 그렇겠지만, 나도 일기를 계속 쓰는 데 실패한 경험을 몇 번 갖고 있다. 초등학교 때 담임선생님의 가르침에 따라 몇 번 시도했다. 그러나 '공책'을 제대로 가질 수 없었던 당시의 상황에서는 도저히 불가능했다. 그때는 고작 방학책의 숙제란에나 남길 수 있을 정도여서, 한 달 치를 방학이 끝나기 전날 하루에 다 쓰는 그런 식이었다. 대학에 다닐 때도 몇 번 끼적거려 보았지만 남은 것이 없다. 군에 입대하여 첫 휴가를 나왔다가 근사한 노트를 선물로 받아 몇 달 동안 계속 썼다. 그것도 병영에서 사생활의 은밀한 기록을 남긴다는 것이 불가능하다는 상황을 변명 삼아 결국 그만두고 말았다.

　그 뒤 다시 일기에 도전한 것은 첫 아들을 낳았을 때다. 기쁘기도 하고, 내가 뭔가 저 아이를 위해 기록을 남겨야 한다는 책임감 비슷한 감홍도 일어나서 시작했지만, 결국 '작심삼일'이었다. 한문으로 썼던 며칠간의 그 일기는 얼마 전까지도 빛이 바랜 채 가끔 눈에 띄어 필자의 인내 없음을 꾸짖고 있었다. 이와 같은 몇 번의 실패 경험이 그 뒤 20여 년 동안 계속하는 일기 쓰기의 중요한 자산이다.

일기는 그 내용의 대부분이 주로 하루 동안 나의 신상에 일어난 일을 정리하는 것으로 되어 있다. 가끔 식구들에 대한 것도 메모해 두기도 하고, 그날 일어난 주변의 사건을 떠올리기도 한다. 또 며칠 동안 계속되는 사회적 사건을 정리하는 경우도 있다. 그러나 나의 생각과 활동을 넘어서는 경우는 많지 않다. 일기를 쓰는 시간은 주로 저녁이지만 늦게 귀가하거나 피곤한 경우는 그 이튿날로 미룬 경우도 있다. 여행일기의 경우는 낮에 긁적인 메모를 중심으로 저녁에 정리하지만, 2000년 이후 노트북 컴퓨터를 여행에 지참하면서부터는 글이 늘어져 그날에 정리하지 못하고 귀국 뒤로 미뤄지는 경우도 있었다. 그럴 때는 다른 일과 겹쳐서 여행 중에 있었던 사건과 느낌을 일기로 다시 정리하는 것이, 과거사 정리 마냥, 종종 무거운 숙제로 느껴진 때가 없지 않았다.

일기를 쓰면서 나의 기억력이 얼마나 보잘 것 없는지 느낀 때가 종종 있다. 지나간 일의 순서가 내 기억 속에서 뒤바뀌고 있는 것을 인지한 때도 있다. 그럴 때 기록을 통해 다시 확인하지 않으면, 잘못된 기억은 진실과는 다르게 사실인 양 내 머리 속에 인각(印刻)되어 버린다. 그런 현상을 경험하면서 기록의 중요성을 다시 깨닫게 된다. 하루의 일기를 정리하면서도 낮에 기록해 둔 메모와 기억력 사이에 혼선이 와서 애를 먹는 경우도 종종 있다. 그럴 때는 결국 메모를 신뢰하지 않을 수 없다. 이는 역사 연구자가 사실을 고증함에 사료를 중요시하는 것과 다를 바가 없다. 고마운 것은 일기가 최근 들어 점차 흐려져 가는 나의 총기를 상당 부분 대신해 주고 있다는 것이다.

해외여행을 처음 한 것은 1981년 8월이다. 이것은 그 전해에 있었던

'해직사건'과 관련이 있다. 아마 그 사건이 없었다면 나는 지금도 '우물 안 개구리'와 같았을지도 모를 일이다. 그런 뜻에서 그 사건은 어떤 섭리 속에서 나에게 베풀어진 일종의 '축복'이었다. 어린 시절, 여름날 소 먹이러 가서 마산-진주 사이를 내왕하던 기차를 물끄러미 바라보던 나에게는 기차 한번 타보는 것이 소원이었다. 그런 촌뜨기가 이제는 남미(南美)와 아프리카 오지를 제외하고는 세계를 거의 돌아본 셈이니 이건 감당하기 어려운 은총이다. 다행히 해외여행을 시작하던 시기에 일기를 쓰게 되어서 여행 기록 대부분이 일기 형태로 남아 있게 되었다. 이번에 정리하는 여행일기도 바로 그런 과정에서 생산된 것이다.

해외여행을 처음 한 것은 나의 의지와 거의 관계가 없었지만, 그것이 계기가 되어 해외여행이 계속되었다. 대부분 학술회의에 관련된 것이었다. 그러다가 1990년대 사회주의권에서 급격한 변화가 일어나면서 남북 관계와 통일 문제를 두고 여행하는 경우도 자주 주어지게 되었다. 그 즈음 북한 동포들이 식량난으로 고생한다는 소식을 들은 한국 기독교계는 1993년 4월 진보와 보수가 손을 잡고 '남북나눔운동'이라는 기구를 탄생시켰다. 남북나눔운동 사무총장 홍정길 목사의 요청으로 나는 당시 NCC 총무 권호경[뒷날 김동완] 목사와 함께 남북나눔운동 협동사무총장의 직책을 갖게 됨과 동시에 그 산하 기구인 연구위원회 위원장으로도 봉사하게 되었다. 남북의 화해와 통일 문제를 고민하던 15명 내외의 기독학자들을 중심으로 구성된 남북나눔운동 연구위원회는 지금까지 거의 매달 한 차례씩 모여서 연구 발표를 계속해 왔는데 지금은 120회를 넘겼다.

남북나눔운동 연구위원회는 초기부터 매달 연구 발표를 하면서 이론적인 토대만 쌓을 것이 아니라 통일의 현장도 답사해야 한다는 생각을 갖고 있었다. 이런 생각은 남북나눔운동 임원들의 동의를 얻었고 여러 교회들을 움직여 지원을 끌어냈다. 독일이 통일된 지 얼마 되지 않은

1994년, 통일 독일의 현장을 먼저 가 보기로 했다. 그 몇 년 뒤에는 다시 베트남을 답사하고 통합정책을 이끌어 가는 그들과 대화하면서 배우기도 하고 우리의 고민을 나누기도 했다. 그 뒤 양안관계와 1국 2체제를 경험하기 위해 타이완과 홍콩·마카오·심천을 돌아보게 되었고, 북한 동포들이 나와서 노동하고 있는 러시아 연해주 등지에도 함께 가게 되었다. 그러는 동안 개인적으로는 북한도 세 차례 다녀올 수 있게 되었고, 해외에 나가 있는 7백만 교민들도 돌아볼 수 있게 되어 이 또한 심각한 민족 문제의 하나로 간주하게 되었다. 이런 여행을 통해 나의 일기에는 점차 민족과 통일의 문제를 다루는 부분이 늘어나게 되었다. 두 권의 여행일기 가운데 첫째 권으로 '민족·통일'과 관련된 일기를 묶은 것은 이 때문이다.

여행일기를 책으로 묶게 된 데는 2년 전 어느 신문사와의 인터뷰에서 일기를 쓰고 있다는 말을 한 것이 하나의 계기가 되었다. 그때 몇몇 출판사에서 관심을 보였다. 이 무렵 지식산업사의 김경희(金京熙) 사장이 '나라안팎 한국인기록문화상'이라는 제도를 만들어 널리 공모하는 한편 필자에게도 일기의 일부만이라도 공개해 줄 것을 권유했다. 지식산업사는 그동안 몇 차례에 걸쳐 나라 안팎의 숨겨진 작가와 기록물을 발굴하고 있었다. 외우 김경희 사장 역시 역사학도로서, 신들린 사람처럼 기록물을 수집하는 데 앞장서 왔고, 나의 여행일기 이야기가 나오자 무조건 자기에게 가져오라고 명했다. 늘 채산을 생각하지 않는 그의 출판철학이 이번에도 나를 강박한 것이다. 마지못해 원고를 맡겼지만 친구에게 큰 짐을 지운다는 생각을 떨쳐버리지 못했다.

이 여행일기 두 권에는 각각 발문(跋文)을 붙이기로 했다. 발문을 쓴 이들은 필자와 함께 역사학을 전공한 대학 동기들이자 평생 글과 씨름했던 친구들이다. 이 친구들에게 발문을 부탁한 것은 인생을 마감하는 시기에 우리가 50여 년 동안 나눈 우정에 어떤 흔적이라도 남기는 것이 좋을 것 같아서다. 두 친구는 내 원고의 첫 번째 독자가 되어 일일이 교정까지 해 주었다. 글이 제법 품격을 갖추게 된 것이나, 불필요한 논란이 될 만한 내용들이 절제된 것은 이 두 친구 덕분이다. 이 책에 오랜 동안 우정을 나눈 지기들의 발문까지 받게 되었으니, 나로서는 이 사실만으로도 훈훈함과 광영을 느끼지 않을 수 없다.

첫째 권에 발문을 써 준 친구는 이 책을 출판하는 지식산업사의 김경희 사장이다. 김 사장은 대학에 다닐 때도 늘 호연지기를 말하고 큰 틀에서 사물을 보려고 노력한 친구다. 그러고 보니 답답한 일을 만나거나 어려운 판단이 필요할 때는 이 친구를 찾았다. 그는 자문해 주기를 거절한 적이 없고 조언을 아끼지 않았다. 신군부 시절 필자가 남의 눈치를 보면서 사회생활을 하지 않을 수 없었던 그 시절, 그런 때도 이 친구의 사무실을 찾는 것은 어색하지 않았다. 깜깜한 세상이었지만 그곳에 가면 숨 쉴 구멍이 있었고 난무하는 유언비어 속에서도 정확한 정보가 있었다. 때로는 미련하게 식사에 동참해도 눈치를 보거나 부담을 느끼지 않았던 것도 이 친구와의 막역함 때문이라고 스스로는 생각하고 있다.

이 여행일기를 내면서, 나의 여행을 도와준 남북나눔운동에 감사한다. 또 이 책을 내기 위해 힘쓴 지식산업사의 여러 분들에게 감사한다. 이 여행일기를 읽으실 독자들에게 감사와 함께 기대하는 것이 있다. 이 여행일기를 통해 '일기 쓰기'의 동참자를 널리 얻었으면 하는 것이다. 누구나 일기 쓰기에 대한 부담 같은 것을 갖고 있을 것이다. 그런 분들에게 이 책이 일기 쓰기를 결단하는 계기를 만들어 준다면, 나로서는 더 감사할 일이 없다.

2005년 9월 10일
필운동에서, 이만열

차 례

편집자 주

· 이 책은 저자가 여행기간 동안 그날그날 쓴 일기를 바탕으로 씌어졌다. 때문에 지명이나 인명, 통계 등에서 저자의 기록이 불분명하거나 정확하지 않은 곳은 본뜻이 손상되지 않도록 주의하면서 저자의 확인을 받아 고쳤다. 아울러 일기를 책으로 옮기면서 한글 맞춤법과 띄어쓰기 그리고 외래어 표기법에 맞추어 손을 보았다.

· 외래어 표기법의 경우 어문 규정에 따르되, 기독교와 관련된 부분에서는 성서에 쓰인 인명과 지명을 적고 필요한 경우 지금의 것도 같이 적었다. 동양의 인명과 지명은 한자음으로 읽는 것이 널리 쓰이는 경우 그대로 두었다.

· 이 책에 인용된 성경은 '한글개역판' 을 바탕으로 하였다.

· 각 장마다 앞에 지도를 실어 여행경로를 쉽게 알 수 있도록 했다.

남북기독학자회 만남

1991년 5월 28일~30일, 미국 뉴욕

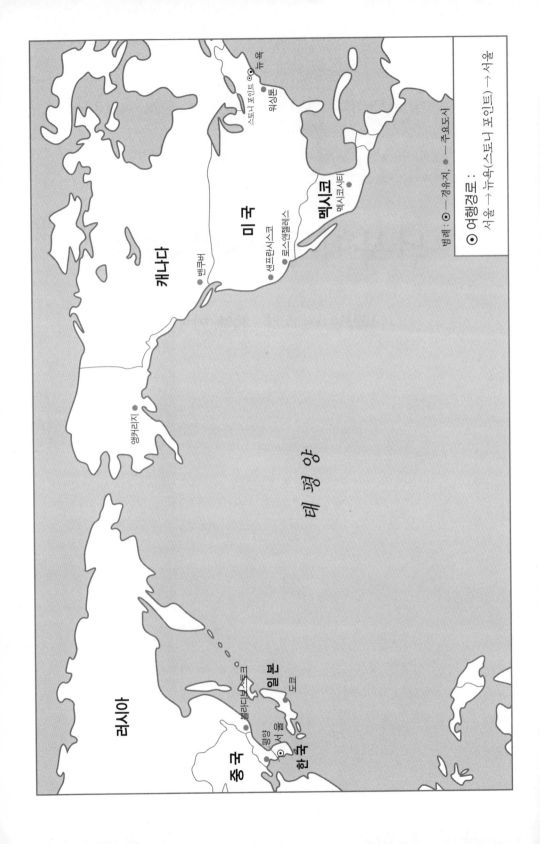

◉ 여행경로 ::
서울 → 뉴욕(스토니 포인트) → 서울

범례 : ◉ —경유지, ● —주요도시

러시아

중국

한국

서울

평양

일본
도쿄

블라디보스토크

태 평 양

캐나다

미 국

벤쿠버

앵커리지

샌프란시스코

로스엔젤레스

스토니 포인트 ◉
뉴욕

워싱톤

멕시코

멕시코시티

1991년 5월 28일부터 30일까지 미국 뉴욕 스토니 포인트에 있는 미국 장로회 리트리트 센터에서 북미기독학자회가 주최하는 남북 기독학자들의 학술회의가 열렸다. 이 모임에 북쪽에서는 8명이, 남쪽에서는 대표 6명과 지명관 교수 등 해외에 있는 기독학자들이 많이 참석했다. 필자는 27일 서울을 출발, 그 회의에 갔는데 북한 사람들을 만난 것은 처음이었다.

5월 27일 (월) 아침에 한국기독교역사연구소의 박혜진 양이 《한국 기독교의 역사》 5질을 가져왔고, 공항에 오면서 문학과지성사에 들러 《단재 신채호의 역사학 연구》 10질을 가져왔다. 11시 35분 출발에 앞서 10시 30분쯤에 아내, 아들 기홍과 작별하고 승강장 쪽으로 들어갔다. 동경까지 2시간, 그곳에서 3시간 쉬고 뉴욕으로 직행하기로 되어 있었다. 항공편은 노스웨스트. 12시가 거의 다 되어 비행기는 이륙했다.

기내에서 내일 발표할 〈민족주의의 재발견〉이라는 글을 쓰기 시작했다. 대회 참석자가 대부분 기독교인들이니까 기독교의 관점에서 어떻게 민족주의를 보아야 할 것인가를 설명하는 것이 좋을 것 같아서 ① 민족주의의 양면성, ② 한말 반봉건·반외세의 민족주의, ③ 일제 강점 아래 항일독립·민주공화제 건립의 민족주의, ④ 해방 후 민족통일의 민족주의로 나누고, ⑤ 민족주의와 기독교라는 항목을 추가했다. 출발한 지 거의 18시간 만에 뉴욕에 도착했는데, 2시간을 자고 나머지 시간은 이 원고 작성에 거의 쏟아 부었다. 2백자 원고지로 거의 45매. 꽤 많은 작업을 한 셈이다. 옆 자리의 대만인 젊은 부부는 내가 좌석에서 불을 끄지 않아 많이 불편했을 것이다.

케네디 공항 도착은 오후 4시 30분(한국 시간으로 28일 아침 5시 30

분), 입국 수속과 세관 검사를 거치니 5시 30분. 이번 대회(25차)의 부회장인 윤길상 목사 내외가 좀 늦게 마중 나왔다. 일찍 공항에 나왔지만 서툴러서 3회 정도 돌다보니 나보다 늦었다는 것이다.

공항에서 1시간 정도를 달려 뉴저지 주 티넥(Teanack)에 있는 로이스 글렌 포인트 호텔에서 먼저 도착한 송건호(宋建鎬)·변홍규 씨 등과 합류했다. 마침 이원규(장화인) 의사 댁에 초대를 받아 같이 가기로 했다. 이씨는 우리나라 의학계의 원로인 이용설(李容卨) 박사의 장손이다. 가는 길에 한완상 교수가 합류하였다. 저녁 먹고 10시 무렵까지 담소하다 호텔로 돌아왔다. 박순경·홍동근(洪東根) 목사와 이야기를 나누다가 북에서 온 여러 사람들을 이 호텔에서 만나게 되었다. 한시해 씨를 비롯하여 몇 사람을 만나 인사를 나누며 간단한 안부를 물었다. 그들이 이 호텔에 묵는 것은 도착 즉시 알았다. 만나고 보니 별로 어색하지 않았다. 그들 또한 자연스럽게 나를 맞아주었다. 이 시간에 대부분의 남측 대표들은 숙소에 있었기 때문에 나와 박순경 교수만이 그들을 맞았다. 박 교수는 북에서 온 두 여성(나중에 알았지만 평양신학원 학생인 최옥희, 기독교연맹 국제부 지도원인 김혜숙)을 포옹하며 반가워했다. 수인사를 끝내고 방에 돌아와 잠을 청했다. 35시간이 하루인 날을 보낸 것이다.

5월 28일 (화) 잠을 잘 자지도 못했는데 일찍 깼다. 오늘 발표할 내용(어제 쓴 45여 매의 원고)을 타자 할 수가 없어 정서하기로 하고 새벽부터 준비하여 완료하니 4시간 정도가 걸렸다. 깨알같이 써서, 타자한 것이나 거의 같은 분량이니 복사하는 데는 무리가 없을 것이라고 생각했다. 주최 측에 건네주려고 하니 스토니 포인트 리트리트 센터(Stony Point Retreat Center)에 도착한 뒤에 달라고 했다. 간단하게 커피와 주스를 마시고 아침은 따로 먹지 않았다.

　북측 인사들과 상견례를 겸하여 점심을 같이 하기로 했다. 내가 자리를 잡은 것이 최·김 두 여성 사이였고 맞은편에 한시해 씨가 앉았다. 농담을 곁들여서 양측의 어색함을 풀 수 있는 기회가 되었다.

　다시 호텔에 돌아와 한국 측 기자들과 회견을 가졌다. 나는 한국 보수교단이 아직도 북측 교회에 의구심을 갖고 있는데, 이번에 그들을 만나 대화하며 북한의 기독교를 한층 더 깊이 이해해 한국 보수교단에 설명할 수 있기를 기대한다고 했다. 그러고 보니 우리 측 6명(송건호·노명식·변홍규·한완상·박순경과 나) 가운데에서 나 혼자만이 보수교단에 속해 있었다. 기자들의 질문 가운데, 이번에 한국 정부에서 잘 내보내 주더냐는 내용이 있었다. 이것은 일행 가운데 몇 사람이 해직 교수인 데다 북측과 접촉하는 것이기 때문이다(질문자 가운데는 현재 KBS 사장으로 있는 정연주 씨도 있었는데 그때 그는 한겨레신문 미국 특파

▲ 스토니 포인트 리트리트 센터에 같이 참석한 송건호 선생과 함께

원이었다). 이 질문에 나는 정색을 하며 우리 정부가 대북 문제 등에 유연성을 갖고 있다는 것과 몇 년 전의 생각을 그대로 한국 정부를 판단하는 근거로 삼지 말라고 했다. 어느 기자가 다시 되묻기에 현실을 현실로 보는 감각이 필요하다는 것, 즉 과거의 판단으로 현재를 보는 것은 편견이며 그런 것을 가지고 어떻게 민주화되고 있는 한국의 현재를 보겠느냐고 반박했다. 외국에 있는 신문기자들이 대체로 이런 편견을 갖고 있지 않나 생각되었다.

호텔을 떠나 1시간 달리니 스토니 포인트 센터였다. 팰리사이드 파크웨이(Palisades Parkway)는 허드슨 강 남서쪽 기슭을 달리는 준고속도로다. 장화인 선생이 운전하는 차에 변 교수, 북측의 박승덕·로철수 씨와 함께 탔다. 박 씨와 많은 대화를 나누었다. 그는 미국이 처음이라고 했다. 차들의 행렬을 가리키면서 지금 한국은 10년 전의 미국 정도로 차가 많다고 말했다.

도착 즉시 발표할 원고를 복사하도록 주었다. 10장이니까 복사할 수 있으리라고 생각했다. 그러나 발표 시간 전까지 복사를 해 오지 않았다. 그 일을 맡은 정 목사는 퇴근 시간이 지나 복사 책임자가 없어서 그랬다고 했다. 그러나 나는 그들의 퇴근 2시간 전에 그 원고를 넘기지 않았는가? 복사를 하지 않으려는 것은 의도적이었다고 생각했다. 퇴근 시간 전에 이환진 목사를 시켜 중간에 다시 확인했음에도 복사하지 않은 이유는 무엇일까? 북의 사람들과 밸런스를 맞추기 위함일까? 그들은 원고를 준비하지 않았으니까.

스토니 포인트에 도착한 뒤 좀 쉬었다가 6시에 저녁을 먹고 7시에 개회예배를 드렸다. 기도를 맡은 북측의 최옥희 전도사가 기도를 너무 길게 했다. 그래서 모두들 지루해 했다. 이상철 목사의 설교도 그랬다. 왜 북측 사람들에게 아부하는 듯한 자세를 취하는지 모르겠다.

8시쯤부터 논문 발표가 시작되었다. 그제서야 내 논문이 복사되지 않앉음을 확인하고 나는 약간 언짢은 빛을 보였다. 복사하기 위해서 밤잠을 자지 않고 정서했는데, 복사해서 나눠주지 않으려고 했다면 그런 고생을 안 해도 되었을 것이다. 내 눈치를 살폈던지 담당자 정 목사는 송건호 선생이 발표를 시작하기 전에 내 원고를 가져갔다. 말은 복사를 담당한 책임자가 돌아왔다는 것이다. 퇴근 시간이 되어 퇴근했다는 사람이 돌아왔을 리가 없지만 그들이 말한 것을 따지지 않고 원고를 내주었다. 청중 1백여 명이 넘는데 겨우 20부를 복사해 와서 나눠주었다. 발표는 원고 내용을 약간 설명하고 대부분 읽어나가는 것으로 대신했다[이 때 발표된 원고는 그 뒤 '한국기독자교수협의회'의 총무 이명현 교수의 요청으로 계간 《철학과 현실》(철학문화연구소) 1991년 겨울호에 〈민족주의의 재발견〉이란 제목으로 실렸다].

송건호 선생의 발표는 17분 정도 걸렸다. 나는 약 40분 이상 걸렸다. 하지만 다들 숙연하게 잘 듣고 있었다. 내용은 부드럽게 하고, 또 처음에 북쪽의 연구업적을 반영하지 못했다고 했지만 몇 가지 점에서 북의 것을 비판하는 내용도 있었다. 그것은 북쪽의 ① 지도자(김 주석) 중심의 역사관과 ② 일제하 김일성 중심의 항일민족운동에 대한 비판이 깔려 있었다(항일독립운동에 김 주석의 것은 전혀 반영치 않았던 것이다). 내 발표 뒤 지명관 교수의 〈민족주의 이념의 재발견〉이란 발표가 있었지만 주목할 만한 내용은 없었다. 그러니 질문도 거의 내가 대답해야 했다. 아마도 내 발표에서 부연한 '민족주의와 기독교'의 관계가 청중들의 호기심을 끌지 않았나 생각한다.

발표를 마친 뒤 북측 사람들로부터도 좋은 말을 들었다. 그러나 내 발표에 숨겨진 내용이 있었음에도 그들이 전혀 거기에 반응하지 못한 것은, 그 내용을 잘 이해하지 못했거나 그들이 역사의 내용을 전혀 모르기 때문일 것이다. 단지 박승덕 교수가 나와서, 일반적으로 '민족주의'란 용어는 북한에서 부정적 용어로 쓴다는 것, 긍정적 의미로 쓸 때

▲ 스토니 포인트 리트리트 센터에서 열린 제25회 북미기독학자회 연차대회
(맨 오른쪽이 필자)

◀ 평양 봉수교회 담임목사
이성봉 목사와 함께

는 민족우선주의·민족중시주의로 쓴다는 것, 북에서는 '민족제일주의'라는 말을 쓰는데, 그것은 김정일이 썼던 것으로 우리 민족이 남의 민족에 뒤떨어지지 않는다는 의미로 썼다고 설명했다. 박승덕 교수가 일급 이론가임을 여기서도 느낄 수 있었다.

저녁 자유시간에 마침 북에서 온 이성봉 목사와 함께 앉아 북의 교회에 대해 이야기하려 했으나, 일행 가운데 누가 와서 눈짓을 하는 바람에 이 목사는 볼 일이 있다며 자기의 방으로 들어가버렸다. 거의 새벽 1시가 되어 잠자리에 들어갔다.

5월 29일 (수) 아침에 지저귀는 새 소리가 너무 좋아 일찍 일어났다. 성경을 가지고 나와 구내의 한쪽에 가서 읽으며 명상하였다. 토론토에서 오셨다는 교민 한 분과 인사를 나눌 수 있었다.

7시 30분부터 식사시간이었으나 제대로 준비를 하지 않아 식사 내용물이 약간 소홀하였다. 아침예배도 설교 내용이 무엇인지도 모르는 것을 지겼다. 설교를 맡은 젊은 목사는 스스로 현학적인 것을 나타내려고 했을 뿐이지, 참여한 청중들에게 무엇을 말하려고 하는지는 전혀 이해할 수가 없었다.

오전에 박순경(남), 한완상(남), 김구식(북), 노명식(남), 박한식(재미), 박승덕(북) 씨 등의 발표가 있었다. 한완상 교수가 발표에서 한국(남)에서는 공교육의 효과로 북(민족)을 이해함에 점차 개방성이 넓어져 가고 있음을 말했다. 그는 언급하지 않았지만, 아마도 이것을 발표한 것은 북을 의식해서가 아닌가 하고 느꼈다. 오전 시간 맨 마지막에 박승덕 씨의 발표가 있었는데, 그는 역시 이론가답게 〈주체사상과 기독교의 대화〉라는 제목으로, 그 가능성에 대해서 체계적으로 언급했다. 그가 성경은 물론이고 루터·칼뱅 등의 종교개혁가에서 근대 신학자들까지 인용하는 것을 보면, 기독교에 관해서 많이 연구했음을 알 수 있었다.

나중에 들은 이야기지만 그는 해외 기독교계의 초청에 응하기 위해 많은 연구를 한다고 했다. 그가 성경 등을 많이 읽으며 연구하니까 주변에서 걱정해 주었다고도 한다. 그러나 그는 주체사상이 기독교와 어떻게 통할 수 있는지는 말했지만, 얼마나 다른지는 말하지 않았다. 기독교와 주체사상을 두고 열띤 토론을 하는 광경을 보고, 이 회의에 참석한 북측 인사 한 분과 밖에 나와서 이야기하는 기회를 가졌는데, 그는 "저런 토론 백 번 하면 뭘 하느냐, 기독교와 주체사상은 근본적으로 다르다. 기독교는 하나님 중심이고 주체사상은 인간 중심"이라고 말해서 깊은 인상을 받았다. 그의 말이 아니더라도 기독교와 주체사상은 인간을 어떻게 보느냐 하는 인간관에서도 다른데, 기독교는 인간을 부패 타락한 존재로 보는 데서 시작하지만, 주체사상은 인간을 선하다고 인식하는 낙관적인 인간관에서 시작하고 있음을 박 씨는 간과하고 있었다.

그럼에도 그의 발표는 경청할 만했다. 그는 주어진 30분 동안 손에 든 메모를 전혀 보지 않고 그야말로 청산유수로 강의를 풀어갔는데, 그 내용을 그대로 문장으로 옮겨도 '토씨' 하나 빠뜨릴 것이 없을 정도로 정확한 문장이 될 것 같았다. 그때 속으로 '나도 강의는 제법 잘한다고 자부해 왔는데……' 하며 이렇게 원고를 보지 않고도 막힘 없이 전개해 가는 박 선생의 강의에 감탄하지 않을 수 없었다.

오전에 발표를 듣고 오후에는 1~3분과로 나누어 토론하는 시간이 있었다. 이때 나는 너무 피곤하여 쉬었다. 미국에 도착한 이후 얼마 동안 자지도 못한 데다가 오늘은 입에 혓바늘이 돋아나고 있는 것으로 보아 과로하고 있다고 판단했다. 내가 쉬고 있는 동안에 진행된 토론은, 뒤에 들으니 그 평가가 다양한데, 북한의 주체사상과 인권 문제에 대한 성토장 비슷하게 된 분과도 있었고 주체사상과 기독교가 대화할 수 있다는 긍정적인 반응을 얻어 매우 유익했다는 평가를 내리는 분과도 있었다. 한완상 교수는 자신이 여기에 온 목적이 십분 달성되었다는 이야기를 했다.

저녁에는 뉴욕 지역의 교포들이 와서 음악회를 열어 주었다. 합창도 별로 잘하지 못하는 데다가 여러 노래를 불렀기 때문에 지루한 감이 있었다. 사물놀이 뒤에 '통일한마당'이 벌어졌는데 모두들 어울려 신명나게 춤을 추었다. 북의 한시해·고기준·최옥희·김혜숙 등이 열심히 참가하고 있는 모습이 보였다. 주위의 권유에도 나는 멋쩍어서 뒤로 물러나 나와 버렸다.

자유시간에 마침 교민 몇 사람 그리고 평양신학원생 최옥희와 함께 대화를 나눌 수 있었다. 봉수교회 이야기, 가정교회 이야기, 그리고 자신의 신앙경력과 평양신학원 이야기 등을 묻고 들을 수 있었다. 신학이론도 개진하고 있었는데, 그는 구원론에서 장로교와 감리교의 차이를 '장로교=예정예지(豫定豫知)'로, '감리교=자유의지(自由意志)'로 보는 것 같았다. 이것은 1930년대에서 1950년대까지 한국의 신학적 상황과 크게 다르지 않은 것으로 보였다. 그는 스스로 '자유의지론자'에 가깝다고 하면서도, 그가 말하는 신앙고백의 내용은 장로교의 신앙고백 그대로였다.

그가 설명하는 바에 따르면, 북에는 교회가 두 개 있고 가정교회라는 것이 평양 시내에 약 50개, 그 밖의 지역에 450개 정도가 있다고 했다. 이들 약 5백 개가량의 가정교회에는 7~10명이 모여 예배한다고 한다. 자신들은 신학생·전도사로서 거기에 가서 예배를 인도하기도 한다고 했다. 최옥희는 친가·외가 모두 삼대가 그리스도인으로서, 특히 외할아버지를 모시고 살면서 가정예배를 드려 왔으며 그 영향으로 신학원에 가게 되었다고 했다. 최 전도사가 신학원에 들어가게 된 것도 조부와 부모의 강력한 권고에 따른 것으로, 그는 현재 두 자녀를 두고 있으며 전에 근무했던 평양 제일백화점 판매지도원의 봉급은 130원이었다고 한다. 그의 남편은 체육대학에서 빙상경기를 가르치는 교원으로 170원 정도를 받는다고 한다. 네 식구에 필요한 기본 식비와 아파트 월세(일반 주택인 경우에는 세가 없고 아파트인 경우에는 난방비 등 약간의 부담이 있다고 한다) 약 50원이 들고(여기에는 배급 탈 때 드는 비용도 포함된다고 한다) 나머지는 옷가지 등을 구입하기도 하는데 대부분은 저축한다고 한다.

단 둘이 이야기를 나눌 수 있는 기회에 나는 북측 사람들이 '김일성 배지'를 다는 문제 등 그 사회가 갖는 획일성과 무비판성에 대해 말했다. 특히 남쪽 사회가 어떠한 집권자도 비판할 수 있다는 점과 북쪽이 김일성을 절대시하는 문제 등을 대조해서 말하고, 하나님 앞에서는 어떠한 존재도 절대시될 수 없다는 점을 강조했다. 그는 이 점에 대해 표면상으로는 특별한 반응을 보이지 않았지만, 내심 큰 충격을 받는 듯했다.

밤 12시가 거의 다 되었는데 사람들은 헤어질 생각들을 하지 않았다. 마침 그 시각에 북한에 갔다가 오늘 미국에 도착하는 길로 이곳으로 온다면서 이승만 목사(당시 미국 연합장로회 총회 선교부 동아시아 담당 총무)가 도착했다. 그 때문에 다시 자연스럽게 어울리게 되었다. 최옥희 전도사는 내가 노래 부를 때 자기들 숙소에 들어가 한시해 씨를 데리고 나왔다. 북측 대표는 한시해·로철수·최옥희·김혜숙이, 남측 대표로는 나 혼자 남았고, 이승만 목사, 김운하 씨 부부, 이환진 목사 그리고 학생과 젊은 교민들 5~6명이 같이 어울렸다.

한 씨는 내 옆에서 "이 교수와 같이 부른다면"이라는 단서를 붙여가면서 〈오빠 생각〉(뜸북뜸북 뜸북새……)과 〈고향의 봄〉(나의 살던 고향은……) 등 많은 노래를 외워 불렀다. 그는 유머 감각도 뛰어나서 때로는 좌중의 흥취를 주도하기도 했다. 그는 심지어 이불 속에서 배웠다고 하면서 남한 학생들의 운동가도 불렀다. 내가 알고 있는 노래(가요)들은 거의 외우고 있는 것처럼 보였다. 어떤 때는 어깨동무를 한 채 부르기도 하면서 새벽 4시 30분, 이승만 목사가 "오늘을 위해 헤어져 자자"고 할 때까지 어울려 놓았다. 나는 〈그네〉, 〈사랑가〉(춘향전), 〈금강산〉 등 많은 노래를 불렀고 한 씨가 노래 부를 때는 함께하기도 했다. 이날 저녁의 어울림은 정말 46년의 간격을 허물어뜨리는 듯한, 정서적으로 남북이 하나된 느낌을 맛보았다. 가끔 남측 사람들이 북의 노래들을 주문했지만 특별한 의미가 있었던 것은 아니다.

5월 30일 (목) 새벽 4시 30분에 숙소에 들어왔지만 북의 동포들과 함께 격의 없는 친교를 나눴다는 것 때문에 잠이 잘 들지 않았다. 7시 무렵에 일어나 목욕하고 7시 30분의 아침식사에 나갔다. 어제 저녁에 늦게까지 놀았던 친구들이 많이 보이지 않았다. 피곤 때문일 것이다. 나는 오늘 헤어진다는 것을 염두에 두고 내가 가져갔던 책들을 다음과 같이 나눠주었다.

《한국기독교의 역사》: 이성봉, 고기준, 평양신학원, 이승만, 김이호 목사
《단재 신채호의 역사학 연구》: 김구식, 박승덕, 사회과학원 역사연구소, 최종수·이환진 목사, 박한식·김동수 교수

오전에는 어제 있었던 1~3분과의 분과 보고가 있었다. 그리고 북미기독학자회 연차총회가 있었다. 굳이 참석할 필요를 느끼지 않아 식당에서 차를 마시고 있는데, 북한 대표단장 격인 한시해 씨가 식당으로 들어왔다. 그는 나에게 다가와 남쪽의 정치 현황에 대해 물었고 우리는 자연스럽게 대화할 수 있었다. 나는 그의 접근이 어제 저녁에 충분히 교제를 나누어 신뢰를 쌓은 결과로 보고 1시간 이상 단둘이서 이런저런

문제에 대해 의견을 나눌 수 있었다. 주로 내가 한 말이지만 그와 나눈 대화 내용을 정리해 보았다.

1. 그가 한국의 내각제 개헌 문제와 대통령선거에서 누가 승리할 것인지에 대해 물었다. 나는 현재와 같은 상황에서 내각제 개헌은 어렵다는 것과 민심이 이 정부의 내각제 개헌을 지지하지 않을 것이라고 말했다. 많은 지식인들을 포함, 나도 내각제가 민주화한 제도로 생각하지만 지금 남한의 형편으론 실시하기 어렵다고 말했다. 현행 헌법으로 대통령선거를 치를 경우에 어떻게 되겠느냐고 묻기에, 몇 가지 변수가 있다고 말했다. 민자당(民自黨)에 속한 사람이 1인 후보로 나와(김영삼 씨든 다른 사람이든) 그 사람이 김대중 씨와 대결한다면 김대중 씨가 패할 확률이 크다고 했다. 왜냐하면 한국에는 반신민당(反新民黨), 반호남(反湖南) 세력이 아직은 크기 때문이라고 했다. 그러나 민자당에서 김영삼 씨 아닌 사람을 후보로 내고 김영삼 씨가 거기에 승복하지 않고 자신도 독자적으로 출마할 경우, 김대중 씨의 승리 가능성이 없지 않다고 말했다.

2. 한국의 학생운동 등에 대해 말했다. 이 점에 대해서는 학생들의 데모가 극렬한 것 같고, 또 지속적이긴 하지만 아직까지는 소규모를 넘지 않고 있다고 했다. 평소 우리 학교의 경우, 7천 명 학생 가운데 50명 정도밖에 참가하지 않으며, 2만 명이 넘는 대학의 경우도 거의 2백여 명 정도가 데모에 참가할 뿐이라고 말했다. 그리고 데모는 남쪽의 경우 하나의 대학 문화를 형성하고 있다고 했다. 내가 이렇게 데모를 언급한 것은 북한이 텔레비전, 신문 등에 나타난 한국의 정치사회 상황을 보면서 한국이 학생 데모로 온통 혼란에 빠진 것처럼 잘못 판단하고 있을까 봐 정확한 인식을 하도록 하기 위해서였다.

3. 한국의 수출입 역조 등에 대해서는, 최근에 여건이 나빠진 것은 사실이지만 그것은 경제 성장, 수출 호조 때 기술 투자를 하지 않아서 그런 것이라고 말했다. 그러나 한국의 대기업들이 무서울 정도로 기술 투자를 하고 있기 때문에 그 효과는 10년 안에 나타날 것이라고 보며, 그럴 경우 현재 나타나고 있는 무역 역조 현상은 서서히 해소될 것으로 본다고 말했다. 삼성의 경우, 오늘날 첨단 기술산업인 반도체산업에 중점을 두고 그 기술이나 생산활동이 세계 10위권 안에 들어가 있다고 말했다.

4. 한국의 정치적 변동이 관료주의에 바탕을 둔 한국의 정치사회를 크게 변화시키지 못하리라는 것을 말했다. 그 이유 가운데 하나로 발달된 한국의 관료주의를 들었다. 한국의 관료들 가운데 국장급은 박사학위(Ph.D.)를 거의 획득했으며 중요 부서에는 과장급도 박사학위를 획득했을 정도로 관료들의 수준이 높고 그만큼 정책 입안, 추진에 역동적이라고 했다. 이 말을 할 때 그는 대단히 심각하게 듣는 듯했다.

5. 나는 북한이 사회주의를 한다고 하지만 김일성이 40여 년 이상 카리스마적으로 집권했으며 사회주의 국가에서는 이례적으로 권력 세습을 하려 한다고 주의를 환기시켰다. 한시해 씨는 내가 무슨 말을 하는지 그 점을 잘 이해하는 듯했다. 그리고 그 점이 바깥에서 북을 비판하는 중요한 논거가 된다는 것도 이해하고 있는 듯했다. 내가 "북의 김일성 주석도 인간 아니냐? 그도 인간이 누릴 수 있는 생명을 다할 날이 올 것 아닌가?" 하고 물으니, 한시해 씨는 김일성 주석이 내년에 80세가 된다고 했다. 나는 김 주석이 죽고 그의 아들 김정일이 김 주석이 누리는 카리스마를 누리겠는가 반문하면서, 그가 북한 사회를 안정시키지도 못할 것인데, 그렇다면 그때 남북관계를 급진적 혹은 극단적인 대결의 장으로 몰고 갈 가능성이 있지 않느냐고 물었다.

　　그는 내가 김정일을 두고 충동적인 인물이라고 말하는 줄 알고, 김정일이 외부에서 말하는 것처럼 비이성적이거나 능력이 부족한 것이 결코 아니라고 했다. 김정일은, 김일성 주석이 간단히 지시하는 데 견주어 상세히 이론화하며, 특히 북한의 예술문화를 지도해 왔고 잘 참을 줄 알며 인민의 욕구를 잘 이해하고, 또 일주일 가운데 이틀 정도는 평양에 머물지만 나머지는 전국을 돌면서 인민을 만나 그들과 대화하는 현지지도에 열심이라고 했다. 북한은 인민의 의사를 중요시하는데, 김정일이 현지지도에 열심인 것도 그 때문이라고 했다. 모든 인민의 의사는 당을 통해 수렴되는데, 당의 의견을 인민에게 잘 전하고 그들의 의견을 수렴키 위해 교화(교양)사업을 열심히 벌인다고 했다.

6. 한시해는 남과 북을 비교하는 중요한 말을 했다. 그것은, 남은 법을 잘 제정하여 법대로 하면 되지만, 북은 그렇지 않다는 것이다. 그들은 인민에게 당의 의사를 전달하기 위해 교양사업을 해야 한다는 것이다. 그러므로 남쪽에서 법 제정을 위해 사회적 합의가 필요하듯이 북쪽에서는 교양사업을 통한 인민적 합의가 필요하다고 했다.

7. 남북통일 문제를 말하면서 그 전제로, 그는 정치·군사 우선을 주장했다. 그러나 나는 6·25
로 말미암아 남쪽 동포들이 북쪽에 대해 신뢰하지 않는다는 것, 또 북의 전쟁 도발(가능성)
에 대한 의구심을 갖고 있다고 하고, 그 때문에 남북의 교류로 신뢰 회복이 앞서야 한다고
주장했다. 북쪽에 대한 남쪽의 의심과 불신의 근거로서 남쪽에 이산가족이 많은데, 그런 문
제부터 잘 풀어주지 않는 북쪽의 태도를 이해할 수 없다고 했다. 이야기 도중에도 그는 남
북의 교류와 신뢰 회복의 전제로서 정치적 군사적 긴장 완화가 필요하다는 것을 주장했다.

그는 지난번 정주영 씨가 북쪽에 와서 금강산 개발을 논의했는데, 정주영 씨는 북한에
오기 전에 노태우 대통령과 정부의 허락을 다 받아 와서 북측과 합의했지만 그 뒤에 남측
의 반대로 좌절되었다고 했다. 이것은 신뢰니 교류니 하는 것도 결국 정치·군사적 긴장
완화 없이는 불가능하다는 좋은 증거라고 했다. 그러면서 그는 "정주영 씨가 금강산 개발
을 중단한 이유가 무엇인가?" 하고 물었다. 나는 그 당시에 언론에서 이런 문제를 다룬 적
이 없었기 때문에 자세한 내용을 몰랐다. 그래서 그 내용을 잘 모른다고 하고 더 대답할
수가 없었다.

그와 우연히 만나 둘이서만 1시간 이상 대화할 수 있었다는 것은, 그
의 빡빡한 일정과 그를 만나기 위해 기회를 엿보는 많은 사람들이 있다
는 것을 고려할 때 매우 유익했다. 마침 그때가 북미기독학자회 제25회
총회가 진행되는 시간인지라 식당에는 사람들이 거의 없었기 때문에
조용한 시간을 가질 수가 있었다. 마침 한국의 어느 방송사에서 면담을
요청했고, 내 옆에 노명식 교수가 다가왔기 때문에 이야기가 중단되었
다. 노명식 교수도 그와 대화하기를 원했다. 나는 자리를 노 교수에게
권하고 그 옆에 잠깐 앉아 노 교수의 이야기를 들었다.

숙소에 와서 짐을 꾸리려고 하는데, 뉴욕의 김이호(金二浩) 목사가 왔
다. 오전 9시쯤에 전화로 내 방에 메시지를 남겼으나 나에게서 소식이
없자 달려왔노라고 했다. 처음 만난지라 이야기를 나누다보니 폐회예
배 시간도 지난 것 같았다. 같이 회의장에 가보니 폐회예배를 마치고 같

▲ 남북기독학자회의 폐회를 앞두고

▲ 서있는 사람 왼쪽부터 안중식 목사(북미기독학자회 회장), 박승덕, 로철수,
박순경 교수(목원대), 한시해, 고기준, 김구식, 필자, 이성봉.
앉아있는 사람 왼쪽부터 김혜숙, 한 사람 건너 최옥희

이 사진을 찍고 있었다. 헤어지면 언제 다시 만날지 모르는 모임인지라, 여러 장의 사진을 찍었다. 아마 10여 장은 넘게 찍었을 것이다. 김이호 목사와 이환진 목사가 주로 찍었는데 제대로 넘겨줄지는 모르겠다.

식당에서 점심을 먹고 모두들 헤어졌다. 식당에서도 그들은 여러 번 사진을 찍자고 해서 어깨동무를 하거나 손을 잡고 포즈를 취했다. 특히 최옥희 전도사는 나를 은사로 모시겠다면서 꼭 평양신학원에 와서 강의해 달라고 간곡히 부탁했다. 나는 김 주석의 이름으로 초청장을 보내면 언제든지 갈 수 있다고 했다. 스토니 포인트 센터를 떠나기 전에 이환진 목사에게 책과 명함을 주고 사진 찍은 것을 꼭 보내달라고 부탁했다.

중국에서 바라본 우리 통일

1994년 6월 23일~30일

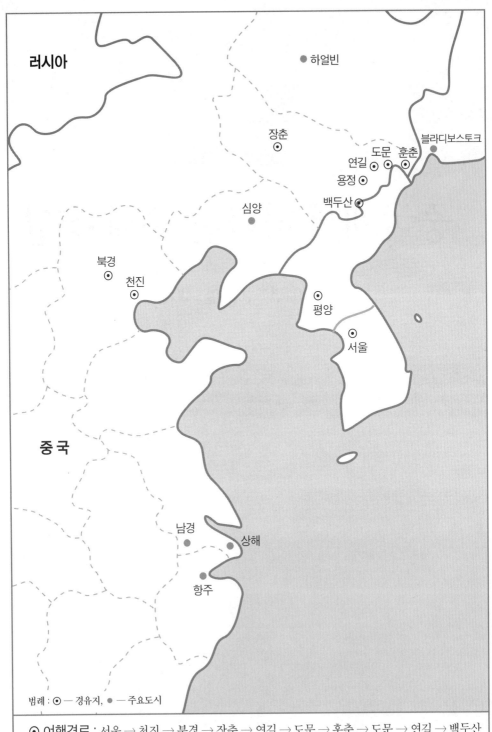

러시아

● 하얼빈

● 블라디보스토크

장춘
⊙

도문 훈춘
연길 ⊙ ● ⊙
용정 ⊙

백두산 ⊙

심양
●

북경
⊙
천진
⊙

평양
⊙

서울
⊙

중 국

남경
●
상해
●

항주
●

범례 : ⊙ — 경유지, ● — 주요도시

⊙ **여행경로** : 서울 → 천진 → 북경 → 장춘 → 연길 → 도문 → 훈춘 → 도문 → 연길 → 백두산
 → 용정 → 연길 → 북경 → 천진 → 서울

> 1994년 6월 23일부터 6월 30일까지 통일부 주도로 통일 관련 민·관 단체의 간부들과 일종의 통일연수를 계획하여 중국의 북경과 장춘·연길·용정, 두만강 연안의 도문과 훈춘 등지를 돌아보았다. 나로서는 중국 여행이 처음인 데다가 옛 독립운동가들이 활동하던 무대를 밟아보는 것이라, 큰 기대를 안고 떠났고 무한한 감동을 받았다. 두만강의 북쪽 경계를 따라서 북한 땅을 바라본 감회는 이루 말할 수 없었고, 우리 민족의 성산(聖山) 백두산에 올라 천지(天池)를 내려다볼 때에는 통일의 염원이 더 북받치는 것을 어쩔 수 없었다.

6월 23일 (목) 새벽에 비가 많이 왔다. 6시 15분에 일어나 목욕을 하고 식사했다. 짐을 꾸려 아내, 아들 기종(圻淙)과 함께 김포공항에 도착하니 며느리가 나와 있었다. 7시에는 도착해야 했지만, 이 시간에도 88 고속도로가 붐벼 50분이나 늦고 말았다. 일행을 만나 수속을 마치고 출국장으로 나왔다. 대학의 동기 유병랑 군(당시 법무부 김포출입국관리사무소 소장)이 있는가 싶어 연락을 부탁했더니, 아직 출근 전이었다. 8시 30분, 탑승 직전에 다시 연락해 보았으나 10시쯤에 출근한다고 해서 이름만 남겼다.

비행기 노선이 붐벼서인지 9시에 출발한다는 비행기가 25분이나 지나서야 출발했다. 비행기는 바로 서북쪽으로 향하지 않고 남쪽 제주도 상공까지 가서 상해(上海) 쪽으로 향하고, 다시 북쪽으로 올라가 천진(天津) 쪽으로 간단다. 직선으로 가면 1시간 남짓할 시간이 3배 이상 걸리는 것 같았다. 거의 10시가 되어 기내식이 나왔다. 집에서 아침밥을 먹고 나왔지만 다시 먹었다. 소고기와 굵은 국수를 합친 것인데 별로 맛이 없었다. 비행기 안에서 고종형인 조명래(趙明來) 교수(조선대 국문과)를 만났다.

천진은 서울보다 1시간 뒤지는 표준시간을 갖고 있다. 현지시간으로
11시 15분에 활주로에 닿았고, 약 1시간 뒤에 천진 공항 청사 밖으로 나
왔다. 입국심사도 단체여행인 만큼 한꺼번에 22명에게 적용되었다. 사
증(査證) 발급지(Place of Issue)는 홍콩이고 중국사증번호(Chinese
Visa No.)는 802990이다. 세관 검사는 아예 없었다. 이것은 중국의 자
신감에서 온 것일까. 천진으로 들어오는 비행기는 한국과 러시아에서
오는 것뿐이라고 한다. 공항은 작고 비행기도 몇 대 되지 않았다. 북경
공항에는 33개 나라 비행기가 드나든단다. 올해 말쯤에는 한국 비행기
도 북경 공항으로 출입할 수 있을 것이라 한다.

공항에는 여행사에서 부탁한 현지 가이드가 나와 있었다. 한국인 3세
라는 김영화(金英花) 양이다. 봉천(奉天) 태생으로 북경대학 출신이며,
졸업 뒤 북경의 관광공사에 남을 수 있게 되었단다. 천진에서 북경으로
들어오는 2시간 동안에 가이드로서 많은 설명을 해 주었다.

중국은 넓이가 960㎢로, 남한의 100배, 남북한의 43배에 해당되는 나
라다. 북경은 북위 39°선으로 한국의 신의주와 같은 위치다. 현재 온도
는 30℃이며, 여름에는 42℃까지 오르고, 겨울에는 영하 10℃까지 내려
간다고 한다. 건조한 지방으로 황사 현상이 있으며, 상해·천진·북경
순으로 인구가 많다고 한다. 북경에도 지하철이 있는데 398㎞에 지나
지 않는다. 참고로 남한은 1,138㎞나 된다.

현재 중국의 인구 문제는 대단히 심각하여 산아를 1명만으로 제한하
며, 조선족은 두 자녀가 가능하지만 북경에서는 1명만 가능하다고 한
다. 더 낳으면 벌금을 물리는데, 월급의 30퍼센트를 공제한다고 하며
호적제도로도 이를 통제하고 있다. 북경의 전화보급률은 78퍼센트인데
한 대 놓는 데 반년이나 걸린단다.

중국의 소수민족은 55개 족이며, 대입경쟁률은 1000 : 1. 전국적으로

같은 시간에 국가고시를 치르기 때문에 6시간이나 시차가 있는 지방도 북경과 시간을 맞추기 위해 새벽에 시험을 치르기도 한단다. 종교는 기독교가 단연 우세하고, 특히 교포사회에서 그렇다고 한다. 북경에는 큰 교회가 5개 있는데, 공산당원은 교회에 못 가지만 일반인들은 신앙의 자유가 있다. 가이드 김 양은 처음 중국을 찾은 우리 일행에게 그밖에도 여러 가지 재미있는 이야기를 해 주었다.

천진-북경 사이의 약 120㎞가 되는 경당(京塘)고속도로를 타고 오는 동안, 들판에 포플러가 많아서 물어보니 물을 흡수하는 데 큰 효과를 거두기 때문이라고 한다. 아직도 모심기를 하고 있는 논들이 있었는데, 모를 이앙하는 것이 꼭 우리나라 농촌 광경과 같았다. 토지는 경작권을 국가로부터 임대하여 사용하는데 해마다 국가에 세금을 바친다고 한다.

북경 가까이 가니까 이때껏 본 평화로운 마을과는 달리 아파트군이 보이기 시작했다. 14시에 개성식당에 들어가 떡과 밥, 된장국, 여러 가지 반찬으로 1시간 동안 식사를 했다. 점심식사 뒤 천단공원(天壇公園)에 갔다. 옛날 명(明)·청(淸) 황제가 하늘에 제사하던 곳이었다. 남문으로 들어가 원구[圜丘] → 황궁우(皇穹宇)를 거쳐 기년전(祈年殿)에 들렀다가 동문으로 나왔다. 의화단 사건 때 일부가 파괴되었다고 한다. 이렇게 지배자가 남긴 유물밖에 문화재로 남은 것이 거의 없다는 것이 세계의 공통 현상이다.

저녁은 우의빈관(友誼賓館)의 식당에서 들었다. 우리가 묶고 있는 이 호텔은 옛날 외국 원수들이 머물렀던 곳이라 한다. 저녁은 별로 먹을 만한 것이 못 되었다. 특별히 북경 요리도 아니고, 그렇다고 우리 구미에 맞게 주문한 것도 아니었다.

저녁식사 뒤 로비에서 전화카드 50원짜리(실제는 비용까지 합쳐 60원)를 사서 아내에게 전화하고, 기자들(세계일보, SBS, 서울신문)과 통일 문제를 가지고 이야기를 나눌 수 있었다. 기자들이 전하는 말을 들고, 통일원 장관으로 있던 한 씨가 재직할 때 기자들에게 인심을 잃었음도 알게 되었다. 로비에서 울산지구에서 온 고신파 목사들을 만나게 되었다. 조정래 목사를 만났는데, 그는 나와 동향으로 어릴 때 유년주일학교를 같이 다녔다. 참으로 오랜만에 만났다. 고신파에서 대만에 첫 선교사로 파송한 김영진 목사의 사위 김영수 목사 내외가 이들 목회자 팀의 중국 여행을 인도하는 모양이었다. 중소기업은행 중앙회 파견의 연수생 2명을 만나 로비에서 이야기를 나눌 수 있었다.

오늘 여행길에 국내에서는 좀처럼 못 만나는 조명래 형과 동향의 주일학교 선배 조정래 목사를 만난 것 외에, 합동신학교 출신의 박태윤 형제와 다른 두 분의 합동신학교 출신 제자도 이곳에서 만났다. 이곳의 교민교회가 잘 되어 간다고 한다. 교민교회 이야기를 하면서, 아내의 제자인 이경옥 집사 남편이 아직도 현대상사 대표로서 북경에 있음을 확인할 수 있었다. 박 형제를 통해 그들과 통화할 수 있었고, 이번 여름에 아내와 함께 한번 왔으면 하는 부탁도 받았다. 박 형제의 말에 따르면, 교민교회에 2백여 명이 모이는데 이경옥 집사 내외의 헌신적인 노력이 이렇게 교회를 성장시켰다고 했다. 중국의 교회 현황을 물으니, 급속히 성장하고 있다고 한다. 이를 막기 위해 중국 정부가 여러 가지로 손을 쓰고 있으나 이 추세를 막지 못할 것이라고 한다. 여행 일정에 따라 연변자치주 쪽을 갔다 와서 다음주 수요일 저녁에 강연을 갖기로 하고 세 분과 헤어졌다. 생애에 또 긴 하루를 보냈다.

6월 24일 (금) 6시가 되기 전에 일어났다. 같은 방에서 자고 있는 이 선생은 통일연수원 교무과장이라 한다. 어제 저녁 자신의 둘째 아들 결혼시킨 이야기를 하는 가운데 나와 비슷한 점을 발견할 수 있었다. 단지 그는 청첩장 돌리는 것을 막지 못했다고 한다. 자랑삼아 이야기하다가 내 이야기를 듣고 약간 충격을 받은 듯했다. 지난 4월 큰 아이를 결혼시킬 때 사돈 되실 분 내외와 만나 혼수를 하지 않도록 당부하고 따라서 청첩장도 인쇄하지 말자고 했다. 나는, 혼례를 4촌 이내의 친척 외에는 알리지 않았고, 내가 근무하는 직장과 출석하는 교회에도 아이의 결혼 사실을 알리지 않았다.

7시에 호텔 안의 식당에서 간단한 아침식사를 했다. 8시에 출발하기로 했으나, 볼리비아와 한국이 축구시합을 한다는 것 때문에 전반전만 보기로 하고 8시 30분에 출발했다. 내용을 보니 이기기는 어려울 것 같다는 느낌이었다. 나중에 명 왕조의 13릉을 본 뒤에 들으니 0 : 0으로 비겼다고 한다.

오늘은 일정을 바꾸어, 북경대학 조선학연구소에 가는 일정을 취소했다. 왜 그런지 모르겠다. 나는 거기에 대단히 관심을 갖고 있었는데……. 명 13릉을 보기로 하고 먼저 정릉[定陵, 신종(神宗) 만력(萬曆) 황제의 능]으로 갔다. 그곳만 발굴되어 공개되었다. 현실(玄室) 등이 우리나라의 좁은 묘실(墓室)과는 달리 큰 교실 크기에 돔(Dome) 식으로 지붕을 했다. 우리는 지하궁전으로 내려가기 위해 지하 3층쯤이나 되는 층계를 내려갔다. 신종의 관곽(후일 모조품으로 만든 것)과 후비(后妃) 왕(王) 씨(두 분 모두 왕씨였다)들의 것이 진열되어 있었다. 서양의 것이 석관(石棺)임에 견주어 동양의 것은 목관(木棺)인 것이 다르다. 현실 입구에는 신종과 후비들의 보좌(寶座)가 있었다. '이런 무덤을 공원화하면 많은 관광객을 유치할 수 있을 터인데……'라고 생각했다. 13릉을 둘러보고 나와서 쇼핑센터를 겸한 식당에서 점심식사를 하고, 아내와 두 아이를 위해 선물을 샀다. 두 아이를 위해서는 옥도장을 새겼다. 나중에 화예우의상장(華藝友誼商場)에서는 아내와 며느리를 위한 도장을 새겼다. 붓도 샀다. 그런 곳에는 한국인 3세가 많이 점원으로 고용되어 있었다.

만리장성으로 갔다. 가는 도중에 우리 버스가 좌회전할 때 달려오던 택시가 미처 서지 못하고 사고를 일으켜 1시간 이상 도로 위에서 지체하였다. 만리장성은 북쪽 호족(胡族)들의 침입을 막기 위하여 쌓은 것인데, 산해관(山海關)에서 감숙성의 가욕관(嘉峪關)에 이르는 장장 6,353km의 방어벽이다. 그 성의 단단하고 정교함에 놀랐고, 우리가 올라간 곳이 가파르기가 거의 절벽 같은데도 성을 쌓은 것을 보면 그 인원과 기술이 어느 정도였는지 놀랄 뿐이다. 바로 이것이 중국의 저력이다. 중국의 역사 속에 잠재되어 있는 유구성과 굉대성(宏大性)을 보면서 다시 놀랄 수밖에 없었다.

4시 30분, 팔달령(八達岭) 장성을 출발하여 중간에 화예우의상장에 들렀다. 시간을 많이 주는 것으로 보아 이것은 관광객들에게 중국에서 돈을 많이 뿌리게 하는 정책이 아닌가 하는 생각이 들었다. 그곳에서 6시 39분에 출발, 7시에 홍빈루(鴻賓樓)에 와서 저녁을 먹었다. 오늘 점심과 저녁은 한국인의 구미에 어느 정도 맞는 것이었다. 7시 30분에 음식점에서 출발, 8시부터는 호텔에 머물렀다. 아내의 제자 이경옥 내외가 찾아와 담소하다가 11시에 돌아갔다. 아내에게 전화하고 11시 30분이 지나 잠자리에 들었다.

6월 25일 (토) 아침 6시에 일어나 짐을 꾸려 장춘행(長春行)을 서둘렀다. 비가 내리고 있었다. 7시 5분 전에 우의빈관을 출발했다. 장춘의 길림(吉林)대학에서 왔다는 장세화(張世和) 교수가 동승했다. 오늘 장춘에 가서 그의 도움을 받기 위해 장춘까지 동행키로 한 모양이다. 7시 40분에 북경 공항에 도착, 9시 10분에 비행기 안으로 들어갔다.

공항에 머무르고 있는 동안, 장 교수와 담화했다. 길림대학의 '조선연구소'를 '조선한국연구소'로 바꾸기로 한 데 대해 나는 ① 조선이란 용어는 북한의 국명을 말하기도 하지만, 기본적으로는 한반도 전체를 역사적으로 통칭하는 용어였다는 것, 그러므로 정치적으로 해석되어서는 안 된다고 말하고, ② 그런데 '조선한국'이라고 명명함으로써 객관적이고 중립적이어야 할 연구소 명칭이 정치성을 띄게 되었다는 것, ③ 이 두 말은 다 같이 'Korea'라고 영자화할 수밖에 없으므로 굳이 두 이름을 병립할 필요가 없으며, ④ '조선한국'이라 씀으로써 중국의 한반도 분열정책을 명칭에서 나타내고 있다고 지적하였다. 장 교수는 거기에 대해 말이 없었다. 옛날 당(唐)이 발해와 신라를 두고 이이제이(以夷制夷) 정책을 썼듯이, 길림대학의 조선학 연구소의 명칭이 다시 그런 성격을 띄게 되지나 않을까 걱정된다. 장 교수는 한국에서 온 분들이 하필 '조선'이라는 말을 쓰느냐고 항의해서 그렇게 고치게 되었다고 설명하였다.

9시 30분에 이륙하기 시작, 11시 10분에 장춘에 도착하였다. 현지 가이드 김명운 양이 서툴지만 신선하게 인도해 주었다. 길림성의 '길(吉)'은 만주어 지린수에서 나왔는데 송화강 연안이란 뜻이란다. 장춘은 229만의 인구 가운데 조선인이 5만 명이라 한다. 장춘은 청(廳), 구(區), 현(縣, 1910)이라는 행정단위를 거쳐 위만(僞滿, 1934~1945) 때에는 신경(新京)이라 했다 한다. 길림성은 장춘으로 말미암아 네 가지 도시적인 특징을 갖게 되었는데, ① 길림성은 인구 229만 명에 나무는 880만 그루이며 면적의 36.6퍼센트가 나무로 뒤덮여 있어 더운 때도 나무가 많아 시원하다고 하며, ② 자동차성(自動車省)은 해방(1949) 4년 만인 1953년에 제1자동화공장을 설립, 5톤 트럭을 생산케 되었고, 1988년에는 승용차 생산기지(상해·광주·장춘) 가운데서 아우디(Audi)를 합작 생산케 되었으며, ③ 문화성(文化省)은 크고 작은 연구소 80여 개와 대학 26개가 있으며, ④ 영화성(映畵省)은 16개의 중국 영화제작소 가운데 가장 먼저 영화제작소를 설립했다는 것 등을 들었다.

점심식사 뒤에 나는 번화한 시장 광경을 사진에 담았는데, 꼭 옛날 우리의 모습을 보는 듯했다. 위황궁(僞皇宮)으로 가서, 1934년에 일제(日帝)에 의해 건립된 부의(溥儀)의 황궁을 보았다. 초라하기 그지없었다. 그의 다섯 부인(완영·문수·담옥령·리옥금·리숙현)에 대한 이야기도 있었다. 스탈린 대가(大街), 인민광장, 해방대로, 위만시대 8대부(大府) 등을 버스를 탄 채 보았다. 장춘 영화제작소를 견학하며, 촬영하는 모습도 보았는데, 13년 전에 본 미국 로스앤젤레스의 유니버설 스튜디오 (Universal Studio)에는 견줄 바가 못 되었다.

우리 일행은 길림대학 조선연구소를 방문하고 소장인 장 교수 이하 5명의 연구소 교수들과 약 1시간 반 동안 토의를 벌였다. 주로 북한의 식량 문제에 관한 것과, 자료의 수집 등에 관한 것이었다. 대화를 독점하는 분들이 있어서 안타까웠다. 연구소 서가에 내《한국근대 역사학의 이해》와 《강좌 삼국시대사》가 있어서 반가웠다. 마치고 나오면서 장 소장과 사진을 찍고, 1백 달러를 꼭 쥐어주며 책 몇 권이라도 사라고 했다.

장춘 동역(東驛)에 이르니 오후 7시 10분 전이었다. 8시 10분에 발차하는 침대차가 예약되어 있었다. 한 방에 들어갈 네 사람이 역전의 뒷골목을 거닐었다. 붉은 벽돌로 연립주택식으로 붙여 지어 몇 가정이한 동에 살고 있었다. 골목은 지저분하고 하수구는 더러웠다. 동네에는 4~5명이 동시에 사용할 수 있는 변소 건물이 하나 있었는데, 공동변소인 것 같았다. 어려운 살림들을 하고 있었다. 나와서 길가 모퉁이의 초라한 술집에 들어가 손짓 발짓으로 맥주를 시키니 한 병에 2원, 한국돈 200원으로 세 사람이 마셔도 두 병에 안주까지 9원이었다. 물가가 대단히 싸다고 느꼈다.

8시 무렵에 기차를 타니, 침대칸 한 칸에 침대 네 개가 있었다. 재작년 러시아에서 탔던 야간침대 열차와 같았다. 네 사람이 오늘 저녁에 어떻게든 같은 방에서 연길(延吉)을 향해 가야 한다. 일찍부터 자리를 정해 눕기로 했다. 위층에 있는 두 분 기자는 새벽 1시가 지나 방으로 들어왔다. 방 밖에서는 일행 가운데 다른 팀 사람들이 오랫동안 떠들고 있었다.

6월 26일 (일) 새벽 3시가 지나 잠이 깼다. 시계를 잘못 보아서 거의 5시가 된 것으로 느꼈다. 세수간에 가니 제주대학의 김 교수가 벌써 면도를 하고 있었다. 바깥은 날이 거의 다 새었다. 차창에 비친 만주의 모습은 황무지가 많았다. 개간한 땅도 요 몇 년 동안 농사를 짓지 않았는지, 들풀로 가득 찼다. 이곳도 이농(離農)현상이 이는 것일까? 이 점은 오늘 오후 훈춘(琿春)에 가면서 바깥을 보았을 때도 마찬가지였다. 폐가(廢家)가 많은 것으로 보아 비슷하지 않은가 생각했다.

방으로 들어가 시계를 다시 보니 4시 30분이었다. 다른 사람들을 깨울 수도 없어서 다시 자리에 누웠다. 누구 말이, 어제 저녁에 침대 앞 칸에서 서강대의 박홍 총장과 성균관대의 장을병 총장을 만났다고 했다. 그 말을 듣고 앞 칸으로 가보니 역시 두 분이 있었다. 서석재 전 의원도 있었다. 서울의 '평화연구소' 주최로 연길에서 세미나를 연다고 해서 20여 명이 왔다고 한다. 박 총장은 시원시원하게 말하는 분이었다. 몇 분 동안의 대화를 통해서도 그의 공산주의와 전체주의사상(全體主義思想)에 대한 태도가 분명하게 나타났다. 이번 세미나에 북한에서도 나오게 되어 있지만, 정말 나올지는 알 수 없다고 했다.

5시 25분쯤에 기차는 연길역에 도착했다. 이문식 목사의 연락을 받았다면서 김문일 부장이 처소교회 전도사 한 분과 같이 나왔다. 내 일정을 물으면서, 이곳 신학생들에게 한국교회사를 간단히 그리고 총체적으로 강의해줄 수 없겠느냐고 했다. 오늘 아침도 또 일정이 바뀌는 판이라, 일정으로 보아 내일 저녁은 확실히 가능할 것 같다고 했다. 그

러나 월요일인 내일은 신학교에 사람들이 모이지 않는다고 한다. 하여
튼 우리가 묵는 호텔을 아니까 다시 조정해 보자고 했다. 역에서 연세
대 김인회(金仁會) 교수가 보였다. 앞서의 '평화연구소' 팀의 일원으로
왔다고 했다. 어제 저녁에 밤새 고생했다고 하면서, 얼굴이 창백했다.
먹은 것이 탈이 난 모양이다.

백두산호텔[長白賓館]에 여정을 풀었다. 그런데 일정이 또 바뀌어 연
변대학교 방문이 '평화연구소' 팀과 겹쳐서 다음날로 잡혔다고 한다.
그래서 도문(圖們)·훈춘·용정·백두산을 먼저 보고 돌아와 연변대학
교를 방문한다고 하여, 백두산에 오를 복장만 갖추고 그 밖의 짐은 호
텔에 맡기라고 했다. 옷을 변소에서 갈아입으라고 해서 한바탕 법석을
떨었다. 회의실을 빌려 갈아입을 수 있지 않겠느냐고 했더니, 가이드는
아주 고압적인 자세로 안 된다고 했다.

호텔 근처에서 식사를 하고 곧 훈춘·도문을 향해 떠났다. 약 2시간이
채 안 걸렸다. 훈춘은 이른바 나진·선봉과 더불어 금삼각(金三角)이라
해서 경제특구를 만들기 위한 건설이 한창이었다. 이곳까지 도로포장
도 끝냈고 도로를 넓히고 있었으며, 철로도 얼마 전에 가설했단다. 중
국의 어느 곳과 마찬가지로 개발 붐이 일고 있음을 알 수 있었다. 다시
이곳을 찾는 날, 아마도 그들은 환경오염에 시달리고 있을 것이다. 이
것이 자본주의화의 순서이니까.

돌아오는 길에 도문에 들렀다. 훈춘을 왕복하는 길에도 두만강을 경
계로 하여 저쪽의 우리 조국 산천을 보아 왔지만, 도문 국경세관에 이
르러 남양을 바라보니, 산에 '속도전'이라고 크게 쓴 그들 특유의 선전
구호가 보였다. 오늘은 휴일이라 다리를 건너는 사람들이 별로 없다고
한다. 사진을 몇 장 찍고, 북한의 우표첩을 한 권 샀다. 1만 원. 가이드
에게 국경의 다른 곳을 보여 달라고 하니 안 된단다. 매우 고압적이고
신경 쓰이는 안내자를 만난 셈이다. 왕래하면서 그의 태도 때문에 불쾌

감과 긴장감을 계속 가져야 했다. 다시 연길로 돌아와 백두산호텔에서 점심식사를 할 때 나는 인솔단장인 황수대 씨에게 가이드를 바꿔 버리는 것이 좋겠다고 말했다. 옆에 있는 분들도 그렇게 느낀 모양이다.

식사를 한 뒤 우리는 백두산을 향해 떠났다. 연길에서 서쪽으로 가는 방향이다. 고개를 넘으니 용정이 저 넓은 들판에 자리 잡고 있었다. 노래 〈선구자〉에 보이는 일송정·해란강·용문교 등이 보였다. 연길로 되돌아오는 길에 자세히 보여 준다고 한다.

용정을 지나니 곧 비포장도로다. 처음에는 그런대로 괜찮았으나, 안도현(安道縣) 송강진(松江鎭)을 지나면서부터 길이 좋지 않았다. 가다가 그 유명한 청산리대첩이 있었던 곳을 멀리서 바라보았다. 지금부터 70여 년 전 우리 독립군들이 일제의 황군을 격멸시킨 그 전투는 한국독립운동사에서 빛나고 있다. 멀리서 바라보기만 하고 지나는 것이 안타깝다. 7시가 지나 백두산주점(白頭山酒店)이라는 호텔에 도착, 저녁을 먹고 쉬었다.

저녁에 이 호텔에 근무하는 분들에게 물으니, 사무실 근무자는 약 3백 원 정도, 가게(상점) 근무자는 5백 원 정도의 월급을 받는다고 했다. 이런 오지에서 동포를 만나니 반갑다. 내일 백두산에 오른다는 기분에 약간 들뜬 마음으로 잠자리에 들었다.

6월 27일 (월) 6시에 일어나 아침을 들고 백두산 등정을 시작했다. 등산로 입구까지 약 50분. 구름은 어지간히 걷혔으나, 산 정상 쪽은 안개구름이 덮여 있다. 안내자는 저런 상태에는 가도 주변을 볼 수 없으니 장백폭포 쪽으로 걸어가서 먼저 그곳을 보면서 시간을 봐 가며 올라가는 것이 좋겠다고 했다. 장백폭포 쪽으로 가는 도중에 온천이 나오는데, 물이 흘러넘치는 곳에는 유황이 녹은 듯, 누런 색깔의 바탕을 만들

▶ 장백폭포를 뒤로 하고

어 놓고 있었다. 폭포에서 일어나는 물보라가 비 쏟아지듯 하는 곳, 1백
여 m 지점까지 가서 돌아섰다. 이것이 백두산 천지에서 흘러넘쳐 이루
어진 폭포로, 이 물이 압록·두만·송화 세 강의 원류라고 한다.

　우리 일행은 다시 입구로 내려와 다인승 지프차에 나눠 타고 올라갔
다. 해발 2천m쯤 오르니, 이끼 같은 종류의 고산대 식물만 보이고 활엽
수나 침엽수도 보이지 않는다. 밋밋한 산이 그대로 알몸을 드러내고 있
었다. 정상에 올라 차에서 내리니 어느 틈에 다가왔는지 안개가 우리를
몰아세웠다. 약 1백여 m를 올라, 백운봉(白雲峰) 정상에 이르렀다. 중
국 측 정상이다. 그새에 안개구름은 지나고, 저 밑에 천지의 물결이 햇

빛을 받아 반짝이고 있었다. 우리가 머무르고 있는 30분 동안에 여러 차례 안개구름이 피어올랐다가 지나가고, 또 스치기도 했다.

그동안 천지는 사진을 통해 여러 번 보았으나, 정작 보고 싶은 저쪽의 장군봉은 보이지 않았다. 북녘 땅을 보지 못하는 안타까움, 그러나 일행은 천지를 보았다는 것만으로 만족했다. 모퉁이를 돌아 천지가 보이는 쪽에 와서 일행은 애국가를 부르고 만세를 삼창했다. 눈물이 흘렀다. 50여 년 이상 보고자 했던 백두산, 그것도 수만 리를 돌아 우리 땅의 반대편에서 그것을 보아야 하다니. 이 시대의 정치가 민주주의니 주체니 하지만, 현재를 사는 사람들에게 제 땅에 가보지 못하게 하는 것은 일종의 범죄행위요, 민족반역 이상이다. 우리는 감격과 아쉬움을 안고 백두산에서 내려왔다. 밋밋한 산등성이에도 이름 모를 꽃들이 있어, 중허리에 차를 멈추게 하고 사진을 찍었다. 그 사진이 우리의 그 감격을 다 담아 주지는 못할 것이다.

수표소(售票所)가 있는 입구에서 다시 쇼핑을 했다. 돌아오는 길에 안도현 송강진에서 보신탕을 겸한 점심을 먹었다. 마침 조선족 음식점이 있었고, 일하는 아줌마는 선산 출신이란다. 살아가는 것이 애처롭게 보였다. 고등중학 3학년에 다닌다는 딸애가 엄마를 돕고 있었다. 조선말을 잘 배우라는 당부와 함께 학용품을 사라고 얼마를 쥐어 주었다.

다시 3시간 이상을 달려 용정에 이르러, 윤동주(尹東柱) 시비(詩碑)를 보았다. 내가 이사로 있는 해외한민족연구소가 주동하여 건립한 것이다. 전면에는 "죽는 날까지 하늘을 우러러 한 점 부끄러움이 없기를"로 시작하는 그의 〈서시(序詩)〉가 적혀 있고, 뒷면에는 그의 연보가 새겨져 있다. 윤동주, 그는 식민지시대에도 한 점 부끄러움 없이 살아가려 했고, 그래서 오늘날에도 지식인의 귀감으로 살아 있다. 그를 낳은 용정 또한 한국민족운동사에서 잊지 못할 성지(聖地) 가운데 하나다.

연길로 돌아와 백산대하(白山大廈) 609호에 여정을 풀었다. 오랜만에 서울의 아내에게 전화했다. 1통화에 12원 50각(角). 2통화에 25원을 지불했다. 저녁에 연변과학기술대학의 민경업 선생과 유신일·전홍진·임형식 박사와 김문일 부장이 찾아와 과기대(科技大)가 당면하고 있는 문제들을 말했다. 김문일 부장이 내일 오전에 홍안신학교에 가서 한국교회사를 강의해 달라고 해서 약속했다. 12시가 거의 다 되어 잠자리에 들었다.

6월 28일 (화) 밤에 두 번이나 화장실에 갔다. 어제 저녁 불고기를 맛있게 먹고 차를 많이 마셨기 때문에 탈이 난 모양이다. 조선족이 살고 있다는 땅에 와 있어서, 그만큼 긴장하고 흥분이 가시지 않았기 때문이기도 할 것이다. 연변조선족자치주 정부청사 맞은편에 있는 백산대하는 비교적 깨끗하고 규모가 갖춰진 호텔로서, 중국 국가주석 강택민(江澤民)이 와서 유숙하고 갔다는 휘호 표지(標紙)가 간판과 함께 걸려 있다. 아래층에는 각종 상점도 있다.

새벽 5시에 일어나 목욕했다. 온수를 트니 녹슨 듯한 색깔의 물이 나왔다. 함께 방을 쓰고 있는 이 선생은 '아직도'라고 표현했다. 우리가 중국의 이런 호텔에 대해 '아직도'라는 평가를 할 수 있다는 것만으로도 나도 모르게 놀라는 자부심과 교고(驕高)한 심정에 도달해 있음을 깨달았다. 볼리비아와 스페인이 대결하는 월드컵 축구시합이 있었다. 스페인이 1:0으로 이겼다. 볼리비아는 1무 2패로 16강에서 완전히 탈락했다. 오늘 독일과 시합하는 한국팀이 궁금했다.

오늘 아침 일어나면서, 남북 정상회담을 위한 부총리급 예비회담이 잘 되기를 기도했다. 통일을 위한 실마리가 풀렸으면 했다. 북한의 북쪽에 와서 보니 더욱 그런 심경이다.

7시에 김문일 부장이 왔다. 남재신(뉴저지 트렌튼 한인교회 부목사)

목사, 전홍진 목사와 함께 왔다. 뒤의 두 분은 선교를 위해 이곳에 왔는데, 연변과학기술대학에 학생으로 적을 두고 있다고 한다. 이 호텔의 2층 서울관에서 해장국으로 식사를 마쳤다. 곧장 달려 약 20분 뒤 홍안조선족신학교(본래 이름은 연변전도원훈련중심)에 도착했다. 박 전도사님이라는 분이 우리를 맞이했다. 창고 같은 집을 개조하여 뒤편에는 사무실을, 앞편에는 40여 명이 들어갈 강의실을 만들었다. 옆에는 기숙사가 있었다. 8시부터 11시 20분까지 한국교회사를 중심으로 위로와 격려를 겸해 강의했다.

이곳은 1천여 개나 되는 처소(處所, 교회)의 지도자들을 위한 단기훈련소였다. 처소교회에는 20~30명 내지 크게는 3백여 명까지 모인다고 하며, 요즘은 거의 당국에 신고했기 때문에 따로 지하교회는 없을 것 같다고 했다. 이들 지도자들을 양육하는 것이 이곳의 복음화를 위해 대단히 중요할 것이라 판단하고, 국내외 여러 사람들이 유두봉 목사 등을 도와 신학교를 개설하고, 앞으로 건축도 할 것이라고 한다.

마지막 시간 강의에는 나도 모르는 사이에 열정이 솟아올라, 그들과 혼연일체가 되어 큰 기쁨을 느낄 수 있었다. 그들에 대한 미안함과 위로하려는 마음이 이런 식으로 표출된 것이다. 강의를 마치고 기도할 때 나는 에베소교회를 향한 바울의 심경을 이해할 수 있었다. 그들의 얼굴에 순수함과 소망이 있었다. 강의를 마친 뒤 간판을 뒤로 하고 사진을 찍었다. 신학교에 쓰라고 1백 달러를 내놓고 왔다.

돌아오면서 한국의 축구가 3:2로 분패했음을 알았다. 세 골까지 먹고 나서 후반전에 두 골을 넣었고, 후반은 우리 페이스로 움직였다고 한다. 말대로라면 우리의 축구 기량을 세계에 보인 것이 되었고, 앞으로 월드컵 유치에도 도움이 될 것이라 본다.

김문일 부장과 함께 '모란봉'이라는, 북한인들이 경영하는 식당으로 갔다. 민경업 목사가 기다리고 있었다. 2층에 올라가니, 듣던 대로 예쁘고 깨끗한 북한의 아가씨들이 봉사하고 있었다. 식단표에 모든 음식이 적혀 있어서, 주문에 따라 식단이 짜여졌다. 모두들 김일성 배지를 달고 있었다. 개고기무침이 35원. 어제 먹은 보신탕이 5원임에 견주면 매우 비싼 셈이었다. 그러나 민·김 두 분은 여러 가지를 시켰다. 아마 자기들이 졸업한 신학교의 은사를 대접해야겠다는 심정 때문이리라. 우리 방에 주문을 받으러 온 '김 동무'라는 사람도, 오늘은 개고기가 싱싱한 것이 들어왔다고 소개했다. 푸짐하게 음식을 들었다. 이곳에 오는 한국 사람들은 호기심에서, 또 남북 나눔을 위해 자주 이곳에 들른다고 한다. 이렇게라도 나누는 것이 북한에 도움이 된다면야 얼마나 좋으랴.

민경업 목사의 인도로 연변과학기술대학에 갔다. 아직 끝나지 않은 공사였지만, 사람들의 움직임엔 개척자의 용기와 희망, 정열이 보였다. 도서관에 가니, 주정부의 지시로 기독교 관계 책들을 한 방에 모아 놓고 '대출 불가' 대접을 하고 있었다. 도서관 책임자는 대출하는 것이 발각되면, 오히려 책을 몰수당할 우려가 있다고 하면서, 당국에 꼬투리를 잡힐 일은 당분간 자제하면서 기다려 보겠다고 했다. 과기대가 기독교 이념에 바탕을 둔 대학교육을 시키겠다는 것이 서서히 드러나면서 학교에 이런 제재가 가해지고 있다고 했다. 아직도 완성되지 않은 학교 환경이지만 사명감을 가지고 일하는 분들에게 격려를 보내고 싶다. 유재신 교수가 이번 8월 14일부터 열리는 학술대회에 꼭 참석해 달라고 했다.

김문일 부장의 차를 타고, 백산대하에 돌아오니 오후 2시 3분 전. 약속시간 안에 닿아서 다행이었다. 일행이 출발 준비를 서두르고 있었다. 공항으로 가는 길에 한 조선인이 운영하는 곰 사육장에 들렀다. 그는 5백여 마리의 곰을 사육하며 웅담을 뽑아 약재로 활용한다고 한다. 우리가 곰을 보고 있는 동안, 네 살 미만짜리들이 모인 축사에서 성교를 하고 있는 염치없는 한 쌍이 있어 카메라에 담았다. 짓궂은 조민호 기자는 그 장면을 열심히 취재했다. 견학을 끝낸 곳에는 이 사육장에서 만들었다는 웅담 관계 약들이 있었다. 90달러를 주고 하나 샀다. 아내가 요통 등을 가끔 느낀다고 하는데, 혹시 효과가 있었으면 하는 뜻에서였다.

공항에 이르러 간단한 절차를 거쳤다. 연길 공항은 몇 달 전에 대형 점보기가 내릴 수 있도록 확장되었다고 한다. 한국인들이 이곳을 많이 찾으니까 급히 수리했고, 일주일에 4회 정도 노선이 증설되었단다.

북경 공항에서 숙소로 오는 길에 저녁식사를 마쳤다. 숙소인 우의빈관에 이르니 밤 9시가 넘었다. 식당에서 박태윤 형제에게, 혹시 차를 가진 사람이 있으면 북경 시내를 안내해 달라고 연락했지만, 소식이 없었다. 숙소에 들어, 이때까지는 이낙영 통일교육원 과장과 한 방에 들었으나, 그와 같이 저녁마다 외출하는 박 선생(평통사무국)을 이 과장과 한 방에 들게 하고, 나는 가이드인 조희제 대리와 함께 같은 방을 쓰기로 했다. 그는 감리교인으로서 지금은 순복음교회에 나가고 있으며, 한국 교회의 현실에 매우 비판적이었다. 새벽 1시까지 이런 저런 대화를 나눌 수 있었다.

6월 29일 (수) 7시에 기상, 오늘의 일정을 점검했다. 옆 침대의 조 선생이 책임상 부지런히 움직이고 있었다. 중국 텔레비전에는 채널이 29개(실제는 16개라 함)나 되는 것을 보고 한편 놀랐다. 축구 중계가 계속되고 있었고, 테니스도 재미있게 볼 수 있었다. 월드컵 시합이 있는 데다가 영국에서는 윔블던 테니스 대회가 열리고 있는 모양이다.

8시 30분에 출발, 먼저 자금성(紫禁城) 관광에 나섰다. 명나라 영락제(永樂帝) 때(1406~1420)에 처음 건설한 이 궁성은 청나라 말까지, 계속 황실로 사용되었다. 그 위용과 건축술은 동양인으로서 서양의 건물들을 보면서 느끼기 쉬운 위축감을 일소시켜 주는 듯했다. 중국 인민

▲ 북경 자금성 오문(午門) 앞에서

들이 지배왕조를 욕하긴 해도 그들의 자존심을 키워주는 이 건축물들을 문화재로 아끼는 이유가 여기에 있을 것이다. 자금성 하나를 주마간산(走馬看山) 격으로 보는데도 오전 시간을 다 보냈다.

　점심을 먹고 우리는 천안문(天安門) 광장을 관광했다. 모(毛) 주석 기념관과 인민영웅기념비, 천안문이 일직선상(一直線上)에 놓여 있고 옆에 인민대회당(人民大會堂)과 역사박물관이 마주보며 서 있었다. 인민영웅기념비에 '인민영웅영수불후(人民英雄永垂不朽)'라고 쓴 휘호와 천안문 양편 상단에 '중화인민공화국만세(中華人民共和國萬歲)'와 '세계인민대단결만세(世界人民大團結萬歲)'라고 써 놓은 글이 가슴에 크게 와 닿았다. 장춘과 연길의 두 가이드가 말끝마다 '인민해방(人民解放)'이라고 했는데, 그 말과 연결시켜 볼 때, 중국의 건국이념과 그것을 교육 실천하려는 의지가 얼마나 강한지를 느낄 수가 있었다. 그러나 이 정부는 더 가열찬 '인민해방'을 요구하는 '6·4 운동'에는 동의하지 않았다. 바로 이 자리가 '6·4 운동'의 진원지라는 것을 생각할 때 감회가 새로웠다. 아직도 '6·4 운동'의 희생자와 주동자들은 역사의 주목을 받지 못하고 있다. 모 주석은 자신이 이룩하려 했던 '인민해방' 바로 그 운동이 좌절되는 '6·4 운동'을 보면서 무엇을 느꼈을까?

기념탑 앞에서 천안문 앞쪽으로 가면서 두 팀의 미국인들을 만나 대화를 나누며 사진 찍어 주기를 요청했다. 부인 두 분은 미네소타에서 왔다고 하면서 위안에서 1년 동안 영어교사를 한다고 했고, 한 쌍의 부부는 스탠포드 대학에서 근무한다고 했다. 내가 후버연구소에서 연구한 적이 있다고 하니 매우 반가워했다. 1년 이상 영어를 쓰지 않아서 어떨까 했는데 일상 회화는 그런대로 통함을 확인할 수 있었다.

오후 3시가 거의 다 되어 이화원(頤和園)이라는 하궁(夏宮)으로 갔다. 서태후(西太后)가 주로 정사(政事)를 보았다는 곳이다. 그녀의 이질인 부의를 황제로 세우기 위해 공부시키던 방도 있었고, 곤명호(昆明湖)라는, 땅을 파서 만든 인공호수도 있었다.

돌아오다가 북경대학 근처 서점에 들러, 〈사해(辭海)〉·〈사원(辭源)〉류를 사려고 필담(筆談)으로 파는 곳을 찾아 흥정까지 했으나 중국 인민폐(人民幣)를 갖고 있지 않아 사지 못했다. 미화는 받지 않는다고 했다.

저녁에 이경옥 집사 댁에 가서 저녁을 먹고, 주중(駐中) 한국대사관 공보관에 가서 '기독교를 통한 한중관계사'를 강의하며, 여러 자료들을 부탁했다. 저녁에 많은 질문들과, 학생들로부터 부탁이 있었다. 다시 박 선생(이경옥 씨 남편) 댁에 가서 환담하고 12시 30분 무렵에 숙소로 돌아왔다. 럭키금성(현 LG) 북경지사의 안 선생(숙대 사학과 73학번 졸업생 황 아무개의 남편)으로부터 북한 사람들을 만나 장사한 이야기를 들었다. 그는 그가 접촉한 북한 사람들을 우리와 같은 사람으로 볼 수 없다고 했다. 그들은 필요하면 밤낮으로 전화하고 쳐들어오지만, 그들의 목표가 달성되었다 싶으면 언제 보았느냐고 할 정도로 외면한다고 한다. 인면수심(人面獸心)이라고까지 표현했다.

이곳에서 북한 사람들을 만나 본 이들의 말로는 '통일은 불가능'하고 환상적인 통일을 이야기하지 말라는 것이다. 이 말을 들으면서 학자적인 탁상공론(卓上空論)과 인간적인 욕심이 득실거리는 현실 사이의 괴리가 이런 것인가 하고 한숨을 쉬었다. 특히 안 선생으로부터 북한 사람들의 '서울불바다'론의 구체적인 방법을 들었을 때, 그 말이 사실이라면 북한 사람들이 동족인가 하는 섬뜩함이 있었다. 즉 그들은 안 선생에게, 자신들은 지하 2백m 밑에 있기 때문에 어떠한 공격에도 이길 수 있으며, 남에 대해서는 세균전 등으로 살아있는 것들은 다 쓸어버리고, 기계·건물 등은 통일했을 때 사용하겠다고 했다는 것이다. 남쪽의 인간들은 다 죽여 버리고 그 경제력은 그대로 이어받겠다는 것이 그들의 통일전략이요, 또 이것을 북경에서는 공공연히 퍼뜨리고 있다는 것이다. 이 이야기를 들으면서 우리의 통일이념 그것이 환상이 아닌가 하는 생각을 해 보았다. 그러나 환상적일지라도 통일을 향한 그 꿈을 잃어서는 안 된다고 다짐해 본다.

6월 30일 (목) 드디어 귀국하는 날이다. 설레는 마음 때문인지, 일찍 일어나 준비했다. 8시에 아침식사를 하고 9시에 호텔을 출발했다. 북경 시내를 빠져나오는 것이 힘들어, 예정보다 30분 늦은 11시 30분에 천진 공항에 도착하였다. 아직도 우리나라의 비행기 대한항공과 아시아나는 북경 국제공항으로 들어가지 못하고 천진으로 들어간다. 면세품점에서 향나무로 된 부채 10개를 10달러 주고 샀고, 새아기를 위해서 자그마한 목걸이도 하나 샀다.

비행기 안에서 《조선일보》를 보니, 지난 28일의 정상회담 예비접촉 결과가 소상하게 보도되어 있었다. 그동안 이러한 소식도 제대로 접하지 못했던 것이다. 호텔에 배달된 《차이나 데일리 뉴스(*China Daily News*)》지에서 얼핏 보기는 했지만, 상호주의에 바탕을 둔 교차회담이 성사되지 않은 것은 처음 알았다. 양보를 하고 심지어 손해를 보는 한이 있더라도 이 민족적인 거사는 실현되어야 한다. 여행 중 함께 했던 기자들(SBS의 양 씨, 서울신문의 구 씨, 세계일보의 조민호 기자)은 YS가 받아낼 것이 없고, 오히려 정치적 상처만 입고 단명 정권으로 끝날지도 모른다고 했다. 그러나 역사는 하나님께서 움직이신다고 믿고, 비록 손해가 나는 것처럼 보이지만 성실을 다하는 것이 민족사에 떳떳할 것이라고 생각했다.

비행기는 거의 1시간 동안 중국 남쪽으로 해안선을 따라 내려가다가, 양자강 하류인 듯한 곳에서 동향하여 바다를 건너 김포로 들어왔다. 짐이 나오지 않아 오랫동안 기다리다가, 거의 1시간 뒤에야 나올 수 있었다. 아내와 기홍 내외가 기다리고 있었다. 비행기에서 기내식을 일부러 피했는데, 덕분에 아내와 함께 저녁을 맛있게 먹을 수 있었다. 기종은 아직 시험이 끝나지 않았는지, 9시가 지나서 귀가했다. 저녁 예배를 드리고 기홍 내외를 돌려보냈다.

통일 독일의 고민
-남북나눔운동 I-

1994년 8월 22일~30일

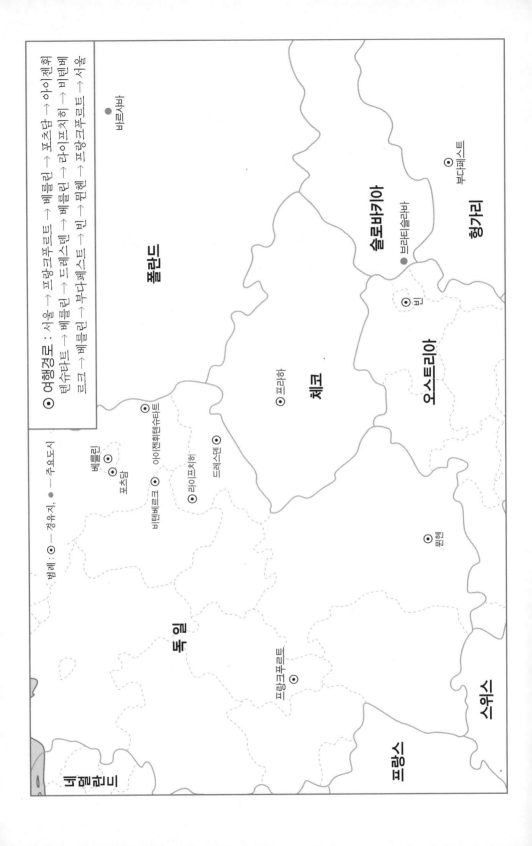

범례 : ⊙ — 경유지, ● — 주요도시

◎ 여행경로 : 서울 → 프랑크푸르트 → 베를린 → 포츠담 → 아이제나허
렌슈타트 → 베를린 → 드레스덴 → 베를린 → 라이프치히 → 비텐베
르크 → 베를린 → 부다페스트 → 빈 → 뮌헨 → 프랑크푸르트 → 서울

네덜란드

독 일

베를린
포츠담 ⊙
⊙
아이젠휘텐슈타트
⊙
비텐베르크 ⊙
라이프치히 ⊙
드레스덴 ⊙

바르샤바 ●

폴란드

프라하 ⊙
체코

프랑크푸르트 ⊙

뮌헨 ⊙

브라티슬라바 ●
빈 ⊙
오스트리아

슬로바키아

부다페스트 ⊙
헝가리

스위스

프랑스

남북나눔운동 연구위원회가 창립된 지 거의 1년 반이 되었다. 연구위원회는 매월 월례 발표회를 가지면서 민족통일과 관련된 문제를 주제로 올려놓고 지속적으로 집담회를 가졌다. 그러던 가운데 우리에 앞서 통일을 이룩한 나라들을 현장방문하면서 그곳의 학자들과 토론해 보자는 논의가 자연스럽게 나왔고, 제1차로 독일을 방문해 보자고 했다.

통일의 순서로 보면 베트남이 먼저지만 그곳에 관한 정보를 제대로 갖지 못한 상황에서 접촉이 쉬운 독일을 먼저 택했다. 출발에 앞서 독일교회 EKD(Evangelische Kirche in Deutschland)와 연락해 우리가 방문할 장소와 만날 학자들을 먼저 교섭했다. 연구위원회가 발족할 때부터 위원장으로 있었던 나는 독일 방문에서 젊은 학자들의 도움으로 많은 것을 견문하여 통일에 관한 시각을 넓힐 수 있었다.

방문은 1994년 8월 22일부터 시작하여 그달 30일까지 계속되었다. 독일 방문 중 필자보다 한 달 전에 유럽 여행에 나선 둘째 아들 기종을 객지에서 만나게 되어 기쁨이 배가되었다. 연수팀은 출발할 때 서울대 사회학과 출신의 서우석 군에게 기록의 책임을 맡겼는데, 그는 당시 쾰른대학으로부터 박사과정 입학허가서를 받은 상태였다. 박사학위를 취득한 뒤 그는 귀국하여 현재 서울시립대학교 교수로 활동하고 있다. 아래 기록에는 서 박사의 기록에 의존한 부분이 있음을 밝히면서 감사의 말을 지면으로나마 전한다.

8월 22일 (월) 오늘은 '남북나눔운동' 연구위원들과 함께 현장을 방문하면서 독일 교회가 독일 통일에 어떻게 기여했는지를 연구 토론하기 위해 출발하는 날이다. 아침에 동네 테니스장에 잠시 들러 테니스를 쳤다. 방달호 치과원장과 단식 게임을 했는데, 힘이 많이 부치는 것

을 느꼈다. 뛰는 데 숨이 가빴다.

기종의 프라이드를 타고 학교 주차장까지 가서, 10시 연구소 경건회에 참석했다. 김승태 선생이 25일부터 중국에 간다고 해서 중국 돈 1천 원을 여비로 보태고 중국에 가거든 서점에 가보라고 권했다. 한규무 선생이 미국 여행을 마치고 돌아왔다고 들었다. 이번 주 수요일 양용의 목사가 연구소에 들르거든 자료 찾는 데 협조해 드리라고 부탁했다.

처 이질녀 성혜가 아내와 함께 연구소에 들렀다. 그 차를 타고 공항에 이르니 11시 15분. 이른 시간이었다. 백종국 박사가 진주에서 9시 무렵에 도착, 공항에서 기다렸다고 했다. 김포출입국관리사무소 소장 유병랑 군을 만났다. 유 군은 대학 시절 같은 학과의 동기다. 출국에 편리를 보아줄까 하고 제의를 했지만, 걱정하지 말라고 했다. 이번 여행의 간사 김경민 양이 우리 일행이 써야 할 돈 가운데 절반인 1만 마르크를 나더러 갖고 나가라고 해서 갖고 나오다가 엑스레이 투시기에 걸렸다. 내 신분을 말하고 일행 15명이 학술회의에 참석하여 쓸 경비라고 말했다. 유병랑 군이 친구라고 말하니, 금방 나를 다른 줄로 나오도록 하여 출국에 편리를 봐주려고 했다. 관리들의 세계를 약간 보는 듯했다.

루프트한자 비행기는 정확히 14시에 움직이기 시작하여 예정시간에 꼭 맞춰(프랑크푸르트 시간은 한국 시간보다 7시간이 늦는데, 그곳 시간으로 19시 10분에) 도착했다. 조카 은희의 전화번호를 알면, 한 달 전에 유럽 여행에 나선 기종의 행방을 묻고 싶었으나, 수첩에 적어 놓지 않아 뜻대로 되지 않았다. 프랑크푸르트 공항에서 다시 베를린행 루프트한자를 20시 30분에 탑승, 예정시간인 21시 30분보다 약간 빨리 도착했다. 한국에서 출발할 때 기내에서 마일리지 보너스 카드를 만들기 위한 서류를 만들도록 부탁했으나 여행사의 실수인지, 아직도 작성되지 않았다.

베를린 공항에 내리니 기종이 기다리고 있었다. 울고 싶도록 반가웠다. 아이는 약간 살이 빠졌고 대신 키가 커진 것 같았다. 혼자서 유럽여행을 떠난 지 꼭 한 달 만에 상봉하는 것이다. 어려움이 많은 중에도 하나님의 보호 가운데 무사하였고 인고(忍苦)를 통해 사람이 성숙하는 것을 생각할 때, 고생을 자취(自取)하면서 진행하고 있는 이번 여행이 그의 인생에 용기와 모험 그리고 인격의 성숙을 담보해 주는 좋은 기회가 되리라 생각되었다.

기다리는 버스가 오지 않아 30분 정도 기다렸다. 거기에다 일행 가운데 이성구 목사가 잠시 자리를 떠서 또 지체했다. 샬롯 호텔(Charlot Hotel)에 가는 동안, 승용차 한 대가 버스의 진로를 가로막은 채 불법 정차하고 있어 또 30분 이상 지체됐다. 경적을 몇 번 눌러도 주인이 나타나지 않자, 운전대를 잡은 여성 운전자가 경찰에 신고했다. 경찰이 와서야 주인이 나타났다. 여성 운전자는 승용차 주인이 150마르크 이상의 벌금을 물게 될 것이라 했고, 그렇게 되면 아르바이트하기 위해 나와서 시간을 허비한 자신에게 보상이 돌아올 것이라 했다.

호텔로 가는 동안 이문식 목사에게 이번 일정을 책임지고 주관했으면 좋겠다고 부탁했다. 김경민 간사에게 맡겨 놓았으나 일의 진행을 전혀 점검하지 않는 것 같아서 그렇게 부탁했다. 도착 첫날부터 일이 이렇게 꼬이면 며칠 동안의 여행이 유쾌하게 진행될 수 없기 때문이다.

방(11호)을 배정 받아 기종과 함께 대화를 나누었다. 현재까지 코펜하겐을 비롯하여 프라하·로마·베네치아·피렌체·베를린·스위스·비엔나 등을 돌아보았다고 한다. 이제는 세계 어느 곳에 보내도 안심할 수 있겠구나 하는 안도감을 '애비'로서 갖게 되었다. '저 아이가 벌써 제 일을 스스로 처리할 수 있다니' 하고 대견함과 뿌듯함을 느끼는 밤이었다.

8월 23일 (화) 기종과 한 방에서 잤다. 아침 6시쯤에 일어나서 자고 있는 아이를 보니 평안함이 있다. 한 달 남짓 혼자서 감행한, '여행'이란 새 도전 앞에서 지친 모습도 느껴지는 듯했다. 호텔 식사는 서양 사람들이 하는 대로 빵과 우유, 주스, 계란, 각종 햄과 잼 등이었고, 각자가 알아서 먹도록 했다. 잘 앉으면 30여 명까지 앉을 수 있는 식당이었다. 우리 외에 여러 사람들이 묵고 있는 것 같았다. 동양계도 보였다. 먹을 수 있을 때 푸짐하게 먹어 두는 것이 좋다는 평소 내 여행 수칙에 따라 맛이 없지만 많이 먹어 두었다.

8시 45분부터 약 30분 동안 일행 모두 모여 경건회를 가졌다. 이문식 목사 사회로 찬송가 한 장을 부르고, 내가 기도하고, 이성구 목사가 《창세기》4장 1~8절까지 읽고 난 뒤에, 카인과 아벨의 제사 가운데 어느 것은 받고 어느 것은 받지 않은 것, 그것은 전적으로 하나님의 선택이요, 그 뒤의 자세와 행동이 중요하다는 내용으로 설교했다. 이것을 통일운동에도 적용해야 한다고 조용히 말씀을 주었다.

기종이, 오늘 하루를 나와 같이 지낼 줄 알았는데, 한참 동안 시간계획을 짜 보더니 아침에 혼자 떠나겠단다. 엊저녁에 하이델베르크에 가 보는 것이 좋겠다고 말했더니 거기로 가서 관광하고 프랑크푸르트에 들러 짐을 챙긴 뒤 25일에 파리로 가서 며칠 동안 답사하고 거기서 귀국하는 비행기를 타겠다고 한다. 어제 저녁에 이런 3급 호텔도 참 좋다고 말한 것으로 봐서 그동안 형편없는 숙식을 치른 것 같은데, 자신의 시간계획을 짜서 자신의 의도대로 여행하겠다는 아이를 보고 대견스럽게 생각했지만, 한편으로는 섭섭함도 있었다. 돈을 좀 주려고 하니 그것도 싫단다. 억지로 5백 마르크를 손에 쥐어 주면서 여행 중에 돈이 떨어지면 초라하게 된다고 달랬다. 헤어지면서 사진 한 장도 같이 찍지 않았음을 후회했다. 이국(異國)에서 부자가 만나 기념으로 사진 한 장쯤 남길 만한데. 저 멀리 혼자 걸어가는 자식의 모습을 보니 울컥 감사

와 함께 형언할 수 없는 외로움 같은 것이 있다. 자식도 내 곁을 떠날 때
가 온다⋯⋯.

9시 30분에 호텔 앞에서 기념촬영 하고 20여 분 동안 걸어 나갔다. 일
행은 먼저 베를린 관광에 나서기로 하고 차를 한 대 전세 내었다. 10시
30분부터 관광이 시작되었다. 50인승쯤 되는 버스가 한 대 왔고, 자그
마한 키의 얼굴에 수심이 많이 낀 옛 동독 출신의 여성이 안내자로 탔
다. 오준근 박사가 안내자 옆에 앉아 통역을 맡았다. 우리가 돌아본 중
요한 관광지는 다음과 같다.

쿠어퓌어스텐담 거리(Kurfürstendamm Str.)와 카이저-베를린 게데흐
트니스 교회(Kaiser-Berlin Gedächtnis Kirche), 호헨촐레른
(Hohenzollern) 왕가의 샤를로덴부르크 궁전, 에르스트-렌터 광장(Erst-
Renter Platz), 쉴러 극장(Schiller Theater), 6월 17일 항쟁거리, 그로써
슈테른(Großer Stern), 제국의회 그리고 그 옆의 동서독 장벽을 넘다가
죽은 이들을 위한 기념 십자가, 옛 장벽의 경계 위에 있는 브란덴부르
크 문, 훔볼트대학, 옛 동베를린 지역의 여러 건물들과 니콜라이 교회,
'논쟁의 건물'(성으로 할 것인지, 동독의회 건물로 할 것인지에 대한 논
쟁이 진행 중이었다), 위그노파가 3백 년 전에 정착해서 거주했다는 프
랑스 거리, 동독의 주요 상업지역이며 땅 투기로 땅값이 급등한다는 라
이프지거 거리(Leibziger Str.), 과거 동서 베를린의 관문이었던 찰리
(Charlie) 검문소, 과거 베를린 장벽이었던 일종의 '담벼락 박물관' 등을
거쳐 과거에 아무도 갈 수 없는 땅이었던 니만츠란트(Niemandsland),
장벽만 남아 있는 빌헬름슈트라세(Wilhelmstraße), 테러의 지형학
(Topographie des Terrors) 재단, 포츠담 광장(이 지역은 통일 뒤 즉시
소니 사와 벤츠 사에서 매입하여 최고의 금융·산업단지로서 건설하고
있었다), 과거 괴링의 연방항공청(지금은 연방신탁공사로서 독일 내 각
종 소유권 문제를 청산하는 업무를 다루고 있다), 알렉산더 광장

(Alexander Platz, 이곳에는 구 동베를린의 중심지로서 교육청 등이 있으며 러시아의 알렉산더 대제가 1905년에 방문한 것을 기념하여 명명한 곳으로 과거 동베를린의 군사행진 장소이기도 하다), 칼 마르크스 대로(Karl-Marx-Allee, 전쟁 전 베를린의 상업 중심지로서 전후 사회주의 혁명 성과의 상징으로 건축한 곳이며 러시아식 건축물들은 보수를 필요로 하고 있었다) 등을 볼 수 있었다.

23개 구로 이루어진 베를린은 세계에서 면적이 가장 넓은 도시에 속하는데, 파리의 8배나 되는 면적에 인구는 4백 만에 불과하다고 한다. 통일 뒤 많은 투자를 하고 있으나 소유권 이전 과정에서 정체현상에 들게 되었고, 거의 모든 음식점들이 개수되고 있으며 국제적인 금융회사들도 들어서려고 건물을 짓고 있었다.

노마너 거리(Nomaner Str.)에는 과거 동독 비밀경찰(슈타지)의 건물이 있는데, 이곳은 도청·감시·정보수집·분산배치 등의 업무를 맡고 있었다. 동독의 비밀경찰은 전국을 포괄하여 사생활까지도 감시하였는데, 지금은 비밀경찰 문서를 없애기 위해 노력하고 있으며 모든 사람들이 자신에 대한 문서를 볼 수 있다고 한다. 란츠베르그 대로(Lanzberg Allee, 과거 레닌 대로)에는 동독의 체육센터가 있었는데, 동독의 체육은 국가적 지원이 많아 국위 선양에 기여했으며 개인기록 경기를 중시하여 모든 국민들이 체육활동에 참가했으나, 이 또한 정보기관의 감시와 도청의 대상이었다고 한다.

바이써제 거리(Weißersee Str.)를 거쳐 아우구스트 거리(August Str.)에 이르니 옛 동독 특권층의 고급 주택가를 볼 수 있었다. 이곳은 동독 공산당 고급 간부들이 살던 거주지역으로 그 안에는 호수와 숲이 있었고, 호숫가에는 오늘도 수영과 일광욕을 즐기는 이들이 많았다. 이 지역들에서는, 과거 러시아를 여행하면서 보았던 것처럼, 평등을 주장하는 사회주의 사회의 허실을 극명하게 엿볼 수 있었다.

베를린 시내를 관광하면서 우리 관광을 안내하는 옛 동독 출신의 여성과 많은 대화를 나눌 수 있었다. 그는 훔볼트대학 출신이었는데, 다음은 그와 나눈 대화의 내용이다.

▶ 구 동베를린 주민으로 통일에 대해서 어떻게 생각하는가?

▷ 장벽 제거에 환성을 질렀으며, 자유를 옹호한다. 그러나 과거에도 장점은 많았다. 최저 생활의 안전이 보장되었다. 현재는 그렇지 않다. 취직이 힘들다. 그래서 나처럼 관광안내원으로 일하는 경우가 많다. 또한 과거에는 없었던 범죄·마약 등 서구의 문제점이 생기고 있다. 이와 같은 새로운 현상으로 고통 받는 경우가 많다.

　동독의 교육을 받은 젊은이들은 정체성 확보에 어려움을 겪고 있다. 공산당 중심의 교육을 받았기 때문에 재교육을 받기도 어렵다. 동독에서는 문화를 향상시키기 위한 노력이 있었으나 현재는 없어졌다. 그래서 예술가들이 생계에 곤란을 겪고 있다.

　'과거와는 전혀 다른 가치평가'도 어려움이다. 세금, 사회보장제도 등 과거로부터의 변화에 따라 큰 심리적 좌절감을 느낀다. 서구 자본주의의 급작스런 유입에 적응할 수 있는 시간적 여유가 부족하여 고통이 증대되었고, 이로 말미암아 동독에 대한 향수병이 생겼다. 물질적으로는 향상되었지만, 이것이 전부가 아니기 때문에 문제이다. 옛 동독 국민의 연대감이 사라졌다. 옛 동독 시절 '니셰'라는 방관자 그룹이 있었는데, 현재 '니셰'가 더 많아졌다. 이들은 적응을 못하는 몽상가들이다.

▶ 지식인들의 고통과 소외를 이해한다. 그러나 다음의 두 가지 점을 생각해야 한다고 본다. 첫째, 역사적 변혁기에는 그러한 고통이 불가피하다는 것이다. 예를 들어 사회주의 성립기에도 이러한 고통이 있었을 것이다. 둘째, 독일 민족의 미래라는 측면에서 현재의 고통을 생각할 필요가 있다고 보는데……

▷ 내 자신도 미래의 세대가 누릴 행복을 믿는다. 하지만 과거와 현재에 걸쳐 있는 우리들의 고통은 심각하다. 그리고 민족 발전을 위한 노력이라는 명제에 대해서는 공감한다. 이 통일은 돌이킬 수도 없고 돌이켜서도 안 되며 우리 후손들을 위해서는 이 길을 반드시 가야

하는 길이지만, 이미 우리(동독인)들이 뼈아프게 느끼고 있는 비극적 현상과 소외의 현실은 말하지 않을 수 없다. 우리가 처한 처지는 한 발은 역사가 나가야 할 당위(當爲) 앞에, 또 한 발은 생존의 위협을 받고 있는 소외와 비극 속에 내디딜 수밖에 없는 한 인간으로서의 고뇌를 갖고 있다는 것이다.

▶ 한국의 통일을 위해 조언을 해 달라.
▷ 정신적으로 서로 존중하는 것이 중요하다.

그 여성의 말을 들으면서 오늘날 동독인들의 처지를 그가 간단하지만 잘 대변하고 있다고 생각되었다. 그는 우리들에게 동독인들의 통일 현실에 대한 솔직한 심정을 나타내 주었다.

주소를 잘못 알아 옛 동베를린 중심부에 있는 EKD를 찾아간 것은 오후 2시 10분쯤이었다. 점심을 먹지 않았지만, 기다리고 있던 헬무트 체디스 박사(Dr. Helmut Zeddies)의 안내를 받아 우리는 지금 수리가 한창인 EKD 건물에 들어가 준비된 음료수를 마셔 가며 이번 방문의 1차적인 목표를 수행하였다. 그는 간단한 환영사에서, "현재 오랫동안 공사 중인 이 건물이 이 지역을 상징한다고 본다. 독일 전체가 통일 이후 격변기 속에 있으며, 개인 한 사람 한 사람도 격변기 속에 있다. 교회도 격변기 속에 있는데, 이는 지루하고 어려운 과정이다. 먼저 여러분들이 왜 베를린에 왔는지를 알고 싶다"는 요지로 말했다.

나는 일행을 대표해서 간단히 우리 방문단을 소개하고 우리가 알고 싶어하는 것이 무엇인지를 다음과 같은 요지로 설명했다. "우리는 남북나눔운동의 연구위원회에서 왔다. 남북나눔운동은 한국 기독교의 진보와 보수가 함께 만든 단체이다. 1980년대 말까지 한국에서는 신학적으로 진보적인 처지에 있는 이들만 통일에 대해 이야기했다. 그러나 1990년대에 들어서서 신학적으로 다수인 보수 교회도 통일에 관심을 가지게 되어서 함께 이 운동체를 만들게 되었다. 한국의 NCC와 협조하고 있다. 우리의 방문 목적은 독일 교회가 통일에 기여한 바를 알아보려는 것이다. 통일 이후 독일이 어려움을 겪고 있지만, 독일은 한국에게 부러움의 대상이다. 지금까지 EKD가 교회연합 등으로 통일에 기여한 바가 크다고 본다. 팩스로 이미 전달된 질문들을 중심으로 대답해 주면 좋겠다."

이러한 소개에 이어 그의 설명을 먼저 듣고 다시 질문하는 순서를 갖기로 했다. 그와 함께 한 시간은 4시까지였다. 대화는 다음과 같이 진행되었다.

팩스로 질문한 부분에 대해 간단히 대답하겠고, 질의응답 식으로 진행하여 여러분들도 대화에 함께 했으면 좋겠다. (통일 이후의 전체 독일 지도를 보여 주면서) 독일이 큰 것처럼 교회도 많다. 개신교(국교회)뿐만 아니라 가톨릭도 큰데, 각각 50퍼센트씩이다. 그밖에 감리교와 기타 종교집단이 있다. 독일 개신교회의 중심은 개신교 국교회이며, 24개로 분할되어 있다. 동독지역 교회도 통일 이후 독일 교회로 편입되었다. 베를린은 브란덴부르크 국교회 소속이다. 독일의 24개 국교회는 저마다 고유한 역사를 갖고 있다. 종교개혁 시대에 그 운동은 정치적 운동과 밀접한 관계에 있었으며, 이로 말미암아 독일교회의 구조는 복잡하고 다양하다. 이는 독일인인 본인도 혼동을 일으킬 정도이다. 정치적인 역사는 발전했지만 독일 교회는 종교개혁 시대에 머물고 있다. 각 주의 고유성 때문에 연방차원의 활동에 어려움이 있다.

우선 동독 교회의 경우를 말하겠다. 독일은 1990년까지 분단되어 있었으며, 이는 제2차 세계대전의 결과이다. 서독의 경우 민주주의와 시장경제를 도입했는데 이는 영국·미국을 따른 결과이다. 반면 동독(특히 동베를린)은 소련 군대에 의해 영향을 받았다. 소련군이 처음 진주할 때는 공산주의가 아니라 반(反)파시즘이었다. 40년 전 나치 아래에서 수용소에 있었거나, 외국에 있었던 사람들 가운데 공산당원은 거의 없었다. 그러나 소련군 주둔 이후 반나치 인사와 접촉을 시작하면서 바로 공산당의 영향력이 증대되었다. 특히 공산당과 교회 사이에 갈등이 시작되었다. 교회는 활동에 제한을 받았으며, 많은 것이 금지되었다. 청소년, 학교 등에서 활동이 금지되었다.

1968년에 교회가 활동(특히 주교회의)의 한계를 공감하게 되어, 연합활동을 시작하게 되었다. 이때부터 국가와 교회의 대립이 시작되었다. 국가는 대외적으로 홍보·선전 작업을 하였으나, 교회는 협조하지 않았다. 국가는 교회를 회유 협박하기 시작하였고, 개신교는 국가로부터 독립을 염원하였다. 독일 국교회의 주장은 어느 사회에서도 복음을 전파해야 한다는 것이었으며, 교회가 경건주의자의 게토(ghetto)가 될 수는 없다는 것이었다. 이 사회에 이야기해야 한다는 것이었다. 그런 점에서 국가에 대한 비판적 연대감을 위한 노력을 경주하였다.

동독이 망할 무렵인 1980년대 말, 동독 사회 안에서 갈등이 분출하였으며, 과거와 현재의 차이에 대한 불만이 고조되었다. 그러나 불만을 공개적으로 말할 수 없었으며, 이때 불만 토로의 장이 개신교회였다. 교회는 사람들의 불만을 대변하였다. 교회의 제안은 동독 개혁에 대한 필요성이었다. 특히 인권에 관해서. 하지만 통일을 바라보고 한 것은 아니었다. 1989년 가을까지 두 독일의 통일은 예상하지 못했다. 다만 동독이 인간적인 나라가 되어야 한다고 생각했다. 동독 거주 인민들은 혹독한 정치 현실에 묶여 있었고, 소련이 동독을 소비에트 블록에서 놓아주리라고 예상 못했다. 서독도 마찬가지였다. 많은 사람들이 제2차 세계대전의 책임에 따라 분단이 되었으며, 유럽의 평화를 위해서는 분단을 감수해야 한다고 생각했다.

통일된 지 4년이 지난 지금 독일인들이 40년 동안 통일을 준비한 것처럼 생각하는 경우가 있는데, 이는 사실이 아니며, 지나간 과거에 대한 오해의 위험이 있다. 서독·동독 모두 통일에 대한 준비가 없었고, 흡수통일은 상상할 수도 없었다. 갑자기 확대된 나라(옛 동독의 당시 인구는 1,600만 명)의 어려움으로 오류와 착오가 생기고 있다. 서독의 경제와 의회 민주주의가 확장되어 적용되고 있다. 다른 가능성은 없었지만 방법을 달리 해야 했다. 동독인들이 갑작스럽게 다른 세계를 경험하게 된 것은 바뀌어야 했다. 통일 뒤 동독에는 경제적 투자가 증대되었으나 기존 사회주의 체제는 완전히 파괴되었다. 예컨대 공장이 폐쇄되는 것 등이다. 이로 말미암아 구성원들의 지난 경험은 무용하게 되었다. 동독인의 경우, 두 가지 측면이 있다. 첫째는 통일에 열광하면서 성공하려는 것이고, 둘째는 실업자로서 사회보호에 의존하는 것인데, 이러한 간극은 엄청난 문제를 가져오고 있다.

우선 인간적인 간극은 서독형 / 동독형 인간의 차이를 만들었다. 왜 이런 문제가 생겼는가? 서독인의 사고 경향은 '모든 동독인들은 서독인을 기다렸다. 서독의 경험, 부를 갖고 다가오기를 기다렸다'는 것이다. 이는 상당한 정도 사실이다. 그러나 그 대가는 생각하지 못했다. 동독은 무가치했으며, 열등적인 위치에 종속되었다. 새로운 체제에 굴복했으며, 그 희생을 잘못 생각한 것이다. 그 결과는 어떠한가? 동서독 사람들은 서로 다르다는 것을 인정, 수용해야 한다. 40년 동안의 사회주의 / 민주주의가 흔적 없이 사라질 수는 없다. 주의가 필요하다는 것을 인지하며, 새로운 과제를 느낀다. 사람들이 진정하게 자유로워질 수 있도록 해야 하며, 이를 위해 교회의 도움이 필요하다.

▶ 독일 교회의 새로운 임무는 무엇인가? 서독인들은 동독에 대해 많은 지원을 하면서, 동독인들이 자본주의에 적응하길 기대하고 있다. 반면, 동독인들은 대량실업의 고통을 겪고 있으며 새로운 독일 건설에 자신들의 기대가 반영되지 못하는 것에 대해서 불만을 느끼고 있다. 이러한 상황에서 양측의 불만을 없애고 '진정한 자유'를 위해 교회가 할 수 있는 일은 무엇이고, 계획하고 있는 일은 무엇인가? 한국의 상황과 비교하면, 한국은 훨씬 어려울 것으로 생각된다. 남북 사이에 전쟁이 있었으며, 현재의 차이도 크다. 독일의 경제체제는 사회적 시장경제체제(Social Market System)이다. 그러나 한국은 그렇지 못하다. 한국 교회가 해야 할 일에 대해 시사점이 크다고 본다. (윤영관 교수)

▷ 그런 면에서 한국과 독일은 상당히 다른 상황인 것으로 예상된다. 즉 한국에서 통일이 현실적 문제로 다가오게 되면, 두 가지 문제가 부각될 것이다. 하나는 두 개의 나라가 합치는 것이어야 하며 흡수는 안 된다는 것이다. 둘째는 통일이 되었을 때, '사람들을 어떻게 감동시킬 수 있을까?' 하는 점이다. 한국은 분단 상황에서 상호간 접촉이 없었다. 반면 독일은 접촉이 있었다. 이를 미리 예상해야 한다.

교회의 구실은 무엇인가? 통일은 하나의 '과정'이다. 정치가들은 통일이 과정이라는 것을 경시하는 경향이 있고, 완료된 것으로 주장한다. 교회는 정치가들에게 요구한다.

"인민들이 새로운 체제에서 적응하기 위해서는 시간이 필요하다. 특히 정신적 장벽을 허물기 위해서." 교회가 할 수 없는 일이 있다. 예컨대 실업 문제를 교회가 해결할 수는 없다. 그러나 교회는 실업이 교회와 연관되어 있다는 점을 명심해야 한다. 신도의 민생고에 대해 교회가 관심을 가져야 한다.

독일은 변화의 소용돌이에 있으며, 새로운 문제에 직면해 있다. 두 가지 예가 있다. ① 외국인 노동자의 유입 문제가 새로운 국면을 맞게 되었으며, 우익 극단주의가 증대되고 있다. 이 문제가 사회에 깊이 관여되어 있기 때문에 교회는 무관할 수 없다. ② 교회의 고유한 임무는 선교이다. 옛 동독의 문제는 신앙인이 소수가 되었다는 점이다(20퍼센트). '우리가 왜 기독교인이 되어야 하는가' 설득해야 한다.

▶ 북한에 지하교회가 있다고 보는가? 한국 교회가 북한 교회의 재건을 위하여 할 일이 무엇이라고 생각하는가? (허문영 박사)

▷ 북한에 대한 정보 부재로 답변하기 어렵다. 북한의 필요에 대해 스스로 이야기할 수 있어야 한다. 이를 위해서는 불신이 있지만 접촉이 필요하다. 전체주의적 체제에 사는 개인은 스스로 동화될 수밖에 없다. '왜 마르크스주의에 저항하지 않았는가' 묻는 경우가 있다. 체제에 타협할 수밖에 없는 상황이었다. 그러나 신앙의 지조를 지켰다.

▶ 독일 교회가 통일을 준비하지 않았다는 것은 개인의 견해인가, 대다수 견해인가? 통일에 대한 구체적인 계획은 없더라도 대강의 구상은 있지 않았겠는가? (이만열 교수)

▷ 교회는 동독 안에서 독립적인 활동을 할 수 있는 유일한 기관이었으며, 동서독 교회는 함께 활동했다. 같은 역사와 전통을 공유했다. 동서독 교회가 긴장관계에서 평화를 위해 함께 노력했다. 서독 교회는 동독 교회에 대해 재정적 지원을 하였다. 동독 교회 목회자는 동독 내 최저 경제 수준이었다. (이런 상황에서 서독 교회는) 동역자를 돕고, 센터를 만들도록 도와주었다. 서독 교회의 지원으로 재정적 자립이 가능해지자 동독 정부로부터 여러 가지 허가를 받는 것도 가능했다.

그러나 이것을 통일을 위한 준비라고 볼 수는 없다. 통일을 예상 못했기 때문에. 그러나 이런 모든 상황에도 '통일은 선물로 주어진 것'으로 인식할 수 있다. '선물'이라고 하는 것은 '우리의 노력으로 통일을 성취한 것처럼' 생각하거나, '현실적 어려움 때문에 통일의 가치를 경시'하게 될 위험성을 지적한다. 통일은 아주 좋은 것이다. 하지만 엄청난 노력으로 이뤄내야 하는 것이다. 통일은 다 이루어진 것이 아니라, 지금부터 노력해야 하는 것이다.

교회의 임무에 대해서 말하겠다. 공산주의가 없어짐으로써 장애가 없어졌다. 새로운 사업을 할 수 있게 되었으며, 많은 기대를 걸게 되었다. 새로운 인재를 육성해야 하고, 어린이집 같은 사회사업이 필요하다. 이러한 일을 동독 사회가 감당할 수 없기 때문에 교회가 담당해야 한다. 옛 동독의 국가정책은 동독을 서독으로부터 분리시키는 것이었다. 동독 교회는 체제 내 생존에 전력을 기울였다. 통일은 상상 못했다. 1961년에 갑자기 국경이 생기면서 이 체제 안에서 살아야 한다는 것을 느꼈다. 따라서 생존의 문제를 생각하게 되었다. '이상형'으로서 장래의 정치적 현실에 대한 전망과 프로그램이 필요했다.

동독 의회, 동독 인민궁전의 정면에 '베를리너돔(Berlinerdom)'이 있었다. 전쟁 후 재건되었다. 서독의 엄청난 재정 지원이 있었으며, 동독 정부가 엄청난 가치 부여를 했다. 동독 정부와 교회 사이의 공존상태를 보여 준다. 상하 모든 의원들은 건축구조 때문에 항상 교회를 주시하게 되었다. 모든 의원들은 대립 속에서도 교회와 국가가 같은 바탕 위에 서 있다는 것을 생각하게 되었다. 이것은 교회의 관점에서도 위험하다. 왜냐하면 교회가 오용될 수 있기 때문이다. 교회는 항상 반대와 기회주의의 중간 상태에 있었다.

한국에 있는 분들이 통일이 커다란 일이라는 것을 명심하기 바란다. 모순이지만, 통일은 반드시 선물로 주어져야 하는 반면, 동시에 그것을 위해 굉장한 노력이 필요하다.

헬무트 체디스 박사는 결과적으로 독일의 교회연합기관(EKD 및 BEK)에 대해 설명하고 통일 뒤의 동독인들이 겪고 있는 어려움을 이야기한 셈이다. 그는 조심스럽게 통일을 위해 독일 교회와 독일 정부가 전혀 준비하지 않았다는 것과 그럼에도 통일은 하나님의 선물로 주어졌다는 것, 그리고 통일을 수행하기 위해서는 세심한 준비가 필요하다는 것을 강조했다. 이러한 그의 설명은 우리가 EKD에 이르기까지 우리의 관광을 안내했던 동독 출신의 그 여성이 가졌던 생각과 어쩌면 일치하는 것이었는지도 모른다.

관광 가이드였던 그 여성과 EKD의 섭외국장은 둘 다 옛 동독인들이다. 이들의 이야기만 듣다간 통일 독일에 대한 부정적인 이미지만 갖게 되겠다 싶었다. 그런 측면은 이미 한국에서도 성급한 통일이 화를 자초할 수도 있다는 보수적 언론들의 소개를 통해 충분히 들어온 터라, 어느 정도 이해하고 있었다. 옛 동독인들의 이야기가 생존권의 문제와 통일 뒤에 나타날 기쁨의 균점(均占)이라는 측면이 무시된 데서 나온 것이라면, 우리 한국 언론들의 이야기는 통일 반대 혹은 보수적 기득권자들의 통일관을 대변한 것이다.

체디스 박사가 끝으로 '동독 최고인민회의의 유리창들 속에 비친 동베를린의 돔' 사진을 보여 주면서, 그것에서 과거 동독 정부와 교회의 관계를 규정하려 하였던 것은, 앞에서 이미 언급한 바와 같이 대단히 인상적이었다. 강을 사이에 두고 있는 이 두 건물은, 최고인민회의 건물을 지음으로써 나란히 존재하게 되었는데, 최고인민회의 건물을 짓기 위해서는 수압(水壓) 등으로 보아 교회 건물이 그 곳에 존재해야만 했고, 따라서 최고인민회의는 자신의 건물 존립을 위해서 교회를 인정하지 않을 수 없었다. 그래서 최고인민회의 대의원들은 그들이 밖을 내다볼 때마다 교회를 볼 수밖에 없었고, 교회는 교회대로 최고인민회의를 인정할 수밖에 없었다는 것이 체디스 박사의 설명이었다. 참으로 묘한 정교(政敎) 사이의 관계를 이 사진은 솔직히 보여 주었다.

저녁 7시 10분쯤에 '만리장성'이란 중국집에서 두 사람의 독일인 학자를 만났다. 한 분은 동독 시절 마지막으로 몇 년간 북한 주재 대사를 지낸 마레츠키 씨(그의 명함에는 박사 겸 교수라 했으나 이것은 아마도 그가 현재 무직임을 나타내는 것으로 이해되었다. 그러나 소개자는 정책 및 외교를 강의한다고 했다)이고, 다른 한 분은 그를 소개한 베를린 자유대학의 정치학 교수(비교정치학 전공) 립틀레스키 씨였다. 립틀레스키 씨는 지한파(知韓派)로서 분단국의 통일 문제를 주요 관심사로 연구하고 있으며 서울대출판부에서 저서를 출간했다고 했다. 그는 눈이 부리부리하고 눈썹이 이색적이며 머리 모양 또한 이상해서 마치 일본의 무사(사무라이)를 연상케 했고, 앞서의 마레츠키 씨는 나만한 키에 몸이 좀 뚱뚱하며 (옆으로 퍼진 형태로) 옛날 사진으로 본 소련 수상 브레즈네프를 닮은 것 같았다.

　마레츠키 씨는 간단히 메모해 온 내용을 가지고 약 1시간에 걸쳐 자기가 생각하는 북한의 동향과 선택에 대해서 말했다. 그가 매우 현실적인 접근을 하고 있다고 생각되었다. 그는 자신이 북한에서 경험한 것을 토대로 해서, ① 북한이 결코 타협하지 않으리라는 것, ② 어떠한 경우에도 북한이 외세의 압력에 굴하지 않으리라는 것, ③ 그럼에도 북한이 자멸(collapse)할 가능성이 있다고 하면서, 그럴 경우 한국은 기회를 잃지 말아야 한다는 것을 강조했다. 그가 7조목으로 준비해 온 내용은, 그것만으로도 북한을 계속적으로 관찰해 온 결과라 할 것이다. 이날 저녁 우리는 주로 마레츠키 씨와 대화를 나누었는데 그 내용을, 다소 길지만, 여기에 옮겨 본다.

▷ 마레츠키 : 북한의 교회가 파괴되어 창고로 이용되고 있다. 북한의 가톨릭 교회 건설 당시 조언을 한 적이 있다. 성당 설계사에게 종교에 대해 물어 보았는데, 설계사는 '노동당원일 뿐'이라고 대답했다. 동구 등을 돌며 배워 왔다고 했다. 사회민주당이 있으나 유명무실하다. 1989년 평양청년학생축전 이후 종교적 행사를 과시하게 되었다. 예배 인원 가운데 1/3은 비밀경찰, 1/3은 늙은 북한 주부, 1/3은 외국인이었다.

▶ 비밀경찰의 신분을 어떻게 확인했는가?

▷ 마레츠키 : 첫째, 1945년 이후 공산주의 국가에서 살아 왔다. 둘째, 민간인 외투가 똑같은

창고에서 나온 옷임을 보고 알았다. 북한에서는 옷을 배급 받는다.

▶ 지하교회의 존재에 대해 아는 바가 있는가?

▷ 마레츠키 : 북한과 같은 강력한 독재체제는 보지 못했다. 북한에서 신앙고백을 공적으로 할 수 있는 기회나, 반정부적인 의견을 공표할 수 있는 기회는 없었다. 겉으로 드러나지 않는 종교모임이 있을 수 있지만, 있다 하더라도 별 의미가 없다. 북한에서 기독교도는 보지 못했지만, 불교도라고 주장하는 사람은 보았다. 절을 방문했을 때, 스님과 단독으로 만났는데, "사실 다른 일을 하게 되어 있는데, 특별히 당신 때문에 왔다"는 말을 들었다.

▶ 북한에서 기독교인을 본 적이 없는가?

▷ 마레츠키 : 마음속으로 믿는 것 같은 사람을 만난 적은 있는데, 고백하는 사람을 보지는 못했다. 불교도를 본 것이 조작된 공연이라는 느낌도 받았다. 공산주의국가에서도 북한처럼 오랜 기간 종교를 금지한 적이 없다.

▷ 립틀레스키 : 비교정치학적으로 볼 때 북한은 곧 붕괴될 가능성이 있다.

▷ 마레츠키 : 북한에서 종교의 자취를 찾기 힘들었는데, 우선 십자가를 집에 걸 수 있는 장소가 없다. 유일하게 김일성 부자의 사진 두 장만 허용된다. 상호감시 체제로 사생활이 없기 때문에 종교가 생길 가능성이 없다.

▶ 김정일에 대한 평가를 리더십, 건강 문제 등과 함께 말해 달라. 북한의 진로가 루마니아식 민중봉기, 중국식 개방, 동독식 흡수통일 가운데 어떠한 것이 될 것으로 보는가? (최성 박사)

▷ 마레츠키 : 7가지 테제를 일반적 명제로서 제시하고자 한다.

1. 남북관계에서는 북한이 결정적 열쇠의 구실을 한다. 외부의 영향력이 북한 사회에 미칠 가능성은 전혀 없다. 김일성이 핵 문제를 갖고 협박을 할 때 외국은 영향력을 미칠 수 없다. 평양은 경제협력을 요구한다. 그럼에도 평양식 개혁은 북한의 개방과 연결되지 않는다. 지금 북한은 북한의 생존 문제가 걸려 있기 때문에 매우 견고하다. 남북관계는 계속 이대로 머물 것이다. 변화가 있다면, 북한 내부에서의 변화 가능성밖에 없다. 남한에서 생각

하는 것처럼 북한 내부의 점진적 변화 가능성은 없다. 북한의 급진적인 몰락 가능성밖에 없다. 지금의 단계는 극단적으로 양극화해 있는 상황이다. 견고한 스탈린 체제 고수와 갑작스러운 몰락이라는 양극이다.

2. 북한의 대외적인 전략은 외부와 연락 없이 조용히 바뀔 수 있다. 북한의 대외전략은 주체사상과 체제 유지에 초점이 맞추어져 있다. 북한의 경우 암묵적으로 남북간 통일을 포기했다. 주체사상을 유지하기 위해서다. 민족통일연구원에서는 점진적인 통일방안을 제시하는데 이는 옳지 않다. 왜냐하면 북한 지식인들은 남한의 우위를 알고 있으므로 통일을 이미 포기했기 때문이다. 북한의 신예 실력자들은 '두 개의 한국' 정책을 추진, 정착시키기 위해 노력하고 있다. 이 정책은 동독의 1960년대 정책과 같다. 남북의 상호 분리를 통해 북한이 자기 안전을 주장하는 것이다.

3. 북조선의 체제는 권위주의 사상으로 지배되는 지령, 명령 사회이다. 특히 군사적 힘에 따라 지배되는 사회는 자기 개혁의 가능성이 없다. 김일성이 죽든, 김정일의 실권과는 상관없이 북한 엘리트는 자신의 생존을 위해, 보수적인 극단주의 사상을 유지하기 위해 노력할 것이다. 즉 개혁은 없다. 처음부터 끝까지 모든 공산주의체제는 붕괴되었다. 이에 대해 북한 공산주의자들의 주장은 "그들은 혁명사상을 방어할 능력이 없었"기 때문이라는 것이다. "북한에 기근이 있다", "경제적 후진성이 있다", "그래서 개혁이 불가피하다"고 보는데 북한 엘리트층의 생각은 다르다. 북한에는 개혁 가능성이 없기 때문에 유일한 가능성은 북한 안의 반란이다.

4. 북한이 멸망한다면, 북한의 국경선 근처에서부터 붕괴 과정이 일어날 것이다. 미리 예언한다면, 북한에서 평화적 과정을 통한 혁명의 진전은 불가능하다. 유일한 가능성은 북한 내 내란이다. 그래서 북한의 내란은 조직적이기보다는 어느 순간 기근에 빠진 사람들의 갑작스런 내란이 될 것이다. 동독 멸망 때 동독을 반대하는 그룹이나 지도자는 없었다. 북한에 반체제 지도자는 없다. 그러나 잠재성은 높기 때문에 가능성이 크다. 북한은 두 가지 문제점을 갖고 있다.

① 북한에서 만약 정치적 항쟁이 발생한다면, 무력과 반대 무력 사이의 항쟁이 있을 것이다. 남한은 그때 무엇을 할 수 있는가? 남한은 아무것도 할 수 없다. 수개월 동안 북한

에서 전쟁이 발생한다면, 남한의 처지는 곤란할 것이다.

② 만약 북한이 무너진다면, 위기상황을 관리할 수 있는가? 한국에서는 절대로 불가능하다. 북한이 무너진다면, 즉각 흡수통일해야지, 다른 가능성은 없다.

5. 북한의 제도적 계층사회 안에서는 타협의 가능성이 없다. 내가 기독교의 목사라면, 다음과 같은 방안을 제시할 가능성이 있다. 10억 달러를 가지고 북한에 가서 광복거리에 게토를 만들어 놓고 북한이 무너지면, 생을 보장하겠다는 평화의 제스처를 취해 보겠다. 하지만 나는 정치적 현실주의자이기 때문에 그럴 가능성은 없다. 사실 10억 달러는 오히려 싸다고 볼 수 있다. 주체사상의 맹견들도 액수만 크다면 절대적으로 매수할 수 있다. 남북 양쪽이 모두 자신의 원리 원칙 고수에 치중하고 있다. […] 이런 일은 불가능하다. 북한의 나진·선봉 지역조차도 중국과는 전혀 다르다. 김(영삼) 대통령의 북한과 화해·협력 주장을 환영한다. 화해·협력이라는 김 대통령의 정책은 긴장완화에는 기여한다. 하지만 남북 화해에는 실질적 기여를 못할 것이다.

6. 많은 한국 사람들의 다수가 독일의 통일 경로에 대해 논의한다. 하지만 독일의 사례를 모범으로 제시하는 것은 문제가 있다. 주체사상과 자본주의의 결합 가능성은 없다. 주체사상은 무조건 제거해야 한다. 한국이 다원주의사회를 원한다면 노동당 지배는 제거되어야한다. 어떤 경우에도 남북 사이의 헌법 혼합은 있을 수 없다. 국가적인 분단이 체제의 분단으로 이루어진 경우, 어느 한 체제는 사라져야 한다.

7. 분단체제를 극복하려면, 한국이 독일보다 훨씬 어려운 점들이 많을 것이다. 주체사상은 집단주의사상이다. 집단주의사회에서 개인주의사회로의 이행은 동구권에 견주어 과정이 길 것으로 예상된다.

김일성 사회는 절대적으로 프롤레타리아트화해 있다. 북한은 어느 누구도 무소유이다. 오직 의복, 가구 몇 점만 있을 뿐이다. 이런 상황에서 북한의 사유화가 어떻게 진전되겠는가? 저축성 예금이 있으나 큰 의미가 없다. 모든 국민의 85퍼센트 이상이 개인적 상행위나 국제 문명을 모른다. 남한에서는 이런 현실을 가볍게 여긴다. 북한은 식량 등 생존 문제에 대해 이야기할 때, 식량은 배급의 문제일 뿐 가치의 문제는 아니라고 한다. 북한의 경우, 정치적 사회가 왜곡되어 있다.

북한에는 공적 사고와 내면적 사고라는 이중적 사고방식이 있다. 북한 사람들은 자신의 의견을 제시하는 것이 굉장히 낯설다. 그런 기회가 없다. 많은 사람들은 남북 사이의 전쟁 때 지은 죄를 잊지 못한다. 북한의 1백만에 가까운 정치가들은 정치적 과오에 참여한 경험 때문에 통일 뒤 그 책임에 대한 두려움을 갖고 있다. 동독과 비교해 보면 체제에 대한 적극적 조력자 비율이 북한이 훨씬 높을 수밖에 없다. 그래서 상호 용서에 대한 장애가 북한에서 월등히 높다. 교회의 영역도 마찬가지이다.

북한 산업의 80퍼센트가 아무 소용없는 것이다. 북한의 산업생산물은 무기 외에 어떤 것도 수출할 수 없다. 이런 북한의 산업으로 무엇을 할 수 있는가? 오직 북한 산업의 파괴가 있을 뿐이다. 이 경우 5백만~6백만의 실업자가 발생할 가능성이 있다. 군인·경찰 130만 명 가운데 통일 뒤에 자신의 직업을 유지할 수 있는 사람은 없다. 북한의 경우, 세계에서 가장 군사화된 나라이다. 이곳에서 반(反)군사화를 진행하면, 5백만의 실업자가 발생한다. 모든 식료품과 의류는 국가의 분배(시장 아님)로 이루어진다. 북한 사회 붕괴는 분배체계의 붕괴이다. 만약 북한이 붕괴하면, 북한에 대한 거대한 구호작업이 필요하게 된다. 고르바초프는 "개혁을 가장 늦게 하는 사람이 가장 많이 벌을 받을 것이다"라고 했다. 그런데 개혁을 가장 늦게 하는 집단이 벌을 받지 않고 있다. 북한인으로 동독 유학 중 서독 탈주에 성공하여 시인으로 활동하고 있는 사람이 있다. 그의 〈김일성 사후의 희망〉을 보면 김일성이 죽은 뒤 2년 안에 자기 가족들을 보게 되리라는 희망이 있다.

▶ 이 같은 자신의 의견을 발표한 적이 있는가? (이만열 교수)
▷ 마레츠키 : 1990년에 김일성에 대한 책을 출간한 적이 있고 그 뒤에는 별로 없다. 왜냐하면 통일의 발걸음을 막고 싶지 않았고, 너무 오래 떨어져 있었기 때문이다.

▶ 한국이 통일 이후 어떤 정책을 펼쳐야 하는가? 독일의 경우와 비교, 경제적 형평에 입각한 정책은 무엇인가? 예를 들면 통독 과정에서 1:1 화폐교환정책은 복지적으로 도움이 되었으나, 경제적으로는 장애가 되었다. 이런 정책이 한국에 시사하는 점은 무엇인가? (윤영관 교수)

▷ 마레츠키 : 세상에는 불가피한 일이 있다. 북한의 경우, 개신교와 천주교에 성직자가 없다. 한국에서는 북한의 교회 재건을 위해 노력할 것이다. 그런 경우 모든 교회는 북한 교회인데, 모든 성직자는 남한 성직자가 된다. 이런 예가 북한 사회 전체에 적용된다. 이럴 때 두 가지 측면을 볼 수 있는데, 하나는 극단적 소외 현상이고, 또 하나는 소외 현상의 불가피성이다.

북한의 어떤 사람도 자기 땅의 소유주가 아니다. 모든 집이 국유이다. 신탁관리청을 통해 사유화를 진행할 가능성이 있다. 그런 경우, 장기 융자로 북한의 사유화를 지원할 필요가 있으나 무조건 지원은 불가능하다. 물론 북한은 독일보다 쉽다. 농부의 경우, 자신들이 소유한 땅이 없다. 협동농장에서 균등 배분할 가능성은 있다. 그러나 1945년 이전의 원래 주인이 등장한다면, 어떻게 할 것인가? 북한 주민은 저축이 없다. 저축할 이유가 없고, 이자가 없기 때문이다. 북한의 경우, 주기적 화폐개혁 때문에 저축이 무용지물화했다. 오랫동안 간직할 수 있는 재화는 구입하지 못한다. 자동차, 자전거 구입이 불가능하다. 이런 상황에서 시장경제를 도입한다면, 어떻게 작용할 것인가?

한국이 독일보다 쉬울 수 있는 이유도 두 가지 있다. 첫째, 한국은 구서독과는 달리 사회적 복지국가가 아니다. 독일의 경우, 통일은 동독인이 서독의 사회보장에 통합되는 것을 뜻했다. 서독의 경우, 사회보장 재원이 필요했지만, 한국은 필요 없다. 둘째, 독일의 '지역적 형평' 원칙에 따라 동독 주민이 조속한 기간에 서독 주민과 동등한 생활을 하게 되었다. 이 원칙이 1:1 화폐교환의 근거였다. 모든 북한 주민들이 자동차 소유를 희망할 가능성이 있다.

▶ 정권 붕괴와 체제 붕괴의 차이를 구분해야 한다. 김정일을 평가해 달라.(최성 박사)
▷ 마레츠키: 지금까지 김정일은 2위의 존재였다. 김정일의 지배는 거대한 체제의 깃발에 불과하다. 김정일은 지도력·추진력에서 정치적 지혜가 없다. 그러나 중요한 것은 체제 내 변화이다. 기계는 기술자에 상관없이 2~3년 동안 작동할 수 있다.

대화 도중 나는 그의 진단과 예견이 한국의 정책당국에도 알려졌는지를 물었고, 그는 이미 몇 차례에 걸쳐 당국자에게 자신의 주장을 전한 바 있다고 했다. 저녁도 변변찮게 대접한 데다가 마땅히 한국에서 준비해 온 선물도 없어 (이 모임이 시작하기 전에 김 간사가 인삼차를 준비했다고 했다) 미안한 생각이 들어 나는, 소찬에 미안하지만, 우리는 비행기 비용과 많은 시간을 들여 비싼 값을 치렀다는 것, 그래서 오늘 당신들의 조언이 한국의 통일운동에 큰 도움이 되기를 빈다고 하고 숙소로 돌아왔다. 택시로 거의 30마르크가 나왔다. 피곤하지만 의미 있는 하루였다. 아직 시차 극복도 되지 않은 형편인데 무리한 하루를 보냈다.

8월 24일 (수) 오전 7시 45분부터 8시까지 이문식 목사의 사회로 경건회를 가졌다. 찬송 14장을 부르고 이문식 목사의 기도 뒤에 정병선 목사가 '오병이어(五餠二魚)'라는 제목으로 설교했다. 8시 35분에 숙소를 출발하여 9시 30분에 포츠담(Potsdam)에 도착, 10시까지 포츠담 회담이 열렸던 체칠리엔호프(Cecilienhof) 궁을 돌아보고 10시 35분까지는 상수시(Sanssouci) 공원에서 자유시간을 가졌다.

포츠담은 베를린의 서(남)쪽에 위치해 있는데, 제2차 세계대전이 끝날 무렵 미(트루먼)·영(처칠, 뒤에 애틀리로 교체)·소(스탈린)의 삼국 회담이 열렸고, 독일이 항복한 뒤 세계질서 재편을 위한 3거두 성명이 있었던 곳이다. 원래는 프리드리히 왕가에서 자녀들을 위해 세운, 숲속의 아담한 일종의 궁성(Schloß)으로서, 지금은 대부분의 방과 가옥들을 임대하여 호텔 등으로 사용케 하고 포츠담 회담이 있었던 건물만 국가에서 관리하고 있는 듯했다. 입구에 들어서니 정원이 있고, 원형 뜰은 아름다운 꽃밭을 이루었다. 우리는 세 거두가 회담한 방에 들어갔다. 원탁 둘레에 있는 세 개의 큰 의자는 세 영수가, 다른 열두 의자에는 보좌관들이 앉았던 것이라고 한다. 트루먼이 바깥의 호수를 향하고, 처칠과 스탈린이 안쪽의 벽을 향하도록 되어 있었다. 어떤 사람은 스탈린이 바깥 호수를 바라보도록 자리를 배치했다면 제2차 세계대전 뒤의 세계사가 달라졌을 것이라고 했다.

우리는 거기서 나와, 프리드리히 대왕이 세웠다는 상수지 궁으로 갔다. 영국 처칠 가문이 전승해 왔던 블렌하임(Blenheim) 궁을 연상케 하는 넓은 이 궁전은, 대왕이 하노버 왕가에서 맞아들인 엘리자베트 크리스티네 왕비에게 애정을 느끼지 못했음인지 자주 사냥하러 나왔던 이곳에 세운 것으로, 한 모퉁이에는 사후 2백여 년 만에 자신의 유언대로 애견(愛犬)과 함께 묻힌 그의 무덤이 있었다. 이곳에서, 이번에 국제정치학대회 참가차 그의 가족들과 함께 온 여성 정치학자요 여성운동가인 손봉숙 여사를 만나 백종국 교수의 소개로 인사를 나누었다.

오후에는 아이젠휘텐슈타트(Eisenhüttenstadt)에 가기로 했다. 그것 때문에 포츠담에서 11시가 되기 전에 출발, 베를린 환상 도로를 거쳐 그곳으로 갔다. 차량들의 정체현상 때문에 13시 20분, 약속시간보다 거의 1시간이나 늦게 도착했다. 이곳을 찾은 것은 통일 뒤에 외국인 근로자들이 독일로 많이 유입되고 있고, 마침 이곳에 그들을 위한 보호소가 있어 이 보호소를 방문, 통일에 따른 외국인문제 등을 점검하기 위해서였다.

먼저 간 곳은, 작센(Sachsen) 주의 난민수용소(ZAST)였다. 국경을 넘어온 불법체류자를 수용하는 곳이었다. 한 책임자의 설명에 따르면, 1천 명까지도 수용이 가능한데, 많이 수용될 때는 1천 명이 넘었다고 하며, 지금은 7백여 명이 있다고 했다. 가까이 있는 유고와 루마니아, 멀리는 베트남·이란·인도 등에서도 온다고 했다. 특히 베트남인들의 경우, 옛날 동독 시절 이곳에 왔다가 일단 귀국한 뒤에 돈벌이를 위해 다시 오는 경우가 많다고 했다. 베트남인들이 숙식하고 있는 방을 두 개

▲ 포츠담의 상수시 궁에서

보여 주었다. 지내기가 괜찮으냐고 물으니, 그렇다고 했다. 우리는 그들이 먹는 식으로 점심 대접을 받았고, 아이들이 있는 방도 구경하고 나왔다.

책임자의 설명 가운데, 원래(동독 시절) 이 도시는 이름(Eisen은 '쇠·철'을 뜻한다) 그대로 제철공업으로 괜찮게 살았는데, 통일 이후 제철공업이 사양화되어 경제적으로 형편없게 되었으나, 이 난민수용소가 번창하면서 독일인 450여 명이 고용된 덕분으로 오히려 이 도시가 살게 되는, 아이러니가 일어나게 되었다고 했다. 다시 말하면 남을 도움으로써 내가 살게 되었다는 것이다.

1990년도에 이곳에 설립된 난민 수용시설은 조사와 추방은 물론이고 기숙사 노릇까지 하고 있다. 루마니아 등에서 노동자가 많이 들어왔는데, 1990년도 이후에는 망명 조건을 엄격하게 하여 명확한 경우에만 수용한다고 한다. 각 주에는 난민수용소가 1개씩 있는데 큰 주에는 5개를 둔 경우도 있다. 이런 관청들이 하는 일은 난민들이 살아갈 수 있는 방도를 알선하고, 망명이 받아들여질 수 있도록 도와주는 것이라 했다.

망명은 정치적 망명자라고 인정될 때 승인된다. 망명 신청자는 주별로 분산 수용하되, 결정 전까지는 합법적으로 거주권을 보장한다. 심사 기간은 출신국에 따라 다른데, 루마니아가 1주일, 인도와 스리랑카는 1년, 유고는 아직 심사하지 않는다고 한다. 심사절차를 신속하게 한다는 연방정부의 방침에 따라 절차가 빨라지고 있다. 브란덴부르크 주의 경우, 2퍼센트만이 망명자로 인정되지만 즉각적인 추방도 25퍼센트에 불과하다. 추방할 사정이 안 되기 때문이다. 예를 들면 베트남의 경우, 추방하면 베트남 본국에서 수용할 준비가 되어 있지 않기 때문이다. 따라서 법적으로 이들 외국인을 수용할 이유는 없지만, 현실적인 상황 판단으로 수용하게 된다고 한다.

현재 수용되어 있는 외국인들은 루마니아인·불가리아인·베트남인들이 있고 그밖에 세계 각지에서 온 사람들인데, 북한 출신도 1명 있었으나 도망갔다고 한다. 망명 허가율 2퍼센트에서 보듯이, 정치적 이유보다는 생활 곤란을 이유로 독일로 들어오고 있다는 것이다. 이 수용소의 경우, 근처 주민들이 종업원으로 일하고 있는데, 관리직은 서독 출신이 많으며, 망명 신청자가 줄었음에도 직원 수 450명을 유지하고 있어서 이 기관으로 말미암은 일자리 창출 효과를 주민들이 중요하게 인식한다는 것이다. 이 기관 종사자들은 외국인 망명자들이 각각 독특한 상황과 그동안 사회적으로 멸시받은 상황에 있고, 그리고 고유한 문화를 갖고 있어서 '인내'가 대단히 필요하다고 한다.

아이젠휘텐슈타트는 과거 철강산업 중심의 도시였지만, 현재는 매력을 잃었다. 과거 4만 8천 명의 근로자 가운데, 1만 2천 명이 철강업에 종사했는데, 현재 이 지방에서 철강업 종사자는 2,900명으로 줄어들었다고 한다. 이것은 아이젠휘텐슈타트만의 현상은 아니고, 동독 안에서 거대 공장이 있는 모든 도시들이 이러한 문제에 직면했으며 작은 기업도 마찬가지 상황이라고 한다. 빵공장까지도 종업원을 축소했다고 하니 다른 것은 말할 것도 없다. 이곳은 특히 폴란드 국경과 가깝기 때문에 옛 서독 근방 도시보다 투자가 어렵다.

이 도시 주민들은 외부인들에게 친절한 편이다. 그래서인지 망명자 수용소의 존재를 당연시한다. 그들은 '독일은 세계에 열려 있어야 한다,' '우리나라에 살려고 오는 사람들에게 친절해야 한다'는 생각을 갖고 있기 때문에 수용소가 이곳에 정착된 것은 당연하다는 것이다.

우리 일행 가운데 백종국 교수가 수용소의 재정 규모를 물었더니, 재정 문제는 연방정부와 홍정한다고 한다. 최성 박사는 최근 한국에서도 북한과 제3세계로부터 오는 난민 증가로 이 수용소와 같은 문제에 직면하고 있다고 하면서, 첫째로 통일 이후 신나치 등 독일 내부 문제가 급증하고 있는데 통일 이전과 이후의 차이가 어떠하며, 둘째로 정치적 망명 기각의 경우 독재정부로부터 탄압을 받게 될 것인데 이 경우 인도적 차원에서 어떻게 배려하고 있는지를 물었다.

첫 번째 질문과 관련해서는 독일 안에서도 다양한 견해가 있는데, 먼저 외국인 습격 등에 대해서는 유감스럽게 생각한다고 했다. 이 주의 경우, 경찰력 등을 통해 상당한 노력을 기울이고 있지만, 젊은 사람들이 삶의 희망을 상실한 상태이기 때문에, 해결책이 어렵다고 한다. 그들은 '나는 독일인이다'라는 극우주의적 생각을 더 굳히고 있단다. 설명하는 자신은 이런 경향을 수용할 수 없고, '외국인에게 친절한 나라'라는 인상을 유지하려고 노력하고 있다는 것이다. 우익 극단주의의 확산 문제는 경찰력만으로 해결할 수 없는데, 경찰력으로 막으려다가는 오히려 공격적인 성향을 강화할 우려가 있다고 했다.

두 번째 질문과 관련해서도 답을 주었다. 연방정부에 망명을 신청한 경우, 자신의 모든 주장을 제시할 수 있는 기회가 보장되어 있으나 제네바협약 제1조에 따라서만 망명이 허용되며, '경제적 빈곤 때문에 왔다'고 판정된 경우에는 더러 기각된다는 것이다.

오후 3시 30분부터 4시 15분까지는 과거 동독에서 가장 먼저 건축이 허락된 이 지역의 복음교회(Evangelischen Kirche)에 가서 1990년부터 이 교회에서 시무하고 있는 랑게(Lange) 목사와 대화할 수 있었다. 이 교회 건축 전에는 작은 오두막이 있어, 교인들이 모여 예배를 드렸다. 철강 노동자의 상당수가 기독교인이어서 교회를 필요로 하고 있었기 때문이다. 동독의 EKD가 서독의 EKD와 계약을 체결하여 1978~1981년에 공사를 진행했는데, 당시 서독 형제 교회의 지원을 받아 동독 교회당의 개축이 허용되었다고 한다. 1,300명의 교인 수에 견주어 교회당이 큰 편이며, 그래서 중앙난방 등의 설비들로 유지비가 많이 든다고 했다.

우리는 주로 동독 치하에서 교회가 어떻게 유지되었으며, 민주화 나통일을 위해서 어떤 노력을 했느냐고 물었다. 그는 동독의 크리스천 집안 출신으로 그의 아버지는 작은 가게를 가진 자영업자였는데, 명시적인 기독교인으로 행세하여 국가로부터 차별대우와 사회적 냉대를 받았다고 했다. 랑게 목사는 제대로 공부를 하지 못했지만 노동자 생활을 거쳐 신학교에서 공부하고 목사가 되어 여기서 멀지 않은 곳에서 목회하다가 이곳으로 옮겨 왔다고 했다. 당시 신학교는 2~3개가 있었고 모든 대학에는 신학부가 있었으나, 노동자들만 입학자격이 있었다. 그는 신학부에 입학하여 국가와 교회의 관계에 대해 논쟁을 많이 벌였는데, 이것이 뒤에 유용했다고 한다.

동독 치하에서도 교회는 유지되었고, 서독과 교류하였으며, 동베를린의 의회 맞은편 성당을 보수하는 것과 거의 같은 시기에 이 교회의 건축이 허락되었다는 것이다. 교회 건축은 서독 교회의 지원을 받았지만 건물 유지비용은 전적으로 동독 교회가 부담하는데, 예를 들면 지난 12월 난방비용 8천 마르크를 자기들이 독립적으로 부담한 것이 그런 경우라는 것이다. 모든 동독 교회는 서독에 자매 교회를 갖고 있어서 도움을 받으며, 또 개인적 차원의 도움도 받는데, 이러한 도움은 동독 교회가 역경을 극복하는 데 도움이 되었다고 한다.

  교회가 근로자와 난민들에 대해 관심을 가졌다는 것 말고 특별히 동독 정권과 마찰을 일으킬 정도의 개혁이나 민주화운동, 통일운동은 없었다고 했다. 교회당 앞에 있는 고통받는 예수의 얼굴을 그린 쇠 덩어리가 인상적이었는데, 이것은 근처의 철강공장에서 가져온 것으로 동독 출신의 건축가가 설계했다고 한다. 동독 교회로부터 들은 공통적인 이야기 가운데 하나는, 그들이 독일 민족의 통일을 위해 이렇다 할 만한 활동을 하지 않았고, 오히려 제2차 세계대전 때 나치의 죄악으로 말미암아 분단된 것을 당연한 것으로 받아들였다는 것이다. 이는 그들의 신앙 가운데서 인과응보의 사상을 당연시하는 점을 보여 주는 것이다. 통일 뒤에 나타나는 소망스럽지 못한 현상들 때문인지, 옛 동독 교회는 통독에 대해 기여한 것이 없다고 스스로 설명했는데, 이것이 발뺌으로 하는 말인지 판단할 수가 없었다. 독일 통일 직후에도 그들 스스로 통일에 이바지한 것이 없었다고 공언하였는지 알 수가 없다.

  랑게 목사의 인도로 오늘 몇 시간째 우리를 기다리고 있다는 아이젠휘텐슈타트 제철공장의 노조를 찾아가 오후 4시 30분부터 5시 20분까지 대화를 나눌 수 있었다. 두 사람(파겔, 살라니)의 노조 간부가 기다리고 있었다. 그들은 4시인 퇴근시간을 넘겨가면서, 통독 이후 동독인들 삶, 그 질의 변화에 대해 설명하고 우리들의 질문에 답해 주었다. 그들은 노조원 2,900명(2천 명-현장직, 9백 명-사무직)의 이익을 대변하고 있었다. 노조는 법적 권한을 갖고 있으며, 현재도 감원 문제가 심각하다고 한다.

이곳은 도시의 이름 그대로 '철(鐵)'의 도시였다. 한때 이 공장의 노동자만 하더라도 1만 2천 명이었는데, 지금은 2,900명에 불과하다. 동독 시절에는 연간 2백만 톤의 철강을 생산했는데, 통일 이후 계획경제와 시장경제를 전혀 구별하지 못해 결국 적응하지 못하게 되었다. 그러나 공장 노동자의 감원은 일방적 해고가 아니라 조기 정년을 시도한다든지, 1,700명 정도는 40개의 부분 공장으로 방출한다든지, 4천 명에게는 새로운 교육을 해서 다른 직업으로 이동케 한다든지 하는 다양한 방법으로 이뤄졌다는 것이다. 그렇게 함으로써 공장의 완전 붕괴를 방지할 수 있었고 해고 없이 감원을 이룩하게 되었단다. 이런 형편이고 보니 노동자들은 이 지역 주민을 고려하여 감원을 수용할 수밖에 없었다는 것이다. 우리에게 설명하는 이 두 사람은 노동조합에서 통일 이후 새롭게 일을 시작했다고 한다.

이 공장은 유럽에서는 비교적 최신 설비로서 1984년에 고로(高爐)와 저온냉각 시스템을 건설했으며, 여기서 생산된 강관은 오펠·폴크스 바겐·벤츠 등에 공급된다는 것이다. 이 공장은 현대화를 위해 투자했는데, 1년에 6천~7천만 마르크의 손실을 보았다는 것이다. 이미 독일 내의 철강산업에는 경쟁자가 많은데, 그래서 이 공장은 쇳물을 얇게 붓는 최신 기술을 얻으려 노력하고 있으나 기술상의 문제점을 개선하는 데는 11억 마르크가 필요하다는 것이다.

독일 통일 뒤 이 공장을 두 번에 걸쳐 민간에 불하하려고 했지만 여의치 않았고 이번에는 미국인 회사와 교섭 중이라는 것, 이렇게 실직의 위기를 맞고 보니 이제는 노동조합이 어떻게든 현원이라도 유지하면서 사업체가 파산하지 않도록 해야겠다는 것 등을 들었다. 통일 뒤에 나타난, 옛 동독인들의 생존권 문제를 여기서도 확인할 수 있었다. 마침 주의회 선거가 있는지, 헬무트 콜 수상이 오늘 이곳에 온다고 해서 그들은 노동자들의 실정을 호소하고 그 대책을 강구해 보겠다고 했다.

오늘 여러 가지 이야기를 들으면서 통일 독일의 문제점을 떠올려 봤다. 첫째, 동독 시절에는 완전 고용이었으나, 통일 뒤 이 도시의 경우 15퍼센트의 실업률을 내게 되어 사회적으로 불안정해졌다. 둘째, 교회의 구실과 관련하여, 이 지역에는 가톨릭 1개, 개신교(랑게 목사 시무) 1개, 옆 도시에 1개 등 교회 3개가 있는데, 공산정권 아래에서는 멸시를 받았으나, 통일 뒤에는 신도가 증가했다고 했다.

저녁을 먹기 위해 베를린의 중심부에 해당한다는 '카이저 빌헬름 기념 교회'(제2차 세계대전 때 폭격을 맞은 자리는 그대로 두고 그 옆에 새 건물을 지었다) 옆 광장에 내려 세계에서 몰려든 젊은이들을 보았다. 물론 이 가운데는 마약상 등의 범죄꾼들도 있다고 하지만, 젊은이들의 문화가 급변하고 있는 것을 실감할 수 있었다. 광장 옆의 오이로파 센터(Europa Center) 지하에 '알트-뉘른베르크(Alt-Nürnberg)'라는 음식점에 들어가 저녁을 먹으며 대화를 나누었다. 내일 저녁 독일 교수들과의 대화도 여기서 갖기로 예약했다. 식사 뒤에 거기서 20여 분 걸리는 호텔까지 걸어왔다. 역시 이곳도 타락한 도시인지라, '밤의 꽃'이라 불리는 창녀들이 군데군데 서 있었다.

8월 25일 (목) 8시 15분부터 35분까지 이문식 목사의 사회로 경건회를 가졌다. 윤영관 교수가 기도하고 〈창세기〉 4장 5절에서 15절을 중심으로 이문식 목사가 설교했다. 어제 저녁, 유욱 변호사로부터 드레스덴(Dresden)에 있는 그의 친구 이원우 씨가 우리들이 그곳으로 와 주었으면 한다는 전갈을 받았다. 드레스덴은 통일 전에 라이프치히(Leipzig)와 함께 교회에서 민주화운동이 꾸준히 일어났던 곳이고, 지금도 교회와는 별도로 크리스천운동 그룹이 그런 구실을 하고 있다는 것이다.

 나는 이곳에 도착하면서부터 우리들의 일정에 변동이 있을 것이라는 말을 들었다. 왜냐하면 독일의 옛 성(城)에 우리를 초대하겠다는 멩헬(Menghel) 교수가 ICC(국제정치학회) 모임 때문에 우리를 초대할 수 없었고, 서울에서 출발할 때 아태재단의 최성 박사가 교섭이 가능하다고 했던 전 동독 수상 드메지르와의 면담도 성사가 불투명해졌기 때문이다. 따라서 일정 조정을 거듭 말해 왔으나 그 일을 맡은 간사들이 전혀 고려하지 않았다. 그래서 오늘은 하루 종일 스케줄이 없게 되었다. 그 대신 내일은 오후 5시에 비행기로 빈(Wien)에 가야 하지만, 라이프치히와 비텐베르크(Wittenberg) 그리고 드레스덴에 다녀와서 가도록 되어 있었다. 그렇다면 쉬는 날을 내일로 하고 오늘 라이프치히와 비텐베르크 및 드레스덴을 다녀오자고 했지만 그것도 되지 않았다. 모두 오늘 하루는 쉬어야 하겠다는 것이다.

 유욱 변호사 내외와 서우석 군과 나, 이렇게 네 사람이 드레스덴을 향해 오전 9시 30분 무렵에 출발했다. 베를린 중앙역(Hauptbahnhof)을 거쳐 가기는 이미 늦었고, 베를린 교외에 해당하는 쇤네펠트(Schönefeld, 비행장이 있었다)로 가서 10시 50분에 출발하는 함부르크 발 부다페스트행 기차를 탈 수 있었다. 1시간 30분 뒤에 드레스덴 중앙역에 한 번 서고 10분 뒤에 바로 목적지에 도착하여 15시 20분까지 머물며 그곳의 여러 사람들을 만났다.

 드레스덴에 도착하니 이원우 선생이 정거장에 나와 있었다. 유욱 변호사와는 서울대 법대 82학번 동기로 신앙운동 그룹의 일원이었으며, 육사 교관을 거쳐 지금은 독일 통일 뒤의 재산권(불하와 토지 등) 문제를 연구하기 위해 이곳에서 박사학위 논문을 쓰고 있다고 했다. 그의 부인도 82학번으로, 서울대 사대 국문과를 나왔다고 한다.

 김치와 생선찌개가 있는 식사를 맛나게 하고 난 뒤 우리는 복음교회의 사회운동 그룹이 있는 곳으로 갔다. 우리가 온 목적을 말하고, 통독 과정에서 교회가 어떤 구실을 했느냐는 질문을 했다. 그러나 그들의 대답은 어제까지의 옛 동독인들에게 들은 바와 마찬가지로 의외였다. 자신들은 동독 정권과 정치적 마찰이 없이 일종의 민주화운동을 벌였는데, 환경·평화·정의·외국인 등 4개 부서로 나누어 진행했다고 한다. 그들은 정의 문제를 말하면서 제3세계의 경제 문제, 남북간 문제, 경제협력부(정부) 재정지원에 따른 제3세계 지원 문제까지 언급했다. 그런 일을 통해서 그들의 정치의식이 고양되었다고 했다. 그들은 또 1988~1990년 사이 세계교회협의회가 한국에서 벌였던 JPIC 운동을 상기시키면서, 자기들이 하는 운동이 바로 그런 것이었으며 인권 등에 관심을 가지고 이곳의 소그룹(30여 개가 있었다고 한다) 가운데 하나로서 움직였을 뿐 통일은 전혀 생각지 않았다는 것이다.

그들이 운동을 전개하는 과정에서 사람들이 모였고, 나중에는 자신들이 걷잡을 수 없을 정도로 치달아 통독운동으로 발전했다고 한다. 그들은 통일 뒤에 불어 닥치고 있는 실업 위기와 삶의 질 문제도 말했다. 그래서 "그러면, 당신들은 다시 옛 동독 시절로 돌아가기를 원하느냐?"고 물었을 때, 그것은 결코 아니라고 했다. 통일을 맞아 자유를 누리고, 그래서 구시대로 돌아가기를 거부하면서도 옛 동독 시절을 추억하는 것, 이런 이중적 사고방식이 현재 옛 동독인들을 사로잡고 있었다. 이런 현상은 통일 전과 통일 후의 상황에 각기 한 다리씩 걸치고 있는 사람들의 묘한 심리현상을 반영하는 것이다. 그 때문인지 이러지도 저러지도 못하는 고민이 배어 있었다. 그들이 직접 표현하지는 않았지만 내 느낌으로는 사회주의체제에서 자본주의체제로 넘어가는 과정에서 거기에 적응(orientate)하지 못해서, 이 새로운 체제를 비판할 수밖에 없는 그들의 모습이 보였다.

나는 '남북나눔운동'을 설명하고, 우리의 통일운동이 당신들이 우려하는 대로 자본주의화로 치닫지 않도록 노력하겠다고 했다. 그러나 그들의 대답은 냉담했다. '자본주의자들이 그렇게 가만두지는 않을 것이다'라는 것이었다. 그들은 지금 자본가들의 횡포를 보고 있는 듯했다. 하기야 사회주의 아래에서 자란 이들(이들의 나이가 40~45세로 보였다)이 받은 교육이 바로 통일 뒤의 모습을 교과서대로 해석하도록 만들었을 것이기 때문에, 실제보다는 더 확대된 해석을 하고 있을 것으로 생각했다.

우리는 교회와 통일운동의 관련성에 대해 이야기를 들으려고 했다. 그러나 동독 안의 감리교, 침례교 등 다양한 교단들이 한번도 통일에 대해 생각하지도 않았고, 원하지도 않았다는 것이다. 여기서 독일과 한국의 차이가 보이는데, 독일은 제2차 세계대전을 일으켰기 때문에 거기에 대한 죄책감을 갖고 있어서 전쟁 뒤 분단되었을 때 '분단'을 그들이 지은 죄악의 대가로 수용했다는 것이다. 그러기 때문에 통일이 어떤 선물이라는 것에 동의하지 않는다고 했다. 여기서 그들의 냉철함을 엿볼 수 있었다. 우리는 통일지상주의에 빠져 있다시피 하는데, 그들은 과거 그들이 저지른 죄악을 생각하면서 오히려 반성하고 있지 않나 하는 느낌을 받았다.

어떤 새로운 사회체제를 희망하였는지를 물었다. 그들은 사회주의자들답지 않게 개인의 사고를 전환하는 데서부터 사회의 변화가 가능하다고 주장했다. 그런 점에서 개인의 '회개'가 중요하다고 보았다. 그들은 신학적 처지에서는 사회주의를 주장하지만, 그것이 기독교와 배치된다고 생각하지 않았다. 그런 점에서 그들은 자본주의에 대해서 부정적이었고 자본주의로 회귀하는 것을 원하지 않았다. 우리는 운동의 재정적 기반은 무엇이었는지를 물었다. 그들은 한마디로 없었다고 대답했다. 모두들 별도의 직업을 갖고 활동했는데, 어디까지나 독일의 통일을 원한 것이 아니고 세계적 갈등을 해결하는 것이 중요하다고 보았다는 것이다. 독일 통일을 그렇게 중요한 것으로 여기지 않았다는 해석으로 연역된다고 할 수 있다.

'10·3운동' 당시 운동의 통합체도 없었다고 한다. 그들의 처음 구호는 "Wir sind das Volk"였는데 그것이 "Wir sind ein Volk"로 바뀌게 되었다는 것이다. "우리는 (독일) 민족이다"에서 "우리는 하나의 민족이다"로 바뀌었다는 것이다. 독일은 통일과정에서 우리와는 너무 다른 접근을 하고 있었다. 그들은 처음부터 대중을 지도하기 위한 정치적 프로그램이 없었다고 한다. 만약 그런 것이 있었다면 정치적 탄압 때문에 하지 못했을 것이라고 한다. 지금은 당시에 무엇을 했어야 한다고 생각하느냐는 질문에 그들은 '부익부 빈익빈'을 반대했어야 한다고 했다. 지금은 독재가 아닌 민주주의이지만 빈부 격차에 따른 장벽이 너무 심하다고 했다.

통일 독일의 고통을 해소하기 위해 현재 어떻게 할 것이냐는 질문에 그들은 '체제 비판'이 교회의 구실이라는 점을 분명하게 말했다. 그러나 그 비판도 교인 그룹으로서는 할 수 있지만, 교회라는 조직으로는 하지 않는다는 것이다. 교인 그룹들은 공동협력을 하기도 하지만 반대도 한다는 것이다. 그들은 교회가 자기 자신만을 위한 것으로 축소되어 가고 있다고 하면서 다른 사람을 위한 일도 해야 한다고 강조했다. 사회주의사회에 대한 유일한 반대 그룹이 교회였지만, 교회의 구실은 중요하지 않았다는 것이 또한 그들의 판단이었다. 운동이 격화되면서 운동세력이 교회의 통제에서 이탈했는데, 그럼에도 교회가 운동의 중심이었다는 것을 누차 강조하였다.

특이한 것은, 교회는 절대 정부 전복을 주장하지 않았다는 것이다. "정부를 직접 반대하지는 않았더라도 비판한 것이 정부 붕괴로 나간 것이 아닌가?"하고 물었더니, 그들은 자본주의를 찬성하고 사회주의는 반대한다고 언급한 적이 없단다. 다만 '인간'을 위한 주장만 했다는 것이다. 항상 정치적 요소가 포함되어 있었지만, 직접적으로는 언급하지 않았다는 것이다. 그들의 말을 알아들을 것도 같았고 어떤 때는 헷갈리기도 했다.

어느 정도 대화가 무르익어 가자 그들은 한국의 상황에 대해 물었다. "한국에서는 아직도 통일을 주장하면 경찰이 억압하는가?" 이렇게 질문하는 것은 그들이 만나 본 교수들이 모두 투옥을 경험했기 때문이란다. 우리는 지금은 그렇지 않다고 대답했다. 한국 교회는 과거 공산주의에 의해 억압을 받았고, 1970~1980년대는 군사정권에 의해 억압을 받았다고 했다. 한국 교회가 공산주의자들을 보는 시각은 독일과 매우 다르다고 했다. 공산주의자들이 도발한 한국전쟁에서 막대한 희생이 뒤따랐기 때문이라고 했다. 동서독은 서로 적대시하는 상황이 거의 없었으나 우리는 갈등과 투쟁이 아주 심하다고 했다. 그들은 분단의 책임이 미국과 남한 등 어디에 있는지 연구하는 것이 화해의 전제라고 했으나 한국을 이해하는 데는, 우리가 통일 독일을 이해하는 데 어둡듯이, 거리가 멀었다. 우리가 통일 한국이 자본주의나 사회주의 일변도로 되어서는 안 된다고 했을 때 그 말을 어느 정도나 이해했을까도 의문이었다.

통일 전 서독 교회와의 접촉을 물었다. 그들은 교회 예산의 반은 서독 교회의 지원에 의한 것이었다고 했다. 그러나 자기 그룹은 전혀 접촉이 없었다고 했다. 그들은 폴란드 교회와 비교해 달라는 우리의 질문에 대해, 폴란드 교회는 좋은 의미의 민족의식을 각성시켰다고 하면서 다음과 같이 부연했다. 폴란드는 국민 대다수가 가톨릭이어서 독일과는 전혀 다른 메커니즘을 갖고 있다는 것이다. 마치 가톨릭과 프로테스탄트의 차이처럼 말이다. 오래 전부터 폴란드의 가톨릭 교인 가운데는 공산주의에 반대하는 그룹이 있었다고 지적했다. 폴란드는 자유노조원이 동시에 공산당원이어서 공산당 안에서 개혁이 추구되었다고 한다. 그러나 동독은 그 반대로 그룹 가운데 공산당원이 없었다. 우리는 그들에게 물었다. "과연 북한 안에 체제에 반대하는 그룹이 있는가?" 그러나 그들의 대답은 "가능성이 없다"는 것이었다. 김일성에 대한 인민들의 애도를 보면서 급격한 변화와 접근은 어렵다고 판단했다는 것이다.

이원우 씨의 안내로, 작센 주 주도인 드레스덴의 여러 유적들을 보았다. 엘베 강가에 있는 이 도시는 제2차 세계대전의 참상에도, 볼 만한 유적들이 많이 보존되어 있었다. 영주의 성과 돔, 오페라극장 등이 눈길을 끌었으며 인상적인 것은 제2차 세계대전 때 파괴된 프라우엔 키르헤(Frauenkirche, 성모 마리아 교회)를 복구하기 위한 캠페인이 전국적으로 벌어지고 있다는 점이었다. 드레스덴의 옛 건물은 베를린보다도 더 웅장하지 않나 하는 느낌을 받았다. 옛날 군주들과 지배자들이 백성들을 징발하여 세워놓은 것이지만, 후손들은 문화적 유산으로 받아 즐기고 외국인에게는 관광자원으로 활용하고 있음을 보면서, 역사의 아이러니를 느낄 수 있었다.

다시 이원우 씨 집에 와서 김밥으로 저녁을 간단히 먹고 5시 40분 차를 타고 베를린으로 향했다. 도착지는 베를린 중앙역이었다. 우리 일행은 어제 저녁에 약속했던 오이로파 센터의 알트-뉘른베르크 식당에 가서, 멩헬 교수와 뉴질랜드 출신인 그의 조수, 그저께 저녁에 만났던 자유베를린대 정치학 교수 립틀레스키 씨 부부와 합류했으며, 아태재단의 조영환 박사도 합석하였다. 만찬이 끝난 뒤에 멩헬 교수의 간단한 연설을 들었다. 그는 먼저 간단하게 인사말을 한 뒤에 독일의 통일과 관련하여 다음과 같은 요지로 연설했다.

그는 처음부터 라이프치히대학에 있는 동료와 함께 독일 통일 과정에 개입했는데, 특히 국제법적인 문제에 관여했다. 그의 전공은 국제법과 헌법이며 정치학도 전공했다. 통일은 법적인 문제가 많지만 정치적인 성격이 강하다. 당시 동독인들이 거리에 나섰을 때, 그들은 정확한 국제법적 초안을 만들었다. 두 개의 국가가 대등한 관계에서 통일이 되어야 한다는 전제에서 그는 당시 라이프치히에 있는 교수와 회담에 앞서 나름대로 조약문을 작성했다. 그의 동료는 공산당원이었지만 거기에 참여하여 공동작업을 했다는 사실이 발표되었을 때 큰 반향을 불러일으켰다.

그러나 역사는 조약문과는 달리 급격하게 변화해 갔다. 국회 청문회에서 어떤 의원은 당시의 모임을 "학문적 마당이 아니라 정치의 마당"이라고 이야기했다. 나중에 다수의 공법학자들은 동서독 통일을 동시 상호간의 연방이 아니라, 독일 헌법 23조에 따라 독일 변방이 귀속하는 것으로 되었다고 했다. 결국 점진적인 통일을 기대한 그의 생각은 좌절되었지만, 어느 쪽이 옳은지는 평가하기 어렵다고 했다. 그러나 동독이 서독연방으로 가입한 것은 사회적, 경제적, 정치적 희생을 가져왔다. 중요한 것은 동서독 국민들이 아주 다른 법제적, 경제적, 문화적 바탕에서 살아왔다는 것이다.

립틀레스키 교수가 문화의 차이를 설명하면서, 자신은 법과 제도를 강조한다고 했다. 그러면서 양자 공동 노력에 따른 헌법 제정이 필수적일 것이라고 생각하고 있었다. 그는 또 동독이 서독으로 합병되는 과정에서, 결과적으로 옛 동독 주민들을 새로운 헌법에 적절하게 동화시키는 것이 어렵게 되었다고 지적했다. 예를 들면, 옛 동독 주민이 거의 옛 공산당에 투표했는데, 이는 동베를린에서 40퍼센트가 공산당에 투표한 것을 봐서도 알 수 있다.

그는 말머리를 돌려 한국의 통일 모델에 대해 알고 싶다고 했다. 그는 점진적 통일을 찬성한다고 전제하면서, 한국은 점진적 통일과 북한 붕괴를 전제로 한 급진적 통일 가운데 어느 것을 선호하는지를 물었다. 우리가 대답할 여유를 주지도 않고 그는 또 한국의 통일 문제와 관련, 남한과 북한이 동등한 자격으로 통일을 논하는 것과 어느 한 체제를 바탕으로 해서 통일을 논의하는 문제를 서로 합의해야 한다고 언급하였다. 그리고 '통일을 논하면서 어떤 경우에도 자유주의적 바탕과 가치를 타협의 대상으로 해서는 안 된다'는 전제 위에서 시작해야 한다고 주장했다. 그는 자유가 소중하다는 것을 강조하면서 "많은 한국인들 가운데에는 자유 없는 공산화 통일이 되느니 차라리 통일을 포기하겠다고 주장할 수도 있는데 당신들의 처지는 어떤가?" 하고 반문했다. 그는 통일을 위해 진지하게 고민하는 것은 대단히 필요하지만, '통일'을 명분으로 거기에 영향 받을 인간들을 실험대상으로 한다는 것은 있을 수 없다고 했다. 그럼에도 독일은 아무런 준비도 없이 통일에 이르게 되었고 통일이라는 대의명분 앞에서 동독 주민을 실험의 대상으로 삼게 되었다고 했다. 이는 결국 첫 번째는 공산화로, 두 번째는 통일로서 동독 주민을 두 번이나 희생시키는 결과가 되었다고 했다.

그는 1987년에 한국에 와서 신라호텔에서 열린 한 세미나에 참석했는데, 당시는 한국의 통일이 독일보다 먼저 될 것으로 생각했다는 것이다. 결국 착각으로 끝났지만 그런 착각의 원인은 공산주의 국가의 도덕적 위기에 대해 독일인들이 알지 못했던 데 있다. 그는 또 공산주의 국가의 사회적 도덕적 위기가 정치적 경제적 영역의 위기보다 더 심각한 문제로 생각한다고 했다.

1989년도 후반에 이미 동유럽과 서유럽의 상호 협력 가능성이 타진되었는데, 당시만 해도 그럴 가능성이 높다는 것에 놀랐던 것이 사실이다. 그러나 그때 이미 헝가리를 통해 동독을 탈출하는 일이 일어나고 있었다. 실제로 동독과 헝가리 사이에서 국제회의를 개최한 개인 집에 국경에 해당되는 문이 있었는데, 이 문으로 최초로 3백 명이 탈출했다. 당시에는 소련군이 헝가리에 주둔하고 있었지만, 개입은 하지 않았다. 그것은 소련이 자기 문제를 해결하는 데 급급했기 때문이다.

그는 다시 말하기를, 모든 나라(베트남·예멘·한국 등)들의 통일과정은 그 나라의 고유한 역사와 직접적으로 연관되어 있을 것이라고 했다. 따라서 통일에 앞서 항상 각국의 역사에 대한 연구가 필요하다는 것이다. 분단되었던 조건을 이해한다는 것은 통일의 전제에 대한 질문을 먼저 하는 것으로서, 한국인이라면 한국의 역사 공부를 먼저 해야 한다는 것이다. 이런 역사 공부를 통해 과거의 민족 통합 경험을 연구하여 찾을 수 있다는 것이다. 예를 들어 한국 내 여러 왕국이 상호 전쟁하고 병합한 사례들이 있을 것이다. 이에 대한 연구가 선행되어야 한다는 것이다. 독일의 경우, 독일 고전에 나오는 문화나 독일 국교회 등의 구실이 두 독일을 극단적으로 다르게 만들지 않았다. 다만 양쪽의 문화적 전통에서, 역사를 다루는 태도나 과정이 서로 달랐음을 보여줄 뿐이었다. 예를 들어 동독의 경우는 프롤레타리아 역사를 중심으로 연구하고 가르쳤으나, 서독은 프롤레타리아트뿐만 아니라 자유주의와 보수주의까지도 연구했던 것이다. 이러한 분단의 시기는 독일뿐 아니라 한국 등 분단국에는 대단히 중요한 경험이라고 하지 않을 수 없다.

그는 통일 과정에서 그의 친구인 동독 학자와 통일에 관한 세부적인 계획을 세웠으나 그대로 이루어지지 않았다고 했다. 통일은 ① 1:1의 대등한 연합 방식, ② 흡수 방식(동독의 5개 주가 연방정부에 편입하는 방식), ③ 시간을 두고 연구하며 서서히 통일하는 방식 등 세 가지가 있었는데, ①·③의 방식을 제치고 ②의 방식을 택함으로써 동독인들로 하여금 사회주의와 자본주의에 대한 두 번의 실험을 거치게 했다는 것이다. 그는 15년 전에 베를린 장벽을 둘러보며, 분단은 있어서는 안 된다고 생각했고, 독일 통일의 필요성에 대해서는 의심하지 않았다고 했다. 독일 통일과 관련, 중요한 것은 동독이 자유선거에 따른 정당한 정부를 갖고 있었으며, 따라서 그 시기에 동독이 망하지 않았기 때문에 서독과 1:1로 협상할 수 있는 정당성을 갖고 있었다는 것이다.

통독협정 초안에서는 동서독 공동의 의회와 공동의 정권을 갖는다는 등 양자의 협력으로 문제를 해결하자고 했으나, 동독의 마지막 외무장관인 멕켈이 지극히 정태적 구실만을 수행하는 것을 보고 놀랐다고 한다. 결국 동독은 '아무런 계획 없이 단순히 통합에 동의'했고 실험의 희생이 되었으며, 그 결과 70~80퍼센트의 실업자가 나오게 되었다는 것이다. 그는 북한이 아직 망하지 않았기 때문에 시간이 남아 있다고, 알 듯 모를 듯한 말을 남겼다.

그의 설명을 듣고 우리 가운데 몇 사람이 질문했다. 윤영관 교수는 통독에서 일어난 토지 문제와 사회·경제제도에 대한 질문을 했다. 립틀레스키 교수는 토지 문제란 자본주의 사회에서는 소유권 문제가 중심인데, 동독에서는 개인적 소유권을 새롭게 창출한다는 점에서 다른 대안이 없었고, 방법과 절차에는 이견이 있었지만 동독에 사유재산권을 도입하는 데는 이견이 없었다는 것이다. 사회·경제제도와 관련해서는, 시장경제의 이익이 있음에도 사회적 정의는 보장되지 않았다는 것이다. 이를 극복하기 위한 방법이 '사회적 시장경제'라고 할 수 있는데, 유럽이나 미국처럼 교회를 통해 사회적으로 부자가 빈자를 돕는 방법도 고려할 수 있지만, 동독의 경우는 국가가 직접 이를 수행해 왔다는 것이다.

통일을 고민하고 있는 한국도 통일 뒤에 사회정의를 어떻게 보장할지를 걱정할 시기라고 하면서, 시장경제 발전에 따른 불의(不義)가 도래하는 것을 우려하고 있었다. 그는 이어서 사회적 시장경제를 갖지 않는 것이 통일을 위해 좋다든지, 사회보장을 위한 전입금이 필요 없는 현재가 좋다든지 하는 것은 생각해 볼 여지가 있다고 말했다. 그는 완벽한 해결책이란 어디에도 없으며, 시행착오의 과정을 통해 해결이 가능하다면서, 민주주의는 역사의 끝이 아니라는 뼈 있는 한마디를 남겼다.

나도 그에게 만약 국가 대 국가로 통합했다면 현재의 모습은 어땠을 것 같으며, 독일이 과거 프러시아를 중심으로 통합했던 경험이 현재의 통일에 어떤 영향을 미친다고 생각하는가를 물었고, 또 앞서 말한 ②의 방식 말고 동독인들이 두 번이나 실패를 거치지 않도록 하려던 당신의 구상을 들려달라고 했으나, 그는 시간이 없어서 그런지 그 구상을 말하지 않았다. 이성구 목사가, 앞의 ②의 방식 외에 다른 방식을 당시에 현실적으로 택할 수 있었느냐고 물었는데, 이 말은 결론적으로 '독일 통일에서 점진적 통일이 가능했다고 보는가'라는 질문이었다.

우리 일행의 질문과 관련해, 립틀레스키 교수는 독일의 역사가 통일로 오는 과정을 장황하게 설명했다. 독일은 통일 당시, 유럽 이웃 국가들과 합의를 위해 노력했는데, 과거 역사에서 주변 국가들과의 관계가 평화이든 전쟁이든 중요하기 때문이었다. 독일의 연방주의와 관련, 독일의 봉건국가들의 통합은 오늘날의 연방국가의 형태와 같은데, 동독의 5개 주는 경제·정치적 문제가 있음에도 그대로 수용하여 연방을 형성하게 되었다고 했다. 그는 또한 오데르-나이세 선 동쪽의 폴란드 지역에 대해 말했는데, 제2차 세계대전 패전 당시 1,200만의 독일인이 있었지만 과감히 포기한 것은 역사적 경험 때문이라고 했다. 영토 포기에 대해 독일인들의 저항이 없었던 것은 유럽의 균형과 조화의 중요성을 수용했기 때문이라고 했다.

질의와 응답은 저녁식사 때도 계속되었는데, 만찬 뒤 이성구 목사는 사적으로 맹헬 교수로부터 당시의 독일 통일에는 이런 방식밖에 선택의 여지가 없었다는 것도 듣게 되었다고 했다. 오늘 저녁에 들은 이야기를 통해 볼 때, 학자들은 어떤 상황이 부딪쳤을 때 그 불가피성을 인정하면서도, 또 다른 상황을 하나의 가설로 내세워 나름대로 이론을 전개하고 있다는 것이다. 맹헬 교수는 한국이 통일 문제를 두고 자신들이 경험했던 실수를 저지르지 않도록 권면하였다. 맹헬 교수의 권면은 이번에 통독을 배우려는 우리들에게 좋은 시사를 주었다. 헤어진 뒤 다시 우리는 어제 저녁처럼 20여 분을 걸어서 숙소인 샬롯 호텔까지 왔다.

8월 26일 (금) 오늘은 라이프치히와 비텐베르크를 돌아보기로 한 날이다. 7시에 출발하기로 약속했으나, 모두들 6시 30분이 지나도 식당으로 내려오지 않았다. 시간이 빠듯할 것 같아 늦게 온 사람들에게 7시에는 꼭 떠나자고 다짐을 하고 먼저 짐을 가지고 나왔다. 아침부터 비는 오고 모두들 피곤해 했지만, 잘 따라주어서 7시 10분이 되기 전에 출발할 수 있었다. 월요일 저녁부터 머물던 이 호텔을 드디어 떠나는 것이다. 짐들을 모두 가지고 나왔다. 호텔 출발에 앞서 간단히 경건회를 가졌다. 윤영관 교수가 일행을 대표하여 기도했다.

베를린 환상 고속도로를 지나 라이프치히로 가는 고속도로에 이르렀을 때 비는 개고 청명한 날씨로 바뀌었다. 라이프치히로 가는 무료한 시간 동안, 통일 독일을 살펴본 느낌을 말하기로 했다. 처음 마이크를 잡은 아태재단의 최성 박사는, 통일 독일의 현실에 초점을 맞춰서, 2년 전보다 동독이 안정되었으리라는 기대감을 가지고 왔으나, 옛 동독 대중의 심리적 박탈감이 깊고 크다는 것을 느끼게 되었다고 했다. 그는 통일 문제에 대해 어떤 이론보다 '구체성'이 중요하다면서, 기독교적인 시각보다 사회를 전반적으로 보는 관점이 중요하다고 했다. 그는 또 통일에 앞서서 우리 내부의 통일에 대한 합의점을 도출하는 것이 더 중요하다고 했다.

민족통일연구원의 허문영 박사는 동독인의 인격적 대우가 요구된다는 것과, 통일 독일을 보면서 한국이 준비할 수 있는 시간이 있음을 감사하게 생각한다고 했다. 그는 또 이곳에 와서 대화를 나눈 학자들이 사회민주당 출신임을 감안하여 통일 문제를 바라보는 시각을 정리해야 한다고 했다.

서울대 외교학과의 윤영관 교수는 통독 과정의 오류를 어떻게 극복하느냐에 관심이 컸다(그의 관심은 나중에는 통일 뒤의 토지 문제와 임금정책에 집중되었다). 그러나 그 자신은 아직 만족할 만한 답을 구하지 못했다고 했다. 그는 또한 독일의 사회적 시장경제가 통일 한국에 수용될 수 있는지를 두고 그 여부를 생각해 봤는데, 이 부분에서는 나름대로 해답을 구했다고 했다. 그리고 그는 독일인의 실용적이고 구체적인 노력에 깊은 감명을 받았다고 하면서, 우리도 구체적인 노력을 통해 내부의 역량을 축적해야 한다고 역설했다.

이번에 부부가 같이 참여한 유욱 변호사는 독일이나 한국의 통일이 안고 있는 문제에 대한 관심을 구체적으로 충족시키지 못했다고 했다. 그는 동독인들의 아픔을 알지만 옛 사회주의에 대한 향수를 보면서 그들이 통일을 희망한 적이 없다는 말에 충격을 받았다고 했다. 그는 또한 교회와 패러처치(Parachurch)의 구실이 다양하다는 것을 느꼈으며 동독 교회가 사회주의를 거부했을 것이라는 단순한 시각을 거두게 되었다고 했다. 그는 앞으로 통일을 앞두고 법적인 부문에서 구체적으로 연구해 보겠다고 했다.

건국대학교 법학과의 이흥용 교수는 자기가 보기에는 국토적 통일은 통일의 시작에 불과하다고 생각한다는 것이다. 통일에서 심리적 사회적 통합이 중요하다고 하면서 이 점에서 기독교인의 구실이 중요하다고 강조했다. 그는 독일 유학 때 빌레펠트에 거주하고 있었는데, 당시 인터뷰에서 "통일을 위해 기독교가 한 일이 무엇인가?" 물었다고 했다. 그 대답은 동독인이 통일을 어떻게 수용했는지 보면 알 것이라고 하면서, 그는 EKD 등을 방문하는 것을 통해 현실을 인지하는 것이 중요하다고 했다. 독일 사회가 발전했지만, 통일에는 준비 시간이 있어야 했다고 하는 등 통일 준비의 중요성을 역설했다. 독일과 한국은 상황과 구조가 다르기는 하나 남북의 양극화가 문제라고 지적하면서, 남한이 자본주의화해 있는 것이 통일에 오히려 유리하다고 했다.

민족통일연구원의 제성호 박사는 균형 있는 시각이 필요하다고 했다. 독일 통일은, 미국·러시아·독일의 19세기 등과 비교해 볼 때 평화로운 시민혁명 과정의 하나로 본다면서, 이러한 역사적인 관점에서 볼 때 독일 내부 문제는 해결의 전망이 보인다고 했다. 그는 각국의 역사와 고유성이 중요하다는 립틀레스키 교수의 주장에 동의한다는 말과 함께 북한의 낙후성은 바로 우리가 할 일이 많다는 것을 뜻하며 시간이 많지 않다는 말도 덧붙였다. 그는 또 마음의 장벽이 가로놓여 있는 시민사회를 볼 때 교회의 구실이 중요하다고 했다.

경상대학교 국제관계학과의 백종국 박사는 동독 교회에 대한 서독 교회의 막대한 지원에 깊은 관심을 갖게 되었다면서 우리도 남북나눔 운동을 통해 이같이 도와야 한다고 주장했다. 그는 또 21세기를 준비하기 위해 청년 10만 명을 양성하여 북한에 파견해야 한다고도 주장하면서, 지금 북한선교원(조준상 목사)이 2만 명을 양성하고 있는 것도 비슷한 것이라고 지적하고 이런 사업은 연쇄효과를 위한 프로젝트가 준비되어야 한다고 했다. 한국 교회에서도 독일의 '교회세'와 같이 '십일조'를 추렴하여 나눔운동을 지원해야 한다고 했다.

이번 여행에서 몇 명 안 되는 목회자로서 참여한 정병선 목사는 목회자의 처지에서 동독인들에게 관심을 많이 갖게 되었다고 했다. 그는 동독인들의 상실감과 소외감을 절실하게 느끼게 되었다면서 통일 독일에서 동독인들은 약자의 처지에 있게 되었다고 했다. 그는 또 한국 교회가 북한 주민의 상처와 아픔에 관심을 가져야 하며 북한을 도울 준비를 해야 한다고 나직하게 말했다.

영국에서 구약학(舊約學)으로 박사학위를 마치고 목회 활동과 교수 활동을 겸하고 있는 이성구 목사는 통일 준비에서 우선순위가 중요한데, 독일인들에게는 내면적인 것과 외면적인 것의 차이가 있으나 어느 것이 더 중요한지 잘 모르겠다고 하면서, 독일인들의 사고력이 인상적이지만 그들은 외형적 사고력을 중시한다고 했다. 그는 또한 독일의 탈 자본주의화와 인간화에 대한 관심을 표명하는 한편, 한국의 경우 흡수

통일 방식이 지양되어야 할 것이라고 나름대로 의견을 피력했다. 동독인들의 요구가 동독 붕괴에 영향을 미쳤다면 다른 대책이 없었을 것으로 보는 한편, 정치인의 장밋빛 약속은 언제나 문제라고 설명했다. 그의 표현이 솔직해서 듣는 이들의 공감을 얻었다.

이번 연수에서 남편 김영주 목사를 대신하여 참석한 하영숙 사모는 여성의 관점에서 자신의 견해를 말해서 주목을 끌었다. 김영주 목사는 감리교단 소속으로 NCC 통일위원회 등에서 활동해 왔으며 한국 교회의 진보와 보수가 공동으로 성립시킨 남북나눔운동에서 사무국장을 맡아 홍정길 목사와 손을 잡고 활발하게 나눔운동을 전개해 왔는데, 이번 연수 여행을 거의 기획해 놓고는 다른 긴급한 업무로 여행에는 참석하지 못했다.

하영숙 사모는 통일운동에서 여성의 구실이 중요한 데도 연구위원회에 여성이 참여하지 않은 것을 유감으로 생각한다고 했다. 그 원인이 통일 문제에 대한 여성들의 무관심과 비참여에서 비롯된 바도 있지만 반대로 여성들을 배제함으로써 여성들의 통일에 대한 무관심과 비참여를 가져왔다고도 지적했다. 이어서 그는 여느 경우에서와 마찬가지로 통일 과정에서도 여성은 피해자이기 때문에 평화적 통일운동에는 여성이 꼭 참여해야 한다는 것을 강조했다. 여행 중에 독일 여성들의 무표정을 보았다는 그는 독일 통일이 여성들의 표정을 활발하게 만들어야 할 터인데 그렇지 못하고 오히려 심각한 표정을 짓게 하고 있다고 지적했다. 여성 참여자의 섬세한 관찰을 엿볼 수 있었다. 하 사모는 귀국한 뒤에 여성들이 통일운동에 참여할 수 있도록 독려할 계획이라고 자신의 포부도 밝혔다.

이번 여행에서 가장 분주한 시간을 보내면서 활동을 많이 한 이는 통역을 맡은 오준근 박사였다. 독일에서 법학을 공부하여 학위를 받은 그는 내가 일찍이 독일어를 그만큼 잘하는 한국인을 보지 못했다고 할 정도로 유창했다. 그는, 전후 독일에서 기민당은 나치의 해악에 대한 철저한 반성과 자유주의 국가의 규제 방지, 자유주의와 개인주의 그리고 자본주의를 수호하기 위한 정책을 실행한다는 전제를 가지고 시작했다는 것이다. 그 때문에 기민당은 자유주의를 결코 포기하지 못한다고 말했다. 그는 또 기민당은 두 개의 독일을 인정하지 않았기 때문에 동독과 민간교류를 막지 않겠다는 의지도 갖고 있었다고 했다.

거기에 견주어 두 개의 독일을 인정한 사민당은 동독의 공산당 권력과 사회주의 실험을 인정하는 한편, 동독의 체제를 유지하는 선에서 점진적 통일정책을 추구했다. 독일은 기본적으로 자유와 창의성을 추구하는 사회이므로 동독 주민 가운데서도 적극적으로 자유와 창의성을 획득해 가면서 적극적으로 동화해 간 사람도 있다는 것이다. 1989년에 동독의 기민당은 즉각적 통일을 기대하면서 자유민주적 기본질서의 유지를 강조했지만, 사민당은 점진적 통일을 기대했다고 한다.

오 박사는 한국 국민은 통일이라는 무대의 주연이 아니라 관객처럼 보인다고 지적했다. 그러면서 통일 문제에 대해 내면적인 성숙성은 있는지 모르지만 표면적으로는 소극주의와 점진주의를 갖는 것이 기본적 처지가 아닌가 하는 느낌이라고 했다. 이 때문에 통일 뒤에 기민당이 가졌던 '자유민주주의에 대한 확신'이 우리에게는 없는 것처럼 보인다고 하면서, 우리도 자유민주주의 확립에 대한 확신을 가져야 한다고 역설했다. 그는 또 한국의 NCC가 진보성향을 갖고 있기 때문에 사민당(공산당)과 대화를 주선하는 편향성을 갖고 있는 듯하다면서, 그 때문인지 독일의 통일 실상이 한국에는 왜곡되어 전달되고 있다는 느낌을 받는다고 지적했다. 그는 자신이 여러 차례 방문한 바에 따르면 옛 동독 지역이 급속히 풍요로워지고 있다는 느낌을 받는다고 하면서 동독의 민중봉기일이 독일 통일 기념일로 제정됐다고 했다.

이렇게 버스 안에서 며칠 동안 통일 독일에 대해 느낀 점을 듣고 때로는 토론하는 동안에 라이프치히에 도착했다. 라이프치히에 이르러 소개받은 대로 광장 근처에 있는 킴(Kim) 레스토랑을 찾았다. 한국에서 간호원으로 왔다가 이곳에 레스토랑을 차리게 되었다는 김씨 아주머니의 도움을 받아 니콜라이 교회로 갔다. 이 교회 담임목사는 이미 정계로 진출하였고, 부목사인 듯한 분이 나와서 동독의 민주화운동과 통일운동에 관여하게 된 당시 교회의 정황에 대해 설명해 주었다. 교회 안에서 자료들을 150마르크에 사 가지고 나왔다. 동독의 민주화운동에서 기념할 만한 도시, 라이프치히를 방문한 기념으로 아내를 위해 티셔츠를 하나 샀다.

킴 레스토랑에 와서 김치찌개를 먹었다. 밥맛이 형편없었지만 일행이 오랜만에 먹는 한국 음식인지라, 잘 먹었다. 음식점은 라이프치히의 민주화운동이 열을 올렸던 광장 거리 바로 그 앞에 있었다. 니콜라이 교회는 처음에 기도운동만 했는데 점차 많은 군중들이 모이게 되었고 운집한 군중들은 경찰들의 제지를 뚫고 거리로 쏟아져 나갔다. 그러니까 내적인 기도의 힘이 사회로 발산되면서 역동화하여 민주화운동을 가능하게 했던 것이다. 근처의 버스정류장에는 독일의 경제학자로 라이프치히와 드레스덴을 잇는 철도 걸설에 참여한 리스트(F. List)의 기념비가 서 있었다. 백종국 교수는 독일 경제를 위한 리스트의 노력이 대단히 위대했다고 여러 모로 설명했다.

점심시간이 생각보다 길어졌다. 식당주인인 아주머니가 인천의 조카와 비슷한 모습을 하고 있어서, 혹시 한국에 친척들이 있는지를 물었다. 그는 동생밖에는 없다고 했다. 간호원으로 독일에 와서 남편을 만났다면서, 이곳에 처음 들어온 것은 1990년이었다고 했다. 독일 통일이 이뤄지던 때에 한국인으로서는 일찍 이곳에 개척자로 들어온 것이다. 세계 곳곳을 다녀보면 이렇게 개척자의 몫을 감당한 용기 있는 많은 한국인들을 만날 수 있는데 이들 부부도 바로 그런 사람들이다.

시간이 많이 늦어졌지만, 루터의 종교개혁 발상지인 비텐베르크로 가야만 했다. 그러나 공사 때문에 12km밖에 되지 않는 비텐베르크 시에 들어가는 데 고속도로에서 30분 이상이 걸렸고, 그곳에서는 버스를 타고 갈 수 있는 곳인데도 엉뚱한 곳에 주차시켜 놓는 바람에 다시 몰고 나오느라 길이 어긋났다. 이렇게 되고 보니 우리 일행은 성교회(城敎會)에 가서 95개조와 그 앞의 광장만 보고 돌아올 수밖에 없었다. 5시에 출발하는 빈(Wien)행 비행기를 타기 위해서였다. 그러나 이번에는 시골의 국도를 택했기 때문에 비행장에 넉넉하게 도착했다. 비행장에서 우리는 일행 가운데 일찍 귀국해야만 하는 제성호·허문영 박사와 작별했다.

루프트한자의 빈행 비행기는 1백 명 남짓 탈 수 있는 프로펠러형이었다. 그러나 안전하게 빈까지 잘 갔다. 여행사에서 마련한 소형 버스가 나와서 우리를 헝가리의 수도 부다페스트로 안내했다. 오스트리아 쪽 국경에서는 검문을 거의 하지 않는 것 같았는데, 헝가리 쪽에서는 검문 절차를 밟았다. 그러나 버스로 갔기 때문에 비교적 빨리 통과할 수 있었다. 오스트리아·헝가리 국경을 넘는 시간에 벌써 날이 어두워졌다. 백종국 교수의 선창에 따라 찬송가가 시작되고 1시간 이상 버스 안의 찬송가 부흥회가 계속되었다. 나의 베이스와 이성구 목사의 테너가 두드러졌다. 모두들 찬송가 개창에 참여하여 밤길을 지루하지 않게 갈 수 있었다.

도로가의 토산품 파는 곳에서 잠깐 쉬었다가 묵을 예정인 켐핀스키 호텔(Kempinski Hotel)에 들어갔다. 부다페스트의 별 다섯 개 호텔답게 시설이 잘 되어 있었다. 백종국 교수와 한 방에 들었다. 베를린에서 사흘 밤을 같이 지낸 서우석 군에게 미안해서 백 교수와 할 이야기가 많기 때문이라고 변명했다. 길고 긴 하루를 보낸 셈이었다.

8월 27일 (토) 8시가 지나 호텔에서 주는 아침식사를 마치고, 9시 10

분부터 30분까지 경건회를 가졌다. 이문식 목사의 사회로 유욱 변호사
가 기도하고 〈창세기〉 4장 10절과 11절, 〈히브리서〉 12장 24절을 읽고
이문식 목사가 말씀을 전했다. 이곳에 계시는 조관식 목사와 문창석 목
사(모두 합동신학교에서 나의 한국교회사 강의를 들었다고 한다)가 삼
성(三星)에서 파견된 강 집사를 데리고 왔다. 오늘은 오전에 헝가리의
개혁신학교에 가서 공산 치하의 개신교회가 민주화를 위해 얼마나 애썼
는지를 듣기로 했다. 그리고 이곳 개혁교단의 대외협력국 책임자요, 세
계개혁교회 운영위원 16명 가운데 1명으로 활동하고 있는 목사님을 만
나기로 되어 있었다. 그는 15년 동안 헝가리 자력교회 에큐메니칼 집행
위원회의 의장이었고, 세계개혁교회연맹 집행위원의 한 사람이었다.

우리는 먼저 신학교를 방문하여 그곳에 있는 성경박물관에서 성경의
배경이 되는 땅의 유물·유적을 나열한 것을 보았다. 신학교 방문 뒤에
만난 그 목사님은 자신이 맡고 있는 세계교회협의회 일과 목회의 일 등
을 언급하면서 헝가리 교회로 화제를 돌렸다. 그는 헝가리 교회가 매우
자주적이라는 점을 강조하면서 성가의 90퍼센트를 헝가리인이 작곡했
으며, 정부에서 신학생의 학자금과 생활비를 보조하고 목회자 봉급도
지급한다고 했다. 그리고 국민의 세금에는 종교세도 포함되어 있다면
서 1960년대에 들어서 부다페스트혁명 이후 교회에 대한 지원으로 종
교세가 부활되었다고 했다. 그는 또 교회가 정치에 관여하지 않는다는
조건으로 예배의 자유가 인정되고 신학교가 운영된다고 했다. 여느 공
산주의 나라와 다를 바가 거의 없을 거라고 생각했는데, 과거 헝가리인
의 공산주의에 대한 저항이 거셌으므로 일종의 회유책으로 이런 종교
정책이 사용되고 있는 것으로 여겨졌다. 그는 이어서 헝가리에는 여성
의 사회적 활동이 활발하여 여성 목사가 많다고도 했다.

10시 20분부터 오후 1시 무렵까지 그의 설명을 듣고 대담하면서 헝가

리와 헝가리 교회에 관한 많은 것을 들을 수 있었다. 헝가리는 인구 1천만 명 가운데 6백만이 로마 가톨릭, 2백만이 개혁교회, 50만이 루터교회, 소수가 침례교회에 속해 있다고 했다. 개혁교회 신자 2백만 명이 모두 교회 출석인원이라기보다는 등록인원이라고 했다.

그는 부다페스트에 스코틀랜드 개혁교회가 설립된 배경에 대해 이렇게 설명했다. 이스라엘에 파송된 스코틀랜드 장로교 선교사들이 돌아가던 중 부다페스트에 머물러 유태인들을 상대로 선교를 하면서 스코틀랜드 장로교가 시작되었다는 것이다. 그들은 학교를 설립하고 유태인과 유럽인의 화해를 시도했다. 제2차 세계대전 때 유태인을 박해하고, 공산주의가 등장한 뒤에는 공산주의자들이 예배를 스파이의 모임으로 불온하게 여기기도 했다. 그러나 한때 예배장소가 압류될 위기에 처하게 되자 이 학교에서 함께 공부한 유태인이 공산주의자들의 도움으로 압류를 피하게 만들어 교육의 효과를 톡톡히 보았다고 한다.

헝가리 교회에 대한 설명은 계속되었다. 헝가리는 다른 동구 국가들과는 달리 유연한 공산주의였으며, 유일한 정부와의 대화창구로 교회가 활동했다. 공산주의 정부와 교회의 대화가 가능했으므로, 교회에 많은 젊은이들이 모여들었다. 그런데 공산주의가 붕괴된 뒤 교회에서 젊은이들이 사라지고 있으며, 옛 조상들의 신앙생활도 잊어버리고 각 교회들이 과거의 전통을 이어가지 못하고 있다고 안타까워했다. 한국의 경우에도 통일이 이루어진 뒤 남북간 재정 문제로 종속의 문제가 발생할 가능성이 있는데, 초기에 유태인과 기독교인들이 유년기에 함께 학교에서 배웠듯이 돈에 영향을 받지 않은 세대인 유년기에 함께 생활할 수 있도록 하는 것이 필요하다고도 했다. 그는 서방 교회들이 옛 공산주의권 교회로부터 배울 것이 있다고 지적했다. 생활이 다르면 신학이 다를 수 있는데, 따라서 마음을 여는 것이 중요하다는 것이다.

점심은 조관식 목사의 인도로 돼지갈비를 잘하는 집으로 갔다. 거기서 포식하다시피 했다. 토요일 오후라, 음식점에는 사람들이 많았다. 특히 여배우인 듯한 예쁜 여성들이 많이 왔다. 지난번 1992년에 아내와 함께 왔을 때는 헝가리인들의 아름다움을 그렇게 유심히 보지 못했는데, 이번에는 동행한 사람들이 이구동성으로 칭찬했다.

점심식사 뒤에 부다 궁성과 자유의 여신상을 둘러보고, 오후 3시 반 무렵에는 마차시 성당에도 가 보았다. 오늘은 유달리 사람들이 많이 왔다고 했다. 궁성의 박물관에는 들어가지 못했다. 자유의 여신상 아래서, 세희(처 이질 상훈의 딸)와 민훈이(처 이질녀 상은의 아들)를 위해 간단한 옷가지를 샀다. 날씨가 청명해서 박물관과 같은 부다페스트 시가 전체가 잘 보였다.

6시에 개혁주의 교회인 칼뱅 교회에 갔다. 칼뱅 홀에서 이 나라 개혁교회의 지도자인 케네스 목사를 면담하고, 헝가리 개혁교회의 간단한 역사와 공산치하에서 활동 등을 들었다. 놀라운 것은 그들의 자긍심이었다. 1천 년이 넘는 기독교 전통을 가졌기 때문에 외국으로부터 선교사를 필요로 하지 않는다는 매우 인상적인 말을 들려주었다. 그는 영국·미국 등 여러 나라에서 유학하고 목회한 적이 있어서인지 영어가 능통했다. 오랫동안 케네스 목사와 대화를 나누었는데, 그 내용은 대강 이랬다.

이 교회는 헝가리 개혁교회의 중심인데, 외국에서는 모든 사람들이 150년 전에 건립된 이 교회를 방문한다. 등록교인은 7천여 명인데 모두 다 출석하는 것은 아니며, 3천 명 정도가 정기적으로 참여하고 있다. 주일에 3회 예배를 드리며 아침 10시에 드리는 예배는 2천 명 정도가 참석한다. 헝가리 개혁교회 안의 칼뱅주의적 전통은 16세기 독일 혁명 당시 헝가리 청년들이 독일과 스위스에 유학가서 혁명을 알게 되고 개혁적 전통을 수용하면서 시작되었다. 그들이 귀국하여 새로운 방법의 생활을 했는데, 이것이 개혁의 시작이었던 것이다. 헝가리는 터키의 지배를 받은 150년 동안에 약탈과 가난을 경험했는데, 이 때문에 종교개혁을 수용하게 되었다. 그러니까 16세기까지는 로마 가톨릭교회였으나, 16세기 이후에는 개혁교회가 생겨나게 되었다. 그러나 17세기에 반종교개혁으로 전체가 거의 로마 가톨릭화하자, 루터·칼뱅 교회가 가톨릭의 억압을 받게 되었다.

그때에 견주면 공산주의 지배가 견디기 쉬웠다. 공산주의는 교회들을 공평하게 대하기 때문이었다. 내각 안에는 교회를 담당하는 종교성이 존재했다. 교회들은 종교성을 통해 정부와 관계를 맺게 되었는데, 종교 활동 특히 신앙 교육에 제약이 심했다. 젊은이들에 대한 교육이 매우 중요했으나 그때는 교육을 못시켰다. 이 때문에 공산주의 아래에서 가장 큰 문제는 젊은이가 교회를 떠나는 것이었다. 개혁교회에 출석하면 학교에서 압박을 받았고, 부모에 대해서도 진급 제한 등의 불이익이 있었다. 종교의 자유가 있다고 하지만, 활발하게 참여할 수 있을 정도는 아니었다. 따라서 지방에는 교회들이 비었고, 지방 소도시에도 교회는 있었지만 사람들이 감히 참여할 생각을 하지 못했다. 예배에는 항상 감독관이 참여했다.

그럼에도 교회는 생존했다. 공산정권으로부터 모든 교회 건물이 압류되기까지 했지만, 지난 4년 동안에 압류된 모든 건물을 회수했다. 그러나 건물이 있어도 복구할 돈이 없어서 곤란을 겪고 있다. 사람들이 전보다 교회에 더 많이 나오지만 더 종교적인지는 알 수 없다. 공산주의 시절에는 교회에 나오지 않는 것이 유행이었지만, 오늘날은 교회에 나오는 것이 유행처럼 되었다. 민주화한 뒤 가톨릭이 더 강해지면서 정부에 영향력을 행사하고 있는데 예를 들면, 정부의 교회에 대한 정책이 가톨릭에 의해 입안되고 있다는 것이다. 현재 헝가리에는 신자가 가톨릭교회에 6백만, 개신교회에 2백만이 있다. 이 때문에 종교정책을 입안하는 데 다수인 가톨릭의 영향을 받게 된다는 것이다.

케네스 목사의 설명은 앞서 말한 어느 목사의 설명과는 어긋나는 점이 더러 있었다. 이를 듣고 일행 가운데서 여러 가지 질문을 했다. 이문식 목사는 '사회주의권의 경험이 남긴 영적 유산'에 대해 물었는데, 케네스 목사는 공산주의 치하이지만 세례·결혼·장례 등을 교회에서 자유롭게 행하여 어느 정도 교회 안의 자유가 보장되었다고 답했다. 이로 미루어 보건대 사람들이 교회에 가기를 원했다면 성경 공부도 할 수 있었을 것으로 생각된다고 했다. 하여튼 목사가 정부에 반항만 하지 않는다면 교회의 자유는 있었던 셈인데, 그렇다고 교회 안의 자유가 교회 밖에서 전도하는 자유를 보장한 것은 아니었다. 이것은 공산주의 국가에서 거의 일률적으로 시행해 온 것이었다.

신앙의 자유와 민주화를 위해 일하다 투옥을 당한 경우는 없었는가 하고 내가 물었다. 일제 아래에서, 공산주의 아래에서 남북한의 상황을 염두에 두고 질문한 것이다. 케네스 목사는 교회 최고 지도자는 서방 교회의 관심 때문에 탄압받지 않았지만 일선에 있는 목사들은 탄압받고 구속당했다고 했다. 나는 다시 공산주의 아래에서 교회가 민주화를 위한 운동을 주도한 적이 있거나, 예언자적 소명을 수행했다고 생각하는지를 물었다. 그는 교회의 최고 지도자가 정부의 잘못을 공개적으로 비판하는 것이 가능했고, 가톨릭도 마찬가지였는데, 그럴 때 정부가 오류를 인정하기도 했다는 것이다.

공산주의정권 아래에서 다른 공산주의체제의 개신교회들과 교류가 있었는지에 대해서도 물었는데, 그는 그들과 자주 만났다고 했다. 북한 측과도 만난 적이 있는가를 물었지만 없었다고 했다. 나는 또 사회주의 체제와 기독교의 관계에 대한 생각을 물었는데, 그는 공산주의와 사회주의는 구분할 필요가 있다는 전제 아래 그들이 사회주의에 대해 반대한 것은 스탈린식 사회주의에 대한 반대였다고 분명히 했다. 다시 사회주의와 공산주의(스탈린식 사회주의)에 대한 차이를 물었을 때, 그는 공산주의는 공산당에 의한 일당 지배를 강조하는 것이 가장 큰 특징이라고 분명히 했다.

외국 선교사가 헝가리에 들어와 선교활동을 하는 데 대해서 어떻게 생각하는지도 물어 보았다. 이것은 한국 선교사가 헝가리에 들어와 있다는 것을 의식하였던 것이다. 그는 헝가리는 기독교 전통이 오래되어 외국인 선교사를 필요로 하지 않는다고 단호하게 말했다. 헝가리가 기독교를 수용한 지 천 년 이상이나 되었는데, 기독교를 받아들인 지 얼마 되지 않는 나라에서 선교사를 파송한다는 것이 말이나 되느냐는 자세였다. 일반 교인들도 이와 같은 의견이라고 생각하느냐는 질문도 있었다. 여기서 굳이 성경 구절을 끌어들일 필요는 없지만, 그들에게서 보이는 이 같은 태도는 기독교 전통의 자부심이라기보다는 신앙적인 오만이 아닌가 하는 느낌을 받았다.

이어진 오준근 박사의 물음에 대해 그는 헝가리 교회는 청년들을 교회로 불러서 예수의 삶과 부활을 전하고 가르치고 있으며, 자유화하고 난 뒤 처음에는 신앙 문제로 가족 사이에 고민이 있었으나 그 뒤 차차 없어지고 있다고 했다. 최근에는 세례 뒤의 견신례를 받는 사람들도 늘어나고 있다면서, 전에는 14세 정도에 받았는데 최근에는 중·장년층도 견신례에 참여하고 있다고 했다.

그밖에도 여러 가지 질문이 계속되었다. 예를 들면 '성경에 대한 신학적 견해,' 다시 말해 성경을 하나님의 말씀으로 믿느냐는 한국 복음주의자들의 질문도 있었다. 여기에 대해 케네스 목사는 헝가리 교회는 모두가 성경을 하나님의 말씀으로 받아들이고 있다고 단호하게 말했다. 또 기독교 사회주의를 공산주의 아래서 형성된 타협의 산물이라고 보고 공산주의 붕괴 뒤에도 정당성을 갖고 있다고 보는지에 대한 질문도 있었다. 그는 자신의 경험을 바탕으로 두 종류의 사회주의를 언급했는데, 우선 정치적 사회주의는 공산주의를 뜻하는 것으로 일당독재를 전제하기 때문에 그것은 안 된다고 보았다. 거기에 견주어 기독교 사회주의는 사회적 문제를 기독교로 해결하겠다는 것으로서 이것은 가능하다는 견해를 보였다.

끝으로 헝가리가 현재 당면하고 있는 가장 큰 문제는 무엇이며 이런 상황에서 교회가 할 수 있는 일은 무엇인지를 물었다. 그는 젊은이들의 교육이 가장 중요하다고 생각한다면서, 심각한 문제는 별로 없으며 돈이 없다는 것이 문제라면 문제라고 답했다. 종교 지도자의 처지에서 할 수 있는 말이 겨우 그것밖에는 없을까를 생각하면서도 이런 대답마저도 공산주의 아래서 길들여진 의식이 그의 영성을 가로막고 있는 것으로밖에는 이해할 수 없었다.

이런 토론 뒤에 우리는 케네스 목사를 모시고, 헝가리 민속음악과 민속춤이 있는 식당으로 가서 저녁을 들었다. 현재 혼자 산다는 목사님은 팔 척 거구의 몸에 식욕도 대단했다. 10시가 되어 목사님이 일어나자 우리도 일찍 호텔로 돌아왔다. 내일 한인교회에서 할 설교를 준비해야 했기 때문이다.

8월 28일 (일) 아침에 일어나 설교 준비를 끝냈다. 9시 30분쯤에 온천을 가자고 해서 부다(Buda) 지역에 있는 어느 호텔 목욕탕으로 갔다. 여러 사람들이 함께 들어가는 공동탕이었다.

11시가 지나, 일행 가운데 최성 박사가 루마니아로 떠났다. 우리 일행은 12시에 시작하는 부다페스트 한인교회 예배에 참석하고, 내가 〈안디옥 교회와 교민 교회〉(행11:19~30)라는 제목으로 설교했다. 설교의 내용은, 초대교회 가운데 예루살렘 교회가 예수님의 제자들로 출발하여 대형 교회로 성장한 데 견주어, 안디옥 교회는 핍박 받아 흩어진 신자들이 설립한 교회로서 십자가와 부활을 중심으로 가르쳤고 바나바의 성실한 봉사와 바울과 바나바의 협력 사역이 있어서 크게 성장했을 뿐만 아니라 처음으로 그리스도인이라는 칭송을 듣게 되었고, 자신도 흉년 드는 어려움 가운데서도 구제할 수 있었으며, 안디옥 교회에서 '땅끝까지'를 향한 첫 해외 선교사가 나오게 되었다는 것을 강조하는 것이었다. 일종의 교민 교회였던 안디옥 교회의 이런 모습을 본받자는 것이 설교의 핵심이었다. 이어서 이문식 목사가 남북나눔운동과 그 소속의 연구위원회를 소개했다.

예배시간에 우리 일행이 특송으로 합창을 했다. 곡목은 어제 저녁에 불러본 〈죄짐 맡은 우리 구주〉였다. 이 교회는 한창 모일 때는 1백여 명이 넘었으나 지금은 본국으로 많이 돌아간 데다가 요즘은 휴가철이라서 50여 명 남짓 모였다. 조광식 목사가 3년여 동안 목회하다가 올해 초부터 헝가리인들에 대한 복음 사역에 전념하기 위해 문창석 목사를 모셔 왔다고 한다. 조 목사님의 사역을 위해 8백 마르크를, 부다페스트 한인교회를 위해 5백 마르크를 헌금했다.

예배 뒤 버거킹에서 만든 햄버거로 점심을 때우고 호텔로 돌아와 곧 오스트리아의 빈을 향해 출발했다. 맑은 날씨에 19℃밖에 되지 않는 시원함을 맑은 공기와 함께 만끽하며 4시간 남짓 버스 여행 끝에 빈의 파나가노 호텔(Panagano Hotel)에 도착했다.

숙소를 정하고 나와 빈 시내를 거닐다가, 경향교회에서 파송한 김 목사의 안내로 한식 식당에 들어가 김치찌개로 저녁을 먹었다. 식당으로 가는 길에 스테파논 성당과, 모차르트가 〈피가로의 결혼〉을 작곡했다는 피가로하우스(Figarohaus)를 둘러보았다. 관광산업이 발달한 이 나라에는 이런 명소들을 많이 개발하고 있었다.

저녁을 먹고는, 일찍 숙소로 들어가겠다는데도 굳이 요한 스트라우스의 곡들을 연주한다는 공원으로 가서 음악과 춤추는 것을 보자고 해가 보았다. 입장객에게는 비싼 음료수를 마시게 했다. 낭비가 아닌가 해서 마음이 상했다. 혼자서 일찍 들어와 쉬었다. 주일에 이렇게 여행하고 즐기는 것이 마음에 걸렸다.

8월 29일 (월) 새벽부터 서둘렀다. 9시 5분에 뮌헨으로 향하는 비행기를 타야 했다. 혼자서 일찍 일어나 목욕하고 짐을 가지고 내려왔지만 일행은 꾸물대었다. 그러니 자연히 불필요하게 택시를 타게 되고 낭비하게 되었다. 많은 사람이 움직이면서 이렇게 낭비가 커지고 있다.

아침을 먹고 나왔는데도 기내에서 또 아침을 주었다. 아침 비행기에서 기내식을 주면 아침을 먹지 않고 오는 것이 효율적이고 낭비를 줄일텐데……. 뮌헨 공항에 내려서도 또 1백 마르크를 주고 미니버스를 대절해야 했다. 공항에서 오준근 박사는 콘스탄츠(Konstanz)로, 서우석 군은 쾰른(Köln)으로 갔다. 내일 프랑크푸르트(Frankfurt) 공항에서 만나기로 하고.

11시가 안 되어 숙소 헤라오크 호텔(Heraog Hotel)에 이르렀다. 비행기에서 내일 11시 46분에 전철로 프랑크푸르트 가는 스케줄을 2시간 정도 앞당기자고 했다. 프랑크푸르트에 먼저 가는 것이 비행 탑승 시간을 앞두고 좋을 뿐만 아니라 뮌헨보다는 프랑크푸르트에 볼 만한 것이 더 많을 것으로 판단했기 때문이다. 그러나 이것도 호텔을 통해 한번 물어보았더니, 좌석이 이미 확정되어 안 된다는 말을 듣고는 더 추진하지 않았다.

점심을 먹고 시내를 관광하자고 했지만, 나는 혼자서 맥도널드에 가서 간단히 식사하고, 근처 영화관에 가서 〈남자가 사랑할 때(When a Man Love a Woman)〉라는 영화를 보고, 우체국에 가서 전화카드를 사 아내에게 전화를 했다. 저녁을 근처의 식당에서 먹고, 미국에 있는 아들 기홍 내외에게도 전화를 했다. 몇몇 사람들과 마리엔 광장

(Marienplatz)까지 가서 호프집에 들러 분위기를 보았다. 다른 분들은 맥주를 마셨으나 이 목사와 나는 주스를 마셨다. 11시가 지나 돌아와 유에스 오픈 테니스 경기를 보다가 잠자리에 들었다.

하루 종일, 시간을 낭비하고 있구나 하는 생각을 금치 못했다. 부다페스트 이후의 스케줄은, 우리에게는 낭비적인 것이다. 거듭 미리 막지 못한 것을 후회한다.

8월 30일 (화) 아침식사 뒤 우리는 별다른 활동을 할 수 없었다. 11시 46분에 프랑크푸르트행 기차를 타야 했기 때문이다. 이성구 목사와 전병선 목사가 유태인 학살 유적지인 다하우(Dachau)에 가겠다고 해서 11시까지는 뮌헨 중앙역으로 오도록 당부했다. 11시쯤에 역으로 나와, 11시 10분에 도착한 두 분과 함께 출발할 수 있었다.

프랑크푸르트에서 40분 거리인 만하임(Mannheim) 근처(역에서 10분쯤의 거리)에서 기차가 급정거했다. 객실까지 타는 냄새가 나는 것으로 보아, 급정거 때 무리가 많았던 것 같다. 70분 이상 지체했다. 프랑크푸르트 공항에 3시 30분까지는 도착해야 하는데, 꼭 맞추어 출발한 것이 화근이었다. 알고 보니 한 사람이 차에 뛰어들어 자살했다고 한다. 공항에 연락, 5시 10분발 루프트한자 비행기를 우리 그룹이 탈 수 있도록 해 달라고 했다. 차장은 우리 일행이 프랑크푸르트 공항에 바로 갈 수 있도록 쇄펠트(Schöfeld)라는 역에 고속열차를 강제로 세워 우리를 내리게 한 뒤 거기서 공항행 전철을 타도록 해 주었다.

공항에 도착하니, 5시 10분 전. 서우석 군을 찾았지만 약속 장소에 없었다. 열심히 뛰어 비행기에 오르니 5시 20분. 비행기 탑승장 입구에서 루프트한자의 배인식이라는 한국인 담당자에게 서우석 군을 부탁하고, 그가 돈을 안 가졌을지도 모르니 1천 마르크를 전해 주라고 맡기고 그의 명함을 받았다. 비행기에 올라 한 사람이 낙오되었다고 생각하니, 차라리 내가 남아서 그와 함께 오는 것이 낫지 않았을까 하는 생각도 들었다. 어제만 하더라도 몇 번이나 기차 시간을 2시간 일찍 당기자고 했는데, 이미 표를 사 버렸으니 안 된다는 상식적인 대답만 듣고 더 노력하지 않은 것이 불찰이었다. 우리가 탄 기차의 자리가 많이 비었던 것으로 미루어 보면 2시간 전의 기차도 비었을 것으로 생각되고, 그렇다면 손님들의 요구에 따라 바꿔 주었을 것 같기도 했다.

비행기가 출발한 지 얼마 안 되어, 김경민 간사가 와서 일이 이렇게 꼬인 데 대해 미안하다고 했다. 그러나 나는 이 일에 대해 지금까지 거의 모든 책임을 맡아 고생한 김 간사를 나무랄 수 없었다. 얼마 안 있어 이문식 목사가 와서, 비행기에서 루프트한자 사무실에 전화해 보니, 배인식 씨가 서우석 군을 만나 돈을 전했고, 다음에 출발하는 표를 알아보고 있다고 했다. 조금은 안심이 되었다. 내 자리가 맨 뒷자리여서 흡연하는 사람들과 같이 있었는데, 그것을 알고 이성구 목사가 승무원에게 말해, 나를 앞자리로 보내 주었다. 잠을 청해도 오지 않고 해서 신문과 잡지를 뒤적이며, 2편의 영화를 감상하였다.

31일 수요일 13시쯤에 서울에 도착했다. 짐이 늦게 나와 거의 맨 뒤에 나왔다. 밖으로 나와 우리는 모여 서로를 위로하고 특별히 수고한 김경민 간사에게 노고를 치하했다.

통일 베트남의 가능성

—남북나눔운동 II—

1996년 12월 10일~15일

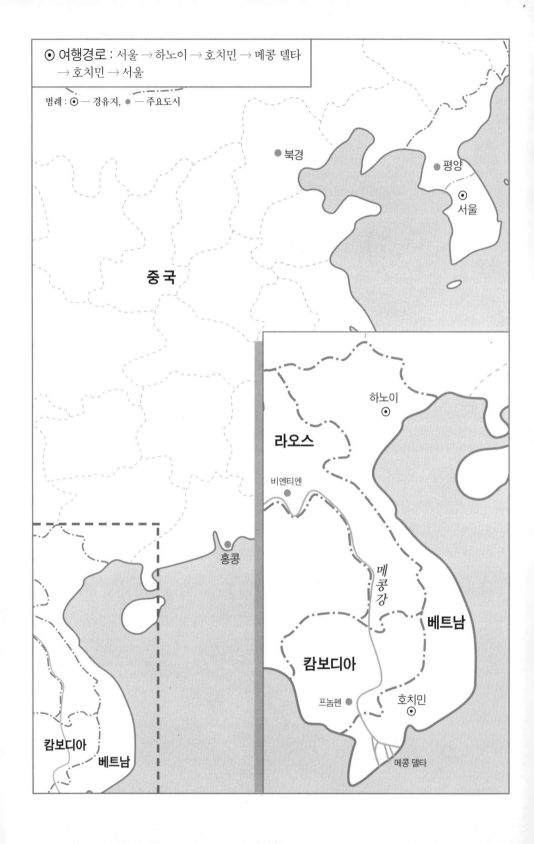

⊙ 여행경로 : 서울 → 하노이 → 호치민 → 메콩 델타
　　　　　→ 호치민 → 서울

범례 : ⊙ ─ 경유지, ● ─ 주요도시

북경

평양

서울 ⊙

중국

하노이 ⊙

라오스

비엔티엔

홍콩

메콩강

베트남

캄보디아

프놈펜

호치민 ⊙

캄보디아
베트남

메콩 델타

남북나눔운동은 1993년 4월 창립 이래 연구위원회 소속 연구위원들을 해외의 통일된 나라들을 방문하여 현지 연구토록 했다. 연구위원들은 지난 1994년 8월 통일 독일을 방문하여 독일의 통일이 어떤 과정을 거쳤으며 통일 뒤에 남은 과제들이 어떤 것인지를 현지에서 배우는 중요한 기회를 가졌다. 이어서 연구위원회는 1996년 12월 10일부터 15일까지 통일 베트남을 방문하였다. 출발에 앞서 우리는 베트남 여러 곳의 대학과 연구소에 연락하여 현지의 학자들과 모임을 갖고 싶다고 하였다. 여러 대학과 연구기관에서 통일 베트남을 배우고 싶다는 우리의 요청에 기꺼이 응해 주어서 방문 기간 중에 여러 차례 세미나를 갖게 되었다. 베트남을 방문하면서 우리는 대단히 중요한 교훈을 얻게 되었다. 아시아·아프리카에 속한 나라로서는 거의 유일하게 세계 제국주의 국가인 프랑스와 미국을 물리치고 통일 독립을 이룩한 베트남을 현지 경험을 통해 배울 수 있었기 때문이다.

12월 10일 (화) 아침 신문이 어제 입국한 김경호 씨 일가의 탈북(脫北) 이야기로 지면을 많이 채우고 있다. 그러나 그러한 보도가 남북관계에 어떠한 영향을 미치며, 또 그 보도를 통해 무엇을 의도하고 있는지에 대해서는 전혀 이야기가 없다. 겨울의 추위만큼이나 얼어붙은 사회 분위기, 특히 노동법 개정을 앞두고 정권이 노리고 있는 어떤 의도가 있을 것으로 보인다. 그 숨겨진 의도 때문에 남북관계는 더욱 소외되어 버리고, 민족 통일의 길은 더 멀어지는 듯하다. 그럴 때 김씨 일가의 '감격스런' 탈북 사건은 통일보다는 한 정권에 유익하게 되고, 그렇게 함으로써 민족 통일의 길이 더욱 멀어지지 않나 하는 느낌을 지울 수가 없다.

오전에는 집에서 〈북한의 국사학에 관한 연구〉를 다듬었다. 집에 있다는 것을 어떻게 알았는지 계속 전화가 왔다. 12시 30분 무렵에 김포 공항으로 향했다. 행주대교에서 막히지 않아 20분밖에 걸리지 않았다. 일행이 모이고 있었다. 베트남 통일을 배우기 위해 '남북나눔운동 연구 위원회'에서 일행 17명이 15시에 출발하기로 했다. 문화항공에서 나와 모든 절차를 이미 다 밟아 놓았다. 중국집에 가서 아내가 사주는 점심을 들었다.

15시 5분에 비행기가 움직이기 시작, 30분에 활주로를 벗어났다. 옆에 박명규 교수가 같이 탔다. 베트남 국영 항공사의 에어버스(Airbus) 기 2백여 석이 거의 찼다. 대체로 그런 형편이란다. 기내식도 좋았고 자본주의를 배워 가는 모습이 기내에서 감지되고 있었다.

20시 30분(현지시간 18시 30분)에 하노이 공항에 도착했다, 입국심사와 세관검사가 여느 사회주의 국가처럼 까다롭지 않았다. 경실련의 박승룡 형제가 준비한 버스와 함께 나와 있었다. 50분 뒤에 바오손(宝山) 호텔에 도착, 중국식 저녁식사를 마치니 거의 밤 10시가 되었다. 두 테이블 가운데 내가 앉은 테이블에서는 같이 기도했다. 어차피 우리가 그리스도인이라는 것이 드러날 것인데, 숨길 필요가 뭐가 있겠느냐는 뜻에서 내가 대표기도를 했다.

저녁식사 뒤에 박승룡 형제로부터 간단한 오리엔테이션이 있었다. 종교, 특히 포교의 자유가 없다는 것, 8명 가운데 한 사람은 경찰(공안) 당국과 관련 있으니 각별히 주의하라는 것, NGO(비정부기구) 그룹에 대한 감시가 있다는 것, 그리고 일정상의 문제 등을 말해 주었다. 폐쇄된 사회의 특징을 그대로 간직하고 있다고 했다. 그것을 들으니 동양의 나라들 가운데 유일하게 프랑스와 미국을 물리친 베트남에 대한 과거의 존경심에 혼란이 오게 된다. 닫힌 사회는 한계가 너무 많다는 것, 인간의 사고와 창의성을 닫아 버림으로써 발전의 정도가 느리다는 것, 베트남이 개방되고 열려진 사회로 되는 그만큼 세계에 진취적으로 나아갈 수 있을 텐데 하는 생각이 순간적으로 교차했다.

호텔에 도착하자마자 아들 기종에게 엽서를 보냈다. 우표대가 6달러였다. 엽서에 쓴 대로 통일 베트남, 존경하는 이 국민에 대해 열린 마음으로 배우는 기회가 되기를 빈다. 일행이 기도하고 각 방으로 가니 현지시간 밤 11시가 되었다.

12월 11일 (수) 6시 20분에 잠이 깼다. 창밖을 보니, 어제 저녁에는 보지 못했던 호텔 주변의 경관들이 드러났다. 낡은 지붕과 미처 수리하지 못한 집들이 주변의 환경을 압도해 버린다. 경제 형편을 어렴풋이 짐작케 해 주었다. 7시, 호텔 식사는 양식과 동양식이 다 있는 뷔페였다. 쌀죽을 먹었다. 비교적 한국의 음식과 비슷하게 느껴졌다. 일부러 우리의 식성에 맞추지는 않았을 것이다.

8시가 지나 처음 간 곳이 호치민(胡志明) 주석묘(主席墓)였다. 삼엄한 경계에 경건한 자세를 요구하는 것, 그리고 그 안에 안치되어 있는 시신, 모두가 러시아의 레닌 묘를 꼭 닮았다. 마음속에 교차되는 감정을 억제할 수가 없었다. 생전에 옷 두 벌, 집 한 칸을 제대로 소유하지 않았던 삶을 살다간 그가 이렇게 만인이 우러러보는 호화로운 묘에 누워 있기를 과연 원했을까? 민족을 위해 헌신한 그가, 죽어서 자기 민족에 의해 우상시 되는 평가를 결코 기대하지는 않았을 것이다. 후세들이 자기들의 필요에 따라 그를 이렇게 신격화하지 않았다면 그는 인류 역사 속에서 더 깊은 존경을 받을 수 있을 것이라 느껴졌다. 김명세 형제는 러시아·북한의 그러한 행태들을 익숙히 아는 터라, 후세들이 호치민의 죽은 저 시신을 이용해서 벌일 이데올로기화 작업을 역겨워하면서, 저들은 사후 세계가 없기 때문에 저렇게 한다고 날카롭게 지적하였다.

주석궁 앞을 지나 그 앞에 조그만 연못이 있는 호치민가(생가가 아님)를 둘러봤다. 아래층에는 공산당 중앙위 정치국원 11명이 앉아 회의하던 책상과 의자가 있었다. 베트남의 항미(抗美) 통일의 역사가 이뤄지던 곳이었다. 2층에는 평생 독신으로 조국과 인민을 위해 헌신한 호치민 주석의 서재와 침실이 있었다. 내려와서 보니, 그 건물 옆에 지하 벙커로 인도하는 조그마한 건물이 있었다. 프랑스·미국과 대결하여 승리했던 월맹 지도자의 집은 저렇게 초라했던 것이다. 힘은 화려한 궁전과 외형적인 풍요에서 나온 것이 결코 아니었다.

그곳을 둘러보고 나와 전통음악을 감상했다. 악기의 다양함에 새삼 놀랐다. 죽간(竹間) 악기의 신기함을 실험해 보았다. 옆에 있는 서점에서 호 주석의《옥중일기》를 5달러에 샀다. 그의 첫 시가 눈에 뜨인다. "몸은 옥에 있지만 정신은 옥 밖에 있네. 큰일을 이루려면 정신을 새롭게 가다듬어야겠네(身體在獄中 精神在獄外 欲盛大事業 精神更要大)." 그와 같이 일찍 이런 깨달음이 나에게도 있어야 했다.

일주사(一柱寺, 1200년 전에 건립)를 보면서 한자문화의 강한 영향과 함께, 미신화 내지는 자신의 전통과 습합(習合)된 불교의 모습을 여기서도 볼 수 있었다. 한자문화로부터 독립하려는 노력이, 베트남은 그들의 문자를 로마자화하는 것으로, 한국은 한글을 창제하는 것으로 나타났다.

한국관이라는 곳에서 난민 경험자들과 난민을 도왔던 미국인, 그리고 KOIKA(한국국제협력단) 대표를 만나 이야기를 들었다. 우리나라가 후진국을 돕는다는 것이 대견스럽게 생각되었다. 이것이 세계에 대한 우리의 봉사를 시작하는 좋은 첫걸음이 되었으면 한다. 한국관에 들르기 전에 호치민 박물관에 가서 호 주석의 일생을 그린 유물들을 볼 수 있었다. "노동계급의 힘은 거대하고 끝이 없다"는 그가 한 연설의 일절은 평생 자신을 희생하면서 자기 백성을 신뢰한 것을 엿볼 수 있게 했다. 비록 그가 정치적인 제스처로 이런 연설을 했다 할지라도.

◀ 전시에 지휘부가 있
  었던 호치민가 근처
  의 연못과 숲

◀ 호치민 박물관
  앞에서

◀ 주석궁이 있는
  거리

점심을 먹는 동안 예정된 일정에 차질이 생겼다. 하는 수 없이 두 조로 나눠 한 조는 예정대로 NGO 리소스 센터(Resource Center)로 가고, 한 조는 하노이대학으로 갔다. 가는 동안 한국과 베트남의 관계를 다시 생각했다. 베트남전쟁을 치르면서 월맹군 및 미군, 한국군 수십만 명이 희생되었다고 한다. 하노이대 동방학부를 찾아 태평양연구센터 레 티엠(Le Thiem) 씨를 만났다. 나는 먼저 우리 팀을 소개하고, 통일 문제를 연구하기 위해 왔다고 했다. 그리고 개인적으로 한국이 베트남전에 참여한 것에 대해 유감스러운 마음이 없지 않다는 뜻도 전했다. 그런 뒤에 여러 가지 이야기를 나눌 수 있었다.

동방학부는 4년 전에 출발했으나 2년 전에 운영을 시작했으며 4가지 강좌(중국학·일본학·동남아학·한국학)가 있고, 한국학 강좌는 금년 7월에 시작했다고 한다. 한국학 전공자는 4학년 48명 가운데 7명, 3학년 142명 가운데 26명, 2학년 180명 가운데 45명이며 1학년은 전공 구분이 없다고 한다. 한국학과는 레 씨와 두 사람의 여성으로 전임 교수진을 형성하고 있으며, 그 가운데 한 사람인 신(生) 씨는 내년 3월에 국제교류재단의 도움으로 한국에 유학 올 것이라고 한다.

베트남 언어와 문자에 관한 질의에, 한문 이해 세대는 60세 이상이며, 중국학에는 고한문(古漢文), 금한문[今漢文, 백화문(白話文)], 남한문(南漢文)으로 전공 코스가 있단다. 그는 한국의 전망에 대해 말하며 2010년에는 한국이 세계 7위, 통일되면 세계 5위의 경제대국이 될 것이라는 글을 읽었다고 했다. 과거는 과거의 일이며 앞으로 잘 하자고도 했다. 이것은 베트남이 이 시점에서 한국에 갖고 있는 자세이다. 그밖에 북베트남(北越)이 남베트남(南越)을 통일할 수 있었던 요인과, 과거 북베트남이 캄보디아와 라오스를 침략한 사실에 대해서 어떻게 생각하느냐고 물었으나 신통한 대답은 없었다. 일어서기 전에 한국학 연구를 위해서 도서 등 자료를 준비하라고 1백 달러를 주었다.

이곳은 하노이 대학의 사회과학부와 자연과학부가 있는 곳이며, 2천여 명의 학생이 있다고 한다. 환경이 좋지 않았으며 도서관이라고 가보았으나 자유열람실에서 공부하고 있는 학생들을 볼 뿐이었다. 참고실(Reference Room)에는 도서가 전혀 없이 서가뿐이었다. 도서관의 초라함에 놀랐다. 이렇게 학문이 없는데 어떻게 사회가 발전할 수 있을까? 이런 곳에서는 이데올로기만 있을 뿐, 객관적이고 검증된 학문과 실천이 뒤따를 수 없다.

한국 음식점에 가서 설렁탕을 먹고, 수상(水上) 인형극(Thang Long Water Puppet Theatre)을 보았다. 하노이가 '물 안(河內)'이란 뜻이듯이 물과의 싸움과 애환을 그린 인형극인데, 물에 인형을 띄우는 놀라운 기술과 반주로 나온 전통음악이 매우 놀라왔다.

밤 9시가 넘어 바오손 호텔로 돌아와, 자칫 흐트러지기 쉬운 영적 각성을 가져 보자는 뜻으로 잠시 한자리에 모여 경건회를 갖고 잠자리에 들었다. 전화하기가 어렵다는 것, 요금이 비싸다는 것 때문에 아직도 집에 전화를 못했다.

12월 12일 (목) 우리나라 역사에 큰 오점을 남긴 12·12 군사반란 17주년이 되는 날이다. 그날 저녁 수요예배를 마치고 장충공원길을 넘어 한남대교로 나오는데 길이 막혀 이태원 쪽을 거쳐 반포대교 쪽으로 왔던 일이 지금도 눈에 선하다. 그러나 그것을 계기로 정권을 잡았던 쿠데타 주모자들은 지금 재판을 받고 있다. 역사의 풍상을 너무 많이 겪었다.

아침 5시 30분에 잠이 깨어 간절히 기도 드렸다. 이번 여행을 위해서, 그리고 앞으로의 내 삶을 위해서. 〈시편〉 119편 5~6절 말씀이 큰 은혜가 되었다. "내 길을 굳이 정하사 주의 율례를 지키게 하소서. 내가 주

◀ 베트남전쟁 때 미군의 '만행'
을 찍은 사진 전시물

의 모든 계명에 주의할 때에는 부끄럽지 아니하리이다." 이 말씀대로
살기를 다짐해 본다.

　식사한 뒤에 전쟁박물관에 갔다. 디엔비엔푸의 승리(1954. 5. 8.)를
조감하여 형상화한 영화를 보면서 이 위대한 민족에 감탄했다. 노천에
전시한 유물 가운데 미국의 B-52 전폭기 잔해가 있었고, 미군기 124대
를 격추시킨 고사포, B-52 전폭기 3대를 하노이 근처에서 떨어뜨린 미
사일 발사대(영웅적인 77 미사일 대대, 1972) 등을 볼 수 있었다. 베트
남인에겐 승리와 긍지의 상징이요, 미국에겐 치욕과 비웃음의 증거다.

　한 탱크 앞에는 "One among the Tanks of the 203rd armoured
Brigade headline the infiltration Regiment of the 2nd Corps seized the
Saigon Presidential Palace on April 30th 1975"라고 써 있었다. 이러한

▲ 하노이 전쟁박물관에서

승리와 긍지를 안겨준 유물, 유적이 많은 이 나라에 부러움을 잠시 느
꼈다. 김구 선생 생각이 났다. 1945년 8월 일본의 항복 소식을 들으며
기뻐하기보다는 탈기했다는 생각이 떠올랐다. 힘이 정의와 평화를 뒷
받침하지 않으면 약소국이 자기의 독립을 쟁취할 수 없다는 것을 독립
투쟁의 과정에서 절실히 느낀 그였기 때문에 그런 생각을 했을 것이다.

많은 유물·유적 사진을 보면서, 여성들과 노인들이 총을 들고 '해방
전쟁'에 참가한 사진들을 다시 찍었다. 그러면서 여성들까지 총을 들게
한 그 힘이 무엇이었는지를 스스로에게 계속 질문했다. 이데올로기였
을까, 민족이었을까, 아니면 백종국 교수가 이야기한 것처럼 생존 그
자체였을까? 그리고 그 힘과 정열을 지금의 베트남에서 느낄 수 있을
까? 옆에 있는 기대(旗臺, 80계단)를 올라가 하노이 시내를 돌아보았다.

전쟁박물관에서 느낀 감동으로 이 나라를 계속 주시할 수 있기를 다짐했다.

하노이의 베트남국립대학교(VNU)에 가서 과장을 대신해서 나왔다는 부 티 쿠이(VŨ THI QÜY) 여사의 설명을 들었다. 장황한 설명에 이어 질문이 계속되는 동안 많은 흥미 있는 이야기를 들을 수 있었다. 학교 문장(seal)을 독자적으로 사용할 수 있고, 그리하여 정부 교육훈련부의 지배를 받지 않고 권한을 행사할 수 있게 되었고, 지금 VNU의 설계와 마스터플랜(종합기본계획)을 외국에 맡기려 하고 있는데 JAICA(일본국제협력단)가 맡기를 기대하고 있다는 것이다. 또 지금은 30헥타르이지만 10~20년 뒤에는 1,200헥타르가 될 정도로 넓게 터를 잡고 있다는 것, 베트남의 교육은 미국 등 자유세계의 모델을 시험하고 있다는 것, 대학생 1인당 한 학기에 2백 달러 정도 든다는 것도 이야기했다.

통일 뒤 사이공대학 등의 교수들 가운데 다시 미국이나 프랑스로 돌아간 사람이 있고 3~4년 동안의 재교육 뒤에 다시 대학으로 돌아온 사람이 있으며, 정치학 등을 가르친 사람들 가운데서 북쪽 출신들은 대부분 남아 있고, 자기 고향으로 가는 경우 대부분 책임자가 되었다고도 했다.

그리고 도이모이[DoiMoi, 쇄신(刷新)·유신(維新)] 뒤에 과거 문학·정치 등 이론적인 것을 선호하던 데서 지금은 컴퓨터나 정보통신과 법률학 등 실제적인 것을 공부하는 자가 많다고 한다. 젊은이들에 대한 사상교육은 지금은 거의 하고 있지 않지만 1학년의 교양과목에 심리학·정치학·군사교육 등이 있으며, 이 경우 마르크스-레닌을 강의하면(그들은 꼭 들어야 한다) 시간낭비라고 말한다고도 한다. 교육이 실제적으로 많이 바뀌고 있다는 것은 어제도 들었다. 경제학 등에 관심이 많아지고 있다고도 했다. 젊은이들 가운데 호치민을 존경하면서도 한편에서는 그가 지금의 체제를 이룩했다고 비판하는 사람도 있다고 한다.

다음은 사회과학원 법률연구소를 찾았다. 연구소 소장이 다른 세 사람과 함께 기다리고 있었다. 공산당 간부라서 그런지 현실을 외면하고 있다고 느꼈다. 사회주의경제에서 시장경제로 옮기면서 느꼈던 애로점을 묻자 그는 진지하게 '사회주의'가 어떤 것인지 모른다고 했다. 놀랄 이야기다. 그러면서 지금의 법학 강의가 전보다 투자법 등 실용적인 것으로 많이 변화되고 있다고 말했다. 나는 '존경하는' 이 나라가 시장경제로 진입하는 데 따른 법적인 뒷받침을 하려고 노력하는 베트남에 좋은 미래가 있기를 기원한다고 했다. 그들이 일방적으로 약속시간과 30분이라는 제한을 주었기 때문에 30분이 되자 요청대로 인사를 하고 일어섰다.

박승룡 형제가 경실련의 도움을 받아 훈련시키고 있는 시골의 청소년직업훈련소로 갔다. 옛 공회당 비슷한 곳에서 30여 명이 영어와 한국어를 배우고 있었다. 내가 대표로 인사했다. 근처에 있는 민가에서 식사를 했다. 부엌에는 솥 같은 조리기구가 전혀 없고 짚으로 불을 때고 있었는데, 그런데도 음식을 만들어 주었다. 놀라웠다. 어릴 적의 시골집과 견주어 볼 때도 비교가 안 될 정도였다. 방과 가구 등을 보아도 눈에 뜨이는 것이 없었다. 그래도 이 집은 부자라고 했다. 생활의 정도가 어느 정도인지를 알게 했다. 시골인데도 어린 아이들이 골목마다 많았고, 비닐 샌들을 신은 애도 있었지만 간혹 맨발로 다니는 애들도 있었다. 경제 사정이 어느 정도인지 짐작케 했다. 통일 뒤 도이모이 정책을 쓰면서 개방화를 추구하는 그들의 현실을 십분 이해할 수 있었다.

오늘 시내와 시골을 돌아다니면서 느낀 것이 있다. 첫째는 어느 시기가 지나면 그들이 로마자화한 문자의 덕택으로 서구화에 가장 재빠르게 반응할 것이라는 것, 또 하나는 길에 꽉 차게 들어서 있는 오토바이와 자전거의 동력화·속도화로 그 속도감을 사회개혁과 경제건설에 원용하게 될 때 폭발적인 능률을 올리게 될 것이라는 것이다. 길거리에서 신호를 기다리고 있는 시민들의 표정에서 전율과 의지를 동시에 읽을 수 있었다.

시내로 들어와 NGO 리소스 센터로 왔다. 약속한 일본인이 갑자기 만나지 않겠다고 했단다. 20여 분 이상을 기다리다가 태국 출신의 NGO 요원을 만났다. 난민구제에 관해 많은 정보를 얻었다. 북한의 난민 문제와 관련, 동경에 사무실이 있다고 했다. 만주·시베리아로 간 탈북자에 대해서 물었으나, 그 나라나 본인이 협조를 구하지 않는 한 그들을 도울 방법은 없다고 했다. 일행이 많은 질문을 했음에도 진지하게 대해 주어 고맙게 생각한다.

오후 4시 30분부터 1시간 동안 선물센터에서 20달러 정도의 선물을 샀다. 1달러를 깎기 위해 아웅다웅했던 내 모습이 퍽 부끄러웠다. 그들에게 후하게 주면 어떤가. 수공예품 등이 1달러 하는 데가 우리나라 어디에 있단 말인가. 참으로 속 좁은 자신을 되돌아보면서 차라리 선물을 사지 않았으면 좋았을 것이라고 생각했다.

거리에서 돈 구걸하는 사람들이 많아 멋모르고 불쌍히 여겨 1천~2천 동의 지폐를 쥐어 주었더니 이를 본 다른 사람들이 계속 따라 다녔다. 잘못했다는 생각도 든다. 그러나 한편으로 저들의 아버지, 남편을 과거 한국 파병군이 죽이지는 않았을까 하는 생각도 들어서 잠시 당혹감을 느꼈다.

어제 점심을 먹었던 한식 음식점에서 한국인 목사와 유학생(선교사) 네 명을 만나 식사를 같이 하며, 통일에 도움이 될 이야기들을 나누었다. 이 사회가 이제는 돌이킬 수 없을 정도로 자본주의 시장경제로 이행되었다는 이야기도 있었다. 옆에 있는 목사들에게 '한국군 전쟁포로'에 대한 자료를 물어보기도 했으나 시원한 답을 얻지 못했다.

문을 닫고 있었는데 엿듣는 모습이 보여 문을 열라고 했다. 분위기가 심상치 않아 서둘러 끝냈다. 뒤에 들으니, 이곳 한인교회 목사의 뒤를 밟아 공산당 고위 간부가 이 음식점에 들어왔다고 했다. 하루 종일 이 나라에 대해 가졌던 존경과 도와주고자 하는 의지가 갑자기 무너지는 것을 느꼈다. 아직도 이 나라에는 기득권을 쥐고 있는 세력 때문에 개혁과 개방에 큰 진통이 오겠구나 하는 느낌도 있었다.

바오손 호텔에 돌아와 잠시 경건회를 가지고 내일 아침 일찍 떠나야 한다고 알렸다. 내일 아침 사이공행 비행기를 확인하지 않은 것이 꺼림칙했다. 식당에서 만났던 선교사 두 명이 호텔로 와서 잠시 환담을 나누었다. 내일 아침 일찍 출발해야 하는 것을 핑계로 곧 헤어졌다.

12월 13일 (금) 호치민 시(옛 사이공)로 가기 위해, 새벽 4시 10분에 눈을 떴다. 5시 30분에 하노이의 바오손 호텔을 출발, 6시 10분에 공항에 도착했고, 7시에 정확하게 비행기가 움직이기 시작, 별로 지체하지 않고 날게 되었다. 8시 40분에 호치민 탄손누트 공항에 도착했다. 9시 10분에 마중 나온 문화관광 안내원을 만나 준비한 버스로 시내로 들어갔다.

호치민 시는 인구 5백만에 오토바이 140만 대가 있으며, 이 나라의 중국족(華族) 1백만 명 가운데 60만 명이 이 도시에 살고 있다. 하노이의 1인당 연소득이 9백 달러임에 견주어 이 도시는 950달러이다. 첫 인상이 자유스럽고 하노이보다 밝은 면이 많으며 활기가 넘치는 듯했다. 도로는 일방통행이 많고, 같은 방향의 길이라도 오른쪽에는 자전거와 오토바이가 통행하고 왼쪽에는 자동차가 움직이고 있었다. 대통령궁 앞을 지날 때 어제 하노이의 전쟁박물관에서 본 탱크 생각이 났다. 겨울인데도 북위 10도 안팎의 이곳은 습기가 많고 약간 후덥지근했다.

삼성 지사를 방문, 공장 견학은 취소했다. 가이드는 한국이 베트남에 투자한 4번째 나라이고 규모는 8억 달러나 된다고 했다. 이어서 휴맨기

▲ 휴맨직업기술학교에서 김영관 목사와 함께

술학교의 김영관 목사를 방문하여 한국계 베트남인의 실태에 대해 들었다. 1990년 10월에 시작한 이 학교는 현재 한국계를 위해 304명이나 수용하고 있고, 베트남인을 위한 기술고등학교(20~30세)는 2개 반에 80명을 받아들이고 있다고 한다. 그는 감리교 목사로서 사회사업가로서 일한단다.

김 목사는 1996년 10월 23일 현재 한국계 월남인 1,130명을 찾았다고 했다. 호치민 시에서 429명, 중부지방에서 396명, 기타 지방에서 305명이며, 앞으로 1,500~2천 명 정도는 더 드러날 것으로 보나, 나머지 천여 명은 베트남인화 하려는 문제 때문에 자신들을 드러내지 않을 것 같다고 했다. 한국인을 만난 베트남 여성들은 처녀로, 과부로 한국인을 만났다가 헤어진 뒤 거의 베트남인과 재혼했으며, 지금도 한국인을 기다리는 여성이 더러 있단다. 이들은 자모회(姊母會)를 만들어 서로 의지하고 있으며, 한국 여성단체에서 돕고 있다고 한다.

한국인 2세들은 부당한 대우를 받지 않고 있었다. 그들은 베트남인으로 그 사회에 포용되고 있다. 40명 합동결혼식에 삼성전자가 후원(텔레비전, 냉장고 등)하고 총영사가 주례하겠다고 해서 외교적 마찰이 있었다고 한다.

베트남인들은 한국을 한강의 기적을 이룩한 나라로서 본받으려 하고 있으며, 한국인은 그들의 친구라는 인식을 갖고 있다고 한다. 한국인과 전투하는 사진을 전쟁박물관 등에서 제거한 것이 그 증거 가운데 하나라고 한다.

김영관 목사는 현재 베트남 정부에서 제공한 임시 건물에서 교육하고 있지만, 정부가 제공한 7백 평의 땅에 새 건물을 짓고 있다고 한다. 우리 방문단 일행은 의논, 1인당 10달러씩 헌금하고 남북나눔운동 본부에서도 좀 내어 300달러를 채워 기증하였다. 김 목사와 헤어져 서울식당에서 점심식사를 했다.

가이드는 1963년부터 평양 김일성대학에 유학하여 한국어를 공부한 구엔 탄 야호(院騰交, 53세)라는 사람인데, 신문기자 출신으로 메콩 강 유역에서 베트콩으로 활동했던 사람이다. 이 사람을 만난 것은 우리 일행으로는 행운이었다. 그의 설명을 통해 베트남의 상황을 솔직하게 들을 수 있었기 때문이다.

1975년 '조국해방' 당시 5,500만이던 인구는 1996년 현재 약 8천만에 다다르고 있다. 베트남 여성은 따뜻한 곳에 살아서 그런지 아기를 잘 낳는데, 속담에 남편이 침대 옆을 지나도 아기를 갖는다고 할 정도란다. 평균 수명은 65세이며 산악인들 가운데는 조사(早死)하는 경우가 많다고 한다. 여성의 권리가 신장되어 이혼할 경우 재산분할, 자녀양육권에서 여성 우선이란다. 이 정도로 남녀평등이 잘 이뤄졌다고 한다.

베트남은 도이모이 정책 이후 토지를 농민에게 분배함으로써 농업생산력이 높아져, 쌀 수출량이 연 250만 톤으로 세계 세 번째(미국, 태국

▲ 여행 인도자 구엔 탄 야호 씨와 함께   ▲ 구치 터널 입구에서

다음) 쌀 수출국이다. 80kg 한 가마에 20달러이며 이 가격은 한국의 1/10에 해당한다고 한다.

원유 생산도 많은데, 정유시설이 없어 원유는 수출하고 정유된 것을 수입하여 사용하지만, 1리터당 250원 꼴이라 한다. 개·들쥐·박쥐·뱀·개구리·너구리·다람쥐·코브라 등을 먹는다고 하며 뱀농장·악어농장이 있단다.

그는 또 베트남인의 처지에서 베트남전을 풀이했다. 구치(CuChi) 터널은, 사이공 지역 베트콩 사령부라고 했다. 전쟁 중에 판 것으로 총 길이가 250㎞나 되며, 서로 얽혀 있고 몇 개의 층으로 되어 있다고 한다. B-52의 폭격으로 생긴 큰 웅덩이가 여러 곳의 터널 입구에 있었지만, 터널을 파괴하지는 못했다. 전쟁 때 이 동굴 안에는 1만여 명이 있었고, 4만 5천여 명이 이곳에서 희생되었다는 것이다. 실제로 가 보고는 깜짝 놀랐다. 그들이 터널을 팔 때 사용한 도구는 원시적인 호미와 소쿠리였다. 총사령부 회의실과 2층 계단까지 내려가 보았다. 감탄과 존경을 하지 않을 수 없었다. 그들이 사용한 원시적인 무기들을 보면서, 프랑스와 미국의 현대식 무기의 힘을 이긴 것은 정신력이었다고 할 수밖에 없었다.

돌아오는 길에 가이드 야호 씨와 대화를 계속했는데 매우 좋았다. 그는 현 베트남의 체제는 사회주의가 아니고 자본주의체제라고 하면서 그렇다고 사회주의적 이상을 포기한 것은 아니라고 했다. 북한의 김일성과 호치민을 비교해 달라는 요구에, 호치민은 자신을 우상화하지 않고 민중화했고, 친인척 관리를 잘했지만 김일성은 그 반대라고 했다. 북의 주체사상은 백성들의 입과 귀를 틀어막는 주의라고 했다.

민족해방운동을 한 호의 누이는 동생이 호치민(본명은 구엔 타트 탄)으로 이름을 바꾸고 지도자의 지위에 있는 줄 모르고 지내다가, 1945년 호가 대통령이 되고 한 달이나 지나서야 그 사실을 알았다. 그는 손수 음식을 장만해 가지고 동생을 찾아와 나눠 먹고 헤어졌다고 한다. 이 정도로 친인척 관리를 잘 했다는 것이다. 호는 검소한 생활을 했는데, 한번은 외국 손님이 오자 옷을 갈아입고 가라는 충고에 "내 이 옷은 그들을 맞기에 부끄럽지 않고, 그들은 화려한 옷을 자랑하기 위해 나에게 오는 것이 아니다"라고 답했다 한다.

야호 씨는 자신이 지방 방송국 기자로 있던 1985년에 정부가 도이모이 정책을 추진하면서 화폐개혁을 단행하고 석유 값을 40퍼센트나 인상하자 자신은 석유 값 인상이 다른 물가 상승을 부채질할 것이라는 논지를 폈는데, 이를 보고 지방당 서기가 중앙에 건의, 석유 값을 환원시켰다고 한다. 이 무렵부터 베트남 언론은 비판의 자유를 갖게 되었다고 한다. 그는 아슬아슬한 우리의 질문에 비교적 솔직히 이야기하여 박수를 여러 번 받았다.

베트남국수집에서 저녁을 먹었다. 맛이 좋았다. 센츄리 사이공 호텔로 돌아와 경건회를 가지고, 1시간 정도 회원들의 감상을 들었다. 결론적으로 나도 이번 여행에서 충격을 받았고, 베트남인들이 30년 전쟁에서 승리한 비결, 즉 그들의 힘의 원천에 관해 생각하게 되었으며 앞으로 우리 모임을 더 활성화하여 민족 통일을 위한 구체적인 방안을 연구하자고 했다.

강경민 목사와 김경민, 박승룡 형제가 내 방에서 함께 이야기를 나누었다. 박 형제를 격려하고, 경실련에서 그 프로젝트를 중지할 경우 자립할 수 있는 방안도 귀띔했다. 서울의 아내에게 전화했다. 며칠 동안 아무런 걱정이 없다는 소식에 안도했다.

12월 14일 (토) 8시 40분에 호텔을 나서서 9시에 호치민 시 사회과학원으로 갔다. 원장 이하 4명이 나와 우리가 이미 보낸 질문서를 중심으로 답변해 주었다. 그 답변들은 대단히 지루했다. 베트남의 통일과정과 남베트남의 자유경제체제를 국가경제체제로 변화시키는 문제에 대한 것, 국가경제체제를 시장경제체제로 변화시키는 문제나 통일과정에서 나타난 사회통합 문제 등에 대한 질문들이었다. 그 대답은 한결같이 베트남 공산당 제8차 전당대회에서 작성한 문건을 중심으로 한 것이었다. 국민이 잘 살아야 국가가 부강해지고, 빈부의 격차가 없어지며, 정의롭고 평등한 사회가 되고, 문명한 사회로 가야 한다는 주장이었다. 원장은 인상이 좋고 합리적인 사람처럼 보였지만, 그 밖의 인물들은 '조국해방전쟁'에 참여한 전사들 마냥 아직도 20여 년 전의 정열을 내뿜고 있었다.

마지막에 답한 호치민 시 역사원장은 호치민 사범대학에서 역사를 가르치고 있는 분으로 해방 전에 역사팀을 이끌고 호치민 루트를 따라 남하했다고 한다. 그 무렵 호치민 루트에는 미군 폭격 뒤의 불발탄과 시한폭탄을 제거하기 위해 12명의 처녀들이 동원되었다고 소개했다. 한 가정에서는 해방군(북베트남군)과 월남군(남베트남군), 두 아들을 두었는데 둘 다 전사했다. 부모는 해방군 아들만 매장하려고 했지만, 해방군이 마침 그 집에 들러서 월남군 아들도 잘 매장할 것을 권했다고 한다. 왜냐하면 두 사람 모두 베트남인이기 때문이라는 것이다. 이 사례는 사회 통합과정에서 차별대우를 하지 않는다는 것을 입증하는 데 활용되었다. 통역과 안내를 맡은 야호 씨는 외국에서 돌아온 사람들이 어떤 불이익도 당하지 않는다고 강조하였다.

그들은 저마다 시장경제로 바꾸지 않으면 안 될 사정과 도이모이 정책 이후의 변화상을 설명하기에 바빴다. 공산당이 한 것이니까 칭찬해야 할 공식적인 석상이기 때문이다. 내가 이분들의 답변이 한결같다고 지적하자, 야호 씨는 여러 사람(베트남인)들이 있으면 으레 그럴 수밖에 없다고 하였다.

오늘따라 동행한 젊은 학자들이 질문하는 내용은 말꼬리를 무는 게 고작이었다. 아니면 지엽말단의 것을 물었다. 하는 수 없이 나는 그들 정책의 핵심부를 찔러 보았다. "우리 경험에 비추어, 한국의 경제개혁에서 가장 중요한 문제로 떠오른 것이 국가의 규제를 어떻게 완화하느냐 하는 점이다. 지금 베트남이 사회(국가)주의식 '시장경제'를 수용하려 하고 있는데, 그것은 곧 국가의 통제를 온존시키면서 시장경제로 나가자는 것이다. 시장경제는 국가의 통제를 완화하는 것이 관건인데, 베트남에서는 이 문제를 어떻게 생각하며, 어떤 대책을 갖고 있는가?" 이 문제는 한국이 현재 당면하고 있는 문제이면서 베트남은 미래에 올무로 맞을 것이다. 그들과 나눈 문답에서 베트남은 이념적인 면은 퇴색시키고 실용적인 면을 강화하고 있다는 인상을 강하게 받았다.

베트남 음식점에 가서 게(튀긴 것)와 국수를 먹었다. 어제 저녁에 간단하게 먹자고 부탁했는데도 잘 되지 않았다. 게가 맛이 있으니 그것을 더 먹겠다, 국수가 맛이 있으니 그것을 더 먹겠다 하여 많이 시켰다. 그러나 결국 다 먹지도 못하고 남겼다. 이를 보면서 나는 일을 주관하는 김경민 부장에게 꾸지람을 했다. 적당히 먹겠다는 것을 금할 수는 없다. 그러나 욕심내어 먹겠다는 것과 다 먹지 못하고 쓰레기로 남기는 것은 참을 수 없다. 입으로는 진리를 말하지만, 이런 조그마한 일을 실천하지 못하는 일행들을 보면서 속으로 매우 섭섭했다.

지난날 한국군 비둘기부대가 사이공에서 19㎞ 떨어진 곳에 머물렀다. 그때 그곳의 촌장(村長) 등과 화목하게 지냈다고 한다. 최근에 어느 교수가 그곳을 방문, 촌장을 만났는데, 자신은 당시 '베트콩'이었다고 말했단다. 비둘기부대가 베트콩 속에서 살았지만 피해가 없었던 것은 그들을 평화롭게 도왔기 때문이다. 이것이 베트남이다.

오후 2시, "Welcome Korean Professors"라는 플래카드가 걸려 있는 경제대학에 도착, 총장·부총장·교수 6명이 참석한 가운데, 우리가 보낸 질문지 10개를 중심으로 토의했다. 총장이 개괄적인 설명을 하고 다른 교수들이 질문에 답했다. 그러나 교수들은 마이크를 잡으면 자신의 기회를 활용하려고 장광설을 늘어놓았다. 그러나 알맹이는 공산당의 교시를 반복해서 뇌까리고 있을 뿐이었다. 기껏 한다는 게 도이모이 정책의 불가피성과 그 성공이나 말하는 정도였다. 나는 다시 "통일을 먼저 이룩한 여러분들에게 배우기 위해 왔다. 통일 전후에 사회주의 경제를 하다가 10년 동안 개혁·개방정책을 실험하고 있는데, 통일 한국이 어떤 정책을 취하면 좋겠는가?"라고 물었다. 그 대답에서도 역시 자신들의 경제정책을 설명하려고 했다. 그러면서 그들의 개혁·개방이 추구하는 '시장경제'를 권유하였다. 다만 그들은 아직 실험이 끝나지 않은, 베트남과 중국의 '사회주의적 시장경제'를 강조했다.

총장에게 선물과 3백 달러를 전했다. 김경민 간사가 그들에게 봉투를 전해 주려고 가져왔을 때 좀 의아했다. 그러나 당장 그 자리에서 물어볼 계제가 못 되어 그대로 전했는데 나중에 알아보니 3백 달러를 넣었다고 했다. 나의 생각과 다르지만 어쩔 수가 없었다.

오후 3시 30분에 토의를 마치고 이랜드(E·Land) 현지 공장으로 갔다. 거의 50분 이상이나 걸렸다. 홍성구 사장의 브리핑을 받고 공장도 견학했다. 이랜드가 140만 달러를 투자, 셔츠 공장에 350명, 재킷 공장에 7백 명을 각각 고용했으며, 한국인은 7명뿐이라고 한다. 그는 사업목적이 성경적 직업관을 심으면서 이 '직업'을 통해 하나님을 전하는데 있음을 분명히 했다. 종교적인 것으로 갈 수 없는 곳에는 이런 직업을 가지고 가야 한다면서, 베트남인들을 형제자매처럼 사랑하고 있으며 그것이 행동으로써 그리스도를 전하는 것이라고 했다.

임금관계는 법적으로, 베트남 기업은 월 18달러, 외국인 기업은 45달러를 최저임금으로 규정하고 있는데, 이랜드는 입사 1개월 뒤에는 50달러~120달러를 지불하고 있다고 한다. 보험, 의사 고용, 아침과 점심 제공(양은 무제한)을 하는데, 생산성은 다른 공장보다 3배나 높다고 한다. 이랜드 사원 모집의 경우, 최초에는 3명 모집(그것도 회사 안에서 한 번 광고)에 90명이 응모했고, 보통은 80대 1의 경쟁률이라고 한다.

홍 사장은 가난한 나라에서는 영혼을 채우기 전에 배부터 채워야 한다고 말하면서 이것이 통일 뒤에 북한에 대한 선교전략일 수 있다고 역설했다. 참으로 철학이 있고, 비전이 있으며, 실천이 있는 회사다. 이번에 우리가 이곳을 찾은 것은 우리 일행의 여행경비(1천만 원)를 이랜드에서 보조했기 때문이다. 이 기업이 그리스도의 정신으로 더욱 성공할 수 있기를 기도하자고 했다. 운전사와 조수, 야호 씨가 함께 와이셔츠 한 벌씩 받도록 주선했는데, 홍 사장이 흔쾌히 응해 주어서 기념품이 되도록 했다.

다시 시내로 돌아와 '하나'라는 한국 음식점에서 저녁식사를 했다.

경건회를 마치고 내일 일정과 야호 씨 등에게 줄 팁을 의논, 5달러씩 갹출키로 했다. 물가가 싼 곳에 오니까, 1달러를 가지고 발발 떠는 우리 자신들의 모습을 보면서 서글픔을 금할 수 없다. 오늘 낮에 다른 사람들이 지불하는 음식 주문에서는 얼마나 풍성하게, 그것도 먹고 남도록 시켰던 사람들이 아니었던가.

주일인 내일 호텔 방에서 예배하면서, 성만찬을 갖자고 했다. 내 방에 와서 이근엽 씨가 쓴 〈호치민과 이순신의 미학〉을 읽었다. 한국에서 지진이 있었단다.

12월 15일 (일) 여행 중이라 시간이 어떻게 흘러갔는지 모를 정도였는데, 벌써 섣달 보름이다. 기온이 따뜻해서 겨울답지 않은 이곳 호치민 시의 아침 거리를 산보했다. 자전거에 장치한 삼륜차를 운전하는 한 사람이 집요하게 나를 따라오다가 사이공 강변에 이르러서야 떨어졌다. 아침 6시가 좀 지났는데 거리에는 축구하는 청소년들로 붐볐고 강가에도 많은 사람들이 산책 나와 있었다. 통제사회라는 기분이 나지 않았다. 공안에 저촉되거나 정치적 행위 외에는 외국인에게 어떤 제재도 가해지지 않았다.

아침밥을 먹은 뒤 8시부터 주일예배를 가졌다. 강경민 목사님 집례로 먼저 성찬식을 가진 뒤에 말씀을 듣는 순서로 진행되었다.

어제 저녁에, 여행 중에 우리가 일체라는 것을 확인하는 가장 중요한 의식이 성찬예식임을 알고 강 목사님께 제의했던 것인데, 동참자들이 그리스도 안에서 살과 피를 나눈 한 형제자매임을 고백하고 서로를 사랑한다는 것을 확인하게 되었고, 이 연구위원회의 사명을 다시 환기시킬 수 있어서 좋았다. 울먹이면서 성찬에 참여하는 사람들도 있었다.

〈시편〉 57편을 중심으로 한 강 목사님의 메시지가 매우 좋았다. 다윗

▲ 베트남 여성이 노를 젓는 봉황도 관광

의 포용력이 어디에서 왔는가? 고난을 겪으면서 관용을 배웠다. 베트남 민족도 마찬가지다. 그들은 제국주의자들과의 투쟁을 통해서 자기 민족을 발견했고, 남에게 저항하면서 관용과 용서를 배웠다.

오전 10시에 호텔을 나섰다. 전화비 12.5달러를 지불하니 퇴실 수속이 끝났다. 차를 타고 호치민 시의 서남쪽인 메콩 강 하류지역으로 향했다. 거의 2시간 정도를 달려, 하류의 비옥한 삼각주 지대 미토(Mytho)에 이르러 전통음식을 먹었다. 서비스도 좋았다. 아주 희귀한 전통음식인데, 1인당 5달러 정도였다. 배를 타고 거슬러 올라가 봉황도(鳳凰島)라는 섬에 닿았다. 가이드의 해설에 따르면 하류는 지류가 9개가 되어 구룡(九龍)이라고도 한단다.

오는 도중에 야호 씨는 자기가 베트콩으로 있을 때 활동한 지역이 바로 이 메콩 강 지역이라고 했다. 이 사람은 북베트남에서 1963년부터

1968년까지 평양에 유학을 했는데 조선문학을 전공했단다. 설명에 따르면 오늘날 베트남의 젊은이들은 교사나 웃어른을 존경치 않고 심지어 어느 지역에서는 학생이 여교사를 구타하기까지 했단다. 대학교수의 봉급은 월 150달러, 교사는 월 80달러, 노동자는 월 30달러라고 한다. 젊은이들의 정절관념도 많이 약화되었다고 한다. 미혼모도 많고 정절을 그렇게 중요시하지 않으며, 남자도 여성에게 과거가 있는 것을 알면서도 결혼하며 별로 꺼리지 않는다고 한다. 생활형편이 나아졌다는 이야기일 것이다.

봉황도에서는 그곳 특유의 과실(예를 들면 Jack Fruits라는 큰 과일 등)을 먹었다. 섬의 이곳저곳에서는 특산물도 팔고 있었다. 베트남인들이 쓰는 고깔 모양의 삿갓을 1달러에 샀는데, 공질(工質)에 견주어 너무 싸게 사지 않았는가 하고 미안해 하니, 가이드 야호 씨가 베트남인에게는 그 반값(5천 동)에 판다고 한다. 섬 관광을 마친 뒤 좁은 수로에 대기하고 있던, 카누 비슷한 좁고 긴 배에 세 사람씩 타고 앞뒤에서 노를 저어 고불고불한 수로를 따라 나왔다. 우리 배는 앞뒤에서 두 여인이 저었기 때문에 모두들 농담을 곁들일 수 있었고, 시흥(詩興)도 일어나 유쾌한 30분을 보냈다.

다시 선착장에 도착, 이번에는 뱀농장(Snake Farm)에 갔다. 옛날 군인들이 뱀의 독을 연구하기 위해 만든 농장이라고 했다. 구렁이를 목에 걸고 사진을 찍기도 했다. 약간 섬뜩했으나 구렁이는 크게 움직이지 않았다. 독사들의 모습, 독사의 예리한 이빨 등도 보았고, 독사가 성을 낼 때 머리 부분이 삼각형의 엷은 모습으로 변하는 것도 보았다. 흰색의 거북도 보았다. 일본인이 2만 5천 달러 주겠다고 했지만 팔지 않았다고 했다.

오후 5시가 넘어 미토 지역을 출발, 다시 호치민 시로 들어와, 옛 대통령궁 근처의 선물가게에 들어갔다. 진열된 물건은 많았으나 마음에

▲ 사이공 강에서 야경을 즐기며 열창하는 모습

드는 게 없었고, 게다가 이젠 남은 돈도 별로 없었다. 아침에 남은 돈 1백 달러는 다시 박승룡 군에게 주었고, 나머지는 운전수·가이드 등에게 팁으로 주어야 할 것이었다. 버스에 앉아 있는데, 고엽제나 화학무기의 감염을 받은 듯 어른의 몸에 어린애의 팔과 손을 가진 사람이 버스 밖에서 구걸을 했다. 지갑을 뒤져 한국 돈 만원을 주었다.

사이공 강가로 가서 유람선을 탔다. 밤 8시가 넘었다. 거기서 식사를 하면서 1시간 이상 뱃놀이를 했다. 탔던 사람들이 대부분 한국, 중국 사람인 듯 계속 두 나라의 음악만 밴드를 통해 흘러 나왔다. 박승룡 군과 몇몇 대원이 마이크를 잡고 〈아침이슬〉을 불렀다. 우리들 대원 모두가 열창했다. 우렁찬 함성 같은 노래가 사이공 강 위에 울려 퍼졌다. 강가에는 긴 부두가 있고 2만 톤급의 배들도 지나다녔는데, 북한기가 그려진 1만 2천 톤급 화물선도 정박해 있었다. 그 옆을 지나면서 플래시를 터뜨려 사진을 찍었는데, 거리가 멀어 잘 찍힐 것 같지 않았다. 합창을 하고 있을 때 나는 야호 씨에게 다가가서 저 노래가 과거 한국의 젊은 이들이 군사독재정권에 저항할 때 즐겨 불렀던 것이라고 설명했다. 우리의 합창이 그날 저녁 선상(船上) 가요의 압권이었다.

저녁 10시에 공항에 도착하여 수속을 했다. 단체(17명)라서 비즈니스 클래스 1매를 주겠다고 해, 나에게 배정되었다. 그 표로 그날 저녁 이코노미 클래스에 탄 사람들과는 달리 좋은 서비스를 받으며 거의 5시간의 비행을 즐겼다. 0시 25분에 출발하려던 비행기는 30분이 지난 50분쯤에 날기 시작했다. 우리를 누르고 있던 알 수 없는 긴장감이 서서히 풀리기 시작했다. 공산주의사회에 대한 막연한 긴장감이었을 것이다.

6박 8일의 베트남 여행은 또 하나의 새로운 탐험이었다. 베트남 민족의 우수성과 끈질긴 저항성을 알게 되었고, 프랑스와 미국을 물리친 저들의 승리를 되새길 수 있었으며, 한국과 미국 등에 대한 포용력을 체험했고, 민족통일을 이룩한 기적 같은 역사의 이면에는 호치민이라는 훌륭한 지도자가 있었음을 다시 확인하게 되었다.

북한 방문기 I

2001년 1월 20일~27일

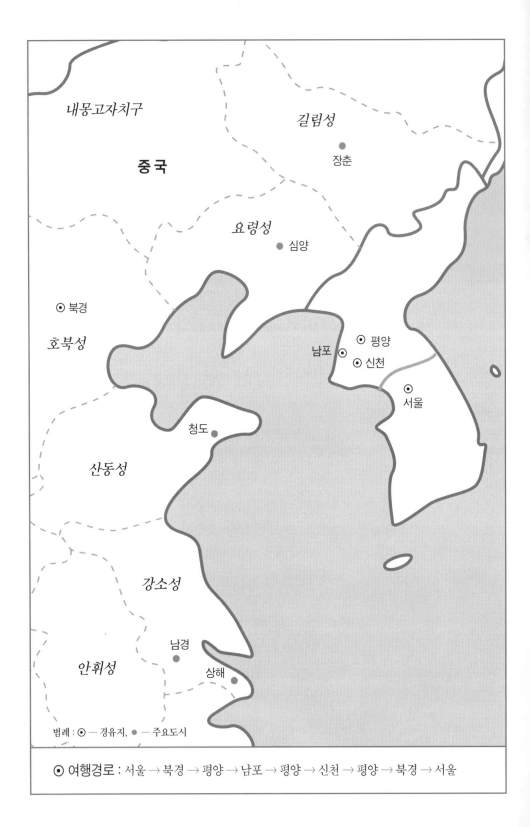

내몽고자치구

길림성

중국

장춘

요령성

심양

⊙ 북경

호북성

평양 ⊙

남포 ⊙
신천 ⊙

서울 ⊙

청도 ●

산동성

강소성

남경 ●

상해 ●

안휘성

범례 : ⊙ — 경유지, ● — 주요도시

⊙ 여행경로 : 서울 → 북경 → 평양 → 남포 → 평양 → 신천 → 평양 → 북경 → 서울

다음은 2001년 1월 20일부터 1월 27일까지 북한을 방문했던 때의 기록이다. 북경에서 평양으로 출발하는 데서 시작하여 평양 방문을 끝내고 북경에 도착하기까지의 내용을 적은 것이며, 매일 기록한 메모를 근거로 귀국 뒤에 정리한 것이다. 일기의 성격상 일체의 경칭은 쓰지 않았다. 이 글은 한국사학 사학회보 제 7집에 수록되었던 것이며 일부 손을 보았다.

1월 20일 (土)

맑음. 7시에 일어나 목욕하고 구약성경 〈신명기〉를 읽었다. 신약성경을 읽어 왔으나 구약성경을 병행해서 읽어야겠다는 생각이 요즈음 많이 들었다. 나는 모세 오경 가운데에서도 〈신명기〉를 가장 좋아한다. 〈신명기〉는 〈창세기〉·〈출애굽기〉·〈레위기〉·〈민수기〉의 내용과 역사를 새로운 역사의식을 가지고 정리한, 말하자면 모세 오경의 압축판이라고 말할 수 있다. 묵상하면서 오늘 입북(入北)할 때 긴장하지 않게 해 주시고 이번 길이 한반도의 화해와 나눔, 평화와 통일에 도움이 되게 해 달라고 기도했다. 특히 우리를 보내신 하나님의 뜻이 어디에 있는지를 고민하면서 그 뜻이 이뤄지도록 간절히 기도했다.

8시에 북경 호텔 안의 한국 식당에서 우거지국밥으로 아침을 들었다. 이국(異國)에서 한국적인 정감이 든 우거지를 먹는다는 것은 기쁨 이상이다. 우거지국은 한국 민중을 상징하는 음식이다. 먹기에 경제적 부담이 없고 먹어서 속을 편하게 해 주며, 민족적·민중적인 정서와 애환, 흙과 땀이 배어들어 무르녹아 있는 맛과 느낌을 주는 것이다. 그래서 한국에서도 식당 음식을 먹을 때는 내가 즐겨 원하는 것 가운데 하나다.

9시 반에 준비를 끝내고 호텔을 출발, 북경 공항으로 갔다. 북경의 형제들이 밴(van) 모양으로 된 큰 지프차를 준비하여 우리를 한 차에 태워 안내했다. 11시에 수속이 완료되었다. 고려항공 수속처를 찾아 줄을 서고 공항이용권(90원)을 사서 출국신고서를 작성했다. 고려항공사 앞에서 수속하는 사람들 가운데는 비닐에 싼 꽃다발을 준비한 사람들이 더러 보였다. 북한에 들어가면 만수대 김일성 동상을 참배해야 하는데, 그때 동상 앞에 꽃다발을 증정한다는 말을 들은 적이 있어 그 때문에 준비한 것이 아닌가 하는 생각이 들었다. 어떤 이들은 만수대 동상 앞에서 꽃다발을 준비했는데 대단히 비싸더라는 말도 들었던 것 같다. 북경 공항은 내가 처음 이용한 1993년에 견주어 볼 때 건물도 새 것인 데다가 공항이 매우 깨끗하게 정리되었을 뿐 아니라 관리도 서구식으로 발전한 모습이 역력히 드러나고 있다. 평양으로 가는 비행기 편은 JS152, 목적지는 FNJ, 좌석번호는 11E였다.

11시 20분에 비행기에 탑승해 보니 대부분 나보다 먼저 들어와 있었다. 좌석 4분의 3 정도가 찬 것 같았다. 3등 칸에서는 맨 앞줄이었다. 좌석 머리 위 천장에는 영어와 함께 '담배를 피우지 마시오!', '걸상 띠를 매시오!'라고 써 있었다. 비행기가 제 궤도에 진입하자 입국에 필요한 서류를 나눠 주었다. 나에게는 중국인을 위해 만든 서류가 주어졌다. '朝鮮民主主義人民共和國海關申報單(公務)'이라고 써 있고 빈칸을 메우는 것도 일일이 한자로 지시되어 있었다.

내 오른편에 젊은 여성이 탔기에 우리말로 물어보니 한국어는 못한다고 하며 영어로 말했다. 중국 여성이었다. 그는 평양으로 가며, 남편이 평양 주재 중국대사관 영사로 있다고 했다. 이런 저런 대화를 나누면서 내 소개를 했다. 그리고 내가 대학에서 한국역사를 가르치기 때문에 한문을 좀 안다고 했다. 《논어》〈학이편(學而篇)〉의 첫 장을 써서 설명했다. 재미있는 시간을 보낸 셈이었다. 이 만남은 이틀 뒤(22일) 평양에서 내가 비자 문제를 해결하는 데 큰 도움을 주었다.

거의 1시간이 지난 한국 시간 14시(중국 시간 13시) 5분 무렵에, 10분 뒤에 평양 공항에 착륙할 것이라는 기내 방송이 있었다. 그에 앞서 아래로 눈이 덮인 산하가 보이기에 어디쯤이냐고 하니 한 남자 승무원이 아직 중국을 벗어나지 못했다고 했다. 그러나 알고 보니 이미 북한 영공에 들어섰을 때였다. 그곳이 압록강(나중에는 청천강) 근처 상공일 것이라고 말하는 이도 있었다. 아래로 내려다보이는 산하는 며칠 전에 내렸던 눈으로 덮여 온통 흰색뿐이었다. 이것은 우리가 평양에 도착해서 시내뿐만 아니라 나중에 교외로 나갔을 때도 계속 보았던 것이다. 흰색의 나라, 이것이 첫인상이었다.

　14시 12분쯤에 비행기 바퀴를 내리는 소리가 들리고 속도를 낮추었다. 14시 20분에 평양 순안공항에 도착했다. 내릴 때 받은 강한 인상도 북녘의 눈 덮인 산하였지만, 우리 남녘의 산하와 다를 바가 없었다. 하나님이 그렇게 우리 민족에게 주신 것이다. 다르지 않게 말이다. 트랩에서 내려 출입국 관리를 맡은 사무실까지는 1백여 m가 채 되지 않았다. 사무실 빌딩 입구에 몇 사람이 나와 있었다. 그들은 조선그리스도교연맹에서 나온 이들이라고 했다. 그들과 인사한 뒤 이른바 VIP실로 안내되었고 얼마 안 있어 출입국 심사대를 통과했다. 수속은 간단했다. 그러나 우리가 나온 지 거의 1시간이 지났는데도 화물이 나오지 않아 그들과 함께 공항 청사 밖 햇볕이 드는 자동차 통로에서 기다리며 대화했다.

　연맹의 책임자는 우리에게 만수대 김일성 동상 앞에 가서 참배할 것인지를 물었다. 우리가 가지 않겠다고 하니 다른 말은 하지 않았다. 그동안 남측의 기독교 인사들이 평양을 방문할 때마다 김일성 동상 앞에 가서 참배토록 하는 문제를 두고 북측과 신경전을 많이 벌여 왔고, 따라서 오늘은 우리에게 먼저 의사를 타진한 것으로 보인다. 기독교계 인사를 데려가더라도 고분고분 동상 앞에 절하지 아니하고 뻣뻣하게 고개를 들고 있으니, 참배하는 다른 사람들에게도 좋지 않은 영향을 미친다고 하여 그들 내부에서도 기독신자들을 만수대 동상 앞에 데리고 가는 문제를 놓고 논란이 있었던 것으로 보인다. 그 결과 원치 않으면 데리고 가지 않는 것으로 방침이 정해진 것 같았다.

1시간 동안 있으면서 오간 대화는 주로 기후와 관련된 것이었다. 그동안 매우 추웠다고 한다. 그리고 우리가 김정일이 15일부터 상해를 방문했다는 것과 오늘 북경에서 돌아올 것이라는 것을 말하니 그들은 아직 그런 사실을 모르고 있었다. 뒤에 안 것이지만 김정일의 상해 방문은 돌아온 뒤에 뉴스로 보도했다. 한참 지난 뒤에 보도하니, 북한에서 뉴스를 '빠른 소식'이라 하는 것은 사실과 상당히 거리가 먼 이야기다.

짐을 찾는 데 1시간 이상이나 걸렸다. 왜 그렇게 느린지 알 수가 없었다. 이상한 물건이 들어오는지 일일이 검사하는 모양이다. 북한에 주고 싶은 책들이 있었지만, 그런 이야기를 듣고 난 뒤에는 아예 갖고 오지도 않았다. 오늘 평양으로 들어온 손님들이 많은 것도 아니고 밖에서 기다리는 손님들도 몇 명 되지 않는데 시간이 그렇게 오래 걸렸다. 15시 30분쯤에 짐을 찾아 시내로 향했다. 순안이라고 하면 옛날 안식교가 전도하던 지방으로, 1920년대 중반에 헤이스머[許時模] 선교사가 자기 과수원에 들어와 사과를 훔친 김 모라는 소년의 양 볼에 염산으로 '됴덕'이라는 글자를 새겨 말썽이 났던 것으로 유명한 곳이다.

우리 일행이 네 사람인데 차 두 대가 나왔다. 시내로 들어오면서 연도의 아파트에 사람이 생활하면서 남기는 '땟국'이 스며 있지 않다는 것을 느꼈다. 거리에 사람들이 있으나 활기가 없다는 것이 첫인상이었다. 곡식 자루를 지고 지나는 아낙네들이 있었고 골목에는 더러 개구쟁이들이 썰매를 지치고 있었다. 25분 동안 차가 달린 뒤에 보통강호텔 807호실에 다른 한 분과 함께 방을 정했다. 응접실과 침실이 분리된 방이었다. 북측은 한 사람이 한 방씩 사용하도록 준비했으나 우리 측에서 굳이 두 사람이 한 방을 사용하겠다고 했다. 다른 두 사람에게도 응접

실이 있는 방을 마련해 주었지만, 그들은 응접실이 없는 방을 달라고
하여 거기에 들어갔다.

우리가 1인 1실을 사양한 것은, 이번 여행에서 우리 여비는 우리 측
에서 부담하기로 내부 방침을 정했기 때문에 경비를 절약하자는 뜻도
있었다. 방에 들어가니 전기로 물을 데워 방을 따뜻하게 하는 라디에이
터가 각 방에 하나씩 있었고 CNN까지 나오는 텔레비전도 있었다. 그들
의 말로는 오전·오후 각각 7시에서 9시까지 온수가 나온다고 했다. 이
호텔은 1970년대에 지은 것으로 열효율을 거의 고려하지 않고 지은 것
같았다. 1층이 매우 높은 데다가 각 층의 높이도 최근의 일반 호텔보다
높은 것 같이 보였다. 우리가 들어갔을 때 썰렁한 느낌을 받을 정도로
투숙객이 몇 되지 않았다.

짐을 부리고 방을 둘러본 뒤 보통강호텔을 나서서 조선그리스도교연
맹을 방문했다. 강영섭 위원장이 마당에 나와 우리를 맞아 주었다. 연
맹 사무실은 봉수교회와 같이 있었다. 마당이 아스팔트로 포장되어 있
었다. 18시까지 회의를 했다. 강 위원장은 인사말을 통해 우리가 남측
에서 온 올해의 첫 손님이라는 것과 지난 10일 평양 시내의 여러 기관
과 지도급 인사들이 모여 올해를 '우리 민족끼리 통일을 이뤄가는 첫
해'로 삼았다는 것을 말하면서 "귀측도 여기에 동의하느냐"고 물었다.
이것이 갖는 정치적 의미가 따로 있겠지만 우리 측 대표는 '동의한다'
고 했다. 그 뒤 그들은 올해가 바로 그런 해라는 점을 되풀이해서 강조
했다. 강영섭은 전 국가부주석 강양욱의 아들이자 외국 대사를 역임한
적이 있는 인텔리였다.

우리 측 대표가 나를 소개하면서 노근리사건 정부대책단 자문위원이
었다고 말하자, 강영섭이 "노근리사건이 잘 해결되지 않은 것 같드만
요"라고 했다. 나는 우리가 미국으로부터 받아낼 수 있는 것은 최대한
받아 냈다고 설명했다. 이 문제는 처음 만난 오늘 저녁에도 논의되었지

만, 위원장 초대 만찬에서도 역시 화제가 되었다. 나는 이 문제에 대해 비교적 핵심만 간결하게 설명했다. 미국은 노근리사건이 터졌을 때 그런 사건이 전혀 없었다고 했고, 더구나 미군이 개입되었다는 문제에 대해서는 딱 잡아떼었다. 그러나 조사결과 미국의 클린턴 대통령이 사과하는 데까지 이르게 되었고, 나아가 위령탑을 제작하고 피해보상 대신 한국인을 위한 장학사업들을 펴겠다고 했던 것이다. 이것은 미국이 자신들의 과오를 인정하고 외교상으로는 크게 양보한 것이라고 차분히 설명했다.

말이 나온 김에 나는 1950년 7월 26일에서 29일까지 당시 북측에서 발행한 《인민군보》 등에 게재되었을지도 모를 노근리 관련 자료의 협조를 부탁했다. 이어서 앞으로 '남북나눔운동'이 북한 교회를 어떻게, 어느 규모로 도와야 하는지도 서로 의논했고, 또 현안으로 되어있는 수경재배(水耕栽培) 문제도 협의했다. 회의를 마친 뒤 봉수교회 마당을 거쳐 위쪽으로 올라가 그들이 일궈 놓은 온실재배 터를 보았다. 이곳은 한국 교회의 여러분들이 돕겠다고 했지만, 아직도 그것을 맡겠다고 한 어느 교단이 성의를 잘 보이지 않고 있다고 말했다.

18시 30분이 지나 보통강호텔 식당의 특별실에서 강 위원장 초청의 만찬이 있었다. 여기서도 역시 노근리사건에 대한 문제가 화제로 떠올랐다. 나는 앞서 그리스도교연맹 사무실에서 말한 바와 같이 다시 정리해서 설명하고, 단지 미국 측과 쟁점으로 남아 있는 것은 당시 미군 측 상부로부터 사격명령이 있었는지의 여부와 사망자 수의 차이라고 말했다. 이 점은 지금도 논란을 빚고 있는 피해자들에 대한 손해배상 문제와 관련되기 때문에 미국 정부가 극도로 신경을 쓰는 대목이라고 했다. 만약 상부의 사격명령이 있었다고 판단되면 이것은 미국 정부가 책임져야 할 문제가 되므로 미국이 손해배상을 해야 한다. 미국이 사격명령 같은 것을 인정하게 되면, 그 파장은 노근리 문제에만 국한되지 않게 된다. 그 때문에 지금 세계 도처에 군대를 파송하고 있는 미국으로서는 명백한 증거가 나오기 전에는 인정하지 않으려 한다는 점도 부연 설명했다. 나는 이 자리에서도 거듭 1950년 7월 말 《노동신문》이나 《인민군보》 등의 기사들 가운데 노근리사건에 관련된 자료가 있으면 찾아서, 가능하면 돌아갈 때 가져갈 수 있도록 해 달라고 부탁했다.

20시쯤에 저녁식사를 마치고 헤어졌다. 그리스도교연맹의 몇 사람이 우리 방의 응접실에 와서 내일부터 시작될 우리의 관람일정을 조정했다. 그들은 눈이 오고 길이 얼어서 장거리관람은 힘들다는 것을 말하고 겨울철이라서 문을 많이 닫아 관람하는 것도 쉽지 않다고 했다. 우리가 개성 방문을 고집했지만, 장거리에 속도 내기가 힘들다는 이유로 실현되지 않았다. 그들은 일정은 초청자 측에서 정한 대로 하는 것이 좋다고 했다. 이렇게 그들은 처음 협의에서 자기들의 일정을 따르도록 권했다. 그러나 우리는 단군릉(檀君陵)에는 갈 수 없다고 했다. 단군릉 방문은 뒷날 애국열사릉 방문으로 대치되었다.

숙소에서 켜 놓은 텔레비전에서는 김정일을 찬양하는 인민군 공훈합창대의 합창이 계속 흘러 나왔다. 놀라운 것은, 이날 저녁에야 비로소 김정일이 중국의 초청을 받아 상해를 방문하고 돌아왔다는 뉴스를 보도했다는 사실이다. 그것을 보도한 50대 중반의 그 여성은 우리에게 매우 낯익은 이로서, 앞에 수식어를 잔뜩 붙인 뒤 "…… 친애하는 김정일 동지께서 …… 상해를 방문하시었습니다"라고 독특한 억양과 발성법으로 말했다. 이 방송은 녹음되어 하루에 몇 번씩, 계속 나흘 동안 똑같이 되풀이됐다.

밤에 어떻게 자나 하고 걱정을 하다가 응접실에 있는 라디에이터까지 침실로 끌고 들어가 방을 데워 자기로 했다. 저녁 날씨가 제법 찼지만 그런 대로 잠을 잘 수 있었다.

1월 21일 (일) 흐림. 8시 30분에 호텔 식사로 두붓국에 김치를 먹었다. 그들은 밥도 200그램 혹은 100그램 단위로 팔았다. 9시에 호텔을 출발, 25분 쯤에 만경대와 만경봉을 관람했다. 김일성의 생가가 보존된 곳이었다. 이 일대는 이른바 '성역화'해 있었다. 처음에 청춘거리를 통해 갔는데, 돌아올 때는 어린이공원과 광복거리를 거쳐 봉수교회로 왔다. 봉수교회 마당에 도착한 시간은 10시 14분 무렵으로, 10시가 예배 시작 시간인데도 우리들을 기다리느라 아직 예배를 시작하지 않았다.

이날 주일예배는 이 교회 담임목사인 장승복 목사의 사회로 10시 17분에 시작되었다. 예배 시작에 앞서 성가대가 〈빛나고 높은 보좌와 그 위에 앉으신〉을 불렀다. 성가대의 찬송을 듣는 순간 눈물이 왈칵 쏟아졌다. 성가대는 지휘자가 없었고 가운을 입고 있었다. 장 목사는 먼저 인사말로 "조선그리스도교연맹의 초청으로 남측의 형제들이 이 예배에 참석하게 되어 하나님께 감사와 영광을 드립니다. 마음과 뜻과 정성을 모아 예배를 드립시다"라고 말했다. 그가 기립하여 묵기도로 예배를 시작하자고 하자 성가대는 〈만복의 근원 하나님〉을 불렀다. 이어서 찬송가 36장(〈주 예수 이름 높이어〉)을 불렀다. 이때도 눈물이 너무 많이 흘러 앞이 잘 보이지 않았다.

이어서 지명숙 권사의 기도가 있었는데 내용은 대강 이랬다. 새 세기를 맞아 봉수교회를 돌보아 달라는 것(이때 교인들 속에서 '아멘' 소리가 많이 났다), 새 세기에 보내 주신 새 사자도 주 안에서 한 몸이 되어 예배를 드리게 되어 감사('아멘' 소리)하다는 것, 말만 하고 행동 못하는 사람들이 되지 않게 하시고 지난 주 동안 우리들 위선의 죄악을 용서해 달라는 것, 베드로를 본받지 말고 참 성도가 되도록('아멘' 소리) 새해에 꿈과 소망을 달라는 것, 분단된 땅의 희망도 하나요 통일도 하나뿐이라는 것, 통일을 꿈꾸는 우리들이 분단의 벽을 깨도록 남녘에서 온 성직자들과 함께 간절히 기도한다는 것, 상봉의 기쁨도 잠시 잠깐이

▲ 봉수교회의 예배. 왼쪽으로부터 홍정길 목사, 강영섭 위원장, 필자

▲ 예배 뒤 봉수교회 앞 계단에서. 왼쪽부터 신명철, 장승복, 필자, 이성봉, 홍정길, 정정섭

지만 만남의 기쁨이 영원하도록 간절히 기도한다는 것 등을 간구한 뒤 "주 예수 이름으로 기도하옵나이다. 아멘" 했다.

기도 뒤에 오르간 간주(間奏)로 '아멘 3회송'이 되풀이되었다. 찬송가 248장(〈시온의 영광이 빛나는 아침〉)을 부르게 되었는데, 1절은 힘차게 불렀으나 2절부터는 너무 춥고 목이 잠겨 소리가 잘 나오지 않아 노래를 제대로 부를 수 없었다. 김영정 집사의 성경봉독(〈누가복음〉 19:41~42, 〈로마서〉 9:3)에 이어 성가대의 찬양이 있었는데, 521장(〈어느 민족, 누구게나〉)을 불렀다. 성가대는 세 줄로 섰다. 앞줄 9명과 가운뎃줄 6명은 여성이었고, 뒷줄 5명은 남자로 구성되어 있었다. 성가대원은 모두 수준급이었다.

설교시간이 되었다. 사회자는 원로목사 이성봉 목사의 설교가 있을 것이라고 소개했다. 이 목사는 1991년 북미기독학자회 주최로 남북 기독학자들이 뉴욕 스토니 포인트에서 모였을 때 만났던 분으로서 〈그리스도인의 애국〉이란 제목으로 다음과 같은 요지의 설교를 했다.

7천만 민족이 통일의 희망을 열어 21세기를 맞았다. 지난 1월 10일 평양에서는 올해를 '우리 민족끼리 통일의 문을 여는 첫해'로 삼고 해외의 동포들에게도 알리기로 했으며 6·15 공동성명의 실천을 다짐하고 조국통일의 희망을 높였다. 통일은 북과 남, 해외의 동포들이 같이 이뤄야 한다. 예수님은 외세의 침략을 느끼고 탄식하셨다. 십자가를 지시고 고통스러운 속에서도 민족을 생각했으며 바울도 민족에 대해 깊이 생각했다. 민족을 위해서라면 그리스도에게서 끊어질지라도 원한다 했고 죽음을 당할 수 있는 환경에서도 두 차례나 연보를 거둬 자기 백성을 도왔다.

신구약 성경에는 애국애족의 인물이 많은데, 모세는 궁중의 안락을 버리고 자기 민족을 위해 40여 년 동안 사막의 생활을 하면서 애굽왕과 대결, 출애굽을 감행했고, 에스더는 '죽으면 죽으리라'의 각오로 하만의 음모와 맞섰다. 이들은 어떻게 가능했는가? 애국심은 역사적으로 형성된다. 왜 조국이 귀중한가? 어느 민족의 운명이든, 자기 조국의 운명과 직결되기 때문이다. 조국이 망하면 민족도 망한다. 그리스도인은 그리스도인이기 이전에 민족구성원의 1인으로 그 때문에 민족과 함께 운명을 같이하지 않을 수 없다.

속담에 "나라 없는 백성은 상갓집 개만도 못하다"고 했다. 우리나라 역사에서도 나라가 없어지니까 망국노가 됐다. 수백만 사람이 남부여대(男負女戴)하고 만리타향으로 갔다. 나도 1927년(당시 4살)에 두만강을 건넜다. 신사참배 등으로 2백여 개 교회가 폐쇄되고, 3천여 명이나 감옥에 갇혔으며, 50여 명이나 순교했다. 왜 이 박해를 받았나? 나라가 없었기 때문이다.

일제의 포학 속에서도 그리스도인들은 나라의 독립을 위해 애국계몽운동과 독립투쟁을 전개했다. 우동선 열사, 장인환, 안중근 등이 있었고, 전기덕 ― 전덕기를 잘못 말한 듯 ― 은 신채호·주시경을 거느리고 있었고 청년 이준을 파견, 이준은 배를 갈라 피를 뿌렸다. 김일성 주석의 《세기와 더불어》에 보면, 손정도 목사가 언급되고 있다. 3·1운동 때에도 그리스도인들이 앞장섰으며, 2백여 만이 봉기했다. 조선민족해방투쟁은 김일성 수령이 지휘했는데 함께 싸운 이들 가운데는 공산주의·민족주의, 유·무산계급이 있었다. 나라를 회복하는 데는 이해관계가 같았기 때문이다.

성도 여러분, 오늘의 애국심은 어떻게 발휘해야 하는가? 나라가 없을 때는 독립투쟁이지만 지금의 분단시기에는 나라의 통일이 애국충정이다. 단군을 원시조로 한 우리 겨레가 왜 분단되었는가? 수백만의 이산가족이 생사유무조차 모르고 있다. 이 강토에서 수많은 어머니들이 아들을 그리워하면서 죽어가고 있다. 전쟁 때 식구들이 헤어져 그리운 고향을 못 보게 되었다. 미국 군대가 남녘을 강점하고 조국강토 안에는 총소리와 화약 냄새가 동천했으며, 겨레 사이에선 골육 전쟁의 비극이 있었다. 공산주의와 민족주의의 통일만큼 큰 애국이 없다. 이것은 사랑의 근원이신 하나님의 소명이다.

그리스도인은 통일을 위해 무엇을 해야 하나? 대단결을 이룩하는 것이다(교인들 '아멘' 소리). 성경은 분단은 멸망이라고 했다(〈전도서〉 4:11~12). 국내외를 막론하고 화합단결('아멘' 소리)해야 한다. 대결이 아니라 단결해야 하고('아멘' 소리), 배척과 대결관념을 떨쳐버리고 화합해야 한다. 그렇지 못하면 외세의 밥이 된다. 민족대단결을 위해서는 사대주의를 배격하고, 삼천리금수강산 이 나라의 주인공들인 우리 민족끼리 자주적으로 해결('아멘' 소리)해야 한다. 자기 겨레와 공조하고 자기 민족끼리 해결('아멘' 소리)해야 한다. 북남공동선언에는 자주·평화·민족대단결 등 민족통일의 이념이 있다.

연초에 '우리 민족끼리 통일의 문을 여는 해'로 정했는데, 모두가 협력('아멘' 소리)하고 통일을 이룰 그날을 향해 발걸음을 같이해야 한다('아멘' 소리). 통일과 평화의 빛이신 하나님이 조국의 통일을 안겨줄 것이다. 할렐루야.

설교를 끝내고 다음의 요지로 기도했다.

하나님 아버지, 오늘 그리스도인들의 애국에 대해 설교했습니다. 바울의 애국애족을 본받도록 역사하여 주시옵소서. 분열의 고통 속에서도 역사적인 6·15공동선언에 발걸음을 같이하도록 인도해 주시옵소서. 예수님 이름으로 기도합니다(아멘송 3회 반복 간주).

찬송 371장(〈삼천리 반도 금수강산〉)을 불렀는데, 발이 얼고 목이 잠겨서 잘 부를 수가 없었다. 헌금시간에는 가운을 입은 두 사람이 막대기 달린 헌금주머니로 수금했다. 이때 인상적인 것은 남자의 바리톤 독창이었는데, 〈어둔 밤 마음에 잠겨〉를 두 절만 불렀다. '인류의 횃불 되어 타거라'라는 대목이 매우 감동적이었다. 또 여성 4명이 나와 〈빈 들에 마른 풀 같이〉를 2부 중창 특송으로 불렀는데, 2절을 부를 때에는 한 사람이 데스칸토로 불렀다. 바리톤 독창이나 여성 중창은 일류 성악가들이었다. 남측이나 외부에서 손님이 오면, 이렇게 준비된 분들이 특송을 한다고 했는데 사실 여부는 알 길이 없다. 그러나 그들이 자신의 입으로 하나님을 찬송하는 것을 색안경을 쓰고 볼 필요는 없다.

중창을 부를 때에는 자기들끼리 서로 바라보면서 호흡을 맞추고 웃는 얼굴로 불렀는데, 2명은 찬송가를 가졌고 두 사람은 갖지 않았으며, 3절은 변화를 주었고 4절은 다시 2부로 했다. 기립하여 3장 찬송을 부른 뒤 장 목사가 축도하고 예배를 끝냈다. 송영으로 성가대에서 〈성전을 떠나가기 전)을 불렀다.

예배를 마치고 나오려고 하는데, 〈우리 다시 만나 볼 동안 하나님이 함께 계셔〉를 성가대와 온 성도들이 불렀다. 우리 일행을 위해 부른 것이었다. 우리도 그 찬송을 부르면서 서로 인사하고 악수하고 나왔다. 나오면서 나는 북한 형제자매들과 악수를 나누며 눈물을 감출 수가 없었다. 많이 울었다. 밖에 나와 헝가리에서 온 부부와 스웨덴에서 온 개신교인들을 만나 대화를 나누었다.

이곳에 와서 옛날 미국에서 만난 바 있는 박승덕 선생(주체사상연구소 소장), 최옥희 전도사와 통역관 김혜숙 선생 등의 안부를 물었는데, 예배 뒤에 교회당의 마당에서 김혜숙 선생을 만났다. 그러나 세월이 흘러서 그런지 김 선생의 얼굴이 매우 초췌해 있었다. 최옥희의 안부를 물으니 그는 현재 아파서 활동을 하지 못한다고 한다.

11시 40분에 칠골교회에 도착했다. 주 목사라는 분이 우리를 환영했다. 그런데 갑자기 화장실에 가고 싶어졌다. 이를 알고 한 교인이 안내하려니까, 우리를 안내하는 어느 전도사가 대신 변소 입구까지 나를 데리고 가서 지키고 있다가 교회당 안으로 안내했다. 우리 측의 대표가 기도했는데 요지는 다음과 같다.

역사를 주관하시는 하나님, 6·15에 남북 지도자가 만나게 하시고 화해시키신 것을 감사합니다. 화해를 위해 십자가를 지신 당신의 그 깊은 뜻을 실행하지 못하는 잘못을 당신의 보혈로 다 씻어 주시옵소서. 우리 겨레가 분단되어 반세기가 되었건만, 왜 우리 민족만이 분열 상태에 있습니까? 이것은 분명 당신의 뜻이 아닙니다. 분열을 평화와 일치로, 외세와 핵무기와 전쟁이 없는 민족으로 다시 만들어 주시며, 남북이 통일을 위해 노력하도록 은혜를 베풀어주시옵소서. 예수님의 이름으로 기도합니다.

이어서 성가대의 특송이 있었는데 9명이 불렀다. 이때 둘러보니 자리에 있는 교인들은 7명이었다. 곡목은 〈어둔 밤 마음에 잠겨〉였다. 2부로 찬양했는데, 여성 7명, 남성 2명이 2줄로 되었으며 한 줄에 4~5명이 앉았다. 북에서는 이 찬송을 매우 좋아하는 모양이었다. 또 한 여성이 특송을 했는데, 곡목은 〈천부여 의지 없어서〉였다. 50대 말의 이 여성은 모습이 수수할 뿐 아니라 노래에서 풍기는 인상은 주일학교 때 이 찬송을 배우지 않았나 하는 것이었다. 반주자도 역시 50대 말의 여성으로 대단히 은혜롭게 반주를 했다.

그 뒤 담임목사가 교인들을 소개했다. 지영수 장로, 김혜경 장로(기도), 김장년 집사, 한명수 집사, 최향순 권사 등이었다. 우리 측 대표는 한국 측 인사들을 소개하면서, 분단은 외세로 말미암았지만 통일은 우리 힘으로 해야 한다고 강조했다. 성가대가 참으로 잘했다고 칭찬하고 남북성가대가 연합할 날이 오기를 기대한다고 하면서, 남쪽의 천만 성도가 여러분들을 위해 기도하고 있다고 격려했다. 주 목사가 우리에게 빛과 소금이 되도록 당부했다. 이 교회는 강대상 뒤에 십자가가 있었다. 이 칠골교회는 김일성의 어머니 강반석이 다녔던 교회로, 아마도 그의 외가 분들 신앙의 터전이었던 것으로 보인다.

12시에 칠골교회를 출발, 숙소로 돌아왔다. 거리에는 나다니는 사람들이 많았다. 시민들의 표정 없는 모습에서 많은 것을 느꼈다. 우리를 인도하는 연맹의 어느 전도사는 오늘 예배가 어땠느냐고 물으면서 성가대가 잘하지 않았느냐고 했다. 그들은 예배도 하나의 행사로 생각하기 때문에 그 행사가 어땠느냐고 묻는 것이었다. 차는 안산행 표지판이 있는, 보통강 위의 안산다리를 건너 12시 12분에 보통강호텔에 도착했다. 점심을 먹고 휴식을 하면서 텔레비전에서 일본 씨름 스모와 미국 대통령 부시의 취임식 광경도 보았다.

14시 50분에 보통강호텔을 출발, 인민문화궁전과 보통문, 만수대의사당(최고인민회의), 옥류교 앞을 거쳐 대동강을 건너 15시 20분에 주

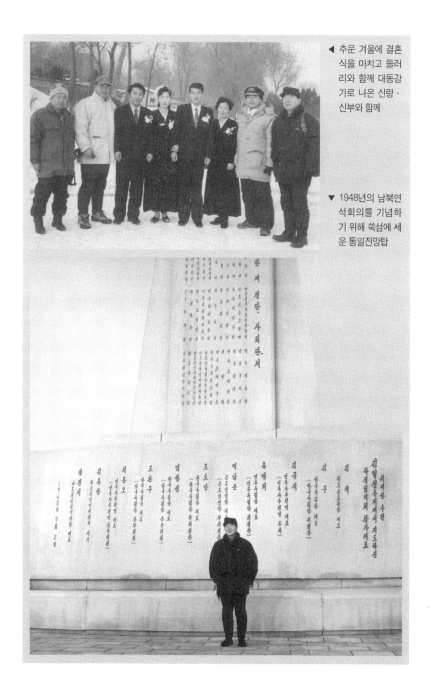

◀ 추운 겨울에 결혼 식을 마치고 들러 리와 함께 대동강 가로 나온 신랑·신부와 함께

▼ 1948년의 남북연 석회의를 기념하 기 위해 쑥섬에 세 운 통일전망탑

▲ 김일성광장에서. 뒤에 인민대학습당이 보인다

◀ 주체사상탑 앞에서 해설원과 함께

◀ 쑥섬 선착장에서 해설원과 함께

체사상탑에 이르렀다. 안내자의 설명을 듣고 주체사상탑에 올라가 사방을 돌아본 뒤, 내려와 곧바로 대동강의 얼음을 밟고 가로질러 인민대학습당(그 앞이 김일성 광장이다) 앞으로 갔다. 강가에는 결혼식을 마친 내외가 들러리를 세우고 거닐고 있었다. 누가 무어라 해도 나는 그들이 갓 결혼한 사람들이라는 점을 의심하지 않기로 했다. 결혼한 부부와 사진을 찍고 16시 무렵에 평양역전을 돌아 충성의 다리를 건너 쑥섬에 이르렀다.

쑥섬은 1948년 4월 남북연석회의 때의 유적지로서 '쑥섬회담'을 개최한 곳이라고 했다(서울로 돌아와 백범김구선생기념사업협회에 가서 당시 백범 선생의 비서로 남북연석회의 때 평양까지 동행한 바 있는 선우진 선생께 이 이야기를 하니, 선우 선생은 조심스럽게 백범 선생이 평양에 갔을 때 쑥섬에서 회담한 적이 없다고 했다. 그러나 북에서는 이곳이 남북연석회의가 열렸던 장소라고 기념하면서 혁명사적지로 지정해 놓고 있으니, 사실 여부는 앞으로 확인해 볼 문제라고 본다). 당시 근로인민당의 백남운을 비롯한 여러 명의 정당·사회단체 대표들의 이름이 쑥섬비에 새겨져 있고, 그 언저리에 통일전망탑이 있었다. 안내자는 김일성의 영웅성을 자랑하듯, 5월 2일 대표들과 만난 날의 기온이 섭씨 28도나 되어 그 옆의 샛강에서 헤엄을 쳤다는 것이다. 믿기지 않아 5월 초에 그랬느냐고 물으니 그랬다고 대답했다. 나는 안내자에게, 김구가 김일성에게 임정의 인장[國璽]을 바치려고 했다는 북한 영화(〈위대한 품〉)와 관련, 그런 사실이 없다는 것을 강조했다.

17시 10분에 쑥섬을 떠났다. 쑥섬에서 나와 다리를 건너 우회전하니 바로 푸에블로 호가 강기슭에 정박해 있었다. 원산 앞바다에서 노획한 것으로 미국 '간첩선'이라고 했다. 푸에블로 호가 묶여 있는 언덕에는 1866년 제너럴서먼(General Sherman) 호의 격침을 기념하는 비를 세워놓았다. 제너럴서먼 호를 격침시킨 곳에 푸에블로 호를 갖다 둠으로써 미국에 대한 승리의 표상과 항전의 의지를 아울러 나타내고 있는 것이다. 그러나 그것은 과거의 일이다. 과거의 일이 올무가 되는 경우도 없지 않은 법, 현재 북한이 미국을 대하고 있는 실정은 이러한 상징성과는 얼마나 대조가 되는 것인가?

차 안에서 어느 전도사에게 2001년을 '우리 민족끼리 통일의 문을 여는 해'로 정한 것에 대해 물어보니, 그 전도사는 지난 1월 10일 정부·정당·사회단체의 지도자들이 모인 연합회의에서 호소문을 채택했다고 한다. 이곳에 어떤 정당들이 있느냐고 물으니, 3개 정당이 있는데 민로당(김영대)·청우당(유미영) 등이 여기에 속한다고 한다. 쑥섬에서 나는 연맹 간부에게 관람 일정 가운데 단군릉 대신 애국열사릉과 혁명박물관 혹은 역사박물관을 보여 달라고 했다. 그는 고려해 보겠다고 했다.

17시 20분에 보통강호텔에 도착했다. 잠시 뒤에 연맹 간부로부터 연락이 있었다. 나의 여권을 보니 중국비자가 단수비자인데 통과사증이 없으면 북경에 내려 서울행을 타기가 곤란할 것이라고 하면서 내일 중국대사관으로 가서 수속을 밟도록 해야 한다고 했다.

저녁을 먹고 밤 시간이 자유롭지 못한 가운데 방안에서만 지루하게 보내야 했다. 그렇다고 텔레비전에 시청할 만한 것이 있는 것도 아니다. 오늘 하루에 느꼈던 것을 서로 나누며 시간을 때웠다. 평양의 이튿날은 숨 막힐 듯 바빴지만 지루함도 그 옆에 함께 있었다.

1월 22일 (월) 흐림. 6시에 일어나 묵상의 시간을 가졌다. 8시에 아침밥을 먹었다. 김치와 계란 2개, 국 그리고 밥 100그램이었다. 9시 20분에 연맹 간부가 왔고 몇 사람이 함께 주변을 산책했다. 나무에 묻은 물기가 얼어서 설화(雪花)처럼 아름답다. 이렇게 산책할 수 있는 시간을 주는 것도 아마 특권일 것이다. 그 길은 사람들이 아무도 다니지 않왔다.

10시에 출발하여 20분에 개선문에 도착, 설명을 들었다. '1926'과 '1945'를 문 양편에 새겨 놓은 것으로 보아서 김일성이 망명, '타도제국주의동맹'을 건립했다고 하는 데서 시작하여 해방시기까지 해외에서 독립해방투쟁을 벌이다가 개선했다는 것을 상징하려고 한 것 같았다. 웅장한 건축물이었고 파리의 개선문보다 더 크게 지었다고 하지만 거기에 담을 역사적 내용이 정말 이렇게 웅장한 개선문으로 기념할 만한 것이었는지는 의문이다. 이것도 김일성의 70회 생일을 기념하기 위해 이뤄진 것이란다. 거기서 20여 분 동안 시간을 보내다가 내 비자 문제 때문에 중국대사관으로 갔다.

10시 45분에 중국대사관에 도착했다. 대사관으로 들어가 영사과에 가니 영사가 북경에서 얼마나 머물 것인지를 물어서 2시간 정도라고 했다. 그렇다면 영사는 비자가 따로 필요 없다고 했다. 그때 한 여성이 들어왔는데 그의 부인이었다. 그저께 북경에서 고려항공 편으로 평양에 올 때 내 옆자리에 앉았던 분이었다. 영사는 부인으로부터 내 이야기를 들었다고 했다. 오히려 일이 더 잘 풀리게 되었다. 나는 중국에 입국할 때 출입국 관리에게 보이겠다면서 그가 활용하고 있는 규정을 복사해 달라고 했다. 통과여객에게는 입국에 따른 비자가 불필요하다는 것을 적은 규정이었다. 그는 종이를 주면서 북경 공항에서 무어라고 한다면 이것을 보여 주라고 했다. 엊그저께 만난 중국 여성이 그 시간에 나타나 내 일을 그렇게 도와줄 것으로는 상상할 수 없었다. 고맙다고 하고 나왔다. 지금도 그 분들과 명함을 교환하지 못한 것을 후회스럽게 생각한다. 나는 가끔 이렇게 전혀 알지 못하는 사람들을 통해 역사하시는 '여호와이레'(준비하시는 하나님)를 몇 번씩이나 경험했다.

11시에는 평양시 육아원을 방문했다. 원장은 조희연, 의무담당은 조길선 씨였다. 일행 가운데 두 사람은 두 번째 방문이었다. 원장은 우리

▲ 개선문 앞에서 해설원과 함께

를 보자 "질 좋은 우유를 공급해 주어서 고맙다"고 했다. 우리 측 대표
는 "애들은 우리 모두의 후손이다. 영양 결핍으로 자라서는 결코 안 된
다. 미국에서는 자폐아(自閉兒) 하나 키우는데, 연간 9만 달러가 드는
데 견주어 대학생 한 사람 키우는 데는 6만 달러가 든다고 한다. 어릴
때부터 건강하게 자라도록 하기 위해, 어떻게 영양공급을 원활하게 할
수 있을까 생각하고 있다. 태어나 24개월 안에 장기의 80퍼센트가 자라
는데, 이때 장기가 제대로 자라지 않으면 그 뒤 아무리 잘 먹어도 소화
를 시키지 못한다. 뇌의 경우는 24개월 안에 95퍼센트가 자라는데, 뇌
가 적으면 평생 지진아로 살 가능성이 없지 않다"고 하면서 그 분들의
노고를 치하하고 인사를 대신했다.

　세 방에 들어가 보았다. 3∼4세 어린이 방에는 21명, 1∼2세 아이 방
에 7명, 영아 방에는 10명이 있었다. 3∼4세 방에서는 놀이를 하고 있었
다. 같이 따라 하기도 하고 마친 뒤 같이 놀기도 했다. 부모가 없는 아

▲ 평양시 육아원에서 아이들과 함께

이들인지라 정에 굶주린 듯한 느낌을 주었다. 한 아이를 잡고 공중에 높이 올려 주자 '나도, 나도' 하면서 우리에게 달려들었다. 1~2세 반에 있는 세 쌍둥이의 이름은 김강국, 김성국, 김대국이라고 했다. '강성대국'을 이름으로 만든 것이다. 이 육아원에는 3쌍둥이가 7쌍 있다고 했다. '총폭탄'이 된다는 뜻에서 김총·김폭·김탄이라는 이름도 있다고 한다. 또 강성·대성·국성이라는 이름도 있다고 한다. 애국적인 이름들을 아이 이름에 많이 붙여 놓았다.

우리 측 대표는 또, 지난번에 기름 뺀 우유[脫脂粉乳]를 보냈는데(기름을 빼지 않으면 배탈이 난다고 했다), 이번에는 기름 있는 우유[全脂粉乳]를 보내 달라는 요구에 따라 전지분유를 보냈다고 했다. 원장은 원아 229명 가운데 24개월 안에 든 어린이가 84명인데, 일정한 우유를 공급해야만 배탈이 안 난다고 말했다. 중국에서 보낸 것은 배탈이 많이 났다고 하면서, 1개월에 1~1.5킬로그램 정도 몸무게가 늘어야 하는데 설사하는 아이는 400그램 정도밖에는 자라지 못한다는 것이다. 엄마 젖이 가장 좋지만, 전지분유도 좋다고 했다.

연맹 간부는 오늘 들었다고 하면서, 남측 물자를 다시 실어온 배가 그 저께 아침에 도착했으나 아직 입항 동의가 내려지지 않았다고 했다. 우 리는 이 문제를 가지고도 여러 번 이의를 제기했다. 남쪽에서 보낸 인 도주의적인 물품을 북측이 그런 식으로 입항 등을 지연시켜 남측 언론 들이 이것을 알고 실상을 보도하게 된다면, 남측의 북한에 대한 이미지 는 물론이고 대북지원 세력이 힘을 잃게 될 것이라는 것이었다.

11시 35분 무렵에 육아원을 떠났다. 차 안에서 우리 측 대표는 앞으 로 지원을 원활히 하기 위해 육아원에 들어온 아이들의 숫자 등 현황 파악이 제대로 되었으면 좋겠다고 했다. 연맹 간부는 우리에게 여러 가 지 정보를 얻고 싶어했다. '남북나눔운동'이 주도하고 있는 '한국기독 교 북한동포 후원연합회'에 대해 설명했다. 북한 지원과 관련, 무엇보 다 정직하고 투명해야 한다는 것을 강조했다. 한 번쯤은 정직, 투명하 지 않게 일을 추진할 수 있겠지만, 정직성·투명성이 없어지면 그 다음 에는 일을 더 추진할 수 없는 것이 남측의 현실이라면서, 우리가 그런 정신으로 북측을 도우려고 노력하고 있으니 당신들도 협력해 달라고 했다.

12시에 양각도호텔에 도착했다. 47층의 회전식당에 올라갔다. 1시간 정도에 한 바퀴씩 회전한다는 이 식당은 식사하면서 평양 시내를 다 볼 수 있다는 곳이다. 그러나 전력 부족 때문인지, 오늘은 약 1m 정도만 회전하는 것을 보여 주고는 멈추었다. 이 호텔의 음식은 거의 서양의 고급 식당 수준이었다. 애피타이저에 이어 조개·숭어·오리탕과 밥 등 을 주었는데, 먹고 나니 1인당 약 50달러가 나왔다. 북한의 물가 치고 싼 값이 아니었다. 뒤에 그렇게 값이 비싼 것을 알고 놀랐고, 북한에서 함부로 외화벌이 식당에서 먹는 것은 삼가야겠다고 생각했다.

14시에 호텔 아래층으로 내려와 1층 책방에 들러 지도(5달러)와《평양안내도》(1달러)를 샀다. 그러나 저녁에 보니 안내도는 제본이 잘 되지 않아 책이 뜯어졌다. 14시 15분쯤에 호텔을 떠났다. 양각도호텔은 국제 규모로 지어 놓았으나 하드웨어보다는 소프트웨어가 없으니 이 호텔이 제대로 운영되지 않았다. 안타까운 것이 하나 둘이 아니다. 호텔을 세웠으면 그것을 운영할 만한 능력을 배양하고 여건을 마련해야 하는데, 여기에 '우리식 사회주의'를 적용하자니까 제대로 되질 않는 것이다.

14시 40분에 보통강개수공사기념탑으로 갔다. 강영섭 위원장이 먼저 와 기다리고 있었다. 이곳의 물길을 돌리는 공사는 김일성의 지도 아래 1946년 5월 21일부터 시작하여 55일 만에 끝낸 것이라고 한다. 일제는 이를 설계할 때 15년이 걸릴 것이라고 잡았고, 기술자들도 적어도 3년은 걸릴 것이라고 했던 것이란다. 보통 때는 평양 시내의 물이 원래 있던 봉화산 때문에 빙 둘러서 흘러가야 했다. 그 때문에 대동강으로 잘 빠지지 않았고 평양 시내에는 비가 많이 왔다 하면 홍수로 덮였는데, 이 개수공사로 해마다 드는 홍수 문제가 해결되었다는 것이다. 이 탑이 있는 산허리의 아랫부분을 뚫어서 물길을 돌림으로써 홍수가 방지되었다는 것이다. 전에는 저 건너 바라보이는 봉수교회까지 이곳 봉화산의 허리를 따라 내려갔기 때문에 거리가 얼마 되지 않았는데, 개수공사로 말미암아 그 사이에 강이 하나 생김으로 돌아서 가게 되었다. 이곳 나무에 핀 눈꽃들이 보기 좋았고, 그 뒤에 자리 잡고 있는 산이 마치 한 폭의 그림과도 같아서 사진을 많이 찍었다. 15시 10분에 개수공사기념탑을 떠났다.

15시 30분부터 17시 5분까지는 혁명박물관을 방문했다. 이곳으로 오면서 옆에 위치한 김일성 동상을 보았는데 너무 커서 섬뜩한 느낌이 들었다. 순간적으로 몸에서 털들이 곤두서고 경련이 일어나는 듯했다. 누

▲ 보통강개수공사기념탑 앞에서 해설원의 설명을 들으며(모자를 쓰지 않은 이가 강영섭 위원장)

▲ 보통강개수공사기념탑 앞에서 홍정길 목사와 함께(이날 나무에 맺힌 눈꽃은 환상적이었다)

우런 구리를 입힌 듯한 그 동상은 좀 떨어져서 보아도 주변의 경관을 압도하고 있었다. 혁명박물관은 김일성의 60회 생일을 기념하기 위해 건립했다는데, 우리가 본 아래층의 전시는 1866년 제너럴셔먼 호의 격침에서부터 시작되고 있었다. 이 혁명박물관에는 총 20만 점의 자료가 있고 하루에 약 3천 명이 관람한다고 한다. 김일성의 증조부 김응우가 제너럴셔먼 호를 격침시키는 데 앞장섰다는 데서 시작되는 아래층의 전시는 모두 김일성 일가의 사적으로 채웠다. 3·1운동은 한 전시실의 벽면 하나만 차지했고, 임시정부는 아예 없었다. 혁명박물관이니까 그랬을 것이라고 백보를 양보해서 이해한다 하더라도 도저히 수긍할 수 없다. 그래서 역사를 왜곡한다는 이야기가 나오는 것은 아닐까.

김응우에서 시작되는 김일성 가계의 혁명 전통은 그 아들 김보현(그에 대해서는 별로 사적을 소개하지 않았다)을 거쳐 김형직에 이르러 조선국민회를 조직했다는 것, 그 밖에는 김일성의 혁명사업을 설명하는 것으로 채워 있었다. 어떻게 이렇게 철저하게 1인 중심으로 역사를 만들어 놓고 있단 말인가? 한심스럽기 짝이 없었다. 그래, 일제하에서 일본에 투쟁한 것이 어찌 김일성뿐이며, 어떻게 그만이 일제와 싸운 것으로 된단 말인가? 전시물을 볼수록 역사를 공부하는 사람으로서 분노를 금할 수 없었다. 비록 전시되어 있는 내용이 사실이라 하더라도 우리 민족의 역사가 어떻게 한 사람의 역사로 분장될 수 있단 말인가? 김일성을 역사의 주재자처럼 만들어 놓은 것은, 입을 열기만 하면 인민이 역사의 주인공이라고 부르짖는 그들의 역사관과도 틀림없이 충돌할 텐데, 어찌 지금까지도 여기에 대한 비판이 나타나지 않는단 말인가? 개인숭배는 결코 역사의 진실을 밝힐 수 없다.

돌아보면서 나는 설명하는 분에게 몇 가지 질문을 던졌다. 김일성의 만주 활동상을 지도에 그려놓았기에, 1940년 3월의 김일성의 홍기하전투가 어디쯤 되는지 지도에 적시해 보라고 했다. 그는 흑룡강성 어딘가를 가르치며 저 북쪽에 있을 것이라고 했다. 나는 가타부타 말하지 않고 그렇느냐고만 했다. 나중에 들으니, 내 질문에 같이 있던 북한 사람들이 놀라면서 동행하고 있는 남측 인사에게 남쪽에서는 김일성의 홍기하전투를 거론하지 않는 것으로 알고 있는데, 어떻게 알고 있느냐고 묻더란다. 중간쯤 지나니 보천보전투를 상세하게 설명해 놓았고 나중에는 비디오로 보이고 그 관람석 앞에는 20~30m 정도로 실물을 장치해 놓았다. 그 실물 장치가 끝나는 곳을 벽과 연결시켜 큰 벽화를 그려 놓았는데, 그 벽화를 보면 보천보전투는 규모 면에서 수백 명 이상의 사상자가 났을 것으로 비쳐졌다.

이렇게 선전하고 있는 보천보전투라면 그 전과도 상당히 부풀려서 인식하고 있을 가능성이 있다고 보고, 나는 안내자에게 보천보전투의 전과가 어떻게 되는가를 물었다. 대답은 전과와는 관련 없이 엉뚱한 것으로 얼버무리려 했다. 이 전투로 민족해방투쟁의 기운이 새로 일어나게 되었고 독립의 희망을 잃은 조선 민중에게 조국 해방의 가능성과 희망을 안겨 주었다는 식이었다. 나는 그것은 잘 알고 있는 것이고 보천보전투로 몇 명이 죽고 몇 명이 부상했느냐는 구체적인 '전과'가 어땠느냐고 되물었다. 저 벽화 등을 보자면 수많은 사상자가 나왔을 것 같아서 묻는 것이라고 했으나 만족할 만한 대답을 듣지 못했다.

관람을 끝마칠 즈음에, 앞서 내 질문을 받은 사람이 다가와서 "홍기하전투의 전적지를 물었을 때는 갑작스런 질문이라 정확한 대답을 미처 못했는데, 홍기하는 화룡현 남쪽 두만강 가까이에 있습니다"라고 말했다. 예기치 않는 질문 앞에서 당황하는 일은 어디에서나 있을 수 있는 일이지만, 그들의 경직된 모습을 엿보는 순간이 아니었나 하는 생각이 들었다. 이런 점은 다른 곳에 가서도 종종 느끼는 것이기도 했다.

관람을 마치고 사무실에 와서 그들 대표자들과 만났다. 나는 대외사업부장에게 교환방문을 제의했는데, 그들은 자체로서 대표단 초청이 가능하다고 했다. 나는 독립기념관의 한국독립운동사연구소 소장이라고 내 직함을 밝히고 가능하다면 혁명박물관과 독립기념관이 직접 학문적인 교류를 하는 것이 좋겠다고 제의했다. 관람을 마친 뒤에 '감상문'을 적어 달라는 요청이 있었다. 일종의 방명록이었다. 대표로 쓸 위치에 있지 않았지만 내가 쓰는 것이 좋겠다는 일행의 권유로 쓰게 되었다. 느낀 대로 쓴다면 혹시 실례되는 면도 있을 것 같아서, "조선 민족의 혁명적인 독립·자주·자존의 투쟁을 더욱 잘 연구하고 정확하게 후손에게 전하여 역사적인 교훈을 남기는 데 더욱 힘쓸 것을 기대합니다"라는 요지로 썼다. 그리고 말미에 "독립기념관 한국독립운동사연구소 소장 숙명여자대학교 교수 이만열"이라고 썼다.

이곳저곳 다니면서 차 안에서도 유익한 대화를 나누었다. 그 가운데 화가 장홍을에 대한 대화도 있었다. 그는 중국 조선족으로서 남북의 산을 주로 그려 '통일산하전(統一山河展)'을 시도했으며, 중국 화가 4백 명 가운데 드는 유명한 화가라고 했다. 북한에는 역시 산수화를 잘 그리는 정창모 선생이 있는데, 그의 〈향산(香山)〉·〈석담〉 등이 뛰어나다고 했다. 북한의 판화가로서 2000년 2월에 돌아가신 함창연 선생의 이야기도 나왔다. 그는 러시아 미술관에 그의 작품이 걸려 있을 정도였지만, 그의 화첩을 내 드리기 전에 돌아가셔서 안타까웠다. 1953년 피카소와 함께 비엔나 미술대전에서 최고의 상을 받았던 그는 러시아 미술사전에 겸재·단원과 함께 올라 있다고 한다.

17시 20분에 혁명박물관을 출발, 50분쯤에 보통강호텔로 돌아왔다. 19시에 저녁식사를 하고 20시에 목욕한 뒤에 쉬었다. 저녁식사 때 냉면을 먹었는데, 별로 맛이 있다고 느끼지는 못했지만 한 그릇에 2~3달러 정도가 되었다. 며칠 뒤 옥류관 냉면을 먹게 될 테니까, 그때에는 평양 냉면의 진수를 맛볼 수 있을 것으로 기대했다.

20일 저녁부터 오늘까지도 저녁 뉴스는 김정일의 중국 방문을 되풀이하는 것뿐이었다. 이 대명천지에 뉴스가 그것밖에 없다니, 참으로 이해하기 힘들었다. 그리고 오늘도 '김정일 장군'을 예찬하는 인민군 공훈합창단의 노래는 끊임없이 텔레비전을 장식하고 있었다.

1월 23일 (화) 맑음. 남포를 견학하도록 예정되어 있는 날이다. 이곳은 자기들이 정말 보여 주고 싶어 하는 대역사요 자랑거리 가운데 하나다. 8시 45분에 보통강호텔을 출발했다. 길거리에는 이곳에 도착할 때부터 내 눈길을 끌었던 구호들이 오늘따라 더 관심을 돋운다. '위대한 장군님의 동지애를 따라 배우자!', '위대한 김일성 수령의 유훈 교시를 철저히 관철하자.' 구호가 많다는 것은 의사를 집결하고 사상을 통일시켜 그 집단으로부터 일탈자를 막자는 뜻이 강할 것이다. 그러나 반대로 생각하면 구호가 아니면 자신들의 의사를 전달할 수단이 없다는 불안한 심리의 반영이랄 수도 있을 것이다. 그런 뜻에서 본다면 구호를 자주 강하게 사용하는 사회일수록 그 사회의 자발적인 결속력은 그만큼 풀어져 있다는 점을 드러내 주는 것일 것이다. 돌아간 지 7년이나 되는 김일성을 아직도 왜 들먹여야 하며, 그의 유훈 교시를 운운해야 하는가? 김일성이 아니면 아직도 구심점을 정립하지 못한다는 내적인 고민을 반영하고 있는 것일까?

광복거리를 지나는 동안 그 거리의 폭이 80m나 된다는 것을 듣고 꽤 넓다고 생각했다. 광화문의 세종로만 한 폭을 가진 길이 몇 ㎞나 계속되고 있었다. 그 거리가 끝나고 '고속도로'가 시작되는 곳에는 며칠 동안 내린 눈으로 이제는 꽁꽁 얼어붙은 길 위의 얼음을 깨기 위해 사람들이 많이 동원되어 있었다. 수백 명이 통원된 것은 틀림없이 길을 치우기 위해서일 것이다. 그러나 일하는 사람이나 그룹들은 얼마 되지 않고 무엇 때문에 나왔는지 모를 사람들이 길에 어정쩡하게 서 있었다.

예의 그 회색빛 옷에다 회색빛으로 바랜 모자들을 쓰고 있었다. 여성들은 회교권의 차도르 비슷하게 목도리로 얼굴과 목을 감고 있었다.

남포로 가는 고속도로 주변에는 나무 없는 산야가 계속되었다. 왜 저렇게 나무가 없는 민둥산이 되어 버렸을까? 7·4남북공동성명이 있던 1972년만 해도 남북회담을 위해 북한을 다녀온 대표들이 당시 남한과는 대조적으로 나무가 많은 북한의 산들을 부러워했다고 하는데, 그래서 박 대통령이 급하게 무연탄을 연료로 개발하도록 하고 산림정책을 강화했다고 하던데……

남포까지는 90㎞, 거의 1시간 20분 정도 걸렸다. 10시 5분쯤에 기념탑과 기념관이 있는 자그마한 중간 섬에 도착했다. 제방 입구의 이정표에는 '해주 180㎞', '신의주 306㎞'라는 표지가 있었다. 대동강이 서해와 만나는 지역에 댐을 쌓았는데, 길이는 8㎞였고 그 위에는 2차선 도로가 있었다. 바다와 강물의 수위는 강 쪽이 5m 정도 높다고 한다. 둑이 끝나는 황해도 쪽에 갑문(閘門)을 설치했는데, 2천 톤급, 5만 톤급, 그리고 2만 톤급의 배가 드나들 수 있도록 만들었다. 얼음이 언 대동강 위를 걷는 사람들이 더러 있었다. 수로가 있는 곳에는 얼음이 얼지 않았다.

기념관에 올라 안내인의 설명도 듣고 공사 당시의 상황을 비디오로 보기도 했다. 이곳에도 '혁명의 수뇌부를 목숨으로 사수하자'는 표어가 보였다. 11시 15분에 기념관에서 출발, 댐을 다시 건너와 평안도 지역 농수로(農水路)가 시작되는 곳을 관람했다. 이 댐의 건설로 평안도 지역은 물론이고 황해도 지역까지 농업용수는 거의 해결하는 듯했다. 지도에 그려 놓은 수계(水系)를 보니 이 댐의 영향은 매우 큰 것으로 보였다.

돌아오는 차 안에서는 앞좌석의 안내자가 북한 체제를 소개했다. 남쪽이 '개인' 우선이지만 북은 '사회' 우선이라는 것을 자랑삼아 설명하

▲ 남포 서해갑문 기념관이 있는 중간 섬에서 해설원과 함께

였다. 지체부자유자들에게도 처녀들이 시집을 가서 잘 봉사한다는 것 등을 들어서 사회 우선이라는 점을 강조했다. 사회 우선이라는 말이 함의하고 있는 것이 사회주의 사회의 특성이자 때로는 강점이라는 것을 모르는 바가 아니지만, 그의 선전적인 말에 그대로 있을 수 없어 남쪽은 개인의 창의성을 인정하는 사회임을 강조했다. 개인이 잘 되어야 사회가 잘 된다는 기본적인 인식 위에서 개인의 자유와 권리를 최대한 인정하고 있다고 했다. 그래서 개인의 창의성을 규제하는 법이나 관행은 가능한 한 풀려고 노력하고, 때로는 국가가 개인의 자유와 권리를 잘못 규제하여 재판을 통해 국가가 개인에게 손해배상을 해야 할 경우가 있다는 것도 말했다.

바로 이 자리에서 말한 것은 아니지만, 북한이 인민대중과 사회 우선을 내세우면서도 개인주의를 우선시하는 것으로 알려진 남쪽만큼 사회 전체의 발전에 신경을 덜 쓰는 것 같다는 점을 다음과 같은 말로써 은

근히 비쳤다. 남쪽은 한 사람이 혼자 100보 앞서 나가는 것보다는 만인이 10보 더 나가는 것을 목표로 하는 사회를 지향하고 있다고 했다. 이것은 북에서 지도자 중심으로 지도자만 받들고 있는 것에 대한 비판도될 수 있었다고 본다. 남쪽이 지향하는 것은 개인의 창의성을 인정하여만인이 10보씩 나가도록 하겠다는 것임을 분명히 했던 것이다. 그것은또한 북에서는 한 사람을 위해 만인이 존재하지만, 남쪽은 만인을 위해만인이 존재한다는 것을 강조한 셈이다.

이런 대화에서 우리가 시사하려고 한 내용을 그들이 알아들었는지는알 수 없다. 그렇다. 북과 남의 차이는 바로 여기에 있다. 나는 말할 수있는 분위기가 되면 이 점을 북한 사람들에게 귀띔해 주려고 했다. 북한이 궁극적으로 식량난 등을 해소할 수 있는 방법은 개인의 창의성을인정하고 개인의 자유와 권리를 최대한 신장하는 데서 가능할 것이라고 확신하고 있다.

11시 25분에 남포 댐의 농수로 시발 지역에서 출발, 평양으로 들어와12시 40분에 평양시 단고기집으로 안내되었다. 조선그리스도교연맹의부위원장 등 몇몇 간부들이 나와 있었다. '단고기'라는 말은 김일성이지어준 것으로 '개고기'를 이른다. 개고기의 부위별로 떼어 내어 만든여섯 가지의 요리가 나왔는데, 갈비뼈 부분도 따로 요리를 했다. 오늘날씨가 매우 추운 탓이었는지, 이 단고기집의 실내가 너무 추워 벌벌 떨면서 음식을 먹었다. 나중에 들으니 오늘 단고기집 식사대가 506달러나나왔다고 해서 먼저 확실하게 영수증을 받아 두었다. 이 정도면 서울보다 훨씬 비싸다는 생각이 들어서 이상하게 생각했다. 이 음식점 입구에보니 '외화벌이집'이라는 표시를 해 놓았다. 그래서 이곳으로 안내하여일종의 '바가지'를 씌우는 것이 아닌가 하는 의심이 더 들었다.

14시 15분에 단고기집에서 나와 30분에 1866년의 이른바 제너럴셔먼호 격퇴 기념비가 있는 대동강 연안에 도착했다. 바로 푸에블로 호가 묶여 있는 강변 언덕에 '셔먼호 격퇴' 기념비를 세워 놓았다. 군인들이 많이 나와 견학하고 있었다. 여군들이 많이 보이기에 같이 사진을 찍자고 했지만 피했다. 여군 사관후보생들이라고 하는데, 이들은 훈련 마지막 때에 이곳을 견학하러 온다고 했다. 일반 대중들도 많이 보였다. 아마 북쪽 사람들이 남쪽에 와 보면 서울 거리의 사람들을 보고, 대낮에 일은 하지 아니하고 할일 없이 돌아다니는 사람들이 저렇게 많은가 하고 의구심을 갖겠지만, 나 역시 이 기념비 주변에 많은 사람들이 있는 것을 보면서 그 비슷한 의구심을 가졌다. 그 근처를 돌아보고 호텔로 가는데, '조선민족 제일주의 정신을 발양하자', '수령, 당, 대중이 일심단결하자'라는 구호가 보였다. 평양은 가히 구호의 천지다.

14시 45분에 보통강호텔에 도착, 호텔 안에 있는 책방에 가 보았다. 며칠 동안 아침에 나갔다가 저녁 늦게 돌아왔기 때문에 책방을 구경은커녕 들어가 보지도 못했다. 이 책방에도 김일성·김정일에 관한 책 말고는 별로 없었다. 조선수군사와 민속에 관한 책을 사고 엽서를 구입했다.

15시 35분에 다시 호텔을 출발, 16시에는 칠골 유적지를 견학했다. 김일성 모친 강반석의 집을 성역화해 놓고 기념관도 만들어 놓았다. 기념관을 통해 강반석을 조선의 근대 여성운동을 지도한 이로 묘사해 놓았다. 그가 1920년대 어느 해에 만주에서 돌아가자, 그의 지도력을 흠모한 이들이 그의 무덤에 묘비를 세워주었는데, 한자로 '진주강씨지묘(晉州康氏之墓)'라고 썼다고 한다. 강(姜) 씨가 진주 강씨라는 것은 알지만, 강(康) 씨가 진주 강씨라는 것은 처음 듣는지라, 그것을 사진으로 찍어 놓았다.

기념관에서 조금 떨어진 곳에는 강씨 집안에서 세운 창덕학교가 있다. 한때 이 학교에 강양욱이 교사로 있었고 김일성이 교육을 받았다. 성역화한 학교 주변의 숲을 돌아 나오는데, '묵계강돈욱지기적비(墨溪康敦煜之紀蹟碑)'와 '강성욱지기적비(康成煜之紀蹟碑)'가 보였다. 그

비문을 탁본해 놓았는지를 물었다. 안내원은 문화재 등에 상당한 식견이 있는 사람인 것 같은데 탁본이라는 말을 처음에는 잘 알아듣지 못했다. 그들의 말로는 비석의 내용은 써 놓았다고 했다. 나는 그것을 복사해서 줄 수 있느냐고 하니 그러겠다고 했다. 그러나 돌아오는 날까지 갖다 주지 않았다. 그 비에는 내가 알 만한 목사, 장로의 이름들이 보였는데, 김인준(金仁俊) 목사의 이름도 있었다.

16시 50분, 거의 어두워지는 시간이었지만 민속박물관을 견학했다. 매우 초라했고 내용도 빈약했다. 혁명박물관을 그렇게 호화, 거창하게 해 놓은 것과는 너무나 대조가 되었다.

저녁 시간대의 텔레비전은 정말 볼 만한 것이 없었다. 뉴스는 김정일의 활동에 관한 것뿐이니 인민민주주의를 부르짖고 있는 이 나라에서는, 적어도 텔레비전을 통해서는 인민들이 존재하는 것 같지 않다고 생각되었다. 저녁에는 우리들끼리 모여 이런 저런 이야기를 많이 나누었다.

1월 24일 (수) 맑고 흐림. 음력 설날이다. 8시에 일어나 목욕을 했다. 9시에 일본 방송에서 김정일이 올 봄에 러시아를 방문할 예정이며, 금강산을 관광특구로 만들고, 북한이 벨기에와 수교할 예정이라는 것 등을 보도했다. 그리스도교연맹 간부들이 우리 방으로 와서 26일 저녁에 가극 〈피바다〉를 보게 될 것이라고 했다. 참 잘 되었다고 생각했다. 〈피바다〉는 북한이 자랑하는 예술작품이 아닌가. 텔레비전은 김정일에게 새해 새 아침 인사를 드리는 광경을 보여 주었다.

오늘은 설날이라, 북한 인민들이 어떻게 사는지를 보여 주겠다고 하면서 하루의 스케줄을 짠 모양이다. 10시 30분에 호텔을 출발, 얼마 안 가서 창광거리 앞 호수의 빙판 스케이트장에 이르렀다. 한 변이 1백여 m가 되는 사각형으로 된 호수에 얼음이 얼어, 아이들이 스케이트와 썰

매도 타며 각종 놀이를 하고 있었다. 백여 명 남짓한 어린이들 사이에 간간이 어른들이 있었다. 아마도 같이 나온 교사들이 아닌가 생각되었다. 아이들에게 껌을 준다든지 먹을 것을 주면 그들은 선생인 듯한 이들의 눈치를 보는 듯했다. 우리들 일행도 그들과 함께 썰매를 지치며 사진도 찍었다. 동심으로 돌아간 모습이었다.

다시 자동차를 타고 10분 정도 더 가니 인민대학습당 앞 김일성광장에 이르렀다. 처음에는 대동강을 바라보면서 왼편에 차가 주차했는데 '이쪽이 아니라'고 하면서 다시 뺑 돌아서 오른편으로 갔다. 거기에는 집단으로 나온 어린이들이 많았다. 김일성광장에는 몇 백 명의 어린이들이 나와서 자유롭게 놀고 있었다. 스케이트와 썰매 등이 있었고 피구 비슷한 놀이도 하고 있었다. '저 아이들에게는 서울, 평양을 맘대로 오가게 해야 할 텐데……' 하는 생각이 불현듯이 떠올랐다. 어떤 아이는

▲ 김일성광장에서 어린이들과 함께

'Nike' 상표가 달린 모자를 쓰고 옷차림이 아주 좋고 살도 많이 쪘다. 이름을 물어보니 최 아무개, 안 아무개 등 그 근처에 노는 아이들이 대부분 그런 또래였다. 사진을 찍고 대화도 나눠봤다. '왜 이 아이들에게도 분단의 고통을 줘야 하는가' 하는 생각을 하면서, 이렇게 순진한 아이들을 이데올로기와 체제의 노예가 되도록 이끄는 세대와 지도자들은 남북 할 것 없이 민족사에서 단죄될 것이라고 속으로 분노했다.

11시 30분에 김일성광장을 떠나 대동강 가의 여러 고적들을 살폈다. 대동문(국보유적 4호)에서부터 평양종(국보유적 23호)을 거쳐 연광정(練光亭, 국보유적 16호)을 관람했다. 연광정은 평양성을 쌓으면서 세운 누정(樓亭)으로 '관서 8경'의 하나로 유명하다. 한편 그 길 건너 남쪽에 '김성주인민학교'가 있었다. 누각에는 '천하제일누정 제일누대(天下第一樓亭 第一樓臺)'라고 써 있었다. 그리고 '장성일면용용수(長城一面溶溶水, 긴 성벽 한쪽 면에는 늠실늠실 강물이요) 대야동두점점산(大野東頭點點山, 큰 들판 동쪽 머리엔 띄엄띄엄 산들일세)'이라는 7언구(七言句)도 과객들의 흥취를 북돋았다.

대동문에서 다시 차를 타고 옥류관 앞을 거쳐 승리거리로 내달아 혁명박물관과 김일성동상 앞을 지나 금릉동굴, 15만 명을 수용한다는 5·1경기장, 청류다리, 동평양대극장, 청년회관을 돌아보고, 옥류교(玉流橋)를 넘어 12시 20분에 옥류관으로 들어갔다. 강영섭 위원장과 그리스도교연맹의 간부들이 마중나와 있었다. 예약된 방에 들어가 식사기도를 하고 요리를 들었다. 오늘이 음력설이라서 그런지 옥류관 앞에 사람들이 꽤 보였다. 네 가지 요리를 먹은 뒤 그 유명한 옥류관 냉면을 먹었다. 옥류관 냉면에 대해서는 남측에서 갔던 많은 사람들이 맛이 담백하다고들 하면서 극찬해 왔지만, 그동안 남쪽의 조미료에 너무 오염되어서 그런지 별로 맛있다고 생각되지 않았고, 오히려 나의 입맛에는 좀 짜다고 느꼈다. 그래서 냉면을 절반쯤만 먹고 남겼다. 보통 때 같으면 그것을 다 먹고 국물까지 다 마셨을 것이다. 단지 냉면 안에 든 제육[猪肉]과 꿩고기로 만든 완자를 먹었다. 담소를 나누고 애국열사릉으로 출발했다.

가는 도중에 보니 눈이 많이 녹아 길이 질퍽했다. 김일성동상을 지나서 개선문을 통과하는데, 배가 살살 아프기 시작하여 도저히 참을 수 없을 정도가 되었다. 운전기사에게 애국열사릉까지 얼마나 걸리느냐고 물으니, 약 30분 정도는 걸릴 것이라고 했다. 그래서 나는 이 근처라도 좋으니 화장실로 안내해 달라고 했다. 그러나 그들은 화장실로 곧바로 데려다주지 않고 우리 숙소인 보통강호텔로 안내했다. 배가 아파서 움켜쥐고 있는데도 4 · 25문화회관 · 조선해방전쟁승리기념관 · 인민문화궁전을 거쳐 보통강호텔까지 갔던 것이다. 가면서 보니 오전에 창광거리 앞 호수 얼음판에서 그렇게 뛰놀던 어린이들이 전혀 보이지 않았다. 1시간 정도 뒤에 다시 나오면서 봐도 아이들이 보이지 않았다. 점심시간이 되었거나 또 다른 이유 때문에 아이들이 사라졌을 것이다. 나는 그 이유가 궁금했다.

13시 45분쯤에 보통강호텔에 도착, 내 방에 딸린 화장실로 급히 갔다. 그곳에 가기까지 벌써 속옷이 젖었을 정도로 설사가 나왔다. 나는 호텔로 돌아오는 중간에 다른 건물 화장실에 들어가지 못한 것이 설 휴일 때문일 것으로 믿는다. 이런 것을 경험하면서 느낀 것은 북에서는 조직(또는 계획)되지 않은 일은 결코 마음대로 할 수 없다는 것이었다. 이 짧은 경험이 바로 그러한 증거일 수도 있을 것이다.

화장실에서 한참을 보내고 속옷까지 다 갈아입고서야 다시 호텔을 나설 수 있었다. 준비해 간 지사제(止瀉劑) 두 알을 먹고, 14시 20분에 보통강호텔을 다시 출발, 시내를 거쳐 목적지인 애국열사릉으로 갔다. 시내를 지나면서 보니, 오늘이 설날인데도 인민들의 차림새가 어제와 다름이 없었다. 보통문 앞에서는 버스가 궤도를 이탈하여 사람들이 그

▲ 애국열사릉. 왼쪽부터 김규식, 홍명희, 백남운의 묘

것을 바로 잡으려 힘을 모으고 있었다. 시내를 빠져 나와 순안비행장으로 가는 길을 따라 가니 '신의주 216㎞'라는 이정표가 나왔다.

15시 무렵에 애국열사릉에 도착하여 간단하게 설명을 듣고 500여 기 무덤의 주인공을 하나하나 살펴보았다. 맨 앞줄에 납북된 인사인 김규식(金奎植)의 묘가 보였다. 묘비에는 주인공의 이름과 사진을 넣었다. 임정요인으로 납북된 조완구·조소앙·엄항섭 선생 등이 보였고, 최동오·최덕신 부자의 묘도 보였다. 홍명희·홍기문 부자도 보였고, 김광진·백남운 등 학자들의 무덤도 보였다. 음악가보다 미술가로서 이곳에 안치된 분이 적다는 지적이 있었다.

우리 일행은 약 30분 동안 무덤 주인공의 이름을 한 사람 한 사람씩 훑어보며 확인했다. 그것을 거의 끝마칠 무렵 다시 배가 아프기 시작했다. 급히 애국열사릉에 있는 화장실에 갔다. 화장실은 그렇게 깨끗하지 못했다. 변소의 문이 없고 화장실 밑의 대변 저장소가 뻥 뚫려 밑이 훤하게 보였다. 일종의 국립묘지 화장실인 셈이고 때로는 김일성이나 김정일이 참배했음직한 곳인데 그 화장실이 이래서야 되겠나 하는 생각을 하면서 나왔다.

계속 배가 아팠다. 호텔에 도착, 꼼짝하지 못하고 침대에 엎드려 누워 끙끙 앓으면서 어떻게 할 수가 없었다. 아마 식중독이 아닌가 생각되었다. 1960년대 말에 서울에서 식당 도시락을 먹고 식중독에 걸려 고생한 적이 있는데 꼭 그때처럼 아팠다. 너무 아프기 때문에 심지어는 이상한 생각까지 났다. 혼자 저녁도 먹지 못하고 누워 있었다. 일행이 가져온 생약성분이 든 항바이러스제 약을 몇 번 먹으니 차도가 보였다. 그 약이 아니었으면 고생을 꽤 했을 것이다. 저녁에 혼자 있는데 일행 가운데 한 분이 오셔서 간절하게 기도해 주었다. 그 뒤에 차도가 나기 시작했다. 그러나 밤새 고생한 셈이다. 새벽녘이 되면서 안정을 되찾았다. 그제야 살겠구나 하는 확신을 갖게 되었다. 덕분에 며칠 동안 자지 못한 잠을 한없이 잘 수 있었다. 뒤에 알고 보니 다른 이들은 저녁에 이 호텔의 사우나를 이용했다고 한다.

1월 25일 (목) 맑음. 7시에 일어났다. 어느 정도 몸은 안정을 찾은 것 같았다. 식당으로 내려가 죽을 먹었다. 일행 가운데 한 분이 아침에 나를 위해 미리 죽을 주문했던 것을 뒤늦게 알게 되었다. 8시 40분에 호텔을 출발, 황해도 신천으로 향했다. 날씨가 포근해지려는지 출발하는 시각에 평양에는 약간의 안개가 끼었다. 천리마거리를 거쳐 남쪽으로 향했다. 1시간쯤 가니 '사리원 3㎞'라는 이정표가 보였다. 거리를 나다니는 사람들이 많았다. 옷은 회색 빛깔(어떤 옷이든 오래 입으면 나는 색깔이 아닐까?)이었고 '사회주의식 인민모'를 쓴 사람도 있었다. 쌀자루 같은 등짐을 지고 허리를 구부정하게 걸어가는 부인네들이 간간이 보였다. 그들은 대부분 '몸빼' 바지에 목도리를 두르고 그것으로 옆얼굴을 가리고 있었다. 길가에 나와 있는 이들도 어떤 이들 가운데 걷고 있었지만 우두커니 서 있는 사람들이 대부분이었다. 시내에서 떨어진

도로를 따라 걷는 이들도 있었다. 아마도 양식을 구하러 가는 사람들이 아니겠는가 하는 느낌을 받았다.

평양에서부터 길거리에는 각종 구호가 많이 나붙어 있었다. 사리원·재령을 거치는 동안에 본 것은, '경애하는 김정일 원수님의 아들딸이 되자', '백전백승 불패의 당 조선로동당 만세', '21세기의 태양, 김정일 장군 만세', '위대한 수령 김일성 동지의 현지교시를 철저히 관철하자', '위대한 수령 김일성 동지를 천세 만세 받들어 모시자' 등이고, 신천에 들어가서는 '승냥이 미제를 천백배로 복수하자', '신천땅의 피의 교훈을 잊지 말자', '미제를 몰아내고 조국을 통일하자' 등을 볼 수 있었다.

사리원을 지나는데도 안개가 많이 끼었다. 우리가 이곳으로 오기 전에는 매우 추웠는데 요 며칠 동안 약간 따뜻해지니 이렇게 안개가 끼는구나 하는 느낌이 들었다. 우리가 온 때에 이렇게 따뜻한 날씨가 계속되니 얼마나 기쁜지 모르겠다. 재령을 지나다가 '해림상회(海林商會)'라는 한자로 쓴 간판이 있는 것을 보고 이상하게 생각했다.

아침에 평양을 출발하면서 혼자, 오늘 지방 도시에 나들이하면서 몇 대의 자동차를 만날 수 있는가를 헤아려 보고자 생각하고, 오가는 동안 만나는 대로 노트에 꼽아 보았다. 신천을 갔다 오는 3시간 동안에 91대를 만났다. 흔히 북한에 다녀 온 분들의 방문기에서 고속도로 위에서 몇 대의 차량밖에는 만나지 못했다고 밝히고 있는 것을 보았다. 오늘 내 경우는 고속도로가 아니라서 그들의 말을 정면으로 반박할 수는 없지만, 지방도로의 경우 그보다는 많았다고 말할 수 있다. 그러나 평양과 사리원, 재령, 신천이라고 한다면 남한으로 말하면 서울에서 수원, 오산을 거쳐 천안까지의 거리인 셈인데, 그 3시간 동안에 90여 대의 차량밖에 만나지 못했다는 것은 북한의 경제실정과 관련이 없다고는 말할 수 없을 것이다. 더구나 사리원이 북한에서 중요한 공업지대임을 감안한다면 북한의 경제가 어떤 형편인지를 반영한다고 하지 않을 수 없다. 단적으로 말하면 그만큼 물류의 유통이 적다는 것을 드러낸다고 할 것이다.

그러나 그것은 자본주의적인 시각이다. 유통이 사회주의 경제권에서는 그리 큰 비중을 차지하지 않는다는 것을 감안한다면, 이런 현상은 그리 비관할 것이 못 된다고 볼 수도 있다. 러시아에 갔을 때 여러 농·공산품이 이곳저곳에 있지만 유통이 원활하지 못해서 빈곤을 면치 못한다고 들은 적이 있었는데, 북한의 경우는 유통이 문제가 아니라 절대적인 생산 자체가 문제라는 말을 들은 적이 있다. 아낙네들이 등에 지고 가는 것이 곡식자루라는 것을 감안한다면, 북한의 경제는 아주 심각한 위기에 처한 것이라고 하지 않을 수 없다. 이런 저런 생각으로 착잡하지 않을 수 없었다.

10시 24분쯤에 신천 시내에 도착했고, 잠시 뒤에 목적지인 신천박물관에 이르렀다. 전에 신천박물관을 다녀온 사람들의 이야기를 들은 적이 있는지라, 북한이 선전장으로 이용한다는 말을 들어서인지 약간 긴장된 모습으로 대하게 되었다. 1958년 3월 26일에 신천박물관이 건립되었다고 한다. 전에 노동당 당사로 사용하던 것을 박물관으로 개조했단다. 그런 점에서 이 박물관은 당사보다 더 중요하게 여긴다는 것을 반영한다고 할 수 있다. 이곳은 평양에서 개성, 판문점으로 내려가는 길목이기도 하여 외국 손님들을 이곳에 들르게 하여 6·25 때 미국의 만행을 선전하는 데 효과적으로 활용하고 있는 듯했다.

박물관에 이르니 안내원이 나왔다. 일행 가운데 한 분에 따르면 지난번에 보았던 안내원이 아니라고 한다. 지난번의 안내원은 1950년 신천 사건 당시 어린이로서 박물관의 어느 사진에 그 모습이 보이는 사람이라고 했는데, 오늘은 사람이 바뀌었다고 한다. 2층으로 된 박물관은 박물관이라기보다는 사진 전시장이라고 해야 할 것 같았다. 중앙계단으로 올라가 현관으로 들어가면 좌우 1, 2층에 각각 크고 작은 방 4개 정도가 있고 각 방마다 6·25 때 신천에 주둔한 미군이 양민을 학살했다고 하여 그것을 입증하는 사진들이 주로 전시되어 있었다. 때로는 통계를 제시했고 때로는 산 중인들의 증언을 싣기도 했다. 우리들이 모두 기독교신자들임을 알고 그랬는지, 안내원은 박물관 왼편의 첫째 방을 통과, 둘째 방부터 보여 주기 시작했다.

첫째 방을 지나면서 보니 미제 침략의 앞잡이 선교사 운운해 놓은 것이 보였다. 나는 일행 가운데 한 분과 함께 둘째 방에 갔다가 잠시 첫째 방으로 옮겨 거기에 전시해 놓은 물품과 사진을 사진기에 담았다. 선교사 알렌·에비슨·언더우드의 희미한 사진을 붙여 놓고 '종교의 탈을 쓰고 들어온 선교사'라는 요지의 제목을 붙였고, 또 한 사진에는 '신천 서부교회와 미제의 간첩 노릇을 한 김익두 놈'이라는 사진, 그리고 '선교사들이 간첩용으로 사용한 도구들(?)'이라고 해서 성경과 전도 문서 등을 나열해 놓았다. 이것을 보면서 나는 이들이 북한 주민들에게 선전하는 데는 이런 것이 필요할지 모르지만, 다른 곳 특히 한국에서 온 기독신자들로부터는 많이 왜곡되었다는 지적을 받을 수도 있겠구나 하는 생각을 갖게 되었다. 얼른 그런 사진들을 찍고 안내원을 따라 박물관 전체를 둘러보았다. 충격적인 것은 신천에서만 양민 3만 5천여 명이 죽임을 당했다는 것이며, 피살자 5,605명의 시신을 묻은 '애국자 묘'는 박물관 옆에 조성되어 있었다.

나는 박물관에서 '미군들의 만행'을 보면서 안내원과 책임자에게 노근리사건 자문위원으로 있었던 경험을 살려, 앞으로 미국과 국교가 터지면 이것은 배상을 요구할 수 있는 것이니까 이렇게 선전에만 열을 올리지 말고 그동안 충실하게 자료를 준비하여 배상요청에 대비해야 한다고 말했다. 필요하면 내가 자문해 줄 수 있다고도 했다. 지금이라도 당시 당했던 사람들의 증언 자료를 객관적인 자료와 함께 확보해 두어

리 별	학살수	리 별	학살수
온천리	1,813명	진우리	417명
고송리	1,460명	산수리	467명
추산리	277명	한정리	382명
운봉리	600명	장재리	376명
롱당리	1,887명	온천얼음창고	1,200명
송청리	335명	온천 개변장	1,080명
발산리	331명	온천휴양소와 련 못	220명
롱구리	685명	계	1만 1,530명
		그중 남자	4,565명
		녀자	5,504명
		청소년학생	1,461명

◀ 신천박물관에 전시된
'학살만행'의 통계

야 하며, 당시의 기록들을 잘 정리해 두어야 한다고 했다. 미국은, 노근리사건의 경험에 비추어 볼 때, 문서나 사진 등 물증을 아주 중요시하기 때문에 거기에 철저히 대비하는 것이 좋다고 했다. 다행히 이런 만행이 있은 뒤에 북한은 이 문제를 국제화하여 외국인들이 와서 이 만행을 보도록 했고, 유엔 등에 고발한 적이 있다고 했다. 그렇다면 더구나 그 자료들을 충실하게 찾아 대비해 두는 것이 좋겠다고 했다. 내 말을 얼마나 경청했는지는 알 수 없으나, 이런 민족적인 문제는 남북이 공동으로 대처할 수도 있겠다는 생각이 들었다.

이 전시관을 둘러보면서 나는 옆에 있는 연맹 간부에게, "전쟁 때 남북에서 참으로 많은 양민들이 학살당했구먼" 하고 말했다. 그는 그게 무슨 소리냐는 식으로 나를 쳐다보았다. 나는 남쪽에서도 양민들이 많이 학살당했다고 했다. 무슨 뜻인지를 알아차린 그는 "우리 인민군대가 그렇게 했단 말입니까?"라고 하며 아주 불쾌하다는 표정으로 말했다. 나는 "물론 인민군이 내려왔을 때 그렇게 되었다"고 하면서 "증거를 대어주랴?"고 했다. 그는 멋쩍은 듯 더 이상 묻지는 않았다. 더 따져보았자 별 도움이 될 수 없다고 판단했기 때문이었다.

관계자들은 더 보여 줄 것이 있다고 하면서 박물관에서 얼마 떨어지지 않은 곳에 차로 안내했다. 박물관에서 인접한 곳에 '400 어머니 묘소'와 '162 어린이 묘소'가 나란히 있었다. 그 옆에는 창고가 있었다. 어머니 4백 명을 휘발유로 불살라 죽인 현장인데, 건물은 그대로라고 했다. 그러나 그 창고에 그을음 같은 것이 거의 없었다. 글쎄, 이를 어떻게 받아들여야 할지, 약간은 혼란스러웠다.

그 현장을 보고 난 뒤에 우리는 안내원에게 약간의 선물을 주면서(우리는 어디를 가나 약간의 선물을 준비하여 꼭 챙겼다) 인사하고 11시 40분에 그곳을 출발했다. 돌아오는 길에 가끔 '강계정신을 본받자'는 표어가 보였다. 물어보니, '고난의 행군' 때 강계가 특별히 자립정신을 잘 발휘하여 성과를 거두었는데, 그 정신을 본받기 위해 여러 곳에 표어를 써 붙여 두었다고 했다. 우리 측 대표가 오향문·오미란 부녀 배우에 관해서 물으니 안내원이 잘 설명했다. 신천에서 출발하여 얼마 가지 않아 광활한 재령평야가 보였다. '토지정리를 끝장을 볼 때까지……'라는 표어도 보였다. 이곳은 우리 농업사에서도 유명하지만, 내가 재직하고 있는 숙명여대 재단의 기본 재산이 된 토지가 옛날 황실에서 갖고 있던 재령의 궁장토였다는 것을 기억하고, 이 어딘가에 숙명여대 재단의 옛날 땅 수십만 평이 있을 것이라는 생각이 들었다.

사리원에 와서 고속도로에 올랐는데, 평양까지 52㎞라는 이정표가 보였다. 고속도로에서 썰매를 타는 세 명의 아이들이 보였다. 그만큼 차량이 적어서 위험이 적다는 뜻으로 받아들였다. 평양 입구에서 검문이 있었다. 나갈 때는 없었는데, 돌아올 때는 통제하고 있었다. 갔다 오는 동안에 느낀 것이 많다. 재령평야를 비롯하여 대부분의 산하는 눈에 덮여 그 형편을 정확하게 볼 수는 없었으나, 사리원·재령·신천의 가옥들이 낡고 퇴락했다. 재령을 지나면서 안내원에게 이것이 재령 시내냐고 하니, 자기도 잘 모르는 듯 시내는 다른 곳에 있다는 식으로 얼버무렸다. 그러나 우리가 통과한 곳이 재령이었다. 재령은 남쪽의 천안보다 큰 도시에 속하는 편인데, 가옥이 얼마 보이지 않고 도심도 초라해 보였다. 물론 남북한을 단순 비교해서는 안 되지만, 적어도 이런 현상은 북한의 사회주의 50년이 이뤄 놓은 오늘의 형편을 단적으로 보여 주는 것이라고 할 것이다.

나는 작년의 6·15 남북정상회담과 공동선언이 남북한 관계의 안정과 한반도의 평화를 정착시키는 데 크게 이바지한 것은 높이 평가하지만, 인민의 생활을 저토록 방치하고 있는 북한 정권에 면죄부를 주었다면 민족사에 큰 책임을 져야 한다고 생각한다. 지난 몇 년 동안 식량사정의 악화로 북한에서 얼마나 많은 사람들이 죽었는지 알 수 없다. 2백만 명 혹은 3백만 명이 죽었을 것이라고 한다. 그렇다면 그 책임을 누군가가 져야 한다. 민주주의가 제대로 시행되는 나라라면, 위정자는 백성들에게 책임을 지는 존재다. 백성을 먹여 살리지 못하고서도 책임지지 않는다면 그 나라에 어찌 민주주의가 시행된다고 할 것인가? 딱한 현실을 보면서 걱정과 분노가 이런 식으로 분출되었다.

평양에 들어와 숙소인 보통강호텔로 가서 점심식사를 했다. 식사 뒤 호텔 1층의 상점을 돌아보는 등 휴식을 취하고 15시에 호텔을 출발, '통일거리'의 넓고 시원한 도로를 달려, 평양시 대동강구역 옥류 가정 예배처소에 도착했다. 가는 길에 안내자가 남측의 교회 형편에 대해서 몇 가지를 물었다. NCC의 역할에 대해서 묻기에 과거 NCC는 자유·인권·민주화를 위해 많이 노력했으나 민주화된 오늘날에는 그 활동이 낮아지고 위상이 달라졌다고 했다. 그러자 그는 "민주화되었다는 것은 무엇을 말하는가?" 하고 물었다. 그것을 받아 우리 측 대표는 "쉽게 말해서 대통령도 잘못하면 감옥에 보내는 것이 민주화했다는 증거다"라고 답했다. 그러면서 전두환·노태우 같은 전직 대통령도 재임 때 잘못한 일로 감옥에 갔던 것을 말했다. 곁들여서 나는 남한의 민주주의에 대해 간단하게 설명했다. 남한의 민주주의는 개인이 국가를 상대로 해서 권리를 청구할 수 있을 뿐만 아니라 국가가 잘못했을 경우는 재판절차를 밟아 개인에게 배상해야 한다고 했다. 그리고 남한은 개인의 자유를 최대한 신장시키려고 한다면서, 그것이 결국 사회 전체의 발전을 가져오는 것으로 본다고 했다.

옥류 가정교회는 대동강구역 옥류동의 어느 아파트 4층에 있었다. 가정교회니까 어느 신자의 가정집인 듯했다. 집에 들어서니 신을 벗을 수 있는 자그마한 공간이 있고 가구를 거의 들여놓지 않은 방이 두 개 있었다. 평소 살림을 하는 집 같았는데 가구가 없는 것이 이상했다. 합해서 8~10평 남짓했다. 아마도 북한 아파트의 한 모형이 아닌가 생각되었다. 가정교회의 설립과 구성원에 대한 설명이 있었다. 옥류 가정교회는 남자 4명과 여자 9명으로 조직되어 있다고 했다.

간단한 연혁을 듣고 곧 찬송가 〈사랑하는 주님 앞에〉를 아코디언의 반주에 맞춰 부르고, 이어서 우리 측 대표의 기도가 있었다. 그는 서울과 마찬가지로 평양에서도 수많은 성도들이 하나님을 찬양할 수 있게 해 달라고 정성을 다해 큰 소리로 기도했다. 나는 그가 그렇게 감동적으로 기도하는 것을 처음 보았다. 이어서 가정교회의 몇 분들이 〈하늘가는 밝은 길이〉라는 찬송을 특송으로 불렀다. 그리고 〈죄짐맡은 우리 구주〉를 아코디언 연주자와 함께 두 분이 이중창을 하기에 나는 우리 측 대표를 충동하여 저 여성분들과 함께 4중창에 합류하자고 했다. 일어서서 그가 테너로, 나는 베이스를 하면서 여성분들과 하모니를 이루었다.

이중창으로 다시 〈내주의 보혈은 귀하고 귀하다〉를 하기에, 이쪽에서도 한 분이 일어나 간증을 먼저 하고 〈내주는 강한 성이요〉를 3절까지 큰 소리로 불렀다. 그는 그의 대소 가정에서 처음에 자기 혼자 예수를 믿었으나 지금은 거의 1백여 명의 대가족이 예수를 믿게 되었다는 것을 감동적으로 설명하고, 이렇게 예수를 믿으니 대소 가정이 큰 복을 받게 되었다고 했다. 나는 그가 간증하는 것을 계기로 사실은 전도하고 있다고 짐작했다. 그리고 그가 마르틴 루터가 작사 작곡한 〈내주는 강한 성이요〉를 왜 부르는지 알 수 있었다. 이어서 내가 일어나 자청하여 〈예수 더 알기 원함은〉을 가지고 4절까지 독창했다. 우리가 4중창을 부를 때부터 연맹의 안내자는 시계를 자주 보기 시작했다. 이런 식으로 남쪽에서 온 방문자들에게 시간을 주었다가는 큰 낭패를 보겠다고 생각한 모양이다. 이곳에서도 우리는 마련해 온 학용품과 스타킹 등 선물을 교인들에게 일일이 나눠주었다. 우리 일행 가운데 한 분은 놀라울 정도로 이런 일을 잘 했다.

오늘 모임에는 강세영 장로(75세)라는 여성이 와 있었다. 그는 강병섭 목사의 따님이라고 했다. 강 목사는 해방 직후 강양욱 목사와 일을 같이 한 모양인데, 그를 만나러 가서 그 밤을 강양욱 목사 집에서 지내다가 테러를 당했다고 한다. 하지만 그날 저녁 강양욱 목사는 집에 들어오지 않았기 때문에 무사했단다. 해방 당시 강양욱 목사가 조선기독교도연맹을 만들어 김일성을 도왔기 때문에 이런 일이 있었던 것이 아닌가 생각된다. 우리는 아파트 입구로 나와 사진을 몇 장 찍었다. 몇 분 동안 사진을 찍고 있는데도 출입자가 없었다.

1시간 정도 가정교회에서 시간을 보내고, 평양 봉수국수공장으로 갔다. 지배인 김금선의 지도 아래 아래층에서는 2명이 작업하면서 위에서 내려오는 국수발을 1킬로그램 단위로 5인분씩 끊어 담는 작업을 하고 있었고, 위층에서는 3명이 밀가루를 가져와 국수틀에 넣어 국수를 만드는 작업을 하고 있었다. 그들은 오전 오후 2교대로 하루에 2통씩 국수를 만든다고 했다. 그런데 내가 잘못 보았는지 모르지만, 만들고 있는 것은 국수가 아니라 냉면의 면발이었다. 이상했지만 묻지는 않았다. 그 옆의 창고에는 '미국장로교회'와 '조선그리스도교연맹'이라고 쓴 밀가루 부대가 쌓여 있었다. 이 국수의 배부처는 신자들과 그리스도교연맹·고아원·육아원·탁아소·유치원이라고 했고, 식당에서는 여름에 이를 사 먹게 하고 있다고 했다. 아래층에는 빵공장이 함께 있었다. 창고에는 남쪽에서 보낸 발전기가 사용되지 않은 채 그대로 보관되어 있었다.

차 안에서 북한의 영화 〈성황당〉 이야기가 나왔다. 우리 측 대표는

▲ 봉수국수공장에서

그것을 보았는지, 연맹의 안내원을 보고 "그 영화에서 목사가 개떡같이 나오더라"고 했다. 기독교에 대한 북한의 시각이 이 영화에서 드러나고 있음을 간접적으로 비판한 것이었다.

봉수국수공장에서 호텔로 돌아왔다. 18시가 되어 엊저녁 모양으로 일행과 함께 사우나를 하려 했지만, 사우나 복무원들이 어제 휴일에 복무했기 때문에 오늘은 쉰다고 하여 여의치 않았다. 저녁식사 때에는 밥 100그램을 먹었다. 그러나 이것도 부담이 되었다. 다음 날에는 죽을 먹을 수밖에 없었다.

저녁에 우리는 신천박물관을 다녀온 데 대한 평을 하게 되었다. 연맹의 안내원들과 만나, 박물관의 첫째 방 전시에 대하여, 성경을 갖다 놓고 침략의 도구라 한 것은 북한 주민들에게 선전의 효과는 있을지 모르지만 신뢰성을 잃게 만들 것이라고 했다. 관람자들이 아래층에 전시한 것을 신뢰하지 않으면 이 박물관에 있는 전체를 신뢰하지 않게 될 수도 있다고 했다. 나는 선교사들 가운데에는 순안 지방에 왔던 안식교 의료선교사 헤이스머처럼 잘못을 저지른 선교사들도 없지 않았지만, 알렌이나 에비슨·언더우드 같은 이들을 미제의 앞잡이라고만 싸잡아 비판한 것은 설득력이 약하다고 말했다. 이 점도 역시 신천박물관의 신뢰성에 흠집을 제공하는 것이라고 설명했다. 이것은 떠나기 전날인 26일 저녁 만찬에서 강영섭 위원장이 있는 자리에서도 우리가 공식적으로 제기한 문제였고, 27일 아침 순안비행장으로 가면서도 안내자가 항의하여 토론했던 부분이다.

또 이런 문제도 있다. 우리 차의 앞자리에 타는 안내자나 지도원은 그리스도교연맹의 지도자들인데, 그들은 우리에게 기독교의 진리 문제를 가지고 한 번도 말한 적이 없다. 다만 그들은 강영섭 위원장이 말한 문제들 — 봉수교회의 난방 문제를 비롯하여 교토 회의에서 남한의 이름난 교단 총무들이 약속한 물품을 모금하여 전달하는 문제 등 — 에 관해서만 관심을 가지고 이 사람 저 사람을 이리저리 찔러 보는 듯했다. 그들이 강 위원장이나 연맹에 충성경쟁을 벌이고 있다는 인상을 받았다.

1월 26일 (금) 흐림. 7시 30분에 일어났다. 아침식사에서 식당 종업원들의 친절이 돋보였다. 계란 2개에 밥 100그램, 곱돌장과 김치를 먹었다. 호텔을 출발할 때 처음 운전기사의 이름을 물어 보았다. 안내자는 차 안에서 "6·15공동선언에 대해 남쪽 기독교인들은 어떻게 생각하는가?", "남쪽의 기독교인들은 어떤 일을 하는가?"라고 질문을 던졌다. 우리 측 대표는 남북 지도자가 귀한 일을 했지만 민족의 통일을 앞당기는 후속조치들이 시간 끌지 않고 나타나야 한다는 것을 강조했다. 남쪽에는 월남한 기독교인들이 많다는 것, 그들은 6·15공동선언에 대해 그들의 경험에 바탕을 두고 해석하고 있다는 것도 곁들여 말했다. 월남한 기독교인들이 통일 문제에 대해 어떻게 생각하는지를 그들이 알 수 있게 되기를 희망한다. 우리는 남쪽 기독교인들이 한국의 민주화와 인권을 위해 일했으며 민간단체로서는 가장 먼저 통일운동을 부르짖고 북한 돕기에 나섰다는 것을 강조했다.

10시 5분 무렵에 만수대창작사에 도착했다. 12만 평이나 되는 땅에 12종류의 예술 활동을 할 수 있도록 마련한 공간이라고 한다. 입구로 들어서자 안내원이 나와 기다리고 있었다. 그의 안내를 받아 오른편으로 들어가니 미술(회화) 활동을 하는 화가들의 화실이 즐비했다. 화실의 공간은 우리 연구실 정도(4~5평 정도)의 크기였다. 몇몇 화가의 방에 들어갔는데, 두 번째로 들어간 곳은 매우 사실적인 동양화를 그리는 화백의 방이었다. 주로 금강산을 배경으로 한 그림들이 인상적이었다.

다음에 들어간 곳이 정창모 화백의 방이었다. 그는 지난번 남북적십자사의 주선으로 가족 방문을 위해 서울에 왔던 분이다. 그의 고향은

▲ 만수대창작사에서 정창모 화백과 함께

전주라고 하는데, 우리 측 대표는 그림을 통해 이분을 잘 아는 것 같았다. 그의 방에 오래 머무르면서 대화를 나누었고 벽에 걸어둔 그림들을 사진으로 찍었다. 그는 자신의 그림 한 폭을 우리 측 대표에게 선물로 주었다. 정 화백은 그림만을 사랑하는 사람으로 비쳤다. 아마도 이 예술의 세계에서도 복잡한 사건들이 있는지, 그는 그림 곁에 더러 자신의 심경을 나타내는 화제(畵題)를 붙여 놓기도 했다.

정 화백의 화실을 끝으로 미술창작사에서 나와 그 옆에 있는 미술품 전시관으로 갔다. 그런데 나와서 보니 창작사 안에는 김일성 부자의 교시를 영구물(永久物)로 새겨 놓은 조형물들이 많았다. 길옆에는 선전 문구를 붙여 놓은 입간판도 더러 있었다. 이런 예술품 창작사에 왜 김일성 부자의 교시가 있어야 하며, 선전 문구 또한 왜 필요한지 얼른 납득되지 않았다. 이렇게 선전 문구와 '교시'로써 예술인들의 사상과 표현의 자유를 묶어 두면 자유를 기반으로 해서 나와야 할 창조적인 예술품이 어떻게 생산될 수 있단 말인가. 이데올로기로써 철저하게 예술 혼을 막아 버린 이 체제에 대한 답답함은 나 혼자만 느끼는 것일까? 이런 속에서도 정창모 같은 화백이 조선의 순수한 아름다움을 표현하는 데 어느 정도 성공한 것은 신기하다고 하지 않을 수 없다.

나는 김정일을 '태양'이라고 써 놓은 입간판 앞에서 사진을 찍었다. 정치와 이데올로기가 철저하게 예술을 지배하고 있는 바로 그 현장에 나는 와 있었고, 언젠가는 이를 증언해야 한다고 느꼈다. "이런 사회를 건설하여 지상낙원이라 하는가?", "이런 사회를 건설키 위해 55년을 노력했는가?" 하는 감회를 느꼈다.

11시 35분까지 그 미술품 전시관에 머무르며 둘러보았다. 기둥 등에 인민예술가 혹은 공훈예술가의 사진을 붙여 놓고 그들의 작품도 설명해 놓았기에 그것을 사진으로 찍었다. 인민예술가니 공훈예술가니 하는 분들의 얼굴이 이런 상점의 기둥에 붙여진 것이 못내 애처로웠다. 이 전시관에서는 물건도 팔았다. 손녀 경원(慶源)이와 손자 진원(鎭元)이를 위해 인형을 두 개 샀다. 합해서 5달러를 지불했다.

우리는 다시 수경재배를 보기 위해 쑥섬으로 갔다. 그 근처를 지나면서 안내자에게 "이곳을 혁명사적지로 만들었는데, 그렇다면 김구 선생 일행을 만난 것도 혁명인가?"라고 하면서, 이런 곳에서 말하는 혁명의 의미를 설명해 달라고 했다. 그가 무언가를 설명하려고 하는데 벌써 목적지에 도착해 버렸다. 비닐하우스 2개 동으로 된 수경재배지는 총 1,500여 평이나 되었다. 마침 그곳에서 일하는 근로자들이 많이 나와 있었다. 그들에게 선물도 주고 함께 사진도 찍었다. 모두들 얼굴색이 좋지 않았다. 우리가 그들을 돕는 것을 아는지, 좋은 인상을 가지고 우리를 대해 주었다. 그들과 같이 사진을 찍을 때, 입은 옷의 차이는 있지만 남북한 사람들이 다르다는 인식은 거의 할 수 없었다. 제도와 체제가 우리를 이렇게 갈라놓긴 하지만 한 민족임을 부정하지는 못했다. 북한의 간부급과는 달리 보통 사람들의 경우는 겉으로 보기에는 이념적

▲ 쑥섬 수경재배지에서 근로자들과 함께

으로 다르다는 것을 느끼게 하지 않았다.

 12시 15분에 수경재배지를 떠나 10분 뒤에 호텔에 도착했다. 지도원
은 오후에 〈피바다〉 관람이 있다는 것과 관람하기 위해서는 두꺼운 옷
을 껴입어야 할 것이라고 했다. 극장에 들어가면 5~6도 정도밖에 되지
않기 때문이라고 했다. 점심은 죽을 먹었다. 아침에 밥을 먹었지만 아
직 위가 정상화하지 않았는지 이상했다. 죽 2백 그램에 김치, 소고기국
1백 그램을 먹었다. 13시에는 아래층에 내려와 호텔 커피집에서 호기
심으로 비엔나 커피를 마셨는데, 미련한 짓이었다. 아직 완쾌되지 않은
상태에서 커피는 금물이었다. 〈피바다〉 공연을 볼 것으로 예상하고 잔
뜩 기대를 하고 있는데, 지도원이 와서, 오늘 날씨가 너무 추워 〈피바
다〉 공연 관람이 불가하게 되었다고 전했다. 날씨가 너무 추워 배우들
이 '노력동원'(일주일에 한 번씩 사무실에서 밖으로 나와 체력단련을
겸한 노력봉사를 하도록 한 조치)을 하게 되어 공연할 수 없다는 것이
다. 애석하다. 평양에 와서 그 극을 보기를 원했는데, 모처럼의 바람이

▲ 을밀대 근처에서 평양 시내를 뒤로 하고

어그러졌다. 그 대신 평양의 명소를 견학하기로 했다.

안내원 두 사람이 와서 일정과 관련, 대화를 나누었다. 김책공업대학에 도착, 사진을 찍었다. 대동강 가에 있는 김책공업대학은 김일성종합대학과 함께 가장 이름 있는 대학으로, 그 학교 간판은 김일성이 쓴 것이었다. 15층 높이의 정방형으로 된 이 대학 한 면의 길이는 약 1백m 정도 되는 것 같았다. 15시 5분쯤에 모란봉극장에 도착, 그 옆으로 비스듬히 칠성문(七星門)으로 올라가 평양 시내를 내려다보고 예서체(隸書體)로 쓰인 독특한 을밀대(乙密臺)의 현판을 보면서 몇 장의 사진을 찍었다. 거기서 바라보니 평양 동편의 아파트군이 잘 보였다. 거기서부터는 대동강을 바라보며 성벽을 따라서 내려왔다. 청류정(淸流亭)까지 내려와서 옆의 언덕으로 들어가 만수대 김일성동상 앞 주차장까지 왔다. 그동안 우리를 기다리던 차량들이 우리를 찾느라 을밀대 쪽으로 올라갔기 때문에 한참 뒤에 다시 합류할 수 있었다.

지도원과 대화를 나누면서 김일성종합대학으로 가 입구에서 사진을

▲ 을밀대에서

찍었다. 내일 떠난다고 생각하니 무엇이나 많이 보아야겠기에 대학 앞에서 잠시 차를 멈춰, 김정일이 썼다는 대학교의 제자(題字)를 구경하고 4·25인민궁전과 현대건설에서 짓고 있는 평양농구관 건설현장을 거쳐 광복거리, 만경대 학생소년궁전을 지나 평양시 제3인민병원으로 갔다. 한때 남쪽의 여러 기관들이 미국의 교민들과 힘을 합해서 이 병원을 돕는다고 했지만, 막상 와서 보니 '이런 것을 병원이라고 하여 돕는다고 그렇게 떠들어댔는가?' 하는 느낌을 받았다. 병원이랄 수도 없을 정도로 초라했다.

청춘거리의 일명 체육촌(태권도전당·수영경기관·탁구경기관·중경기관·경경기관·농구경기관·배드민턴경기관 등의 체육시설이 있는 곳)을 지나 열병합발전소의 연기를 보면서 보통강을 건너 안산거리를 거쳐 17시에 낙원백화점에 도착했다. 창광거리 뒤에 있었다. 그러나 그 안에는 물건이 거의 없었다. '개성 인삼' 코너가 있어서, 그곳에서 홍삼정을 샀다. 옆에 보니 아이들용 장난감 등을 파는 판매대가 있어서 경원이와 진원이를 위해 전대(纏帶) 비슷한 주머니를 하나씩 샀다. 잘못 안내하지는 않았을 텐데, 물건이라고는 살 만한 것이 보이지 않았다. 한 나라의 수도에 살 물건이 없으니 답답하였다.

저녁에는 송별연이 있었다. 보통강호텔에서 도보로 10분 거리에 있는 음식점이었지만 차를 타고 갔다. 우리 말고 다른 손님은 없었다. 마침 강영섭·이성봉 목사, 그리고 조선그리스도교연맹의 여러 사람들이 나와서 우리와 대좌하여 만찬을 즐겼다. 우리 측 대표는 "김정일 위원장이 서울을 방문한 뒤 일차로 강영섭 위원장이 서울을 방문하기를 원한다"고 했다. 이날 저녁에도 역시 봉수교회 난방장치를 어떻게 할 것인가를 두고, 발전기보다는 온풍기를 고려하겠다고 제의했다. 그리고 지난번 후쿠오카 회의에서 각 교단 총무들이 약속했던 옷을 보내는 것은 우리 측 대표가 떠맡다시피 되었다.

이날 저녁에 재미있었던 것은, 역시 신천박물관의 선교사 관계 유품 전시에 대한 우리 측의 논평과 며칠 전 평양 단고기집의 비싼 가격이 화제로 된 일이다. 나는 이미 말한 대로 선교사를 간첩 용의자로 몰아 버리면 인민들에게 선전하는 것은 좋을지 모르지만 외부에서 와서 본 사람들은 그 박물관의 전체 전시 내용을 신뢰하지 않을 것이라고 했다. 그리고 김일성의 아버지 김형직도 선교사가 세운 숭실학교 출신이라는 것과 그가 숭실학교에 재학할 때 조선국민회 사건이 일어났음을 상기시켰다. 그렇기 때문에 선교학교를 배척 대상으로만 생각하지 말고 한국을 도왔던 부분도 있다는 것을 인정하는 것이 좋겠다고 했다. 그들은 이렇게 김일성과 관련된 이야기를 하자, 더 이상 논의하는 것을 회피하려는 것 같이 보였다. 그들은 또 며칠 전에 단고기집의 해프닝을 해명했다. 달러와 북한 화폐의 교환비율은 1:2.15 정도인데, 그날 북한 화폐로 받아야 할 것을 달러로 잘못 받았다는 것이다. 그러면서 우리에게서 받은 달러화의 절반이나 되는 액수를 환불해 주었다. 설명도 궁색하고 또 환불하는 것은 더 어색했다. 오늘 이 송별연의 비용은 원래 우리가 지불해야 하는 것으로 예정되어 있었는데, 어떤 이유에서인지는 몰라도 그들이 부담했다.

저녁식사를 마치고 모여서 사진을 찍는데, 서는 자리를 두고 어색한 장면들이 있었다. 함께 사진을 찍은 이성봉 목사는 1991년 뉴욕 스토니 포인트에서 남북기독학자회의가 개최되었을 때 만난 이후 처음으로 지난 주 봉수교회에서 다시 만났지만, 이 땅 위에서 다시 만날 수 있을지 기약할 수 없기에 우리는 서로 얼싸안은 채 인사하고 헤어졌다.

그리스도교도연맹의 사람들과 헤어져 21시쯤에 호텔로 돌아왔다. 호텔에서 마지막 저녁을 보냈다. 무료해서 텔레비전을 보고 있는데, 21시 45분에서 55분까지 안경을 쓴 한 남자가 나타나 해설을 했다. 이름도 직책도 소개하지 않은 채 나타나 설명했다. 남조선에서도 김정일 동지를 '21세기의 태양'이라고 한단다. 연세대 어느 학생이 엽서에서 "김정일은 21세기의 태양으로 21세기는 김정일의 세기"라고 했단다. 인천의 한 대학교수가 강의시간에 "21세기는 김정일의 세기"라고 하자 학생들도 찬성했다고 한다. 결론적으로 남녘의 인민들이 한결같이 김정일을 민족의 태양, 통일의 주역으로 모시겠다고 한단다. 그러면서 이름도 직책도 없는 그 해설자의 '명해설'은 끝났다. 희한한 일이다. 이런 말이 텔레비전을 통해 공중파를 타고 있는데도 북한에서는 그것의 사실 여부를 검증하거나 거기에 이의를 제기할 수 있는 방법이 있는지를 알지 못한다. 북한에 와서 관찰했던 부정적인 인상들이 오늘 저녁의 이런 방송으로 더욱 신뢰성을 얻게 되었다.

1월 27일 (토) 맑음. 새벽에 일어나 빨래를 했다. 저녁에 자면서 생각했다. 이곳의 곤궁한 형편을 생각하니 내가 가지고 있는 내의와 북경에서 형제자매들이 마련해 준 오리털옷 등을 두고 가는 것이 좋겠다고 생각했다. 다행히 잠옷을 가져온 것이 있으니 그것을 내의 대신으로 입으면 그런 대로 북경까지는 갈 수 있을 것이라고 생각했다. 오리털옷과 양말들 말고도 내가 입었던 내복을 몇 벌 두고 가는 것이 좋겠다고 생각했다. 한 번씩 입은 것은 빨아서 두는 것이 좋을 것 같았다. 새벽에 옆 침대에서 자고 있는 우리 측 대표에게 양해를 구하고 빨래를 서둘렀다. 두고 가기 위해서는 새벽에라도 빨아서 출발하는 시간까지 말리면 가능할 것 같았다. 4시에 일어나 목욕탕에 들어가 찬물(아침과 저녁 7~8시에만 더운 물이 나왔다)에 빨래를 마치니 5시가 되었다. 비누도 샴푸도 내가 가져간 것까지 다 사용하여 빨래를 한 셈이다. 그러고는 전기 라디에이터에 널어 놓고 한숨 잤다.

6시에 일어나 라디에이터 이곳저곳을 뒤적이며 빨래를 말렸다. 오늘 떠나기는 하지만 이 민족의 앞날을 위해 조용히 기도했다. 당장은 북한 주민들이 이 기근에서 벗어나도록 기도하고 장기적으로는 자유와 희망을 가지도록 기도했다. 6시가 지나 모닝콜이 있었다.

7시에 호텔 식당에 내려가서 아침식사를 했다. 직원들도 우리가 떠나는 줄 알고 인사를 했다. 장미향·김영석·라춘식 등이 종업원이다. 여전히 속이 좋지 않아 죽만 2백 그램을 먹었다. 7시 30분에 짐을 가지고 아래층으로 내려가다. 누비바지, 내의 한 벌, 양말 7켤레와 남은 약, 장갑을 묶어 두고 짐을 실었다.

7시 35분에 7박 8일 동안 머물던 보통강호텔을 출발, 순안공항으로 향했다. 앞자리에는 거물급 안내원이 앉았다. 그는 작심한 듯 시비를 걸어 논란을 벌이기를 원했다. 엊저녁에도 논란한 바 있는 '선교사는 제국주의 침략의 앞잡이'라는 것이었다. 그는 선교학교가 조선인들을 '미국 놈'과 같은 존재로 만들려고 했다고 지적했다. 나는 그 질문에 대해서, 선교사가 제국주의자들의 앞잡이라고 한 것은 과거 해방신학의 영향으로 한국에서도 한때 그런 풍조가 있었다는 것을 먼저 말했다. 그러나 한국에 세운 선교학교의 교육이념에는 "조선인으로 하여금 참다운 조선인이 되게 한다는 것"이 있었다고 말해 주었다. 실제로 배재·정신·이화 등의 건학이념(建學理念)에서 그런 점을 발견할 수 있다. 물론 평안도 순안에서는 그곳에 자리 잡은 안식교 선교사 헤이스머 사건이 있긴 했지만, 한국에 파송된 선교사의 경우, 모든 선교사를 제국주의의 앞잡이로 보는 것은 잘못된 시각이라고 했다. 엊저녁처럼 김일성 주석의 아버지 되는 김형직 선생이 숭실학교에 다니며 조선국민회를 만들어 민족운동을 할 수 있었던 것도 숭실이라는 미선계 학교였기 때문에 가능했던 것이라고 했다. 상대는 단호한 내 설명에 더 이상 토를 달지 않았다.

그 대신 화제를 바꾸었다. 박헌영과 이승엽을 아느냐고 물었다. 나는 안다고 하면서 박은 남로당 책임자였고 이승엽은 6·25 남침 때에 서울시장(인민위원회 위원장)을 한 사람이 아니냐고 했다. 그는 그 두 사람이 언더우드와 내통하면서 간첩노릇을 했다고 했다. 내 옆에 앉아있던 분이 "어느 언더우드냐?"고 물었다. 언더우드 1세냐 2세냐를 물은 것이다. 그는 갑작스런 질문에 당황하면서 어느 언더우드인지는 모르나 그가 박헌형 등을 통해 간첩 노릇을 했다고 했다. 1세 언더우드가 1916년에 돌아간 것을 감안하면 언더우드 2세인 원한경(H. H. Underwood)이 아닌가 생각된다. 그는 그 같은 행위를 박헌영이 자백했으며 그 증거서류도 많다고 강조했다.

나는 김두봉과 최창익이 뒷날 숙청될 때 종파주의자라는 이유로 숙청된 것을 상기시키면서 박헌영 등도 그런 관점에서 보아야 한다고 강조했다. 그러면서 남쪽에서는 해방 뒤의 북한 역사에 관해 연구하는 젊은 학자들이 많다는 것을 말하고 최근에는 러시아에 가서 그곳 문서들을 가지고 연구하는 이들도 있다는 것을 강조했다. 그리고 나는 박헌영과 이승엽에 관해 이런 곳에서 논의하고 싶지 않다는 것과 다만 남측에서 많은 연구가 진행되고 있다는 것, 그리고 앞으로 남북 학자들 사이에 토의를 통해 밝혀질 것이라고 했다. 차 안에서 이런 저런 문제를 가지고 논란하는 동안에 8시 15분쯤 순안공항에 도착했다.

출국을 위한 짐 수속은 물론 출입국관리소를 통과할 때까지 연맹의 여러분들이 나와 배웅했다. 그러면서 날더러 "이 교수님, 남쪽에 가면 잘 써 주세요"라고 말했다. 이는 우리 일행 가운데 한 분이 나를 두고, 남쪽에서 알려진 '논객'이라고 소개했기 때문에 그들이 이렇게 부탁했던 것이 아닌가 한다. 공항에서 인민군인 듯한 젊은이들이 널빤지 조각을 묶어 눈을 치우는 것을 보았다. 제설기(除雪機)나 제설을 위한 다른 기구가 없기 때문일 것이다. 출입국관리소 건물에서 비행기까지는 얼마 떨어지지 않았지만, 도착 때와는 달리 버스로 움직였다.

버스 안에는 곽선희 목사와 김진경 총장이 타 있었다. (우리보다 나흘 늦은) 지난 화요일에 도착하여 오늘 나간다고 했다. 김 총장이 북한을 방문했다는 것은, 몇 년 전에 북한에 간첩 혐의로 억류되어 곤욕을 치룬 뒤에 북측과의 선이 끊어졌는데, 이제 다시 복원되었음을 뜻하는 것이다. 뒤에 들으니 이때 두 분이 북한에 와서 합의를 본 것이 북한에 컴퓨터를 중심으로 한 정보통신 분야 대학을 설립한다는 것이었다고 하는데, 이들이 갔다 온 뒤에 남측 신문에 보도되었다. 두 분은 1등석을 탔기 때문에 비행기 안에서는 만나지 못했다.

9시 6분에 출발했다. 얼마 안 있어 식사가 나왔고 함께 중국에 입국할 때 사용할 입국수속 용지를 나눠 주었는데, 종이가 모자라서 모두에게 나눠 주지 못했다. 비행기의 천장에는 '담배를 피우지 마시오! No Smoking!', '박띠를 매시오! Fasten Your Belts!'라고 써 있었다. 비행기는 아직 북한 영내에 있는 것과 마찬가지지만, 아무래도 긴장이 많이 풀어지는 것 같았다. 우리 일행은 탑승 손님들 가운데서는 제일 뒷자리에 앉았지만, 절반 이상이 빈자리여서 편안하게 왔다. 한 여승무원이 우리 곁에 와서 오랜 동안 여러 가지 이야기를 했다. 괜히 걱정스러웠다.

오전 9시(한국 시간은 10시) 37분에 북경 공항에 착륙했다. 북한을 경험해서 그런지, 중국에 내리니 긴장감이 덜하다는 느낌을 받았다. 1993년에 처음 중국에 왔을 때만 해도 자유스러운 분위기를 느끼지 못했는데, 그동안 중국이 많이 변하기도 했거니와 북한과 견주어서는 상대적인 차이를 크게 느낄 수 있었다. 일행 가운데 다른 분들은 바로 출국했으나, 나는 중국 입국비자가 없었기 때문에 거기서 통과사증을 받는 데 시간이 걸렸다. 그 대신 통과사증을 받았기 때문에 공항이용권을 따로 구입하지 않아도 괜찮았다. 그만큼 비용이 절약되었다. 10시(중국 시간) 20분에 KAL기로 출국하기 위해 수속을 밟았다. 중국어를 잘 하는 형제가 나와 수속을 대행해 주었다. 12시 35분에 탑승, 13시 20분에 이륙하였다.

우리는 2001년 1월 19일 서울을 출발하여 27일에 무사히 귀국하였다. 여행 중에 북한에서 배탈이 난 것 외에 어려운 일이 없었던 것은 매우 감사할 일이다. 그들과는 역사와 선교사 문제로 약간의 논란이 있었지만, 그것이 정도를 넘는 것은 아니었다고 본다. 아직도 북한 방문자로서 그들과 이런 정도의 논란을 가져 봤다는 이야기를 들어 본 적이 없다. 그들을 만났을 때 그들이 우리와 다르다고 하여 그들의 사회체제를 우리의 관점에서 비판하는 것은 삼가야 한다고 생각해 왔다. 그러나 민족공통체의 관점에서나, 인류의 보편적인 가치관의 관점에서는 시시비비를 가려야 할 점이 남아 있다고 본다. 그래야만 상대방도 한쪽의 문제 제기에 생각할 수 있는 여유를 갖게 될 것이다. 이 점은 기독교계를 포함한 한국의 진보적인 지식인들이 북한에 가서나, 갔다 와서 침묵하는 것과는 다른 견해라고 생각한다.

북한에 갔다 와서 느낀 것은 많지만 요약해서 말한다면, 우리가 평소에 듣고 있던 것을 현장 방문으로 확인했다고 하면 지나친 표현일까? 철저히 통제된 사회이기 때문에 계획되고 승인되지 않은 어떠한 것도 허락되지 않는다는 것을 실감할 수 있었다. 그렇다고 그런 것이 우리에게는 불편하지만 그런 사회체제에 순치된 그들에게는 전혀 불편할 것 같지는 않았다.

차를 타고 북의 거리를 오가면서 적어둔 표어들을 나열해 본다. 어떤 것은 적다가 외우지 못해 다 적지 못한 것도 있다. 더 자세히 외워 썼어야 하는데, 차 안에서 때로는 눈치를 봐 가면서 쓰자니 완전히 외워 적었다고는 할 수 없다.

'고난의 행군에서 승리한 기세로 새 세기의 진격로를 열어가자', '위대한 수령 김일성 동지는 영원히 우리와 함께 계신다', '당이 결심하면 우리는 한다', '가는 길 험난해도 웃으며 가자', '21세기 태양 김정일 장군 만세', '모두 다 속도전 앞으로', '위대한 주체사상 만세', '장군님 따라 천만리', '우리 민족끼리 통일의 문을 여는 해, 2001'(이것은 표어였는지 확실치 않다), '혁명의 수뇌부 결사옹위', '순간순간을 수령옹위정신으로 빛내이자', '올해 공동사설에서 제시된 전투적 과업을 관철하자', '당의 사상 중시, 과학기술 중시를……', '위대한 수령 김일성 동지 만세', '당과 혁명대오의 일심단결을 더욱 강화하자', '경애하는 김정일 장군님을 결사 옹위하자', '위대한 장군님의 동지애를 따라 배우자', '위대한 김일성 수령의 유훈교시를 철저히 관철하자', '위대한 혁명의 수뇌부를 목숨으로 사수하자', '조선민족 제일주의 정신을 발양하자', '수령 당 대중이 일심 단결하자', '우리 당의 위대한 혁명 전통 만세', '올해를 21세기 경제……', '우리 운명의 영원한 수호자 김정일 동지 만세', '우리 혁명 방식을 확고히 다져 나가자'.

다음은 1월 25일 신천에 갔다 오면서 적은 것이다. '경애하는 김정일 원수님의 아들딸이 되자', '위대한 수령 김일성 동지의 현지교시를 철저히 관철하자', '위대한 수령 김일성 동지를 천세 만세 받들어 모시자', '승냥이 미제를 천백배로 복수하자', '신천땅의 피의 교훈을 잊지 말자', '미제를 몰아내고 조국을 통일하자', '강계정신을……', '토지정리를 끝장을 볼 때까지 내밀자(?).'

북한의 거리에 붙여 놓은 이런 표어들은 북한이 주민을 충동하면서 이끌어 가고자 하는 방향이 무엇인지를 어렴풋이 엿볼 수 있도록 해 준다. 그리고 이런 내용이 얼마나 북한 인민의 개인적인 삶을 제약하고 있는지도 느낄 수 있었다. 그리고 왜 이런 구호들을 거리에 내붙여 놓지 않으면 안 되는가 하는 의문에 들어가게 되면 이 사회가 안고 있는 한계도 발견할 수 있을 것이고, 사회체제를 유지하기 위해 얼마나 안간힘을 쓰고 있는지도 엿볼 수 있었다. 이런 구호들을 통해 이해할 수 있는 것은, 여러 사람들이 이미 지적한 바와 같이, "이 사회에는 김일성 부자만 존재한다"는 착각을 일으키게 한다는 사실이다. 참으로 안타까운 일이 아닐 수 없다. 조선민주주의인민공화국에서 김일성 부자만이 존재하다니, 더구나 '인민공화국'에서 인민은 간 데 없고 수령만이 존재하다니, 이건 혁명을 통해 그들이 이루려고 한 '이상적인 사회'는 결코 아닐 것이다.

양안 관계 및
1국 2체제 탐방

2001년 2월 11일~17일, 대만·홍콩·마카오·심천

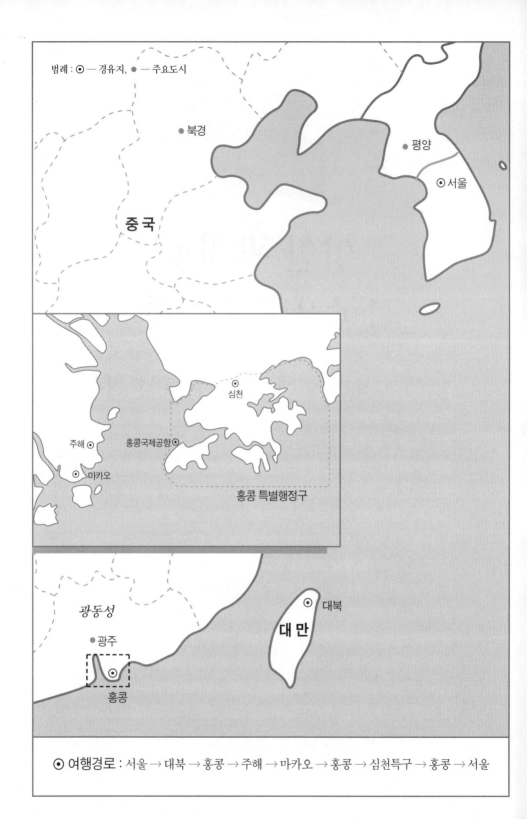

범례 : ⊙ ― 경유지, ● ― 주요도시

북경

평양

⊙ 서울

중 국

심천 ⊙

주해 ⊙   홍콩국제공항 ⊙

⊙ 마카오

홍콩 특별행정구

광동성

⊙ 대북

대 만

● 광주

⊙

홍콩

⊙ 여행경로 : 서울 → 대북 → 홍콩 → 주해 → 마카오 → 홍콩 → 심천특구 → 홍콩 → 서울

남북나눔운동 연구위원회는 2001년 2월 11일부터 2월 17일까지 중국의 양안 (兩岸) 관계 및 1국 2체제를 연구하기 위해 대만·홍콩·마카오·심천을 돌아보았다. 중화민국(대만)과 중화인민공화국(중국)의 관계는 양국 관계라 하지 않고 양안 관계라 하고 이런 특수한 관계를 서로 용납하고 있다. 실제로는 두 정치적 실체를 가진 나라가 유지되고 있으면서도 두 정부는 서로의 실체를 인정하지 않으려 하기 때문에 양국 관계라고 부르기를 꺼려하고, 그 대신 그 개념 설정이 애매한 양안 관계라고 규정하고 있다. 거기에 견주어 홍콩·마카오와 중국과의 관계는 중국이라는 한 나라 안에 두 체제를 유지한다 하여 1국 2체제라고 부른다.

남북나눔운동 연구위원회는 설립 이래 두 번에 걸쳐 통일을 이룩한 나라를 탐방한 적이 있다. 1994년 8월에는 8박 9일 동안 통일 독일을 방문한 적이 있고 1996년 12월에는 5박 6일 동안 통일 베트남을 돌아본 적이 있었다. 세 번째로 시도된 이번 여행은 통일된 나라를 탐방하는 것이 아니고 중국이라는, 그래도 아직 통일되었다고 볼 수 없는 지역을 돌아보려고 했다. 지난 번 통일 베트남을 방문할 때 배우자를 동반한 위원이 있었는데 그때 모두들 좋았다고 해서 이번에는 아예 자녀들까지 데리고 동남아 여행을 겸한 위원들도 있었다. 일행이 20명이었던 것은 이 때문이다.

이번에 중국을 탐방하려 한 것은 여러 가지 의미가 있었다. 통일된 독일이나 베트남과는 달리 '넓은 의미'의 중국은 두 개의 실존적인 국가가 존재한다는 점에서 분단국가라고 할 수 있는데, 그런 분단국가 안에서 또 체제를 달리하는 홍콩과 마카오가 존재하고 있다. 분단국가인데도 양안 관계라는 개념 속에서 서로를 용납하는 점이나, 한 국가라는 울타리 속에 두 체제가 존재한다는 것이 우리에게는 중요한 의미를 부여하고 또 교훈을 주고 있다. 양안 관계가 우리의 분단 현실을 반영하는 것이라면, 1국 2체제 관계는, 활용하기에 따라서는, 우리의 통일과 관련해서 제시될 수 있는 여러 가능성 가운데 하나가 될 수도 있다.

한편 이번 여행으로 이념과 체제의 경계선상에 서서 불안한 마음으로 변화에 대처하려는 많은 중국인들을 발견할 수 있었다. 대만이 그랬고, 홍콩·마카오의 중국인들이 그랬다. 중국의 사회주의체제 안에 존재하면서 주변부 자본주의에까지 도달한 심천을 보면서 거기서도 경계인들을 발견하는 것은 어렵지 않았다. 양안관계와 1국 2체제에도 불구하고 경계인들은 다양성 속에서 중국적인 통일을 지향하고 있는 듯했고, 머지않아 거대한 중국 제국으로 통합될 것이라는 전망도 어렵지 않게 내릴 수 있었다. 그런 것들이 이 기록 속에 녹아 있는지는 단언할 수 없다.

2월 11일 (일)

맑음. 새벽 4시에 잠자리에 들었다. 그래도 오늘까지 넘기기로 한 논문을 끝내지 못했다. 기운이 다하고 힘이 빠지게 되면 두뇌의 활동이 정지되거나 가끔 엉뚱한 곳으로 빠지게 되는 것을 느낀다. 몽롱해진다는 것이 이런 상태일지도 모른다. 새벽 4시가 되니 도저히 책상 앞에 앉아 있을 수가 없다. 최근에 자주 아프기 시작한 허리와 등이 견디기가 힘들 정도다.

잠이 좀 드는가 했는데 아내가 울고 있는 손자 진원을 안고 들어왔다. 손자가 칭얼거리니까 아내도 할 수 없이 안고 들어왔지만, 미안했을 것이다. 그때가 아침 5시다. 겨우 눈을 부쳤을까 말까 했을 때다. 제시간에 잠자리에 들지 않으면 갖은 공상 속에서 잠이 잘 오지 않는데, 막 잠이 들었을 때 들어온 것이다. 하는 수 없이 아내와 함께 진원을 달래면서 우유를 먹었다. 먹성 좋은 진원은 꿀꺽꿀꺽 잘 먹었다. 그러고는 조용해졌다. 다시 잠을 청했다. 얼마 되지 않았는데, 이제는 김창 선생이 꼭두새벽에 전화를 했다. 날 만나서 자기 조부님 되는 심산(心山)

선생 만년의 글을 어떻게 출판하면 좋을지 상의하겠다는 것이다. 그런 일이라면 다른 시간에 전화를 해도 되는데, 이런 새벽에 그것도 내가 밤을 새우다시피 한 새벽에 하다니, 하는 수 없이 책상에 앉기로 했다. 아직 논문의 결론 부분은 쓰지 않은 상태다.

아침을 먹고 부랴부랴 서울교회로 향했다. 10시가 좀 안 되어 도착, 〈소요리문답〉 5문에서 7문까지를 공부했다. 오늘은 내 반에 유독 사람들이 많이 들어왔다. 나중에 부감(部監) 선생의 말로는 강의가 좋아서 그렇게 몰린다고 했다. 지난 주에 〈소요리문답〉의 근거가 되는 해당 성경 구절을 노트에 써 오라고 했는데 아직 몇 사람밖에는 해 오지 않았다. 다시 강조했다. 그런데 오늘 다시 찬찬히 읽어 보니 교재로 나눠 준 책자의 번역에 문제가 있어 보였다. 번역이 예전과 다를 뿐 아니라 지금의 번역대로 하면 오히려 강조점이 달라지는 결과를 가져올 것 같기도 했다. 그래서 공부를 마친 뒤에 교역자실에 올라가서 지금 학생들에게 나눠준 교재는 다른 번역으로 바꾸는 것이 좋겠다고 건의했다.

교사들의 예습 시간이 되어 다음 주에 있을 예정론(豫定論)을 설명했다. 이것도 삼위일체와 마찬가지로 기독교 교리 가운데 하나의 신비에 속하는 것이므로 조심스럽게 다루어야 하는데, 교사들이 예정론을 얼마나 이해하고 있는지가 문제였다. 나는 나름대로 설명했지만, 듣는 이들이 얼마나 잘 소화하여 가르치게 될지 걱정이다.

교사회를 마치고 바로 귀가했다. 오늘 아내가 교회에 가기 위해 이슬이를 집에 오게 해서 진원을 돌보게 한 뒤 가겠다고 했기 때문에 내가 곧바로 돌아오는 것이 좋겠다고 생각했다. 이슬이가 아이를 잘 돌보고 있었다. 전에 그 동생 진영이를 돌본 적이 있다고 들었는데, 과연 갓난아이도 잘 다루는 것 같았다. 나는 안심하고 서재로 들어가 못다 쓴 결론 부분을 썼다. 그런 결론이 결론다운 결론이 될 수는 없다. 더구나 아직 초고조차 한번 읽어 보지 못한 상태가 아닌가. 그러나 오늘까지 이

메일로 송고하겠다고 한 데다, 오늘 저녁에 외국으로 떠나야 하기 때문에 더 미룰 수가 없었다.

다 쓰고 나니 3백 매가 넘었다. 한 장(章)을 빼고 인용문의 길이를 대폭 줄이는 것으로 정리해 220매 정도가 되자 이메일로 한국기독교역사연구소 앞으로 보냈다. 〈언더우드의 초기 선교활동〉이라는 제목 아래 다룬 것은 그 5분의 3정도밖에 되지 않았다. 이렇게 대강 끝내니 15시 30분, 김포공항에 16시까지 가도록 되어 있는데, 늦었다 싶어 짐을 챙겨 가지고 택시를 잡아 김포공항에 이르니 16시 10분이었다. 대부분이 나와 있었다. 이번 여행에는 가족을 동반하는 분들도 있어서 일행이 20명이라고 했다. 18시 20분에 비행기가 떴다.

19시 40분에 경착륙하는 바람에 좌석 상단 수하물 칸의 문이 열릴 지경이었다. 중정(中正)공항. 안내원 담자붕(潭子鵬)은 달변의 한국어를 자랑했다. 고속도로로 40분 동안 달려 시내로 들어갔다. 3만 6,179㎢의 대만은 한국의 경상도와 제주도를 합친 정도의 넓이에 인구 2,256만명, 인구밀도(623.7명/㎢)가 매우 높다(2003년 기준). 3천m 이상의 산이 139개인데, 가장 높은 산인 3,950m의 옥산(玉山) 정상에는 동상이 있다고 한다. 4천m를 만들기 위해 세웠으나, 원래 측정(3,997m)이 잘못되어 4천m가 안 될 것 같단다. 일본이 50년을 지배한 나라. 일본은 이 산을 신고산(新高山)이라고 했다 한다. 대북(臺北)은 중화민국의 임시수도, 현재 중화민국의 지도에는 몽고까지 편입시켜 놓고 있다.

실내에서는 축축한 습기 때문에 겨울에도 습기 제거를 위해 에어컨을 켜고 지낸다. 환율은 달러당 31~32원 정도, 대만 돈 1원은 한국 돈 37~38원. 시중의 달러 표시는 타이완 달러를 말하는데 현혹되지 않도록 해야 한다. 식품의 유효기간에 보이는 '90년' 등의 표시는 중화민국 건국 90년(서기 2001년)을 말하는데 중화민국 건국은 1912년이다. 1인당 국민총생산(GNP)은 약 1만 2,570달러(2003년 기준). 숙소는 코스모

스호텔인데 한자로는 천성대반점(天成大飯店)이다.

호텔에 도착, 일행은 다시 1년 중 한 번 있는 대보름 불꽃 축제를 하는 곳으로 갔다. 중정기념관 앞이라 했다. 같은 방을 배정받은 윤영관 교수도 나갔는데 저녁 12시가 거의 다 되어 들어왔다. 집안 사정 같은 것을 서로 이야기하면서 인간적인 교제를 나누었다. 부모님을 모시고 있는 데다가 부인이 어릴 때부터 익혀온 피아노 전공을 살리려고 하니 아이를 더 가지기가 힘들단다. 윤 교수가 학자이기 때문에 사모님의 그런 말에 귀를 기울이지 않을 수 없겠다고 했다. 일기를 쓰면서 내가 일기를 쓰게 된 동기도 이야기했다. 참으로 신실한 형제다.

2월 12일 (월) 흐리고 이슬비. 6시 30분에 일어나 묵상했다. 〈신명기〉 23장을 읽었다. 9시에 대만 첫 관광에 나섰다. 호텔을 출발하여 먼저 양명산(陽明山)을 끼고 돌아 고궁박물관으로 갔다. 안내원이 말하는 내용은 이렇다. 이 산은 장개석이 '군인이기 때문에 무식하다'는 말을 듣지 않기 위해 자기 고향 절강성 출신의 사상가 왕양명의 이름을 따서 지은 것이라고 한다. 이 양명산 안에 장개석의 관저가 있었다고 한다. 천수이볜(陳水扁)이 대북시장이었을 때 개방했다.

대만인들은 장개석보다 그의 아들 장경국을 더 높이 평가하고 있다. 장개석은 1975년에, 장경국은 1988년에 돌아갔는데, 장경국은 현지 시찰을 열심히 하면서 대단히 검소하게 살았다. 그래서 그는 대만인에게 그의 아버지보다 더 존경을 받으며 기억되고 있다. 그러나 후계자 이등휘(李登輝)를 잘못 세우는 바람에 국민당 정부가 선거에서 졌다. 이등휘 집권 13년 동안에 셋으로 분열된 국민당을 천수이볜은 6개월 만에 단합시켰다는 조크가 있다.

고궁박물관이 이뤄진 것은 장개석이 일본과 싸울 때도 이 보물들을 갖고 다녔고, 국공내전(國共內戰)에서도 이 보물들을 잘 보호하면서 전쟁을 했기 때문이다. 전쟁 중에 갖고 다녀서 그런지 큰 물건보다는 작으면서 보배로운 것이 많이 있었다. 이 안에는 70만 점의 보물이 있으며, 보통 7천 점 정도를 전시하는데, 그것을 다 보자면 1백 년이 걸린다고 한다. 9시 반 무렵부터 11시 반까지 보았으니, 주마간산(走馬看山) 격이었다. 하(夏)·은(殷)·주(周) 삼대부터 중화민국 때까지, 많은 유물들이 중국의 문화를 대표하고 있었다. 이 가운데 어느 것은 미국 캘리포니아 주와도 바꾸지 않겠다고 했단다.

고궁박물관 앞에서 사진을 찍고 충렬사로 갔다. 한국으로 말하면 국립묘지다. 의장대의 교대식이 볼 만하다고 해서 그 시간에 맞춰 가 보았다. 매우 절도 있게 보였다. 국민당 정부와 군대가 이만큼 절도가 있었다면 대륙을 빼앗기지 않았을 텐데 하는 아쉬움을 갖게 되었다. 안내원은 대장과 원수(元帥) 사이의 차이가 무엇인지를 물었다. 단순히 별 하나를 더 붙이는 것이 아니고, 원수는 국제사회가 인정해야 하는데, 그것은 다른 나라의 항복을 받아야 한다는 것이다. 그러니까 아이젠하워나 맥아더, 장개석 등은 항복을 받아 국제적으로 인정받은 사람들이다.

안내원은 정치에 관심이 많은 듯했다. 과거 국민당 일당독재 시절 민주화운동을 하던 사람들이 옥에 갇히자 그 변호인들이 나와 활동하게 되었는데, 지금 집권당인 민진당(民進黨)은 나중에 그들이 민주화운동을 하던 사람들과 합력하여 만들었다고 한다. 최근에는 민주화운동을 하던 사람들이 대부분 나가 버리고 지금의 부총통(女)밖에는 없다고 한다. 그 밖은 대부분 변호사 출신이라고 한다. 중국에는 당영업체(黨營業體)가 있는데 국민당은 이런 당영업체 때문에 세계에서 가장 부자 정당일 것이라고 했다.

대만 지도자들 장개석·송미령·장경국·이등휘 등은 크리스천이었는데 별로 영향력을 미치지 못했다고 한다. 중정기념당에는 장개석이

▲ 고궁박물관 앞에서

▲ 충렬사 앞의 의장대 교대식

보았다는 성경책이 전시되어 있었다. 기독교도는 5퍼센트 정도밖에 되지 않는데, 고산족에 많다고 한다.

점심식사 뒤에 다시 호텔을 출발, 한국대표부로 갔다. 15시 45분까지 대북 주재 한국대표부에서 윤해중(尹海重) 대표와 전태동(全泰東) 부대표 그리고 곽 영사, 이희용 무관 등과 함께 중국의 양안 관계와 한·대만 관계, 그것이 한국의 통일에 미치는 영향 등에 대해 설명을 듣고 질의응답이 있었다. 이들은 일선에서 매우 수고하는 분들이었다. 그리고 그들이 알고 있는 국제정세가 한국의 외교·통일 관계에 큰 영향을 미칠 것으로 보았다. 대표부에서는 따로 나눠준 〈양안 관계〉 및 〈대만 정제 설명자료〉라는 인쇄물을 바탕으로 설명했다.

윤해중 대표의 보충설명이 있었다. 대만은 현안으로서 이지스함 4척을 미국에 요구하고 있으며, 전역미사일방어(TMD)체제를 찬성하는데 미국은 대만의 이 같은 처지를 활용하고 있다고 한다. 한국은 아직도 TMD 문제에 불분명한 자세를 취하고 있는데, 대만은 이를 의아하게 생각하고 있다는 것이다. TMD 문제는 원래 북한 미사일 문제 때문에 나온 것으로 미국은 이를 견제하기 위해 중국에 설명했지만 중국도 북한의 미사일 문제를 자국의 미사일 체제를 확충하는 구실로 이용하고 있다는 것이다. 중국 복건성에는 6백 개의 핵탄두가 있으며, 대만은 TMD로도 이를 막을 수 없다고 보고 있다는 것이다.

한국과 대만 사이의 현안으로는, 첫째 국적기(國籍機) 문제와 둘째 과일 문제가 있는데, 후자는 세계무역기구(WTO)에 가입하면 해결 가능성이 있다고 했다. 대만과 북한의 관계는 중국이 '하나의 중국' 정책을 추구하고 있는 한 불가하다고 했다. 한국은 지난해에 대만과 120억 달러 교역에 30억 달러 흑자를 보았고, 대만의 고속전철 건설에 현대건설·삼성건설·현대중공업 등이 참여하고 있으며, 40여 개의 상사가 진출해 있다고 한다.

대만은 장경국 총통 때 '대륙수복(大陸收復)'을 포기했으며 오히려 '대만유지'를 목적으로 하고 있다. 중국대륙과 정치인 교류는 민진당과는 불가능하지만, 국민당·신민당과는 통일전선 차원에서 가능하다. 저변층의 교류도 활발하다. 대륙이 부강해지면 대만인의 정서가 완화될 수 있을 것이다. 1국 2체제(一國兩制)를 보면서, 대만은 홍콩·마카오와는 다르다는 생각을 했다. 대만은 29개 나라와 수교하고 있는데, 그만한 힘이 있다. 외교관계가 아닌 분야는 전세계와 통하고 있다. 대륙과 전쟁이 나면 무기 면에서 단기적으로는 승리할 수 있다고 보고 있다.

중정기념당을 관람했다. 장개석을 기리기 위해 그의 아들 장경국이 해외 화교들의 성금을 모아 이 거대한 건물을 축조했다. 밖에서 보니 정말 어마어마했다. 아래층은 기념전시장이고 윗층에는 장개석의 좌상이 있다. 시간이 늦어 좌상은 보지 못하고 기념관의 전시 사진만 둘러보고 나왔다. 정문에는 '대중지정(大中至正)'이란 글로 현판을 대신했다. '큰 중심은 지극히 바른 것' 또는 '가운데를 크게 하면 바른 것에 이르게 될 것'이라는 뜻으로 해석될 수 있을 것이다. 많은 사람들이 가는 그 중간 길에 정의가 있다는 뜻일 수도 있다. 함축하는 바가 매우 컸다. 우리 김대중 대통령의 함자를 보는 것 같아서 실소를 금치 못했다.

안내원은 중국 여인의 전족(纏足)에 관해서 말했다. 여자가 귀해서 도망치지 못하도록 했다는 속설과는 달리, 오히려 여성의 성적 욕구를 키워 남성에게 잘 보이도록 하기 위해 그렇게 한 것이 아닌가 하는 것이 자신의 견해이며, 따라서 여성이 오히려 흔했다는 증좌일 가능성이 있다면서 속설에 반론을 폈다. 5세 정도에서 발을 싸서 자라지 못하도록 하면 기공(氣孔)이 막혀 스트레스가 쌓이게 되고 그것이 성적인 욕구를 높이게 된다는 것이다. 그의 이상한 논리는, 한국의 여성 고무신에 좌우가 없다는 것을 들어 그것은 도망을 잘 치기 위해서라고 해석했다. 도망갈 때 좌우를 가려 신으려면 시간이 많이 걸리게 된다는 것이다.

대북시의 도교사원 용산사(龍山寺)로 갔다. 거기에는 향이 피어오르고 사람들이 제각각의 소원을 절차에 따라 빌고 있었다. 그들이 섬기는 주신들을 보니, 화잉(花朶, 병 치료를 위해 비는 신), 문창제군(文昌帝君, 대입·고시 등 학업을 주관), 복덕정신(福德正神, 토지신), 수선존정(水仙尊正, 물신), 천상성모(天上聖母, 지방신으로 평안을 비는 신), 주생랑랑(註生娘娘, 아이의 건강을 비는 신), 지두부인(池頭夫人, 아이들의 생육), 관성제군(關聖帝君, 사업을 위해 비는 신)이다. 그들에게는 이러한 종교생활이 일상화해 있다. 복을 비는 것이 신앙의 전부다. 그런 점에서 그들은 몇 개의 신을 갖고 있는지 모른다. 옆에 있는 이문식 목사께 한국 교회도 계속 기복종교로 된다면 차라리 저렇게 분업을 하는 것이 좋지 않겠느냐고 했다.

이상한 것은 맨 안쪽으로 들어가니 거기에는 불교에서 모시는 관음

▲ 도교사원인 용산사

과 문수, 약사여래 등의 부처를 모셔 놓았다. 참으로 해괴하다. 복 받기 위한 비슷한 행동은 유일신을 믿는다는 한국의 기독교에게도 마찬가지다. 이 도교사원과 마찬가지로 한국의 기독교는 유일신 하나님에다 각종 축복의 신을 다 갖다 놓았으니까 말이다. 기독교는 바알과 아세라를 부정하라고 했지만, 재부(財富)를 약속하는 바알과 향락을 약속하는 아세라를 너무 가까이 하고 있다.

용산사에서 나와 대만의 야시장 거리를 거닐어 보자는 안내원의 말에 따라 화서가(華西街) 관광야시(觀光夜市)를 돌아보았다. 과거에는 뱀 등을 파는 곳이었다고 하는데, 요즘에는 일인당 1백 달러를 주어야 먹을 수 있는 음식점을 비롯하여 여러 가지 물품을 파는 시장으로 변했다. 야시장에도 별로 흥미를 느끼지 못한 채 중간에서 저녁을 먹고 숙소로 돌아왔다. 점심, 저녁 모두 먹을 만한 음식은 나오지 않았다. 아마도 값이 싼 여행이기 때문일 것이다. 그러나 끼니를 굶지 않을 정도면 여행은 문제가 없다.

오늘 대북시를 돌아보니 겉으로는 안정된 삶을 영위하는 것 같았다. 분단된 사회라는 인상은 전혀 들지 않는다. 사회는 안정되어 있는 듯하고 질서도 웬만큼 잡혀 있는 것 같다. 용산사 앞을 제외하고는 거리에 구걸하는 사람도 거의 보이지 않았다. 상점마다 물건들이 가득 쌓여 있고 분주하게 사는 사람들의 모습이나 거리의 건물에서 풍기는 인상은 여느 자본주의 사회와 다를 바가 없다. 다만 보슬비가 내리고 날씨가 음침해서 대만의 첫인상이 그렇게 밝지 못하다는 것은 유감이다.

2월 13일 (화) 흐림.

대만에 도착한 뒤 흐리고 가는 비가 오는 날씨가 계속되었는데, 오늘은 흐리기만 하고 아침에 잠시 보슬비를 맞았을 뿐 거의 내리지 않았다. 식사 뒤 호텔을 출발, 교외에 있는 국립정치대학(國立政治大學)으로 갔다. 중앙 캠퍼스에서 한참 떨어진 곳에 '국제관계연구중심(國際關係研究中心)'이 있었다. 그곳은 시내에서 매우 떨어져 있고 산으로 둘러 싸여 있어서 중소 도시 같은 느낌이 들었다.

이곳 학자들과 대화하는 동안에 양안 관계를 연구하는 곳으로는 가장 최고의 권위를 갖는 곳이 아닌가 하는 느낌을 받았다. 10시에 만나 약속시간인 1시간 반을 넘겨 11시 55분에 마쳤다. 대만 측에서는 부주임 오예섭, 제3연구소장 정수범(丁樹範), 연구원 웅자건(熊自健), 연구원 주송백(朱松栢), 조연구원 황장령(黃長玲) 등이 나왔다. 오 선생과 황 선생이 영어를 아주 잘 했다.

내가 인사말을 통해 우리는 한국 기독교인들로 조직된 남북나눔운동 연구위원들이며 같은 고민을 하고 있는 대만을 찾아 가르침을 받고자 한다고 했다. 우리의 요청에 따라 오 부주임이 설명한 양안 관계는 대략 다음과 같았다.

중국은 하나다. 그런데 이 '하나의 중국' 정책에 혼선이 왔다. '하나의 중국' 원칙을 고수하면, 대만의 독립에 문제가 있기 때문에 이 원칙을 받아들일 수 없다. 이런 악화된 관계가 완화될 조짐이 보이지 않는다. '하나의 중국' 정책에 대해서는 최근 대만도 완화하고 있다. 대만은 1947년에 '하나의 중국' 원칙을 내세운 적이 있다. 그러므로 '하나의 중국' 정책은 결코 새로운 것이 아니다. 중국 측(대륙)에서도 약간의 유연성을 보이고 있다. 따라서 긴장이 완화되고 있다. 그러나 겉으로는 긴장이 완화되는 것 같지만, 안으로는 긴장이 고조되고 있다고 본다.

중국에 대한 투자와 상호방문이 증가하고 있다. 행정원 대륙위원회에서 소삼통(小三通)이 제시되고 있다. 중국정책에 변화가 보이는 것은, ① 신화통신 기자가 처음으로 대만에 온 뒤 중국의 기자들이 와서 취재하는 것이 가능하게 되었고, ② 소삼통으로 금문도(金門島)·마조도(馬祖島)의 사람들이 대륙 복건성으로 갔고, 지난주에 대륙인들이 그곳으로 왔으며, ③ 대륙의 학위를 인정하는 것을 고려하고 있고, ④ 고무적인 것은 상해의 아시아태평양경제협력

▲ 국립정치대학 국제관계연구중심 앞에서

체(APEC) 회의에 정치인들과 학자들이 대거 참석할 예정이며, ⑤ 외교부의 직원들이 상해를 방문, 의제를 논의할 예정이고, ⑥ WTO에 양국이 동시에 가입하는 문제를 논의할 것이며, 초여름에 가입하면 투자협정이 가능하게 되고 그렇게 되면 양국 관계는 많은 진전이 있게 될 것이며, ⑦ 그러나 본질적인 문제로서, 중국이 '수호이' 기를 도입하고 대만을 향해 미사일 3백여 기를 두고 있으며 SS20을 장착한 구축함을 구입하는 등 무기경쟁을 펴고 있기 때문에 위험이 상존하고 있다.

우리 측에서는 처음에 윤영관 교수가 유창한 영어로, 미국의 부시 정권이 들어서면서 중국의 양안 관계가 어떻게 변할 것이며, 대만과 미국의 관계 및 TMD, 국가미사일방어(NMD)체제 전략 등에 대해 물었다. 정수범 제3연구소장은 TMD · NMD에 관계없이 군비증가가 계속되고 있고, 1995~1996년 중국의 미사일 증강 때문에 TMD와 NMD가 나오게 되었으며, 일본의 미사일 수준은 상당한 단계에 와 있지만 분쟁 조성자는 중국이라고 했다. 오 부주임도 사실상의 위협은 중국으로부터이며 TMD는 그 방어용인데, 중국은 자체 불안 때문에 3백여 기의 미사일로 대만을 쏠 가능성이 있고 다탄두 미사일을 개발할 가능성이 있으므로, TMD는 무용지물이 될 가능성이 있다고 했다.

주송백 연구원은 남북한 관계와 양안 관계에는 차이가 있는데, 대만에는 통일 지지자 10퍼센트, 독립 지지자 10퍼센트, 나머지는 현상유지 지지자라고 할 수 있다고 했다. 그는 남북한 관계의 진전이 양안 관계에 영향을 미칠 가능성이 있으며, 대만은 1국 2체제를 원치 않는다고 말했다. 오 부주임도 한국의 평화관계가 일본·대만의 방위력에 영향을 미칠 수 있다고 본다고 했는데, 남북관계의 평화 진전이 TMD에 정당성을 부여하지 못하게 되는 것도 마찬가지라고 했다. 황장령 조연구원은 1987년 계엄령 해제 뒤 중국 방문을 허용하고 1백만 명이 결혼했으나 과장급 이상은 제약을 받고 있다고 했다.

교류의 부정적 영향을 묻는 질문에, 오 부주임은 대만인이 대륙에 가서 무기를 갖고 오는 것과 매춘을 한다는 것, 그리고 대륙으로부터의 불법이민(택시운전 등에 종사)을 들었다. 황 조연구원은 교류가 비대칭적이라는 점을 들면서, 그 예로 대만인이 가는 것은 쉬운데 대륙인이 오는 것은 까다롭다고 했다. 웅자건 연구원은 문화적인 문제와 관련해서 대만인이 정체성을 확립하기 어렵다는 것, 경제적인 격차와 어려움은 WTO체제 이후에 해결될 가능성이 있으나 시간이 오래 걸릴 것이며, 정치적인 문제로는 현대 중국이 통일하는 데 시간이 많이 걸릴 것인데, 통일은 결국 민주화의 속도와 관련되어 있다고 본다고 했다. 오 부주임은 앞으로 중국과 일본이 경쟁 관계에 들어갈 것인데 한국은 어느 손을 들어줄 것인가 하는 질문을 했다.

윤 교수가 던진 질문으로 시간을 오래 끌기에 화제를 바꾸기 위해 내가 끼어들었다. 우리는 적십자회담 등으로 이산가족 문제를 중요하게 다루고 있는데, 여기서는 어떻게 하고 있는지를 물었다. 이산가족 문제는 다 해결되다시피 했으며, 과거 흩어졌던 군인들이 본토에 가서 거의 모두 가족을 만나고 결혼을 하기도 했다는 것이다. 가장 궁금하게 생각한 것이 대만의 통일정책이었는데, 그들은 한결같이 현상유지정책을 주장하였다. '하나의 중국' 정책은 물론 반대하고, 통일이라는 것도 까마득한 뒷일로 생각하고 있었다.

내가 이런 어리석은 질문을 했다. "중국이 지금 개방정책을 써서 자본이 들어가고 어느 정도의 자유를 허용하고 있는데, 자본이 들어가는 곳에는 자본 자체의 논리에 따라 자유는 불가피하다. 중국이 일당독재 정책을 포기하고 자유사회를 이룩한다고 해도 대만은 '하나의 중국' 정책을 따르지 않을 것인가?"

이에 대해 그들은 지금의 형편으로 보아 중국이 자유화된다는 것은 요원한 일이며, 앞으로 수십 년 혹은 수백 년 뒤에나 가능할 것으로 본다고 했다. 전체적으로 대만은 '하나의 중국'을 인정하지 않을 뿐 아니라 통일도 원치 않는다는 것을 확인할 수 있었다.

나는 끝으로 그들에게 중국이 어떻게 변해야 할 것으로 기대하느냐는 질문과 만약 이 속도로 변화하여 자유민주주의로 전환할 가능성(자본이 들어가고 화교들이 힘쓴다면)이 있다면 통일의 가능성을 예견해도 좋은지, 처지가 좀 다르긴 하지만 분열 속에서 고민하고 있는 당신들이 한국에 권할 수 있는 것은 어떤 것인지도 물었다. 그리고 좋은 교제가 계속되기를 원한다고 인사했다. 그들의 설명과 대답의 진지함으로 봐서 좋은 학자들이라고 생각되었다. 12시가 되어 학자들끼리 서로 이야기할 것이 많았지만 헤어졌다. 연구소 앞에서 그들과 사진을 몇 장 찍었다.

차를 타고 대북 시내로 들어갈 때 산등성이에 집 같은 것이 보였는데 그것들이 다 묘라고 한다. 안내원의 말로는 부자들의 묘 자리만 3억 원짜리가 있다고 한다. 그러고 나서 '장수(長壽)'라는 한국 식당에 가서 점심을 들었다.

14시 30분부터 입법원의 장욱성(張旭成, Parris Chang) 씨를 만났다. 미국 펜스테이트대학교 교수로 있으면서 중국 문제 전문가로 활동하다 가 귀국하여 국회의원으로 있다고 한다. 양안 관계 등에 대해 거침없이 이야기했다. 그의 말에 따르면, 작년 6월 양 김(金)이 만났을 때 김대중 은 통일이 10~20년 걸릴 것이라고 한 반면에 김정일은 50년 걸릴 것이 라고 말했다고 한다. 따라서 중국도 당장의 통일을 말하는 것은 의미가 없다고 했다. 국민당이 과거에는 대만이 중국의 일부라고 말했다가 지 금은 아니라고 한다면 논리적 모순이 있지 않으냐고 물었더니, 그는 과 거의 미국과 영국, 시베리아와 청·러시아 관계, 알사스·로렌의 독·불 귀속 문제 등을 들어 그것은 비현실적이라고 했다. 자기 편리한 대로 역사를 보고 이해하려고 했다. 현재 대만이 추구하고 있는 양안관계의 틀에서 벗어나지 못하고 있다고 보았다. '하나의 중국'은 용납할 수 없 는 것으로, 어찌 비민주적인 중국에 나라를 바치겠느냐는 뜻으로 말하 고 있는 것 같았다.

대만인들은 대부분 이 같은 정서를 갖고 있는 것으로 여겨졌다. 요즘 중국에서 건너온 사람이라 하더라도 자신을 중국인이라고 내세우는 것 을 극히 꺼린다고 한다. 기껏 '중국인에 속할 것이다' 정도로 말한다고 했다. 이제 중국인들은 자신들을 포함, 넓은 뜻의 중국인인 화인(華人) 이라는 말을 사용하기를 즐긴다고 했다. 장 씨는 키가 작고 야무져 보 였으나 겉으로는 어리석게 보였다. 장 씨를 통해 우리는 중국의 정치인 도 현상유지를 원하는 것을 확인한 셈이다.

그곳에서 15시 30분에 나와 행정원까지 갔다. 대륙위원회가 행정원 소속이기 때문이다. 행정원 대륙위원회 부주임위원인 진명통(陳明通) 이라는 분이 나왔다. 양안 관계 설명을 학자답게 천천히 계속했다. 오불정책(五不政策), 대삼통(大三通), 소삼통(小三通), 교왕정책(交往政策, engagement policy), 첸(陳) 총통의 통합정책 등에 관해 들었고, 최근의 변화로 중국 기자에게 1개월 정도 자유롭게 취재하도록 허락했다는 것과 대만 기업인에게 중국대륙에 5천만 달러까지 그리고 반도체 등에도 투자할 수 있도록 허락했다는 설명도 들었다. 이어서 질의에 들어갔다. 모두들 학구적인 탓에 질문이 없어서 난처한 일은 없었다. 김병로 박사가 대만인의 중국인 및 중국 정부에 대한 감정을 물었고, 허문영 박사가 이등휘와 첸수이볜 총통 사이의 중국 정책에 대한 변화와 지속성 등에 대해 물었다. 2,300만의 의지를 모았기 때문에 모두의 이익에 합치한다고 보고, 중국에 들어가서 중국을 변화시키기를 기대하고 중국이 좀 더 평화의 구실을 할 수 있지 않겠느냐고 대답했다.

박명규 교수가 불법이민 온 중국인과 동남아인이 어떤 차이가 있는지를 묻고 또 후세 교육에서 민족주의와 민족적 정체성 교육을 어떻게 하고 있는지를 물었다. 진 씨는, 중국인과 동남아인에 대해 감정은 다르지만 기본적으로 같이 다룬다, 여러분들이 불법이민자를 수용한 수용소에 가 보면 확인할 수 있을 것이다, 국민당 정부 때는 중국인으로서 정체성을 강조했으나 지금은 대만인이 중화인민공화국의 국민이 아님을 확인시켜 주고 있다고 했다. 제성호 교수가 교왕(交往)정책의 긍정적 부정적 측면을 물었는데, 진 씨는 대만인이 본토에 가도 전혀 그쪽으로 이민할 것을 원치 않으므로 큰 힘을 얻고 있으나, 대만과 중국이 다르다는 점을 확인해 가고 있다는 것은 걱정이라고 했다.

이홍용 교수가 첸수이볜 총통이 민주주의를 말할 때 중국의 반응은 어떤지를, 윤영관 교수가 대만 정부는 홍콩의 중국 이양 이후 홍콩의 변화된 민주주의나 사회적인 가치관 등에 대해 어떻게 평가하느냐고 물었으나, 진 씨는 어떤 때는 대답을 우회적으로 혹은 질문을 잘못 알아듣고 답하는 경우도 있었다. 약속한 5시가 되자 입구에 앉아 있던 여

직원이 시간이 되었음을 알리는 쪽지를 전해 주었다. 전체적으로는 대단히 유익한 시간이었다.

저녁에는 중앙연구원 구미연구소의 연구원 송연휘(宋燕輝, 법학 전공) 박사가 와서 우리와 저녁을 같이 하며 시간을 보냈다. 중앙연구원에는 그 아래에 24개의 연구소가 있으며, 모두 국가의 예산으로 운영된다고 했다. 참으로 방대한 연구소들이 아닐 수 없다. 원장으로 있는 이원철(李遠哲) 박사(노벨 화학상 수상자)가 총통 선거 때 첸수이볜을 도움으로써 당선되는 데 크게 이바지했으나, 그가 당선된 뒤 오히려 중앙연구원의 예산이 삭감되었다고 한다. 국민당 의원들이 이 원장의 그런 행동을 비판하여 예산을 깎았기 때문이라고 한다.

저녁식사를 하면서 들으니 곧 발렌타인데이가 온다고 한다. 대만에서는 젊은이들 사이에 이런 서양의 풍습이 들어와 기승을 부리는 모양이다. 우리나라도 한때 요란했는데 오늘은 어떤지 모르겠다. 내일 아침 일찍 홍콩으로 떠나야 하기 때문에 서둘러 방으로 돌아왔다.

2월 14일 (수) 맑고 흐림. 수만 리를 달린 하루였다. 오늘은 대만을 떠나는 날이어서 새벽부터 서둘렀다. 4시에 일어나 묵상했다. 오늘 하루도 일행 가운데 어려운 일이 없게 해 달라는 간절한 기도와 집안에 대한 걱정, 내 학문이 좀더 정치(精緻)했으면 하는 소원과 민족에 대한 간절한 간구가 있었다. 특히 이번 여행이 중국의 양안 관계와 1국 2체제를 공부하는 것인 만큼 우리 일행에게 그만한 소득이 있었으면 하는 간절할 바람이 있었다. 다른 방의 사람들을 깨울 겸해서 목욕탕의 물을 크게 틀어 놓고, 물을 받아 목욕을 했다. 5시 30분에 프런트에 집합, 공항으로 출발했다. 호텔에서 준비한 샌드위치가 있었으나 생각이 없었다. 대북공항에 도착, 시간이 있어서 언더우드 논문의 퇴고(推敲)를 시작했다. 출발하는 날 이메일로 보낼 때는 초고 상태였기 때문에 논문집에 게재하자면 다시 찬찬히 살펴야 했다.

10시에 홍콩에 도착, 순환버스를 타고 입국심사대로 가서 수속을 마치니 11시였다. 스스로 '갈보'라고 자기 별명을 소개한 박 씨는 홍콩에 온 지 13년, 며칠 동안 우리의 안내를 맡을 것이라고 한다. 홍콩은 1,092㎢에 인구가 683만 명(2003년 기준), 97퍼센트가 중국인, 종교는 도교를 중심으로 한 다신교, 언어는 광동어, 환율은 미국 달러와 7.7 : 1, 1997년 영국의 반환 이후 바뀐 것으로, 영국군이 중국 인민해방군으로, 영국 국기가 오성기로, 간판에 영어가 중국어보다 작게 표기되거나 사라지고 있다는 것, 입국수속 때 중국인에 대해 관대해졌다는 것 등을 들 수 있다고 했다.

일정대로 하자면 시간이 부족해서, 짐을 호텔에 내리지도 못한 채, 마카오행을 서둘렀다. 홍콩반도에 있는 부두에 도착, 12시 30분에 출발하는 마카오행 기선을 탔다. 13시 35분에 마카오에 도착, 이미화 선생의 안내를 받았다. 5백 년 동안 포르투갈의 지배를 받은 지역, 60만 명의 인구, 불법체류자가 더 많은 나라, 150년 전에 홍콩이 건설되자 무역 주도권을 빼앗기기 시작, 하는 수 없이 카지노 사업을 벌여 홍콩의 부를 이곳으로 가져오도록 함으로써 생존권을 갖게 되었으며, 현재는 1인당 2만 3천 달러의 소득을 올리고 있는 부유한 '나라'라고 한다.

'부호주점(富豪酒店)'으로 가서 전통 포르투갈 식의 식사를 했다. 2~3시간 동안 담소를 나누며 먹어야 할 식사를 30분 만에 해치우고 관광에 나섰다. 일행 가운데 일부가 오늘 저녁에 홍콩에서 중요한 분들과 만남이 있다고 하여 16시 30분 배를 타야 하기 때문에 먼저 마카오 건너편의 중국 땅 주해시(珠海市)와 국경인 관갑(關閘)을 돌아보았다. 보따리를 들고 들어가고 나오는 사람들이 많은데, 귀중품을 갖고 중국에 들어가 농산물을 들고 나온다고 한다. 이곳 남자들 사회에서는 "주해시로 머리 감으러 가자"는 말이 유행한 적이 있다고 한다.

15시 37분에 보제선원(普濟禪院, 일명 觀音堂·觀音寺)에 가 보고 중국인들의 종교생활이 실생활과 밀접하게 관련되어 있음을 알게 되었다. 14일 동안 타는 향이 있는가 하면, 조개껍질 창문도 있었다. 신자들은 저승에 간 조상들을 위해 돈도 보내고 차도 보내고 운전면허증도 보내는데, 때로는 운전자도 보낸다고 한다. 보내는 방법은 절에 가서 자기가 돌아가신 조상 아무개에게 차(종류 선정)를 한 대 보내려 한다고 하면, 절에서는 그 값을 받고 그런 차 형태의 종이를 만들어 주는데 그것을 불살라 저승으로 보낸다고 한다. 그들에게는 내세가 꼭 있으며 그것은 현실과 동떨어져 있지 않다는 것이다. 모시는 부처도 관운장을 비롯하여 최근에는 모택동·등소평까지 있다고 한다. 그들은 점쟁이를 믿지 못해 직접 와서 점을 치며, 그 점괘를 믿는다고 한다.

이 절에는 관음보살을 모셨다. 복건성에 전해 온 관음은 성주의 딸이었는데, 혼기가 차서 출가하여 보살이 되었다고 한다. 이 절에 있는 '수(壽)'자형 나무는 150년 동안 대를 이어 스님들이 가꾸어 그 형태를 만들었다는데, 그 글자를 뒤에서 보면 '복(福)'자처럼 보이며 또 나무 이파리도 '녹(綠)'자처럼 보여서 이 나무를 '복록수(福綠樹)'라고 한단다. 마카오에서는 80살 전에 죽으면 요절(夭折)한다고 할 정도로 오래 사는 사람이 많다고 한다. 이 절의 보물로는 동양의 산타클로스라는 달마 형태의 '포대화상(包袋和尙)' 그림이 있는데, 3백 년 전 오매(吳梅)가 그렸다고 한다.

가이드가 일찍 돌아가는 사람들을 보내고 오는 동안에 대령중의의학중심(大寧中醫醫學中心)이라는 곳에 들어가 취운선(醉雲仙)이라는 차를 마셨다. 감기 몸살에, 레몬 하나를 저며서 콜라 한 병과 함께 달여 마시면 개운하게 된다고 한다. 가이드는 이곳의 민간요법이라고 했다. 마카오는 주민 90퍼센트 이상이 불교이고 천주교가 5퍼센트, 개신교회가

60여 곳이 있다고 한다.

1602년에 예수회에서 세운 성 바오로 성당의 유적지를 찾았다. 바로크식 건축이었고 동서양인과 동서양의 문화가 어우러져 형성되었는데, 150년 전에 불타 버렸다고 한다. 김대건 신부가 와서 공부한 곳이 여기서 멀지 않다고 한다. 그는 서해를 건너 상해로 온 뒤 그곳에서 걸어서 8개월 만에 이곳에 도착했다. 당시 김대건 신부는 파리외방전교회 소속 신부들의 교육을 받았다. 김대건 신부의 동상이 이 근처 교회에 있고 그의 손뼈도 그곳에 보관되어 있다. 말로만 듣던 김대건 신부의 마카오 유적지가 이 근처에 있다니 경외롭게 느껴졌다.

시내로 돌아 나오면서 기네스북에 나오는 제일 작은 도서관을 보았다. 마카오에는 공인된 카지노가 13개인데, 모두 한 사람의 것이라고 한다. 홍콩 마카오 페리도 그 사람의 소유라고 한다. 그는 공식 부인만도 8명이라고 하고, 또 풍수지리 등 동양적인 가치관과 전통을 중시한다고 한다. 일행이 가이드의 안내를 받아 카지노에 들어 갔다가 20분 뒤에 나왔다.

오늘 저녁은 내가 원해서 김병로 박사와 한 방에 들었다. 그와 개인적인 교제를 나눈 적이 없는 데다가 그가 내일 먼저 떠날 예정이기 때문이었다. 그는 9개월 동안 미국 플러신학교에서 강의도 하고 공부도 하고 돌아올 계획이다. 김 박사는 전북 정읍 출신 김도빈 목사(1999년에 합동측 총회장을 지낸 분)의 장남이다. 건강이 좋은 편은 아니지만, 다른 누구보다도 성실한 분이다. 서로 가족사부터 이야기를 나눴다.

2월 15일 (목) 맑음. 아침식사를 마치고 9시 30분에 중문대학(中文大學) 아태연구소(亞太硏究所)를 향해 출발했다. 신계 지역을 거쳐 간다고 했다. 신계 지역은 홍콩에 마지막으로 편입된 지역이다. 그 지역을 지나가면서, 안내원은 아파트들 가운데 만국기(빨래)가 걸려 있는 곳은 정부가 지은 서민용 3~10평(평균 4.7평)짜리 아파트로, 창문 하나에 한 가구가 살고 1인당 1.3평이다. 일반 아파트는 싼 것이라도 월 100만 원 정도임에 견주어 정부의 것은 8만 원 정도라고 했다. 그래서 원룸 시스템이 많다고 했다.

중문대학에 도착하니 아태연구소 소장 양여만(楊汝萬) 박사와 이 연구소의 연구통주원(研究統籌員) 왕가영(王家英) 박사가 우리를 맞았다. 그들은 며칠 전에 여행사로부터 우리가 방문할 것이라는 사실을 연락받았다면서, 먼저 오늘 점심을 같이 할 수 있는지를 물었다. 처음에는 가능할 것 같아서 좋다고 했는데, 어제 홍콩 시내의 한인교회연합회 측과 한 약속을 취소할 수 없다고 해서 아태연구소의 호의를 사양하고 12시에 그곳에 가기로 했다. 마침 만나기로 한 음식점이 심천(深圳)으로 가는 차를 타는 역과 같은 건물에 있어서 시간상으로도 번거롭지 않았다.

아태연구소에서 회의하는 동안에 우리는 중국의 시민전쟁(국공내전) 때 1,500만 명이 죽었다는 것과 일본과 벌인 전쟁에서는 3천만 명이 죽었다는 말을 듣고 깜짝 놀랐다. 1988년 영국이 홍콩 반환을 기정사실화한 해부터 매년 6만 명이 홍콩을 떠났다고 한다. 떠난 사람은 모두 50만 명. 북미·호주·뉴질랜드 등으로 갔으나 행복하지 않았다고 한다. 1997년부터는 오히려 역이민(逆移民)이 시작되고 있단다. 대학진학률이 9퍼센트에서 18퍼센트로 높아졌지만, 대학에 입학하는 학생도 그전만은 못하며 교육의 질이 낮아지는 데 대해 걱정이 많다고 한다. 교육 문제 등에 신경을 써서 최근에는 국제학교(international school)만 40개가 넘게 되었다고 한다.

박명규 교수가 교육 내용과 민족주의에 대해서, 심혜영 교수가 파룬궁에 대해서, 여인옥 기자가 강택민의 '홍콩 언론 발언' 파문 등에 대해 물었다. 아태연구소 두 분의 대답은 홍콩에 대해 낙관적인 의견을 피력하고 있었으나, 나는 그들의 대답에서 두려워하고 있다는 느낌을 받았다.

이 모임에서 나는 질문할 기회를 갖지 못했다. 홍콩 이양 전에 양쪽에서 기대했던 것과 기대 밖의 현상들이 어떻게 나타나고 있는지, 서로 영향을 끼친 것은 어떤 것인지, 특히 홍콩이 대륙의 정치·경제·사회·문화에 끼친 영향이 어떤 것인지 등을 묻고 싶었으나 다른 이들의 질문이 많아 어쩔 수 없었다. 하지만 이에 대한 답은 나중에 점심을 먹으면서 목사님들로부터 들을 수 있게 되었다. 즉 사회적으로 퇴폐적인 문화가 중국에 영향을 끼치게 되었다는 것, 그 전과는 달리 대륙에서 홍콩 신문들을 믿게 되었다는 것 등을 들었다. 왜냐하면 전에는 홍콩 신문들을 별로 믿지 않았지만, 이양 이후에도 계속 일관되게 자신들의 주장을 펴는 것을 보고, 권력의 눈치를 보지 않고 소신 있게 그들의 주장과 소식을 전한다고 믿게 되었기 때문이란다.

중국은 아직도 남존여비의 사회라고 할 수 있지만, 홍콩은 마카오와 마찬가지로 남편들이 대부분 수난을 겪고 있다고 한다. 어느 정도냐 하면, 집에 손님이 왔을 때 여자는 손님과 마작을 하고 남편은 시중을 들어야 하는 것은 물론, 시끄럽게 하는 아이들을 데리고 산보라도 나가 줘야 한다는 것이다. 대부분의 홍콩 가정들은 아침식사를 바깥에서 한다고 한다. 주부가 귀찮게 생각한다는 것도 있지만, 음식문화의 차이 때문이기도 하단다. 한국이 밑반찬을 만들어 놓고 식사를 준비하기 편리하도록 한 면이 있다면, 중국의 경우는 냉장고에 재료만 준비해 놓고 처음부터 요리를 새로 만들어야 하기 때문이다.

홍콩 남자들이 이렇게 집에서 아내에게 눌려 있다가 심천과 광주가 열리게 되고 그곳에 사업장을 갖게 되자, 그곳에 현지처를 두게 되었다고 한다. 현지처에게서 태어난 자녀들이 1994년도까지 이미 140만 명이나 파악되었고, 1997년까지는 30만이 더 늘었다고 한다. 이렇게 170

만이 늘어나게 되자 홍콩 당국에서는 이들을 받아들일 수 없다고 했단다. 중국인 현지처의 자녀들이 소송을 하게 되자, 홍콩 대법원에서는 그들이 홍콩에서 살 권리가 있다는 판결을 내렸다. 홍콩 행정원이 북경 정부에 이 문제를 문의하게 되었는데, 그곳에서는 '불가' 판결을 내리고, 홍콩 정부에게 그런 일들이 있으면 미리 알려달라고 했다고 한다. 이 사건을 두고 여론은 홍콩 정부가 북경의 지시를 받는다고 비판하게 되었단다. 홍콩 행정원은 이번 한 번만 북경과 상의하였다고 변명했지만, 이것이 전례가 되어 앞으로 사사건건 북경의 지시를 받지 않을 수 없게 될 것으로 본단다.

12시 25분에서 한 시간 동안 심천행 정거장이 있는 건물의 미심(美心, 맥심) 황궁주루(皇宮酒樓)에서 홍콩의 한인 목사(선교사 포함) 3명과 함께 음다(飮茶, 얌차이)라는 일종의 이동식 뷔페 음식을 먹었다. 서비스하는 이들이 음식을 가지고 다니면 골라 먹는 그런 뷔페였다.

13시 40분쯤에 홍콩 사전(沙田)에서 30분쯤 걸리는 나호(羅湖, 심천 입구)로 가는 전철 1등칸을 탔다. 가이드가 중국인으로 바뀌었다. 홍콩을 벗어나는 출국심사가 있었고, 곧 심천특구에 들어가는 입국심사가 있었다. 이곳에서는 조선족 강혜(姜慧)라는 가이드가 나왔다. 심천은 1980년 등소평이 경제특구로 설정했는데, 면적이 2,020㎢(홍콩의 2배, 서울의 3배)이고, 인구는 4백만, 유동인구 270만, 평균온도 22도, 가장 높을 때는 40도까지 오른다고 한다.

먼저 심천을 가로지르는 대로를 따라 개방 이후 새로 지은 고층건물들을 보면서 민속촌으로 갔다. '중국민족문화촌'이라는 이름의 이 민속촌은 1992년 한 해 동안에 3억 달러를 들여 만들었다고 하는데, 주로 소수민족의 주거와 민속을 중심으로 만들어 놓았다. 조선족의 것도 집을 짓고 그 안에 간단한 가구들을 마련해 놓았다. 중국 안에는 55개 소수민족이 있는데 특이한 민족은 거의 망라해 놓은 것 같다. 각 민족의 고유한 특성과 아름다움을 잘 살리려고 노력했다. 민속촌을 관람했다. 중국의 소수민족은 전체 인구의 8퍼센트인데, 티벳 450만, 신강 위그르 720만, 장족 1,550만, 조선족 2백만(열 번째 순서) 등이라 한다.

민속촌에서 나와 관광상품 가게에 들러 동인당(同仁堂) 상표의 6개들이 우황청심환 3곽을 한국 돈 4만 8천 원으로 샀다. 같이 갔던 사람들이 가이드의 설명에 감동이라도 받은 듯 그에게 섭섭하지 않게 사 주었는데도, 저녁 쇼를 마치고 난 뒤에 오후에 못 산 사람이 있다는 이유를 들어 우리를 다시 상품 가게로 인도했다. 처음에 좋게 본 이들조차 이 조선족 아줌마의 욕심에 속으로 냉소를 금치 못했다.

저녁 먹을 때 삼성물산 심천 지국장 김훈찬(金勳燦, 명함에는 三星集運(中國)有限公司 首席代表라고 했다) 씨와 삼성광주판사처(三星廣州辦事處) 총경리(總經理)인 조성연(趙聖衍) 씨가 우리와 자리를 같이 했다. 현지에서 1국 2체제의 경제적인 실상을 들어보기 위해 박명규 교수가 교섭하였다. 저녁을 먹은 뒤에 몇 사람은 이들의 이야기를 듣겠다고 자리를 옮기고, 나머지는 모두 민속촌으로 다시 들어가 쇼를 보았다. 중국의 키 큰 미녀들이 화려한 복장을 하고 등장했다. 그 뒤에 다시 야외에서 쇼가 있었는데, 나에게는 각 민족의 풍습을 살려서 하는 실내외의 쇼가 예술성은 거의 없고 화려한 치장과 동원된 인원, 그리고 힘만 과시하는 듯이 느껴졌다. 10시에 심천 부원주점(富苑酒店, Landmark Hotel)으로 들어가 혼자 방을 차지했다.

심천을 보면서 등소평의 개혁개방정책의 효과가 이런 결과로 나타났구나 하는 놀라움을 금치 못했다. 1980년에 경제특구로 지정된 이래 이렇게 어마어마한 발전을 하리라고는 등소평 자신도 예측하지 못했을 것이다. 그러나 중국은 이러한 자본주의 형태의 발전으로 얼마 가지 않아서 인간성의 퇴폐에서 오는 급격한 사회일탈 현상을 막지 못하고 많은 혼란과 고민 속에 빠지게 될 것이다. 사회주의화 현상이 인간의 창의성과 자유를 말살했듯이, 급격한 자본주의화는 걷잡을 수 없는 방종과 무절제를 제어하지 못할 것이다.

2월 16일 (금) 엊저녁 가이드가 말한 대로 6시에 모닝콜이 있었다. 별 5개짜리 호텔이라서 그런지 음식과 서비스가 어느 호텔보다 좋았다.

여인옥 기자를 북경으로 먼저 보냈다. 엊저녁에 가만히 생각해 보니 오늘 아침 심천비행장에 혼자 그 짐을 들고 나가기도 힘들거니와 탑승수속을 하면서도 괴롭힘을 당할지도 모른다고 생각되어 삼성물산 심천지국장에게 도와 달라고 했다. 그는 약속대로 아침 7시쯤에 호텔로 와서 여인옥 기자를 데리고 갔다. 35살이 다 되어 도피하듯이 유학하러 떠나는 인옥에게, 가서 공부하다가 이것이 아니구나 생각되거든 바로 포기하는 것도 좋은 결정이며 방법이라고 했다. 주머니에 갖고 있던 여비에서 미화 3백 달러를 주었다. 안 받겠다는 것을, 제자들이 유학 떠날 때에 내가 조금씩 도와주었노라고 하면서, "너는 할렐루야교회에서 대학부 시절 나의 제자였다"고 했다.

8시에 심천출입국관리소를 그룹비자 형태로 통과하고, 9시에 홍콩출입국관리소를 개인비자로 통과했다. 1등석에 앉아 심천에서 홍함역(종점)까지 와서 홍콩에서 우리를 인도하던 가이드를 다시 만나, 어제 한국에서는 1957년 이래 하루 적설량이 가장 많은 23cm 정도의 눈이 왔다는 말을 들었다. 가이드는 홍콩의 날씨가 어제 오늘 매우 좋다고 한다. 모처럼 맑은 날씨에 습도도 알맞고 온도도 16도에서 19도 사이라고 한다.

1977년에 만들었다는 해양공원으로 갔는데 홍콩섬 하단부에 자리 잡고 있었다. 구룡섬이 중국적인 분위기라면 홍콩섬은 영국적인 분위기다. 해양공원에서 바라보는 곳의 주택은 월세가 8백만 원 정도라고 하며 그들은 거의 요트를 갖고 있다고 한다. 구룡섬에서 내려 1,865m의

해저터널을 지났는데, 깊이가 25m 가량 된다고 한다. 이 해저터널은 공기가 맑고 터널 안에서는 차선 변경을 하지 못한다고 한다. 천주교 공동묘지를 보면서 홍콩은 묘소의 길이가 160㎝를 넘지 못한다고 했다. 알고 보니 화장은 하지 않고(천주교는 화장을 하지 않음) 관을 꺾어지게 짜서 앉혀(많이 누워 있었으니까 앉힌다고 한다) 장사한다고 한다. 그러면 160㎝를 넘지 않게 된다고 했다. 홍콩같이 좁은 땅에서 참으로 지혜로운 장례법(葬禮法)이라고 생각했다.

해양공원에 도착, 먼저 케이블카를 타고 높은 산과 등성이를 지나 수족관이 있는 곳으로 넘어가 상어수족관과 해양수족관을 보고 돌고래쇼도 보았다. 12시가 지나 오션타워(Ocean Tower)에 올라가 보고 바다표범과 물개가 사는 곳을 거쳐 4단계 에스컬레이터를 타고 버스가 기다리는 후문에 이르니 12시 40분이었다. 미화 20달러를 낸 입장권으로 하루 종일 지낼 수도 있는데, 2시간 정도로 끝내 버린 것이다. 홍콩의 옛 항구인 애버딘 항을 끼고 나오면서 홍콩이란 어원이 이 항구와 관련이 있다는 이야기를 들었다. 이곳에서 향이 나는 식물을 많이 실어 냈기 때문에 향기나는 식물을 낸다는 뜻으로 '향항(香港)'이라는 이름을 붙이게 되었는데, 향항을 광동어로 발음하면 홍콩이라고 한다. 이 애버딘 항구는 현재 방파제 안에 선박을 피신하는 곳 정도로 이용되고 있다.

홍콩은 생활하기가 힘들다고 한다. 7년 거주하면 영주권을 얻게 되는데, 영주권자에게는 정부에서 지은 아파트를 신청할 권리가 있다고 한다. 가이드가 IMF 때 정부아파트를 신청하니 7년 이상 기다려야 한다고 대답하더란다. 계속 짓고 있지만 주택 문제는 여전히 해결되지 않고 있다. 가이드의 경우 아이가 둘인데, 국제학교에 보내는 관계로 1년에 아이당 미화로 7,500달러를 내야 하고 주택 월세로 월 1천 달러 정도를 내야 하니, 생활비까지 합치면 최소한 월 480만 원이 소요된단다. 홍콩 반환 이후 중국 표준어인 만다린어를 강요하고 있다고도 한다. 홍콩인은 도박에 취미를 갖고 있는데, 마카오 카지노 출입자의 80퍼센트가 홍콩인이다. 홍콩의 경마장에도 많이 몰리는데, 당첨률은 한국(30퍼센트)보다 15퍼센트나 적은데도 경마가 있는 전날 저녁에는 마카오에 가는 숫자가 적다고 한다.

13시 20분, 식당 코리아나(Koreana)에 가서, 밥과 부대찌개, 김치, 숙주, 콩나물 등으로 한국식 식사를 했다. 가이드는 광동성 사람들이 왜소하며, 특히 홍콩 여성과는 절대로 결혼해서는 안 된다는 것을 강조했다. 마작 외에는 아무 것도 할 줄 모를 뿐 아니라 남편 부려먹는 것으로 유명하기 때문이란다. 그는 또 중국의 미인들은 거의 소주(蘇州)와 항주(杭州) 출신이라고 했다.

14시 30분에 홍콩총영사관에 가서 김광동 총영사를 만났다. 정무담당 영사 박진웅 씨가 1국 2체제에 관해 자세히 조사하여 설명해 주었다. 김 총영사는 남북나눔운동에 대해 잘 알고 있었고 이문식 목사와는 지면이 있다고 했다. 이 목사가 옛날 남북나눔운동 사무국장으로 북한을 도울 때에 자주 접촉했고, 또 이 목사가 외무부 신우회의 성경 공부를 지도했기 때문이다. 이 목사와 강경민 목사가 오후에는 모레 있을 주일 설교 준비 때문에 호텔로 바로 들어갔는데, 김 총영사가 이 목사 말을 해서 호텔에 있는 이 목사를 곧 모시고 오도록 했다. 박 영사의 설명을 들은 뒤 여러 가지 질의응답이 있었다.

16시부터는 중국의 민간연구소인 일국양제경제연구중심(一國兩制經濟硏究中心)으로 가서 총재 소선파(邵善波, Shiu Sin Por)를 만나 이 문제에 관한 그의 설명을 들었다. 그는 일국양제는 원래 대만을 위해 만들어진 것으로 대만을 위해서도 가장 바람직한 것이며, 앞으로도 아무런 문제가 없을 것이라고 자신했다. 질의를 하면 거기에 대한 대답이 너무 길어 장황했는데, 그의 설명에는 중국 측의 처지를 대변하려는 성격이 강하다고 느꼈다. 이것은 어디까지나 나의 주관적인 판단일 뿐이

▲ 일국양제경제연구중심 건물 앞에서

지만, 그는 시종 선전에 임하듯이 자신의 소신을 설명했다. 영어가 출중한 김창수 박사에게 내가 느낀 바를 말하니 그의 의견도 나와 비슷했다. 홍콩섬의 가장 비싼 지역을 차지하여 1제곱피트에 월 미화 8백 달러를 내는 이 연구소가 아마도 북경의 중국 정부 도움을 받고 있지 않나 하는 생각마저 들었다.

18시가 넘어 호텔로 돌아와 짐을 찾아 각자 방으로 옮겨 놓고 저녁 먹으러 갔다. 모처럼 좋은 주스를 마셨다고 생각했는데, 한 잔에 홍콩화폐로 30달러라고 했다. 이미 따라 놓은 주스 3잔은 내가 지불하겠다고 하고 마셨다. 저녁을 먹은 뒤 강경민 목사와 이문식 목사가 나에게 바쁘지 않으면 바람이나 쐬자고 하여 같이 나갔더니, 두 분이 나에게 선물을 하겠다고 하면서 노트북 컴퓨터 넣고 다닐 것을 하나 골라 주겠다고 했다. 나는 그것은 있다고 하면서 사양했으나, 결국 그들은 내가 원하는 것을 고르게 하고 가죽가방까지 사 주었다. 대단히 미안했다.

그동안 내가 진 신세를 생각하면 더 미안하기 짝이 없는 것이다. 그들은 나를 두고 은사라고 하면서 사 주었지만, 나는 그것을 받을 만한 자격이 없다. 부끄럽다.

2월 17일 (토)

홍콩 맑고 서울 흐림. 모닝콜 소리에 깨어 뜨거운 물을 목욕탕에 반쯤 받아 거기에 몸을 담그는 일종의 반신욕(半身浴)을 했는데, 10분쯤 지나니 머리에서부터 땀이 나기 시작했다. 아래의 더운 기운을 받아 몸의 열기가 위로 올라와 땀을 내게 한다는 것이다. 시간이 없어 오랫동안 하지는 못했지만, 그렇게 하는 것이 몸에 부담을 주지 않고 땀을 내게 하는 것이라고 한다. 온몸을 담그는 것은 자칫 심장에 무리를 준다는 것이다.

8시에 홍콩에 있는 목사님 몇 분을 만나기로 했기 때문에 식당으로 내려갔다. 윤형중 목사를 비롯하여 몇 분이 와 있었다. 지난번에 대접받았을 때에 참석했던 세 분 가운데 두 분이 나왔다. 간단하게 아침식사를 하고 내 방으로 올라와 대화의 시간을 갖기로 했다. 우리 일행 가운데서도 참석하고 싶은 분은 참석했다. 먼저 홍콩 거주자는 김복주 선교사(소수민족연구소 소장), 오원식 집사(심천 상공회의소 소장, 전자계통 사업), 송동욱 교수(홍콩폴리테크닉대학교, 항만경제학), 이정헌 교수(홍콩폴리테크닉대학교, 회계학), 이건창 교수(성균관대학, 현 홍콩과기대 교환교수), 그리고 윤형중 목사(한국선교교회, 8년간 시무) 등이다. 윤 목사는 생명길선교회(Life of Mission) 회장으로 중국의 삼자교회(三自敎會)와 교제는 물론 북한 교회와의 나눔도 시도하고 있다고 한다. 이들 여섯 분과 우리 일행 대부분이 합석했다. 이문식 목사 사회 아래 한 분씩 이야기하고 질의응답하는 형식으로 모임을 진행했다. 발언자는 형편상 약어로 처리한다.

A : 1994년 1월 31일 중국은 제145·146호 문건을 종교법으로 발표했는데, 그 전에는 조례 형식이었으나 이번에는 정식 법령으로 발표한 것이다. 이 문건에 따라 각 성과 자치구는 종교법에 따른 규정을 만들었다. 이 종교법은 1997년 6월 27일 광주에서 시행하기 시작했고 홍콩·마카오·대만 등에도 준용된다고 했다. 윤 목사 등은 삼자교회와 공식적으로 접촉하고 있는데, 최근에는 파룬궁(法輪功) 문제로 중국 정부가 긴장하면서 우려했던 문제가 점차 드러나고 있다. 정부는 처음에는 파룬궁을 사교(邪敎)로 여겼으나 현재는 사회 분란을 일으키는 존재로 다루고 있다.

홍콩에서도 파룬궁의 반정부 시위가 있었는데, 중앙정부는 노발대발했고, 시위를 허락한 총리 격인 '홍콩의 양심', 안손 찬(陳方安生) 정무시장이 하야하고 말았다. 홍콩의 행정책임자인 둥젠화(董建華)는 "중국이 잘 되어야 홍콩이 잘 된다"고 하면서 중국을 두둔하였다. 그 여파로 중국 안의 가정교회가 문을 닫게 된 경우도 있었다. 중국은 가만히 있다가 한 번이라도 실수하는 것이 보이면 그때 가서 친다. 종교 문제이지만, 종교법으로 처리하지 않고 출입국관리법 및 형법으로 다스린다. 탈북자 문제는 밀입국 혹은 형법의 문제로 다루고 있다.

B : 1997년 6월 말까지 서구 선교단체가 긴장했다. 그러나 7월 1일 홍콩이 중국에 이양되고 뚜껑을 열어 보니 인권·언론·선교 문제가 예상한 만큼 심각하지 않았다. 그러나 얼마 동안 계속될 것인지 예측은 할 수 없다. 1997년 6월 이전에 홍콩 교회는 열심히 기도했다. 그 결과 교인이 5퍼센트 증가하였다. 그러나 홍콩 정부는 예전과는 달리 기독교단체를 통해 사회사업에 지원하는 예산을 대폭 삭감하고 있다. 이전에는 사회사업 예산의 60퍼센트를 기독교회를 통해 집행했으나, 요즘은 기독교계를 통한 지원은 삭감하고 불교계를 통한 지원은 증가시키고 있다. 교회가 정부에게 제지당하고 있다고 본다.

현재 홍콩 교회(지도자)들이 중국 정부에 대해 갖는 태도는 네 종류다. 첫째는 알아서 기며 친중국계를 표방하고 있다. 둘째는 세포교회(cell church) 운동을 하는 대만 목사 등이 있는데, 지하 형태로 만들어 가고 있으며, 홍콩 교회에서 이들을 주목하고 있다. 셋째는 여차하면 떠난다는 태도로, 타국적을 유지하면서 기회를 보고 있다. 역이민한 사람들도 여기에 속한다. 넷째는 적극적인 친중국계라고 할 수 있다.

최근 마카오에 가서 모리슨(R. Morrison)의 비를 발견하고 읽어 보았다. 그는 중국 최초의 개신교 선교사라고 할 수 있는데, 동인도회사 상무관으로 25년 동안 근무하면서 성경을 번역했다. 당시 동인도회사는 아편 밀수를 일삼은, 말하자면 서구 제국주의의 앞잡이 노릇을 했다. 그분이 선교사이면서 그런 노릇을 한 것에 주목할 필요가 있다. 교회 핍박의 원인은, 첫째 서구열강 세력 앞잡이라는 인상 때문이고, 둘째 중국적인 가치의 수호를 위한 것이다. 삼자교회가 발전하면 할수록 중국 교회를 지도할 것이고 복음의 역사도 그만큼 일어날 것이다. 가정교회의 문제점이 많다. 그 문제점에는 이단 등도 있다. 삼자교회에 문제가 있지만 복음적인 교회도 있다. 넓은 시각으로 중국의 문제를 포용해야 할 것이다.

C : 중국 문제 등 사회주의권 국가(북한 포함)를 이해하는 데는 다양한 스펙트럼이 필요하다. 거기서부터 나눔이 시작된다고 할 수 있다. 중국은 배급경제였다. 법인(法人)이 없는 사회, 고용·피고용, 해고, 담보가 없었으며, 자본금이 없었다. 대차대조표를 갖고 책임 있는 경영을 한다기보다는 거기에 대한 대책만 있었다. 세금과 전기세 등이 없었다. 개방 이후, 법인 만드는 것을 고민했고, 고용·피고용의 관계가 성립되었고, 상품 파는 법, 이익 남기는 것, 가격 결정하는 법, 무역하는 방법, 원가 계산하는 방법, 세관, 은행, 세금, 임금기준 등을 다 알아야 했고 필요하게 되었다. 개방과 더불어 불어 닥친 것이다. 이제는 정책이 필요하게 되었고, 경쟁원리를 가르치고, 생산성과 시장경제 교육이 필요하게 되었다. 새 일자리와 해외시장 운영경험 등에 대한 문제가 일어나게 되었다. 그러나 중국은 그런 문제들을 모두 특구(特區)로 미뤄 놓고 말았다.

중국이 정책을 세우는 것을 보면, 큰 틀만 만들어 놓고 여러 가지 실험을 해보고 사례별로 체크하면서 세부적인 것을 채워 나가는 형태를 취한다. 우리도 중국과 북한의 선교 문제를 그런 식으로 세워 나가야 한다. 세계에서 가장 법을 많이 만들어야 하는 곳이 중국과 북한이다. 이것은 그들의 당면 과제요, 현실이다. 북한도 머지않아 겪지 않으면 안 될 관문이다. 그렇게 하면서 정리해야 할 많은 문제들에 봉착할 것이다. 중국의 서부개발은 시기상조로 본다. 중국과 홍콩의 외화를 합치면 세계에서 가장 외화를 많이 보유한 셈이다. 3월에 남경에서 3천 명의 세계 화교들이 집합하게 된다. 엄청난 파워가 형성될 것이다. 그런데 화교의 90퍼센트가 크리스천이다. 이것은 중국 선교를 위해서는 굉장히 좋은 기회이기도 하다. 중국이 개방하겠다는 것은 개방이 좋아서가 아니라, 그들이 처한 특수한 지역적 환경 때문이요, 생존의 방식 때문이다.

D : 경제 시스템으로 봐서 완전시장에 가까운 곳이 홍콩 시장이다. 중국이 홍콩을 필요로 하는 것은, 중국의 증권거래소가 상해와 심천에 있지만, 국영기업체의 부실 증권 등이 문제로 떠오르게 될 때 그것을 해결하는 것은 홍콩 금융이 아니고서는 불가능하기 때문이라고 할 수 있다. 중국은 그만큼 국영기업체의 부실이 심하다. 그런데도 억지로 끌고 가고 있는데, 구조조정의 문제로 부실이 생기게 되고 그 결과 대량실업 문제가 일어날 경우, 해결방법은 국가 소유의 주식을 민간으로 이양해야만 한다. 그럴 때 증권시장으로 내려 놓아야 한다. 이때 자본을 끌어들일 창구가 바로 홍콩이다.

중국 증권의 경우, A·B형과 H형이 있는데, A형은 국내인에게만 판매하고 B형은 외국인에게만, H형은 홍콩을 위한 것이다. 홍콩인들 가운데서 친중국인이 있지만, 만다린(官話)을 하면 그것을 굉장히 싫어하는 사람도 있다. 일종의 우월감이라고 할 수 있다. 홍콩인은 여권을 두 개 갖고 있다. 1997년에 나갔다가 역이민하는 사람들이 있다. 가족은 이민 간 현지에 두고 가장만 와서 사업을 하는 경우가 많다. 홍콩 당국은 그들이 다시 나갈까봐, 또 돈이 나갈까봐, 제대로 누르지도 못한다. WTO 가입 문제를 앞두고, 외국과 경제개방 길을 선택하려 하지만, 중국 정부는 개방에 따른 우려도 갖고 있다.

중국에는 화교법이 따로 있고, 중국 안에는 각 성(省) 이하 진(鎭) 단위까지 화교를 위한 과(課)가 있을 정도이다. 중국은 현재 국영기업체를 포장해서 잘 팔아먹고 있다. 기독교 NGO인 애덕기금회(愛德基金會)가 있는데 이러한 단체에 대해 주목할 필요가 있다.

▶ 애덕기금회란 어떤 곳인가?
A : 중국 교회와 외국 교회의 중국 사람들이 힘을 합쳐 만든 기금으로, 원래는 성경 출판을 목적으로 했다. 그 뒤 중국 정부와 협의, 사업을 확대하게 되었고 교육 등에도 신경을 쓰

게 되었다. 외국 교회가 이 기구를 통해 중국을 지원하고 있는데, 인쇄기·종이를 넣어 주고 중국 기독교의 인상을 바꾸어, 지위도 향상시키고 있다. 각 시도까지 확대되면 중국의 기독교정책까지 바꿀 수 있을 것으로 본다.

여기까지 협의하고 선교사들과의 모임은 끝냈다. 11시가 되었다.

11시 50분까지 짐을 싸 가지고 호텔 앞으로 집결해야 하기 때문에 계속해서 내 방에서 이번 연수회에 대한 평가회가 있었다. 먼저 이번에 듣고 느낀 것을 어떻게 정리하느냐 하는 것만 논의키로 했다. 나는 방문한 연구소와 대학이 많으니까 한 사람이 한 곳씩 정리하는 것이 좋지 않겠느냐고 제의했다. 그러나 메모를 하지 않은 사람들이 많으니, 그런 방식보다는 일단 각자가 각 대학과 연구기관 등에 참석하여 느낀 것을 기록해서 내면, 그것을 취합하여 각자가 한 군데씩 맡아 정리하기로 했다. 끝내기 전에 이번 연수에 참여한 세 목사님께 애덕기금회에 관해서 연구하는 것을 숙제로 제시했다. 가능하다면 남북나눔운동도 그런 기관을 만들어 북한을 도울 수 있었으면 좋겠다는 뜻에서였다.

11시 반에 내가 기도하고 〈사도신경〉을 같이 고백함으로 평가회는 끝났다. 짐을 챙겨 호텔 로비로 내려왔다. 나는 엊저녁에 강경민, 이문식 목사로부터 받은 가죽가방이 짐이 되었으나 그 안에 노트북 컴퓨터와 다른 짐도 넣어 그것을 사용하기로 했다. 그래서 자그마한 가방이 두 개가 된 셈이다.

12시 10분쯤에 호텔을 출발, 한양원이라는 곳에 가서 점심식사를 했다. 어제께 간 코리아나보다는 음식이 깨끗하고 좋았다. 된장찌개와 김치찌개를 각각 주었다. 그런 음식을 먹으니 한국에 거의 다 왔다는 느낌을 받았다. 공항에 도착, 수속을 마치고 공항 안의 셔틀버스를 타고 42번 게이트가 있는 곳으로 갔다. 거기서 손자 진원이를 위해 곰인형 네 마리가 든 가방을 샀다. 이제 나도 별수 없이 할아버지로서 손자의 선물을 사게 되는구나 하는, 어쩌면 비로소 인생의 '전환기'를 맞고 있다는 느낌을 갖게 되었다. 지금까지 해외여행을 했지만, 아내나 자식들을 위해 선물을 준비한 적이 별로 없었기 때문이다. 그런 뜻에서 이제 '인간'이 되어 가는 것이다.

비행기는 16시가 되자 뜨기 시작했다. 기내에서 생선으로 저녁을 먹었다. 중앙일보를 보고 노트북 컴퓨터를 꺼내어 일기를 정리했다. 좀처럼 잘 수도 없었다. 내 옆에는 윤영관 교수가 앉아 있었다. 이번 여행의 소감을 물으니 그런 대로 도움이 되었다고 했다. 윤 교수는 참으로 신실하고 꾸밈이 없으며 학자적인 양심과 양식을 갖고 있다. 이번에 그가 회의 도중에 영어가 제대로 안 되는 사람을 위해 정리해 주는 것을 보니 핵심을 잘 짚고 있었다.

19시 20분 무렵에 김포에 착륙했다. 집에 전화하니 아무도 나오지 못했다고 한다. 눈이 많이 왔기 때문에 지하철로 가겠다고 했다. 광화문 지하철역에 도착, 택시를 타고 귀가하니 밤 9시가 넘었다.

유럽 3국
한글학교 방문기

2002년 2월 22일~3월 6일, 네덜란드·독일·스위스

북 해

네덜란드

함부르크

베를린

헤이그 · 라이덴 · 암스테르담

로테르담

독 일

벨기에

뒤셀도르프

쾰른 ·

체코

프랑크푸르트

룩셈부르크

낭시

스트라스부르

프랑스

잘츠부르크

바젤 · 취리히 · 쌍 갈렌

추크 · 아펜젤

오스트리아

베른

스위스

제네바

이탈리아

범례 : ⊙ — 경유지, ● — 주요도시

⊙ 여행경로 : 서울 → 암스테르담 → 라이덴 → 로테르담 → 헤이그 → 로테르담 → 쾰른
→ 뒤셀도르프 → 함부르크 → 프랑크푸르트 → 바젤 → 추크 → 쌍 갈렌 → 아펜젤 →
취리히 → 로테르담 → 서울

이 기록은 2002년 2월 22일부터 시작하여 3월 6일까지 계속되었던 네덜란드·독일·스위스 삼국의 한글학교를 순방하면서 적은 일기다. 나라 밖 한글학교 순방은 1996년부터 시작한 한글학회 주최의 '국외한국어교사연수회'와 관련이 깊다. 2001년 여름에 연수를 받은 네덜란드의 강재형 박사와 스위스의 홍혜성 자매가 유럽으로 돌아가자 이 같은 연수 기회를 유럽의 한글학교 교사와 학부모들에게도 나누고 싶다고 생각하고 일을 계획했던 것이다. 그들은 한글학회와 연락하면서 연수회의 강사로 있던 김석득 교수와 나를 유럽으로 초청, 한글과 한국 역사를 소개해 달라고 요구하였다. 나를 초청한 것은 의외였지만, 강의 가운데 한국 역사와 문화를 소개한 것 외에 이민자들의 정신적 삶을 성경에 비추어 역설한 대목이 이민자들에게 도움이 된다고 판단했기 때문인 것으로 보였다.

우리는 세 나라에서 다섯 번 강연했고 여러 차례에 걸쳐 좌담회를 가졌다. 그 때마다 우리는 왜 해외 거주 한국인이 한국어는 물론 한국의 역사와 문화를 사랑하고 공부해야 하는지를 강조했다. 그들은 두고 온 조국을 항상 그리워했고 모국의 언어와 문화에 목말라했으며, 어떻게든 자녀들에게 조국의 언어를 전수하려고 피나는 노력을 기울이고 있음을 알고 감동하지 않을 수 없었다. 해외에 진출해 있는 7백만 교민들의 바람이 바로 이들의 그것과 다르지 않다고 생각한다. 해외 교민의 문제는 결국 민족 문제임을 깨닫게 되었다. 이 여행기가 민족 문제로 분류되어 묶여진 것은 바로 이 때문이다.

2월 22일 (金) 서울 맑음. 유럽을 향해 출발하는 날이다. 이번 여행을 떠나기에 앞서 벌써 걱정하게 된다. 일을 제대로 처리하지 못한 채 잔뜩 일거리를 갖고 떠나기 때문이다.

아내의 도움을 받아 손자 새온이를 데리고 거리에 나왔으나 오늘 아침따라 택시가 보이지 않았다. 겨우 잡아타고 한글학회 앞에 오니, 약속시간에서 4분이 지났다. "개똥도 약에 쓰려면 보이지 않는다"더니 오늘 아침의 택시 잡기는 바로 그런 격이었다. 동행할 김석득(金錫得) 교수님이 기다리고 계셨다. 어른께 미안한 뜻을 전하고 대기한 차에 타고 인천공항으로 향했다. 한글학회의 김한빛나리 선생이 운전하고 유은상 국장이 안내석에 앉아 우리를 안내했다. 11시 30분에 인천공항에 도착, 네덜란드항공 사무소(C1-6)에 가서 수속을 마쳤다. 공항 2층에 올라가 세 분과 함께 커피를 마셨다.

출국장으로 들어가면서 동행하는 김 교수님이 환전을 적게 했다고 걱정하기에 내가 넉넉하게 했다고 하고, 내가 가진 것 가운데서 5백 유로를 드리면서 나중에 필요 없게 되면 돌려주시면 된다고 했다. 그러면서 옛날 학생 시절 철학과의 박종홍(朴鍾鴻) 교수가 하던 강의 이야기를 들려주었다. 당시 박 교수는 정신과 물질의 상관관계를 강의하는 대목에서, 어느 목사 이야기를 했다. 그 목사는 토요일만 되면 자기 친구에게 가서 돈을 꾸어 갔고 다음 월요일에는 다시 갚았다. 매번 그렇게 하기에 돈을 꾸어 준 친구는 그 이유를 물었다. 그 목사는 대답하기를, "내 수중에 돈이 들어 있어야 설교할 때 자신 있게 물질적인 것을 초월하라는 말을 할 수 있다"는 것이었다. 적절한 비유인지 알 수 없으나 김 교수님께서도 남의 돈이라도 갖고 계시면 덜 불안할 것이라고 했다.

출국수속을 마치고 탑승장으로 들어가니 13시가 되었다. 벌써 승객들이 탑승하고 있었다. 처음에 이 노선에는 승객들이 얼마 되지 않아 좌석이 넉넉할 것이라고 예상했었다. 그러나 탑승하고 보니 자리가 거의 꽉 찼다. 속으로 '그러면 그렇지, 네덜란드 사람들(Dutch)이 어떤 사람들인데 장사 안 되는 노선을 트고 지금까지 유지하고 있으랴' 하는 생각을 했다. 가만히 생각해 보니 만석(滿席)이 되는 이유가 있겠다 싶었다. 먼저 이 비행사의 요금이 다른 항공사보다 싸고, 같은 노선으로 운행했던 대한항공보다도 훨씬 싸다는 것이다. 거기에다 유럽에는 비자가 따로 필요 없기 때문에 암스테르담에 도착하면 웬만한 중부유럽에는 빠른 시간 안에 갈 수 있기 때문에 이 노선을 이용하는 사람들이 많이 나올 수밖에 없겠다 싶었다.

네덜란드인들은 돈을 벌고 아끼는 데는 중세부터 도가 트인 사람들이 아닌가. 그런 노하우를 가진 네덜란드인들이고 보면 한국-네덜란드 노선을 틀 때도 그만한 계산은 충분히 했을 것이라고 생각하게 되었다. 그러니 처음에 가졌던 나의 피상적인 생각이 네덜란드인들의 사고와 얼마나 다른 것인가를 깨닫게 되었다. 이번에도 나는 실사구시적(實事求是的)인 사고에서 떠나 있었던 것이다. 역사 공부를 했다고 하는 주제에. 네덜란드에 도착, 저녁식사를 하면서 이런 이야기를 하니 김용규(金龍圭) 네덜란드 주재 한국대사는 현재 주 5회 운행중인데, 네덜란드 항공사 측에서는 계속 주 2회를 더 늘려 달라고 요구하고 있다고 말했다.

탑승 전부터 김 교수님과 가정 이야기를 나누게 되었다. 거의 보름 동안 서로 동행하자면 허물없는 대화도 나눌 수 있어야 한다는 생각 때문이다. 1남 1녀를 두었고 모두 결혼했단다. 아들은 10년 전에 미국으로 건너가 경제학을 공부했고, 며느리는 첼로를 전공, 박사학위를 받고 그곳에서 활동하고 있다고 한다. 손자의 한글 교육도 서로 걱정했다. 김 교수님은 이중언어를 하지 않으면 안 된다고 강조했다. 기내에서는 내가 노트북 컴퓨터를 이용하는 것을 보면서 컴퓨터에 관한 이야기로 시간을 보냈다. 얼마 전에 당신의 컴퓨터가 고장이 나서 저장된 자료를 거의 날려 버렸다는 이야기를 들을 때 남의 일 같지가 않았다. 컴퓨터 워드 작업 정도는 1980년대 당신께서 파리 7대학에 가서 3년 동안 연구하고 강의할 때 이미 익혔지만, 귀국해서는 보직을 맡느라고 거의 사용하지 못하다가 1996년 정년퇴임 이후에 본격적으로 컴퓨터를 사용하게 되었다고 한다.

그는 학자가 학교에 있는 한 학교를 위한 최소한의 봉사는 어쩔 수 없지만, 보직에 연연하거나 물들면 안 된다는 것을 강조했다. 그러나 정작 자신은 보직을 사양하기 위해 멀리 파리 7대학에 가서 3년 동안 거의 도피하다시피 했지만, 돌아와서는 꼼짝없이 잡혀 줄곧 보직을 갖게 되었다면서 자신의 교수생활을 후회했다. 국학연구원장에 문과대학장, 대학원장과 부총장을 겪었다는 것이다. 최근에는《교수신문》에 보직에 대한 칼럼을 썼다고도 했다. 자신이 파리에서 돌아온 뒤 보직을 가지면서도 그나마 전공 서적 두 권을 출판했지만, 역시 보직시절에 펴낸 것이라 허점이 많다고 했다.

이런 대화를 나누는 동안에 비행기는 시베리아의 이르쿠츠크 상공을 통과하고 있었다. 아직까지 4,600여 ㎞가 남았다는 것이다. 한국인 승무원에게 이 항공사 이름의 약자인 KLM이 어떤 단어의 약자인지를 물었으나 모른다고 하면서 네덜란드 승무원에게 물어보라고 했다. 승무원이라면 승객의 이런 질문에 자신이 모르면 의당 아는 사람에게 물어봐서 설명해 주어야 하는데, 한국인 승무원은 그 뒤에도 설명해 주지 않았다. 나중에 네덜란드인 남자 승무원에게 물어보니, 그것은 네덜란드어로서, Koninklijke Luchtvaart Maatschappij, 즉 Royal(혹은 King's) Airline Company라는 뜻이라고 했다. 친절하게 글을 써서 알려 주었기 때문에 이해할 수 있었다.

비행기 안에서 두세 편의 영화가 상영되었다. 그런데 그것이 지난번 미국 로스앤젤레스를 다녀 올 때 보았던 것과 거의 비슷했다. 한국어 번역이 2번 채널을 통해 나오고 있었다. 아마도 항공사에 영화를 배급하는 곳이 같기 때문이 아닐까 하는 생각을 해 보았다. 비행기 안에서 두 번이나 눈을 감고 1시간 정도씩 잤다. 그러고 나니 한결 기분이 좋았다. 김석득 교수님은 거의 눈을 붙이지 못하셨다고 했다.

현지 시간으로 오후 5시 10분 무렵에 비행기는 착륙했다. 아주 안정감 있게 착륙해서 조종사의 실력이 보통이 아니라는 인상을 받았다. 비행기에서 내리기 전에 도착지를 소개한다면서 네덜란드와 스키폴 (Schiphol) 공항에 대해 설명했다. '바로 저것이다' 하는 생각이 들었다. 월드컵을 앞두고 우리도 비행기 안에서 저런 홍보가 필요한 것이다. 승무원의 친절한 서비스는 좋았으나 시설물 이용의 서비스는 그렇게 좋은 편이 아니었다. 화장실에는 승객에게 필요로 하는 여러 가지 물품이 있어야 하는데, 그렇지 않았다. 프랑스와 영국의 항공사만 못하다는 생각이 들었다.

공항에 내렸는데 러시아나 미국과는 달리 외국이라는 긴장감이 전혀 들지 않았다. 출입국심사나 세관검사는 없는 것이나 마찬가지였다. 나오니 강재형 박사와 이창기 목사가 마중 나와 있었다. 강재형 박사는 이곳에서 사업을 하면서 한글학교를 위해 헌신하고 있으며, 작년에 서울에 와서 한글학회 주최 국외한국어교사연수회에 참석한 뒤 이번 우리 순회강연을 기획한 분이다. 이창기 목사는 이곳에 선교사로 와 유트레히트(Utrecht) 대학에서 '1903~1907년 한국의 부흥운동'이란 제목으로 학위논문을 준비 중인데, 지도교수는 융엔네일(Jongeneel) 교수이지만 그 논문심사에 내가 참여하고 있어서 여러 번 연락이 있었다.

호텔에 들르기 전에 저녁부터 먹는 것이 좋겠다고 했다. 김용규 대사의 리셉션이 한국 음식점에서 있다고 했다. 라이덴(Leiden)으로 가는 길에 있는 강산(江山)이라는 한국 음식점에서 기다리고 있다는 것이다. 음식점에 이르니 김 대사를 비롯하여 김종훈(金鍾勳) 참사관과 정병원 (鄭炳元) 일등서기관 그리고 또 한 분의 대사관 직원이 나와 있었다. 저녁을 먹으며 네덜란드의 강점을 들을 수 있었다.

검소한 나라, 폴더(Polder) 전략이 시작된 나라, 천주교의 경건주의 영향이 많이 남아 있는 데다가 청교도적인 전통을 새롭게 세워가는 나라, 자유대학 총장을 하다가 수상으로 갔던 아브라함 카이퍼에게서 보 듯이 종교적 이상과 정치적 현실을 조화시키려고 노력하는 곳, 그래서 중세의 토마스 아 켐피스(Thomas à Kempis)의 경건주의적 수도(修道) 가 바로 이 근처에서 이뤄졌고, 《그리스도를 본받아(Imitatio Christi)》라 고 하는 거작이 바로 이곳의 경건주의운동을 발판으로 해 이뤄졌다는 것도 알게 되었다. 그러면서도 정치적인 측면에서 보면 세계에서 가장 진보적인 경향이 나타나고 있으며, 의료윤리나 가족윤리 등에서는 가 장 첨단을 걷고 있는 점도 좋은 대조가 된다는 것이다.

마약 거래가 합법적으로 이뤄지는가 하면, 교회가 마약 거래의 장소 가 된 적도 있으며(이 경우 구제불능의 인간에게 최소한의 마약을 제공 하는 것이 오히려 인간적이라고 보며, 종교의 영역이라고 본다), 안 락사와 동성애를 가장 먼저 합법화시킨 곳이기도 하다. 이것은, 어차피 마약 등에서 구제 못할 자가 있는 세상이라면, 정부나 교회는 절대적인 이념에 따라 만들어진 법이나 윤리 때문에 고통받고 소외받는 자를 구 하려고 노력하지 않으면 안 된다는 것이다. 나는 그것이 네덜란드가 신 학적으로 칼뱅주의를 바탕으로 한 종교적 신념을 사회 속에 투영하려 는 데서 나온 것이라고 했다. 칼뱅주의에 따라 인간이 전적으로 타락한 존재라는 것을 전제로 하여 국가가 정책을 세우려고 하기 때문에 이 같 은 배려가 나오는 것이 아닌가 생각되었다. 이와는 달리 공산주의 사회 에서는 인간에 대한 성선설(性善說)을 바탕으로 정책을 세웠기 때문에 사회정책이 너무 엄격한 것이라고 나름대로 설명해 보았다.

네덜란드는 작지만 참으로 위대한 나라다. 무역수출고가 작년에 2천 억 달러나 되었고(우리나라 1,600억 달러), 그 가운데 네덜란드에서 가 공하여 수출한 것이 7백억 달러, 네덜란드에서 순수 제조한 것이 1,300 억 달러나 된다고 했다. 세계 100대 기업에 드는 회사도 8개나 된다고 한다. 거기에 견주면 우리나라는 삼성이 100대 기업의 하위 쪽에 속하는 정도라고 했다. 이런 대화를 나누다가 오후 7시 반쯤에 헤어졌다.

라이덴의 작은 호텔(Het Haagsche Schouw)에 도착한 것은 8시 15분. 내일 일정을 물으니 이창기 목사님은 융엔네일 교수님을 만나는 것이 좋겠다고 했지만 자신 있게 대답하지 못했다. 내일 일정이 보통 빡빡한 것이 아니기 때문이다. 가능하면 다음으로 미루자고 하고, 내가 서울서 떠날 때 명함을 갖고 오지 못해서 내일 올 때 컴퓨터를 이용하여 간이 명함을 만들어 주었으면 하고 부탁했다. 호텔에서는 아침 7시부터 식사할 수 있으니까, 서둘러 8시 30분에 출발하도록 했으면 좋겠다고 했다. 로테르담에 가서 한인학교를 방문하고 거기서 강연한다는 것이다. 305호 방을 배정받고 샤워하고 잠을 청했다. 매번 그렇듯이 지구의 동쪽에서 서쪽으로 이동하면 시차만큼 하루를 버는 것이 된다. 한국과 네덜란드의 시차가 8시간이니까 오늘 하루의 시간에는 8시간을 보태야 한다.

2월 23일 (토) 세찬 바람에 눈비 내리고 우박 오다가 개다. 네덜란드의 변화무쌍한 날씨를 경험한 날이다. 옆방의 김석득 교수님과 7시 30분 무렵에 아래층에 있는 식당에 가서 아침식사를 했다. 호텔 본관에 붙어 있는 이 레스토랑은 매우 정갈하게 정리되어 있고 아직 거의 손을 대지 않은 음식들로 우리를 맞았다. 햄과 빵 및 플레이크 종류가 많았다. 마시는 것도 우유와 주스·커피·홍차 등이 마련되어 있었다. 담당자가 와서 객실 출입증에 적혀 있는 객실 번호를 적어 갔다. 그것으로 뒷날 숙박비를 정리할 때 자동적으로 계산하는 모양이다.

8시 반에 이창기 목사님이 우리를 안내하기 위해 오셨다. 융엔네일 교수에게는 오늘 방문하기가 힘들다는 뜻을 전했다고 했다. 교수님은 통화라도 했으면 하고 기다리겠다고 했다면서 오후에 적당한 시간에 전화해 줄 것을 요청했다. 그러나 오늘 하루 종일 그 기회마저 얻지 못해 결국 전화를 못하고 말았다. 교수님과 이창기 목사님께 미안하게 되었다. 오후에 이준기념관으로 갈 때는 이창기 목사님이 준비하고 있는 박사학위 청구논문이 어떻게 되어가는지를 물었다. 아직까지 내가 고치라는 대로 고치지는 못했으나 수정한 뒤 융엔네일 교수님께 갖다 줄 예정이며, 그런 다음에 곧 두 분 심사위원 선생께도 보낼 것이라고 했다. 교회 이전과 여러 가지 형편으로 아직까지 완료하지 못해 미안하다고 하기에 오히려 나는 격려를 했다. 그는 논문을 잘 읽어 주고 수정지시까지 해 준 나에게 감사하다고 했다.

짐을 호텔에 둔 채 8시 30분에 출발했다. 로테르담 방향으로 가는 길이 헤이그로 가는 길과 같았다. 오늘 예정을 물으니, 로테르담 한글학교의 졸업식이 있지만, 거기에는 참석하지 않아도 될 것 같다고 하면서 10시 30분부터 강연이 시작된다고 했다. 나는 오후에 시간도 없을 것 같으니, 이준 선생과 관련 있는 만국평화회의장을 다녀오면 어떻겠느냐고 제의했다. 헤이그는 고풍스런 도시였다. 간간이 고층건물들이 현대를 자랑하고 있지만, 전체적으로는 아직도 과거의 옛 모습을 그대로 지니고 있었다. 호수 건너편 큰 건물 안에 만국평화회의장으로 사용된 기사관(Ridderzoal)이 있다고 했다.

우리는 이른바 회의장 건물이 보이는 문으로 들어갔다. 지금은 국회로 사용된다고 했다. 토요일 아침인지라 사람이 거의 다니지 않았다. 썰렁한 분위기였다. 김석득 교수는 감개무량해 했다. 교과서나 역사책에서나 만날 수 있는 그 이준 선생의 행적지를 와 볼 수 있다니 감격스럽지 않을 수 없었다. 그곳을 돌아, 걸어서도 얼마 안 되는 거리에 과거 이준 선생이 묵었던 호텔이 지금은 이기항(李基恒) 장로에 의해 이준기념관 겸 평화박물관으로 바뀌어져 있다고 하는데, '도로공사중'이라는 팻말과 파헤쳐 놓은 길 때문에 그리로 들어가지 못하고 길을 재촉했다.

로테르담으로 오면서 이창기 목사는 여러 가지 설명을 했다. 내 주목을 끈 것은 헤이그와 로테르담 중간의 델프트(Delft)를 지나면서 들려준 이 목사의 설명이다. 이곳은 국제법의 아버지로 불리는 그로티우스(H. Grotius)의 출생지다. 그는 전쟁을 국제적인 문제를 해결하는 거의 유일한 수단으로 삼고 있던 그때, 전쟁으로 국제적인 문제를 해결하려는 것은 일종의 죄악이라고 주장한, 정말 앞서가는 인물로서 헤이그의 검사로, 나중에는 네덜란드의 검찰총장으로 활동했다. 그로티우스는 칼뱅과 거의 동시대인이었고, 라이덴 대학의 교수였던 아르미니우스(J. Arminius)의 신봉자(Arminian)였다는 이유로 종교재판에 회부되어 옥에 갇혔지만, 탈출하여 그 아내가 갖다준 책으로 프랑스에 가서 연구, 학자로서의 명성을 얻게 되었다는 것이다.

구원이 하나님의 전적인 은혜로 말미암아 이뤄진다는 것을 거부하고 인간의 의지도 강조한 아르미니우스는 도르트레흐트(Dortrecht) 회의에서 이단으로 정죄되었지만, 네덜란드 안에는 그로티우스를 통해 알려진 바와 같이 아르미니우스의 전통도 흐른다고 했다. 따라서 네덜란드의 종교사상적인 흐름은 칼뱅주의적인 개혁교회로 대표되고 있지만, 사실은 천주교에 바탕을 둔 두 흐름 — 경건주의 운동과 자연주의 사상 — 이 칼뱅주의가 어우러져 독특한 개혁교회를 형성했다고 했다. 여기서 이 목사는 또 이런 설명도 했다. 자연주의적인 흐름은 에라스무스(D. Erasmus) → 아르미니우스 → 그로티우스의 전통을 잇고, 경건주의는 천주교 → 칼뱅주의 → 개혁교회로 이어져, 두 흐름이 대립하면서 타협을 이루었다고 했다.

그는 또한 국제사법재판소가 헤이그에 있는 것은 그로티우스 때문이라면서, 끊임없이 타협을 추구하는 네덜란드인들의 끈질김이 세계사에도 영향을 끼쳤는데, 그 예로 제2차 세계대전 뒤 세계선교대회를 네덜란드 사람들이 주도하게 되었다는 것을 들었다. 전 유럽이 하나님의 이름으로 전쟁을 정당화하고 있을 때, 과거 유럽 선교가 제국주의의 산물이었다고 혹독하게 비판하면서 회개운동을 주도한 인물들이 네덜란드인이었다고 했다. 세계교회협의회(WCC) 총무를 지낸 크레머(H. Kraemer) 박사나 호켄다이크(J. C. Hoekendijk) 교수 등, 유럽 선교의 회개를 외쳤던 이들이 네덜란드인들이었으며, 자신이 지도를 받고 있는 융엔네일 교수는 호켄다이크 교수의 제자라고 했다. 이런 전통이 자유대학 총장으로 있다가 수상이 되었던 아브라함 카이퍼 박사 같은 이를 배출시켰단다. 그는 네덜란드가 식민지에서 너무 많이 빼앗아 왔으니 이제 갚아야 한다고 주장하면서 인도네시아에 교육시설 등을 지원했다는 것이다.

로테르담으로 가면서 나는 어제부터 유심히 보아 온 네덜란드의 물 관리를 살펴보게 되었다. 곳곳에 인공 수로가 있는데, 어떤 것은 그 흐름이 길보다 위에 있기도 하고, 어떤 것은 넓고 어떤 것은 좁은 수로로 여러 종류가 있었다. 네덜란드의 전 국토에 이런 흐름이 사방에 뻗쳐 있었다. 그 수로에는 모두 물이 찰랑거리고 있었다. 물 관리를 철저히 잘하고 있다는 느낌이었다. 이렇게 되기까지는 수십 수백 년이 걸렸을 것 같았다. 이들은 물이 소모되지 않도록 하기 위해 수로 바닥에 비닐을 까는 등 누수를 최대한 억제한다고도 했다. 이들의 철저한 물 관리는 꼭 배우고 싶은 것이었다. 이런 관리의 이면에 있는 행정력의 치밀함도 배워야 할 것으로 느꼈다.

9시 30분쯤에 로테르담 미국국제학교에 도착했다. 이 학교는 네덜란드 정부가 지어준 것으로 미국과 일본이 사용한다고 한다. 한글학교도 토요일만 이곳을 사용하고 있는데, 그 사용료(연간 2천만 원~3천만 원)는 로테르담 시에서 부담한다고 한다. 후원회장으로 수고하는 이재수 장로께 물어보니 학교 사용료를 제외하고도 연간 약 5천만 원이 더 든다고 했다. 졸업식이 진행되고 있는 동안, 이재수 후원회장을 포함해 우리 일행은 옆방에서 환담해도 된다는 허락을 받았다. 이런 저런 이야기 끝에 내가 서울에서 오기 전에 쾰른의 최영준 목사의 초청을 받았으나 네덜란드 측과 교섭하는 과정에서 불가능하게 되었다고 하고, 오늘 저녁에 호텔에서 잠을 잔다는 것은 휴식을 위해 좋지만, 내일 한국 시간으로 주일 예배시간에 기차 안에 있게 된다는 것은 죄스럽다고 했다. 이 말을 듣던 이재수 장로는 그것은 재고해보자고 하면서 어디론가 몇 번 전화를 걸어 최영준 목사와 통화하였다.

내 강연이 끝나고 김석득 교수의 강연이 시작되기 전에 잠시 휴식시간이 있었는데, 그때 이 장로는 오늘 저녁에 독일로 가서 내일 쾰른 한인교회에서 같이 예배드릴 수 있게 되었다고 했다. 나는 걱정이 되었다. '엊저녁에도 제대로 자지 못했는데, 오늘 저녁에 쾰른에 가서 김 교수님과 한 방에서 자게 된다면 어떻게 하나. 그렇게 되면 더 피곤하게 될 텐데' 하는 것이었다. 김 교수께 이 점을 말하고 어떻게 하시겠느냐고 물으니 함께 행동하는 것이 좋겠다고 했다.

〈한국 민족의 정체성 : 이민사회에서 우리 민족의 정체성과 자녀교육〉이라는 제목으로 진행된 내 강연은 그런대로 흥미를 주었다고 본다. 김 교수님은 한글의 우수성에 대해 말했다. 모두들 도움이 많이 되었다고 했다. 강연이 끝나고 임기만(林基滿)이라는 서울대 문리대 정치학과 54학번의 선배를 만났다. 암스테르담에서 왔다고 한다. 이준기념관을 운영하는 이기항 장로도 만났다. 로테르담 한글학교에서 암스테르담 한글학교와 제휴했으면 좋았겠다는 말도 했다. 마치 그 사이에 약간의 알력이 있었던 것처럼 말했다. 오늘 이준기념관을 방문할 수 있는지를 물었다. 나는 시간 조정 책임이 전적으로 주최 측에 있으니 잘 알 수 없지만 이곳까지 와서 그곳을 다녀가지 않아서는 되겠느냐고 했다. 자기는 오후 4시까지 사무실에 있으니, 4시가 넘게 되면 연락해 달라고 했다. 아마도 손봉호 교수의 연락을 단단히 받은 인상이었다. 이 장로는 올해가 이

준 열사 순국 95주년이라며, 학술회의를 준비하고 있다면서 7월에 시간이 있느냐고 했다.

사진을 찍고 교사들과 점심식사 겸 간담회를 갖기 위해 중국집으로 갔다. 가는 도중에 로테르담 항구를 잠시 둘러보았다. 5만 톤급의 선박이 들어올 수 있으며, 대서양까지는 거의 70㎞가 되지만, 세계 물류의 중요한 기지가 되고 있다고 했다. 라인 강을 따라 바지선은 컨테이너 100개 정도를 싣고 상류 지방까지 올라갈 수 있다고 했다. 진눈깨비가 많이 왔다.

약속 장소인 '상해대하(上海大廈)'에 이르니 10여 명의 교사들이 와 있었다. 할렐루야교회 대학부 출신의 오종대 군이 이곳 음악학교에 유학 와 있으면서 그의 부인과 함께 한글학교를 돕는다고 했다. 오늘 강연회 사회를 보는데 훌륭하게 잘 했다. 내가 할렐루야교회 대학부에서 가르칠 때는, 그의 표현을 빌면, 맨 뒤에서 고개 숙이고 있었다고 했다. 회식이 끝나갈 무렵 이기항 장로로부터 연락이 있었다. 올 수 있는지의 여부를 물었다. 주최 측이 별다른 관광계획이 없다고 해서 방문한다고 했다. 우리는 헤이그로 가고 강재형 씨는 우리가 묵었던 호텔로 가서 저녁에 쾰른으로 출발할 수 있도록 짐을 꾸려 오기로 했다.

이준기념관(Yi Jun Peace Museum)은 이준 선생이 만국평화회의에 참석했을 때 묵던 호텔로, 선생이 죽음을 맞은 곳이다. 1층은 당구장인데, 네덜란드 법에 따르면, 집 주인이라도 세 든 사람을 쫓아내지 못한다고 한다. 그래서 2, 3층만 전시실을 꾸며 놓았다. 사진과 관련 문서들을 많이 모았다. 특히 이준 선생이 각국 대표들에게 한국의 독립을 호소한 내용의 글도 있었다. 이기항 장로는 이것을 제1의 독립운동 문서로 봐야 하지 않느냐는 말을 했다. 초청자 명단에 한국의 이름이 들어 있는 초청장도 있었다.

가장 중요한 것은 그 정정하던 이준 선생이 왜 1907년 7월 14일 저녁에 갑자기 죽었느냐 하는 것이다. 외국 사람이 와서 자기 나라의 형편을 만국평화회의에 호소하기 위해 노력하다가 호텔에서 죽었으면 반드시 검시(檢屍) 보고서가 있을 것인데, 전혀 보이지 않는다고 한다. 이기항 선생 내외는 이 의문사를 자객에 의한 타살로 보는 듯했다. 이 추측이 사실이라면 그 자객을 보낸 측은 자명하다고 할 것이다. 이 장로 부부는 이 의문을 풀기 위해 백방으로 노력하고 있지만 이 의문을 풀어줄 자료는 아무 데도 없다고 했다. 없는 것일까, 없애버린 것일까? 여기서도 국사학도로서 부끄러움을 갖지 않을 수 없었다. 두 군데에 서명하고 몇 푼이나마 성금을 보태려고 했으나 부인의 만류로 결국 뜻을 이루지 못했다.

다시 로테르담으로 왔다. 한인회(회장 이욱현 장로) 간부들과 저녁회식이 있다고 한다. 전 후원회장이었던 분이 운영하는 음식점 코리아나에서였다. 로테르담에 하나밖에 없는 한국 음식점이라고 했다. 시국 이야기며 러시아 이야기 등으로 꽃을 피우다가 9시 무렵에 마쳤다. 호텔에서 짐도 왔기 때문에 편한 복장으로 갈아입고 식사를 했다. 이재수 장로는 내가 강연 도중에 말한 러시아 볼고그라드 고려인에 대한 관심을 표현했다. 귀국해서 이메일로 그 주소를 보내겠다고 했다. 해외에 살고 있는 사람들도 같은 동포인 고려인들에 대한 관심을 표현해 주면 당사자는 물론 일하고 있는 이형근 목사도 큰 힘을 받을 것이라고 했다.

쾰른 한인교회로 우리를 태워 갈 사람과는 노보텔 호텔 앞에서 저녁 9시에 만나기로 했기 때문에 회식을 끝내야 했다. 강재형 선생이 너무 적어서 미안하다고 변명하면서 건네주는 사례를 거절하지 못한 채 받아 들고, 로테르담을 하직하고 새로운 강연지로 떠났다. 저녁 9시 20분쯤에 로테르담 중심을 출발, 쾰른의 숙소인 최창학 집사님 집에 이르니 11시가 약간 넘었다. 270㎞를 2시간 만에 주파한 것이다. 속도 제한을 두지 않는 독일의 고속도로 덕분이었다. 운전자는 광부로 와서 이곳에 눌러앉아 이제는 독일 관청의 사회복지사로 활동하고 있는 이정우 집사님이었다. 경주 출신의 구수한 사투리로 시종 이야기를 계속했던 이분은 소박한 심정으로 교회를 돕고 있었다. 그는 1980년대에 나의 글을 많이 읽었다고 한다. 이 집 주인이 대접하는 차를 마시고 3층으로 올라와 샤워하고 잠자리에 드니 0시 40분이었다.

2월 24일 (일) 흐리고 비. 후두둑 비가 곧 쏟아질 것 같은 날씨가 하루 종일 계속되었다. 바람도 거세게 불고 진눈깨비도 더러 내렸다. 이런 날은 뜨뜻한 구들방에 드러누워 종일 낮잠을 잘 수 있으면 얼마나 좋으랴. 몇 차례에 걸쳐 지나다닌 쾰른을 가로지르는 라인 강은 범람 직전 상태로 보인다. 거의 한 달 내내 비가 계속 내렸단다. 그런 속에서도 바지선은 거슬러 올라가기도 하는 등 화물을 나르기에 분주하다.

8시 30분쯤에 일어났다. 샤워를 하고 옷을 단장하고 아침식사를 들었다. 최용준 목사로부터 연락이 있었다. 오후 특강을 어떤 내용으로 할 것인지를 묻는 것이었다. 한국에서 일어나고 있는 성경통독회(聖經通讀會)를 소개하면서, 내가 평소에 강의하는 '한국 초대교회의 성장과 성경'이라는 제목으로 강의하겠다고 했다. 김 교수님 방에 들어가 편히 주무셨느냐고 묻고 이렇게 불편할 줄 알았으면 이곳에 오지 않고 어제 네덜란드의 호텔에서 잘 것을 잘못한 것 같다고 용서를 구했다.

최창학 집사는 치과기공을 익힌 사람으로 30여 년 전에 독일에 와서 얼굴 복원술을 배웠다고 한다. 귀와 입, 코의 피부 등을 원래의 모습대로 실리콘으로 복원하는 기술이다. 성형수술 비슷하나, 미용을 위한 성형수술과는 다르다는 것이다. 식사를 하면서 이 집에는 딸이 둘이며, 장녀는 아헨(Aachen) 공대를 다닌다는 것을 알게 되었다. 최 집사는 독일과 한국에 연구소를 갖고 있다고 한다. 며칠 전에도 한국에서 가난한 사람이 수술하기를 원해서 한국 돈으로는 1억 6천여만 원에 달하는 수술을 해 주었다고 한다. 이 집은 주인이 손재주가 뛰어나 각 방에는 화분과 난초가 가득하고 손수 만든 어항에는 고기가 놀고 있었다.

교회에 나갈 시간에 주인으로부터 뒤셀도르프의 이재인 선생에게 전화해 보라는 전갈이 있었다. 목사님으로부터 연락을 받았다는 것이다. 통화가 되자 대뜸 그는 왜 그런 식으로 하여 자기들을 난처하게 만드느냐는 것이었다. 오늘 오전 10시에 네덜란드 라이덴에서 차를 타고 뒤셀도르프로 오기로 되어 있었는데, 어떻게 된 것인가 하는 것이었다. 자기는 어제 네덜란드로 전화해 보고 쾰른으로 떠났다기에 어떻게 된 영문인지 몰라 밤새도록 고민하다가 아침에 연락해 보는 것이라고 매우 강경한 어조로 말했다. 나는 이 씨의 어조가 매우 '도전적'이라고 지적하고, 주일인 오늘의 스케줄을 보니 주일예배 시간에 기차를 타도록 시간표를 짜 놓았고, 또 뒤셀도르프에 도착한 뒤에는 오후 5시까지 아무런 프로그램이 없기에, 그렇다면 먼저 쾰른에 가서 오전 중에 예배를 드리고 오후에 특강한 뒤 오후 5시까지 그곳에 도착하면 되지 않겠느냐고 생각하고, 네덜란드 측의 허락을 얻어 어제 저녁에 쾰른에 왔노라고 대답했다.

내가 '도전적'이라고 한 말에 그는 약간 당황한 듯했다. 그는 사실은 오늘 한인회장 등과 함께 우리를 마중 나와 점심식사를 같이하려고 했다면서 매우 난처하게 되었다고 했다. 나는 먼저 우리에게 알려준 프로그램 진행에 차질이 있는지를 물었으나 그런 것은 없다고 했다. 그는 "선생님이 오신다니까 뒤셀도르프 교회를 비롯해서 여러 교회에서 선생님을 모시고 싶다는 요청을 해 왔지만 다 거절했는데 오늘 쾰른 한빛교회에서 특강을 하니 저희들의 체면이 어떻게 되겠습니까? 저희들은 이번 행사를 교회와 관련시키지 않는 순수한 한인(글)학교 행사로서만 하려고 했습니다"라고 했다. 나는 약간 미안하게 되었고, 또 이재인 선생에게 통화로 너무 심하게 하지 않았는가 하는 생각을 하면서 그 젊은이가 다른 감정을 갖지 않도록 해 달라고 하나님께 오전 내내 기도했다.

오후에 만나 이 선생에게 내 스케줄을 보이면서 "어제 네덜란드의 경우, 몇 시에 식사하고 회동하고 만찬을 하는가 하는 구체적인 스케줄이 적혀 있는데 견주어 뒤셀도르프의 것은 전혀 없다"는 점을 지적하고, 우리가 어제 쾰른에 일찍 와서 오늘 오후에 특강하게 된 경위도 설명했다. 그리고 "오전 내내 당신을 생각하면서 기도했다"는 말도 하여 "서로 좋지 않은 감정을 갖지 않도록 하자"고 했다. 오후에 우리가 뒤셀도르프로 올 때 최용준 목사가 함께 와서 미안하게 되었다고 사과한 것은 이 때문에 취한 조치였다. 최 목사가 이쪽 한글학교의 교장이나 이재인 선생, 그리고 이쪽 교회의 담임목사를 만나 먼저 사과하자 더 이상 문제되지 않고 잘 풀렸다.

11시 무렵에 최창학 집사가 사는 레버쿠젠(Leverkusen)을 출발, 쾰른으로 들어왔다. 레버쿠젠은 거기에 자리 잡은 독일 바이엘사의 직원 4만여 명을 위해 닦은 도시로서, 과거 차범근 선수가 그 회사의 팀에 소속되어 축구를 했다고 하며 비교적 부유한 동네라고 했다. 쾰른으로 와 쾰른 대성당에 들어가 보았다. 건물이 크기 때문에 그 근처에서 불어오는 바람이 그 건물에 부딪혀 나눠지면서 아주 세찬 바람으로 변한다고 하는데 아침 바람이 매우 세차고 추웠다. 성당 입구에는 그 추위에도 구걸하는 이들이 있었고, 성당 안에는 신부가 목에 헌금통을 걸고 출입자들의 자비심을 불러일으키고 있었다. 시간이 없어 종탑까지는 올라가지 못하고 성당의 앞쪽까지만 가서 보고 돌아 나왔다. 생명력을 잃은 교회의 모습은 이렇게 형해(形骸)만 남게 되는 것이라고 옆에 있는 김석득 교수께 말했다. 이런 추위에도 관광객이 많았다.

쾰른 한빛교회(Hanvit Koreanische Evangelische Kirchengemeinde, Köln e. V.)는 독일 빌립보 교회(Philippus Kirche, Aibert Schweitzer str. 5, 50968 Köln)의 건물을 빌려 쓰고 있는데, 그 교회에 가서 예배에 참석했다. 최 목사는 〈누가복음〉 9장 18절~27절을 본문으로 설교하면서 참 제자도의 삶을 살아간 박윤선 목사님을 말했고 박 목사님을 언급하기 위해 합동신학교를 말했다. 그는 이어서 합동신학교와 관련, 자기도 거기를 한 학기 다녔다면서 "오늘 이 예배에 참석한 이만열 교수가 1980년 신군부에 의해 해직되고 합동신학교에서 신학공부를 했다"고 언급했다. 물론 박윤선 목사를 말하기 위한 것이지만, 설교 도중에 내 이름이 거론된 것은 듣기에 민망스러웠다.

그의 설교는 조용한 것이었지만 사순절 설교다운 내용을 포함했고 기독교의 중요한 핵심 진리를 말하고 있었다. 독일어로 "ohne Kreuz, keine Gloria(without cross, never glory)"를 언급하면서 "자기를 부인하면 주님을 시인하게 되지만, 자기를 부인하지 않으면 주님을 부인한다"고 단호히 말했다. 참으로 심금을 울리는 말씀이 아닐 수 없다. 제자도가 자기를 부인하고 십자가를 지는 것이라고 할 때, 지금까지 인간 중심으로 살았던 자기를 부인해야 하는 삶은 필수적이라는 것이다. 나의 인간적인 모습을 부인하지 않는 그만큼 주님을 시인하지도, 따르지도 않는다고 하지 않을 수 없다. 내 신앙의 모습을 이 한 말씀으로 잘 비춰 주고 있다. 예배를 마치고 나오면서 최 목사께 오늘 말씀을 통해 큰 은혜를 받았다고 말했다.

예배 뒤 2층에서 김밥 등으로 간단한 식사를 했다. 밖에서도 교인들이 커피와 김밥 등으로 점심을 들며 교제하고 있었다. 어릴 때 부모를 따라 독일에 와서 공부하면서 이제는 번역을 연구한다는 어느 자매가 교수의 지시에 따라 내 언더우드 관계 논문을 번역하고 있다기에 만나보았다. 그 자매는 독일어보다는 한국어를 더 공부해야 할 처지에 있다고 느꼈다. 나는 그에게 한국의 소설 등을 많이 읽어 감각적으로 한국어에 접근하지 않으면 안 된다고 강조했다. 점심식사 등을 보아서 독일의 한인교회는 미국과는 달리 세련되거나 넉넉한 것 같지는 않았다. 삶의 분수를 의식하는 듯했다. 네덜란드나 독일이 주는 영향력 때문이라고 보았다.

14시부터 특강이 시작되었다. 특강에 앞서 나는 내가 이곳을 특별히 찾고 싶었던 이유가 있었다고 설명했다. 그것은 분열만 일삼는 모국(한국) 교회와는 달리 이곳에서는 각기 달리 세워졌던 교회들이 통합을 이루었다는 이야기를 들었기 때문에, 그것을 직접 보고 모국 교회에 이 사실을 알리고 또 본받아야 한다는 데 있다고 말했다. 강연은 한국 초대교회 성장에 성경이 준 영향에 관한 것으로서, 여러 곳에서 몇 번 되풀이했던 내용이었던 만큼 원고 쪽지 하나 갖지 않고 1시간 20분 정도 설명할 수 있었다. 반응이 진지했고 교훈 또한 좋았다. 강의를 마친 뒤 전남대학교 독문과 교수로 이곳에 교환교수로 온 어느 젊은 교수는, "어떻게 원고 하나 들지 않고 그렇게 많은 연대를 외우며 강의할 수 있느냐" 면서, "이 교수님의 명성은 일찍부터 알고 있었지만 참으로 감탄스럽다"고 몇 번이나 감격해 하며 말했다. 그 전남대 교수는 한 학기를 더 머문 뒤에 귀국한다고 했다.

어제 우리를 쾰른까지 태우고 왔던 이정우 집사의 차를 타고 먼저 그의 집으로 가서 잠시 차를 마시고 최 목사님과 함께 뒤셀도르프로 갔다. 최 목사님은 아무래도 자신이 가서 내가 오늘 자기 교회에 오게 된데 대해 사과하는 것이 좋겠다고 생각했던 것 같다. 오전에 나에게 전화하기 전에 이재인 선생이 최 목사에게 자기의 감정을 여과 없이 터뜨렸던 것으로 보였다. 최 목사와 이재인 선생 사이의 대화가 어느 정도로 심각한 것이었는지는 알 수 없다. 최 목사가 실수하거나 잘못한 것이 전혀 없겠지만, 목회자로서 같이 가서 그들에게 사과하는 것은 그들에게 좋은 인상을 줄 것이라고 생각했다.

17시가 조금 지나 뒤셀도르프 새소망교회에 도착, 그쪽의 한글학교 교장과 이재인 선생을 만나 허심탄회하게 말했다. 최 목사도 사과하기 위해 왔다는 것을 분명히 했다. 그들의 마음이 누그러지지 않을 수 없었다. 가만히 들여다보니 이들이 언짢아 한 것은, 뒤셀도르프 교회가 그들에게, 이 교수가 오면 주일에 설교하도록 요청했으나 거절했는데, 그것이 결과적으로 쾰른 한빛교회에서 특강하는 빌미를 주었기 때문이라고 생각되었다. 따라서 따지고 보면 이들이 화낼 이유는 없다고 해야 한다. 단지 쾰른에서 특강할 바에야 왜 뒤셀도르프에서는 설교하지 못했느냐 하는 것이 그들을 화나게 한 거의 유일한 원인이었던 것이다.

토론 과정에서 이 교회의 목사인 통합측 교단 목사의 약간은 빤질빤질한 설명이 좀 얄미웠다. 그는 뮌스터에서 박사학위 공부를 하고 있다고 하는데 이죽거리는 듯한 말투로 설명을 했다. 하여튼 이런 저런 오해들은 대화를 통해 풀었다. 최용준 목사와 이정우 집사를 일단 돌려보냈다. 최 목사는 나에게 특강 사례로 150유로를 주고 자기의 박사학위 논문 〈Dialogue and Antithesis—A Philosophical Study on the Significance of Herman Dooyeweerd's Transcendental Critique〉도 주었다. 한 부는 숙명여대 도서관에 넣어 달라고 했다. 자기의 논문을 이렇게 도서관에까지 넣어 달라고 요청하는 것을 보고 깨닫는 바가 있었다. 이왕 썼으면 남에게 많이 읽혀 비판과 인용을 같이 받아야 한다는 것이다. 그러나 학자 생활을 몇 십 년 했다는 나는 아직도 이런 생각을 하지 못하고 있었다. 그저 필요한 사람이면 읽게 되겠지 하는 막연한 생각만 했던 것이다.

강연회에 앞서 나를 안다는 사람들이 몇몇 왔다. 양해동이라는 사람은 《서간도 아리랑》이라는 자전적 장편소설을 나에게 주기도 했다. 강연을 시작하기도 전에 질문지라면서 이상한 내용을 적은 글귀를 주기도 했다. 분위기가 이상하게 돌아간다는 느낌을 받았다. 강연은 우리에게 알려준 17시보다 1시간 20분이나 늦게 시작되었다. 오늘은 오후에 내가 쾰른 교회에서 특강을 했기 때문에 김석득 교수님께 먼저 하도록 부탁했다. 김 교수가 마친 것이 19시 45분, 나의 강의가 시작된 것이 거의 20시가 되어서였다. 질의응답까지 1시간 30분 정도가 걸렸다. 참석한 사람은 약 60여 명이었다. 로테르담에서는 학생들까지 참석하여 약 100여 명이 되었으나 이곳에서는 교사급 이상만 참석하여 상대적으로 적었던 것으로 보인다.

강의가 끝난 뒤 한 여성이 부탁하는 형식의 질문을 했다. 자녀들의 이중언어 교육과 관련, 본국에서 한글학교를 지원해 달라는 것을 강조하고, 청중을 향해서는 유럽의 관광지를 다닐 때 한국어로 된 안내책자를 요구하라는 것으로 요약할 수 있다. 이어서 앞서의 양해동이라는 사람이 민중사관 등, 자신의 선입견에 입각하여 강연의 내용과는 전혀 관련이 없는, 질문을 늘어놓았다. 그 질문에 대해 나는 전혀 동의하지 않는다고 대답했다. 다만 내 강연 가운데 미국 이민의 예를 들어 유럽 이민을 같이 설명하거나 논평한 것은 잘못되었다고 지적한 부분에 대해서는 고맙다고 했다. 많은 사람들이 강연이 감명 깊었다고 말해 주었다.

강연이 끝나고 저녁을 먹는 시간이었다. 한참 동안 차로 달려 '서울(Seoul)'이라는 한국 식당으로 갔다. 식당 주인은 막 문을 닫으려는 참이었는데도 우리 일행이 닥치니 음식을 주겠다며 친절을 아끼지 않았다. 해물잡탕으로 시켰다. 어린아이 한 사람까지 10명이었다. 11시 30분이 되어도 일어날 생각을 하지 않았다. 나는 옆에 있는 김 교수님의 시계를 보는 척하면서 자리에서 일어날 것을 독촉했다. 이때도 그 통합 측 목사가 말을 많이 했다. 손님을 배려하는 기본적인 자세가 되어 있지 않았다. 그 자리에서 선물이라는 것을 주었다. 어떻게 된 사람들인지 도무지 이해할 수가 없다. 마치고 숙소로 찾아간 곳은 한국인이 경영하는 어느 여인숙이었다. 이 사람들이 오늘 점심을 낸다느니 하면서 큰소리를 치더니 기껏 손님을 모신다는 곳이 이런 곳이구나 생각하니,

그들이 오늘 우리에게 보이는 자세가 무례한 것은 아닌지 생각이 착잡하게 돌아갔다. 숙소에 도착하니 거의 밤 12시가 되었다.

돌아오는 길에 중앙거리를 보았는데 이곳은 일본거리라고 한단다. 일본은 일찍부터 진출하여 경제적으로 이곳을 중심으로 활동을 펴 왔다. 이곳이 그 유명한 루르 공업지대의 중심지로서 전후 독일 경제를 일으킨 곳이다. 일본 기업이 3,600여 개 정도 진출해 있다고 하며, 그래서 어떤 독일인들은 이곳을 '일본의 식민지'라고 부른다는 것이다. 한국은 이곳으로 진출하려다가 일본 세력을 피해 프랑크푸르트(Frankfurt)로 진출했다고 한다.

일본인들은 너무 심하게, 혹은 여사무원에게 커피 나르는 것을 시키는 등 독일식 노사규정에 맞지 않게 독일인들을 부리기 때문에 견디지 못한 독일인들이 사임한다고 하며, 신문 지상에 불평들을 쏟아 낸다고도 한다.

오늘 만난 사람은 원병호(국제태권도 사범), 방준혁(재독세계상공인연합회 회장), 박성옥(독일연방 민족연구소 소장), 천경원(사단법인 종이접기 이사장), 여행구(반도체 관련 대리점 경영) 씨 그리고 한글학교 교장 등이었다. 강연회에는 본과 쾰른 등지의 한글학교 교장과 선생들이 참석했으나 서로 소개하는 시간조차 갖지 못하고 헤어졌다. 아쉽다고 하지 않을 수 없다. 아무리 시간이 없다 하더라도 멀리서 오신 분들을 소개하고 서로 동지적인 결의를 굳게 하고 격려하는 시간은 가졌어야 하는데, 그런 생각을 하지 못한 주최 측이 원망스러웠다. 해외에서 이런 기회를 이용하여 조국과 민족을 위한 동지애를 확인하는 것은 자신의 보이지 않는 한글학교 봉사에 대한 가치를 재확인하는 것이라고도 할 수 있다.

2월 25일 (월) 종일 비 오다. 8시에 일어나 샤워하고 곧 아침식사에 들어갔다. 음식이 입에 잘 맞았다. 특히 김치가 한국에서보다 더 맛있었다. 삭은 정도가 거의 완벽했다. 북어국인 듯한 국도 구미에 맞게 잘 끓였다. 이 집의 주인은 교회의 장립집사로서, 집을 크게 짓고 빈 방을 한국 사람들에게 민박으로 제공하게 되었는데, 계속 사람들이 찾아온다고 한다. 한번 이용했던 사람들이 다시 이용하기도 하고 그들이 선전하여 이용하는 사람들도 많다는 것이다.

9시쯤에 한인학교 교장과 이재인 선생이 왔다. 이 선생은 어제부터 말이 거의 없는 사람으로 변했다. 내가 어제 전화하면서 너무 '도전적'이라는 말을 한 뒤에 특히 나를 경계하는 듯했다. 그럴 필요가 전혀 없는데. 그 사람들도 아침에 식사를 하지 않고 온 듯해서 이 집에서 식사를 했다. 10시 10분 전에 뒤셀도르프 중앙역을 향해 출발, 10시 15분쯤에 도착했다. 기차가 10분 정도 늦게 도착한다는 알림이 있었다. 우리들은 플랫폼에서 기다렸다. 기차 도착 직전에 안내방송이 있었지만 아무도 알아듣지 못했다. 하기야 얼마 전까지도 한국에서 독문학을 가르치던 교수들이 독일에 와서는 통역을 세워야만 의사소통이 가능했다고 하니까.

기차 안은 같은 칸 안에 침상형에다 유리창으로 만든 벽이 마련된 방도 있고, 칸막이 없이 탈 수 있는 방도 있으며, 담배를 피울 수 있는 방도 있고 그렇지 않은 방도 있었다. 우리 좌석은 칸막이 없이 네 줄로 앉을 수 있는 곳의 넷째 줄 세 좌석이 있는 곳이었다. 김 교수는 이 차 안에서 이 좌석의 값이 가장 쌀 것 같다고 하면서, 뒤셀도르프 한인학교의 경제형편을 염려했다. 그들은 여러 번 교장 맡을 사람이 없다는 상황을 말했는데, 이것은 그저 한 말이 아니었구나 하는 생각이 들었다. 함부르크로 가는 동안에 비어 있는 내 옆의 한 자리에는 아무도 앉지 않았다.

기차 안에서는 차내 판매상에게 오렌지 주스와 과일 주스를 사서 마셨다. 김 교수님은 브레멘을 지나면 함부르크라는 말을 듣고 브레멘을 지나자 내릴 차비를 했다. 우리가 내린 플랫폼 앞에 마침 승강기가 있어서 그것을 타고 올라와 중앙역 현관에 해당하는 곳으로 나갔으나 마중 나온 사람이 없었다. 적어준 쪽지를 꺼내어 전화를 하려고 했으나 얼마짜리 동전을 내야 할지 알 수 없었다. 그 옆에 있는 라이제방크 (ReiseBank)의 직원에게 물었으나 알지 못했다. 아마도 유로가 통용되면서 이런 혼란이 일어났는가 보다.

그러는 사이에 어느 한국인이 다가와 "서울에서 온 교수님들이 아닙니까?"라고 물으면서 한인학교에서 나왔다고 했다. 알고 보니 이곳 한인학교 교무주임인 최명현 선생이었다. 교장 이종우 선생과 함께 나와, 플랫폼에서 기다리고 있었으나 보이지 않아 찾고 있는데 웬 여성에게 동양인 두 사람이 저쪽으로 갔다는 말을 듣고 달려왔노라고 하면서 곧 교장 선생을 데리고 왔다. 플랫폼에 내려 가만히 있었으면 쉽게 만날 수 있었을 것을, 그렇게 하지 않은 것은 한국 모양으로 출구와 집찰구가 따로 있는 줄 알았기 때문이다.

교장 선생의 차를 타고 이 지역에서 가장 먼저 개점했고 한인학교에서 가장 가까이 있다는 한국 음식점 '아랑(Arang)'으로 갔다. 주인의 친절이 있었지만 그 음식은 우리의 것과는 멀었다. 특히 김치는 무슨 향기가 나는데 한국 음식이 아니었다. 나는 그녀에게 한국의 김치맛을 손님들에게 보여 주는 것이 중요하다고 하면서, 식당에서 담을 생각을 하지 말고 농협 등에서 만든 수입 김치를 제공하는 것이 좋겠다고 했다. 해물전골을 먹었으나 그것도 제대로 된 것 같지는 않았다.

이렇게 점심식사를 한 뒤, 가톨릭 학교의 교실을 빌려 쓰고 있는 한인학교로 갔다. 조그마한 교실에 걸상을 재배치하고 좌석을 정리했다. 앞에는 태극기를 걸고 크게 뽑은 글씨로 칠판에 '한글학회 유럽지역 순회

강연회'라고 써 붙여 놓았다. 벽에 붙이는 것은 학교 당국에서 허락하지 않아 칠판에 붙였다고 한다. 옷을 정장으로 갈아입었다. 예정 시간보다 20분 늦은 16시 20분에 국민의례를 녹음한 반주에 맞춰 국기에 대한 경례와 애국가를 4절까지 제창하고, 순국선열에 대한 묵념 등의 순서를 진행한 뒤에 강연에 들어갔다. 참석 인원은 15명 정도에 불과했으나 어느 지역보다 진지한 모습이었다.

내가 먼저 강연했는데, 18시 40분까지 계속했다. 두 강연을 마쳤어야 할 시간이었다. 강의에 앞서 을지문덕의 살수대첩에 대해 소개할까 생각하여 그의 오언시(五言詩)를 생각했지만 잘 생각나지 않았다. 머리가 이렇게 쇠하고 있구나 탄식하면서 애써 기억해 내려고 노력한 결과 강의 직전에 그 내용이 생각나서 다행이었다. 한국인의 정체성을 말하기 위해서는 한국인이 주체성을 지키기 위한 노력을 어떻게 해 왔는지를 말하지 않을 수 없어 살수대첩과 임진대첩을 예를 들었던 것이다.

강의 도중 내가 2년 전에 출판한 《우리 역사 5천년을 어떻게 볼 것인가》라는 책을 소개했다. 강의를 마친 뒤 해외에 살면서 자신이 민족적 정체성을 확립해야 한다는 확신은 물론 그와 관련하여 앞으로 해야 할 일의 방향을 정했다는 사람도 있었다. 시간을 배 이상 늘여 가면서 강의한 보람이 이런 데서 나타나는 것이다. 질문 가운데 《환단고기(桓檀古記)》, 《규원사화(揆園史話)》, 《천부경(天符經)》 등에 대해 어떻게 생각하느냐는 질문이 있었다. 《천부경》으로써 박사학위 논문을 준비하고 있다는 이 학교 교무주임의 질문이었다. 나는 학계에서 이해하는 대로 그것이 위서류(僞書類)라는 것을 설명해 주었다.

잠시 쉬는 동안에 독문학을 전공했다는 한 여성 — 뒤에 알았지만, 그녀는 고대 독문학과를 졸업하고 이곳에 남편과 함께 와서 박사 과정에 있는 김인순이라고 했다 — 으로부터 포츠담회담에서 한국의 독립이 언급되었다는 지금까지의 이해는 잘못된 것이라면서 거기에 대해 어떻게 생각하느냐는 질문을 받았다. 나는 포츠담회담에서 카이로선언을 추인하는 형식으로 한국의 독립을 보장했기 때문에 그 회담에서 한국의 독립을 따로 언급하지 않았더라도 한국의 독립은 포츠담회담에서 승인되었다고 봐야 한다고 했다. 그러나 그는 여러 번 포츠담을 방문해서 안내원에게, 포츠담회담에서 한국과 관련된 질문을 했지만, 카이로선언의 추인 등에 이르기까지 포츠담궁의 연구원들은 아는 바가 없다고 했다는 것이다. 차차 알아보자고 말할 수밖에 없었다.

김 교수님도 19시쯤에 강의를 시작, 역시 거의 1시간 반 이상을 계속했다. 김 교수님과 나를 나오도록 하여 질의응답까지 마치니 21시가 훨씬 넘었다. 이곳에서 거의 30년 동안 태권도장을 운영하면서 민간외교에 앞장서고 있는 한인학교 후원회장의 인도에 따라, 늦었지만 다시 한국 식당 '코레아니쉐 레스토랑(Koreanische Resturant)'으로 갔다. 거기서도 해물잡탕과 또 다른 해물볶음을 시켰다. 대화가 좋았다. 참석자는 우리 두 사람과 교장, 교무주임 선생, 조명훈(趙明勳) 교수, 은희진 선생(Geschaeftsfuererin), 목사님, 독일인과 결혼한 여성 한 분 그리고 후원회장 등 9명이었다.

여러 좋은 대화가 오갔다. 정치학을 전공했다는 1931년 생의 조명훈 선생은 나이답지 않은 분으로 두어 번 북한을 다녀오기도 했단다. 그는 지난번 〈달마가 동쪽으로 간 까닭은?〉 등 대부분의 영화 대본을 독일어로 번역하는 등 활동의 폭이 넓으며, 이곳 교민들로부터 존경을 받고 있다고 한다. 김일성의 초청으로 북한에 갔다가 나오는 날 공항에서 북한 관리들이 방문 소감을 묻자, "여기는 왜 몇 십 년 동안 김 주석만 정치를 하고 있는가?"라고 반문해 추방되다시피 출국하였으며, 그 다음에는 북한 방문이 끊어졌다 한다.

또 그는 자식들에게 손수 밥을 세 끼 다 만들어 먹이는 분이라고 한다. 그 스스로 사랑은 주는 것이기 때문에 자식을 위해 봉사하는 것 자체가 큰 기쁨이라고 했다. 내가 새온이를 키우면서 느끼는 감정과 어쩌면 그렇게 비슷한지 마음이 통해 기뻤다. 김 교수님이 오늘 저녁 강의 시간에 소개한 《훈민정음(訓民正音)》을 독일어로 번역할 의사가 있다고도 했다. 그는 세종대왕을 존경한다며, 세종대왕이야말로 사후(死後)에라도 노벨상을 받을 수 있는 분이라고 《한겨레신문》에 의사를 표시한 적이 있다고 했다. 시간이 지나 11시가 넘었다.

숙소로 오면서 《천부경》으로 박사학위 논문을 준비한다는 교무주임 최명현 선생과 대화를 나눠 보았다. 그는 《천부경》의 원리가 우주의 생성 원리와 상통하는 것으로 본다고 했다. 그는 천체물리학을 연구한다면서 《천부경》의 원리로써 천체물리학 가운데 우주 생성의 원리를 설명하겠다는 것이었다. 그는 예일여고에서 7년 동안을 가르치다가 12년 전에 유학 왔는데 지금 47살이라고 했다. 우리가 오늘 저녁에 묵고 있는 이 병원에 근무하는 이경란 선생과 함께 현재 '다물민족학교'를 세워 1주에 이틀을 가르친다고 한다. 한국 전통과 사상 등 주로 정신적인 것들을 가르친다고 하는데, 이런 사람들이 바로 애국자라고 할 수 있다.

숙소는 노인들을 위한 요양원이자 병원이라고 했다. 이름은 호스피탈 쭘 하일리켄 가이스트(Hospital zum Heiligen Geist)인데, 호텔 못지않은 깨끗한 환경과 시설이었다. 한 달에 1인당 우리 돈 3백만 원 정도를 내야 한다고 한다. 나는 이 병원에 부속되어 있는 숙소 제1호실에서 잤는데, 1인용 객실은 35유로, 2인용 객실은 55유로라고 안내서에 적혀 있었다. 이 지역은 영화배우들이 사는 곳으로서 부자 동네라고 하지만, 오늘 저녁 시내에서 들어올 때 보니 너무 먼 것 같았다. 강사가 피곤해하는데 그런 사정은 알아주지 않고 늦게까지 식당에 앉아 있어야 하는 것도 괴롭거니와, 숙소를 멀리 잡아 놓은 것은 더구나 피곤한 강사들을 배려한 것이라고 할 수는 없다. 몸을 씻고 나니 12시 30분, 너무 피곤해 그냥 잠자리에 들었다.

2월 26일 (화) 흐림. 엊저녁에 늦게 잠자리에 들었지만 비교적 깨끗하고 조용한 환경에다 밤 늦게까지 주룩주룩 내리는 빗소리가 마치 심포니를 들려주는 듯했기 때문에 그 리듬에 맞춰 잠을 잘 잤다. 어제 수고해 준 최 선생과 이 선생이 아침에 찾아와 우리를 역까지 안내했다. 역에 가서 아침식사를 대충 때우고 8시에 출발하는 프랑크푸르트행 기차를 탔다. 어제는 뒤셀도르프에서 함부르크로 갔는데, 프랑크푸르트 오는 길은 뒤셀도르프를 거치지 않았다. ICE라는 고속열차를 탔다. 몇 년 전 독일에서 드물게 대형 사고가 나서 전 세계에 알려진 바로 그런 유형의 열차인데 하노버와 카셀을 경유해서 달렸다. 카셀 빌헬름스회에(Kassel Wilhelmshoehe) 정거장은 독일의 다른 기차역과는 달리 매우 현대적이었다. 통독 이후 독일 영토의 중심이 동쪽으로 이동해 가면서, 비교적 서부 지역에 자리한 뒤셀도르프 같은 대도시를 뒤로 두고 이 지역이 발전할 것이라는 전망이다.

10시 조금 넘어 프랑크푸르트에 도착했는데 연착했다. 독일에서도 요즘은 연착을 자주 한다고 누군가 일러 주었다. 역에는 심제택 교육원장과 프랑크푸르트 한국학교의 김연한 교장 그리고 조카 은희가 나와 있었다. 프랑크푸르트대학 박사학위 과정에서 독문학을 공부하고 있는 은희는 중고등학교 시절부터 문재가 뛰어난 편이었는데, 현재 박사학위 논문을 준비하면서 프랑크푸르트 한국학교의 초등 2부(4학년~6학년) 주임교사로 근무하고 있었다. 은희가 스스로 역까지 나올 위치는 아니었지만, 심제택 원장이 내가 은희 이모부란 사실을 알게 되자 함께 나올 것을 권유하여 나왔다고 변명했다. 김연한 교장의 남편이 주차하고 오는 동안에 잠시 기다렸다. 김 교장의 남편 이건치 씨는 과학자라고 했다.

프랑크푸르트는 세 번째 방문한 것이다. 1986년과 1992년 여름에 각각 들른 적이 있었다. 1986년에는 대한성서공회사 집필을 위해 자료 수

집 차 영국으로 가는 길에 들렀고, 1992년에는 미국에 연구교수로 갔다가 아내와 함께 유럽의 종교개혁지를 돌아보기 위해 조카 은희가 있는 프랑크푸르트에 내려 렌트카로 출발했던 적이 있었다.

1986년에 왔을 때는 우연히 이곳 한인교회를 담임하고 있던 이해동 목사님을 만나게 되었다. 이 목사님은 그 전에 한국에서 유신독재와 전두환 신군부 등장에 저항하면서 소위 '김대중 내란음모 사건'에 연루되어 모진 고초를 겪었던 분인데, 나와는 이런 저런 인연으로 한국에서 가끔 만나던 사이였다. 당시 이 목사님을 이곳에서 만나리라고는 전혀 생각하지 못했는데, 추측컨대 한국기독교장로회 교단에서 독일 교회와 협의하여 요양을 겸해 이곳으로 파송한 것이 아닌가 생각되었다. 이 목사님은 아예 내 짐을 자기 집으로 옮기게 하고는, 그 주일의 설교를 나에게 부탁하는가 하면 며칠 동안 안내하여 근처의 유적 관광지를 다 보여 주었다. 하이델베르크와 로렐라이 언덕 등 근처의 관광지를 처음으로 볼 수 있었다. 그때 사모님께서 손수 마련해 주신 냉면 맛이 일품이었는데, 그 뒤 귀국하여 여러 곳에서 활동하고 계시는 이 목사님 내외분을 뵐 때마다 독일에서 받았던 그 환대가 계속 연상되어서 감사하는 마음이 일어나곤 했다.

마중 나오기로 한 사람들이 다 모인 뒤 우리는 프랑크푸르트 중앙역과 한국학교 사이에 있다는 한국 음식점으로 이동했다. 눈앞에 '길손'이란 이름의 한국 음식점이 보였는데 주차장을 찾느라고 빙빙 돌다보니 시간이 걸려 식당에는 예정보다 30분이나 늦게 도착했다. 한국학교 교무인 이은숙 선생과 하이델베르크 한글학교의 강여규 교장, 프랑크푸르트 총영사관의 최용진 영사와 양계화 영사가 기다리고 있었다.

'길손'이란 한국 음식점은 생긴 지 얼마 안 되는 곳이라 한다. 프랑크푸르트를 포함한 라인·마인 지역에 사는 한국 교포 수는 7천 명이라고도 하고 1만 명이라고도 한다. 교포 구성원은 독일의 중·북부 지역에서 광원 노동자 생활을 하던 분들이 이 지역의 간호사와 결혼해 이주해 온 경우도 있는가 하면, 다문화 도시인 프랑크푸르트에서 사업을 하기 위해 다른 지역에 살다 이주해 온 경우도 있었다. 그 외에도 한국 회사의 해외지사가 프랑크푸르트 시 근교인 에슈보른(Eschborn)과 슈발바흐(Schwalbach)에 많이 진출해 있어서 이 해외지사 주재원 가족이 한국 식료품점과 한국 음식점의 주요 고객으로 프랑크푸르트를 드나든다. 따라서 다른 어느 지역보다 한국 음식점이 많이 분포해 있다.

'길손'이란 식당은 자그마한 공간이었으나, 안쪽의 내실에 자리가 예약되어 있었다. 기다리고 있던 양계화 영사가 숙명여대 독문과 출신이라며 내게 정중하고 반갑게 인사하기에 숙명여대 사학과 출신으로 외교부에 근무하는 제자 박창숙의 안부를 물으니 알래스카에 가 있다는 이야기까지는 들었다고 한다. 옆에 배석하고 있는 하이델베르크 한글학교의 강여규 교장은 1980년대 초에 독일로 유학 왔다가 결혼하여 독일에 정착했으며, '재독 여성 모임' 활동을 통해 정신대 관련 자료 정리와 번역 사업에 적극 참여하면서 하이델베르크 시 소속 외국인 의회에서 활동하는 뛰어난 여성이다.

식사 중에 이곳 총영사로 새로 부임한 분이 있는지를 물어 보았다. 한때 숙대 강사로 활동했고 노근리사건과 관련하여 잠시 함께 일한 적이 있는 외교부의 관리가 얼마 전에 프랑크푸르트로 총영사로 부임하였다는 소식을 들었기에 확인해 본 것이다. 심제택 원장이 김영원 총영사를 지목하면서 소개해 주었는데, 심 원장은 전임 총영사가 일 중심의 인물이라면, 신임 총영사는 사람 중심의 인물이라고 칭찬하였다.

김 총영사와의 관계를 말하게 되면서 대화가 자연히 노근리사건으로 옮겨졌다. '노근리사건'이란 1950년 7월 26일부터 약 3일 동안 충북 영동의 노근리에서 피난길에 있던 민간인 수백 명이 미군에게 학살된 사건을 말한다. 이 사건은 1960년대부터 당시 피해를 입었던 사람들과 그

유족들이 우리 정부와 미군에 문제를 제기했지만 번번이 묵살되다가 몇 년 전 AP통신이 이를 터뜨리자 미국 정부가 정식으로 조사에 들어가게 되었다.

한미 양국 정부는 각각 대책단을 만들고 장관급으로 단장을 맡게 하여 한국 측은 안병우 국무조정실장이, 미국 측은 코언(William S. Cohen) 국방장관이 맡았다. 양국 정부는 대책단 밑에 민간인으로 구성된 자문위원과 국방부 실무진을 중심으로 한 진상조사반을 각각 두었는데, 미국 측은 신속하게 자문위원과 진상조사반을 이끌고 한국을 방문하여 협의하는 등의 조치를 취했다.

이때 민간인들로 구성된 노근리사건자문위원회에는 한국 측에서 백선엽 장군을 위원장으로 하여 김점곤(평화연구원장), 현홍주(전 주미대사), 최환(전 부산고검장), 이원섭(한겨레신문 논설실장), 정진성(서울대 교수) 그리고 나까지 일곱 명이었고, 미국 측 위원은 그레그(Donald P. Gregg) 전 주미대사, 맥클로스키(Paul N. McCloskey) 전 하원의원, 오캘러헌(Mike O' Callaghan) 전 네바다 주지사, 오버도퍼(Don Oberdorfer) 전 워싱턴 포스트 기자, 메이(Ernest R. May) 전 하버드 교수, 리스카시(Robert W. Riscassi) 전 한미연합사령관, 트레이너(Bernard E. Trainer) 예비역 해병 중장 그리고 김영옥(Kim Young Ok) 예비역 대령이었다. 미국 측은 메이 교수를 제외하고는 참전 또는 근무를 통해 한국과 일정한 관계를 맺었던 분들이었다.

노근리사건 이야기가 나오게 되면서 그 사건의 종결에 대해 이런 저런 이야기들이 나오게 되었다. 그래서 비교적 핵심을 중심으로 설명했다. 처음에 노근리사건이 터질 때만 하더라도 미국은 딱 잡아떼었다. 노근리사건이란 것이 존재하지도 않았고 그런 민간인 학살에 미국군이 관여했다는 것은 있을 수 없다는 태도였다. 그러나 1년 반에 걸친 진상조사를 통해 미군이 이 사건에 관여되었다는 것을 확인하게 되었다. 사건을 종결하면서 당시 미 대통령 클린턴은 비공개적이지만 사과하게 되었고, 미국 정부는 한국에서 미군에게 희생된 한국인을 위해 추모비를 건립하고 장학금을 제공하는 등의 조치를 취하는 것으로 마무리 지었다. 형식적으로 보면 한국이 미국 대통령의 사과를 받아내었으니 큰 성과를 얻은 것이라고 하지 않을 수 없다.

그때 자문위원으로 관여한 나도 대외적으로 말할 때는 큰 성과를 거두었다고 말했다. 가령 북한을 방문, 북한 측 인사들이 의문을 제기했을 때도 한국이 미국을 상대로 대통령의 사과를 받아 내었으니 상당한 성과를 거둔 것이라고 말했다. 그러나 실제 면에서 보면 허점도 없지 않았다. 2백여 명에 가까운 민간 피난민이 학살당했는데도 그것을 명령계통에 의한 조직적인 것으로 결론짓지 못하고, 전쟁 중에 일어난 우발적인 사고로 처리해 버렸기 때문이다.

그 학살이 명령계통에 의해 이뤄진 것이라면 미국 정부가 책임져야 하고, 그렇게 되면 노근리사건 뿐만 아니라 한국과 베트남 등 미국군이 관여한 전쟁에서 미국은 국가적인 배상을 면치 못하게 된다. 따라서 미국 정부는 노근리사건을 어떻게든 군의 명령계통으로 이루어진 것이 아니라는 점을 관철시켜야 했다. 군의 명령계통으로 말미암은 것인가 아닌가 하는 것이 대단히 민감하고 중요한 것이기 때문에 자문위원으로 활동하는 동안 나는 이 점에 가장 깊은 관심을 가지고 어떻게든 미국 측의 사격명령과 관련된 자료들에 주목하고 조사반에 대해서도 그런 점을 주의 깊게 살피라고 당부했다. 미국 측과 회담에 임할 때도 그 점을 집중적으로 따지고 캐물었다.

그러나 이 사건을 종결지을 즈음에 나온 보고서 초안을 보고 실망했다. 그 동안에 미군이 체계적으로 사격명령을 내렸을 것으로 추정할 수 있는 여러 자료들이 나왔음에도 그 보고서 초안에는 '미국 측이 사격명령을 내렸다는 증거는 찾을 수 없었다'는 식으로 써 놓았기 때문이다.

그래서 나는 실무조사반에 대해 그런 보고서를 내 놓으면, 우리 정부가 미국 정부에 배상을 요구하는 것이 불가능하게 될 뿐만 아니라 뒷날 노근리사건을 가지고 민간인들이 미국 측에 사법적으로 대응하는 길도 막게 된다고 지적하고 그런 내용은 수정하거나 삭제되어야 한다고 주장했다.

그래서 나는 보고서 초안을 검토한 뒤에 우리 측 실무조사반에게 미국 측의 사격명령을 체계적으로 밝히는 것이 바람직하지만 자료 부족으로 그렇게 명백하게 명기할 수 없다면, 적어도 '그 동안에 나타난 여러 가지 정황과 증거로 봐서 미국 측이 사격명령을 내리지 않았다고 단정할 수는 없다'는 정도로 써 놓아야 한다고 주장하고, 실제로 보고서 초안에 그렇게 고쳐 써서 국방부 실무조사반장 고경석 부이사관에게 전달하기까지 했다. 그러나 최종적으로 나온 보고서를 보니 내 주장은 관철되지 않았다. 미국 측에 밀렸기 때문이라고 추측했다. 그 뒤 나는 수정해서 건넨 그 보고서 초안을 다시 돌려 달라고 하여 보관하고 있다.

한국 음식점 '길손'에서 우리의 대화가 여기까지 진행되었다. 모두들 처음 만난 자리인데 굳이 이런 이야기가 필요하지 않았지만, 그간 신문을 통해 노근리사건이 왜곡되어 전달되어 있다는 것을 부정할 수 없었기 때문이다. 민간인에게는 미국의 사과가 미흡하다는 식으로 인식되었고, 외교관을 통해서는 미국의 사과를 받아낸 것이 노근리사건을 근본적으로 해결한 것처럼 과장 선전된 측면도 없지 않았기 때문에 말이 나온 김에 이렇게 다소 장황하게 설명했다. 이 자리가 노근리사건에 관여한 민간인과 외교부 관리들이 한 자리에 있었던 것도 자세하게 설명하는 계기가 되었다.

내가 이런 이야기를 하자 이곳에서 공부하면서 교포 신문에 글을 쓰고 있는 조카 은희는 은희대로 미국의 패권주의에 대해 한마디 했는데, 배석한 최용진 영사가 '국익'을 생각하여야 한다며 은희에게 "강 기자,

우리 언제 점심 먹으며 좀 이야기해야겠습니다"라고 했다. 은희를 두고 '강 기자'라고 해서 나는 속으로 '은희는 이씨인데 왜 강 기자라고 부르는가?' 하고 혼자 의아해했다. 알고 보니 독일의 교포신문에 '강민'이란 필명으로 글을 쓰고 있어 총영사관의 영사들은 은희를 강 기자로 알고 있었고, 한국학교에 관련하는 심 원장은 은희를 이은희 선생으로 알고 있었다. 며칠 동안 무리를 한 탓인지 이날 식탁에서 코피가 났다. 전날 함부르크에서 강연한 뒤에 식사와 차를 마시는 순서까지가 길었고, 그 뒤 밤늦게 상당히 떨어진 숙소로 갔으며, 아침에는 또 서둘러 프랑크푸르트로 왔기 때문일 것이다. 옆 사람들에게 미안했지만 얼른 수습했다.

식사를 끝낸 뒤 서둘러 강연장이 있는 학교로 갔다. 프랑크푸르트 한국학교는 괴테 김나지움이라는 독일 학교 교사를 사용하고 있었는데, 매주 토요일 사용 뒤에는 학교 측에서 교실 상태가 제대로 원상 복구되어 있지 않다고 까다로운 불평을 전달해 와 어려움을 겪고 있다고 했다. 한국학교 교사들에 따르면, 사실 한국학교가 토요일에 교실을 쓰기 시작할 때 교실 자체가 지저분한 경우가 많다고 했다. 괴테 김나지움은 프랑크푸르트 시내에 있는 독일 학교 중에서 문과계통에서는 유서 깊은 학교라 했다. 강연회는 강당에서 하기로 했다가 아래층에 있는 교실에서 하기로 했다 한다. 40명 정도 수용할 만한 교실에는 학부형들과 교사들이 와 있었는데, 참석자는 30명이 채 되지 않았다. 한 관계자가 급히 강연이 마련되어 홍보가 제대로 되지 않았다고 귀띔해 주었다.

은희가 설명한 바에 따르면, 교육인적자원부에서는 토요한글학교인 경우에는 '한글학교'라 부르며, 전일제 학교인 경우 '한국학교'라 부르지만, 프랑크푸르트의 경우는 공식명칭이 '프랑크푸르트 한국학교'라고 한다. 사실 프랑크푸르트 한국학교의 경우에는 한국에서 일주일동안 수업하는 커리큘럼을 토요일 하루에 교사들이 압축해서 가르치고 있었다. 오전 세 시간 동안에는 한국어 수업을 진행하고, 오후 세 시간 동안에는 수학·사회·국사·자연·논술 등의 수업을 한다고 한다. 프랑크푸르트 한국학교와 마찬가지로 주말학교이면서 '한국학교'라 이름 붙이는 경우가 필리핀에 있는 '마닐라 한국학교'라고 은희가 설명해 주었다. 그 전해 교육인적자원부 주최 '국외한국어교사연수회'에서 그렇게 들었다고 했다.

프랑크푸르트 한국학교에는 '장기체류자' 자녀들과 '단기체류자' 자녀들이 반반씩 다니고 있는데, '장기체류자'들 가운데에도 유학생이나 상사 주재원으로 독일에 왔다가 계속 체류하는 경우가 상당수 있다고 했다. 학생 수는 5백여 명이며, 한 학생이 오전 수업(국어)과 오후 수업(다른 과목)을 함께 받는 경우가 절반이 넘었다. 교사들의 수는 30명을 웃돌았다. 유치부, 초등 1부(1학년~3학년), 초등 2부(4학년~6학년), 중등부, 고등부, 한국어부로 부서가 나누어져 있고 한 학년에 1학급 혹은 2학급 정도였다. 한 학급이 30명이 넘는 경우에는 분반을 해야 한다는 규정이 있었으며, 1980년대에 '교사내규'라는 것을 제정, 교사들이 협의하고 스스로 책임 있게 참여하는 시스템을 갖추고 있다고 한다.

한국인의 해외진출이 급증함에 따라 가장 시급한 것이 자녀들의 교육 문제다. 이번 여행에서도 장기체류자가 많은 네덜란드와 독일에서 심각하게 느낀 바다. 해외에 진출한 미국인이나 일본인들이 자기들의 이름으로 국제학교를 세우는 것처럼, 한국인들도 한국학교 설립을 추진하기도 하는 모양이다. 이곳에서도 1990년대 중반에는 토요학교 외에 전일제 학교로서 국제학교를 추진하여 프랑크푸르트 시로부터 부지를 무상대여 받았으나 제대로 추진되지 않다가 IMF를 맞은 뒤에는 '국제학교 추진위원회'조차 해체되었다고 한 교사가 귀띔해 주었다.

2시 30분에 시작하기로 한 강연이 조금 늦어졌다. 이 강연회는 '프랑크푸르트 한국학교가 주최하고, 주독한국교육원이 후원한다'라고 쓴

유인물이 나누어졌다. 김석득 교수는 훈민정음 강의를, 나는 '우리 민족사와 문화의 정체성'이란 제목으로 강연을 하기로 되어 있었다.

내가 먼저 시작했다. 유인물에 쓰인 원고를 기조로 하여 나는 한국사의 거대한 흐름을 이야기 풀듯이 해 나갔다. 특히 외국에서 한글과 한국문화의 교육을 담당하고 있는 한국학교를 위한 강연인지라, 식민주의사관과 민족주의사관을 선명히 구분하여 알려주는 것이 무엇보다 중요했다. 한민족의 이동경로, 공주 석장리와 연천 전곡, 웅기 굴포리 유적을 바탕으로 하여 지금부터 70만 년~50만 년 전에 한반도에 사람이 살았다는 사실은 하이델베르크 유인원이 20만 년 전에 나타난 인류라는 것과 견주어 볼 수 있다는 것, 8천 년 전에 즐문토기 문화, 4천여 년 전에 청동기문화에서 농경이 본격화하고 무문토기를 남긴 이들이 오늘날 한반도의 주인공이란 사실을 언급했다.

강연은 BC 4천 년~2천 년 사이의 은나라 때에 벌써 보이기 시작한 동이(東夷)족을 설명하는 것을 잊지 않았다. 주(周)나라 때에 동이가 당시 제(齊)나라와 노(魯)나라 지역에서 활약했고, 또 회하(淮河)와 양자강 사이에 존재했던 서언왕(徐偃王)이 주변의 36국을 정벌했는데 이 또한 동이계의 성격을 가졌다는 주장을 소개했다. 중국 안의 이런 동이족의 존재는 곧 공자가 "동이에게 가서 예를 배우라"고 언급한 대목을 새로 해석하도록 만드는데, 예전에는 이 '동이'를 한반도에 존재하는 것으로 보았지만 지금은 오히려 중국 안의 존재로 보는 것이 타당하다고 생각된다는 것이다. 따라서 산동반도를 비롯한 중국지역의 동이에 관한 연구는 우리 민족의 정체성을 밝히는 데 중요한 의미를 갖는다고 말했다.

강연은 이어서 1세기에서 7세기 사이의 고구려와 한족 사이의 대결을 설명했다. 그 가운데서 가장 극적이었던 612년의 고구려와 수(隋)나라의 전쟁을 설명하면서 살수대첩을 말했다. 113만군이나 동원한 수양제가 3개월 동안 공격했으나 고구려 국경지역의 요동성을 함락하지 못하자 우문술·우문중을 시켜 30만 5천 명으로 평양으로 직공(直攻)하도록 지시했다. 그러나 살수에서 대패하여 압록강까지 1일 1야에 도망쳤고 요동성에 도착해 보니 겨우 2,700명이었다는 사실을 설명했다. 이 승리는 대량학살 무기가 발달하지 않았던 고대에 있었던 것으로 세계사에 좀처럼 보이지 않는 것이라고 한 뒤, 살수대전의 영웅이었던 을지문덕의 오언시를 흑판에 써서 소개했다.

천책구천문(天策究天文)	하늘의 계책은 천문을 연구했음이여
묘산궁지리(妙算窮地理)	묘한 계산은 지리를 꿰뚫었구려
전승공기고(戰勝功旣高)	전쟁에 승리한 공이 이미 높으니
지족원운지(知足願云止)	족한 줄을 알겠거든 원컨대 그치시는 것이 어떠하겠소

남을 추켜 세워주는 듯하면서도 조롱하는 이 한 수의 시에 우문술·우중문은 기가 질린 채 퇴각하게 되었으니 중국은 이때 심리전에서나 전략적인 측면에서 완전히 고구려에 압도당했던 것이다. 그 수나라는 고구려에 패배한 지 10년이 되지 않아 나라가 멸망해 버리고 말았다.

이어서 고구려와 백제, 신라의 삼국 관계를 설명하면서 백제, 고구려의 멸망이 우리 민족사에 어떤 파장을 남겼는지를 설명했다. 신라의 통일은 한반도를 식민지화하려는 당 나라의 야심을 분쇄하고 당의 병력을 퇴치함으로 이뤄졌는데, 이렇게 정치·군사적인 주체성을 확립한 뒤 신라는 개방정책을 써서 당 문화를 받아들여 신라 중대의 문화를 크게 일으키게 되었다고 설명했다.

고구려의 이상을 계승하여 새웠던 고려는 초기 거란과의 싸움에서 서희·이지백의 활동이 돋보이는데, 특히 이지백은 문화적 주체성의 회복을 통해 외세를 물리치고자 노력했다는 것을 강조했다. 고려의 주체성은 고려가 망할 때까지 포기하지 않은 '북진정책'에서 일관되게 나타나는데, 이는 고구려의 이상을 실현하는 것이기도 했다. 이런 주체성이 있었기에 세계를 정복한 몽고가 30여 년 동안이나 침략했지만 항복하지 아니하였고, 쿠빌라이 칸을 상대로 한 강화회담에서도 정치적인 자주권과 문화적 주체성을 조건으로 제시하여 관철시킬 수 있었던 것이다. 이 같은 고려의 주체의식이 《삼국유사》와 《제왕운기》의 역사의식으로 나타났는데, 그것은 곧 우리나라가 천손족(天孫族)인 단군으로부터 시작되는 유서 깊은 역사와 홍익인간의 고상한 도덕성을 가졌음을 말한다.

고려가 그 뒤 원(元)의 부마국(駙馬國)으로 되었지만 백여 년 동안 당시 세계문화의 중심지인 원나라를 통해 그 문화를 수용하는 개방정책을 써서, 역사의식의 바탕 위에서 세계문화를 수용하는, 말하자면 자기의 주체성 위에서 세계문화를 소화하고 자기 체질화하는 놀라운 역동성을 보이게 되었다는 것이다. 이 같은 문화적 역동성은 조선왕조 개창을 전후한 시기의 사회경제적 변화인 농민세력의 성장과 경자유전(耕者有田)의 원칙을 확립하려는 과정과 함께 진행되었다.

세종조에 이룩한 민족문화의 금자탑은 성종조에 이르기까지 인문·사회·예술 등의 각 분야에서 민족문화를 거의 정리하는 놀라운 문화능력을 보였던 것이다. 그러나 16세기에 들어서서 주자학의 심화에 따라 우리 문화의 개방성이 약화되고 점차 폐쇄적인 사회로 변화되면서 왜란과 호란을 겪는 위기에 직면하게 되었다. 흔히 임진왜란을 실패한 전쟁으로 보고 있지만, 당시 일본 침략군의 자료에서 더 이상 전쟁을 지탱하기 힘든 상황이 기술된 것을 감안한다면 오히려 종래의 임진왜란에 대한 왜곡된 역사인식을 바꿔야 한다고 역설했다. 실학의 등장은 한 가닥의 희망이었으나 그것이 내재적으로 더 심화 발전되지도, 개화세력으로 이어지지도 못하게 되어 당시 우리나라를 주체적으로 근대국가화하는 데는 성공하지 못했다. 이것이 결국 나라의 멸망으로 이어지고 일제 아래 36년은 그래서 민족사의 암흑기로 남게 되었던 것이다.

선사시대에서 근대까지 수난의 민족사를 훑어 내려 온 이날의 강연의 주조는 '우리 역사 5천 년을 어떻게 볼 것인가'의 문제였으며, '역사와 문화가 한 공동체의 자주성을 유지하는 데 매우 중요한 구실을 한다'는 것을 강조한 셈이다. 이것은 해외 이민자들에게도 자기 민족문화에 대한 긍지와 확신을 가질 때 해외 생활을 더 역동성 있게 할 수 있다는 것을 강조한 것이라고도 할 수 있다.

한편 이민자로서 해외에 거주하는 동포들을 위해 이런 이야기도 덧붙였다. 세계사의 발전은 이민의 역사와 깊은 관련을 갖고 있다. 이민에는 정복형(개척형)과 동화형, 조화형으로 나눌 수 있고 이것은 세대별로 달라지는데, 이민 1세대가 개척형이라면 1.5세대와 2세대가 동화형으로 되며, 3세 이후는 조화형으로 변했다는 것을 설명했다. 또 성경에 나오는 이민 형태를 설명하면서 요셉·다니엘은 현지 적응형, 모세·느헤미야·에스라는 고국귀환형이었다. 이렇게 이민자의 삶에 차이가 있지만, 이들은 모두 민족적 전통이라 할 신앙을 간직하면서 모국어와 현지어에 능통하는 이중언어 소유자였다는 것을 강조함으로써 이민 현지에서 자녀 교육이 어때야 한다는 것을 설명했던 셈이다.

나는 자녀에게 민족문화와 모국어를 가르쳐야 하는 이유로서 두 가지를 들었다. 첫째는 이들이 이민 현지에서 벽에 부딪쳤을 때 그 벽을 뚫고 나가는 저력이 민족문화에서 나온다는 것이다. 둘째는 이민 1세대는 자기의 선택에 따라 해외로 나왔지만 그렇다고 이민 2세대에게 자신이 선택한 이민(해외거주)을 강요할 수 없는데, 만약 이민 2세대가 다시 역이민하고자 할 때 그런 선택을 가능하게 하는 문화·언어적 여건을 마련해 주어야 한다는 것이다. 결국 언제 이뤄질지도 모르는 후예들의 선택을 위해서 모국의 문화와 언어를 전수해야 하는 당위성이 나오게 된다는 것이다. 이민 문제와 관련된 것은 내가 쓴 〈이민, 이민교회

그리고 민족문제)라는 글 속에 잘 정리되어 있다.

이 강연을 하면서 보니 은희는 평소의 여유작작한 태도와는 달리 열심히 메모를 했다. 강연이 끝난 뒤 차를 마시며 쉬는 시간에 복도에서 김성수 박사와 인사를 했다. 프랑크푸르트대학에서 동학(東學)으로 박사학위를 했고 30년 넘게 정치적인 이유로 귀국하지 못하고 있다는 것이다(후기: 김성수 박사는 2003년 9월 해외 민주화 인사로 일시 귀국을 했다). 특별한 이야기를 나눌 여유는 없었으나 김성수 박사와의 만남이 의미 있었다고 본다. 그밖에 여러분들이 인사를 했으나 일일이 기억할 수가 없다.

김석득 박사가 강연을 하는 동안 나는 강연장 옆 교실에 마련한 교실에서 쉬었다. 김진숙 선생이 인사를 왔다. 김진숙 선생의 남편은 신학을 공부하기 위해서 이곳에 오신 감리교회 목사님이었다. 숙대 도서관학과 출신이라는 전소현 씨의 인사를 받았다. 내게서 교양한국사를 들었다고 하는데, 은희와 함께 교포신문 객원기자로 일하고 있다고 했다. 은희는 교포신문 객원기자이지만 프랑크푸르트 한국학교 관련 기사는 직접 쓰지 않는다고 하며 전 기자가 기사를 쓸 것이라 했다.

이어 박종화라는 분이 와서 함께 자리했다. 역사에 대해 상당히 많은 관심을 갖고 있어 고구려와 고려의 역사에 대해 오랫동안 이야기를 나누었다. 식민주의사관을 비판적으로 보고 있던 박 선생은 고대사와 상고사 관련 재야사학계의 주장인 '삼국의 대륙설'과 몇 년 전 일본 논문에서 보았다는 '천문대' 관련 주장들에 대해 어떻게 보느냐고 물었다. 박 선생은 다른 스케줄 때문에 강연에 참석하지 못했다가 한국학교 한국어반 교사로 있는 부인을 데리고 왔던 길에 나와 이야기하게 된 것이다.

나는 박 선생이 말하는 재야사학계의 주장에 대해 '이 분들이 그런 문제를 가지고 학술토론장에 나와서 토론에 임해야 하는데 그렇게 하지 않고 자기 주장만 내세우는 데 그치고 있는 실정'이라고 했다. 사실 그들이 가령 소설을 써서 그런 내용을 주장한다면 무엇이라고 말할 수 없지만, 학술적인 주장으로 내세우려면 학술지에 발표하고 토론의 마당을 마련하지 않으면 안 된다고 했다. 그러나 현실은 그렇지 않다고 했다. 또 가끔 토론장에 나와서 그들이 말하는 것을 들으면 상대방의 의견을 전혀 고려하지 않고 자신의 견해를 일방적으로 주장하고 거기에 이의를 제기하거나 비판하면 '식민사관' 운운하면서 큰 소리로 상대방을 매도해 버리니 정통적인 방법으로 역사학을 한 사람들은 그들과 대화하는 것조차 매우 꺼리는 것이 사실이라고 했다.

나도 식민주의사관을 비판하고 민족주의사관을 소개하는 학도로 알려졌지만, 적어도 역사학을 한다면 실증을 해석학보다 우선하지 않을 수 없다는 점을 강조하고 싶다고 했다. 나로서는 이른바 재야사학자들과 접촉하여 그들의 논거 가운데 공유할 부분이 있다면 공유하고, 서로 학문적인 차이점을 인정하면서 인격적인 신뢰를 쌓고 최소한의 예의를 지키면서 토론의 마당을 확대해야 한다는 뜻에는 변함이 없다고 했다.

나와 이야기를 나눈 박 선생은 고등학교 때 광원노동자인 아버지와 합류하여 독일로 왔으며, 보훔에서 경제학 공부를 하고 현재 대한항공 현지 직원이라 했다. 이렇게 청소년기에 부모를 따라 독일로 온 세대를 이곳에서는 2세가 아닌 1.5세라고 하는데, 청소년기에 한국을 떠났으나 한국의 정치와 역사에 관심을 많이 갖고 있는 사람을 만나니 반가웠다. 나중에 은희의 이야기에 따르면, 박종화 씨는 보훔에서 한국 사회에 대한 관심을 갖고 결성된 '우리 모임'이라는 단체에서 공부하고 정치 활동에도 참여한 바 있으며, 독일에 유학 온 여성을 대학에서 만나 결혼하여 아들 둘을 두었다고 한다.

앞서 말한 전소현 씨와 박종화 씨는 이 달에 있은 프랑크푸르트 한국학교 총회에서 운영위원으로 선출되었다 한다. 프랑크푸르트 한국학교는 학부모 총회에서 운영위원 5인을 선출하는데, 그 가운데 학사 담당위원은 교장이 별도로 선출한 사람을 지명한다고 했다. 출발 때에 1세대 광원 노동자와 간호사들의 자녀들 교육을 위해 1세대 교포 스스로의 자발적인 노력으로 설립된 프랑크푸르트 한국학교는 올해까지만 해도 계속 1세대가 그 운영을 도맡아 왔다고 한다. 그러나 이번에 40세 전후인 박종화 씨와 전소현 씨가 운영위원으로 선출된 것은 '젊은 세대'의 적극적인 참여를 뜻하며 변화가 기대된다고 은희는 설명했다.

강연은 여섯 시쯤 되어 마쳤다. 모두들 '신라' 식당이란 곳으로 간다고 했다. 강사들을 대접하는 것을 겸하여 그곳에서 프랑크푸르트 한국학교 신구 운영위원 상견례를 하겠다고 했다. 나는 "피곤해서 호텔로 가서 쉬고 싶다"고 했다. 김연한 교장의 남편인 이건치 씨 차를 타고 호텔로 갔다. 은희도 데리고 갔다. 피곤한 것도 사실이지만, 은희와 이야기를 나눠야 할 것이 있기 때문이었다.

차는 홍등가를 돌고 돌아 자그마한 호텔 앞에 도착했다. 엘베가의 '바비타'라는 이 호텔의 카운터에는 한국인 여성이 안내를 보고 있었고 오갈 데 없는 듯한 청소년들 여럿이서 좁은 입구에서 서성이고 있었다. 안내를 받아 들어간 방에는 담배 연기가 자욱했다. 은희가 당황해하며 방을 바꿨지만 처음 방보다는 좀 나았으나 여전히 담배 냄새가 심했다. 내가 담배를 피우지 않기 때문에 더욱 심하게 느껴질 수도 있겠다 싶었다. 이번에 한글학회의 위촉으로 이뤄지는 유럽 3개국 순회강연은 교민들과 해외 한글학교 교사들을 위한 봉사로 알고 있지만, 독일 소재세 한국(한글)학교가 보여준 강사에 대한 예우는 너무 인색하고 무례하기 짝이 없다는 생각이 들었다. 좀 쉰 뒤에 식당으로 '모시겠다'는 이건치 선생에게는 점심을 잘 먹어서 저녁식사 생각이 없으니 저녁식사를 위해 다시 올 필요가 없다고 말했다.

은희와 함께 자리에 앉아 남편도 나와서 함께 식사하는 것이 어떻겠느냐고 물었다. 은희가 별거 생활에 들어갔다는 것은 제 이모를 통해 알고 있지만, 내가 직접 들은 바 없기 때문에 넌지시 그렇게 물어본 것이다. 은희는 그 자리에서 남편에게 휴대폰으로 전화를 했다. 아무도 받지 않는 것 같았다. 은희는 휴대폰에 메시지를 남겨 놓았다. 자연스럽게 은희의 상황 설명을 듣게 되었다. 아직 마음에 상처가 많은 듯했다. 이야기를 하며 울먹이고 있었다. 도와주는 변호사가 있다고 했다. 그러나 위자료라든가 이혼 소송을 하고 싶지 않다고 했다. 그러나 상황으로 보아서 나는 은희에게 정식 절차를 밟아야 한다는 점을 강조했다. 그런 원칙을 밝히자 은희도 마음이 단단해지는 듯했다. 더욱이 은희는 오늘 내 강의를 듣고 학문에 정진한 끝에 오는 '도사 같은' 모습에 깊이 감명을 받았다고 하면서 학문에 대한 미련을 우회적으로 표현했다.

은희에게 학위는 어떻게 할 것이냐고 물었다. 독문학을 공부하러 와서 아직 끝내지 못하고 있기 때문이다. 한때는 하버마스 등에도 관심을 가졌던 것으로 보였는데, 아마도 이쪽의 문학 관련 학위논문도 단순한 인문학적인 것에 국한되는 것이 아니라 철학과 사회학과도 깊이 연관되어 있기 때문에 제대로 논문을 쓰자면 여간 힘든 것이 아니라고 들었다. 은희는 학위논문의 진행 과정과 내용상 어려운 점을 간략히 이야기했다. 아직 완전히 논문에서 손을 놓은 것 같지는 않았다.

왜 끝내지 못하는지를 물었다. 논문 쓰는 데 전념하지 못하기 때문이라고 했다. 그것은 곧 경제적인 문제와 관련되어 있었다. 생활을 유지하기 위해서는 최소한의 생활비를 벌어야 한다는 것, 그러자니 자연히 논문에 전념하여 제대로 손을 대지 못한다는 것이었다. 경제적인 여건이 충족되어 논문에 전념하면 얼마 만이면 논문이 완성될 수 있는지 물었다. 1년이면 가능할 것이라고 했다. 그걸 듣고 내가 제안했다. 이런 일 저런 일 하지 말고 학위를 끝내도록 1년 동안 모든 생활비를 지원해 주겠다는 것이었다. 생활비와 논문 정리에 필요한 복사비 등을 합해 얼마 정도면 충분하겠느냐는 것까지 물었다. 내가 제 이모와 구체적으로 의논한 일은 아니지만, 이모도 기꺼이 동의할 것이라 했다.

나와 제 이모가 은희에 대해 가졌던 기대는 매우 컸다. 유학을 떠난 지 10년이 넘었고 그 사이 3년 정도 귀국하여 강사 생활과 번역 일을 하긴 했으나, 아직 박사학위를 못 끝내고 객지에서 이런 일 저런 일 손대는 모습이 안타까웠다. 내 제안에 은희는 "지금까지 편하게 공부를 했고, 또한 이모에게서 무척 많은 도움을 받았다"고 밝혔다. 제 이모와 은희의 사이는 각별하고 제 이모가 은희에 대해 갖고 있는 특별한 정은 당사자들뿐 아니라 주변 사람들이 모두 잘 알고 있다. 더욱이 은희가 별거 생활에 들어가서도 이만큼 연명하고 살아온 것은 이모의 지원이 없었다면 불가능했을 것이라 했다. 그래서 더 이상 지원을 받을 수 없다고 했다.

그러나 은희의 마음속에 논문을 완전히 포기하지 않은 심정 또한 읽을 수 있었기 때문에 나는 어떻게든 논문을 쓰겠다는 약속을 받아 내고 싶었다. 그래서 다른 일은 하지 않고 논문에만 몰두하겠다고 나와 약속하자고 했다. 은희는 자신 없어 하면서도 약속했다. 그 과정에서 은희는 눈물을 주체하지 못했다. 따라서 한국학교에도 사표를 내고 교포신문에 글도 쓰지 않기로 했다. 헤어지는 마당에 은희가 자신이 쓴 글을 모은 교포신문을 주려고 했지만 받지 않았다. "지금은 굉장한 것 같이 보이지만 학위논문 작업에 비해서는 신문기사를 쓰는 것은 네 인생에서 상대적으로 중요하지 않다. 그런 글 쓰는 데 재미 붙여 가지고 네 인생 전체로 봐서 이 시점에 꼭 성취해야 할 일을 소홀히 하는 것은 어리석은 짓이다"라고 했다. 그리고 지금 별거 상태에 있는 등 복잡하게 얽혀 있는 결혼 문제도 논문을 완성함으로써 해결될 수 있는 길이 열릴 것이라고 했다. 이모부로서 너를 도울 수 있는 마지막일지도 모른다고 했다. 거듭 은희와 약속하고 확인했다. 은희는 마음으로 다짐하는 듯했다.

밤 10시가 넘어 은희는 나의 와이셔츠를 챙겨 가지고 다음 날 아침에 다시 오겠다 하고 떠났다. 프랑크푸르트로 올 때는 은희 내외를 만날 수 있을 것으로 은근히 기대했으나 저녁 늦게까지 은희 남편으로부터는 연락이 없었다. 그러나 은희가 학위논문을 완성하게 되면 그 가정도 새로운 국면을 맞을 수 있을 것으로 생각되었기 때문에 은희가 결심하고 학위논문만 완성시켜 준다면 그들 부부를 위해서도 오늘 좋은 결정을 내렸다고 생각했다. 내가 혼자 단안을 내린 것이지만, 아내도 이 소식을 들으면 기뻐할 것으로 기대했다.

2월 27일 (수) 흐리고 비. 8시쯤에 프런트에 알아보니 아래층에서 아침식사를 제공한다고 했다. 김석득 교수님께 연락, 같이 가서 빵과 우유 그리고 시리얼 등으로 된 서양식 조반을 먹었다. 주방에는 연변에서 왔다는 아주머니가 일을 돕고 있었다. 이제는 중국의 동포들도 서구까지 진출하는 추세다. 여행할 때마다 지키고 있는 수칙에 따라서 오늘도 든든하게 먹어 두기로 했다. 그 수칙이란, 먹을 수 있을 때 제대로 먹어 두고, 잘 수 있을 때 제대로 자 두며, 화장실이 있을 때 미리 가서 용변을 보아 둔다는 것으로, 이것만 잘 지키면 여행을 편하게 할 수 있다는 것이다.

9시에 심제택 한국문화원장이 먼저 왔다. 10시 5분 차로 바젤(Basel)로 떠나야 하기 때문에 시간 맞춰 나온 것이다. 심 원장 말을 들으니 그동안 이 순회강연을 추진하는데 몇 가지 진통이 있었음을 알 수 있었다. 특히 강사들의 숙식비와 강사료 문제를 두고 한글학회와 현지 사이에 문제가 있었던 것이다. 강사들의 현지 숙식비 외에는 항공료와 강사료까지 한글학회 본부에서 부담한다는 것을 조건으로 이번 계획이 진행되었다는 것이다. 네덜란드에서 140유로를 받은 것 밖에는 뒤셀도르프나 함부르크에서 아무런 강사료를 받지 못했던 것은 이런 약속 때문인 것을 알게 되었다. 뒤셀도르프에서는 간단한 선물이라도 받았지만, 함부르크에서는 그런 것도 전혀 없었다. 아무리 경제형편이 어렵다고 하지만, 간단한 선물이라도 마련할 준비가 안 된다는 것은 너무하다고 생각되었다. 이렇게도 각박하고 독일식으로만 처리하는 것은 아무래도 잘 이해가 되지 않았다.

조카 은희가 하직 인사를 하러 왔다. 다시 조용히 불러, 엊저녁에 너와 약속한 것은 아무래도 잘 했다고 생각한다고 말하고, 한글학교 교사와 신문기자직을 버리고 학위논문에만 전념하라고 부탁했다. 그리고 한국에다 은희의 통장을 개설해 두면 좋겠다고 했다. 학위논문을 마치면 은희의 진로가 새롭게 전개될 가능성이 있을 것이라고 했다. 특별한 길이 아니더라도 어떤 일을 하게 되든 자신감 있게 처리할 수 있을 것이라고 하면서, "엊저녁에 내가 너를 위해 좋은 결단을 내렸다"고 했다. 기대에 어긋나지 않는 생활이 이뤄질 것으로 믿는다.

한글학교 교장 내외가 9시 반쯤에 도착했다. 러시아워로 차가 많이 밀렸다는 것이다. 모두들 기차역으로 나갔다. 기차역에서 나는 은희더러 유럽 지도를 두 장 부탁했다. 며칠 동안 돌아다녀도 우리가 다니는 지역이 유럽 전체에서 어느 부분쯤 되는 것인지 도무지 가늠할 수 없었기 때문이다. 10시 5분에 출발하는 ICE를 탔다. 프랑크푸르트 → 만하임 → 카를스루에 → 오펜부르크 → 프라이부르크 → 바젤(독일) → 바젤 바트에 도착하니 12시 55분이었다. 스위스의 홍혜성 선생이 그의 친구 조윤희 선생과 함께 역에 나와 있었다. 반가웠다. 뒤에 알았지만 홍 선생은 작년 연수 때에 와서 얼굴을 익힌 분으로서, 내가 설명할 때 모계사회에 대한 질문을 했는데, 내가 '자매님의 질문' 운운해서 깊은 인상을 받았다고 했다. 조윤희 선생은 연세대 독문과 출신으로 이곳에 유학 왔다가 스위스 시민인 한국계의 현 남편을 만나 결혼하게 되었다고 한다.

바젤에 사는 어느 학부형이 오늘 점심을 대접하겠다는 뜻을 전해 왔다고 한다. 두 사람은 오늘 점심을 내는 사람이 아주 미인이라고 했다. 사쿠라(櫻)라는 일식집에서 부산 출신의 그 '미인' 학부형을 만났는데, 이름은 오경아라고 했다. 그녀는 바젤 근교에 사는데, 아이는 4명, 기독교 신자로서 지난주에 코스타에 가서 큰 은혜를 받았다고 해서 내가 코스타 강사라고 소개하기도 했다.

15시까지 점심을 먹고 그 뒤에 시내 관광에 나섰다. 바젤을 가로지르는, 라인강으로 연결되는 강의 다리를 건너가 구 바젤 시가를 돌아보았다. 다양한 골목과 건물의 고색창연함은 이 도시의 역사성과 끈질긴 생명력을 말해 주고 있었다. 유럽의 도시들이 그러하듯이, 이 도시에도 오래된 교회가 있었다. 강가 높은 언덕에 자리하고 있는 교회는 뮌스터 교회로서 '복음적인 개혁' 교회라고 써 있었다. 수리 때문에 안에 들어가 보지 못해서 이 교회가 언제 세워졌는지 알 수 없었으나, 바깥 건물에 있는 성인상(聖人像) 등으로 보아 원래 가톨릭교회가 종교개혁 때 개신교회로 된 것이 아닌가 하는 느낌을 받았다.

거기서 돌아 나오니 중세풍의 도시 모습이 보였다. 비교적 오래된 것으로 보이는 시청 건물을 구경하는 사람들이 많았다. 중세 도시에서 나온 전형적인 모습으로 그 가운데 광장이 있는데, 지금도 시장으로 사용되기도 한단다. 전차와 자동차가 함께 다니는 등, 신구가 병존하는 모습이었다. 이상하게 느낀 것은 이곳 사람들이 키가 크거나 미끈하게 잘 빠진 서양인들의 모습이 아니라는 점이다. 키가 작고 생김새도 서양식 표준으로는 그렇게 잘 생긴 것 같지는 않다는 것이다. 지역적인 특색 때문인지, 나의 일시적인 착시(錯視) 현상 때문인지 알 수 없다. 다시 다리를 건너와 차를 타고 바젤대학에 가 보았다. 안내하는 오경아 선생은 바젤대학의 캠퍼스를 잘 모르는지, 대략적인 위치만 알려주면서 그 지역을 한 바퀴 돌았다. 우리가 하차했던 바젤역에서 그렇게 멀지 않은 곳에 있었다. 내가 꼭 가보자고 한 것은 20세기 가장 저명한 신학자 가운데 한 사람인 카를 바르트(Karl Barth)가 재직했던 곳이기 때문에 그 체취라도 맡을 수 있을까 하는 기대감에서였다.

다시 기차역 아래층의 주차장으로 가서 조윤희 선생의 차로 갈아타고 추크를 향해서 고속도로로 나왔다. 시내에서 고속도로로 나오는 시간이 불과 몇 분이었기 때문에 이 나라 도시 설계의 효율성을 감지할 수 있었다. 다른 곳에서는 고속도로까지 나오는 시간이 많이 소요되기 때문에 차량 소통에 문제가 많은데, 스위스는 바젤뿐만 아니라 다른 도시들도 그렇게 효율적이라는 것이다. 어느 터널을 지나오는 동안에 플래시가 두 번 터지는 것을 보았다. 우리가 탄 차가 속도위반을 했기 때문이다. 조 선생이 약간 당황하는 모습이었다. 나는 가는 동안에 졸려서 뒷좌석에서 눈을 붙였다. 차를 탄 지 1시간이 채 되지 않아 추크 시내에 들어오게 되었고, 추크 호(湖)를 바라보면서 불과 2백~3백m 거리밖에 되지 않는 곳에 있는 약간 원형으로 되어 있는 건물의 3층으로 올라가 여장을 풀었다.

이곳은 홍혜성 선생의 시어머니가 월 3백만 원의 세를 내면서 거처하던 곳이었다. 3년 전에 할아버지가 돌아가자, 85살이 된 그 할머니는 최근 월 240만 원의 비용을 부담하면서 바로 이 건물 근처의 어느 양로원으로 옮겨 이 집이 비게 되었다고 한다. 이삿짐도 싸다가 중단한 채로 아직도 정리되지 않은 모습이었다. 홍 선생이 방 하나를 잘 치우고 거기에 침대를 나란히 놓고 우리 두 사람을 같이 머물도록 배려했으나, 김석득 교수께서 아직 잘 치우지 않은 방을 대강 치우고 소파용 침대를 펴서 거기에 이불을 갖다 두고 자기가 자겠다고 했다. 책상이 있는 방은 내가 컴퓨터를 써야 하기 때문에 날더러 사용하라는 것이다.

김 교수님은 한글학회의 김한빛나리 선생한테 여행 출발 전에 몇 번이나 자기는 독방을 써야 한다는 것을 강조했다고 한다. 덕분에 이번 여행에서 우리는 줄곧 다른 방을 각각 사용하게 되었다. 김 교수님은 보기와는 달리 이 문제에서만은 고집이 있는 분이었다. 당신은 집에서도 독방을 쓴다고 하셨다. 다른 사람과 같이 있으면 잠을 잘 수가 없다는 것이다. 그래서 이번 스위스 여행에서는 주로 민박을 하게 되었는데 애로가 있지 않을까 홍 선생은 걱정하고 있었다. 하여튼 김 교수님의 배려로 책상이 있는, 잘 정돈된 방을 내가 차지하게 되었는데 미안했다.

피곤한 김에 저녁은 천천히 먹겠다고 하고 몸을 씻고 좀 쉬었다. 두어 시간 뒤에 저녁을 먹자고 했다. 20시쯤에 홍 선생이 찾아와 걸어서 5분 거리밖에 되지 않는 자기 집으로 가서 저녁밥을 먹자면서 안내했다. 두 딸을 가진 국제결혼한 여성이었다. 성격이 활달하고 항상 웃음을 잃지 않는 낙천적인 여성이었다. 자신의 설명에 따르면, 한양전문대학 관광과를 졸업하고 롯데백화점 면세점에 근무하고 있을 때, 관광업을 경영하는 지금의 남편을 만나 국제결혼에 이르게 되었다고 한다. 면세점에 들린 아클린(Roland Aklin) 씨에게 반해서 '저런 사람하고 살아봤으면' 하는 마음이 3년 동안 교제한 끝에 결혼으로 이어졌다고 한다. 아클린은 1년에 몇 번씩 한국을 찾았는데 그때마다 홍 선생과 시간을 갖게 되었단다. 어느 날 갑자기 청혼을 받은 홍 선생이 부모의 허락을 받는 데까지는 시간이 걸렸단다. 우리에게 대하는 것으로 보아 평소 낙천적이었던 그녀는 지혜롭게 이 문제를 잘 풀어 나갔을 것이다.

스스로를 미인이었다고 자부하고 있는 홍 선생은 아마도 처녀시절엔 남성들의 마음을 끌 수 있을 정도의 외모와 대인관계를 유지했을 것으로 보인다. 오늘 바젤에서 우리를 인도했던 오경아 씨도 국제결혼한 분으로 네 아이의 어머니인데, 키가 크고 미인이었다. 얼굴 모습은 한국 텔레비전에서 나오는 배우 황신혜를 닮았다는 인상을 받았다.

홍 선생은 두 딸 마야(1993년생)와 알린의 엄마로서 억척스러운 데가 있었다. 막내딸이 1996년생인데, 두 딸이 한국어를 그렇게 잘 할 수가 없었다. 한국인이 거의 살지 않는 이런 곳에서 한 여성이 자식에게 모국어를 전수한다는 것은 대단히 힘들 것으로 보인다.

두 딸이 한국어를 사용할 수 있는 공간은 이 도시 안에서는 엄마와 그들 자매밖에는 없다. 그런데도 이렇게 거의 완벽하게 한국어를 구사하고 있는 것은 오로지 엄마의 노력 덕분이었다. 그들은 이곳에서 거의 1시간 정도 걸리는 취리히에 가서 주말마다 약 3시간 동안 한글학교에서 배우고 오지만, 이것은 절대적으로 부족한 시간이다. 단지 이 시간은 한국인들이 한국어 교육에 대한 서로의 각오를 확인하고 격려하는 모임 이상은 아니라고 본다. 그런데도 이렇게 아이들에게 엄마 나라의 말을 어릴 때부터 완벽하게 구사할 수 있도록 한 것은 놀랍다고 하지 않을 수 없었다.

홍 선생은, "지금 다잡아 가르쳐 놓지 않으면 앞으로 어떻게 될지 알 수 없고 늙어서 내가 두 딸로부터 소외되어 외롭게 된다"고 했다. 그렇다고 하더라도 얼마나 다잡아 가르쳤으면 아이들이 발음 하나 틀리지 않고 저렇게 한국어를 구사할 수 있을까? 경외심이 들 정도였다. 홍 선생 말로는, 자기 보는 데서 자매끼리라도 스위스 말을 쓰면 밥을 주지 않는다고 한다. 그러니 얼마나 피나는 노력을 기울였겠는가.

저녁식사는 정성을 다해 마련한 한국 음식이었다. 김치도 있었고 국도 있었으며 다른 밑반찬도 있었다. 하루에 한 끼 정도는 밥을 먹는다고 했다. 이렇게 식사를 유지하면서 언어를 전수하고 있었다. 이 집에는 남편의 취향에 따라 동양의 골동품들이 많은 편이었다. 특히 청동불상들이 많아서, 저녁의 어둠 때문에 좀 음습한 분위기를 자아내고 있었다. 내가 자리 잡고 있는 식탁 옆에는 티베트에서 가져왔다는 보살상이 있었는데, 가슴과 허리, 미끈한 다리 부분이 불상이라고 보기 힘들 정도로 육감(肉感)적이었다.

밤 10시가 넘어 숙소로 돌아왔다. 그러나 더 이상 일할 수가 없었다.

컴퓨터의 전기코드가 맞지 않아 사용할 수가 없었기 때문이다. 피곤한데 잘 되었다 싶었다. 최근 일정에서는 기대할 수 없을 정도로 일찍 잠을 잘 수가 있었다. 그것도 추크 호가 바라보이는 호숫가의 숙소에서.

2월 28일 (목) 오전에 흐리고 오후에 맑음. 유럽에 도착한 이래 흐리고 바람 불며 계속 비가 왔는데, 모처럼 맑은 날을 맞아 스위스의 호수와 산천을 감상할 수 있었다. 그래서 피상적으로만 보아왔던 스위스의 자연을 좀더 가까이에서 느끼고 누릴 수 있었다.

9시가 넘어 홍 선생이 아침식사용으로 빵과 쨈 등을 가져왔다. 아침을 많이 먹는 나로서는 양이 차지 않았지만, 맛있게 먹었다. 특히 이곳의 토종꿀을 빵에 발라 먹으니 맛이 매우 좋았다. 전기코드 관계로 어제 저녁에 작업을 할 수 없었기에 어댑터(adopter)를 구했다. 홍 선생의 남편이 운영하는 사무실에 들어가 처음으로 인사하고 여러 가지 관광 상품과 전시해 놓은 팸플릿을 훑어보았다. 북한에서 '아리랑 축제'를 선전하는 한 페이지짜리 선전물을 보았다. 고급 종이에 찍었다. 그러나 인쇄물을 고급 종이에 찍었다고 해서 고급 선전물이 되는 것은 아니다. 촌스러운 것은 부인할 수 없었다. 아클린 씨에게 "이것이 북한에서 인쇄된 것인가?"라고 하니, "물론이지요"라고 답하는 것이 물어본 나를 향해 힐난이라도 하는 느낌이었다. 무언가 내 질문에 잘못이 있었던 것이 아닌가 생각되었다.

홍 선생의 안내로 추크 시내를 구경했다. 중세풍의 이 도시는, 다른 유럽 도시들이 그러하듯이, 현대로써 덧칠, 수정하고 확장해 가는 것이었다. 다만 얼마나 옛것을 정성스럽게 보존하느냐 하는 것이 관건이었다. 경찰서에 가서 소방서의 탑에 올라갈 수 있는 허가를 받았다. 1092년에 세워진 소방서의 106계단을 따라 올라가니 사방으로 확 트여 시내가 잘 내려다보였다. 호수와 산록 사이에 위치한 이 도시는 이 소방서가 말해 주듯, 거의 천 년 이상을 지탱해 온 마을로 깨끗하고 아름다운 호반의 도시로 만들어 왔던 것이다. 소방서에서 보면 이 도시의 모습들이 보이기 때문에 그 이상 관광이 불필요했다.

12시 4분에 출발하는 직행 기차를 타고 다음 정거장인 로트크로이츠(Rotkreuz)로 갔다. 교민으로 독일 의사와 결혼하여 이곳에 살고 있는 한영숙 씨 댁을 방문, 오늘 점심을 함께 하기로 했다. 기차역에서 얼마 떨어지지 않은 곳이었다. 가는 곳마다 보이는 큰 가톨릭 성당의 시계탑에서 15분마다 울리는 종소리가 두 번 울리는 것으로 보아 12시 30분밖에 되지 않았음을 알 수 있었다. 한 정거장을 오는 데 20여 분이 걸리지 않았던 것이다.

이 시간쯤에는 날씨가 개서 스위스의 맑은 풍광을 만끽할 수 있었다. 산과 손질한 잔디가 이 나라 자연의 상징처럼 되어 있는데, 맑은 날씨에 보는 이 같은 광경은 산뜻해서 더욱 좋았다. 시골이라서 그런지 잘 닦아 놓은 도로에 견주어서는 차량도 거의 없었다. 약간 언덕배기에 조성된 아파트 단지 안에 자리 잡은 이 집은 내부가 최근의 건축 재료로 잘 꾸며져 있었다. 스위스 중산층의 집을 엿볼 수 있었다. 3층인 이 집은 아래층에 다용도실과 창고가 있고, 2층에 거실과 부엌 그리고 컴퓨터가 있는 작업실이 있으며, 3층에는 2층과 같은 모양으로 부부 침실과 아이 침실, 그리고 음악을 감상할 수 있는 방이 있었다.

딸 아이 미리내를 두고 있는 이 가정의 남편은 독일인 의사이고, 부인 한영숙 씨는 간호원으로 와서 김나지움(Gymnasium, 중고등학교 과정)을 마치고 대학에서 문학을 공부했다고 한다. 이 집에서도 딸아이가 유창한 우리말로 인사하고 묻는 말에 답했다. 참으로 대견스러웠다. 이들 한국인 여성들은 자녀들에게 한국어를 가르치는 데는 스위스 여성이 갖는 끈질김을 그대로 본받았던 것이다. 이런 열성이 그 먼 곳 취리히에 있는 한글학교를 유지토록 만들었던 것이다.

　점심식사는 생선국에 밑반찬 몇 개를 놓은 것이었지만 우리를 대접하려는 정성이 담뿍 들어 있었다. 커피도 맛이 있었다. 서가에 보니 이덕주(李德周) 목사가 쓴 《나라사랑, 교회사랑》(한석진 목사 전기)이 꽂혀 있고 이 목사의 서명이 있었다. 물어보니 독일에 있는 이 목사의 친구인 김 목사를 통해 알게 되었던 사이라고만 했다. 한참 동안 이덕주 목사에 대한 이야기가 오갔다. 나는 미처 몰랐는데, 감신 시절 이 목사는 동기 가운데에서 가장 우수한 학생이었다는 것이다. 한 여사는 이 목사의 문장이 쉽고 글이 매우 순하다고 했다. 김석득 교수는 아현감리교회의 역사를 쓴 이 목사를 기억하면서 그 책을 쓸 때 많은 자료를 이용했다고 말했다. 김 교수의 장인은 6·25 전에 아현감리교회의 담임목회자로 있으면서 교인들은 피난가게 하고 혼자 교회를 지키다가 순교했다는데, 그 교회 안에 순교비가 세워져 있다고 한다. 이 목사의 이야기를 하면서 더 친근감을 갖게 되었다. 사람들은 몇 다리를 건너다보면 이렇게 서로 알게 되는데, 이 때문에라도 함부로 처신하지 않아야 한다는 것을 새삼 느꼈다.

　커피까지 마시고 한영숙 선생의 안내에 따라 이 근처 '관광'에 나섰다. 등성이를 넘어가니 곧 여러 문학작품에 나오는 임멘제(Immensee)가 나왔는데, 추크 호에서 연결되어 돌아 나온, 호숫가의 7백여 가구가 사는 동네라고 한다. 스위스는 4만 4천㎢에 1,380개의 호수를 갖고 있으며 인구는 7백만에 불과하다고 한다. 한 선생은 현재 살고 있는 곳으로 옮기기 전에 임멘제에서 살았다고 하면서, 그 집도 보여 주었다. 고개를 넘으니 퀴스나하트(Küssnacht)가 보였는데 그 고개에서 말과 사람이 걷는 두 길의 호헤 가세(hohe Gasse)를 걸어 보았다.

　옛날 윌리엄 텔이 영주 가스(Gass)를 암살한 것이 바로 이 길에서였다고 한다. 이 역사적인 자리에 어떤 기념 표지도 없고, 다만 1935~

1937년에 학생(Schuljugend)들이 이곳을 견학하고 영원히 잊지 않으리라는 내용을 새긴 기념 동판을 길 입구의 바위 위에 남겼다. 그 시기가 제2차 세계대전이 일어나기 직전이라는 것을 생각하면, 스위스의 젊은 이들이 왜 이런 글귀를 그들의 조상 윌리엄 텔이 독재자를 제거한 이곳에 새겨 넣었는지 이해할 만했다. 아마 이들은 히틀러가 쳐들어왔을 때 죽음을 무릅쓰고 싸웠을 것이다. 이곳에서 30분 정도의 거리에 윌리엄 텔의 동상과 그를 기념하는 박물관 및 당시의 봉건 독재자 가스가 살았던 유적들이 있는 알트도르프(Altdorf)가 있다고 한다. 그곳을 보지 못한 것이 유감이다.

고개를 넘어 퀴스나하트 암 리기(Küssnacht am Rigi)라고 하는 곳으로 갔다. 흰 눈이 덮인 리기 산 아래의 호숫가에서 건너편에 바라다 보이는 역시 흰 눈이 뒤덮인 필라투스(Pilatus) 산은 매우 장엄하게 보였다. 스위스인들이 그 산이 얼마나 얄미웠으면 그런 이름(예수를 십자가에 못 박은 로마 총독 빌라도)을 붙여 놓았을까. 스위스인들의 지독함으로, 산꼭대기나 산허리에 나무 하나 없던 그 산에 오르면서 흙을 한 줌씩 옮겨서 이제는 나무가 자라게 되었고, 궤도차를 놓아 산정까지 올라갈 수 있게 되었다고 한다.

퀴스나하트는 독일의 문호 괴테가 가끔 들러서 작품활동을 한 곳이라고 해서 더욱 유명하다. 그가 머물렀던 곳은 호숫가로 들어오는 도시 입구의 엥겔(Engel)이라는 여관 겸 식당이 있는 건물이라고 한다. 그는 이곳을 중심으로 루체른(Luzern)에 가서도 술을 마시며 작품 활동을 했다. 이 호수는 비르 슈테테 제(vier Stätte See, 네 도시의 호수)라고도 하는데, 네 도시는 독립전쟁 때에 처음 동맹을 시작한 세 도시(Uri, Schwyz, Ob-Nieder Wald)와 루체른을 이른다고 한다. 그렇게 보면 이곳은 바로 스위스 발생의 진원지라고 할 수 있다.

호숫가에서 보니 물이 맑아서 자연 상태의 청정 호수를 연상케 했다.

16년 전인 1986년에 스코틀랜드를 방문했을 때 낙조 속에서 그곳 호숫가를 여행하면서 이곳에 와서 집필을 해 봤으면 하고 생각했던 것을 상기하게 되었다. 그때 다시 방문했으면 했던 것은 이제 실현하기 힘들게 되었다. 산꼭대기에까지 사람의 손이 닿지 않은 곳이 없는 스위스, 그러면서도 자연을 최대한 보존하는 일에 가장 앞장선 나라, 이런 나라가 하나님의 창조를 보존함으로써 받는 축복은 이루 말할 수 없다.

한 선생의 설명을 들으면서 우리는 루체른으로 옮겼다. 세계에서 관광객이 가장 많다는 이곳을 나는 몇 년 전 스위스항공으로 이스라엘 성지순례를 마치고 돌아가는 길에 잠시 들렀던 곳이다. 그때는 아내와 함께 한 여행이어서 더욱 좋았다. 세계에서 가장 훌륭한 파이프 오르간을 갖고 있는 파레이 쌍 레오데가르 임 호프(Pfarrei St. Leodegar im Hof)에 들어가 보았다. 수리하고 있었다. 파이프 오르간이 좋기 때문에 오르간 연주자를 시험할 때나 선발할 때 이곳을 자주 이용한다고 했다. 그래서인지 교회 앞 게시판에는 2월의 오르간 연주회와 관련된 음악회 소식이 나붙어 있었다.

그곳을 나와 빙하시대의 흔적을 보여 주는 곳에 갔다. 거기에는 스위스를 상징하는 사자상(Das Löwendenkmal)이 있었다. 'Helvetiorum Fidei ac Veituti(영웅적인 믿음과 덕성)' 이라는 제목을 단 이 사자상은 죽을 때까지 충성을 다 바친 사자를 형상화한 것이다. 1792년 투일레리 엔스투룸(Tuileriensturum) 전쟁에서 영웅적인 전투를 벌였던 애국자들을 기념하면서 조각한 것으로 덴마크인 베르텔 토르발드센(Bertel Thorvaldsen, 1790~1844)이 시작하여 루카스 아호른(Lucas Ahorn, 1789~1856)이 계승하여 1821년에 완성했다고 한다. 그 뒤에 칸톤(주)에서 매입하여 유지하고 있단다. 그 옆에 있는 빙하시대의 유적은 보지 못했다.

나오는데, 괴테가 이곳에 와서 술을 마시며 지냈던 한 건물에 "Wie

fruchtbar ist der kleinste Kreis, wenn man ihn wohl zu pflegen weiss, Göthe(사람들이 밭 갈 줄을 잘 알게 되면, 가장 작은 공간에서도 열매를 맺을 수 있음과 같이, 괴테)"라고 쓰여 있었다. 거기서 전에 왔을 때 건넌 적이 있는 강 위의 이상하게 얽어 놓은 다리를 보았다. 그 뒤 이 다리가 불타 그 안에 그려 놓은 루체른의 풍속화도 다 불타 없어졌다고 한다. 나는 그곳에는 가지 않고 차 안에 머물러 있었다. 다시 차로 루체른 시내가 잘 보이는 산허리에 있는 귀치(Guetch) 호텔로 가서 시내를 관망했다. 이곳은 영국 여왕 빅토리아가 1868년 8월 7일부터 9월 9일까지 방문한 곳이기도 하다. 그곳에서 보니 이 루체른의 과거 봉건시대 제후의 성도 볼 수 있었다. 이 호텔에서 보면 이 호숫가의 오른쪽으로 뻗은 강기슭 뒤에 높은 산이 있는데, 그곳에 있는 호텔에서 아내와 함께 하룻밤을 묵은 적이 있었다.

17시가 지나 우리 일행은 저녁식사를 준비한 어느 교민 집으로 가기로 했다. 가는 길에 17시 45분쯤에 젬파하 호(Sempach See)에 이르러 18시 5분 전에 해가 호숫가 저편으로 넘어가는 것을 볼 수 있었다. 그 광경이 아주 좋았다. 그 호수는 주변 도시 이름을 따서 소르 호(Sor See)라고 부르기도 한단다. 이 호수는 루체른 호수와는 또 달랐다. 오늘은 스위스의 호수를 즐기는 시간이 되었다. 다시 차를 달려 그곳에서 얼마 떨어지지 않는 아이히(Eich)라는 동네에 있는 최금희 씨 댁을 찾았다. 그녀는 한글학교 학부모회 회장이라고 했다. 아직 집주인이 돌아오지 않아 집 주변에서 서성거리며 동네 앞의 호수를 바라보았다. 이 집은 옆집에 견주어 잘 가꾸지 않아 잡초가 우거지고 페인트칠이 벗겨져 보기에 좋은 인상은 아니었다.

나중에 최금희 씨가 둘째 딸을 데리고 왔다. 마산 출신이라고 한다. 세종대학교의 최옥자 이사장이 사촌 고모라고 했다. 그러나 외국인과 결혼해서 사는 것을 보면서 측은한 생각이 들지 않을 수 없었다. 이렇게 외딴 곳에 살면서 외국어로 자신의 뜻을 펴야 하는 여성의 생활을 생각하면 동정하지 않을 수 없다. 그런 상황에서도 자녀들에게 한국어를 가르치려는 일념을 가지고 노력하는 것을 볼 때, 또한 눈물겨웠다. 최금희 씨가 사는 모습과 자녀 교육을 보면서 감동받지 않을 수 없었다. 그래서인지 이런 집일수록 정성스럽게 식사를 마련한다. 이 집에 들어서면서 첫인상이 좋은 편이 아니었고 또 최 씨의 시아주버님이 아직 결혼하지 않은 채 한 집에서 같이 살고 있다면서 우리가 앉아 있는 거실을 들락거려 그 또한 인상이 별로 좋지 않았다. 그러나 최 씨의 다정한 행동에서 우리는 다른 집보다 가식 없는 정성을 느낄 수 있었다. 나는 이 집에서 페치카의 장작에 불을 붙여서 집안을 훈훈하게 했다.

저녁식사 뒤에, 나는 두 딸아이에게 한문 뜻을 가진 한국 이름을 지어 주었다. 이 집의 성은 보그(Bog), 그래서 '복(福)' 씨라고 하고, 큰딸은 샤클린인데 아버지가 엄마의 이름을 그대로 남기자고 했지만, 나는 영어의 자클린과 비슷한 이름으로 보고 비슷한 음성으로 '자경(慈慶)'이라고 지어 주었다. '경(慶)' 자를 쓴 것은 최금희 씨가 경상도 사람이기 때문에 친근감을 주기 위해 지어준 것이기도 하다. 작은딸 미셸에게는 '미설(美雪)'이라고 했다. '설(雪)' 자는 언니 자경의 '경(慶)' 자가 경상도를 의미하는 뜻이 있듯이, '설(雪)' 자는 만년설의 나라 스위스를 상징하는 뜻으로 쓰려고 했다. 내가 지어준 복자경·복미설을 그대로 사용할 것인지는 부부가 의논해서 결정할 문제다. 최금희 씨의 남편 보그 씨는 특수철강을 다루는 기술자인데 한국에 기술자로 와서 서로 결혼하게 되었다고 한다.

18시 무렵에 갈 길이 바쁜 우리는 일어섰다. 한영숙 씨가 우리들을 추크까지 태워다 주고 돌아갔다. 자기 말로는 30분 정도밖에 걸리지 않는다면서 우리들에게 친절을 베풀었던 것이다. 기차로 왔으면 꽤 시간이 걸렸을 것이다. 오늘 저녁식사와 교통편을 제공하는 한편 이 지역에 대한 역사적인 설명까지 곁들여 준 한영숙 씨께 감사하는 마음이다.

3월 1일 (금) 오전에는 개고 오후에는 흐리고 비가 오다. 또 변덕스러운 날씨가 시작되는 것이 아닌가 하는 생각을 했다. 하루 종일 몇 번이나 일기가 바뀌기 때문이다. 9시가 거의 되어서 홍 선생이 빵과 우유 등 아침식사를 마련하여 우리가 묵는 숙소로 왔다. 나는 오늘 아침도 많이 먹어 두려고 했다. 이곳 스위스의 토종꿀을 빵에 발라서 먹는 맛이 일품이다. 방에 들어와 일기를 정리하는 동안 김석득 교수와 홍 선생은 밖에서 많은 대화를 나누었는데, 나중에 김 교수님이 말한 바에 따르면, 홍 선생이 김한빛나리 선생을 데리고 오지 않은 것을 지적하더라고 한다. 아마도 이번 순회를 계획하면서 그들 몇 사람은 상당히 동지적인 유대를 강화했는데, 계획과는 달리 젊은 분은 오지 않고 늙은이들만 왔기 때문에 그런 지적을 받은 것으로 보인다.

오늘 손자 손녀에게 엽서를 띄우기 위해 어제 구입한 그림엽서에다 미국의 손녀 경원(慶源)과 서울의 손자 진원(鎭元)에게 소식을 몇 자 적었다. 내가 젊을 때에 집을 나서면 꼭 기홍·기종 형제에게 엽서를 부지런히 보냈는데, 손녀 손자에게는 그만큼 정성이 들어가지 않는가 보다.

일기를 쓰고 있는 동안 홍 선생의 큰딸 마야가 내 방에 와서 노트북 컴퓨터로 작업하는 것을 신기하게 생각하기에, 어릴 때부터 일기를 쓰라고 권하면서 내가 어제 이곳에 와서 쓴 일기를 보여 주었다. 홍 선생의 집에 가서 마야와 알린 두 딸을 만난 것과 그들이 한국어를 유창하게 잘한 것, 이것은 어머니인 홍 선생의 피나는 노력으로 말미암아 이뤄졌다는 것 등을 적었는데 그 부분을 읽어 주었다. 매일 일기를 써서 문장력을 높이고 생각의 범위를 넓히게 되면 앞으로 괴테나 셰익스피어도 될 수 있을 것이라고 꿈을 심어 주려고 했다. 마야도 나에게 재미 있는 일을 이야기해 주었는데, 마야가 오늘 학교에 가지 않은 것은 담임선생이 아파서 학교에 오지 말라고 했기 때문이란다. 스위스 학교의 교사 권위가 어느 정도인지를 알게 해 주는 사건이다.

11시가 되기 전에 오늘 우리를 쌍 갈렌(St. Gallen, 이곳 분들은 쌍 깔렌이라고 거세게 발음해서 그 발음이 좋지 않다고 서로들 말하면서도 어쩔 수 없는 모양이다. 스위스 동쪽 끝 북부에 있는 오래된 도시다)으로 안내할 조윤희 선생이 그가 살고 있는 취리히 근처의 글라트브루크에서 왔다. 11시 5분에 추크를 출발했다. 처음에는 국도를 따라 아기자기한 시골 풍경을 보면서 달렸다. 멘슈테텐(Menstetten) → 아폴테른(Afoltern) → 비르멘스도르프(Birmensdorf) → 우르도르프(Urdorf)를 거쳐 고속도로로 나왔다. 고속도로는 스위스 북부 지역을 동서로 관통하는 'E60 East'였다.

조윤희 씨가 산다는 취리히 입구의 글라트브루크를 통과하여 장크트 갈렌 방향으로 달렸는데, 빈터투어(Winterthur) 근처에서 두 차례에 걸쳐 위험한 경우를 맞았던 적이 있다. 처음에는 컨테이너 트럭이 신호등도 깜박거리지 않고 우리 차의 앞으로 끼어들었고, 얼마 안 되어 승용차 한 대가 또 그렇게 끼어들어 이번에는 순간적으로 그것을 피하느라 차가 크게 흔들렸던 것이다. 조윤희 선생같이 젊은이가 아니었으면 큰 사고가 날 수도 있었을 것이다. 나는 그 승용차의 차량번호와 시각 등을 적어 두었다. 스위스 TG 93770, 초록색이었고 시각은 3월 1일 12시 무렵이며, 그 차는 12시 8분쯤 샤프하우센(Schaffhausen) 방향의 출구로 나갔다. 기회가 있으면 이 차를 고발하고 싶다. 다른 차량에 그렇게 위험한 순간을 주고서도 모르는지 계속 끼어들기를 하면서 달렸지만 고속도로를 나가면서 보니까 우리 차보다 그렇게 빨리 달린 것도 아니었다.

빌(Wil, 이런 지명은 옛날에 말로 여행하다가 쉬거나 말을 갈아타는 곳이라는 게 조윤희 씨의 설명이었다)을 지나자 아펜젤 뒷산인 산티스

(Santis) 산이 보였다. 이 산의 모습이 계속 나타났다 사라졌다 하면서 나중에 아펜젤에 도착할 때까지 반복되었다. 12시 31분쯤에 아펜젤 방향의 이정표가 나왔는데, 차는 이미 쌍 갈렌 시내에 들어서서 고속도로 출구로 나온 셈이었다. 이정표를 잘못 읽어 토이펜 방향으로 빠졌다가 다시 몇 번이나 물어 목적지인 쌍 갈렌 한글학교 교장인 진혜원 씨 집에 도착했다. 이곳은 계곡 안에 있는 집으로 그 아래 편에 야외수영장이 있었다.

진혜원 씨는 예원여고 출신으로 1988년에 피아노를 전공하기 위해 빈으로 왔다가 오스트리아 출신인 지금의 남편 파이퍼(Pfeifer) 씨를 만나 결혼, 인형같이 예쁜 소리·유리 두 딸을 두고 있었다. 그는 숙대 법정대의 이상광 학장을 아버지처럼 모셨다면서 귀국하거든 안부를 부탁했다. 그리고 보니 이 교수가 빈에서 오랫동안 공부했다고 들은 적이 있음이 기억났다. 그의 남편 또한 기타를 전공하고서 각종 현악기를 다루며 작곡에 종사하고 있는데, 지금은 이 근처의 음악학교에서 학생들을 가르친다고 했다. 파이퍼 씨와 대화를 통해 그가 한국에 한 번 다녀왔으며, 한국에 관한 작곡은 아직 한 바가 없으나, 윤이상 선생이 한국과 서양의 정신사적인 것을 조화하여 작곡했다는 것 정도는 알고 있었다.

서구의 성씨에 대한 이야기도 나눠 보았다. 나는 서구의 성씨들은 대부분 지명이나 직업에서 유래했다고 말했다. 그도 동의하면서 자기의 성이 영국 같은 곳에서는 파이퍼(Feifer)로도 쓰인다고 하면서 성씨에 대해서 대수롭지 않게 말했다. 진혜원 씨의 가정을 보면서, 국제결혼해서 스위스 등 외국에서 산다는 것이 일단 환상적인 삶을 살아가는 것처럼 보이지만, 어쩌면 먼 곳에서 외로운 생활을 하고 있는 것 또한 사실임을 부정할 수 없다고 느꼈다. 사회복지 시설이 잘 되어 있고 인종적인 편견이 없는 평등한 사회라고 하지만, 그들의 표현을 빌리면, 그들 스스로는 "영원한 이방인으로 살아가는 신세"임을 깨닫고 살아간다는 것이다.

우리가 온다고 시장을 다시 보는 등 준비를 미리 한 모양이었다. 점심은 회덮밥이었다. 여러 가지 재료를 섞고 고추장을 넣어 그들의 정성을 맛있게 먹었다. 파이퍼 씨는 같은 식탁에서 감자를 먹었다. 식탁에서 동서가 구분되는 이런 것은 일종의 비극이 아닐 수 없다. 국제결혼은 이런 기본적인 행복에서부터 조율하지 않으면 안 될 것이다. 점심을 먹고 난 뒤에 파이퍼 씨는 자기 방에 가서 바이올린을 계속 켜고 있었다. 자기 집에 찾아온 이방인들로 말미암아 그는 스스로 소외되었다고 생각할지도 모른다고 느꼈다. 그러니 소외는 대집단에서만 있는 것이 아니다. 어느 사회에서나, 심지어 자신의 내면세계에서조차 찾아올 수 있는 것이 소외라고 할 수 있다.

14시 30분 무렵에 진 선생 댁을 나서서, 아펜젤을 향해 고개를 넘어갔다. 그곳까지는 도로가 잘 뚫려 있고 협궤(狹軌)이긴 하지만 쌍 갈렌에서 아펜젤까지 가는 기동차도 있어서 수시로 오가는 것 같았다. 내가 1985년에 《아펜젤러 - 한국에 온 첫 선교사》(연세대 출판부)를 편역하여 출판한 적이 있는데, 그 책에서 아펜젤러 목사가 자기 고향 아펜젤을 찾아가는 장면이 있었다. 그래서 아펜젤에 대해서는 늘 한번 가보고 싶다고 생각했는데 이번 기회에 오게 된 것이다. 진혜원 씨의 말을 빌리면, 정동 감리교회의 부목사도 이곳을 다녀갔다고 했다. 나는 진혜원 씨께 그곳의 기록보존소에 가서 알아보면, 1800년대에 들어서서 미국 펜실베이니아 주 쪽으로 이민 간 아펜젤러(Appenzeller)들을 발견할 수 있을 것이라고 했다. 그런 기록을 찾아 주시면 고맙겠다고 했다.

진혜원 씨의 집은 쌍 갈렌과 아펜젤 중간에 있다. 큰 등성이를 넘으면 '알프스의 딸들'이라는 만년설로 뒤덮인 산들 앞에 그렇게 크지 않은 구릉 속의 도시가 발견되는데, 이곳이 수많은 아펜젤러 후예들이 살고 있는 아펜젤이다. 화려하거나 번화하지도 않은 이 시골 도시에 한국에 처음 온 감리교회 선교사의 조상들이 살았던 것이다. 스위스의 도시들이 그러하듯이, 시골의 소도시이지만 관광객이 많은 듯, 관광상품을 파는 가게가 많았고 박물관도 있었다. 이곳의 조상들이 어떻게 살았는지를 보여 주는 가구들이 흥미를 자아내게 했다. 박물관에서 아펜젤러 선교사의 조상에 관한 기록이 있는지를 물었으나, 유명한 사람들이 아니어서 찾아볼 수 없다는 대답만 들었다.

이곳에서 새온에게 줄 선물을 사야 하겠기에 가게 진열대에 보이는 빨간색과 파랑색의 티셔츠를 두 장 샀다. 그것으로 이번 여행의 큰 숙제 가운데 하나는 일단 풀었다. 귀국할 때는 매번 선물이 문제다. 아펜젤이라는 유서 깊은 곳에서 샀다는 것만으로 새온이 선물은 의미 깊다고 할 수 있다. 이 도시를 병풍처럼 둘러싸고 있는 산티스 등 만년 설산을 배경으로 사진을 몇 장 찍고 아펜젤을 떠나야 했다. 다음 스케줄을 제대로 맞추자면 이미 늦은 시각이었다.

돌아오면서 조윤희 씨는 자기의 동기인 공지영에 대한 이야기를 들려주었다. 진혜원 씨의 집이 있는 쪽으로 돌아와 조금 더 가면 쌍 갈렌이다. 쌍 갈렌은 가톨릭에서 본다면 유명한 도시이다. 이곳에서 독일의 남부 지역까지 종교적으로 다스렸다고 한다. 그보다 더 중요한 것은 이곳에 수도원이 있었고, 지금도 있는 고도서실은 아직도 찾는 사람들이 많다는 것이다. 물어물어 겨우 찾은 이 쌍 갈렌의 고도서실에 들어가니 수백 년이나 되는 책들이 정리되어 있었다. 중세의 필사본 책들도 있었다. 참으로 어마어마한 광경이었다. 이런 정신적인 유산 속에서 유럽의 정신문화가 꽃피었던 것이다.

그림엽서 등 기념품을 산 뒤 우리는 다시 고속도로로 나와 고사우(Gossau)의 이현자 씨 댁으로 갔다. 이 집 주인은 역시 간호원으로 중동지역에 나왔다가 이스라엘에서 현재의 남편을 만나 결혼, 2남 1녀의 어머니가 되었다. 텁텁한 사투리로 좌중을 압도하는 면이 있어서 어떤 이들은 이 사람의 경상도 사투리의 무뚝뚝함에 거부감을 느끼기도 하는 모양이다. 남편은 이 도시의 서기관으로 있는 공무원이라고 한다.

원래는 16시부터 이 집에서 한글학교 학부형 간담회가 있을 예정이었다. 늦게 온 사람들도 있어서 합치면 10여 명이 되는 셈이다. 우리가 17시 넘어 도착했기 때문에 저녁을 먹으면서 좌담회를 계속했다. 마침 오늘이 3·1절이라서, 내가 '3·1운동의 역사적 현재적 의의'를 약 30분에 걸쳐 설명했다.

좌담회를 통해서 들은 그들의 관심은 첫째 왜 이곳에서 후세들에게 한국어를 가르쳐야 하는가, 이들은 거의 혼혈 2세라는 것과, 둘째 가르쳐야 한다면 어떤 방법으로 가르치는 것이 효율적인가, 자녀들뿐만 아니라 남편들에게도 어떻게 하면 잘 가르칠 수 있는가, 셋째 한국인이 외국에서도 한국어를 가르치려고 하는 것이 지나친 민족주의나 국수주의의 발로라고 할 수 없는가, 이 때문에 한국 민족이 자신의 민족적 우월성을 극복하는 것이 먼저 수행해야 할 과제가 아닌가 하는 것이었다. 그밖에는 일상생활에서 부닥치는 사소한 문제들이었다. 김 교수님이 대부분 설명했지만 부족하다고 생각하거나 엉뚱한 대답이었다고 생각되는 부분에 대해서는 내가 보충 설명을 했다. 특히 왜 외국에서도 한국어를 가르쳐야 하는가 하는 문제에 대해서는 다른 곳에서와 같은 예도 들었지만, 민족이 혼혈화할 때 언어와 전통을 지키지 못한 인디언과 2천 년 이상 자기의 언어를 지킨 유태인을 비교하여 설명하는 기민성도 발휘할 수 있었다.

이곳에 모인 학부형들은, 신창균 선생의 증손부(曾孫婦)처럼 상사(商社)에 근무하는 남편을 따라 온 사람들도 없지 않았지만, 대부분은 국제결혼한 사람들이어서 독일이나 미국과는 또 다른 과제를 안고 있었다. 나는 엄마 아빠 가운데 한 분이 한국인이면 반드시 이중언어를 가져야 한다는 것을 강조했다. 그것이 그 자녀의 정체성을 확보하는 길이라고 했다. 한국어를 가르치는 방법으로 효율적인 것은 어느 시간이나 공간에서는 한국어만 사용할 수 있도록 하는 것이 좋겠다는 것과 아이들과 함께 성경의 요절을 같이 외우라는 것을 강조했다.

이 집에서도 역시 비빔밥으로 저녁을 먹었다. 우리와 함께 온 홍혜성 선생과 조윤희 선생은 도착하자마자 떠났고, 진혜원 선생은 간담회에 참석해서 여러 가지 의견도 내고 3·1운동에 대한 내 강의도 들었지만, 저녁 먹기 전에 파이퍼 씨가 와서 모녀를 데리고 집으로 돌아갔다. 홍 선생의 경우는 또 몇 시간을 들여야 집까지 갈 수 있다. 여간한 정성이 없이는 한글학교는 물론 학부형들의 모임도 주선할 수 없는 처지다. 이들의 노력을 생각하면 눈물겹다고 하지 않을 수 없다. 본국 정부가 이런 노력들을 이해하고 있는지, 정말 궁금하지 않을 수 없다.

저녁을 먹은 뒤 너무 피곤하여 나는 먼저 방으로 올라왔다. 김 교수님은 떠나지 않고 있는 학부형들과 좌담을 계속하겠다고 했다. 늦게까지 밑에서 대화하는 소리가 들렸다. 내가 한참을 자고 난 뒤에 김 선생님의 방문 출입 소리가 들렸다. 거의 한밤중까지 그들과 대화를 나눈 것이 아닌가 생각된다.

3월 2일 (토) 비와 눈. 엊저녁 내내 비가 오다. 화장실에 갈 때마다 들리던 주룩주룩하는 빗소리가 나그네의 마음을 울적케 했다. 새벽에 창문 커튼을 걷고 보니 진눈깨비로 변하고 있었다. 엊저녁에 내리던 비가 아침에는 이렇게 눈으로 변한 것이다.

새벽 2시 반에 잠이 깼다. 이불을 덮고 있을 때는 몰랐는데, 책상 앞에 앉으니 제법 추운 기운이 들었다. 스위스 사람들의 근검정신이 정도 이상의 온도를 유지하지 않아 맨 위층에 있는 우리들의 방에서는 약간의 추위를 느끼게 되었다. 다섯 시가 지나자 졸리기 시작했다. 견딜 수 없어서 다시 잠자리에 들어갔다. 그러나 발이 시려서 잠이 제대로 들지 않았다. 계속 발을 비비기도 하고 이불로 감싸 덮기도 했지만 발은 좀처럼 풀리지 않았다.

9시가 되자 이 집의 안주인인 이현자 선생이 식당으로 우리를 초대했다. 아침을 같이 먹자는 것이었다. 이 집의 안주인은 경상도 억양으로 말하기 때문에 매우 시끄럽고 수다스럽게 들렸다. 수다 속에는 자기 자랑도 끼어들게 마련이다. 간호원으로 사우디아라비아 근무를 마칠 무렵 성지순례를 하다가 예루살렘에서 지금의 남편 이나우엔(Inauen) 씨를 만나게 되어 결혼까지 이르게 되었다. 2남 1녀의 가정에 남편은 시의 고급공무원이다. 공무원이 비교적 봉급이 높은 편이라고 말하는 그녀의 모습에서 자기 생활에 대한 자부심이 보였다. 아침식사는 스위스 빵에다 잼이나 꿀을 발라 먹는 것이었다.

식사 뒤 그녀의 넋두리 같은 수다를 거의 1시간 동안 들었다. 그녀는, 그녀의 말대로, 말상대라도 만나게 되면 몇 시간이고 수다를 떨 수밖에 없는, 그런 해외진출자가 되어 버린 것을 모르고 있었다. 경상도 억양은 그의 수다를 들어야 하는 사람에게는 그 고통을 배가시키는 것이다.

이현자 씨의 말을 들으면서 스위스 사회의 한 단면을 알 수 있었다. 이 사회는 세계에서 가장 아름답고 좋은 나라인 것처럼 보이지만, 그 속에도 애환(哀歡)이 교차되고 있다는 것이다. 먼저 자살률이 상당히 높다고 한다. 사람들이 자기의 고민을 내면화하고 있다가 결국 해결점으로 터뜨리는 것이 자살이라는 것이다. 이현자 씨 시누이의 남편 두 사람이 모두 자살했는데, 그 사람들이 아펜젤 출신이었다고 한다. 또 하나 이 사회에서는 아버지가 딸을 범하는 경우가 그렇게 많다는 것이다. 그것도 오랜 시간이 흐른 뒤에 나타난다고 한다. 당한 딸이 고민 끝에 뒷날 발설하기 때문이란다. 혼인신고를 하지 않고 동거하는 것도 예사라고 한다. 모두들 아이 문제 등 법적 구속을 받고 싶지 않기 때문이라고 한다. 혼전 동거를 안 하는 것은 오히려 육체적인 결함이 있어서 그런 것으로 본다는 것이다. 인간의 탐욕적이고 감성적인 성문화를 이성(理性)으로 잘 포장하는 과정에서 나타나는 현상이라고 봐야 할 것인가.

빈터루트에서 클럽 팀의 핸드볼 선수로 있는 어느 선수의 부인이 아이 둘을 태우고 우리를 데리러 왔다. 오후 2시에 있을 취리히 강연을 위해 우리들을 태워 가고자 함이었다. 미니밴이어서 공간이 넓었다. 고속도로에 나가서는 피곤을 가장하고 잠을 청했다. 내가 조용하니 내 옆에 있던 어린 자매들도 어느덧 잠이 들어 버렸다. 취리히에서는 어느 고등학교를 빌려서 한인학교를 운영하고 있었다. 김경숙 교장과 홍혜성 선생이 우리를 맞아 주었다. 김경숙 교장도 한글학회 주최 제1회 국외한국어교사연수회에 참석한 분이어서 어색하지 않았다.

14시 30분부터 내가 먼저 강연을 시작했다. 좁은 교실에 모두들 50여 명이 앞과 옆 열에 앉았다. 국민의례부터 시작되었다. 애국가를 2절까지만 불렀는데, 다른 곳에서와는 다른 남다른 감회가 있었다. 국민의례를 마친 뒤 내 눈에는 눈물이 맺혔다. 처음부터 진지한 모습이 계속되었다. 나는, 이번 순회강연에서 늘 그러했듯이, 예의 해외진출자들에 대한 감사와 칭찬을 먼저 했고, 우리 민족사의 긍지를 높일 수 있는 부분만 설명하겠다고 하고 강연을 시작했다.

결론으로 우리가 민족적 정체성을 갖자는 것은 내 것을 고집하자는 것이 아니라 내 것을 가지고 다른 민족과 공동체에 봉사하고자 함이라고 강조했다. 우리 민족은 다른 민족으로부터 많은 시련과 고난을 당했다. 그랬던 만큼 이제 다른 고난 받는 민족을 섬기는 것이 어쩌면 가장 적합할 뿐만 아니라 그것이 정체성을 유지한 축복받은 민족의 자세이어야 한다고 강조하면서 내 강연을 끝냈다. 짧은 시간이었지만 많은 도움이 되었다고 전해 왔다.

강연 뒤 몇 사람이 내일 주일에 자기 교회에서 특강을 해 줄 수 있는가 하고 물었다. 나는 주최 측에 알아보라고 했다. 그들의 말로는 주최 측에서는 계획이 다 짜여져서 틈을 낼 수가 없다고 한다는 것이다. 그렇다면 곤란할 것이라고 했다. 원래는 우리가 기독교인이라는 점을 고려하지 않고 주일에도 자기들의 프로그램을 진행하는 것으로 짠 듯하다. 내가 이곳에 와서 이 점을 지적하니까 그들은 주일 오전 9시 30분에 스위스 현지 교회에 가서 예배를 드리도록 시간을 조정했다. 원래는 산에 올라가 간담회를 갖는 것으로 계획을 짜 놓았다고 하는데, 이는 우리들에게 스위스를 더 잘 보여 주려고 한 배려가 아닌가 싶다. 김 교수님이나 내가 휴식을 필요로 하는 '60 넘긴' '인간'임을 배려하지 않은 계획이라는 것을 그들은, 젊기 때문에, 아직 모르고 있었다.

김석득 교수님이 내 뒤를 이어 강연하는 동안 나는 아래층의 어린이반에 들어가 그들에게 인사하고 이야기할 수 있는 시간을 가졌다. 홍혜성 선생이 이끄는 저학년반에서는 말이 잘 통하지 않고 학생들 자체가 산만하여 이야기를 진행시킬 수 없었다. 저학년반에서는 곧 나와서 조윤희 선생이 이끄는 고학년반으로 들어가서 먼저 일기 쓰라는 것을 강조했다. 그 다음에 단군신화를 이야기해 주고, 그것을 다시 말해 보라고 한 뒤, 듣고 이해한 것을 그림으로 그린 다음, 자기 그림을 가지고 나와 설명해 보라고 했다. 그렇게 함으로써 내 이야기를 아이들이 스스로 말해 보도록 하고, 그림을 그리게 함으로써 어린이들의 상상력을 자극하고 자신들의 이해체계로 정착시켜 보고자 함이었다. 수업은 그런 대로 잘 진행되어 한두 사람을 제외하고는 많은 학생들이 내가 이끄는 방식대로 따라 왔다. 실로 오랜만에 진행해 본 어린이 수업이어서 감회가 깊었다.

저녁 먹을 때 홍혜성 선생의 딸 마야는 수업시간에 그린 그림에 그동안 색칠을 해 가지고 나에게 선물로 주었다. 어린이는 이렇게 자기에게 관심을 보이는 사람에게 더 호감을 사려고 접근하는 법이다. 이런 기회를 잘 이용하면 어린이들의 가능성을 열어주는 훌륭한 교육의 길이 열리는 것이다.

17시 반쯤에 마치고 모여서 저녁을 먹는 시간이었다. 자기들이 해 온 것을 다 내놓고 서로에게 봉사하는 시간이라고도 할 것이다. 최금희 씨가 우리를 위해 밥을 따로 해 왔고 김치와 깻잎까지 가져와 참으로 맛있게 먹을 수 있었다. 어떤 이는 채소국을 끓여 와 봉사했다. 오늘 먹어 본 인절미가 맛이 있었다. 찹쌀가루를 사다가 밥솥에 쪘다는데 그렇게 맛이 좋을 수가 없었다. 인절미를 만들어 온 자매를 불러서, 한국에 수출해 보라고 했다. 이렇게 각자가 자기의 장기를 발휘한 음식을 가져와 풍성한 파티를 하게 되는 것이다. 스위스 남편들도 가족을 데리러 와서 한국 음식을 기웃거리고 있었다. 어제 만났던 파이퍼 씨와 이현자 씨의 남편도 보였고, 또 내가 알지 못하는 스위스 남성들도 많았다. 이들 스위스인의 이목과 마음을 끌고 있는 동양인들의 매력과 힘은 무엇일까? 한국 여성들에 대해 한순간 느꼈던 단순한 매력, 그것일까?

사람들이 많이 모인 여기서 우리들은 선물을 받았다. 카드에 여러 사람들의 이름을 적은, 참으로 정성스런 것이었다. 또 스위스 지도도 있었다. 스위스에 들어오는 날 이것을 가졌더라면 매우 유익했을 것이다. 이곳저곳을 다니면서도 어디쯤을 달리는지 알 수 없다는 우리의 소리를 듣고, 늦었지만 이렇게 마련한 듯했다. 나중에 봉투를 열어 보니 3백 프랑의 돈도 들어 있어서 놀랐다. 여러 번 강연을 한 독일에서는 아무런 성의 표시가 없었는데, 스위스에서는 모임 자체는 더러 있었지만 강연은 이날 한 번으로 끝나는 것인데, 이렇게 성의를 표시해 주니 그냥 받아야 할 것인지, 미안하고 부담스러운 마음이다.

이 한글학교의 첫 교장이었던 남자가 와서 이런 이야기를 했다. 외국인 학교 치고 경제적인 문제에 구애되지 않는 것은 한글학교뿐이라는 것이다. 일본 학교는 건물까지 짓고 자신들의 풍성한 경제력을 과시하면서 운영해 왔지만, 최근 본국 경제가 약화됨에 따라 운영할 능력이 없어서 문을 닫을 운명에 처해 있다고 한다. 다른 나라의 경우도 마찬 가지라고 한다.

그러나 한인학교의 경우, IMF 기간에도 견뎌 왔거니와 앞으로도 경제 형편에 관계없이 운영될 것이라는 것이다. 어머니들의 모국어에 대한 철학과 신념, 그리고 이를 뒷받침하려는 헌신적인 노력으로 말미암아 가능하다는 것이다. 특히 이 나라의 언어에 익숙하지 못한 어머니들일수록 자녀들의 모국어 교육에 대한 열성이 더 간절하다고 한다. 뒷날 나이 들어 자녀들과 의사소통을 자유롭게 하려면 자녀들이 어릴 때 모국어를 가르쳐 놓지 않으면 안 된다는 것이다. 아마도 이런 생각이 이 입에서 저 입으로 건너고 이 사람에서 저 사람으로 건너면서 이심전심으로 하나의 분위기를 형성해 간 것으로도 볼 수 있다. 비록 어머니들의 모국어 학습의 열성이 그런 보험성(保險性) 배려에서 나온 측면이 있다 하더라도, 외국에서 자녀들에게 이중언어를 훈련하는 것은 매우 바람직한 것이다.

저녁식사까지 마치고 우리는 이 학교 교장인 김경숙 선생의 집으로 향했다. 취리히 시내에서 제법 떨어져 있는 곳이라고 한다. 고속도로와 국도를 한참 달린 뒤에 인구 약 3천 명이 산다는 시골 동네에 도착하니 밤 8시가 넘었다. 남편은 기거 니클라우스(Giger Niklaus, 한국명 기익수)로, 1999년에는 연세대 한국어학당에서 5주 동안 한국어를 배워 우등상을 받았다고 했다. 전자 관계 엔지니어인 기거 씨는 매우 편안해 보였고 자상한 배려를 아끼지 않았다. 1녀 1남을 둔, 국제결혼으로 맺어진 행복한 가정이다. 16세가 된다는 소녀는 이미 다 자라 엄마의 키를 넘어섰고, 초등학교에 재학 중인 듯한 남자아이는 아직 개구쟁이의 티를 벗어나지 못했다. 나는 이 아이와 안면을 트기 위해 팔씨름을 하는 등 친근해지려는 노력을 시도했다.

책상이 있는 방을 원한다니까 4층 방을 주었다. 무엇보다 옆에 따로 방이 없어 자유스러워 좋았다. 전기를 쓰는 데도 기거 씨는 신경을 써 주었다. 편안한 밤을 보낼 수 있을 것이라 생각하니, 하루 종일 비가 와서 확 퍼지지 않은 기분이 전환되는 듯한 느낌이다. 이국에서 맞는 비는 그렇게 기분이 좋지 않다는 것을 이번 여행에서 느끼게 되었다.

3월 3일 (일) 가랑비 뒤 흐림. 흐린 날씨가 계속되어 심적인 상태도 고르지 못하다. 잠을 깨니 7시 30분이 지나고 있었다. 아래층에서도 설거지하는 소리가 들린다. 어제 저녁에 씻지 못하고 잤는데, 오늘 아침에는 샤워부터 해야겠다고 생각하고 아래층으로 내려가 몸을 씻었다. 유럽에서는 어느 집에서나 온수가 잘 나와서 몸을 씻는 데 지장이 없다. 이것이 경제 수준을 말하는 것이고 생활의 정도를 말하는 것이다.

이곳 스위스에 사는 한국인들이 오늘 우리 일행을 위해 좋은 계획을 세웠다. 그러나 나는 어제 저녁에 김경숙 교장님께 오늘은 집에 머물러 끝내지 못한 작업을 계속했으면 좋겠다고 했다. 김 교장은, 이해심이 넓은 듯, 그렇게 하도록 나를 자유롭게 해 주었다. 오전 9시 반에 이곳 몰리스(Mollis) 교회에서 주일예배가 있다고 해서 김경숙 교장과 함께 그곳에 갔다. 마침 오늘이 이곳 주(州, Canton)에서 투표가 있다고 해서 김 교장은 투표한 내용물을 가지고 갔다. 교회 옆에 시 사무소가 있어서 그곳에 투표지를 넣고 오면 된다고 했다.

걸어서 약 7분 거리의 교회로 가는 동안 이 동네가 높은 산과 산 사이에 있는 계곡이라는 것을 알게 되었다. 주변에는 산이 병풍같이 둘러싸고 있는데 해발 2천m나 되는 산에는 눈꽃[雪花]이 매우 아름다웠다. 구름이 낮게 떠 있고 그 사이로 보이는 눈꽃 핀 산의 모습은 그야말로 환상이었다. 옛 동양의 산수화에서나 볼 수 있었던 광경들이었다. "이렇게 아름다울 수가 있단 말인가" 하고 감탄사를 몇 번이나 내뱉지 않을 수가 없었다.

예배시간이 될 때까지 밖에서 기다렸다. 그동안에 교회를 소개하는 글을 보니, 이 교회당은 1761년 폰 요한 울리히 브루벤만(Von Johann Urlich Brubenmann)이 건축했다고 적혀 있었다. 예배시간이 되었는데도 사람들이 보이지 않아 이상하게 생각하고 있는데, 한 젊은이가 말하기를 "오늘 천주교회와 합동예배를 드리기로 되었는데 10시 반에 천주교회에서 모임이 있다"고 했다. 결국 오늘은 이곳에서 예배드릴 수 없게 되었다. 이 집 식구들은 10시가 되기 전에 오늘 모이기로 한 약속장소로 떠나야 한다. 나 혼자서 이 집에 머무르면서 천주교회에 가서 함께 예배드린다는 것은 도저히 불가능하다. 결국 오늘은 혼자 집에서 예배를 드리는 수밖에 없었다.

하루 종일 《박은식전집》 해제로 시간을 보냈다. 언제나 쉽게, 그리고 시간을 들이지 않고 되는 일은 없다. 벌써 수백 시간을 들였는 데도 일이 제대로 진척되지 않았다. 나 때문에 출판에 차질이 오게 되었으니 매우 미안하다. 오후에 들어서서 《왕양명선생실기(王陽明先生實記)》에 대한 해제만 끝내면 완성된다. 그러나 끝이 빤히 보임에도, 앞으로 얼마나 많은 시간이 더 들어가야 할 것인지 예측할 수 없다. 오후 6시 무렵, 그 집을 떠날 때까지 이 숙제와 싸우면서 하루를 보냈다.

점심은 이 집 주인이 준비해 놓은 밥과 반찬으로 쉽게 먹을 수 있었다. 내 밥 먹은 그릇을 치우는 것이 좋겠다고 생각하고 설거지를 했다. 아침에 이 집 주인이 급히 나가면서 치우지 않은 것까지 씻었다. 저녁 때 돌아온 김경숙 교장은 내가 설거지를 했다는 것 때문에 매우 미안해하는 표정이었다.

어제 저녁에 이 집에 들어올 때 컴퓨터 작업을 하기 위해 4층의 책상이 있는 방으로 갔다. 4층은 다락과 같은 형태의 방이었다. 그러나 자고 일하는 데는 오히려 수월했다. 3층에는 어른과 아이의 침실이 있고 2층에는 거실과 식당, 화장실이 있다. 아래층은 창고처럼 사용하고 있다. 이 집의 주인인 기거 씨는 아침에 아들을 데리고 스키장으로 가는 것같이 보였는데, 오늘 모이기로 한 장소에 가면서 그런 복장을 했던 것이다.

오후 6시가 지나 우리를 취리히로 인도할 차가 왔다. 일곱 가정이 참여한 오늘의 야유회 겸 간담회를 마치고, 산장에서 내려오는 길이라고 했다. 오늘은 취리히 시내의 어느 학부형 집에서 머물게 될 것이라고 한다. 거의 1시간 반을 달려 목적지에 도착했다. 홍혜성 선생이 두 딸, 마야와 알린을 데리고 왔다. 취리히로 가면서 우리는 어제 몰리스로 갈 때 비 때문에 보지 못한 경치들을 볼 수 있었다. 어제 저녁, 비가 많이 내리는 고속도로와 국도를 달렸기 때문에 적잖은 불안을 느꼈다. 불안을 덜어 버리려고 나는 자는 척하면서 아예 눈을 감은 채 김경숙 교장 선생님 댁까지 갔던 것이다.

취리히 호숫가, 밤에 보는 경치가 아름다운 이 집은 김미영 씨와, 변호사요 은행가인 비엘리(Vieli) 씨 댁이다. 김미영 씨는 비엘리 씨가 뉴욕에 근무할 때 서로 만나게 되었다고 한다. 옛날 케네디 대통령의 부인 재클린을 연상하게 하는 이 여성은 미남인 비엘리 씨와 사이에 금슬이 좋아선지 1남 2녀를 두고 그렇게 행복할 수 없을 정도의 생활을 누리고 있다.

저녁식사를 하면서 비엘리 씨와 대화를 나눠 보니 자존심이 꽤 높고 매사에 상당히 꼼꼼한 사람으로 보였다. 가령 '알프스'라는 발음만 가지고 보더라도, 그 부인이 처음에, 우리가 흔히 발음하듯이, '알프스'라고 발음했더니 "그런 곳은 존재하지 않는다"면서, 스위스 사람들이 하는 대로 '앒스'라고 하더라는 것이다. 그리고 이 근처의 동네 이름이 그저께 보았던 퀴스나하트(Küssnacht)와 발음이 같은 것으로 들었다고 했더니, 이곳은 'Küsnacht'라고 's'가 하나 덜 들어간다고 하고 그 발음도 시범으로 여러 번 들려주었다. 루체른을 갔다 왔다 했더니, 리기 산과 필라투스 산을 올라가 보았느냐고 하면서 다음에 오면 꼭 보여 주겠다고 한다. 김미영 씨는 자기 시어른의 별장이 필라투스 산 근처의 루체른에 있다고 했다.

비엘리 씨는 자기의 자녀들이 어머니의 나라말을 배우는 것이 대단히 중요하며 꼭 배우도록 했으면 좋겠다고 했다. 김석득 교수는 그런 말을 하는 비엘리 씨에게 대단히 고맙다고 칭찬을 아끼지 않았다. 김미영 씨는 자녀에게 한국 언어를 가르치지만 한계가 있을 수밖에 없다면서, 어릴 때에 한국에서 공부할 수 있는 길을 열어 주었으면 좋겠다고 했다. 그런 제도가 없다고는 생각되지 않는데, 김 씨가 생각하는 그런 제도가 어떤 것인지 잘 모르겠다. 외국에 있는 한국 교민들이 한국에서 자기 자녀를, 그것도 어릴 때에 가르치도록 하겠다고 생각하는 그것이 나는 대견스럽다고 생각했다.

우리가 이 집에 도착할 때에 아이들 이름을 물으니, 김미영 씨는 아이들이 아직 한국 이름을 갖지 못했다고 하면서, 자기는 부모가 돌아가셨기 때문에 한국에 가서 작명소에 들러서라도 이름을 지어 와야 할 판이라고 했다. 나는 김석득 선생님이 국어학자시니까 잘 지어주실 것이라고 하면서 아이들의 스위스 이름을 가져오라고 했다. 이 집의 가족이름[姓]은 비엘리, 장남은 엘리오트(Elliot), 장녀는 사브리나(Sabrina), 차녀는 모이라(Moira)라고 했다. 나는 성은 아버지를 따를 경우, 배(裵) 씨로 하면 어떨까 하는 생각을 했고 어머니 성을 따를 경우 김(金) 씨로 해도 좋다고 생각했다. 음역(音譯)으로 하면, 옛날 서양 선교사들이 자기 이름을 음역으로 짓듯이, 엘리오트는 열리(說理 혹은 悅理), 사브리나는 사라(思羅), 모이라는 모라(慕羅)로 했으면 어떨까 하고 이름을 적은 쪽지를 건네주었다. 그대로 쓸 것인지는 부모가 심사숙고해서 결정할 문제이다.

3월 4일 (월)

개임. 모처럼 활짝 갠 날이다. 이국에서이지만 이제는 봄을 맞는 기분이다. 7시 40분에 샤워하고, 어제 저녁에 이 집 엄마가 은근히 부탁한 아이들의 한국식 이름을 정서하였다.

어제는 아이들의 스위스 이름을 음역하여 그것만으로 이름을 지어보려 했는데, 한국식 이름이 되자면 다른 이름도 권해 보는 것이 좋겠다고 생각했다. 먼저 성씨를 어떻게 할 것인가를 두고 아버지 비엘리의 배(裵), 어머니 성의 김(金), 아니면 스위스의 서(瑞) 가운데서 하나를 선택하도록 했다. 장남 비엘리 엘리오트의 경우, 배열리(裵悅理 또는 裵說理, 배는 성이고 悅理는 이치 또는 진리를 기뻐한다는 뜻이며 說理는 이치 또는 진리를 설명한다는 뜻)의 음역된 이름 외에 한국과 스위스의 우호를 증진시키는 뜻에서 배씨 또는 김씨 성에 서한(瑞韓) 또는 한서(韓瑞)도 좋겠다고 했다. 성을 서(瑞)로 할 경우, 서영한[瑞榮韓, 스위스인이 한국(인)을 영화롭게 한다는 뜻]으로 해도 좋겠다.

딸들에게는 음역으로 할 경우, 큰딸 사브리나는 사라(思羅)로 하고 작은딸 모이라는 모라(慕羅)로 하면 좋겠다. 이때 라(羅)는 어머니의 나라 신라[新羅, 어머니 성(姓)의 고향이기도 할 것이다]를 뜻하면서 자매끼리는 다 같이 라(羅) 자를 사용함으로써 항렬을 맞춘다는 뜻도 포함시키려고 했다. 또 사(思) 자와 모(慕) 자는 사모(思慕)한다는 구절도 이루게 되어 어울리는 자매가 되도록 하는 것이 좋겠다. 음역을 따르지 않을 경우, 그 엄마의 이름자[김미영(金美英)]를 한 자씩 따서 큰딸은 미선(美善), 작은딸은 영선(英善)으로 해도 좋겠다.

이런 내용을 자세히 써서 아침식사 시간 뒤에 이 집 엄마에게 주면서 설명해 주었다. 함축된 뜻까지 설명하면서 참고로 하라고 하니, 한국 이름 작명을 위해 한국의 작명소에라도 가야겠다고 호언한 이 젊은 엄마는 매우 기뻐하면서 애기 아빠가 돌아오면 의논하겠다고 했다. 저녁에 자기 남편이 돌아오자 아침에 내가 준 이름을 가지고 한자의 뜻까지

의식한 이름을 지어 주었다고 말하는 것을 들었다.

오늘 일정을 위해 추크에서 홍혜성 씨로부터 전화가 왔다. 오늘 안내는 며칠 전에 안내했던 한영숙 씨와 취리히 한글학교의 교감 이동순 씨가 맡을 것이라는 것과 자기는 오늘 쉬겠다고 했다. 많이 피곤할 것으로 생각되었다. 아침식사 뒤 10시 10분쯤에 이 집 안주인의 운전으로 집을 나섰다. 오전의 목적지에 가기 전에 취리히 오페라극장 앞에 내려 바깥을 잠시 둘러보았다. 시내 한복판 우범지대인 듯한 골목길 안의 캔들 팩토리(Candle-factory)라는 곳으로 갔다.

한국인 정도영이라는 여성이 한국도서관을 열고 있었다. 원래 초를 생산하던 공장의 건물을 사서 도서관으로 꾸민 것이다. 자기가 갖고 있던 책을 내고 또 신간을 보충해 가면서 이 도서관을 꾸려가고 있었다. 자기는 원래 무용 전공이었다고 하면서 도서실에는 자기가 그린 그림 여러 폭을 걸어 놓았다. 잘 그린 것인지는 알 수 없으나 그림을 걸어 놓으니 분위기가 살아나는 것 같았다. 처음에 설명을 들을 때는 참으로 헌신적으로 자기의 사재를 털어서 봉사하는 것으로 감격했으나, 1시간 남짓 그 집에 있는 동안에 계속되는 자기 자랑과 수다에 그만 질려버렸다. 처음에 가졌던 고마움보다는 이 사람이 이런 수다를 떠는 것을 보니 자기 과시를 위한 방편으로 사용하고 있다는 느낌을 갖게 되었다.

이 집을 방문한 우리들이 무색할 정도로 자기들의 이야기를 토론거리로 내세워 정도영 씨와 한영숙 씨가 서로 주고받기에, 무료하게 앉아 있던 김 교수와 이동순 씨를 대표하여 내가 "오늘 날씨도 좋으니 이런 실내에서 시간을 보낼 것이 아니라 바깥으로 나갑시다"라고 제안하여 먼저 수다성 분위기를 잠재웠다. 처음에 한국도서관을 감명 깊게 보았던 그런 기분은 싹 가시고 얼른 그 집을 벗어나고 싶은 마음이었다.

그 집에서 나와 근처에 있는 그로스뮌스터(Grossmuenster)로 갔다. 이 교회는 츠빙글리(H. Zwingli)와 함께 종교개혁에 나서서 그의 후계자가 된 하인리히 불링거(Heinrich Bullinger, 1504~1575)가 종교개혁을 이끌어 갔던 곳이다. 안에 들어가 187계단이나 되는 교회당 꼭대기로 올라가 취리히를 사방으로 돌아보았다. 호수를 중심으로 강이 빠져나가는 그 사이에 예부터 상업금융 도시로 발달한 취리히의 모습을 한눈에 볼 수 있었다.

그 교회에서 나와 강 건너에 있는 프라우뮌스터(Fraumuenster)로 가 보았다. 원래 수녀원이 있던 곳인데 종교개혁 이후에 교회로 바뀌었다고 한다. 이 교회 한쪽에는 샤갈의 그림으로 색유리를 해 놓은 곳이 있었다. 밑으로 내려진 다섯 개의 창문인데, 한가운데 창문에는 예수님의 십자가를 중심으로 그의 일생을 그렸고, 맨 왼편에는 천지창조로부터 구약의 예언자들, 그 오른편에는 야곱이 꿈을 꾸며 사다리로 하늘나라에 올라가는 것 등을 그렸으며, 한가운데를 건너 뛰어 그 오른편에는 다윗과 시온 성을, 맨 오른편에는 십계를 비롯한 율법과 심판, 신천지를 위한 메시아의 강림을 그렸다.

샤갈은 유태인으로 마침 자기 작품의 전시회를 위해 왔던 1960년대 그의 나이 82세 때에 이 그림을 그렸다고 한다. 한영숙은 이 그림에서 샤갈이 메시아의 강림을 그림으로써 예수를 메시아로 인정하지 않는 유태교의 인식을 보여 주었다고 설명했지만 어느 정도까지가 진실인지 알 수 없다.

프라우뮌스터를 나오니 자그마한 노동조합 건물이 있었다. 그 앞 광장에는 1946년 9월 19일에 윈스턴 처칠이 이곳을 방문하고 연설했다는 장소를 표시해 놓았는데, 그가 섰던 자리에 연설의 제목인 '유럽이여, 일어나라(Europe Arise)'를 돌 하나에 조그맣게 써 놓았다. 전후(戰後) 유럽이 희망을 잃고 좌절하고 있을 때 처칠의 이 연설은 큰 반향을 일으켜 유럽 재건에 정신적으로 큰 도움이 되었다고 한다.

우리는 걸어서 요한 하인리히 페스탈로치(1746~1827)의 동상이 있는 작은 공원으로 갔다. 바로 취리히 중앙역 근처였다. 사진 몇 장을 찍었다. 한영숙 씨의 차를 타고 취리히대학으로 가서 본관 앞의 전망대에서 시내를 보았다. 유니폼을 입은 관광단도 와서 이곳을 중심으로 시내를 관망했다. 웅장한 건물은 유럽 여느 대학과 다를 바가 없었지만, 다른 곳보다도 더 자유스럽다는 느낌을 받게 되었다. 남녀 학생들이 계단에서 마주 보고 여자가 남자 무릎 위에 자기의 다리를 벌린 채 걸터앉아 있었다. 전망대 바로 앞에서는 남녀 학생들이 한참 동안 입을 맞춘 채 다른 사람을 전혀 의식하지 않았다. 새 학기를 맞아 그동안 떨어져 있다가 다시 만나 그 기쁨을 이렇게 표현하고 있는가. 이런 것이야말로 자유스러움을 나타내는 것이리라.

대학 구내에서 나와, 취리히 호수 유람선을 타 보자는 의논이 돌아 유람선이 있는 곳으로 움직였다. 그러나 시즌이 아니라서 그런지 요즘에는 주일 외에는 운행하지 않는다고 한다. 공중전화에서 서울에 전화를 거니 김근태의 정치자금 고백사건으로 정계가 왈칵 뒤집히고 있다고 한다. 권노갑 씨가 대준 것이라고 하니 검찰이나 선관위가 고발하는 것도, 조사하는 것도 난처하게 되었다고 한다.

한영숙 씨가 점심을 사겠다고 해서 선창가 앞의 파란 잔디가 탐스럽게 잠자고 있는 바우락(Baulac, '호숫가'라는 뜻) 호텔로 들어가 고급음식을 들었다. 나는 계란으로 덮어 익힌 송아지 고기를 먹었는데, 꽤 맛이 좋았다. 이 집에서 권하는 새우와 바다가재는 몸에 좋을 것 같지 않았다. 아마도 주요리만 60프랑이 되는 것 같았다. 남편이 의사인 한영숙 씨가 크게 한턱을 쓰려고 마음먹은 것 같았다. 두 시 조금 지나 식사하러 들어갔는데 네 시가 거의 되어 나왔다.

저녁식사 전에 아침에 출발한 김미영 씨 집에 도착, 이 집 주인과 대화를 나누면서 이름을 알고 싶다고 했다. 비엘리 디에고(Vieli Diego)라고 했다. 로스앤젤레스 남쪽의 샌디에이고와 같으냐고 하니 "exactly correct"라고 했다. 그들이 오늘 저녁에는 스위스의 전통음식을 마련했다. 점심식사 때 호텔에서 먹은 것과 비슷한 샐러드가 나와 반가웠다. 다른 음식은 거의 입에 대지 못했다. 점심을 늦게 먹었던 탓이었다.

문화재 보존 문제를 가지고 토론이 있었다. 나는 내가 대한민국 문화재위원임을 밝히고 한국에는 6·25 때 문화재가 많이 소실되어 이를 복원하는 데 시간이 필요했고, 무형문화재는 1970년대 이후에 꽤 부활하고 있으며, 문화재보호법이 10여 년 전에 본격적으로 제정되어 이제는 개발과 건축에서 문화재보호법의 엄격한 규제를 받고 있다고 설명했다. 나는 또 문화재 보호는 경제적 여건과 비례한다는 것도 말했다. 먹고 입고 유족할 때에 문화를 생각하게 된다고 하면서 서툰 영어로 "문화재 보존은 그 나라의 경제적 조건에 달렸다"라고 말했다. 이렇게 나자신을 소개했으니 그냥 하룻밤 자고 가는 과객으로만 인상 지워지기도 곤란하다고 생각되어 나의 명함을 건네주니 비엘리 씨도 집의 주소와 전화번호가 적힌 부부 명함을 나에게 건네주었다.

내일이면 귀국길에 오른다고 생각하니, 잠이 잘 올 것 같지 않았다. 여행길의 설렘은 예나 지금이나 다를 바 없는데, 이제는 무리하면 몸전체에 영향이 바로 온다는 것을 느끼게 된다. 오후에 호텔에서는 열이 많이 오르는 것 같았는데, 숙소에 와서 쉬니 좀 가라앉는 것 같았다. 다행이 아닐 수 없다. 그 대신 김석득 교수님이 화장실에서 무엇을 토해 내는 것 같아서 걱정을 많이 했는데, 저녁에는 조용해서 그런대로 안정되는 것이 아닌지 신경을 썼다.

3월 5일 (화) 취리히는 안개 끼고 흐리다. 새벽 3시 반에 일어나 어제 마치지 못한 《박은식전집》 해제를 완성했다. 5시 반쯤이었다. 호수 저편에 보이는 등불은 희미하고 그 불빛은 호수에 비치는 듯 마는 듯한

데, 구름과 안개 속의 호수는 잔잔하기만 하고 간간이 새벽의 고요함을 깨우는 차 소리가 들릴 뿐이다. 이어서 어제 못 쓴 일기를 정리하고 나니 7시가 되었다. 이제야 겨우 한숨 돌릴 수 있는 기분이 든다. 몇 달 동안 짓누르고 있던 숙제를 해결했으니 기분 또한 그만이다.

9시가 되어 빵과 우유로 아침식사를 하고 있는데 추크에서 홍혜성 씨가 도착했다. 어제 전화로는 비행장에서 만나자고 했는데 이 집으로 온 것이다. 반가웠다. 그녀는 이번에 스위스를 대표해서 많은 일을 했다. 아마도 그녀가 없었더라면 이번에 교민사회를 움직이는 이런 큰 행사를 준비하지 못했을 것이다. 독일, 네덜란드와는 달리 스위스에서는 국제결혼한 사람들이 주도적으로 이번 행사를 이끌어 갔을 뿐만 아니라 한글학교 운영도 그들이 주도적으로 이끌어 가고 있다는 인상을 받았다. 스위스 강연회는 한 번이었지만, 다른 행사를 통해 사람들을 움직인 것은 홍 선생이었다. 민박을 할 수 있도록 한 것이나 토론회 같은 것을 준비한 것은 바로 홍 선생의 숨은 노력 덕분이라고 생각된다. 오늘 아침에 이 집의 여주인도 함께한 자리에서 "적선지가(積善之家)에 필유경(必有慶)"이라고 격려한 것은 두 분 모두를 위한 것이긴 하지만 특별히 홍 선생의 노고를 치하하는 의미가 컸다.

김미영 씨는 남편이 어제 내가 지어준 이름에 대해 음역보다는 한국식 이름이 더 좋겠다고 했단다. 비엘리 씨가 성은 엄마 성 김씨로 하고, 아들은 서한(瑞韓)이 좋겠다고 하고 큰딸은 사라(思羅)보다는 서라(瑞羅)로, 그리고 막내딸은 모라(慕羅)로 하는 것이 좋겠다는 의견을 내었다고 한다. 들어보니 그것도 좋았다. 큰아들과 큰딸은 스위스를 의미하는 서(瑞) 자로서 서로 연결하고 자매들끼리는 나(羅) 자로 연결하면 되겠다고 했다. 나보다 더 현명한 생각을 하고 있었다.

9시 30분 무렵에 조윤희 선생도 왔다. 이제는 공항으로 나갈 시간이다. 내가 나오는데 이 집 여주인인 김미영 씨가, 지난번 강연 때 언급한 모스크바의 이형근 목사님을 도우려면 어떻게 하면 되느냐면서 "혹시 교수님께 보내도 되느냐"고 하기에 그렇게 해도 좋다고 했다. 모두들 러시아 볼고그라드의 고려인을 돕는 문제에 대해 깊은 관심을 가져 주었다. 아마도 이들이 외국에서 생활하기 때문에 자기들의 처지와 견주어서 생각하게 되어 더 깊은 관심을 갖게 되는가 보다고 여겨졌다.

취리히 공항에 도착한 것은 10시 30분, 지난번 올 때에 화물로 부치지 않고 손에 들고 온 가방이 이번에는 중량과 크기가 초과했다면서 공항에서는 기내 반입을 거부했다. 동양계 사무원이 까다롭게 굴었기 때문이라고 판단했다. 무게가 10킬로그램을 넘으면 무조건 화물로 부쳐야 한다고 했다. 하는 수 없이 김 교수님과 내 가방을 둘 다 부쳤다. 스낵바에서 간단하게 음료수를 마셨다.

공항에서 한국에 전화해 보라는 강권에 못이긴 척, 김 교수님과 나는 각각 집에 전화했다. 아마도 저녁 7시가 거의 되었을 시간이다. 새온이가 할아버지의 음성을 알아듣는지 내가 전화에 대고 새온이 이름을 부르니 무슨 소리를 질렀다. 내일 이맘때면 집에서 새온이의 재롱을 볼 것이라고 생각하니, 앞으로 거의 17시간이나 걸릴 여행이 괴롭다기보다는 은근히 기쁨을 예감하게 되었다. 미래에 대한 기대는 이렇게 우리의 생을 즐겁게도 하고 기대감 넘치게도 만든다.

이제 헤어질 시간이 되었다. 헤어짐에 홍 선생의 섭섭한 느낌은 말할 수 없는 것으로 보였다. 이국에서 결혼생활을 하는 것을 어떻게 자기 민족 속에서 사는 것과 비교할 수 있을까? 이번에 민박하면서 본 국제 결혼한 한국인들은 밖으로는 아무런 걱정이 없는 듯했으나, 그 내면 세계는 매우 복잡할 것으로 보였다. 스위스는 서구에서 가장 보수성이 강한 곳 가운데 하나이기 때문에 더욱 그러할 것으로 보인다. 탑승구로 나오는데 홍 선생의 눈에는 눈물이 고였다. 스위스 식으로 서로 안고 볼을 비비는 인사를 하면서 섭섭함을 달래려 했지만 그것으로 어떻게 내면에 감추어진 이별의 섭섭함을 달랠 수 있을까. 우리들과의 이별이 그녀에게 슬픈 것은 한 개인과의 이별이 아니라 다시 조국과 이별하는 것으로 여겼기 때문일 것이다.

12시 30분 취리히 공항을 출발한 네덜란드 국적 비행기(KLM)는 암스테르담 스키폴공항에 도착했고, 거기서 다시 한국행으로 갈아타고 귀국길에 올랐다. 오는 동안에 김 교수님으로부터 국어학계의 숨은 이야기를 들을 수 있었다. 주시경 선생의 제자인 최현배 선생은 주 선생으로부터 받은 성적표의 성적이 99.5였다는 것, 김윤경 선생님의 그 고매한 인격(그분은 전혀 거짓말을 못하는 분이라고 했다), 학설상의 이견에도 두 분 사이에는 동지적인 결속과 서로에 대한 존경이 컸다는 것, 두 분 다 주시경 선생의 제자로서, 김윤경 선생은 주시경 선생의 학설을 이어 받았으나 그 계승자가 자기 딸 외에는 없다는 것, 그분이 쓴 일기 가운데 조선어학회 관련 사항을 너무 정직하게 써 놓아서 아직도 살아 있는 사람들 때문에 그것을 연세대에 보관하고 함부로 보지 못하도록 해 놓았다는 것, 이숭녕 선생과 최현배 선생 사이의 모범적인 학술논쟁(칭찬할 것은 칭찬하고 비판할 것은 비판하는), 람스테드 이후 한국어가 우랄알타이에서 그 어족이 변화되고 있는 경위(그는 김방한 선생이 처음으로 한국어가 우랄알타이어라는 것을 부정했다고 했다), 이윤재 선생 기념사업회가 없는데 김해에서 흉상을 세우고 기념사업을 한다는 것과 부산 지역에서 이윤재 선생에 대한 박사학위 논문이 나왔다는 것을 들었다는 것, 그리고 연세대에서 외솔-김석득-남기심에 이어 김화수 교수(보쿰대학에서 학위를 받았다고 함)와 서상규 교수가 그 학맥을 이어가고 있다는 것 등을 말해 주어서 큰 도움이 되었다. 나는 이윤재 선생에 대해 깊은 관심을 갖고 있다는 것을 말하고 앞으로 그런 기념사업회가 있으면 참여하고 싶다고 했다.

허웅 선생에 대한 이야기가 나와 김 교수님의 설명을 통해 참으로 존경할 만한 학자임을 이해하게 되었다. 그는 1938년 무렵 연전에 다니다가 1년을 공부한 뒤 조선어학회 사건으로 스승이 모두 잡혀 들어가자 학교를 그만두었다고 한다. 그는 윤동주와 동기였다고 한다. 독학을 하다가 해방 뒤 전시에 부산대학에서 공부하고 거기서 가르치다가 연대로 왔는데 김 교수님은 그분에게서 배웠다고 한다. 허 선생님은 독학으로 공부했지만 영어·독어·불어를 자유자재로 읽을 수 있어 언제나 언어학상의 새로운 이론을 소개하면서 강의하고 연구했다고 한다. 그와 이숭녕 선생 사이에 중세 국어에 대한 논쟁이 붙었는데, 5~6회에 걸친 논전 끝에 결국 허 선생님이 이겼다고 한다. 정년 뒤에도 그는 열심히 연구하여 1978년에 1천여 쪽이 넘는 대저(大著)를 냈고 그 뒤에도 두 권이나 역저(力著)를 출간했으며, 2년 전에도 큰 저서를 남겨 후학들을 놀라게 했다고 한다. 그는 전에 출간한, 컴퓨터 고자체(古字體)의 저술을 다시 신자체(新字體)의 저술로 바꾸기 위한 노력을 계속하고 있다고 한다. 최근에 사모님이 돌아가셔서 앞으로 어떻게 될지 걱정이라고 한다.

나는 대학 때에 그분의 강의를 듣지 못한 것을 지금에 와서야 후회하게 되었다. 그런 분이라면 의당 서울대 문리대 시절 강의를 들었어야 했는데, 그런 대학자의 강의를 듣지 못했다니, 이미 지나간 시간임을 후회한다. 그러나 거의 25년 전 방송통신대학의 한국문화론 특강을 할 때에 내가 사회하면서 여러 분야에 걸친 저명 학자들과 대화하는 가운데 허웅 선생님을 모신 덕분에 그를 알게 되었고, 지금까지 한글학회의 행사 때는 나를 기억해 주고 있는 것이다. 이번에 유럽에 오게 된 것도 따지고 보면 그이의 배려에 의한 것이라고 하지 않을 수 없다.

비행기는 이튿날(6일) 10시 40분에 인천공항에 도착했다. 한글학회의 김한빛나리 선생과 유 국장이 나와 있었다. 한글학회로 돌아와 허웅 회장님께 귀국을 보고하고 점심을 같이 했다. 이번 여행은 고달프긴 했지만 많은 것을 보고 듣고 깨달았다. 특히 스위스에서 보낸 6박 7일 동안의 민박은 그들의 삶을 직접 엿볼 수 있었다는 점에서 소득이 컸다. 네덜란드·독일·스위스 세 나라 가운데서 자녀에 대한 한국어 교육을 가장 조직적이고 열정적으로 진행하고 있는 나라는 스위스였고, 국제 결혼한 가정의 아이들이 한국말을 더 유창하게 하는 것을 보고 더욱 놀랐다. 언어 교육의 관건은 결국 어머니의 노력에 달려 있다고 해도 지나친 말은 아니다. 홍혜성 선생의 두 딸은 그 좋은 예다. 한편 해외 교민에 대한 언어와 역사 교육은 그들의 자발적인 노력에 의지하는 것으로는 한계가 있다. 이제는 정부와 민간단체가 해외 교민들의 이 같은 한계를 보완해 줄 때가 되었다.

북한 방문기 II

2002년 6월 14일~18일

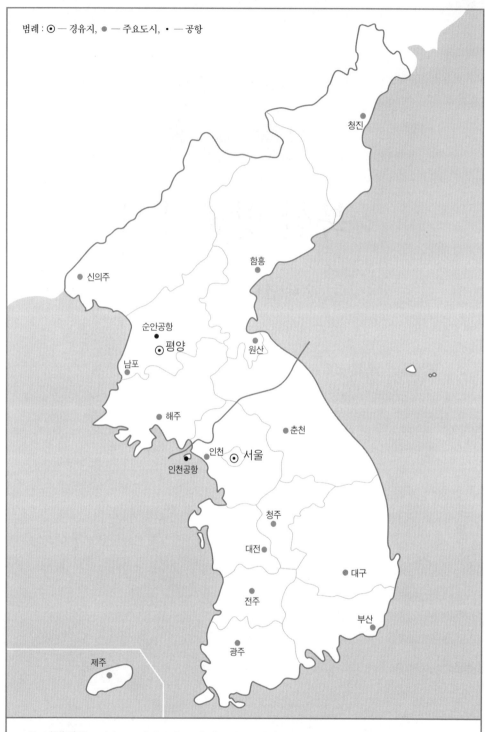

범례 : ⊙ ― 경유지, ● ―주요도시, • ― 공항

청진

함흥

신의주

순안공항

평양

원산

남포

해주

춘천

인천 ⊙ 서울
인천공항

청주

대전

대구

전주

부산

광주

제주

⊙ 여행경로 : 서울 → 인천공항 → 순안공항 → 평양 → 순안공항 → 인천공항 → 서울

2002년 6월 14일부터 6월 18일까지 3백여 명의 각계의 인사들과 함께 북한을 방문했다. 이 방문 계획은 남측의 '한민족복지재단'과 북측의 '범태평양조선민족경제개발촉진협회'가 남북공동성명 2주년을 기념하기 위해 성사시킨 것으로, 아주 갑작스럽게 이뤄졌다. 이 방문단은 한민족복지재단의 주선에 따라 대부분 기독교인들로 구성되었지만, 한편으로 남북공동성명 2주년 기념 평양학술회의를 위해 대학과 연구소에서 연구하는 학자들도 상당수 포함되었다. 필자가 처음 연락받기로는 학술회의를 맡은 중앙일보사 팀의 일원으로 방문한다는 것이었다. 그러나 출발 때가 될수록 학술회의의 가능성은 점차 희박해지고 말았다.

이 방문은 방문단의 규모 면에서나, 계획에서 실천에 이르는 기간의 속결성에서나 또 평양에서 벌어진 놀라운 일들로 보나 그 전에는 상상할 수 없는 결과들을 가져왔다. 비교적 자세히 기록한 이 일기는 그 놀라운 일들의 한 증언이 될 수 있을 것이다.

6월 14일 (금) 맑음. 흥분과 기대, 혹시나 하는 염려 속에서 새 날을 맞았다. 엊저녁 뉴스를 보니 북한 경비정이 남방한계선(NLL)을 넘어와 약간의 충돌이 있었던 것으로 알려져, 오늘 방북에 문제가 있게 되는 것이 아닐까 하는 걱정을 했다.

서재로 내려와 엊저녁에 처리하지 못한 홍석률 군의 추천서 건을 마무리 지으려 했다. 고려대학교 국제대학원 한국학(한국사) 분야의 교수 요원 모집에 응모하는데 나에게 추천서를 부탁했고, 그것을 20일까지 발송하면 되는 것으로 알고 있지만, 늦게 될까봐 출발 전에 처리하고 가는 것이 좋겠다고 생각되어 오늘 아침에 이것을 처리하기로 했다. 그가 보낸 이력서와 연구업적서를 보니 젊은 사람으로서는 매우 많은 연구업적이 있었다. 그리고 박사학위 논문을 비롯하여 대부분의 논문과 업적들이 해방 이후의 현대사에 몰려 있음을 알고 그가 현대사를 공부하고 있다는 점을 강조했다. 그가 가르치는 훈련도 많이 쌓았음을 지적하면서, 특히 미국에서 포스트닥터 과정으로 메릴랜드대학에서 한국사를 영어로 가르쳤다는 것도 강조했다. 이것은 한국사의 국제화와 세계화를 위해서 꼭 필요하다는 점도 언급했다. 그가 최근 귀국하여 대통령 직속 의문사진상규명위원회에서 전문위원으로 활약하고 있는 것도 언급하면서, 이것은 현대사 연구자로서의 실천성을 의미하는 것으로 의미를 부여했다.

추천서를 마무리하고 나니 30분 이상 늦어져 인천공항에 셔틀 버스로 가지 않고 내 승용차로 간 뒤 아내가 운전해서 가져오는 것으로 했다. 인천공항에 도착, 평양 직행 티켓을 받게 되었다. 비행기표가 따로 없었고 탑승권을 바로 받았다. 이영일 전 의원 내외와 장달중 교수(장 교수는 오늘 처음 만났지만 몇 년 전 읽고 큰 도움을 받았던 한일 관계 논문 이야기를 하면서 금방 친숙하게 되었다), 그리고 여러 사람들을 만날 수 있었다. 놀라운 일은 비행시간을 알리는 탑승게시판에 평양(平壤, Pyeng-yang)이라는 글자가 적혀 있다는 것이었다. 그것을 보고 누군가가 말했다. 저런 글자가 많이 적히게 되는 날이 통일되는 날이 아니겠느냐는 것이다. 나는 그것을 보고 마음속으로 감동하여 그 글자가 나올 때 사진을 찍었다. 한국 공항의 탑승게시판에 평양이라는 말이 나오다니 이것은 기적이 아닐 수 없다, 이렇게 생각한 것이다.

인천공항에서는 출국도 금방 할 수 있었다. 여느 때와 다른 것은 출국신고 전에 신발까지 벗어서 X-Ray 검색대 위에 올려놓도록 한 점이다. 미국에서 신발에 폭탄을 넣어간 것이 발견된 이래 이렇게 까다롭게 변했다고 한다. 아마도 월드컵 기간이니까 그런가 보다고 생각했다. 강대국의 횡포는 테러를 불러왔고 테러는 이렇게 주변국의 일상생활까지 어렵게 만든 것이다.

탑승대기실에서 서울에 전화했다. 아내가 무사히 신촌 약국에 잘 도착했다는 소식을 들을 수 있었다. 그동안 운전을 하지 않아서 걱정되었는데 안심이 되었다. 내 앞에서는 운전을 하지 않으려고 했지만 이제는 더러 운전을 맡겨야 할 것 같다.

비행기는 조금 지체되어 13시 50분에 평양 순안공항에 도착했다. 중앙일보사에서 배려했는지 아니면 김형석 총장이 배려했는지 내 비행기 좌석이 이른바 비즈니스 클래스에 해당하는 것이었다. 내 옆에는 좌승희 원장이 자리하고 있었다. 연구원의 규모를 물으니 박사급 20여 명이 있다고 했다.

가는 동안에 기장은 서해 5도를 알려주기도 하고, 북방한계선을 넘는다고도 했다. 또 저기 바라보이는 곳이 장산곶이라고 일러주기도 하고 기수를 동쪽으로 돌려 평양 쪽으로 들어간다고도 했다. 기내에서 김형석 총장께 이번에 교섭한 북측 상대가 누구냐고 물었다. 그는 조선노동당 통일전선부 아래의 '범태평양조선민족경제개발촉진협회'(이하 '범태')라고 하면서, 통일전선부 밑에 아태와 큰물대책위, 범민연, 범태, 기독교도연맹 등이 있다고 했다. 이번에는 당 아래의 기관에서 일을 했기 때문에 이렇게 빠르게 대규모로 진행될 수 있다고 했다. 하여튼 이번에 큰일을 했다고 생각되었다.

모두 297명인데, 비행기도 순안공항이 생긴 이래 가장 큰 게 가는 것이라고 했다. 원래 350명이 초청을 받았기 때문에 353명 수용의 비행기를 원했는데, 그것이 최신형 점보 33형이라고 했다. 김 총장은 이번에 여러 가지로 새로운 기록을 남겼다고 했다. 297명이 한꺼번에 가는 것도 그렇고 기독교인으로 구성된 것도 그러하며, 최단 시일 안에 우리 정부와 북한 정부 등의 허가를 받아낸 것도 그렇다고 한다. 350명의 초청장을 가지고 통일부에 가서 말하니 이 초청장을 보증하는 보증서를 같이 내라고 해서 난감했다는 이야기도 했다.

순안공항에 내리니 공항 청사에서는 대기했던 카메라맨들이 우리를 향해 비디오를 찍기 시작했다. 비행기가 공항 청사 가까이에 머물렀으나 승객들을 버스로 이동시켰다. 격식을 다 차리겠다는 것이다. 인천공항에서 보니 우리를 태우고 온 KAL기가 그렇게 크게 보이지 않더니 순안공항에 닿고 보니 KAL기가 매우 웅장하다는 것을 느낄 수 있었다. 이렇게 사물의 크기를 재는 것도 상대적이라고 생각되었다. 지난해에 왔을 때는 비행장에 있는 고려민항 비행기들이 작은 줄을 몰랐다. 그러나 이번에 보니 전에 있던 것들이 왜소하게 느껴졌다.

북경에서 발급해 주기로 된 비자가 도착하지 않아 명단에 있는 이름을 조별로 확인하고 입국을 허가했다. 그러니까 입국심사가 생략된 것이다. 그 대신 비자를 새로 발급받도록 했다. 급하게 추진한 일은 여기서부터 꼬이기 시작했다. 13시 50분에 도착한 일행은 15시 10분이 돼서야 공항에서 나와, 시내로 들어가게 되었다.

버스는 비교적 천천히 움직여 거의 1시간 남짓 지난 뒤에 목적지인 고려호텔에 도착하였다. 오는 동안에 '위대한 수령 김일성 동지는 영원히 우리와 함께 계신다'는 구호와 함께 '우리 식대로 민족성 주체성', '위대한 장군님만 계시면 우리는 이긴다', '강성대국', '자주 평화 친선', '온 사회의 주체사상화를 위하여', '모내기 전투', '3대혁명 만세', '위대한 지도자 김정일 동지 만세', '위대한 수령 김일성 동지 만세', '우리 당의 위대한 혁명 전통을 계승발전하자', '김일성 수령의 유훈 교시는 철저히 이행하자', '수령님은 만민의 태양', '당과 수령의 두리에 일심단결된 인민 만세', '가는 길 험난해도 웃으며 가자', '21세기의 태양 김정일 장군 만세' 등의 구호를 봤다.

작년 겨울에 왔을 때보다 밝은 모습을 볼 수 있었다. 아마도 계절이 여름이기 때문에 그렇게 보일 수 있을 것이다. 순안공항에서 시내로 들어오는 동안, 용성구역이라는 표지와 함께 금수산기념궁전 6km 지점에 비교적 긴 9·9절다리와 짧은 다리인 금릉다리가 있었다. 다리를 지나 금수산기념궁전 2km 지점에는 로터리가 있고 곧 '금릉동굴'을 지났는데, 터널을 지나자 김일성이 집무하던 금수산기념궁전이 정면으로 보였다. 금수산기념궁전 앞에서 우회전하여 1km 정도를 지난 뒤, 좌측에 김일성종합대학이 있고 정면에 영생탑이 '위대한 수령 김일성 동지는 영원히 우리와 함께 계신다'는 구호와 함께 서 있었다. 얼마 안 가 인민대학습당이 있고 그 반대편에 주체탑이 대동강 너머에 서 있었다. 평양역을 바라보고 가다가 고려호텔 앞에 도착한 것이 16시 10분, 호텔 맞은편에는 창광식당·약산식당·승리식당·릉라식당 등이 즐비했다.

비자 문제가 해결되지 않아 약간 혼선이 일게 되었다. 중국 북경에서 신청한 비자가 오지 않아 여기서 새로 내기로 했단다. 그러자면 사진이 있어야 한다는데, 결국 전에 서울에서 제출한 사진이 있으면 찍지 않아도 되지만, 없는 사람들은 호텔 안에서 다시 사진을 찍도록 했다. 나도 다시 찍었다. 방북 계획 자체가 급하게 이뤄진 만큼 여기저기서 혼선과 차질이 빚어지게 되었다. 비자 문제도 그 하나다. 일정도 협의하여 짜여진 것이 아닌 듯했다. 그러니 여기에 온 사람들이 앞으로 혼선에 따른 괴로움을 얼마나 겪어야 할 것인지 엄두가 나지 않았다.

우리 일행이 들어서자 고려호텔 로비는 완전히 마비 상태가 되어 통제가 불가능하게 되었다. 핸드마이크를 가지고 떠들지만 말소리가 들리지 않았다. 그만큼 일은 벌여놓고 뒤처리를 감당하지 못하고 있는 형편이었다. 이러다가는 오히려 욕을 먹게 되지 않을까 걱정이었다. 한참 동안을 기다리다가 신용철 교수와 함께 공동으로 사용할 방이 정해졌는데, 2호동 32층 24호였다. 32층에 올라오니 담당 복무원이 뛰어나와 우리를 맞아 주었다. 어떻게 알고 왔는지 궁금했다. 방에 들어와 앉으니 긴장이 풀려서 그런지 졸려서 나와 신 교수는 한숨 잤다.

신 교수와는 가정 이야기에서부터 많은 이야기를 나누었다. 경기도 포천 출신으로 어릴 때 한문 서당에 다녔고 한국 역사에 관한 이야기책을 읽은 것이 기연이 되어 뒷날 역사학을 공부하게 되었다고 한다. 사모님은 서울대학교 사범대학에서 독어를 가르치는 교수이며 두 따님은 영어를 전공하고 있다고 한다. 저녁 7시 10분 전에 내려가 보니 많은 사람들이 나와 서성거리고 있었다. 7시부터 저녁식사라고 한다. 뷔페식으로 늘어선 식당에 들어서니 이것은 관광객이 아니라 무슨 단체 수학여행 온 것이나 다름없다. 오늘 저녁에 예정된 계획들이 어떻게 이뤄지고 있는지 궁금했다. 저녁을 먹고 방에 들어와 있었지만 저녁 프로그램에 대해서는 본부로부터 일언반구의 말이 없다. 다만 일정을 협의한다고만 되어 있다. 이러다가는 주최 측의 공신력이 크게 문제가 되지 않을까 걱정이었다.

신 교수님이 밖에 나가 보았지만 자세한 계획은 가져오지 못하고 사탕만 사 가지고 왔다. 일정 협의는 지금 진행 중이라고만 말하고 있다. 텔레비전을 사용할 줄 몰라서, 교환원을 통해 기술자가 와서 어떻게 텔레비전을 볼 수 있는지 가르쳐 달라고 했다. 1시간 뒤 기술자와 한 복무원 여성이 와서 텔레비전 사용법을 가르쳐 주었다. 간단한데 혹시 잘못 조작하여 고장 날까 봐서 제대로 사용하지 못했던 것이다.

저녁 시간에 이중 숭실대 총장을 만났다. 김진경 총장도 왔다는 말을 듣고 전화번호를 알아 몇 번 연락해도 방 안에 없는지 연락이 닿지 않았다. 곽선희 목사님이 보여 인사했다. 아마도 평양과학기술대학 기공식을 위해 왔다고 보인다. 그러나 그것이 설립되어 활성화되기까지는 상당한 시간이 걸릴 것으로 보인다. 평양 안에서도 방해하는 세력이 있는 모양이다.

실내의 텔레비전은 민속씨름대회와 체력 단련을 위해 월드컵 축구대회에서 작년 우승국이었던 프랑스와 단마르크(덴마크의 북한식 표현) 사이의 2:0으로 결판난 경기를 보여 주었다. 지금(밤 11시)쯤이면 한국이 포르투갈과 시합에서 어떻게 되었는지 결과가 드러났을 것이다. 일행 가운데 일본과 중국에 지사를 갖고 있는 분들이 있으니 내일 아침이면 한국이 포르투갈과 싸운 결과를 알 수 있을 것이다.

오늘 일정이 이렇게 부실했던 것처럼 내일도 그렇게 되어서는 안 될 것인데 하는 아쉬움으로 하루의 여유를 보내고 있다. 저녁에 평양 거리를 보니 작년보다 전등을 켠 집들이 많이 보였다. 전반적으로는 전기가 모자라 거리를 밝히지 못하고 있는 실정이다. 그러나 아파트에는 전등이 켜져 있는 곳이 제법 보였다. 그만해도 작년 겨울보다는 나은 것 같은 느낌이다. 밤 12시가 되었다. 신 교수님이 주무시겠다는 말씀을 하시고 잠자리에 들었다.

텔레비전에서는 큰 황소를 상으로 주는 '대황소상', '전국근로자들의 텔레비전민족씨름대회'를 보여 주고 있었다. 87세 되는 할아버지가 30대의 장정을 메치는 기개도 보여 주었는데 대단한 기량들이었다. 남쪽과 다른 것은 모래판 대신 그 위에 베 같은 것을 깔아서 모래판이 보이지 않았고, 장사들이 윗도리를 입고 나와서 시합에 나서고 있다는 것이었다. 기술은 다양하게 구사하고 있었다. 씨름대회가 끝난 지 한참 뒤에 뉴스를 보았다. 김정일 위원장에 관한 것이 끝난 뒤인 듯, 금강산 남북대회를 장황하게 소개하고 있었다. 그 뒤에 날씨를 소개하면서 하루의 방영시간을 끝내는 것 같았다. 단조로운 것은 지난번 방북 때와 마찬가지였다.

6월 15일 (토) 흐린 듯 맑음. 늦게 잠자리에 들어서 그런지, 신 교수님과 나는 밤새 한 번도 깨지 않고 잘 잤다. 잠이 깬 것은 5시 30분 무렵이었다. 5시 45분쯤에 아침 기상 벨을 전화로 울려 주었다. 아마도 6시에 이 호텔 안에서 아침예배를 드리도록 계획했는데, 그 때문에 주최측의 부탁을 받아 이렇게 깨우는 것으로 보였다. 면도를 하고 아래층으로 내려갔다.

많은 사람들이 모여 엊저녁에 서울에서 벌어졌던 월드컵 축구 이야기로 꽃을 피우고 있었다. 우리와 함께 온 김형필(金亨弼) 인트라넷 사장이 어제 저녁 일본에 있는 지사를 통해 확인한 바에 따르면, 우리나라가 시종 우세한 가운데 포르투갈을 1:0으로 이겼고, 미국과 폴란드 경기는 폴란드가 3:1로 이겼다고 한다. 따라서 우리나라는 이 조의 1위로 16강에 오르게 되었고, 미국이 2위로 오르게 되었다고 한다. 옥에 티는, 우리가 시종 우세한 가운데 진행하였지만 초조하게 된 포르투갈이 무리수를 두어 경기를 난폭하게 하는 바람에 나중에 포르투갈 선수 2명이 퇴장한 가운데 경기를 진행했다는 것이다. 이렇게 되면 주최국 프리미엄으로 16강에 오르게 된 것 같은 느낌을 주지 않을 수 없다는 것이다.

이렇게 한국 축구가 16강에 들게 되었다는 소식이 전해지자 모두들 기뻐하면서 오늘 아침의 기도회가 감사의 장으로 바뀌게 될 것 같았다. 그러나 호사다마(好事多魔)인지 엊저녁 늦게까지 일정 협상을 벌여 어느 정도의 합의를 보았지만, 이 나라의 전달체계에 문제가 있는 듯, 우리가 6시 아침기도회에 참석하기 위해 모이기로 한 3층의 식당 담당자들은 상부의 지시가 없다면서 문을 열어 주지 않았다. 축구 이야기로 꽃을 피우면서 6시 30분까지 식당 앞에 있다가 방으로 들어와 버렸다. 나중에 들으니 7시 식사 시간에 앞서서 잠시 기도하고 식사하게 되었다고 한다. 이번 방북이 너무 쉽게 이뤄진다고 생각했는데 이런 어려움이 있을 것이라는 것은 미처 생각하지 못한 것이다.

아침식사 뒤 9시까지 아래층으로 내려오면 일정대로 관광을 하되, 9조(중앙일보를 중심으로 이뤄진 팀)는 조선컴퓨터학원과 김일성종합대학을 방문하게 될 것 같다고 했다. 그러나 곧 떠날 것 같던 관광이 일정 협의 때문에 시간이 미뤄지기 시작했다. 알고 보니 아리랑축전 기간(2002. 4. 29.~6. 29.) 중 비자 발급에 대한 권한은 아리랑축전 영접위원회(정식명칭은 '대집단체조와 예술공연 아리랑 대외영접초청위원회')가 갖도록 되어 있는데, 거기에서는 먼저 아리랑축전을 본다는 조건으로 비자를 발급하고 있다는 것이다.

그런데 우리 일행도 먼저 아리랑축전을 단체 명의로 관람한다는 것을 보증해야 비자를 발급받아 이번 방북 일정을 제대로 수행할 수 있다는 것이다. 그러나 우리 쪽은 처음부터 아리랑축전 관람을 약속하지 않았고, 또 그렇게 할 경우 정치적으로 이용당할 우려가 없지 않다고 판단했기 때문에 우리 정부는 단체로 관람하지 않는다는 조건으로 방북을 허가했다는 것이다. 그렇기 때문에 한민족복지재단으로서도 북측에 대해 방문단 전체의 아리랑축전 관람은 보증할 수 없다고 했고, 원하는 사람에게는 관람하도록 한다는 것만 약속했다고 한다. 엊저녁에도 한민족복지재단 측이 제시한 대로 하자는 약속이 이뤄졌는데도 아침에 와서 엉뚱한 이야기를 한다고 하여 시간을 끌게 되었던 것이다.

처음에는 12시까지 기다려 달라고 했다. 기다리는 동안 다방에 가서 9조 사람들과 서울대의 김문환 교수, 이영일 전 의원 등이 같이 모여 담화했다. 김문환 교수는 서울대 인문대 미학과 교수로 경동교회 교인인데, 이번에 9조 팀으로 오지는 않았지만 일행에 합류하게 되었다. 기다리는 동안에 저쪽의 요구가 강경해서 오전 중에는 협상이 이뤄질 것 같지 않다는 이야기가 흘러나왔다. 어떤 아리랑축전 관련 상임위원은 아리랑축전을 관람하는 사람은 남고 다른 사람들은 모두 추방시켜야 한다고까지 극언했다는 것이다. 이쪽에서도 어제 저녁에 약속한 바가 있는데 아리랑축전 관람을 개인적인 자유의사에 맡긴다는 합의에서 어긋나 무례하게 억지 요구를 한다면 우리는 비행기가 준비되는 대로 떠나겠다고 강경한 자세를 취한 모양이다.

오후 4시에 9조 사람들은 모여 달라는 전달이 있어서 3층에 내려가 보았다. 같은 이야기가 되풀이되면서 우리 측은 협상이 결렬되자 중앙일보 북경지국에 전화하여 본국에 돌아갈 수 있도록 비행기를 보내 달라고 요청했다고 한다. 따라서 이런 전화를 그들이 감청(監聽)했을 것인즉, 이제는 남측의 확실한 의지를 알게 된 북측이 이를 해결해야 할 위치에 있다고 했다. 그런 내용을 들으면서 최선의 선택을 했다고 생각하고 신뢰 관계와 화해 관계를 새롭게 한 차원 높일 수 있는 기회가 되기를 원한다고 말했다. 한편 우리가 그냥 돌아가게 될 경우에도 남북의 화해에 지장이 없도록 성명문을 정리해야 할 것이라고 했다. 다시 말하면 이번에 성과 없이 우리가 그냥 돌아간다 하더라도 정부 관계는 물론이고 앞으로 있을 민간 접촉에도 새로운 선례를 만드는 좋은 계기가 되어야 한다는 것이다.

저녁 때 다시 모이라는 연락이 있었다. 북측에서 엊저녁의 합의를 존중하겠다고 하고, 오늘 오전에 아리랑축전에 참가하지 않으면 돌아가라고 한 폭언에 대해 정식으로 사과했다고 한다. 또 일정한 인원이 아리랑축전을 관람하게 되면 종래의 일정대로 진행시킬 수 있도록 하겠다고 했다고 한다. 북측이 대폭 양보한 것이나 다름없다. 북측은 이번에 온 3백여 명을 고려호텔에 감금하다시피 하고는 원래의 약속과는 달리 그냥 돌려보냈다고 보도할 것이 예견되는 언론을 민감하게 계산하면서 이같은 결정을 한 것으로 보인다.

다른 조가 3층에서 식사하는 동안 9조는 1층으로 내려와 불고기와 냉면을 먹었다. 중앙일보사에서 한턱 내는 것이다. 식사하는 동안 오늘 저녁에 아리랑축전에 참석하기로 한 사람들은 찬반 의사 표명자 180명 가운데서 60여 명에 이른 모양이다. 그런데 저녁 8시쯤에 출발한 관람 인원은 정작 126명이었다고 한다. 만약 다른 조에서 지나치게 적은 수로 가는 경우 9조에서 몇 사람을 투입하는 정도로 하자고 했다. 그러나 북측의 체면을 세울 정도로 많이 갔기 때문에 별 문제는 없을 것으로 보고 내일부터의 일정에 신경 써 달라고 했다.

오전과 오후에는 호텔 1층에 있는 바둑판을 이용, 시합을 많이 했는데 정금출 장로와 같이 네 판 두어서 한 번 이겼고, 저녁에는 인트라넷 회사의 젊은 친구와 세 판 두었다. 오랜만에 바둑을 두었으나 재미는 전만 못지않았다. 저녁 11시가 채 되지 않아서 아리랑축전을 관람하러 간 팀이 돌아왔다.

하루를 보내면서 애를 많이 쓴 김형석 사무총장과 이사(장)들, 또 오늘 하루 종일 참으면서 인내로써 대표단을 지원해 준 모든 사람들에게 감사를 드리고 싶은 심정이다. 외국과 협상도 그럴 것이다. 백성들의 지원 없는 협상에서 힘이 없어지는 것은 동서양을 막론하고 공통된 현상이 아닐 수 없다. 방북단 일행이 대표들을 지지해 주고 조용히 기다려 주었기 때문에 제대로 협상력을 발휘할 수 있었을 것이다. 모두들 짜증을 내지 않고 성숙한 모습을 보여 주어서 얼마나 고마운지 모른다. 만약 우리 방북단 사이에 북측 혹은 남측 대표단의 협상을 두고 이러쿵저러쿵 말들을 만들어 자중지란(自中之亂)을 일으켰다면 원칙과 신의는 내팽개친 채 구걸하는 식의 협상이 이뤄졌을지도 모른다. 그러나 의연한 모습으로 원칙과 정도를 잃지 않은 것은 다시 생각해도 방북단 일행이 인내하며 대표들을 믿고 지지해 주었기 때문이라고 본다.

오후에는 신 교수님과 함께 두어 시간 동안 낮잠을 잤다. 전화도 없는 가운데 편안히 쉴 수 있었던 것도 이번 여행이 주는 또 하나의 축복이다. 마침 인트라넷 회사를 운영하고 있는 김형필 대표가 함께 있어서 그 회사의 일본 지사에 부탁하여 서울 아내에게 전화, 서울교회의 이재원 집사께 방북 때문에 내일 오후 강의가 불가능하다고 전해 달라고 했다. 김형필 사장은 산정현교회 출신으로, 신사 참배에 관한 질문을 했다.

6월 16일 (일) 맑음. 평양에서 맞는 주일이다. 새벽 5시에 잠이 깼

다. 오늘 봉수·칠골교회에서 남북한 성도들 6백 명이 함께 연합예배를
드리기로 계획되어 있고 내가 봉수교회 예배 때 기도순서를 맡았기 때
문에(이것은 서울에서 김형석 사무총장이 요청한 바 있었다) 6시에 모
인다는 새벽기도회 모임에도 나가지 못했다. 신용철 교수가 내려갔다
왔는데 그의 말에 따르면, 식당 준비 관계로 6시 모임은 불가능했고 자
기는 호텔 밖으로 나가 포장마차 등을 돌아보았다고 한다.

7시가 넘어 올라온 신용철 교수가 아래층에서 또 다른 사태가 발생한
것 같다고 했다. 김형석 사무총장이 방문단 앞에서 흥분해서 말하고 있
다는 것이다. 내용은, 엊저녁 12시가 넘어 북측의 모 기관에서 연락이
왔는데, 오늘 남북한 연합예배는 드릴 생각을 하지 말고 일행을 인솔하
고 묘향산에 관광 갔다가 저녁에 옥류관 만찬에나 참석하고 교예(巧藝)
를 볼 수 있도록 하라는 것이라고 한다. 김 사무총장은 약속 위반이라
고 항의했다고 하면서 이를 방문단 일행에게 전하니, 일행은 이를 듣고
식당에 모여 찬송을 부르고 기도하며 금식하면서 부르짖고 있다는 것
이다.

나는 기도 준비 때문에 바로 내려가지 못하고 있다가, 7시가 넘어 내
려가 보았다. 일행 가운데 이런 행동에 비판적인 사람들은 식당 옆에서
웅성거리며 "저렇게 해서는 안 되는데" 하면서 걱정하고 있었다. 어떤
이는 "그만 저쪽에서 시키는 대로 하면 되지 꼭 봉수교회에 가서 예배
를 봐야 하느냐" 하는 말도 했다. 그런 분위기 속에서 아침 8시가 넘어
금식기도회를 하고 있는 식당에 들어가 보니, 이것은 완전히 교회에서
부흥회를 인도하는 것과 같은 열기로 발전하고 있었다. 이 분위기를 보
지 않고 다른 사람을 통해서 듣기만 했다면 나도 비판적이었을지도 모
른다. 그러나 들어가서 동참해 보니 말로만 듣던 것과는 전혀 다르다는
것을 느꼈다.

한마디로 부흥회요 부흥운동이었다. 여러 목사님들이 나와서 10분 내외로 인도하면서 찬송하고 메시지를 전하고 기도의 제목을 주면서 이끌어 가는 데, 모두들 일류 부흥사들이었고, 그들의 말도 감정 섞인 것보다는 차분히 이성적이면서도 듣는 이들의 가슴을 울리는 것이었다. 북쪽의 형제를 사랑하자는 것이었고, 우리들을 초청해 놓고 위약(違約)에 위약을 거듭하는 이들의 행태를 원망하기보다는 이런 일을 통해서 하나님의 새로운 역사를 기대하겠다는 것이었다. 이번 방문단 가운데 목사님들의 수가 54명이라고 하는데, 그들의 인도에 따라 참석한 성도들이 모두들 성령에 감동을 받아 조금도 두려워하거나 흔들리지 않고 하나님께 부르짖으면서 이 일을 통해서 하나님의 크신 역사를 이뤄 달라고 울부짖고 있었다.

최홍준 목사가 내 이름을 거론하면서 나와서 교회사적인 관점에서 이야기를 해 달라고 했다. 이에 앞서 내가 식당에 들어서자 김문환 교수가 나에게 와서 "이런 식으로 목사님들만 나와서 교인들을 흥분시키는 인상을 주지 말고, 이런 기회를 이용하여 선생님께서 차분히 한국교회사를 강의하는 시간이 되었으면 한다"는 말을 해 주었다. 그러나 그때는 내가 이 청중들의 분위기를 미처 파악하지 못한 상태여서 일단 사양했다. 그러나 김문환 교수는 김 교수대로, 또 이영일 전 의원의 부인인 숙대 동창회장 정정애 여사는 정 여사대로 지도부에 내 강연을 요청했기 때문에 지명을 받았던 것으로 이해한다.

지명을 받고 청중 앞에 나갈 때 내 복장은 연황색 바지에 티셔츠를 안에 입고 겉에 노란 색의 잠바를 걸치고 있었다. 나는 "이 역사적인 자리에 증인으로 서게 된 것을 매우 기쁘게 생각한다"고 말하고 "오늘 이 일은 하나님께서 인간의 계획과 의도를 넘어서서 하시는 귀한 역사임을 확신한다"고 강조했다. 그들은 우리가 도착하는 첫날부터 약속과는 달리 우리를 압박했고, 어제 하루 종일 우리를 호텔에 감금하여 쉬게 했지만 그 덕분에 오늘 아침에 우리 전체를 이렇게 결속토록 한 것에서 인간의 계획에 따른 것이라기보다는 인간의 계산을 넘어서서 역사하시는 하나님의 계획을 보게 된다고 했다.

이어서 나는 역사에는 인간이 이해할 수 없는 사건들이 전개될 때가 있다고 말하면서, 1988년의 '한반도의 평화와 통일을 위한 한국기독교회의 선언'의 예를 들었다. 그 선언이 어떤 역사적인 의미를 갖는지를 간단하게 설명한 뒤 그 선언으로 한국의 보수 교회들이 통일 문제와 북한돕기에 적극적으로 나서게 된 경위를 말했다. 즉 그 선언 가운데 "한반도의 평화가 정착되고 그것을 이웃 나라들이 보장하게 되면 한반도에서 미군이 철수해야 한다"는 대목이 있는데, 이 가운데 '미군 철수'의 문구가 보수 교회를 자극하게 되었고 보수 교회들이 '미군 철수' 주장을 비판하기 위해 통일 문제를 생각하고 공부하게 되었다는 것, 이로 말미암아 1990년대 한국교회의 통일운동이 북한돕기운동으로 바뀔 무렵 통일운동의 주도권은 오히려 진보 측에서 보수 측으로 넘어가게 되었다는 것을 설명했다. 이것은 인간의 계산으로는 도저히 이해되지 않는 것이었다고 말했다. '미군 철수' 조항이 그렇게 큰 위력을 발휘하게 된 것은 한국의 보수 교회를 그쪽으로 몰아가신 하나님의 섭리로밖에는 이해할 수 없다고 설명했다.

그때처럼 오늘 평양 한복판에서 일어난 이 사건도 하나님의 방법에 따라서 그분께서 하고 계시는 것으로 믿는다고 했다. 하나님께서는 저들로 하여금 우리의 방문에 트집을 잡게 만들고 저들끼리의 북북갈등(北北葛藤) — 우리 일행 3백여 명이 온 데 대해 북측 당국자들은 기관에 따라 서로 시기하고 갈등하며, 어떻게든 일이 되지 않도록 하려는 공작을 서로 펴면서 갈등을 일으키고 있다 — 으로 트집 잡는 쪽이 있게 하여, 어제까지 우리 일행을 호텔에 감금시키다시피 해 놓고 방문단들의 심기를 불안하게 혹은 '이래서는 안되는데……' 하는 마음을 갖도록 하여 일치단결토록 만들어 놓고 이 부흥운동을 고려호텔에서 갖도록 해 주셨던 것이다. 이것은 북측뿐만 아니라 남측의 지도부들도 상상할 수 없는 것이었다고 생각된다. 청중들이 혹시 나를 진보 측의 인사쯤으로 생각하고 내 말에 오해할까봐 내가 한국의 극보수인 '고신파'의 장로임을 말하고 안심시켰다.

내가 처음 나설 때 이런 말을 하기 위한 것은 아니었다. 그래서 앞의 말을 서두로 나는 평양이 한국 신앙운동 역사에서 어떤 위치에 있는지를 두 가지 예를 들어서 말했다.

첫째는 1907년의 부흥운동이 평양에서 시작되어 한국 교인들과 민족이 하나님 앞에서 죄를 고백하고 회개하게 되었는데, 이는 기독교가 들어온 이래 민족적인 죄를 회개하는 경험으로선 처음 갖는 것이었다고 설명했다. 대부흥운동에 대해서는 다른 견해들이 있지만, 하여튼 이 회개운동은 전국적으로 확산되었고 많은 사람들이 거듭나게 되는 계기를 만들었다. 지금까지 교회에 나왔지만 죄를 회개하고 하나님을 받아들이는 일은 하지 못했던 사람들이 죄를 회개하고 그리스도를 영접하는 놀라운 계기가 되었던 것이다. 부흥회 집회에서 토해지는 죄악들은 지옥을 방불케 할 정도로 여러 가지였다고 증언자들은 말했다. 그래서 선교사들은 이 부흥운동을 두고 "성령이 평양을 휩쓸었다"고 했다.

둘째는 신사참배 강요 바람이 불 때에 평양은 그 반대운동의 중심에 서 있었다는 점을 역설했다. 1938년 조선예수교장로회 27회 총회가 신사참배를 '국가의식'으로 결의하고 그해 부회장으로 선출되었던 김길창 목사를 비롯한 노회장 23명이 총회를 대표하여 평양신사에 참배했다. 그러나 평양 산정현교회의 주기철 목사는 신사참배 반대의 중심에 서 있었다. 이 때문에 산정현 교회는 폐쇄되었고 그 교회 담임목사였던 주기철 목사는 1938년 이래 네 번에 걸쳐 감옥을 드나들며 고생한 끝에 1944년 4월 21일 옥중에서 순교했다. 일제 말기 신사참배를 반대하던 그리스도인들은 평양 감옥에 집단 수용되었다. 일제는 1945년 8월 18일에 이들을 처단하려고 했다. 그러나 그 사흘 전인 8월 15일 해방되어 이들은 8월 17일에 석방되었다. 이처럼 평양은 신사참배 반대자들의 중심이었다. 그런 뜻에서 평양은 일제 말기 한국의 신앙양심을 파수한 진원지였고 신사참배 반대투쟁의 중요한 근거지였다.

그런 역사를 갖고 있는 평양에 오늘 새로운 역사를 알리는 신호탄이 터졌다. 새로운 역사는 인간의 방법으로 이뤄진 것이 아니고 전적으로 하나님께서 당신의 방법대로 이뤄놓고 있다. 오늘 그것을 보고 있는 우리는 그 현장의 증인이다. 한국 그리스도인들이 민족의 화해와 통일을 위한 새로운 장을 열고 있는 것이다. 평양 고려호텔에서 3백여 명의 한국 그리스도인들이 7시부터 벌써 몇 시간 동안 금식하면서 신앙의 자유와 민족의 통일을 위해 기도하면서 집회를 계속하고 있다. 나는 이번에 한국 그리스도인들이 행했던 이 일은 앞으로 분명히 민족 문제에 어떤 파장을 일으킬 것으로 기대한다고 했다. 그런 뜻에서 고려호텔의 오늘 모임은 한국기독교사는 물론이고 한국민족사에 기록될 수 있을 것이라고 했다. 그것이 내 강연의 중요한 요지였다. 이 강연은 많은 사람들에게 특별한 인상을 주었는지 돌아올 때까지 나를 대하는 많은 사람들이 그 강연에서 많은 것을 깨닫게 해 주었다고 말했다.

금식기도회는 계속되었다. 이날 11시 남한 교회에서 주일예배가 시작될 때 여기서 주일예배를 시작하는 것으로 하자고 했다. 여러 목사님들이 더 나와서 기도회를 인도했다. 김형석 사무총장이 날더러 오늘 11시 예배시간에 기도하도록 정장을 하고 오라는 전갈이 왔다. 정장을 하고 내려가니, 봉수교회로 가는 것은 이제 가망이 없게 되었고 고려호텔 3층 식당에서 방문단만으로 예배를 드리도록 하겠다고 하면서 오늘 순서를 맡은 분들을 호명, 앞으로 나오도록 했다. 사회는 이정익 목사(신촌 성결교회), 기도는 이만열, 성경봉독은 박종철 원장(한민족복지재단

부이사장), 봉헌기도는 이상숙 권사(숙대 전 동창회장) 등이 각각 순서를 맡고, 모테트 합창단이 성가대로서 임무를 맡도록 했다.

모테트는 중세음악의 한 장르인데 그 단어로써 합창단 이름을 삼았다고 한다. 그 합창단원 전부가 이번 방북에 참석한 것이다. 그분들의 음악이 매우 좋았다. 금식기도회 때 찬송으로 특송을 했는데 그때 나는 내가 강연을 마친 뒤라서 그들이 부르는 찬송가(〈예수는 나의 힘이요〉) 합창 대열에 베이스로서 끼여 찬양을 같이 했다.

금식기도회 및 예배 시간에 식당의 종업원들과 북한의 기관원들은 처음에는 무슨 미신 행위처럼 생각하다가 차차 그들의 생각이 바뀌어 가는 것 같았다. 처음에는 식당 옆 다방에 설치되어 있는 텔레비전의 볼륨을 크게 높여 틀어 놓고 기도회(예배)를 방해했는데, 나중에는 정상으로 돌려 우리의 모임에 협조했다. 식당의 복무원(례의원 혹은 봉사원이라고도 한다)까지 진지하게 우리들의 찬송과 설교를 듣게 되었다. 이것은 중요한 의미를 갖는다고 본다. 아마도 그들은 이런 기독교의 예배와 설교의 내용(내용이래야 적대적인 것이 아니고 민족의 화해와 협력을 주장하며 서로가 더 사랑해야 한다는 것을 강조하는 것이다)을 처음 들었을 것이다.

11시에 주일예배가 시작되고 내가 대표로 기도하는 순서가 되었다. 나는 봉수교회에서 남북·북남 연합예배를 드리게 되면 그때의 기도 순서에 대비, 아침에 기도문을 작성해 두었는데, 이제는 연합예배가 아니어서 그 기도문을 일부 수정하여 다음과 같이 기도했다. 괄호 안은 봉수교회에서 거행할 연합예배 때를 위해 준비한 내용이다.

형제가 연합하여 동거함이 어찌 그리 아름다운고.

사랑과 자비가 풍성하신 우리 아버지 하나님, 감사와 찬양을 드립니다.

오늘 주님의 날을 맞아 [이 땅의 하나님의 자녀들이 하나님께서 친히 세우신 이 교회에 모

◀ 평양 고려호텔 3층 식당에서 열린 주일예배 가운데 대표기도를 하고 있다

여 같은 마음과 뜻을 모아] 인간이 예측하거나 계획하지 않았지만, 하나님의 섭리 가운데서 이곳 평양 고려호텔에서 하나님께 예배할 수 있는 기회를 허락해 주셔서 감사드립니다. 오늘 주님의 이름으로 모이는 이 땅의 성도들과 세계의 모든 교회에 하나님께서 은혜와 자비를 베풀어 주시고 영광을 받아 주시옵소서. 오늘 이 광야 교회의 예배가 하나님의 놀라우신 섭리를 깨닫는 귀한 시간이 되게 하시고, 북남·남북의 형제들이 그 사랑을 확인하며 평화통일의 새 이정표를 만드는 계기가 되게 하여 주옵소서.

사랑이 많으셔서 죄와 허물 용서하시기를 즐겨하시는 하나님, 이 시간 저희들은 개인적으로나 민족적으로 저지른 죄악들을 가지고 하나님께 나왔습니다. 저희들은 하나님의 자녀라 하지만 늘 악한 마음과 그릇된 행위들을 일삼아 왔기에 주님 앞에 설 때 늘 부끄럽고 죄스러운 것밖에 없습니다. 오늘 이곳에 엎드린 사랑하는 형제자매들이 주님의 자비와 용서를 구합니다. 용서하여 주시옵소서. 그동안 분단 50년을 살아오면서, 저희들은 하나님의 자녀라 하면서도 분단 자체가 죄악인 것을 인식하지 못했사옵고, 조상 대대로 물려받은 국토를 양단해 놓고 서로를 향해 원망하고 심지어 증오하기까지 하면서도 이것이 민족적인 죄악인 것을 깨닫지 못했습니다. 이 모든 허물과 죄악을 우리를 위해 십자가에 달리신 그리스도의 피로 맑게 씻어 주시옵소서. 용서받은 저희들이 이제부터는 용서와 화해와 인내로써 서로를 감싸주고 이해하고 민족적인 동질성을 회복하며 북남·남북이 서로를 이해하고 돕는 새로운 관계를 만들어 가는 그리스도인들이 되게 하여 주시옵소서.

크신 권세로써 인간의 역사를 주관하시는 하나님, 저희들은 민족의 화해와 협력을 선언한 6·15공동선언 2주년을 맞아 [주님께서 만세 전에 예정 가운데서 설립한 이 교회에서] 하나님께 영광과 감사를 드리면서 분단된 조국의 평화와 통일을 간구합니다. 분단 57년 동안 저희 믿음의 선진들이 밤새워 눈물로써 기도해 왔고, 이 땅에 살고 있는 북남·남북의 그리스도인들이 지금도 한마음으로 간구하는 민족의 화해와 통일을 하루 속히 이뤄주시옵소서. 바로 오늘 주님께서 보여 주신 바와 같이, 우리는 민족통일이 하나님의 장중에 있음을 확신합니다. 이 땅의 모든 백성들을 움직여 주시고 이 땅의 모든 지도자들을 감동시켜 주시옵소서. 분단이 지속되는 것이 하나님과 역사 앞에서 큰 죄악일 뿐만 아니라 민족과 후손들에게 말로 형언할 수 없는 고통과 멍에를 안겨 준다는 것을 직시하면서 우리 자신들의 정치·경제적 이해관계와 인간의 보잘 것 없는 사상·철학을 넘어서서 하나님의 사랑과 평화의 질서를 받아들여 성스러운 통일 과업에 헌신할 수 있도록, 성령 하나님, 늘 도와주시옵소서. 통일에 장애가 되는 민족 안팎의 환경들을 개선해 주시옵소서. 북남·남북이 외세의 눈치를 보기 전에, 1988년 이 땅의 북남·남북 교회가 합의한 바 있는 자주·평화·민족대단결의 숭고한 정신과 민주적이고 인도주의적인 이념에 따라 먼저 우리 스스로가 평화통일의 길을 개척해 갈 수 있도록 은혜 베풀어 주시옵소서. 이 땅에서 더욱 복음화의 역사가 진전되게 하시고 그리스도인들이 더욱 빛과 소금의 역할을 잘 감당하게 하옵소서.

오늘 [이 감격스런 북남·남북의 그리스도인들이 공동예배를 드리면서] 우리 그리스도인들은 일찍이 하나님의 자녀 프랜시스가 읊은 바 있는 평화의 기도를 우리의 기도로 대신 드리고자 합니다.

주여 나를 평화의 도구로 써 주소서.

미움이 있는 곳에 사랑을, 상처가 있는 곳에 용서를, 분열이 있는 곳에 일치를, 의혹이 있는 곳에 믿음을 심게 하소서. 오류가 있는 곳에 진리를, 절망이 있는 곳에 희망을, 어둠이 있는 곳에 광명을, 슬픔이 있는 곳에 기쁨을 심게 하소서. 위로 받기보다는 위로하며, 이해 받기보다는 이해하며, 사랑 받기보다는 사랑하며, 주님을 온전히 믿음으로 영생을 얻기 때문이니,

주여 나를 평화의 도구로 써 주소서.

화해와 용서의 하나님, 이 땅의 [북남·남북의] 하나님의 자녀들이 진정으로 평화의 도구가 되기를 원합니다. 저희들을 평화의 도구로 써 주셔서 이 땅의 평화와 화해와 통일을 이룩해 주시고, 평화통일된 이 민족이 우리의 도움을 필요로 하는 세계의 다른 민족을 도와 가는 평화와 봉사의 사도가 되게 해 주시옵소서.

오늘 이 예배의 모든 순서를 맡은 하나님의 자녀들을 축복해 주시고 모든 순서를 통해 하나님께서 영광 받으시고 저희들에게는 감격스러운 은혜의 시간이 되게 하여 주시옵소서. 우리의 찬송과 기도와 하나님께 드리는 예배가 북남·남북의 화해와 용서와 협력에 더욱 아름다운 결실을 맺는 계기가 되게 하여 주시옵소서. 이곳에서 머무는 동안 우리들의 건강을 지켜 주시고 두고 온 가족들과 교회와 생업들을 보호하여 주시옵소서. 이 모든 감사와 간구를 우리를 위해 십자가 위에서 돌아가신 우리 주 예수 그리스도의 이름으로 기도하옵나이다. 아멘.

기도 도중에 '아멘' 하는 소리가 자주 들렸다. 최홍준 목사는 설교하면서 내 기도 가운데 나오는 프랜시스의 기도를 인용하기도 했다. 최홍준 목사의 설교도 좋아서 은혜를 많이 받았다. 예배를 마친 뒤에 여러 사람들이 기도와 설교에 은혜를 받았고 힘을 얻었다고 했다. 고려대학교의 이장로 교수는 그 기도문이 좋았을 뿐 아니라 준비하느라고 수고가 많았다고 했다.

예배를 진행하는 동안에 오늘 성만찬을 하겠다고 했다. 떡으로는 빵을 사용하고 포도주는 조금 구했으며 포도주잔도 준비했다. 봉사할 장로님들을 인선, 예배를 마치면서 곧 성찬예식에 들어갔다. 예수님의 살과 피에 참예할 뿐 아니라 그 피를 나누는 형제자매들이 한 공동체임을 확인하는 예식이었다. 그야말로 오늘처럼 온 성도가 예수님의 살과 피를 나눈 형제라는 것을 절실히 확인한 때는 없었다. 눈물이 앞을 가렸다. 찬송을 부를 때는 감격이 앞섰다. 모두들 그랬다. 집회 뒤 어떤 이는 순교가 어떤 것인지를 어렴풋이 느낄 수 있었던 순간이라고 했다.

한 사람의 동요도 없이 어떻게 이렇게 하나가 될 수 있었는지, 상상할 수 없다. 그제야 도착하는 날 저녁부터 저들이 왜 남한 그리스도인 방문단을 연금 상태에 두게 하셨는가 하는 사태의 의미를 깨달을 수 있었다. 이것은 하나님의 섭리였다고 믿는다. 하나님께서 저들로 하여금 우리를 연금케 하시고 그날 저녁부터 우리를 연단시키시고 단결케 만드셨던 것이다. 그것도 하루 저녁으로 끝났다면 방문단원들이 이렇게까지 끈끈하게 단결할 수 없었을 것이다. 사흘 동안의 단련이 그렇게 강하게 만들었던 것이다. 연약한 자를 강하게 만드시는 하나님의 섭리와 은사를 체험할 수 있는 귀한 시간이었다. 어떤 이는 그동안 위장된 신자 혹은 어설픈 신자였는데 이 몇 시간을 통해 단련된 강한 신자가 되었다고 고백하기도 했다. 평양 고려호텔의 부흥회는 이렇게 기적도 낳았던 것이다.

이제 차분히 사태의 진전 과정을 정리해 보자. 일을 서투르게 한 데는 한민족복지재단의 잘못도 없지 않을 것이다. 예를 들어 비자 문제 같은 것을 명확하게 하지 않고 출발한 것이다. 시간이 촉박하다는 것도 있었지만, 그러나 비행기가 뜨게 된 데 양국 정부의 양해가 있었던 것은 부정할 수 없다. 입국수속도 간편하게 했다. 그런 가운데서도 원래 계획했던 대로 일이 진행된 것은 아니었다. 북경에서 발급키로 한 비자가 우리가 평양에 도착하던 시간까지 오지 않았고 여기서 혼선과 꼬임의 첫 단추가 시작되었다.

방문단은 고려호텔에 도착하여 비자를 발급받기 위해 전에 제출한 사진을 찾거나 다시 찍어야 했고 이를 위해 시간을 허비해야 했다. 방문 첫날 스케줄은, 특별히 기대한 것은 아니지만, 이렇게 하여 처음부터 혼선 속에 빠져 버렸다. 정한 스케줄대로 진행하지 못한 것은 비자가 발급되지 않았기 때문이라는 것이 저쪽의 변명이었다. 그 변명을 받아들여 이쪽의 김형석 사무총장은 우리 측 사람들에게 우리는 지금 불법체류 상태에 있는 거나 마찬가지라고 주지시켰다. 당사자들 사이에 그런 암묵적인 타협이 이뤄진 것인지는 알 수 없으나, 그것으로 비자 문제에 대한 양측 당사자들의 과오가 드러난 셈이다.

그런 상황에서 저쪽에서 들고 나온 것은 첫날 저녁부터 아리랑축전을 단체로 봐 달라는 것이었다. 하지만 방문단이 단체로는 아리랑축전을 보지 않겠다는 약속을 남측 정부에 제출하고 왔기 때문에 저쪽의 요청을 쉽게 받아들일 처지가 아니었다. 여기서 이쪽과 저쪽의 엇갈린 견해가 판이하게 나타나기 시작했고 갈등이 심화되었다. 그러는 동안 저쪽의 비자 발급 주체가 부각되기 시작했다. 아리랑축전 기간 동안에는 '아리랑축전 영접위원회'에게 비자 발급의 권한이 주어졌다는 것이다. 북북갈등이 나타나기 시작했다. 우리를 초청한 기관인 '범태'는 뒤로 물러서고 '아리랑축전 영접위원회'가 전면에 나서면서 일을 훼방 놓기 시작했다. 그래서 저녁에는 아리랑축전 관람 말고는 아무 것도 할 수 없다는 저쪽의 방침에 따라 우리는 호텔에서 한 발자국도 나설 수 없게 된 것이다.

이튿날 아침에는 이미 15일자 일기에 쓴 바와 같이 일정 협상이 꼬이기 시작했다. 저쪽에서는 15일 저녁에라도 아리랑축전을 단체 관람하는 것을 보장하라는 것이고, 이쪽은 원하는 사람만 가도록 한다는 지금까지의 방침으로 변함없이 대했다. 저쪽은 비자발급이 안 된 상태에서 아리랑축전을 관람하지 않은 사람은 추방하겠다는 폭언까지 나오게 되었다. 이런 상황에서 방문단은 하루 종일 호텔에 연금된 채 지내야 했다.

이튿날인 오늘 결국 이런 사태가 벌어진 것이다. 그러나 〈로마서〉의 말씀, "하나님을 사랑하는 자 곧 그의 뜻대로 부르심을 입은 자들에게는 모든 것이 합력하여 선을 이루느니라"는 말씀과 같이, 인간이 상상할 수 없고 저쪽이 전혀 예기치 않은 고려호텔에서 금식기도와 거의 6시간(7시부터 13시까지)에 걸친 예배가 계속되었던 것이다. 인간의 끝은 하나님의 시작이었다. 이걸 어떻게 저쪽 사람인들 예상했겠으며, 우리 쪽 주최자인들 어찌 상상할 수 있었겠는가? 저들도 놀랐을 것이고 우리도 하나님의 놀라우신 은총에 감사하게 되었다.

성찬식까지 끝내니 12시 40분 무렵이었다. 그동안 드러나지 않게 여러 차례 협상이 있었고, 협상을 위해서 기도해 달라는 광고도 있었다. 시간마다 기도회를 인도하는 목사님들은 지도부에 대한 신뢰와 격려를 부탁했고 추호도 흔들림 없이 전폭적으로 그들을 지지했다. 이렇게 하는 데서 협상력이 생겼다. 이 가운데서 틈이 생겼다면 협상력은 약화되었을 것이다. 지도부에서 협상이 잘 되었다면서 13시부터 점심식사를 하게 되었고 15시쯤에는 일정에 대한 통보가 올 것이라고 했다. 점심식사 뒤에 각자 방으로 들어가 쉬었다.

일정 합의가 되었는지 16시에 모여 16시 10분에 고려호텔을 출발, 봉수·칠골교회 탐방에 나섰다. 먼저 16시 25분에 봉수교회에 도착, 한민족복지재단 이사장 최홍준 목사의 사회로 1990년 이래 사용한 북한찬송가 186장(〈사랑하는 주님 앞에〉), 이정익 목사 기도, 〈마태복음〉 25장 45절 봉독, 모테트 합창단 3곡, 최홍준 목사의 '베푼 것은 잊어버려도 받은 것은 기억해야 한다'는 내용의 설교가 진행되었다. 정금출 장로의 헌금기도와 찬양이 있은 뒤 축도로 간단하게 예배를 마쳤다. 이어서 봉수교회 장승복(張勝福) 목사의 인사가 있었다. 봉수교회는 1984년에 완공하였고 현재 350명의 교인이 있으며 70퍼센트가 여성이라고 소개했다. 예배는 매주 일요일 10시부터 11시까지라고 했다. 모두들 나와서 사진을 찍었는데 바깥쪽으로 나오니 담장에 장미가 탐스럽게 피어 있었다. 작년 겨울에는 볼 수 없었던 것이다. 강영섭 목사와 기독교도연맹에서는 아무도 나오지 않았다고 했는데, 여기에 대해서 책임 있게 대답하는 사람은 아무도 없었다.

17시 10분 봉수교회를 출발, 광복거리를 거쳐 칠골교회로 향했다. 가

▲ 평양 고려호텔 3층 식당

는 길에 언제나 인민들을 압도하면서도 이제는 그 정신조차 빛이 바랜
'가는 길 험난해도 웃으며 가자'라든가, '위대한 선군정치 만세!' 등의
구호가, 상점이름인 '텔레비존 수리'와 함께 보였다. 구호에 의지하여
사는 나라, 구호가 없이는 불안해하는 나라, 그러나 구호를 붙이는 자
는 구호와 전혀 관계없이 사는 나라, 그 나라가 북한이다. 17시 40분에
칠골교회에 도착했다. 김일성이 그의 외가의 신앙적인 유산을 기념하
여 세운 것이다. 그러나 신앙은 어디 가고 그 형용만 내면서 교회는 외
화벌이의 수단이 되어 버렸다.

　칠골교회에서 서울대학교 정치외교학과의 장달중(張達中) 교수로부
터 서울대 의대의 노준량(盧浚亮) 서울대병원 흉부외과 교수를 정식으
로 소개받았다. 며칠 전에도 인사를 나누었으나 그냥 지나쳤는데, 그가
한국에서는 그 분야의 제일가는 분이라고 들었다. 금방 오랜 친구처럼
사귀게 되어 둘째 기종이 세브란스에서 흉부외과를 전공하고 있다고
말하면서 애비로서 불쌍해서 못 보겠다고 했더니, 그는 오늘날 전공의

들의 경향을 말하면서 4~5년 지나면 흉부외과는 인기학과가 될 것이라고 했다. 지금도 그 방면의 환자들이 외국으로 나가고 또 외국계 병원이 들어오려고 하고 있으니 곧 주목을 끌 것이라고 하면서 잘 선택했다고 말했다. 노 교수는 황해도 출신으로 그 부친이 고향에서 5천 석 농사를 지었다고 했다. 그는 한민족복지재단을 통해 평양의대에 CT촬영 기기를 설치하고 그 기술을 가르치고 있으며 이미 여덟 차례나 다녀갔다고 한다. 신중하면서도 사귀기에 어렵지 않은 분이라고 느꼈다. 이번 여행에서 많은 사람들을 알게 되었는데 그 가운데서도 노 교수를 알게 된 것은 큰 기쁨이 아닐 수 없다.

나오는 길에 '위대한 장군님만 계시면 우리는 이긴다'는 현란한 구호가 보였다. 만수대의사당과 혁명사박물관을 바라보며 옥류관으로 갔다. 그 유명한 냉면을 먹기 위해서다. 작년에 와서 옥류관 냉면을 먹고 매우 아팠다는 말을 하면서, 아마도 꿩고기로 만든 완자 때문이 아닌가 하고 추측했다고 했더니 노 교수는 그것이 식중독이라고 했다. 식중독 현상은 균에 의해 직접 일어나는 것이 아니고 균이 음식물에 들어가 독성을 일으키게 되면 그 독으로 말미암아 사람들이 고생을 하게 된다고 했다. 그러고 보니 지난해 옥류관에서 냉면을 먹고 떠난 지 5분이 채 되지 않아서 복통을 일으킨 이유를 알게 되었다. 균 때문에 일어났다면 5분 정도 안에는 일어날 리가 없기 때문이다.

노 교수와 함께 헤드 테이블에 가서 앉았다. 최홍준 목사와 이영일 전 의원, 박종철 원장 등이 각각 부부 동반했고, 김진호 목사와 이정익 목사 그리고 노 교수와 내가 앉았다. 옆에 앉은 노 교수가 몇 년 전에 냉면 7백 그램을 먹었다고 해서 화제가 되었다. 노 교수는 평양 분들과 이곳에서 냉면을 먹으면서 이야기를 나누다가, 평양에서 냉면을 가장 많이 먹은 사람이 8백 그램을 먹었다고 해서 자기도 시험 삼아 먹어 보았는데 7백 그램을 먹었다는 것이다. 그래서인지 모두들 평균 2백 그램

◀ 옥류관 안 커다란 금강산
그림 앞에서 신용철 교수
와 함께

▲ 윤병로(성균관대 교수), 주선애(장신대 교수)와 함께 평양 대동강 가에서

정도를 먹고 있는 중인데 그는 어느새 다 먹어 버렸다. 옆에서 종업원을 불러 노 교수를 위해 2백 그램을 더 시키고 이영일 전 의원과 김진호·이정익 두 분 목사님을 위해서는 각각 1백 그램씩을 시켜 드렸다. 모두들 맛나게 먹었다. 이번에는 냉면이 그렇게 짜지 않고 입맛에 잘 맞았다.

냉면을 먹은 뒤에 옥류관의 베란다에 나가 석양을 바라보면서 대동강 주변을 두리번거리니 한편에는 주체탑이 우뚝 서 있고 그 반대편에는 '5·1경기장'이 보인다. 옥류관 건너편에는 수초를 거느리고 쓰다듬는 듯 물결을 잠재우는 자그마한 섬이 있다. 이 모든 광경 하나하나가 평양의 아름다움을 속속들이 나타내는 것 같았다. 그러기에 고려 중기 김부식(金富軾)이 그렇게도 시기한 시인이요 문장가인 정지상(鄭知常)은 대동강의 아름다움을 노래하면서 시인으로 태어났던 것이다. 이런 광경을 두고도 그 자연에 걸맞은 인간의 질서가 하필 이 고장에서는 형성되지 않는 듯하니 그 자연인들 얼마나 탄식하겠는가.

방문객 일행은 모두들 나와서 서녘 하늘에 지고 있는 해가 만들어 주는 이 황홀한 광경을 붙잡아 두려는 듯, 연신 사진을 찍어댔다. 아름다움도 흘러가는 시간처럼 붙잡아 두지는 못하는 법, 예로부터 아름답기로 이름난 이 고장의 광경을 사진에 담아 두려는 소원으로 카메라 셔터는 계속 눌려지고 그때마다 '반짝' 하는 불빛은 아름다움의 신비를 드러내고 있다.

저녁 8시쯤에 호텔로 돌아왔다. 오늘 저녁부터 비교적 자유스럽게 호텔 근처에 있는 포장마차에 갈 수 있다고 했다. 그러나 나는 아예 나가지 않기로 했다. 복잡한 것이 싫고 이제는 시간이 아깝게 느껴졌기 때문이다. 몸을 씻고 10시가 채 되지 않아서 잠자리에 들기로 했다. 같은 방을 쓰고 있는 신용철 교수도 일찍 잠자리에 들었다.

생각하면 오늘 하루의 일은 남북 관계의 현주소를 극명하게 보여 주면서, 남북 사이의 풀리지 않는 매듭을 분명하게 인식토록 했다. 북측의 헌법에 보장된 종교와 신앙의 자유라는 것이 얼마나 허구이며 그 한계가 무엇인지를 체험적으로 느끼게 했던 날이기도 하다. 그러나 절망은 희망의 어머니다. 인간의 끝은 하나님의 시작이고 인간의 한계는 하나님의 무한지경(無限之境)을 여는 열쇠다. 이것이 신앙이다. 아마도 오늘 평양 한가운데에 있는 고려호텔에서 열렸던 그 기도회는 하나님을 향한 또 다른 가능성을 다시 타진하는 몸부림이었다.

6월 17일 (월) 맑음. 머리 아프다는 핑계로 엊저녁엔 오랜 시간 동안 잤다. 개운했다. 6시에 일어나 평양역이 바라보이는 시내 쪽을 보니 사람들이 거의 없었다. 아침에 버스 한두 대가 간혹 움직이는 것이 고작이고, 기차를 통해 통근한다든지 하는 것은 거의 상상할 수 없다. 종일 보지는 않았지만, 평양역이면 수시로 기차가 드나들어야 할 터인데, 하루에 얼마나 많은 차량이 움직이는지 매번 봐도 조용하기만 하다. 인간의 여러 가지 활동의 통로이면서 경제활동의 사실상 동맥 구실을 해야 할 철도가 저런 형편이니, 이 나라의 경제와 산업이 어떤지 어렴풋이나마 짐작할 수 있다.

7시 30분에 식사하고, 오전 관광을 위해 8시 30분까지 모이라고 했으나 실제로 출발하기는 9시 45분이다. 이곳에서는 가장 흔한 것이 시간이다. 사회주의 사회와 자본주의 사회의 근본적인 차이가 여기에 있지 않나 생각된다. 자본주의 사회에서는 시간은 바로 자본과 다름이 없지만 사회주의 사회에서는 남아돌아 가는 것이 시간이라고 해도 지나친 말이 아닐 것이다. 김일성종합대학에 가기로 한 것은 원래 합의된 계획표 속에 있는 것인데, 사전에 협의할 일이 무엇이 그렇게도 많은지 시간을 버리고 있다. 한마디로 답답하다고 하지 않을 수 없다. 김일성대학으로 가는 동안에 양산을 쓴 인민들의 모습도 보이고 유모차를 끌고 다니는 모습도 눈에 띄었다. 역시 구호는 많이 보였다. '위대한 장군님을 혁명적 정신과 신념으로 받들자', '선군정치의 위대한 승리 만세', '위대한 지도자 김정일 동지를 정치 사상적으로 목숨으로 옹위하자', '우리 식대로 살아나가자' 등등.

　10시 무렵에 김일성대학에 도착했다. 대학 구내에 들어와서 차도를 따라 올라가는 동안, 김일성·김정일의 어록비가 곳곳에 서 있다. 이런 분위기 속에서 창의적인 학문 연구와 젊은이다운 활동을 기대하기는 힘들 것이다. 작년에 갔던 만수대창작사에 수없이 많이 세워 놓은 김 부자의 어록비가 예술가들의 창조적인 예술 활동에 아무런 도움이 되지 않고 도리어 창의성을 짓누르는 구실을 하고 있다고 느낀 것과 다름이 없다.

　김일성대학 대외사업부 부지도원 강명복(교수를 겸함) 씨가 나와 우리를 맞아 주었다. 1946년 7월에 시작된 이 대학은 이듬해 9월 8일에 김일성이 직접 돌아보고 용남산(龍南山)에 올라 종합대학 터전을 잡아 주었다고 한다. 1947년 토지를 분여 받은 농민들이 애국미를 바쳐(이때 재령의 김재은이라는 사람은 30가마를 바쳤다고 한다) 종합대학 교사를 마련하게 되었다고 한다. 1948년 10월에 '우리 설계와 기술'로 종합대학 새 교사가 완공됐으며, 전쟁 뒤에 가장 먼저 복구된 것도 이곳이었다고 한다. 용남산의 동상은 1968년 9월에 완공했다고 한다. 그 뒤에 자연과학관·사회과학관을 세우고 지금은 기초과학관을 준비 중이라고 한다. 기숙사 등은 캠퍼스 밖에 있다. 20리 구간에 건평 40만㎡, 부지 156만㎡에 7개 학부 1,500명으로 시작했고, 교원 문제를 직접 해결하려고 노력했는데 처음 교원은 68명이었다고 한다. 지금은 13개 학부, 학생 1만 2천 명에 교직원 5,500명으로 늘어났으며 교직원 가운데 2,500여 명이 교원·연구사라고 한다.

1974년에 완공된 김정일 전시장은 여러 개의 방에 걸쳐 유품 등을 늘어놓았는데, 대학에 그런 전시장이 왜 필요한지 도무지 이해할 수가 없다. 작년 이맘때 일행과 함께 이곳을 방문한 바 있는 손봉호 교수는 김정일 전시장을 돌아보고 안내원의 김정일 우상화 설명을 듣고 메스꺼움이 올라왔다고 한 적이 있다. 어느 방에 가서 안내자가 하도 김정일을 두고 '장군님'이라고 하기에, 김정일이 군대에 몇 년 동안 근무했기에 장군이 되었느냐고 물었다. 물론 그의 대답은 들으나마나였지만, 태연스럽게 백전노장인 김일성 수령의 직접 가르침을 받았기 때문에 군대 생활이 따로 필요 없다고 했다. 나는 그것을 묻는 이유를 설명했다. 남쪽에서는 대통령 후보들의 경우 자신은 물론 그들의 아들들까지 병역을 마쳤는지 여부를 검증하기 때문이라고 했다. 대학에서 왜 김일성·김정일 교시가 그렇게 필요한지, 그리고 현직에 있는 김정일의 사적관이 그의 모교에 왜 필요한지 납득할 수가 없다.

시내에는 '6·19 경축'이라는 플래카드와 구호가 드문드문 보였다. 장달중 교수가 지도원들에게 그것이 무엇인가 물어보았지만 잘 대답해 주지 못했다. 김일성대학에 와서 설명을 듣는 가운데, 김정일이 1964년 9월 14일에 졸업했지만 6월 19일부터 당의 일을 보기 시작했기 때문에 그날을 경축일로 기념하게 되었다고 한다.

설명원(說明員) 이순용은 자신은 1976년에 역사학부를 졸업한 29회 졸업생인데, 김정일은 1964년 17회로 졸업했다고 한다. 여학생 비율은 33퍼센트에 해당한다고 했다. 놀라운 일은 설명하는 이들이 하나같이 김일성·김정일을 말할 때는 억양이나 감정을 섞어 가면서 금방 눈물이라도 흘릴 것 같은 모습이었다는 것이다.

김일성대학에서도 그들이 짠 일정대로 관람하다 보니 짜증이 났다. 여기에 온 사람들이 모두 교수들이거나 전문직 종사자들인데, 이렇게 김정일 사적관만 보여 주어서는 어떻게 하겠느냐, 도서관이나 학과 사무실 혹은 학생들이 공부하는 모습 등 대학의 모습을 보여 달라고 했다. 도서관으로 갔는데, 2백만 권의 장서가 있다는 도서관은 외관상으로는 그렇게 보이지는 않았다. 학생들이 있는 열람실에 들어가 보았더니 약 350여 석 가운데서 20여 명만이 앉아 책을 보고 있었다. 한 여학생은 《집단주의는 사회주의…》를 보고 있었다. 주체연호를 언제부터 썼느냐고 물으니 잘 모른다고 했다. 아마도 김일성이 사망할 무렵부터가 아닌가 생각된다.

12시경에 고려호텔을 향해 돌아섰는데, 구호에 '우리 대에 기어이 통일하자'라는 것이 보였다. 고려호텔로 들어서기 직전에 바로 보이는 한옥식의 큰 집이 있다. 그것이 바로 평양대극장인데 나중에 들으니, 그곳에 김정일의 집무실이 있다고 한다.

점심은 단(개)고기를 들기로 계획된 것 같았다. 지난해에 그 집에 가서 바가지를 쓴 적이 있어서 나는 가지 않겠다고 하고 바가지 쓰지 않도록 조심하라고 했다. 대부분은 그 식당으로 가고, 개고기를 먹지 않는 사람은 고려호텔로 와서 1층 식당에서 불고기와 냉면을 먹었다. 숯불 석쇠에 구은 불고기에 냉면을 먹으니 한결 분위기가 좋았다. 옥류관 냉면에 견주어 냉면발이 달랐다. 아마도 메밀을 적게 섞고 찹쌀을 많이 넣었다는 느낌을 받았다.

14시 10분에 고려호텔을 출발, 25분에 만경대 '고향집'으로 갔다. 원래 이곳에는 20여 호가 있었으나 모두 걷어치우고 성역화했다고 한다. 이곳은 경치가 좋아 평양의 부호들이 별장들을 지었다고 하는데 '고향집'은 김일성의 증조부 김응우가 묘지기로 1862년에 마련했다고 한다. 김일성의 조부인 김보현 옹은 돌아갈 때(1955, 당시 82세)까지 이 집에서 살았고, 그의 조모도 1958년 85세로 돌아갈 때까지 시골 농삿집을 지켰다고 한다. 그의 어머니 강반석은 1932년 7월 31일 만주 안도현 소사하에서 40세로 돌아갔다고 한다. 이런 설명을 듣고 있을 때 마침 면

사포를 쓴 신부가 '고향집'에 나타났다. 안내원의 설명으로는 결혼식 날 만수대 동상에 가서 참배하고 이런 혁명 유적지를 돈다고 한다.

15시 10분 전에 만경대를 출발, 15시에 만경대 학생소년궁전에 도착하여 안내원 김여옥(金麗玉)의 설명을 들으며, 각 방에 들어가 방과 뒤에 과외로 특별활동처럼 공부한다는 학생들을 돌아볼 수 있었다. 그동안 텔레비전 등에서 많이 보던 것이다. 우리 일행은 만경대를 향해 출발하면서부터 만경대를 본 뒤에는 모란봉과 을밀대를 보여 달라고 했다. 그러나 그들은 결코 답을 주지 않았다.

우리는 학생들의 특별활동 등을 보다가 중간에 그만 보겠다고 했다.

◀ 만경대 김일성 생가에서 신용철 교수와 함께

어린이들이 모두 기계처럼 어른 모습을 보이는 것을 더 이상 볼 수 없었던 것이다. 자기들은 그것을 자랑처럼 보여 주고 싶어 했지만 인간성이 제거된 그 예술 활동에 우리는 이미 진저리가 나 있었던 것이다. 당연히 따라다니는 지도원 동무들과 시비가 붙었다. 더 이상 볼 필요가 없다는 게 우리의 주장이었고, 그래도 자기들의 안내를 따라야 한다는 것이 저쪽의 주장이었다. 나는 이렇게 말했다. "지금까지 본 것은 이미 한국의 텔레비전을 통해 많이 본 것이다. 그런 점에서 당신들이 보여 주고자 하는 것도 다 본 것일 것이다. 그러니 볼 필요가 없다고 생각한다. 또 북측 대표들이 남쪽에 왔을 때 남한에서 안내하는 것 가운데 이런 저런 것은 안 보겠다고 하면 그 뜻을 존중해 주었다. 우리들의 경우도 마찬가지라고 본다 우리가 보지 않겠다는 것을 당신들이 굳이 강요하는 것은 온당치 않다."

그리고 우리는 남은 시간에 모란봉과 을밀대를 보자고 했으나 그들 또한 요지부동이었다. 그 이유를 곧 알았다. 17시부터 만경대 학생소년궁전 대극장에서 이들이 준비한 행사를 통해 외국에서 온 이들에게 '교양교육'을 할 계획이 있었기 때문이다.

17시부터 시작된 행사는 이 궁전에 소속된 전문가들을 망라하여 만든 김일성·김정일 '우상화 예술'의 진면모를 보여 주었다. 처음 〈김일성 장군의 노래〉부터 시작해 김정일을 찬양하는 노래와 춤 등이 계속되었다. 마지막에 〈하나, 우리는 하나, 태양의 나라 우리는 하나〉라는 합창으로 끝을 맺었는데, 다분히 남측에서 온 방문객들을 의식하고 만든 행사였다. 동원된 학생들은 앞서 각 방에 들어갔을 때 연습하던 어린이들이었다.

18시 15분, 만경대 학생소년궁전을 출발하여 모란봉 쪽으로 가기에 모란봉을 보여 주는가 했더니, 그 길이 시내를 관통하지 않고 호텔로 갈 수 있는 큰길이었다. 가능한 한 주민들과 접촉을 피하려 하는 것이 이들의 방침인 만큼 피해서 고려호텔로 가고 있다는 인상이었다. 4 · 25 문화회관(4 · 25는 조선인민군 창건일이다)을 거쳐 개선문, 모란봉, 만수대 동상 앞을 거쳐 고려호텔에 도착하니 18시 40분이었다. 평양 거리는 교통량이 적어서 자동차를 이용하면 모두 30분 이내에 도착할 수 있는 장소들이다.

저녁식사는 내일 떠나기에 앞서 전체가 모여 식사를 같이하는 것으로 했고, 북측의 관련 인사들도 초청했다. 인원이 많기 때문에 3층에서 2백 명, 1층에서 1백 명이 모여 식사하기로 했다. 우리는 시간이 되어 3층으로 갔는데, 김형석 사무총장이 헤드 테이블로 나오라고 권하는 바람에 신 교수와 함께 그곳으로 갔다. 거기에는 한민족복지재단의 이사장 이하 여러 사람들이 모였다. 그러나 북측 인사들이 오지 않았다. 계속 기다렸지만 오지 않아 결국 우리끼리 기도하고 감사의 말을 나누고 식사하게 되었다. 저쪽에서는 이런 저런 이유를 들어 이 자리를 피하는 것처럼 보였다. 이성적으로 생각하면 자기들이 손님으로 온 우리에게 매우 미안할 것이고, 자기들 측에서 보면 우리 쪽이 예상치 못한 엄청난 일을 저지른 것이기도 하여 만나고 싶지 않았을 것이다. 남측의 기독교도 3백여 명이 고려호텔 식당에서 거의 6시간 동안 부흥회 식의 예배를 보게 되었으니 그럴 수밖에 없었을 것이다. 그들이 나오지 않은 것은 이런 두 감정이 뒤섞여서 취해진 것으로 보인다.

오전과 오후에 머리가 많이 아파 이화여대의 전숙자 교수로부터 타이레놀을 두 알 얻어 4시간 간격으로 먹었다. 그런 뒤에 두통이 약간 가신 듯했다.

6월 18일 (화) 평양과 서울 같이 맑음. 7시 10분에 평양 고려호텔 3층 식당에서 간단하게 경건회를 가졌다. 어제 이곳에서 예배를 드린 바 있기 때문에 종업원들도 불평하지 않고 주최 측에서 하는 대로 받아주었다. 그런 종교행사를 막았다가는 또 무슨 사태가 벌어질지 알 수 없다고 판단했는지도 모른다. 한민족복지재단의 최홍준 이사장은 그동안 있었던 일들에 대해 감사하면서 또 맺힌 것들이 있으면 풀어 버리자고 했다. 오히려 기독교적인 화해와 용서를 강조해서 듣는 이들이 맺힌 매듭을 풀도록 했다. 뷔페식인 이 식당은 평소 손님들이 들어오는 대로 식사를 했지만 오늘은 대부분 모아 놓고 식사를 하게 되어 한꺼번에 몰리는 사람들 때문에 복잡하였다.

9시 30분에 모여 곧바로 공항으로 떠나겠다고 광고했다. 예정대로라면 평양역전 백화점에 들렀다가 공항으로 가는 것으로 되어 있었지만, 이것도 고려호텔 측의 반대로 그렇게 하지 않기로 했다고 한다. 다른 백화점에 고려호텔의 매점만한 것이 없는데 왜 손님들을 빼앗기느냐는 것이라고 한다. 이제 이곳에서도 고객이 어떤 것임을 알게 되는 모양이다. 이는 곧 시장경제의 원리를 알게 된다는 뜻이다.

예정시간보다 1시간 10분이나 늦은 10시 40분에 떠나게 되었다. 그렇게 된 데는 또 저쪽의 결정적인 실수가 있었다고 한다. 처음에 북측과 계약하기를 여행경비는 일괄타결 형식으로 하자는 것이었다. 5박 6일간 대략 21만 달러에 계약했다고 한다. 그런데 아리랑축전위원회는 일괄타결한 그 계약을 무시하고 케이스별로 계산하라고 했다고 한다. 그것은 불합리한 제안이지만, 한민족복지재단은 앞으로 북한 당국과의 관계를 고려하여 그쪽에서 시키는 대로 다 이행하려 했던 것이다.

그래서 고려호텔의 숙박비와 식비 등을 계산하여 엊저녁에 모두 정산했는데, 그래 놓고 보니 원래 예산의 절반밖에 들지 않았다고 한다. 그러자 자기들이 손해인 것을 알게 되자 지금의 지불계약은 먼저 '범태'와 맺은 것으로 하고 일정 등의 문제는 이쪽에 와서 맺은 것으로 하자는 이중적인 계약문제가 튀어나왔던 것이다. 우리 쪽에서 그렇게 불합리한 계약에 동의하지 않자 그들은 오늘 아침 엉뚱하게 엊저녁에 고려호텔의 사용료를 받아낸 것이 잘못 계산되어 절반 정도밖에 받지 않았기 때문에 그것을 완불하기 전에는 떠나지 못한다고 주장했다.

한민족복지재단의 김형석 사무총장은 그들이 달라는 대로 다 주고 나중에 정산하자고 했다. 지금까지 자신이 경험한 이 호텔의 관행이 있고 숙박비에 대한 계산서가 있으니, 상식에 어긋난 행위나 계산이 있다면 정부를 통해서라도 뒤에 받아내겠으니 지금은 그들이 달라는 대로 다 주고 말썽 없이 떠나자고 했다. 그래서 그들이 요구하는 2배의 요금을 물되 일일이 얼마를 썼다는 것만 분명히 해서 영수증을 받으라고 했다. 세상에 이럴 수가 있는가? 엊저녁에 계산이 잘못되어 오늘 다시 계산하자는 것은, 내가 알고 있는 것이 사실이라면, 국제적인 호텔에서는 도저히 납득할 수 없는 행위가 아닐 수 없다.

공항으로 오면서 나는 장달중 교수께 '가족국가'라는 용어가 있느냐고 물으니 그런 말은 거의 없고 '패트리모니얼(patrimonial)' 시스템이라는 말이 있다고 했다. 나는 이 나라를 꼭 봉건적인 가부장권이 다스리는 가족국가라는 개념으로 이해하면 어떨까 하는 생각에서 이런 질문을 던졌던 것인데, 그는 '세습제'라는 말로 답했다. 장 교수는 부르스 커밍스(Bruce Cummings)는 북한을 '가족주의적인 조합국가'라고 불렀고, 와다 하루키(和田春樹)는 '유격대국가'라는 말을 사용했다고 한다.

순안공항으로 가면서 '온 사회 주체사상화'라는 구호가 보였다. 그러나 주체사상을 강조할수록, 인민은 주체적이지 못하고 당이 시키는 대로 따를 뿐이다. 이 나라에는 온 인민이 떠받드는(옹위하는) 한 사람 외에는 주체적이지 못하다. 한 사람이 주체적으로 움직이고 나머지는 모두 그의 지시를 일일이 받아야 하니 그 주체는 한 사람에게는 자유를 뜻하지만 다른 많은 사람에게는 구속을 뜻할 뿐이다. 동행한 허문영 박사는 내가 김정일을 두고 그가 군대 경험도 없이 '장군'이라는 말을 쓰는 데 대해 이의를 걸자 김대중 대통령을 두고 '선생'이라고 하는데 언제 그가 '선생'인 적이 있느냐고 반문했다. 나는 '선생'이라는 말은 꼭 가르치는 사람을 뜻하지는 않으며 일반적으로 먼저 난 사람이나 상대방을 특별한 이유 없이 높일 때에 쓰는 용어이기 때문에 '장군'이라는 말의 반론으로 내세우기는 힘들 것이라고 했다.

순안공항으로 가는 동안에 작년에는 의식하지 못했던 것을 볼 수 있었다. 길가에 포플러들이 많이 심어져 있는데, 자세히 보니 그곳은 논이었다. 명령이 떨어지니 논에다 일괄적으로 포플러를 심은 것이다. 물론 몇 년 지나면, 포플러가 심어진 논들도 별로 표가 나지 않겠지만, 지금은 그럴 땅이 아니라는 생각이 들었다.

11시 20분 무렵에 순안공항에 도착, 간이 출국수속을 밟았다. 화물로 부치는 짐은 엑스레이 검색대를 통과하게 하고, 손에 든 짐은 출국대를 지나면서 엑스레이 검색대를 통과하도록 했다. 출국수속이라는 것도 각 조별로 작성된 명단과 사진을 확인하는 것으로 끝났다. 그러니까 우리가 60달러씩 지불한 비자는 끝내 발급되지 않은 것이다. 우리는 비자 없이 들어가 나흘 동안 불법체류하다가 나온 셈이 되었다. 이렇게 편리한 세상도 있다. 법치(法治)에 의해서 지배되지 않고 인치(人治)에 의해 지배되는 전형적인 정황을 목도하고 경험하고 있는 것이다.

3백여 명을 일일이 사진 대조하면서 출국시키니 시간이 많이 걸렸다. 우리는 맨 나중의 9조라서 늦게 수속을 밟았다. 그 사이에 공항 책방과 기념품 가게를 둘러보았다. 책방에는 볼 만한 것이 거의 없었다. 2001년도 《조선중앙연감》이라는 것이 있었는데 누군가가 나보다 먼저 사갔기 때문에 여유분을 구할 수가 없었다. 창고 안에 있느냐로 물었지만 없단다. 각종 공식적인 통계 같은 것이 있어서 도움이 될 것 같았는데 아깝게 되었다. 기념품 가게에 와서 아리랑 구호가 붙여진 어린이용 티셔츠를 다섯 장 구했다.

공항에 도착했을 때 우리를 태워갈 KAL기가 이미 도착해 있었다. 이 곳에 도착했을 때도 그랬지만 돌아갈 때도 비행기와 거리가 얼마 되지 않았지만 버스를 이용했다. KAL기에 오르면서 트랩 위에서 순안공항을 배경으로 사진을 한 장 찍었다. 기내에 들어오니 서울에서 가져온 신문이 있어서 꺼내 읽었다. 좌석은 지난번 평양으로 갈 때 앉았던 그 좌석에 앉으라고 해서 비즈니스석(9E)에 앉아 편안히 올 수 있었다. 오는 동안에 포르투갈과의 16강전 축구시합을 보여 준다고 했는데, 축구시합 대신 그 승리 소식으로 장식한 그날 저녁의 뉴스만 계속 보였다. 아마도 순안에서 인천까지 오는 동안의 짧은 시간에 전부를 보여줄 수 없기 때문에 그날 경기의 중요 장면과 각 지역에서 느낀 소감들을 보여 주는 것 같았다.

16강에 든 것이 그렇게도 대견한지 온 국민이 열광의 도가니에 들끓었고 해외의 동포들도 그랬던 것 같다. 그러나 그날 처음부터 끝까지 우리 측이 주도권을 잡았다고는 하나 포르투갈 선수 두 사람을 퇴장시킨 가운데 승리가 이뤄졌다는 것을 보면서 혼자서 씁쓸함을 느끼지 않을 수 없었다. 나만 그런 느낌을 갖는 것일까? 국내 스포츠는 물론 국제 스포츠도 굉장한 정치·경제적 의미를 갖는다고 하는데, 포르투갈에 대한 승리를 위해 스포츠 외의 작용은 없었을까 하는 의문이 내가 씁쓸하게 생각하는 근거다.

이번 북한 방문을 통해서 많은 사람들을 알게 되었다. 중앙일보의 김영회 대기자(부사장)는 평소에도 잘 알고 있는 사이지만, 중앙일보 통일연구소의 이수원·이동현 기자와 다른 한 분, 중앙일보를 통해 우리들의 방북 비용을 댄 김형필 사장과 장대익(張大翼) 부사장 그리고 정연수(鄭淵秀) 상무이사, 이승만 목사의 동생되는 이승규(李承奎) 장로, 성균관대학교 명예교수 윤병로(尹炳魯) 박사(국문학), 서울대 의대 노준량 교수, 서울대 장달중 교수, 고려대학교 북한학과 남성욱(南成旭)

교수, 한국경제연구원장 좌승희(左承喜) 박사를 깊이 사귀게 되었고, 그 밖에 여러분을 만나게 되었다. 주선애 교수와 이삼열 교수(연대 의대 명예교수), 고신의 여러 목사님들과 장로님들도 사귀게 되었다. 더구나 고려호텔의 기도회와 주일예배에 동참했다는 것은 큰 기쁨이 아닐 수 없다.

비행기는 서해로 나가 공해상에 들어갔다가 남행하게 되어 있다. 얼마 되지 않아 곧 인천공항에 착륙한다는 기내방송이 나왔다. 꼭 50분 걸렸다. 낮에 도착하는 비행기가 없어서 그런지 출입국관리소도 맨 처음 통과했고 수하물인 관계로 하물을 기다리지 않고 맨 먼저 나올 수 있었다.

신촌 이대 입구를 거쳐 가는 셔틀버스(602번)로 집으로 오는데 박종철 원장(한민족복지재단 부이사장) 내외가 같이 탔다. 나는 "자유의 공기가 이렇게도 귀한 것입니다" 하고 인사를 건넸다. 그리고 이번 여행에 가져간 《한 시골뜨기가 눈떠가는 이야기》를 서명해서 주었다. 북한의 바람을 쐰 책이니까 그런대로 의미가 있을 것이라는 설명을 붙여서 드렸다. 세브란스 출신의 박 원장은 민간 선교에 앞장서고 있는 어른이다. 네팔 선교에 오랫동안 관여해서 희년선교회의 주선미·박점남 선교사를 너무 잘 아는 분이다. 이번에 북측과 협상과정에 계속 참여했기 때문에 그 내용을 너무나 소상하게 알고 있었다.

신촌에서 내려 처형이 경영하는 경혜약국으로 들어가 가족들을 만났다. 새온이가 나를 알아봤다. 반갑다. 짐을 맡기고 학교로 갔다. 내가 지도하는 강혜경의 학위논문 마지막 심사다. 모두들 통과시키기에는 꺼림칙하고 그렇다고 한 학기 더 미루자니 낙심할 것 같다는 생각이었다. 본인을 불러 2:2 팽팽히 맞섰다는 사실을 말하고 논문을 한 달 뒤에 정리해 올 때 도장을 찍는 것으로 결정했으니 그때까지 열심히 잘 정리해 오라고 강조했다.

식당 미성(味成)에 내려가 갈비탕으로 저녁을 먹고 헤어졌다. 오늘 저녁에 이탈리아와 8강 진출을 다툰다고 한다. 박종진 선생은 광화문 앞을 지나며 응원단의 모습을 보고 가겠다면서 나와 함께 경복궁역에서 내렸다. 서울역까지 걸어가면서 거리의 표정들을 살피겠다고 했다. 모두들 열심이다.

집에 돌아와서 아내와 함께 새온이를 유모차에 태워, 경복궁 앞을 거쳐 지하도를 건너 한국일보에서 세운 전광판 옆을 지나 문화부 앞에서 다시 지하도를 건너 세종문화회관 쪽으로 갔다. 차도의 절반은 이미 응원단으로 꽉 차 있었다. 조선일보의 전광판을 보고 있었다. 경찰 수십 중대가 만약의 사태에 대비하여 포진해 있었다. 젊은이들은 물론이고 나이 든 사람들도 아이들을 데리고 나왔다. 지난번 경기를 전광판에 보여 주고 있는데도 함성이 대단했다. 새온이가 집으로 오는 동안에 잠이 들었다. 집에 도착하니 21시가 거의 되었다. 텔레비전을 틀어 보니 약 30분이 지났는데 한국팀이 1점을 실점한 상태에서 매우 소극적으로 임하고 있었다. 조마조마하기도 하고 워낙 시합을 보는 데 흥미가 없어서 텔레비전을 끄고 아래층 서재로 내려갔다.

숙대 출신의 동화작가 조경숙이 다음과 같은 시를 메일로 보내왔다. 고맙다고 답하면서, 몇 년 전에 이 시를 보고 어디에 잘 간수해 두었는데 오늘 다시 읽게 되어서 기쁘다고 전했다. 저자가 '17세기 수녀'로만 밝혀진 이 시는 늙음에 즈음하여 지혜로움을 준비토록 하는, 따뜻한 감동을 주는 시다. 성경처럼 살지는 못하더라도 이 시만큼이라도 살았으면 하는 소원이 없지 않다. 이 시로써 이번 여행기를 마감할 수 있다는 건 축복이다.

주님. 주님께서는 제가 늙어가고 있고
언젠가는 정말로 늙어 버릴 것을

저보다도 잘 알고 계십니다.
저로 하여금 말 많은 늙은이가 되지 않게 하시고
특히 아무 때나 무엇에나 한마디 해야 한다고 나서는
치명적인 버릇에 걸리지 않게 하소서.

모든 사람의 삶을 바로잡고자 하는 열망으로부터
벗어나게 하소서.
저를 사려 깊으나 시무룩한 사람이 되지 않게 하시고
남에게 도움을 주되 참견하기를 좋아하는
그런 사람이 되지 않게 하소서.

제가 가진 크나큰 지혜의 창고를 다 이용하지 못하는 건
참으로 애석한 일이지만
저도 결국엔 친구가 몇 명 남아 있어야 하겠지요.
끝없이 이 얘기 저 얘기 떠들지 않고
곧장 요점으로 날아가는 날개를 주소서.

내 팔다리, 머리, 허리의 고통에 대해서는
아예 입을 막아 주소서.
내 신체의 고통은 해마다 늘어나고
그것들에 대해 위로받고 싶은 마음은
나날이 커지고 있습니다.
다른 사람들의 아픔에 대한 얘기를 기꺼이 들어줄
은혜야 어찌 바라겠습니까만
적어도 인내심을 갖고 참아줄 수 있도록 도와주소서.

제 기억력을 좋게 해주십사고 감히 청할 순 없사오나
제게 겸손된 마음을 주시어
제 기억이 다른 사람의 기억과 부딪칠 때
혹시나 하는 마음이 조금이나마 들게 하소서.
저도 가끔 틀릴 수 있다는 영광된 가르침을 주소서.

적당히 착하게 해 주소서. 저는
성인까지는 되고 싶진 않습니다만······.
어떤 성인들은 더불어 살기가 너무 어려우니까요.
그렇더라도 심술궂은 늙은이는 그저
마귀의 자랑거리가 될 뿐입니다.

제가 눈이 점점 어두워지는 건 어쩔 수 없겠지만
저로 하여금 뜻하지 않은 곳에서 선한 것을 보고
뜻밖의 사람에게서 좋은 재능을 발견하는
능력을 주소서.
그리고 그들에게 그것을 선뜻 말해 줄 수 있는
아름다운 마음을 주소서.
아멘.

북한 방문기 III

2004년 2월 24일~28일

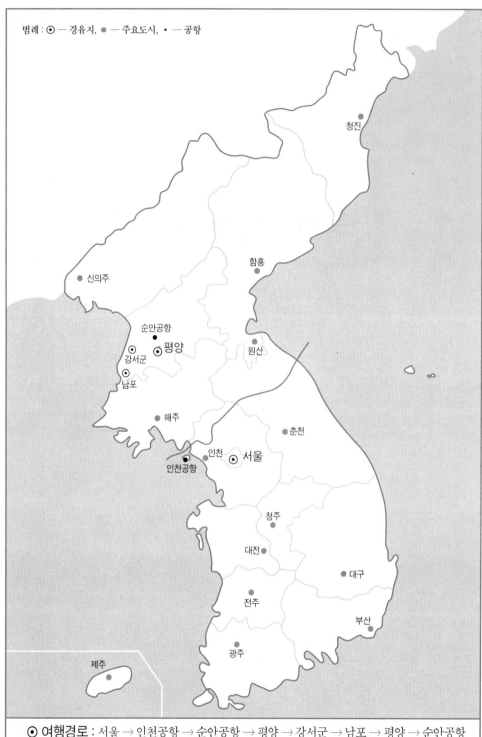

범례 : ⊙ — 경유지, ● — 주요도시, · — 공항

청진

함흥

신의주

순안공항
평양
강서군
남포

원산

해주

춘천

인천
서울
인천공항

청주

대전

대구

전주

부산

광주

제주

⊙ **여행경로** : 서울 → 인천공항 → 순안공항 → 평양 → 강서군 → 남포 → 평양 → 순안공항
　　　 → 인천공항 → 서울

2004년 2월 24일부터 28일까지 '일본해 표기의 부당성에 관한 남북토론회'와 '일제의 약탈문화재 반환을 위한 남북공동 자료전시회'를 위해 강만길 상지대 총장 등과 함께 평양을 방문했다. 2월 25일에 남북의 역사학자들은 평양 인민문화궁전과 조선미술박물관에서 각각 토론회와 자료전시회를 갖고 약탈문화재 반환과 '동해'의 바른 표기를 일본에 촉구하는 공동결의문을 채택했다. 또한 2월 28일에는 '남북역사학자협의회'를 결성하기로 하고 합의서에 서명했다. 방문 기간에 덕흥리 고분, 강서대묘, 동명왕릉 등의 역사 유적을 둘러보고 조선역사박물관, 교예극장, 인민대학습당, 개선문 등도 관람하였다.

2월 24일 (화) 흐리고 바람. 엊저녁에 늦게 잠자리에 들다. 평양으로 갈 준비를 하다 보니 자연히 새벽 2시를 넘겼다. 6시에 일어나 출발할 준비를 하다.

오늘 따라 희년선교회(국제민간교류협회)의 총회가 있는 날이다. 6시 45분에 마침 한 기사가 차를 몰고 왔기 때문에 그 차를 타고 일원동의 밀알학교로 갔다. 홍정길 이사장과 손봉호·정주채·강경민 이사가 참석했고 신명철·임만호 감사, 그리고 회원으로 이호택 간사를 비롯하여 희년의 지체들이 다 참석했다. 지난 12월에 이사회를 할 때에 당해 연도의 10월까지를 다 논의했으나 12월까지는 정리하지 않았으므로 이번에 총회를 통해 정리하지 않은 2개월분에 대해서만 더 보고를 받고 이사회와 총회의 인준을 받고자 한 것이다.

방글라데시의 다카 프로젝트에 대해서 논의하다가 나는 시간이 없어서 그만 일어섰다. 인천공항으로 오라는 부탁을 받았기 때문에 정한 시간에 늦지 않으려고 8시 40분경에 출발했다. 마침 준비해 놓은 샌드위치 두 개와 우유 두 개를 가져와 나도 먹고 한 기사에게도 주려고 했으나 한 기사는 이미 먹었다고 했다. 10시 10분 전에 인천공항에 도착, 미리 나온 전미희 선생의 안내를 받았다. 전 선생은 이번에 동행하려고 했으나 인원이 초과된다고 하여 최종 단계에서 가지 못하게 되었다.

공항에 도착하니 이번 방북하는 일행에게 필요한 서류를 봉투에 넣어 주었다. 아는 분들이 많아 이번 여행이 외롭지 않겠다고 생각되었다. 탑승수속은 간단했다. 외국으로 나가는 것이 아니기 때문에 여권은 소지할 필요가 없고 다만 통일원에서 배부한 증명서를 가지고 북으로 가는 것이다. 짐을 먼저 부친 뒤 이상태, 성대경 두 분과 함께 커피를 마시다. 마침 그 시간에 춘천으로 가고 있던 기홍으로부터 "잘 다녀오시라"는 전화가 있었다. 고맙다. 새온에게 전화하다. 전화기를 들자마자 그는 '할아버지'라고 부르면서 재잘재잘 제 이야기를 하고 있다. "호원이는 어떻게 해 줘야 하나요?"라고 물으니, 역시 "아이 예뻐, 아이 예뻐"라고 해야 한단다. 내가 여러 번 강조하고 있는 바를 새온이는 알고 있다. 이런 것이 교육이라고 생각한다.

11시 30분에 같이 모여 단장 강만길 선생의 당부하는 말을 듣다. 세관원의 당부도 있었다. 국내여행이지만 출입국 심사를 거쳐 면세구역으로 들어갔다. 이상태 선생이 점심을 먹자고 했지만 아침식사를 한 지 얼마 되지 않아서 그냥 굶기로 했다. '13시 평양'이라고 써 놓은 전광판 앞에서 사진을 찍었다. 12시에 이미 대기시켜 놓은 북한의 고려항공 소속의 비행기 안으로 들어갔다. 또 다른 사람들을 만났다. 북한에서 온 승무원들이었다. 상냥한 말씨지만 어딘가 어색했다. 오버코트를 받아주는 등 친절을 받았다.

문제는 좌석 배치였다. 나의 좌석표가 01C였는데 그 자리가 없었다. 01A, 01B가 들어가는 방향에서 보면 오른쪽에 위치해 있고 왼쪽에는

01D로 시작되었다. 그래서 차례로 물리는 방법으로 자리를 정돈, 나는 01D자리에 앉게 되었다. 이쪽에서 고려항공의 업무를 대행하는 아시아나에서는 한 줄에 6자리가 있는 비행기를 예상했던 것으로 보인다. 그러나 실제 들어가서 보니 원래는 여섯자리였는데 소위 1~2등 칸에 해당되는 자리에는 두 자리씩 줄여 4자리로 만든 것이었다. 한바탕 소동을 치르면서 생각하니 이런 것도 바로 분단이 가져온 소통의 불원활(不圓滑)함의 결과로구나 하고 생각하니 자그마한 일에서도 분단의 아픔을 느끼게 되었다.

비행기는 예정시간보다 약 15분쯤 일찍 움직이기 시작했다. 13시 5분 전에 날기 시작했다. 한 시간 남짓 걸리는 비행시간에 마냥 가만있을 수도 없어 옆에 있는 노인에게 인사를 했다. 침뜸학회의 김남수 옹이었다. TV 같은 데서 가끔 본 것 같았다. 자기 이야기를 많이 하는 어른이었다. 뒤에 들으니 그는 90세라고 한다. 그러면서도 정정한 모습이 마치 70을 갓 넘긴 분 같았다. 침뜸에 대해 물으니 기다렸다는 듯이 좍 설명을 했다. 그러나 나보다 나이 든 어른과 같이 앉았으니 마냥 물어볼 수도 없고 역사에 대해서는 별로 관심이 없는 것 같아서 무료하게 보냈다. 가져간 《소동파평전》(지식산업사, 1987)을 읽었다.

어느덧 엔진 소리가 약간 줄어들더니 곧 평양에 도착한다고 한다. 인천공항에서 출발하여 정확하게 한 시간 정도 걸렸다. 14시가 되기 전에 평양 순안공항에 도착, 의전 절차를 밟느라 비행기 안에서 잠시 기다렸다. 탑승구에서 내려 공항 청사까지 약 2백m가 채 되지 않았지만 버스를 이용하여 청사까지 갔다. 공항 청사 앞에 이르니 북측에서 조선사회과학협회 회장이요 남북역사가협회 준비위원장인 허종호 원사와 몇 분이 나와 있었다. 일행이 같이 사진을 찍고 귀빈실을 거쳐서 입국수속을 밟았다. 입국수속이래야 목에 건 명패와 소지품을 가지고 엑스레이 검사대를 거치는 정도로 끝냈다. 남측에서 오는 분들에 대해 최대한 예의

▲ 공석구 교수(한밭대)와 함께 김일성광장에서

를 갖춘 것이라고 할 것이다.

　비행기 안에서 당부한 대로 분승하여 평양 시내로 들어갔다. 양측 준비위원장이 탄 벤츠 330 승용차와 우리 측 다섯 대표와 안내원 도합 10명이 탈 수 있는 승합차형 버스, 그리고 대형 버스 3대와 신문사 사람들을 위한 승합차 한 대 도합 6대의 차량이 준비되었다. 시내로 들어오면서 보니 2001년 겨울에 왔을 때보다 나들이하는 사람들이 훨씬 많이 보였다. 입고 있는 옷은 전과 마찬가지였다. 집단으로 다니는 사람들이 많았다. 시내에 들어와서는 더욱 그렇게 보였다. 평양역을 지나 양각도 호텔로 방향을 트니 길을 파고 하수도관을 묻는지 길가에는 여러 사람들이 모여서 작업하고 있었다. 지난번에도 그랬지만 집단적으로 일하는 모습들이 자주 눈에 띄었다.

　간간이 평양 시내에 간이상점이 보였다. 소문대로다. 지난 2002년 여름에 왔을 때에 처음 본 것인데, 이 겨울에 영업을 하는지는 알 수 없으나 군데군데 간이상점 건물이 보였다. 최근에 여러 사람들이 평양을 보고 와서는 예전보다 경제가 나아지는 것 같이 보였다고 했으나, 거기에 대해 나는 반신반의했다. 그러나 잠시 본 인상으로는 내가 지난번에 본 경제 형편보다는 나아진 것 같이 보였다. 자전거를 이용하는 사람과 차량이 증가했음을 알 수 있었다.

양각도 호텔에 도착, 방 번호를 받았으나 공항에서 와야 할 짐이 늦어 예상보다 늦게 입실했다. 16시 10분에 만경대를 향해 출발한다는 것이 30분이나 늦게 출발했다. 김남수 할아버지가 깜박 잠이 든 모양이었다.

만경대 — 북한 분들은 '고향집'이라고 부른다 — 의 성역화는 더 잘 되어 있는 것 같았다. 많은 사람들이 몰려와서 그런지, 아니면 대부분 처음이 아닐 것이라는 것을 알아서 그런지, 안내원 동무들이 옛날과 같이 열심히 설명하려 하지 않는 것 같았다. 이건 뭐고 저건 뭐다 하는 식이었다. 나는 옆의 사람에게 저 정도의 가구를 갖춘 집이라면 내가 자란 경상도의 경우 중농(中農)과 같은 수준이라고 했다. 같이 갔던 북한 분들도 고향집에 대해 열심히 설명할 생각을 하지 않는 것 같았다. 왜 그럴까? 옆에 있는 사람들은 몇 년 전 강정구 교수가 방명록에 '만경대 정신' 운운하는 글귀를 적어 놓은 것과 관련이 있는 것이 아닌가 하는 추측을 했다. 그 뒤에 남측에서 오는 분들에게 만경대를 더 강조할 수 없게 된 것이 아닌가 하는 추측이다.

그런데 하나 이상한 것은 공항에서 오는 남측 인사들에게 만수대 김일성 동상 앞에 가서 경배시키는 것을 언제 그만두게 했느냐 하는 것이다. 그리고 만수대 동상 경배가 없어진 것과 만경대 고향집 방문을 강조하기 시작한 것이 관련이 있지 않나 하는 것이다. 만수대 경배는 사실 기독교인들의 거부와 밀접히 관련되어 있다. 그런 이유로 남측 인사들에게 일괄로 없앤 뒤에 그러면 고향집이라도 방문케 하자고 한 것이 아닌가 하는 느낌을 갖게 되었다.

"만수대 동상에 '알현' 하지 못하겠으면 차라리 만경대 고향집에라도 다녀오너라" 하고 방침이 바뀐 것이 아닌가 하는 느낌이다. 만경대 고향집 옆에도 관광객을 위한 물품판매소가 생겼는데 이것은 이전에는 도무지 상상할 수 없는 것이었다. 북한으로서는 성지와 같은 곳인데 그곳에 관광객을 위한 판매 시설을 만든다는 것은 정말 생각할 수 없다고 판단되었다. 이렇게 북한이 바뀌고 있다. 그만큼 외화벌이가 중요하다는 것이다. 외화벌이가 '고향집'의 신성성을 유지하는 것보다 더 급박한 상황이 되었음을 뜻하는 것은 아닐까? 안내원이 우리를 판매 시설이 있는 곳으로 인도하는 것도 어색하기 짝이 없다. 안내원도 스스로 한심스러웠는지 우리를 그곳으로 인도하고는 내빼듯이 그곳을 빠져나와 다른 곳에 가 있었다. 알 만한 심정이다.

양각도호텔에서 환영만찬이 있었다. 아세아태평양위원회 부위원장 이종혁이 나왔다. 주석단은 맨 뒤에 들어갔다. 앉아 있는 사람들의 열렬한 박수를 받으면서 들어갔다. 이런 의전에 어색한 나는 고개를 숙이고 들어갔다. 강만길 교수의 오른쪽에는 이종혁·주자문·허종호 순으로 앉았고, 왼쪽으로는 태형철 사회과학원장, 나, 오길방 김일성대학 제1부총장이 앉았다. 허종호 교수가 사회석에 나가 환영사와 건배 제의를 했다. 이어서 강만길 교수가 나가서 답사를 겸해 건배 제의를 했다. 그런 식으로 만찬이 시작되었는데, 한국 음식이지만 차례를 따라 나와서 얼마 안 먹어 배가 불렀다. 고생스러웠다. 9시가 넘어 끝났는데 나는 숙소에 돌아와 목욕하고 속옷을 빨아 넌 뒤에 책상 앞에 앉았으나 얼마 안 있어 식곤증에 떨어지게 되었다.

평양은 지금까지 얼마나 먼 땅이었는지 모른다. 아마도 세계에서 가장 먼 곳이었다. 그러나 오늘 같은 방식으로 접근하니 가장 짧은 거리였다. 앞으로 육로로 만나게 된다면 더 자주, 더 싼 비용으로 만날 수 있게 될 것이다. 만나서 이야기를 나누다 보니 정이 통하고 이해도 빨라진다.

태형철 선생과 오길방 선생에게 이것저것을 물었다. 태 선생은 자기

사회과학원 안에 13개 연구소가 있다고 했다. 역사연구소는 《조선전사》 간행 이후 분야사 70여 권을 간행했으며 그 뒤에 계대사(斷代史)를 계획, 지금 원고 일부를 정리하고 있는 단계라고 했다. 태 원장은 젊게 보였는데 김석형 이후의 원장이라고 했다. 뒤에 들으니 '혁명가족'이라고 했다. 그가 젊은 나이로 사회과학원장이 된 것은 바로 그런 이유라는 것이다. 오길방 부총장에게는 김일성대학의 현황을 들었다. 1만 2천 명의 학생에 8백여 명의 교수가 있다고 했다. 학생 선발을 어떻게 하느냐고 물으니 시·군에서 먼저 걸러내고, 각 도에서 또 선발하고, 뒤에 최종적으로 대학에서 또 선발시험을 치른다는 것이다. 한국의 입시제도 개선을 위해 도움 받을 수 있는 것이 있다고 보였다.

하루 일을 돌아보면서 하나님께 감사하다. 이곳에서도 평화의 사도가 되었으면 참으로 좋겠다는 생각을 하다.

2월 25일(수) 흐리고 오후에 한때 맑음. 아침에 일찍 일어나다. 그러나 아침에 바깥에 나갈 생각을 하지 못하다. 8시에 조식(朝食)하다. 뷔페로 된 식사는 다른 외국의 호텔에 떨어지지 않았다. 한국 음식이니 더욱 입맛에도 알맞았다. 찹쌀 인절미에 팥 고물이 있어서 우선 마음에 기뻤다.

이영학·안병우·고영진 등 후배 교수들과 함께 한 식탁에 앉았으나 고영진 교수를 알아보지 못해서 미안하게 되었다. 고영진 교수와 지난번 박찬승 교수께 부탁한 바 있는 《비변사등록》의 국역 문제를 다시 상의하다. 국편에서 1989년부터 이 번역작업을 시작했으나 지금까지 94책밖에는 내지 못했고, 올해도 국편 예산 4,300만 원을 가지고서는 95~98책을 번역하여 전자 편집하여 웹에 상제(上梓)하는 정도밖에는 할 수 없는 형편이다. 총 273책이 있는데 이런 식으로 나갔다가는 앞으로

▲ 정창규 소장(사회과학원 역사연구소)과 함께 고구려 강서대묘 앞에서

20년이 더 걸려야 완성할 수 있는 형편인지라, 박찬승 교수가 국편에 들렸을 적에 이런 문제를 상의한 바 있고 그는 학술진흥원의 번역 문제에 자문하고 있는 고영진 박사와 상의해 보겠다고 했던 것이다.

오늘 아침 그를 잘 알아보지 못한 것은 실수이지만 아무튼 그를 만나게 되어 다시 부탁을 하게 된 것은 다행이다. 그는 학진에서 국가출연 기관에까지는 연구비를 배정하는 것으로 알고 있지만 국편같은 국가기관에는 어떻게 되는지 알 수 없다고 하면서, 그런 규정이 법이 아니고 학진의 내부 규정이라면 융통성 있게 활용할 수 있을지도 모르겠다고 했다. 이것을 듣고 나는 오늘 학진 이사장에게 그 뜻을 전한 바 있다.

9시 10분에 인민문화궁전으로 갔다. 부관장이 나와서 인민문화궁전을 소개했다. 1974년에 개관한 이곳은 올해가 개관 30주년을 맞는 해이며 남북회담 등이 열렸던 장소라는 것을 설명했다. 주석단에 앉을 사람들은 다른 곳에 있다가 들어갔는데 북에서 이것이 일종의 의전이었음을 알게 되었다. 주석단에는 우리 측에 강만길 총장을 비롯하여 주자문 학진 이사장, 나, 이궁 SBS 대외협력국장 그리고 성대경 선생 등이 앉았고, 북측에서는 이종혁 아태 부위원장과 문영호 사회과학원 국어연구소장, 오길방 김일성대학 제1부총장, 허종호 준비위원장이 앉았다. 주석단에서 정면으로 보면 그 벽면에, '우리 민족 제일주의 기치 밑에 민족공조로 자주통일의 활로를 열어나가자!!'는 구호가 붙어 있었고, 왼쪽에는 '일본은 과거 청산을 철저히 하라!'라고 써 붙였고, 오른쪽에는 '일본의 '일본해' 단독표기정책을 준렬히 단죄한다!'고 써 붙였다.

동해 표기 문제로 열리는 이 학술회의는 9시 30분에 문영호 국어연구소장의 사회로 진행되었다. 강만길 선생의 인사가 있었다. 그는 동해를 일본해로 부르기 시작한 것이 1870년대부터라고 하면서 1920년대부터 정식으로 일본해로 표기하기 시작했다고 했다. 그는 어떤 바다가 양국 혹은 여러 나라 사이에 위치해 있을 때는 한 특정 나라의 이름을 가지고 바다 이름을 정하지 않는다고 하면서 그리스와 터어키, 북유럽의 경우 등을 들었다. 마찬가지로 동해의 경우도 마찬가지라고 했다.

'동해'라는 말은《삼국사기》를 비롯해서 〈광개토왕비문〉에 보인다고 하면서 그 역사적인 유래를 간단하게 말했다. "일본이 1920년대에 일본해로 한 것은 울릉도·독도를 자기들의 영토로 만들려는 의도와도 상통하는 것이라고 한다. 지금도 일본은 탈아시아를 고집하면서, 동아시아의 지역화에 방해 요인이 되고 있다. 최근 한반도의 화해 분위기가 주변국의 긴장을 불러일으키고 있다. 왜 그런가? 그것은 아직도 그들이 제국주의적인 행태를 벗어나지 못하고 있기 때문이다." 오늘 이 자리가 동해의 명칭을 바로잡는 좋은 기회가 되기를 기대하며 이 자리를 같이 기뻐하고 빛내 달라고 했다.

이어서 북측 준비위원장인 허종호 선생의 발표가 9시 48분부터 시작되었다. 그 또한 동해 표기의 정당성을 역사적으로 고증했다. 한국의 역사책뿐만 아니라 러시아도 동해로 표기했다는 것이다. 그는 이렇게 일본해라는 명칭을 동해로 고쳐 나가는 것을 민족적인 공조를 통해 이뤄나갈 뿐 아니라 미국의 핵 책동도 민족 공조로 풀어 가야 한다고 강조했다. 지식인들이 사명감을 가지고 국제적 여론을 일으켜 극복해 가야 한다고 강조했다. 일본은 경거망동하지 말고 과거를 청산해야 한다고 주장했다. 오늘 토론에 이어서 공동결의문까지 갖도록 하자고 주장했다.

10시부터는 서울대 이기석 교수의 발표가 있었다. 그는 지리학자답게 〈최근 '동해' 표기의 경향과 향후 국제표준화전략〉이란 제목으로 "국제표준화라는 관점에서 그동안 남측에서 '일본해'의 부당성을 지적하고 '동해'의 당위성을 주장해 왔는가"를 보고하는 내용을 주로 하여 발표했다. 이번 발표에서 가장 돋보이는 내용이었다. 사실 이번에 북쪽에서 '동해' 문제 학술회의를 하여 마치 북쪽에서 이 문제에 관해 많은 노력을 기울여 온 것처럼 보이지만 그동안 정말 노력한 것은 남측이었음을 오늘 학회에 참석한 이들은 알 수 있게 되었다. 남측은 주체성이 없고 북측만 주체성이 있는 것으로 되어 있지만 동해 문제에서만은 오히려 남측이 더 많은 노력을 기울였음을 알 수 있게 되었다.

이기석 교수 일동은 그동안 '동해연구회'를 만들어 국제적으로 노력한 그 결과를 잘 발표해 주었다. 마친 뒤 나는 이 교수에게 참으로 좋은 발표를 하게 되었다고 격려해 주었다. [발표 내용은 남측에서 만들어 간 자료집 《일제 약탈문화재 반환을 위한 남북공동 학술토론회 및 자료전시회》에 있다.] 발표 중 놀라운 것은 우리의 이런 노력이 국제적인 반향을 일으키고 있다는 것이다. 아이슬란드 근해가 덴마크 해라고 되어 있는데 우리의 그런 노력의 덕분으로 아이슬란드에서 '덴마크 해'를 정정해야 한다는 캠페인이 시작되고 있다는 것이다.

이어서 북측의 사회과학원 역사연구소 박사 이영환의 발표와 남측의 이상태 실장 및 북측의 사회과학원 역사연구소 근대사실장 공명성의 발표도 있었다. 대체로 북측은 고증이나 역사적 사실의 오류를 바로잡는 것보다는 일본의 강도적 범죄행위를 규탄하는 경향이 짙어서 정치적인 성격이 강한 반면, 남쪽의 주장은 비교적 차분하게 설득력을 가지려는 학문적인 성격이 강하다고 생각되었다. 11시 10분이 되자 오늘 공동발표문을 만들고 편지를 보내는 데 대해 지지를 호소하는 것으로 결의했다. 모두 박수로 그 문안 검토를 실무진에게 위임하는 것으로 했다. 매번 이런 식의 학술회의가 되풀이되어 온 것이다. 정치적 성격을 띤 학술회의라고 하지 않을 수 없다. 그리고 남북이 모일 때는 바로 이런 점을 감안하지 않을 수 없다고 할 것이다.

11시 30분경에 인민문화궁전을 출발, 모란각 앞에서 내려 을밀대(乙密臺, 盧相元 書)를 거쳐 옥류관으로 내려가 냉면을 먹었다. 안병욱 교수의 권유에 의해 100그램 짜리를 더 먹으니 배가 너무 불렀다. 꿩고기로 다진 완자를 먹지 않고 가려 놓았다. 한 냉면에 3개씩 들어서 6개를 가려 놓았다. 종업원에게 내가 왜 먹지 않는지를 설명했다. 2001년 설

▲ 일제의 약탈문화재 반환을 위한 남북공동 자료전시회에서 연설하는 필자
(평양 조선미술박물관, 2004년 2월 25일)

때에 와서 이 집에서 냉면을 먹고 식중독에 걸린 적이 있다는 것을 말했다. 그 아가씨는 나의 말에 당연하게도 당돌한 반응을 보였다. 그게 완자에 의한 배아픔(복통의 북한 말)인 줄 어떻게 아느냐 하는 식이었다. 이 집에서는 굉장한 프라이드를 갖고 있기 때문에 고객들이 이런 것을 말하면 오히려 그것을 말하는 고객에게 공격적으로 나온다. 이것은 아니다. 그렇게 하면 안 된다. 그러나 이들은 고객 우선의 배려를 전혀 의식하지 않으려 한다.

점심 뒤에 13시 30분부터 김일성광장 옆에 있는 조선미술박물관에 가서 '일제의 약탈문화재 반환을 위한 남북공동 학술토론회 및 자료전시회'를 했다. 외국어대학의 이영학 교수의 사회로 성대경 교수가 첫 인사말씀을 하고 이어서 내가 축사를 했다. 마이크가 잘 들리지 않는 것 같아서 큰 소리로 말했다. 써 간 원고를 읽는 형식을 취했다. 이어서 북측의 김은택이 구체적으로 일제가 문화재를 약탈해 간 것을 지적했다. 그의 지적에 따르면 10만여 점이 넘는다고 했다. 북측 인사들의 발표를 들으면서 생각하는 것이지만, 어느 정도의 확실성을 가지고 발표하는지 늘 의문스러웠다. 들으니 김은택은 김석형 선생의 아들로서 아버지의 학문을 계승토록 하기 위해 김일성대학 교수로 불렀다는 것이다.

이어서 서중석 교수가 일본의 역사왜곡뿐만 아니라 중국의 동북공정 등 역사왜곡에 대해 개탄하면서 이를 위한 남북 학자들의 공조를 강조했다. 그는 올해의 성격과 내년의 성격을 말하면서 남북공조의 필요성을 강조했다. 내년은 을사조약 100주년이 되는 해이자 조국 해방 60주년 그리고 한일 국교정상화 40주년이 되는 해임을 강조하면서 이를 위해서도 남북공조를 주장했다. 이어서 북측의 이준혁(사회과학원)과 남측의 최광식(고대 박물관장), 북측의 박학철(김일성대 역사학부 교원)과 남측의 안병우(한신대 도서관장)의 발표로 이어졌다. 안병우는 앞으로 일본과의 국교정상화 작업을 통해 문화재를 반환받고자 하면, 약탈

▶ 조선미술박물관 앞에서
명진 스님과 함께

문화재를 파악하고 문화재 목록을 신중히 조사하며, 1905년 이전의 것
도 조사하고, 개인이 약탈해 가져갔다가 국가 소유로 된 것이나 개인이
그대로 소유하고 있는 것 등을 반환받아야 하며, 협상과정에서 남북의
공조가 필요하다고 지적했다. 북한이 일본과 협상할 때 과거 남한이 겪
은 경험은 도움이 될 것이라고 했다.

학술토론회를 마치면서 15시 40분에 공동결의문을 남겼다. 남측의
조법종 교수와 북측의 리경식(사회과학원 역사연구소)이 함께 나가서
이 결의문을 낭독했다. 감격적이었다. 가끔 남북 사이에는 이런 감격적
인 순간들이 있지만 그것이 얼마 가지 않아서 다시 긴장관계로 바뀌고
만다. 남북이 민족 문제를 가지고 좀더 진지하게 앞날에 임해야 한다고
생각한다. 15시 45분에 남북공동 학술토론회를 전부 끝냈다.

이어서 남북공동 자료전시회에 참석했다. 이 전시 자료는 고대 박물
관에서 제공한 것이라고 했다. 이어서 이곳 미술박물관에 전시된 미술

품을 관람했다. 북측의 고구려 무덤에 있는 작품까지 합쳐서 많은 작품들이 전시되어 있었다. 나는 처음에 이곳에 전시된 것이 모두 진품인줄 알고 매우 흥분했다. 단원 김홍도의 작품도 23개가 있고 심사정의 것도 9개나 있는 등 나를 흥분시키기에 충분했다. 그러나 이곳에 전시된 것이 모조품이라는 말을 듣고 적이 실망했다. 그리고 보니 이 곳에 전시된 작품들의 보존 상태가 매우 좋지 않은 이유를 어렴풋이 알 수 있었다. 이 조선미술박물관에서 몇 시간 동안 학술회의를 하면서 영하 5도의 추위를 참았다. 북한의 경제 사정을 알게 하는 대목이다.

16시 55분에 교예극장에 가서 북한이 자랑하는 서커스를 보았다. 매우 훌륭했다. 평양교예단에 3개 팀이 있는데 오늘 공연한 것은 3조라고 한다. 1, 2조는 해외공연을 하러 나갔다고 한다. 교예극장에 가는 길에 길거리에 걸어 놓은 이른바 '삼대전선 총공세'에 주목하게 되었는데, 곳곳에 이 점을 선전 강조하는 내용이 눈에 띄었기 때문이다. '정치사상 전선', '반제군사 전선' 그리고 '경제과학 전선'의 세 개였다. 아마도 올해 투쟁의 목표가 아닌가 생각되었다. 이것으로 끊임없이 국가적 목표를 재확인하고 백성들의 정신을 집중화시켜야 할 것이다. 구호 정치를 하는 나라에서는 불가피하게 제시하지 않으면 안 되는 것이지만 이를 대하는 백성들은 피곤하지 않을까 걱정이다.

19시에 보통강호텔 식당에 와서 저녁식사를 했다. 2001년 1월에 이곳 보통강호텔에 왔을 때의 생각이 났다. 그때는 호텔의 모습이 건물은 컸으나 내장은 매우 초라하게 보여 인상이 별로 좋지 않았는데, 이번에 와서 보니 수리하여 매우 깨끗하고 내장도 훌륭하게 보였다. 그때 와서 커피를 마셨던 커피숍도 있어서 반가웠다. 오늘 저녁에 다시 오게 되니 감회가 새롭다. 북한에 가장 먼저 왔을 때 들렀던 곳이기 때문이다.

오늘 저녁 만찬 때도 역시 주석단 모임이 먼저 있었고 나는 거기에 끼어서 다른 분들이 자리를 다 잡고 난 뒤에 들어갔다. 오늘은 낮에 발표하고 사회를 본 남측 사람들도 주석단에 끼어서 같이 입장했고 주석단 식사 자리에 앉았다. 내 옆에는 문영호, 오길방이 앉았고 앞에는 이상태 실장과 서울방송의 이궁 선생이 앉았다.

문영호, 이상태, 이궁 선생과 함께 한국의 영문국호 문제와 관련하여 토론이 있었다. 나는 우리의 필요에 의해 '씨 코리어'를 주장한다면 괜찮지만 일본이 '씨 코리어'를 '케이 코리어'로 변개시켰기 때문에 바꿔야 한다면 거기에는 좀 더 확실한 고증이 필요하고 신중을 기할 필요가 있다고 말했다. 문영호 사회과학원 조선어연구실장은 처음에 자기도 그렇게 생각했지만 생각과 연구를 계속할수록 일본의 농간에 의해 국호가 바뀌었음을 확신하게 되었다면서 자기는 이 문제에 상당한 성과를 전망할 수 있다고 했다. 거기에 견주어 나는 우리의 필요란, 가령 올림픽에 공동참여할 때 혹은 통일을 이룩한 뒤 국호를 다시 참신하게 할 필요가 있을 때 '씨 코리어'로 해야 할 것이라고 했다.

오늘 저녁은 21시가 넘어 22시가 거의 되어서 만찬이 끝났다. 돌아와 피곤했지만 김광운 박사를 찾아 혹시 돈이 좀 더 필요하지 않은지를 묻고 이번에 이곳에서 만나야 할 사람들에 대하여 점검했다. 당역사연구소에서는 아직도 아무런 연락이 없다고 한다. 이곳의 생리상 그들과 접촉하도록 알선해 주지 않을 것이다. 서로 경쟁관계에 있다는 것 외에 이곳 체제의 조직을 보더라도 기대할 수 없는 것이 아닌가 생각된다. 이런 학술회의에 와서 학술회의 이외의 업무를 본다는 것은 기대할 수 없을 것이라는 것을 확인하고 가게 될는지도 모른다. 그러다 보니 밤 12시를 넘어 잠자리에 들었다.

2월 26일 (목) 맑음. 엊저녁 일기예보에 어제 보다 3~4도 정도 더 추울 것이라고 해서 긴장하고 있었는데 예보와는 달리 춥지 않았다. 아침에 나갈 때에 속에다 잠옷을 껴입고 나갔는데, 남포(南浦)와 같은 바닷가에서는 오히려 더워서 견디기 힘들 정도였다.

아침 7시 10분까지 집합하라는 요청에 따라 6시 30분부터 조식을 시작했다. 예보된 시각에 내려갔지만 7시 40분에 출발했다. 오늘은 강서(江西) 무덤과 남포의 갑문을 관람한다고 했다. 광복거리를 거쳐 바로 남포행 고속도로에 들어섰다. 10차선의 고속도로가 훤하게 뚫려 있었다. 곳곳에는 '삼대전선 총공세'가 붙어 있었다.

옆자리에서 우리와 동행하고 있는 정창규 역사연구소장에게 말했다. "'삼대전선' 중에서 '경제과학 전선'이 다른 '정치사상 전선'이나 '반제군사 전선'보다 앞서 놓는 것은 힘들겠지요?" 대답은 뻔했다. 미제가 그나마도 우리를 두려워하는 것은 정치사상적으로 굳게 단결하고 반제군사 전선을 굳게 지키고 있기 때문이라고 했다. 나는 아무리 정치사상의 구호가 거창하고 반제 군사력을 키워야 한다고 하지만, 경제과학의 힘이 뒷받침되지 않고서는 불가능할 것이라고 강조했다. 정 소장은 "러시아를 보십시오. 그 나라는 결국 정치사상의 전선이 무너졌기 때문에 결국 나라도 저 꼴이 되지 않았습네까?"라고 했다. 나는 고르바초프가 등장한 뒤 그는 누구보다 러시아의 생산력(경제력)으로 더 이상 군사무기를 만들면서 미국과 경쟁하는 것이 불가능하다는 것을 실감하고 개혁개방을 시도하다가 무너진 것이라고 설명하고, 고르바초프의 이런 결단이 단기적으로는 소연방의 해체를 가져왔지만 러시아의 진실을 적나라하게 드러내어, 핵무기를 갖고 있는 등의 군사력이 있을 때 러시아가 외세를 걱정하지 않고 생산력을 높이는 경제개혁에 도전하도록 만들었다고 설명했다.

나는 정 소장에게 "내가 관여할 문제가 아니라"는 것을 강조하면서 조심스럽게 '경제과학'을 우선시하고 그것의 발전을 통해서만 한 나라의 주체성을 지켜 나갈 수 있을 것이라고 했다. 정 소장과 대화하면서 북한의 지식인들도 국가의 시책을 무조건 옹호하고 변호하는 처지에 있다는 것을 실감했다. 우리 같으면 지식인들의 사명이란 비판에 역점을 두기 때문에 잘못되었다 싶으면 비판하는 것을 서슴치 않는데 말이다. 익히 알고 온 것이지만, 여기서도 북한 체제가 우리와 다르다는 것을 이해할 수 있었다.

훤하게 뻗은 고속도로를 달렸지만 상대편에서 오는 차량이 거의 없었다. 나는 또 정 소장에게 말했다. 고속도로가 시원하게 뚫려서 대단히 좋게 보이지만, 남쪽 같으면 이런 고속도로를 두고 지식인들이 가만 있지 않을 것이라고 했다. 10차선이나 되는 이런 고속도로를 뚫어 놓고 이용하지 않는다면 왜 급하지 않은 일에 돈을 쏟아 부었느냐 하면서 곧 비판하게 될 것이라는 것이다. 이렇게 말하니 정 소장은 예상했던 대로, "다 앞을 내다보고 한 것"이라는 식의 경륜론을 말했다. 나는 그 어느 때인가는 이 고속도로가 매우 유용하게 사용될 것을 확신하지만, 도로란 이용하지 않으면 자연적으로 소모되는 경우도 없지 않는데, 사용하지 않는 것을 막대한 돈을 들여 건설해 놓고 나중에 막상 사용하려는 시기에 이르게 되면 또 돈을 들여 수리해야 할 터인데 그것은 몇 겹으로 낭비하는 것이라고 했다.

"남쪽 같으면 필요가 최대한 생기면 그런 수요에 따라 건설하곤 하는데, 그렇게 해서 건설하려고 하면 땅값이 올라 거기에도 문제가 없지 않지만, 낭비적인 요소는 그만큼 줄일 수 있다"고 했다. 재화란 돌고 돌아야 하는 것이다. 그런데 "이렇게 고속도로를 건설해 놓고 이용하지 않으면 돈을 어느 곳에 쏟아 부었는데 그것이 거기서 돌지 않고 멈춰 있는 것이나 다름없다"고 했다. 몸에 비유한다면 동맥경화에 걸려 혈액이 돌지 않는 것이나 다름없다. 그렇게 되면 온몸에 이상이 오듯이 경제에도 주름살이 오게 마련이다. 앞으로 외국과의 교역이 활발해지면 이 고속도로를 놓은 것에 대해서 선견지명을 말하는 때가 올 것이다.

그러나 지금의 형편으로 말하면, 이렇게 활용되지도 않고 방치하다시피 한 고속도로의 모습이 경제 건설을 효율적으로 혹은 선견지명 아래 계획하여 이룩한 성과라고는 할 수 없다.

강서군에 이른듯, 차는 고속도로에서 지방도로로 들어섰다. 한참을 가니 덕흥리라고 했다. 북에서는 군 밑에 바로 '리(里)'를 행정단위로 두었다고 한다. 남쪽에서 보는 바와 같은 '면(面)' 단위의 행정단위는 없어졌다고 한다. 8시 25분경에 덕흥리 고분에 이르렀다. 공석구 교수의 설명이 있고 난 뒤에 이곳 묘소 해설위원의 설명이 있었다.

공 교수의 설명이다. 1976년에 발굴된 이 묘는 주인공 '진(鎭)'이 유주자사(幽州刺史, 오늘날의 도지사 격으로서 중국의 동북지방을 다스리고 있었다)로서 13군의 태수의 조공을 받는 그림이 이곳에 있다는 것이다. 묘지명이 있는데, 영락 18년(408년)에 해당하며 진의 고향은 신도이며 관작은 유주자사로서 국소대형(國小大兄)이라는 관직을 가졌던 인물이라는 것이다. 남측 해석은 진(晋)이 중국에서 망명한 그에게 고구려가 국소대형이라는 벼슬을 주었다는 것이다. 이 시기의 그림에는 대부분 부부상이 보이는데, 부인의 상이 보이지 않는다.

이어서 공 교수는 강서대묘(江西大墓)에 대해서도 설명했다. 그 안에는 사신도(四神圖)가 보이는데, 사신(四神)은 중국에서 들어온 관념으로, 별자리 28숙(宿)의 방위 관념이 사신 관념으로 발전하고 수호신으로 되었다. 이 사신 관념은 고구려에 들어와 문화적으로 승화하게 되었는데, 6세기 중엽이 되면 고구려적인 것으로 드러나게 되었다. 그러나 중국에서는 한(漢)나라 초기까지 있다가 없어지게 되었다. 따라서 사신도가 나타나면 고구려적인 것이라고 할 수 있는데, 강서대묘의 경우는 사신도의 최고봉이라고 할 수 있다. 중국은 2001년 북한이 고구려의 유적을 유네스코에 세계문화유산으로 등재하려고 할 때, 사신도가 정말 고구려의 독특성[眞正性]을 보여 주는 것이라고 할 수 있느냐고 논란하

▲ 강서대묘 앞에서 강만길 남북역사학자협의회 남측 대표와 함께

면서 따진 적이 있었다고 한다.

북측 해설가(최인곤)의 설명이 있었다. 모든 곳에서 그렇듯이 김일성·김정일의 유적 보관에 대한 훈시를 전한 뒤, 이 무덤에 대한 설명을 했다. 408년에 이룩된 고구려 유주자사 진의 무덤이며, 머리에 쓴 관은 청라관(靑羅冠)으로 한(漢)의 대신임을 알 수 있다. 돌칸무덤으로 된 이 무덤은 궁륭식 평형으로 되어 있으며 전실과 후실로 나눠져 있다. 수렵이나 활쏘기 등 무술경기 등은 고구려의 상무정신을 잘 나타내 주고 있으며, 6백여 자로 된 명문과 함께 주인공의 이력이나 생활 등을 잘 보여주고 있다. 주인공 진은 신도현(信都縣) 사람으로 77세에 사망했는데, 운중 박천리라는 것으로 보아 평안도 즉 고구려 사람이었으며, 비록 타향에서 벼슬살이를 했지만 고향에 돌아와서 묻히게 된 것을 보여 준다고 한다. 이 무덤을 축조하는 데는 1만 명 이상의 인원이 동원되었음을 알 수 있다. 13개군은 연군 북평 등이 포함되어 있으며 75개 현을 다스렸다고 하는데, 여기서 그 지역이 지금의 북경 근처인 것으로 보아 고

구려는 지금의 중국까지 다스렸음을 알 수 있다는 것이다.

9시 30분 덕흥리 고분을 출발하여, 1.5㎞ 떨어진 강서 세무덤[三墓]으로 갔다. 세무덤의 이름을 따서 아예 행정구역명도 강서군 삼묘리였다. 덕흥리 고분을 볼 때 백여 명이 한꺼번에 움직이기가 힘들어 반씩 나눠 후반은 강서 삼묘를 보도록 먼저 보냈으나, 그곳에서 30분간이나 보지 못한 채 우리가 갔을 때에 겨우 마친 상태였다. 그 때문에 시간이 늦어져서 결국 그들 가운데 일부는 남포 갑문을 보든지 덕흥리 고분을 보든지 선택하지 않을 수 없게 되었다.

이렇게 된 것은 전적으로 북측 일꾼들이 일을 조직적으로 하지 못했기 때문이다. 우리가 강서 삼묘에 이르렀을 때만 해도 그들이 덕흥리로 갔으면 충분히 덕흥리 고분을 보고 합류하여 남포 갑문을 같이 볼 수 있었을 것이다. 하여튼 10시경에 우리는 강서 삼묘 가운데 대묘만 보고, 삼묘리 인민위원회 앞길에서 덕흥리 고분을 보여줄 수 있다느니 없다느니 하는 분쟁을 거의 15분 이상이나 속수무책으로 봐야만 했다. 아마 이때라도 북측 일꾼들이 마음만 잘 먹었다면 덕흥리 고분을 충분이 보여 줄 수 있었을 것이다.

중묘와 소묘는 아예 볼 생각을 하지 못한 채 15분간 삼묘리 인민위원회 건물 앞에서 머물며 근처에 써 놓은 현수막을 보기도 하고 근처의 삼묘리 강서 분묘군과 멀리 떨어져 있는 덕흥리 고분을 사진을 찍었다. 옆 담벼락 위에 붙여 놓은 '위대한 장군님의 추억속에 영생하는 열혈충신이 되자!!'라는 구호는 아무래도 중세봉건 사회를 연상케 하는 것이어서 이 사회가 어떤 시대에 살고 있는지를 실감케 했다. '열혈충신'이라는 구호를 보고서도 아무런 감각이 없다면 민주주의 시대에 산다고 할 수 없을 것이다. 인민학교 담벼락에 써 놓은 구호도 참으로 나이브하게 보였다. '조선을 위하여 배우자!!' 구호의 나라에서 구호에 대한 새로운 감각이 필요하지 않나 하는 생각이 순간 지나갔다.

10시 15분에 삼묘리를 출발, 다시 고속도로로 나와 남포로 향했다. 11시 30분경에 남포 언제(堰堤) 입구에 도착, 림성숙이라는 해설원의 설명을 들으며 8㎞의 언제를 건너갔다. 언제 내외의 수면 차이는 심할 때는 7m까지 난다고 한다. 남포의 언제와 갑문은 1982년 5월 22일에 공사를 시작하여 1986년 6월 24일에 완성했는데 남쪽은 황해도 은률군이라고 한다. 이곳은 지난 2001년 그 추운 날에 다녀가면서 비교적 자세히 적어 놓았기 때문에 이번에는 자세히 적지 않았다.

　이 제방을 쌓고 갑문식의 수로를 만든 것은 홍수가 나고 밀물이 들이칠 때는 서해의 해수가 평양 근처까지 올라가기 때문에 대동강 물을 음료수나 농작에 사용할 수 없게 되기 때문이라고 한다. 세 갑문은 2천 톤, 5만 톤, 2만 톤의 배가 지나갈 수 있도록 되어 있다는 것이다. 수위를 조절하기 위해서는 15개의 수문이 있고, 고기를 위해서는 어수로(魚水路)가 따로 있다. 고기들은 이 길을 통해 대동강으로 올라간다고 했다. 배가 갑문을 통과하는 시간은 45분 걸린다고 한다. 우리가 설명을 들은 피도(避島)에는 서해갑문 개통을 기념하는 기념탑이 있었다. 날씨가 맑아 사진 찍기에 알맞았고 공기 또한 서해에서 불어오는 바람으로 하여 매우 청순함을 느낄 수 있었다.

　13시 20분에 출발하여 14시 20분에 통일거리 평양단고기집에 이르러서 부위별로 3코스로 개고기를 먹고 개장을 들었다. 육수를 부어 주어서 시원하게 먹었다. 달라진 환경을 엿볼 수 있었다. 그것은 접대원들이 매우 친절하다는 것이며 자본주의적인 봉사정신을 배워 가고 있다는 것이다. 14시 30분경에 단고기집에 부설된 매점에 들어가 손자와 손녀를 위해서 옷 두 벌을 18유로를 주고 샀다. 떠날 때 단고기집의 전 봉사원들이 나와서 손을 흔들며 환송해 주었다. 저들이 자발적으로 한다면 바로 자본주의를 배워가는 것이지만 위에서 지시해서 한다면 직장에서 또 하나의 자그마한 독재권력을 구축해 가는 것에 불과하다.

14시 35분에 출발, 조선역사박물관으로 왔다. 원시시대부터 시작하여 북측에서 보는 현대사, 즉 혁명의 역사 이전의 역사를 전시하고 있었다. 북한이 자생적인 인류를 갖고 있다는 데서 원시시대가 시작하여, 단군조선이 세워지고, 그 뒤에 부여·고구려·진국으로 나눠졌으며, 고구려를 계승한 발해와 신라의 남북국 시대를 거쳐, 고려가 최초의 통일국가를 건설한다는 것이었다. 신라에 의한 삼국통일을 부정하고 고구려·발해·고려로 계승되는 정통성을 중시하는 역사인식 위에 서 있다고 할 것이다. 고구려 시대에 해당하는 시기에 발해와 신라·가야는 한 방에 전시되어 있었다.

역사를 왜곡하고 있다고 보이는 이런 현상을 그들은 교묘하게 위장하고 있다고 생각되었다. 그러나 점잖은 남측 역사학자들은 이에 대해 아무런 언급을 하지 않은 채 지나가고 말았다. 역사박물관을 나와 버스를 타는데 그 대각선으로 맞은편의 노동당사인 듯한 건물에 마르크스와 레닌의 사진이 양쪽에 걸려 있는 것을 보았다. 주체성을 강조하는 이 나라에서는 매우 이례적으로 느껴졌다.

15시 46분경에 박물관을 출발, 양각도호텔에 도착, 17시 50분까지 쉬었다. 다른 분들은 16시에 도착하여 정장으로 갈아입고 곧 나와 만경대 소년학생궁전으로 갔다. 나는 소년학생궁전의 기예와 예술공연을 두어 번 보았기 때문에 가지 않겠다고 했다. 김광운 군은 내가 가지 않으려는 이유를 여러 번 보았다는 데 두면 저들이 싫어할는지도 모르니 그냥 몸이 불편해서 가지 않겠다는 것으로 하자고 했다. 그런 뒤에 나는 내 방에서 일기를 정리하려고 했다. 그런데 오늘따라 내 방을 정리하는 분이 나의 와이셔츠를 빨아서 다림질해 가지고 왔고, 다시 물 주전자를 가지고 또 방에 왔다. 때문에 쉬지 못했다. 거기에다 김광운은 밖에서 저녁시간에 나를 데리러 올 터이니까 쉬고 있으라고 또 전화했다. 그 바람에 정말 쉬지 못하고 긴장하고 있었다.

17시 50분에 북한 측 안내자들로부터 연락이 있었다. 합류하는 마지막 팀이 가게 되니 같이 가자는 것이다. 내가 여기서 저녁을 혼자서 먹겠다고 하면 또 여러 소리를 할 것 같아, 하는 수 없이 같이 가기로 했다. 가서 보니 저녁식사 하는 식당이 아니라 만경대 소년학생궁전이었다. 그들은 곧 끝날 터이니 잠시만 들어가 있자고 했다. 이렇게 쉬는 자유마저 맘대로 할 수 없는 환경을 느끼게 되었다. 제자 박혜숙도 잠깐 잠을 자다가 일행과 함께 가지 못했는데 나와 함께 가서 공연을 보게 되었다.

공연은 거의 막바지에 이른 것 같았다. 그들의 깜찍한 모습들이 도무지 어린이들 같지 않아서 지난번에 나는 더 이상 보지 않겠다고 맘먹었던 것이다. 오늘 봐도 마찬가지다. 이걸 예술의 이름으로 봐야 할 것인가? 나는 자신이 없다. 저녁에 민족식당에 가서 허종호 선생이 오늘 공연에 대한 감상을 묻기에 아이들의 재주에 놀랍기도 하고 한편으로는 애련하기도 하다고 했다. 왜 애련하게 느꼈는가 묻기에, 어린아이들이 어린아이들답게 행동하고 예술적인 행위를 하는 것이 정상적일 터인데 그들은 오히려 어른 흉내를 내고 있어서 예술이라는 이름으로 용납할 수 없다고 했다. 허 선생은 예술이란 반복과 피나는 연습을 통해 향상되는 것이 아닌가 하고 말했다. 더 이상 소모적인 논쟁에 휘말리기 싫어서 어린이 예술론 토론을 그만두었다.

19시가 채 되지 않아서 민족식당에 이르렀다. 음식도 서비스도 한민족식으로 하겠다는 것이다. 정말 소비자들이 왕 같은 대접을 받는 곳이다. 음식을 먹는 동안 무대에서는 한민족의 노래를 악기의 반주에 맞춰 계속했다. 주로 계몽기의 우리 귀에 익은 노래를 가수들이 나와서 생음악으로 들려주었다. 나는 밤무대가 어떤 것인지 알 수 없으나 서울의 밤무대가 바로 이런 것이 아니겠는가 하고 말했다. 여러 가지 음식이 나온 뒤에 냉면이 나왔다. 매우 매웠다. 함흥식 냉면에 가까웠다. 가수들이 다 나간 뒤에 지배인이 나왔기에 다시 음악을 요청했다. 지배인이 종업원 중에서 몇몇을 부르니 나와서 노래도 부르고 바이올린을 키기도 하고 가야금을 연주하기도 했다. 가야금 연주자는 옛날 어릴 때에 서울에 와서 어린 몸으로 가야금을 연주하여 깜찍한 모습을 보였다고 했다.

마친 뒤에 나오는데 우리 일행 중에서 어느 사람이 날더러 북한 여성과 같이 사진을 찍으라고 권했다. 알고 보니 조금 전에 바이올린을 키던 최진희였다. 그 남쪽 분은 최 양에게 오늘 이곳에 오신 분 중에서 가장 높은 분이라고 하면서 사진을 같이 찍으라고 했다. 나는 최 양을 격려하고 나왔다. 그런 상황에서 무슨 말을 해야 격려가 되는지 알 수 없었다. 그저 이런 체제 속에서 가냘픈 손가락을 가지고 바이올린을 키는, 바이올린으로 가능성이 보이는 최 양에게 무슨 말이 격려가 될 것인지 그 말을 찾지 못한 채 말을 잇지 못했다.

21시 30분쯤에 양각도호텔에 도착, 젊은 학자들이 '청량음료'를 한 잔 사달라고 하면서 나에게 은근히 다가왔지만 모른 척했다. 나중에 방에서 생각하니 한잔 사는 것이 좋겠다 싶어 옷을 갈아입고 나가 김광운 연구사를 찾았다. 그러나 지금까지 평생 하지 않던 짓을 오늘 저녁 이곳에서 굳이 할 필요가 무엇인가 하고 스스로에게 반문하면서 중지하고 말았다.

일기를 정리하고 시계를 보니 벌써 12시가 넘었다. 피곤한 하루였지만 보람된 날이었다. 덕흥리 고분과 강서 고분은 이젠 다시 찾지 못할 것이다. 그만하면 흥분할 날이 아닌가.

2월 27일 (금) 맑음. 아침 6시에 일어나 어제 못다 쓴 일기를 정리하다. 8시에 식당에 내려가 식사하다.

일행 중 손장래라는 분은 1980년대에 합참 전략기획국장을 지낸 분으로 당시 남북관계 등에 대해 경험이 풍부한 분이다. 본인의 말로 자기가 장성이었을 때에 임동원이 대령으로 자기를 도왔다는 것이다. 그는 강제규 감독의 〈태극기 휘날리며〉라는 최근 흥행하는 영화의 제목이 갖는 함의를 이렇게 풀이했다. '태극기 휘날리며 얼마나 못할 짓을 했는가?' 이것이 이 영화의 진정한 제목이라고 했다. 그렇다. 많은 사람들이 그 영화 제작자가 의도한 진정한 뜻을 모르고 영화감상을 하고 있다는 것이다. '태극기'라는 명분과 대의 뒤에 숨겨진 수많은 비리와 범죄적 행위를 그는 고발하고 있는 것이란다. 다시 말하면 어떤 당위적인 정당성을 내세우고 무수한 비리를 그 뒤에 감춰 버리는 현실, 특히 민족주의를 고발하고 있는 것인지도 모른다.

손 장군의 말 가운데 가장 중요한 것은 이렇다. 1974년 5월 럼즈펠트 미 국방장관과 한국의 서종철 국방장관이 하와이에서 가진 회담에서 그가 통역을 했는데, 럼즈펠트가 "한국이 핵을 보유하게 되면 참으로 불행한 일에 직면하게 될 것"이라고 하니, 국방장관 서종철은 손 장군에게 이렇게 말하라고 했단다. "우리는 핵을 가질 능력도 없고 가질 필요도 없다"라는 것이었다. 당시 박정희는 핵을 개발하고 있었는데도 말이다. 그와 꼭 같은 대답이 18년 뒤에 북한의 김일성으로부터 나온다는 것이다. 미국이 핵 문제를 추궁하자 북한은 한국이 18년 전에 미국에 답한 것과 꼭 같은 대답을 하더라는 것이다. 이것이 불행이 반복된 원인이라고 말했다. 어떻게 그렇게 꼭 같은 대답이 나올 수 있는가 하는 것이었다. 그러나 그것은 되풀이된 사실이었다.

아침 8시 30분부터 관광이 시작되었다. 많은 사람들이 묘향산을 향해 출발하고 약 35명 정도가 평양 시내 관광에 나섰다. 나는 후자를 택했다. 묘향산에 가 보지 않았지만 오늘 오후에 인민대학습당에 간다고 했기 때문이다. 먼저 동명왕릉(東明王陵)으로 갔다. 9시 10분에 왕릉

▲ 백영서 교수(연세대)와 함께 강서대묘 앞에서

앞 주차장에 도착, 안내원의 설명을 들었다. 고구려사의 기년을 달리하고 있음이 보였다. 고주몽(高朱蒙)의 생년을 BC 299년으로 잡았고, 고구려 건국을 BC 277년으로 잡았으며, 역대 왕의 세계(世系)를 33대로 잡았다. 《삼국사기》에서 언급한, BC 37년에 건국했고 27왕이라는 것은 이미 파기된 적이 오래다.

　정창규 역사연구소장에게 이런 문제에 대해 물었다. "지난날 단재 신채호 선생이 고구려 역년이 삭감되었다는 것을 주장한 적이 있고 그 삭감 연대가 대략 120년 정도로 했던 것 같은데 그것을 알고 있는가? 과거 《역사과학》(북한에서 간행하는 역사 관련 학술지)을 보니, 단재 신채호와 같은 주장을 편 사람이 있던데, 유감스럽게도 그는 단재 신채호를 전혀 인용하지 않아 그 학문의 창조성에 대해 의심을 가진 적이 있었다. 만약 그가 단재 신채호의 주장을 미리 살피지 않았으면 그것도 문제거니와 그가 단재 신채호의 주장이 있다는 것을 알고도 그의 논문에서 전거로써 제시하지 않았다면 그것은 더 문제다, 이것은 학문의 양심의 문제다"라고 했다. 그는 어물어물 그냥 넘겼다. 하여튼 그들은, 단재의 학설을 봤든 아니든, 고구려의 초기 연대가 삭감된 것으로 보고 아예 240년을 올려 버렸음을 알게 되었다.

역사적인 정황으로 보면 고구려가 신라(《삼국사기》에는 BC 57년에 건국했다고 기록되어 있다)보다 일찍 건국되었을 것이라는 것은 의심되지 않는다. 다만 신라 중심의 역사 인식을 했던 김부식이 신라의 건국을 고구려보다 높게 올려놓았던 것이다. 자, 고구려를 저렇게 높게 올려놓으면 백제는 어떻게 되나? 백제는 바로 주몽의 아들이 내려와 건국한 것으로 되어 있으니 말이다. 물었다. "이렇게 고구려의 기년을 높이 올려 잡는 분들의 주장을 어디서 볼 수 있는가?" 하는 것이었다. 그는 손영종 선생이 쓴 《고구려사》 1~3권(이 중 3권은 '고구려문화사'라고 한다)이 있는데 거기에도 그렇게 써 놓았다고 한다. 나는 다시 말했다. 실학시대에 신경준 같은 분이 두 개의 고구려를 말하는 '양구려사(兩句麗史)'를 주장한 적이 있고 그것은 고주몽과 동명왕을 달리 보는 데서 시작되고 있음을 말했다. 아마도 이런 것까지 합쳐서 그들은 고구려사를 그렇게 높이 올려 정리한 것으로 보인다. 하여튼 이렇게 다른 역사인식을 하고 있는 것이 사실이다.

어제 역사박물관에서 본 바와 같이, 북한은 우리 민족의 기원도 독자적인 기원설을 주장하고 있으며 이를 민족적 주체성의 근거로 삼고 있는 듯하다. 언어가 달라지고 역사마저 달라지고 있다. 한 민족의 민족됨의 근간이 흔들리고 있다. 이대로 몇 년 더 가게 되면 완전히 이질화된 역사를 갖게 될 것이다. 여기에 문제의 심각성이 있다고 할 것이다. 역사의 체계화뿐만 아니라 개별적인 역사인식에서도 이렇게 견해를 달리하는 부분이 많아지고 있다. 같은 민족이라면 역사를 공유할 필요가 있다. 완전히 일치되지는 않는다 하더라도 견해를 달리하는 부분은 토론을 통해 남겨져야 하는 것이다. 그러나 지금은 전혀 그렇지 않다. 남쪽에 고구려연구재단이 섰다고 하나 문제의 심각성은 이제부터 노출될 것으로 보인다. 국사편찬위원장으로서 나의 책임도 느껴지게 되었다.

동명왕릉 입구에 이르니 김일성이 썼다는 '東明王陵 改建紀念碑'라고 한자로 된 비가 서 있었다. 고려 때부터 이곳에 동명왕릉이 있었다는 것은 알려져 있었다고 한다. 동명왕릉으로 들어가는 길가에는 문무(文武) 호석(護石)이 즐비하게 늘어 있었다. 그것을 보면서 과연 과거 고구려 때도 저런 호석들이 있었을까 하는 의심을 하게 되었다. 그 좋은 예로 광개토왕릉이나 장수왕릉을 들 수 있을 것이다. 그런데 아무리 개건했다고 하지만 문무호석을 저렇게 세워 놓으니 고구려식 무덤이라는 생각이 들지 않는다. 우리는 동명왕릉 뒤에 있는 횡혈식 무덤에 들어가 내부 구조가 고구려 무덤인 것을 확인했다.

동행 중이던 안병욱 교수가 날더러 "저기 태학박사 이문진(李文眞)의 무덤이 있으니 가 봅시다"라고 해서 정병준 교수 등과 함께 갔다. 어설프게도 앞에 세운 석비에 그렇게 써 놓았다. 뒤에서 안내원은 곧 돌아가야 한다면서 그쪽으로 가지 말라고 아우성이었다. 잠시 보고 사진 한 장 찍고 돌아왔다. 온달과 평강공주의 무덤이라는 곳에 이르러 일행과 합류했다. 그들은 고증이 전혀 되지 않은 채 이곳 저곳에 이름을 붙여 놓았다. 근거 없이 저렇게 붙여 놓으면 어떻게 하나 하는 우려를 금치 못했다. 꼭 쓰고 싶으면 '傳 太學博士 李文眞 墓' 정도로 써야 한다고 생각되었다. 동명왕릉 주변에 있다는 다른 무덤에 써 놓은 이름들 앞에도 아마도 꼭 같이 '傳'이라는 글을 새겨야 되리라 생각되었다. 그렇게 해서 '태학박사 이문진의 것이라고 전해지는 묘' 정도 이상으로 인식토록 하는 것은 곤란하다고 생각되었다.

그 말을 하니 정창규 소장은 "말씀이 맞지마는 인민들에게 그렇게까지 써서 설명할 필요까지야 있겠느냐"는 대답이었다. 생각해 보면 정 소장은 이번에 계속 나로부터 핀잔만 받은 셈이다. 너무 다그친다고 생각되어 더 이상 그에게 책임 추궁하는 식의 발언은 하지 않아야겠다고 생각했다.

다시 입구 쪽으로 나오다가 동명왕릉 개건 때에 함께 재건한 듯한 정릉사(定陵寺)에 들어갔다. 개건할 때에 파편들이 많았고 터도 보였다는 설명이다. 그대로 재건했다는 것이다. 절의 모습이 이상했다. 입구에서 들어가면 가운데 탑이 있고 그 뒤에 보광전(普光殿)이 있고 보광전에서 바라보면 왼쪽에 용화전(龍華殿)이 있고 오른쪽에 극락전(極樂殿)이 있었다. 이런 가람배치가 합당한 것인지 일단 의심해 봤지만 전문가가 없었다. 용화전이라면 미륵을 모신 곳이 아닌가 하는 생각이 들었다. 나오다가 절 안의 행랑에서 팔고 있는 수석을 30유로를 주고 하나 샀다. 묘향산석(妙香山石)이라고 했다. 위원장실에 하나 갖다 놓을 필요도 있겠다 싶었다. 평양으로 돌아오는 길에 여기가 어디쯤 되는가 하고 보니 원산이라는 이정표가 보이고 중화군 역포구역이라는 팻말이 보였다.

11시 5분 전에 평양 시내에 들어와 지하철을 타기로 했다. 부흥역에서 한 정거장을 가서 영광역에서 내렸는데 고려호텔 바로 근처였다. 설명을 들으니, 지하철은 지하 1백m 정도에 건설되었고, 1968년에서 1973년까지 5년간 건설했으며 총연장 36㎞에 20개 역, 천리마선과 혁신선 두 노선이 있다는 것이다. 하루에 40만 내지 50만을 수송하며, 여름에 시원하고 겨울에 따뜻하기 때문에 많이 이용한다고 했다. 지하철로 내려가는 에스컬레이터가 너무 길어서 1백m가 넘는 것이 아닌가 하는 느낌을 받았다. 전해지는 말에 의하면 핵전쟁에 대비한다는 뜻도 있었다는 것이다. 이렇게 깊은 곳에 판 것을 보니 아마도 터널공법을 이용한 것 같다고 했다. 자연스럽게, 땅굴을 잘 파는 곳이니까 이런 것은 쉬웠을 것이라고 했다.

11시 30분부터 13시 30분까지 숙소인 양각도호텔에서 점심을 먹고 자유시간을 가졌다. 오후 1시 50분에 인민대학습당에 도착, 아래위층을 다니며 설명을 들었다. 1억 달러의 건설비를 들인, 지하 3층 지상 7층의 건물에는 3천만 권이 들어가는 장서고(실제로는 그 90퍼센트까지 차 있다는 대답이다), 6백여 개의 크고 작은 방에 6천여 개의 좌석이 있고, 매일 7만여 명이 드나든다고 했다. 처음에 안내된 방이 김일성을 연구하는 방이었는데 《김일성 전집》과 《세기와 더불어》 등이 있었다. 《세기와 더불어》는 8권까지 나왔고 앞으로 더 나올 것이며(해설원은 김일성이 친히 작성한 것이라고 강조했지만 이미 구술해 놓은 것을 당역사연구소의 최상순 등이 집필하고 있다는 것은 다 알려진 사실이다), 8개 외국어로 번역되어 있다는 것이다. 인민대학습당은 '독서'와 '연구' 그리고 가장 중요한 강의와 학습을 통한 '교육', 이 세 기능을 갖고 있다는 것이다.

이곳은 대학이 아니면서 대학에 안 간 그리고 좀 더 공부하려는 사람들을 위한 종합적인 시설을 갖춘 교육장이었다. 음악 교육을 위한 음악실이 있었고, 30명에서 8백여 명이 들어갈 수 있는 강의실이 있는가 하면, 외국어 학습을 위해서 영어·노어·중국어·일본어 등의 강의를 들을 수 있고 다른 외국어의 경우도 수요가 많아지면 개설할 수 있다고 했다. 종업원 1,500명에 사서는 6백 명이라고 했는데, 이들을 양성하는 도서관학과는 김일성대학밖에 없다고 했다. 해설원 김혜옥은 외국어대를 나와 6년간 근무했다고 했으며 안내를 맡은 다른 한 분은 대외사업처 부원 김승기(7년 근무)라고 했다. 이런 복잡한 곳에서 단재 신채호의 육필 원고를 찾아볼 욕심을 가졌지만 언제 이뤄질 것인지 알 수 없다. 정창규 역사연구소장에게 부탁했으니 기다릴 수밖에 없다.

15시 5분 전에 출발, 15시 5분에 '쑥섬 혁명사적지'에 갔다. 1948년 5월 2일 이른바 남북연석회의를 하기 위해 왔던 대표들이 회담했다는 장소를 기념하기 위해 김일성이 특별히 조성토록 명한 곳이다. 김일성의 휘호로 '통일전선탑'이라고 써 놓았다. 김일성 자신이 통일의 중심에서 있다는 것을 과시하고 있는 듯했다. 탑 뒷면에는 당시 참가한 56개 정당·사회단체의 이름이 있었는데, 이를 기념하는 의미에서 56개의 화강석으로 이 탑을 만들었다는 것이다. 56개 정당·사회단체 중 15개가 북측의 것이었고 40개가 남측의 것이었으며 1개가 해외의 것이었다고 한다.

정당 이름이 써 있는 그 밑에는 참가 대표자들의 이름이 있었는데, 김책·김구·김규식·홍명희·백남운·조소앙·엄항섭·조완구·최동오·김종항(북조선 인민위원회 서기) 그리고 정진석(남조선 신문기자단 대표) 등이었다. 이 가운데 정진석은 뒷날 김일성대학 철학부 교수를 역임하게 되었단다. 홍명희와 백남운은 이때 다시 남으로 내려가지 않고 이곳에 눌러 있으면서 홍명희는 초대 부수상을, 백남운은 초대 문화상을 각각 역임하게 되었다고 한다. 그런데 유감스럽게도 그 뒤에 북에서 숙청당한 박헌영(남로당 대표)과 김두봉(연안파로서 신민당 대표) 등은 대표자 명단에서 빠져 있었다.

한쪽으로 돌아가니 당시 거두들이 앉아서 회담했다는 곳에는 유리 상자 안에 당시의 회담장 모습을 재현하여 돗자리를 깔아 놓았고 그 옆에는 원두막을 설치했다. 원두막에는 장기가 보였는데 조소앙과 홍명희가 장기를 좋아하여 그 원두막에서 두었다고 한다. 오늘도 그 해설원은 그날 김일성이 더워서 샛강에서 수영을 했다고 했다. 설명 중 해설원은 당시의 상황을 언급하면서 이들 거두들이 남쪽을 향해 '괴뢰 국회'를 조직하는 것에 대해 반대 운운 하는 말을 했다. 그 밖에도 당시 노년인 김구가 김일성의 교시를 받았는 등의 말도 했다.

다른 것은 다 제쳐 두더라도 남한의 국회를 두고 '괴뢰 국회' 운운하는 것은 묵과할 수 없었다. 허종호 선생께 말했다. 그런 말은 하지 않아야 한다고 했다. 허 선생은 그 해설원에게 가서 말을 전하는 듯했다. 해설이 끝난 뒤에 나도 그 여성을 만나 '괴뢰국회' 운운한 부분에 대해 정색하여 말했다. 그런 말은 남북의 화해를 깨는 것이며 6·15공동선언에도 부합되지 않는다고 강조하는 한편, "우리가 만일 북을 향해 괴뢰라고 한다면 당신은 기분이 어떻겠는가?"라고 하면서, 우리도 북을 향해 괴뢰라고 했지만 이제는 하지 않는다고 했다. 그 여성 해설원은 잘못되었다고 하면서 말할 당시 너무 흥분하여 그 대목을 강조하다 보니 그렇게 되었다고 했다. 나는 그런 말은 남측 사람들에게만 아니라 북측 사람들에게 들려주는 것도 바람직하지 않다고 했다. 아직도 분단의 골이 얼마나 깊으며 적대의식이 이런 여성 해설원의 마음에 얼마나 깊이 도사리고 있는가를 엿볼 수 있었다.

오늘 보니 그 여성은 내가 2001년 1월에 와서 보았던 그 분이었다. 그때는 김구 선생과 관련하여 잠시 언쟁을 벌였던 것을 기억한다. 정병준 선생께 물으니 당시 쑥섬에서 비공식적인 대표들의 모임이 있었다는 것은 확인된다고 했다. 56개 정당·사회단체가 여기에 모인 것은 아니지만 혁명사적지로 만드는 판에 그런 사실들을 이곳에다 집중시킨 것이 아닌가 하는 느낌이 들었다. 강가에 매 놓은 배 옆에 가서 당시 쑥섬으로 건너오는 길이 없어서 배를 타고 들어왔다고 설명했다.

오후 5시가 채 되기 전에 양각도호텔에 돌아와 정창규 소장을 따로 만나기로 했다. 그것은 국편이 가져와서 그들에게 넘긴 자료에 대한 증빙서류를 받기 위함이다. 이곳에 도착한 뒤 곧 자료를 그들에게 넘겼는데 그 인수인계 서류를 주고받아야 했다. 그 때문에 정창규 소장에게 아래층 찻집에서 만나 서류에 서명해 주면 좋겠다고 했다. 우리가 찻집에 들어간 지 거의 20분이 지나서 한 사람을 대동하고 들어왔다. 키가 큰 그는 강만길·허종호 단장의 차에 타는 안내원이었다. 그 사람은 지난 번 옥류관에서 점심식사 할 때도 헤드 테이블에 앉았던 것을 기억한다. 하여튼 정 소장은 홀로 들어오지 못하고 이렇게 다른 사람을 대동하고 들어와야만 가능하다는 것을 보여 주었다. 이것이 왜 그런지를 생각하면서 참으로 안타까운 마음을 어쩌지 못했다. 김광운이 준비한 인계서류 목록에 각각 서명하고 한 부씩 가졌다. 거의 3천만 원 가까운 돈이 들었지만 그것을 내색할 필요는 없었다. 도와주면서 유세할 필요가 없는 것이다.

오늘 신준영 기자는, 오후에 이종혁 아태 부위원장과의 면담시간이 배려되어 있다고 했다. 내가 특별히 신청한 것은 아닌데 어떻게 잡혔는지 알 수 없다. 아마도 국편 위원장이니까 그렇게 배려되었는가 하고 생각하고 있었다. 방에 올라가 오랜 동안 기다렸지만 예정 시간으로 통보한 4시 반에서 5시가 되어도 아무런 연락이 없었다. 6시 20분이 넘어 김광운으로부터 연락이 있었다. 3층에 내려가니 이종혁과 다른 두 사람이 배석하고 이쪽은 김광운이 배석하여 약 30분이 채 안 되게 시간이 주어졌다.

나는 시간이 길지 않다는 것을 알고 국편에 대해서 먼저 설명했다. 1946년에 설립되어 사료의 수집과 보존, 출판 등에 힘써 왔고《한국사》를 두 번에 걸쳐 간행했으며, 최근에는 정보화를 통해 모든 국민에게 자료를 적극 보여 주는 일을 하고 있으며, 몇 년 전부터는 미국·중국·일본·러시아 등의 해외 사료를 수집하고 있음을 설명했다. 그리고 박은식의 말을 빌어서 국혼이 담긴 역사와 언어를 공유하는 것이 필요하다고 역설했다.

오늘 동명왕릉을 보니 고구려사 인식에서 큰 차이가 있었다고 말하고 남북이 역사 연구를 공유하고 자료 교환과 번역, 특히 러시아어로 된 자료를 공동으로 번역하여 공동으로 출판하는 문제에 대해 말했다. 앞으로 통일을 대비하여 동북공정에 대비한 상고사 및 고구려사와 발해사의 연구, 간도·녹둔도·독도에 대한 연구, 민족 문제와 관련된 연구(예를 들면 정신대와 강제연행, 강제동원 등)를 공동으로 하여 이를 밖으로 나타내지는 않는다 하더라도 비밀리에 준비하고 있어야 한다는 것, 그리고 남과 북에서 각각 사람을 상대방에게 보내어 상대방의 역사 연구를 알아보는 것 등을 제안했다. 그는 좋다고 하면서 그 옆에 앉아 있는 분들에게도 말했다.

나는 북과 같이 일하면 가장 불편한 것이 통신의 문제라고 하고 국편이 당신네들과 직접, 빨리 교통할 수 있는 루트를 달라고 했다. 이번에 그것만이라도 주어야 앞으로 제대로 진행할 수 있겠다고 했다. 그는 이런 문제를 차근차근, 가장 빨리 해야 하는 것에서부터 시작하여 일하자고 하면서 실무진에게도 그 일을 부탁했다. 나는 다른 지역을 통해 통신해서는 이 일을 적극적으로 하는 데 지장이 많다는 것을 강조하고, 이번에 그 일만이라도 꼭 해결하고 갔으면 한다고 재차 강조했다. 이렇게 여러 번 강조한 것은 김광운이 협상할 때에 유리하게 해 줄 필요가 있기 때문이었다. 마친 뒤 김광운을 따로 불러 일의 진행을 서둘러 보라고 했다.

저녁 7시 10분부터 우리 측에서 내는 일종의 송별만찬이 있었다. 학술진흥재단이 주최하는 것이라고 했다. 사회자 최광식은 첫날 저녁식사는 북측에서, 둘째 날에는 국사편찬위원회가, 오늘 저녁은 학술진흥재단이 내는 것이라고 했다. 학술연구재단 이사장인 주자문 교수가 인사하면서 축배를 제의했고, 뒤이어 이종혁 아시아태평양평화위원회 부위원장(위원장 김용순이 돌아가자 현재는 부위원장밖에 없다)가 답사를 겸하여 축배를 제의했으며, 남쪽에서 온 방재협회의 간부가 축사와 함께 축배를 제의했다. 그런 인사를 치른 뒤에 저녁식사를 하게 되었다.

주 이사장은 식사가 진행되는 동안 각 테이블에 가서 술을 권했다. 그러다가 저녁 늦게 들으니 몸이 좋지 않아서 숙소에 일찍 들어갔다고 한다. 아마도 술을 권하면서 술을 더러 마시기도 한 것이 탈이 난 것이 아닌가 생각된다. 이종혁 부위원장은 답사를 하면서 금명간 남북역사학자협의회가 발족할 것이라고 말했다.

오늘 저녁에는 내 왼편으로 허종호 선생이 앉았고 오른편에는 오길방 김일성대학 부총장이 앉아 있어서 유익한 대화를 많이 나누었다. 허종호 선생에게는 오늘 이종혁 선생에게 말한 내용과 같은 것을 대강 말해 주었다. 그러면서 사모님에 관한 이야기도 나누면서 사모님께 무얼 좀 선물하고 싶다고 했지만 한사코 사양하였다. 나는 평소의 신념대로 민족이 존속하기 위해서는 언어와 역사를 제대로 보존해야 한다는 것을 강조하면서, 우리 세대가 아무리 훌륭한 업적을 남긴다 하더라도 공유된 민족사를 제대로 남기지 않으면 우리 세대는 부끄러운 세대가 될 것이라고 했다. 나는 또 스스로 늘 생각하기를 '후세의 역사가들이 오늘의 세대를 평가할 적에 무얼 가지고 평가하겠는가? 그것은 민족의 통일이라고 생각한다'고 하고 민족 통일을 위한 화해와 평화 정착 및 통일을 위해서 노력하지 않으면 안 되며 나아가 역사에 부끄럽지 않도록 하기 위해서라도 남북은 역사 연구를 공조하지 않으면 안 될 것이라고 했다.

특히 고구려사나 간도 문제, 독도 문제 등에 대해서는 긴밀하게 협의하면서 통일을 대비한 역사 연구를 진행해야 할 것이라고 했다. 국편이 그 책임을 맡아서 할 것이라고도 했다. 이것은 물론 이종혁 부위원장에게 말한 내용을 되풀이한 것이기도 하다. 그 말을 다 듣고 난 뒤에 그는 감격한 듯, "오늘 선생이 그런 말씀을 했단 말이요?"라고 말하고 "오늘 이 선생을 비로소 알게 되었소. 감사하오"라고 하면서 감격해 하는 목소리였다.

허종호 선생과는 그 밖에 다른 이야기도 했다. 내가 살아온 이야기도 했다. 해직교수였다는 것, 외국인 근로자를 위해 노력해 왔다는 것 그리고 1993년부터 한 단체를 통해 북한을 돕기 위해 노력해 왔으며 그 단체가 작년에 약 3백억 원 규모의 물품으로 북한을 도왔다는 것도 지적했다. 이런 이야기를 들으면서 허 선생은 비로소 나를 더 이해하게

▲ 조선역사학회 회장 허종호 원사와 함께

되었다면서 그 단체 이름을 대 달라고 몇 번이나 물었다. 나는 내가 기독교인이라는 것을 강조하고 예수의 말씀에 "오른손이 하는 것을 왼손이 모르게 하라"는 말이 있는 만큼, 외국인을 돕는 단체를 이끌어 가는데도 그런 정신으로 해 왔고 북을 돕는 것도 그런 정신으로 해 왔기 때문에 그런 것은 알려 드리지 않는 것이 좋다고 했다. 허 선생은 '오른손이 하는 것을 왼손이 모르게 하라'는 내가 한 말을 몇 번이나 되뇌면서 대화를 계속했다. 내가 사모님께 선물하고 싶다고 한 부분에 대해서는 그 뜻을 전하겠다고 하면서 뒷날 기회를 갖자고 했다.

허 선생은 북한의 학직이 학사, 박사(박사가 되면 부교수가 된다고 한 것 같다), 교수 그리고 후보원사, 원사로 올라간다고 했다. 김석형 선생이 돌아간 뒤에 지금 북한 사학계에는 원사(院士)가 자기 한 사람뿐이라고 했다. 후보원사가 다섯 사람이 있다고 하면서, 민족고전연구소도 사실은 역사학 분야인데 그쪽에서도 후보원사가 있다고 했다. 그러고 보니 강만길 총장이나 나는 이번에 허종호 원사와 함께 많은 대화를 나눈 셈이다. 오늘은 좀 특별한 분도 나왔는데 김형직사범대학 학장인 홍일천(여, 경제학)도 나와 주석단에 앉아 있었다.

21시가 조금 지나 폐회를 선언했다. 주석단이 나온 뒤 전체가 마치게 되었다. 숙소로 돌아와 12시경까지 일기를 정리하다. 긴장되긴 하지만 일기를 쓰는 것 외에는 어려운 일이 전혀 없는 하루하루다. 평양에 와서 복잡한 일이 없어서 그런지, 하루하루가 긴장되기는 하지만 그런대로 감사의 조건을 찾아가는 나날들이다. 이 사회를 보고 답답한 것을 느낄 때마다 내가 누리고 있는 자유가 얼마나 귀한 것인지 알 수 있다. 이곳의 지식인들이 자신의 의사에 따라 말을 제대로 할 수 있는 자유를 가졌는가 하는 것은 그렇다 치더라도, 내가 그런 자유를 누리고 있다는 것에 대해서는 아직 제대로 감사하는 마음을 갖지 못했는데, 이곳에 오게 되면 바로 그것이 얼마나 감사할 조건인지 알 수 있다.

2월 28일 (토) 평양 흐림. 서울 흐리고 비. 새벽 5시에 일어나다. 어제 쓰던 일기가 다 정리되지 않아서 새벽부터 거기에 매달리다. 일기를 미루면 고통스럽다. 7시 45분까지 쓰고 나니 어제 일기의 끝이 보이기 시작했다.

오늘 아침에 8시 30분에 출발한다는 전갈을 받았던 터라, 몸을 씻고 8시가 넘어 아침 식사에 임하다. 이번에 와서 식사나 잠자리와 추위 그리고 물(냉·온수)에 신경을 쓰지 않아도 되니 얼마나 감사한지 모르겠다. 식사 때도 지난번에는 밥 몇 그램, 김치 몇 그램 하는 식으로 식사에 임했고, 식사하는 자리도 지정되어 있어서 자기들이 지정한 자리에 앉지 않으면 제자리로 옮겨 달라는 요청이 있었다. 이번 여행에서 이 호텔에 든 식구들이 대부분 서울에서 온 일행뿐이었기도 하지만 식사하는 자리도 자유스럽고, 또 더 먹을 수도 있는 등 자유가 최대한 보장된

것이 좋았다. 북한도 차차 변화되어 가는 것을 피부로 느끼고 간다고
할 것이다. 서울에서 평양을 다녀온 사람들이 그동안 북한이 많이 변했
다고들 해서 반신반의했는데, 내가 직접 체험하고 보니 적어도 평양에
서는 크게 변화하고 있다는 것이 확실하다.

8시 40분에 양각도호텔을 출발, 먼저 주체사상탑으로 가서 9시 5분
전에 도착했다. 지난번에 보았던 그 해설원이 나왔다. 그는 이 탑이 김
일성의 70회 생일(1982년 4월 15일)을 축하하기 위해 만든 것이라고 한
다. 높이가 170m인데 탑신이 150m, 꼭대기의 봉화 모양이 20m라고 한
다. 건축의 제원을 말하는데 그것이 김일성의 생일과 관련되어 있다.
가령 여기에 사용된 돌이 2만 5,555개나 되는데 이는 김일성이 태어나
서 죽을 때까지 산 날과 같은 수라는, 그런 식이다. 또 기단에 헌시를 새
겨 놓았는데 기단의 길이가 높이 4m, 넓이가 1.5m라고 했는데 이것은
김일성의 생일 4월 15일을 상징하기 위해 맞춘 것이다. 이렇게 모든 건
축의 의미를 김일성과 관련시켜 놓았다. 이런 것을 보면서 예술가나 건
축가들이 김일성에게 아부해도 어떻게 이렇게 철저히 아부할 수 있었
는지를 개탄하지 않을 수 없었다.

주체사상탑 앞에는 조각품이 있는데 노동자·농민·지식인을 상징하
는 세 부류의 사람이 서서 건너편의 인민대학습당을 바라보면서 전진
하는 모습을 보이고 있다. 주체사상탑을 인민대학습당에서 바라보이는
정면에 세운 것은 인민들이 학습하면서 이 탑을 보면 자연히 주체사상
을 공부하게 될 것이기 때문이라고 했다. 예술가가 자기의 창조적인 두
뇌로 권력자에게 아부하기 시작하면 이렇게 철저히 타락하게 된다. 어
느 곳에서나 지식인이 권력에 영합하게 되면 철저히 민중을 배반하고
오히려 민중을 탄압하는 기제로 변신하게 되는 것이다. 이런 현상은 그
다음에 가 본 이른바 개선문에서도 보았다.

주체사상탑 앞, 조각품이 서 있는 아래 공터는 물길에 맞대어 있는 곳

으로 시멘트로 광장을 만들어 놓았는데, 오늘 따라 아마도 대학생인 듯한 남녀 무리가 장총 등의 무기를 들고 나와 집합해 있었다. 아마도 우리 식으로 말하면 예비군 훈련 정도의 모임이 아닌가 생각된다. 이곳도 우리의 예비군 모임 못지않게 질서도 볼 수 없었고 복장이나 군장·군모·군복 등이 제대로 되어 있지 않았다. 한 패는 약간 질서가 있는 듯이 보였으나 그 옆의 무리는 완전히 오합지졸이었다.

9시 15분에 주체사상탑을 출발, 개선문으로 갔다. 이것 또한 김일성의 70회 생일을 축하하기 위해 만든 것이란다. 1년 2개월 동안에 완성시킨 것으로 평안남도에서 가져온 화강석 1,500톤이 들었다고 한다. 이 개선문을 만드는 데도 지식인·예술가·건축가들이 동원되었던 것을 알 수 있다. 그가 왜 개선문을 그의 70회 생일에 선물 받아야 했는지를 이해할 수 없다. 이는 곧 역사가들을 포함하여 지식인들이 아부하는 가운데 논의되었을 것이다. 양측에 1925~1945라고 한 것은 김일성이 고국을 떠난 해와 돌아온 해를 적은 것으로 이것이 왜 개선문에 명시되어야 하는지도 알 수 없다. 순전히 김일성 개인을 칭송하기 위해 만들었다는 것을 알 수 있다. 누가 아이디어를 짜낸 것인지 알 수 없으나 철저히 우상에게 봉사하는 모습, 그것이라고 하지 않을 수 없다.

해설원은 아치형 문에 70개의 진달래 꽃송이가 양각되어 있다고 했다. 그 70개는 70회 생일을 뜻하는 것이란다. 개선문 옆에 김일성이 민중들의 환호 속에 연설하는 모습이 보이는데 그 연설은 그가 돌아온 뒤 1945년 10월 14일에 했단다. 그가 평양에서 처음 연설한 곳이라고 하여 그것을 기념하기 위해 만들었다는데, 모자이크로 된 그 벽화는 길이가 45m, 높이가 10.14m로, 이것은 1945년 10월 14일을 상징하는 것이라고 한다. 김일성의 밑에는 이렇게 김일성에게 아부하는 것을 전담하는 부서 내지는 지식인이 있었던 것이 아닌가 생각된다. 그렇지 않고서는 어떻게 이렇게 철저히 권력에 아부하는 행위가 나올 수 있느냐는 것이다.

해설원은 이 개선문을 만드는 데 김일성이 친히 지도했다고 말했다. 세상에 이럴 수가 있는가? 자기의 업적을 칭송하려고 백성들이 무얼 세운다고 할 때에 진정한 지도자라면 만류하고 못하도록 하는 것이 참 지도자일 것이다. 그러나 김일성은 그것을 현지 지도했다고 한다. 자기의 우상화를 위해 인민을 이렇게 지도했다는 뜻이 된다. 민중들이 지금도 그렇게 우러러보는 이른바 지도자의 모습이 이런 것이어야 하는가?

그 옆에 있는 평양공설운동장(일명 모란봉공설운동장)은 최근 10만 명을 수용할 수 있는 경기장으로 확장 개축했는데 인민들의 요청에 의해 김일성경기장으로 이름을 고쳤다고 한다. 정말 인민들이 그 이름을 바꾸도록 요청했을까? 아부하는 놈들이 또 바꾸자고 했을 것이다. 이곳을 금수산이라 하며 모란봉·을밀대·최승대 등이 있단다. 을밀대는 을밀 선녀가 봄에 내려와 놀던 집이라 해서 그렇게 이름 붙였다고 한다. 혹은 을지문덕의 아들 을밀 장군이 살던 집이라는 전설도 있단다. 을밀대는 예로부터 평양 8경의 하나로 불려졌단다.

주체사상탑이나 개선문 등이 김일성의 70회 생일에 그에게 바쳐진 것이라는 것을 들으면서 한편으로 곳곳에 있는 김일성의 어록이나 그의 동상, 그리고 그를 찬양하는 구호들이 인민들을 편안하게 하는 것이 아니라 오히려 질식하도록 만들고 있다고 보았다. 왜 이렇게 많은 구호와 설득을 위한 해설원을 두어야 하나, 선전과 구호를 이용하지 않고서는 존경과 찬사를 유도하지 못하기 때문일 것이다. 이것이 어버이 수령을 받들고 있는 오늘 북한의 모습이다. 그의 항일운동을 일정하게 평가하면서도 북한의 인민을 이렇게 만들어 놓은 그를 대하는 나의 마음이 편치 못한 것은, 아니 분노를 자아내지 않을 수 없도록 하는 것은 바로 이 때문일 것이다. 모든 곳에서 다 그렇지만 해설을 하면서 눈 하나 깜짝 하지 않고 거짓말을 해 대는 해설원들의 모습을 보면서도 분노를 느끼지 않을 수 없다.

사진을 몇 장 찍었다. 우리가 사진을 찍는 동안에는 개선문을 통과하는 차량이 다른 길을 가도록 되었다. 민주주의 국가에서는 있을 수 없는 짓이다. 인민의 평등을 겉으로 내세우면서도 철저히 권력자와 지배계급을 위해 봉사하는 사회라는 것을 엿볼 수 있었다. 변명을 붙이면 외국에서 온 손님을 정중하게 대접하기 위해서 그런 조치를 취한 것이라고 할 것이다. 그러나 이런 조치를 취할 수 있는 것은 권력이 그런 불평등을 만들 수 있는 여지가 항상 있기 때문일 것이다. 하여튼 우리는 그들 권력 덕분에 오늘은 물론 이번 기간 동안에 시내에서도 규정 속도를 무시하고 질주할 수 있었다.

예전에는 그렇지 않았는데 이번에는 북한도 관광객에게 외화 사용을 유도하는 프로그램을 운용하는 듯했다. 개선문에서 우리는 1백m도 되지 않는 거리에 있는 평양금강판매소에 차를 타고 갔다. 거기서 많은 물건들을 사는 것을 보았다. 같이 온 일행들이 동포들의 것이니까 팔아 주는 것이다. 나는 여기서 아내와 며느리들의 브로치를 세 개 샀다. 허종호 선생에게 사모님을 위해서 무언가 사 드리고 싶다고 했지만 이 노인은 계속 고집을 피웠다. 옆에 안병욱 선생에게 물으니 우황청심환을 사 드리는 것이 좋겠다고 했다. 꼭 필요한 것은 아니지만 나이 드신 분들은 집에 두는 것이 좋겠기 때문이다. 그런 말을 하면서 사 드리는 것이 좋겠다는 것이다. 나는 안 선생에게 내가 살 테니까 안 선생이 내 대신 전해 달라고 했다. 그리고 출입구에 있는 찻집에서 허종호 선생과 강만길 안병욱 선생에게 차를 샀다.

쇼핑하는 순서는 이곳뿐인가 했다. 그러나 한 번도 가지 않았던 거리로 차를 질주시켜 대성수출품전시장으로 가서 거기서도 외화를 떨어뜨리도록 했다. 한국 관광객이 인심이 좋았다. 아무런 말도 하지 않고 또 그곳에 들어가 팔아 주었다. 나는 손자·손녀들을 생각하면서 곰 인형(경원)과 호랑이 인형(진원과 종원)을 샀다. 호랑이 두 마리와 곰 한 마리를 잡아 상자 속에 넣어 나왔다.

10시 40분경에 그 전시장에서 나와 호텔로 향했다. 오는 길에 '이민위천'이라는 구호를 보았다. 옆에 있는 정창규 역사연구소 소장에게 그것이 무슨 뜻이냐고 물었다. 그는 백성을 하늘처럼 받든다는 뜻일 것이라고 했다. 그러고 보니 한자로 '以民爲天'(백성으로 하늘을 삼는다)이라고 쓰는가 하는 생각이 들었다. 그래, 인민들을 이 꼴로 만들어 놓고 백성을 하늘로 삼는다고 하다니 분통이 터진다. 곳곳에 충성을 맹서하는 구호를 걸어 놓고 백성을 위한다고 하니 속이 상하지 않을 수가 없다. 11시 10분에 호텔에 도착, 방에 잠시 들렀다.

11시 30분에 역사학자들만 특별한 모임을 갖게 되었다. 남북역사학자협의회를 구성하는 것이다. 어제 이종혁이 만찬사에서 언급한 것이다. 왜 역사학자들이 협의회를 만드는 데 아태가 나서는 것일까? 엊저녁에도 오길방 김일성대학 부총장에게 남쪽의 학자나 대학교와 교환하면서 과학의 문제 등을 협의할 수 있지 않겠느냐고 하니, 자기들은 그런 형편이 못된다고 했다. 내가 "주체성을 강조하는 나라에서 김일성대학이 주체적으로 움직이지 못하다니 이상하다"고 하니, 마음씨 좋게 보이는 오길방 부총장은 웃으면서 "우리는 그렇지 못해요"라는 말만 계면쩍게 되풀이했다. 오늘 역사학자들의 협의회도 마찬가지다. 왜 역사학자들이 선뜻 나서서 자율적으로 진행하지 못하느냐는 것이다. 어제 역사연구소의 정창규 소장이 우리가 전한 자료를 받기 위해 서명하는 일에도 혼자 나오지 못하고 다른 일꾼을 대동했으니 이 사회의 주체성이란 어떤 것인지를 알 수 있다.

식당 옆 VIP룸에 남측의 역사학자들 20여 명이 앉아 있는데 북측의 학자들이 나타나지 않았다. 얼마 뒤 허종호 원사와 정창규 소장 그리고 아태에서 일하는 비학자들 3명이 같이 앉았다. 그리고 정창규 소장이 사회하면서 오늘 드디어 북남역사학자협의회가 결성되게 되었다면서 강만길 총장의 인사가 있겠다고 했다. 강 총장은 남북이 화해하고 있으니 주변국에서 긴장하고 있다고 전제하고, 이 협의회를 계기로 역사 연구와 자료 교환 등을 정례화하며 궁극적으로는 통일의 기반을 완성해 가자고 했다. 채택된 합의문은 북측에서 정창규 소장이 전반부를 읽고 남측에서는 김도형 연세대 교수가 읽었는데, 다음과 같다.

남북역사학자협의회 결성에 관한 합의서

2004년 2월 25일 평양에서 진행된 《'일본해' 표기의 부당성에 관한 남북토론회》와 《일제의 약탈문화재 반환을 위한 남북공동 자료전시회》에 참가한 남과 북의 역사학자들은 일본의 부당한 역사왜곡을 단죄하고 바로잡는 것이 민족의 존엄과 자주권을 지키기 위한 민족사의 과제이며 우리 역사학자들이 반드시 해결해야 할 중대한 문제라고 인정하였다.

이러한 취지에서 남과 북의 역사학자들은 6·15공동선언의 정신에 따라 우리 민족끼리 힘을 합쳐 민족의 역사를 지키고 민족의 안전과 번영, 통일을 이룩해 나가는 데서 그 책임을 다하기 위하여 《남북역사학자협의회》를 구성하기로 합의하였다.

《남북역사학자협의회》는 공동연구와 토론회, 자료교환 및 전시회 등의 활동을 정례화하여 적극 벌려 나가기로 하였다.

남측 공동위원장 강만길   북측 공동위원장 허종호

2004년 2월 28일

이 문건이 획기적인 문건이 될 것인지 아니면 사장될 것인지는 앞으로 두고 봐야 할 것이다. 강만길 총장의 말마따나 역사학회의 이 같은 협의회가 계기가 되어 다른 학문에서도 이런 남북 공동사업이 진전되었으면 하는 것이다. 이 합의문을 채택하고 결성식은 끝났다. 사진을 찍고 헤어졌다. 마침 그 방에는 김일성 부자의 사진이 있어서 자칫하면

그 밑에서 찍을 것 같아서 그렇게 되지 않도록 신경을 썼다. 끝내니 12시가 되었다. 점심시간이었다.

방에 올라가니 마침 청소를 맡은 두 분의 여성이 복도에 있었다. 나는 내가 입으려고 여벌로 가져간 내의와 약들을 가지고 나와 그들에게 주었다. 또 돈도 10달러씩 준비하여 그분들에게 각각 주었다. 명분은 엊그제께 내 셔츠와 바지를 다려 주었다는 것에 대한 감사다. 먼저, "돈을 약간 주면 받을 수 있으며 집에까지 가져갈 수 있느냐?"고 물었다. 그들은 웃으면서 호의를 표했다. 내가 지금까지 청소를 위한 팁도 후하게 주었던 터라 그들은 내 뜻을 즉각 알아차렸다. 열심히 잘 살라는 당부와 함께 전하니 매우 감사하는 표정이었다. 나의 가방도 승강기까지 운반해 주는 친절을 보였다. 가능하다면 이들 의지할 데 없는 민초들에게 도움이 되는 것이 좋겠다고 생각한다. 그런 뜻에서 오늘 아침에는 우리를 위해 며칠간 수고해 준 기사 동무에게 20유로를 몰래 주었다. 그들이 가난에서 헤어나는 데 도움이 된다면 그리고 그들이 동족에 대한 적대의식에서 벗어날 수 있다면 그보다 더한 것이라도 해야 한다.

점심을 먹으러 내려가는 길에 짐을 꾸려 아래층에 갖다 놓았다. 점심 뒤 14시 30분까지 각자가 방에서 쉬도록 예정되어 있었다. 나는 아직 어제 일기를 완성하지 못해서 14시 25분까지 작업했다. 오후 두 시 반에 아래층에 내려오니 그동안 이번 학술회의를 위해 수고한 북측의 일꾼들이 보였다. 어제 이종혁과의 회담에도 참석한 박철범 참사와 인사했다. 자그마한 키에 눈이 부리부리하다. 그는 IT 산업을 담당하는 '은방울회사'의 사장이기도 하다. 그리고 김정철, 이영 등과도 만나 인사했다. 이종혁이 작별인사 하기 위해 나와 있었다.

14시 40분에 공항을 향해 출발, 15시 10분에 순안공항에 도착했다. 오면서 보니 평양-신의주 간에는 216㎞, 평양-향산 간에는 150㎞가 된다고 이정표가 있었다. 비가 세차게 내리는데 우산을 쓴 사람들이 많았다. 우산 색깔이 검거나 푸른색이 아닌 것으로 보아 양산도 많은 듯했다. 순안공항 VIP룸에서 우리를 위해 의도적으로 틀어놓은 듯한 TV에 재작년 여름의 '아리랑 공연'을 보여 주었다. 모든 것이 조직된 사회란 생각을 하지 않을 수 없다.

이번에도 고려항공을 이용한다. 오후 4시 10분전에 비행기로 입실하니 5분 뒤에 비행기는 움직이기 시작했고, 5시 10분에 활주로에서 발진을 시작, 17시에 인천공항에 도착했다. '이렇게 가까운 거리인데……' 하는 회한과 감탄의 소리가 내 입에서 나왔다. 그런데 왜 이런 거리가 그동안 세계에서 가장 멀었을까? 이것은 수치와 부끄러움이요, 독선과 아집의 결과다. 그 업보를 우리뿐 아니라 우리 후손들에게도 그대로 넘겨주고 있다. 한심한 일이다.

내리면서 강만길, 주자문 두 분께 말했다. 서울-평양 간의 왕복비행이 잦아질 때에 통일의 그날이 가까워지는 것이라는 것이다. 마침 고려항공의 여 종업원이 '통일 뒤에 다시 만납시다'라고 인사하기에 '왜 통일 뒤인가 그 전에라도 만나야지'라고 했다. 내가 남한의 총각과 결혼하면 통일 전이라도 만날 수 있다고 하니, 그녀는 통일 뒤에 남한 총각과 결혼할 수 있다고 했다. 나는 남북의 청년들이 서로 결혼을 많이 하게 되면 통일은 저절로 되는 것이라고 했다. 통일되면 남쪽 청년과 결혼하겠다고 하지 말고 오히려 결혼하여 통일을 이룩하라고 했다. 그 말은 들은 강만길 총장은 몇 년 전에 어느 외국인이 한국의 통일방안을 말하는 중에 비무장지대를 점차 확대해가는 것이 통일의 길이라고 제시한 적이 있음을 지적했다. 물으니 고려항공은 우리를 내려놓고 곧 돌아갈 것이라고 한다. 그들은 착륙하여 잠시 쉬지도 못하고 돌아가는 것이다. 이 또한 비극이다.

내려서 집에 전화하고 한 기사에게 전화, 15A에서 만나기로 했다. 그러나 짐이 가장 늦게 나오는 바람에 예상보다 늦었다. 필운동으로 오는 길도 사직터널이 꽉 막혀서 오랜 시간이 걸렸다. 집에 이르니 기홍 가족들이 와 있어서 기뻤다. 비로소 정상적인 생활로 돌아가는 것이다. 저녁식사 뒤에 이메일을 체크하니 중요한 것이 별로 없고, 김회권 목사님의 교회에서 내일 말씀을 전하는 것이 있다는 것이 유일하게 중요한 내용이었다.

기독교 · 역사 · 민족이라는 삼각형의 중심축에 선 한 사람의 간절한 기도

이 책의 저자 이만열 교수는 일찍이 스스로 이렇게 썼다.

　궁벽한 시골 농촌의 한 기독교 가정에서 자라나, 교회의 주일학교 교육을 통하여 민족과 역사를 배웠다. 구약의 역사서에 나타난 이스라엘 민족의 고난에 찬, 그러나 하나님이 늘 함께 하시는 그 역사를 읽음으로써 하나님이 어떻게 역사에 나타나시며, 하나님이 민족사를 어떻게 구체적으로 간섭하시며, 하나님 앞에서 민족과 국가의 존재 의미가 무엇인가를 어렴풋이 배우게 되었다. 어쨌든 필자는 기독교 신앙을 통해서 이렇게 희미하게 역사의식이 싹튼 셈이다(《한국기독교와 역사의식》 머리말).

그리하여 이 교수는 대학에서 역사를 공부하게 되었고, 그것은 "이러한 기독교 신앙과 역사의식 때문"이라고 밝히고 있다. 그는 또 증언한다.

　신앙생활을 하는 동안 '말씀'과 '역사'를 동시에 생각하려고 노력하였다. 또 '역사'는 하나님의 자연계시를 탐구할 수 있는 한 현장으로 간주되었고, 역사에 보이는 '전통'의 의미를 재인식하려고 노력하였다(위의 책 머리말).

이렇게 저자는 교수로서 기독교와 관련하여 강연 혹은 글을 쓸 기회가 주어지면 '신앙과 역사와 민족'이라는 삼각형 범주에 문제의 초점을 두고 그것을 풀어 보려고 노력하였음을 밝히고 있는 것이다.

이 교수는 독실한 기독교인이기에 기독교가 민족주의를 넘어선 보편적 종교임을 잘 알면서도, "우리의 현실 속에서 민족은 중요한 가치와 목적으로 존재하고 있음이 사실이다. …… 기독교 신앙은 민족을 초월한 보편적 이념에 입각한 것이지만, 기독교인에게는 하나님이 일반 은총으로 주신 민족의 범주 속에서 생을 영위하도록 하였기 때문이다. …… 민족이 하나님의 창조의 산물이라면, 하나님이 부여한 자질과 개성을 살려 그 분께 영광을 돌려야 하며, …… 창조의 질서 속에서 부여받은 그 개성을 계속 살려나가자면, 민족적 개성을 말살하려는 침략세력에 대항해야 할 뿐만 아니라 약소민족을 자기 민족에게 동화시키려는 세계의 강대 민족(국가)의 질서에 대하여 굴종할 수 없는 것이다"라고 말하고 있다.

그는 위와 같은 그의 생각(철학)을 바탕으로 자신의 논리를 한걸음 더 구체화한다.

'신앙'과 '민족' 사이의 문제는 때때로 평면적 시간적인 시각에서는 긴장·대립관계를 보이지만, 입체적 영원적인 시각에서는 보완관계로서 나타나기도 한다. 이것은 역사적인 시각에서는 '신앙과 민족'의 문제가 풀려질 수 있다는 것을 암시하고 있다. 즉, 민족문제를 역사적인 안목으로 이해하려 할 때 거기에서 하나님의 뜻과 섭리를 발견할 수 있다는 것이다(《한국기독교와 민족의식》 머리말).

그리고 그는 민족문화의 문제도 다음과 같이 짚고 있음을 본다.

하나님은 각 민족에게 적당한 양과 질의 문화적 은사를 주었다. 문화적 은사의 목적은 그 민족이 개성을 따라 풍부하고도 질 좋은 삶을 영위하며 궁극적으로는 하나님을 영화롭게 하는 데 있다(위의 책 머리말).

역사학(한국사) 교수인 저자는 두 가지 일을 동시에 진행해 오고 있다. 그 하나는 우리 민족사(한국사)의 연구이고, 다른 하나는 한국기독교사의 연구이다. 그런데 이 두 가지 작업은 둘이면서 하나이고, 어찌 보면 하나이면서 둘이다.

저자는 1980년대 초반 몇 년 동안의 해직기간을 겪었다. 그는 스스로 고백한다.

> 지금에 와서야 그 4년의 섭리적 의미를 어렴풋이 깨닫게 되는 한편, "항상 기뻐하라, 쉬지 말고 기도하라, 범사에 감사하라, 이는 그리스도 예수 안에서 너희를 향하신 하나님의 뜻이니라"고 하신 말씀의 진의를 체험하게 된다. 고난은 인생을 의미 있게 하고 신앙적 체험을 깊게 하며, 역사를 이해하는 안목을 풍부하게 한다(위의 책 머리말).

바로 위의 글을 쓴 무렵 이 교수는 이 책(《민족·통일 여행일기》)에 나오는 여행을 시작했다. 그는 대학의 역사학 교수로서 만이 아니라 기독교 장로·목사로서 그리고 사회의 지도자로서 다양한 활동을 펼쳐 오면서 세계의 동과 서를 여행했다. 1991년부터 2004년까지, 미국에서 아니면 평양에서 북한 사람들을 만나고, 중국·독일·베트남 등 분단의 역사를 가진 나라들의 여러 곳을 다니며, 유럽 몇 나라들의 관계자들을 찾아가 그들의 경험이나 현실에서 우리가 배울 것은 무엇인지를 묻고, 우리 민족의 오늘과 내일의 문제를 걱정한 기록이 바로 이 여행일기다.

이 책을 읽으신 독자라면, 저자가 '신앙'(기독교)이라는 밑변 위에 '민족'과 '역사'라는 두 빗변으로 삼각형을 그리면서, 그 중심축에 자리한 자신은, 가족과 이웃을 사랑하고, 겨레와 역사를 생각하면서, 감사와 기쁨 그리고 쉼 없는 기도를 하고 있음을 알 수 있을 것이다.

2005년 9월 1일
김 경 희

한국독립운동의 해외사적 탐방기

윤병석 지음/신국판/반양장 350쪽/책값 10,000원

 평생을 독립운동사 연구에 종사하고 있는 인하대 윤병석 교수가 20여 년 동안에 걸쳐 두만강·압록강 너머의 남북만주 및 이와 인접한 시베리아 연해주를 비롯, 중국·러시아·일본·구미 지역 등 해외 독립운동이 펼쳐졌던 세계 곳곳을 망라, 수십 차례의 현장답사와 자료조사로 이루어낸 탐방조사 보고서. 그 동안 단편적 사실로만 이해하고 있던 해외 독립운동의 좀더 구체적인 실상을 풍부한 현장 사진들과 함께 싣고 있다.

독립군의 길따라 대륙을 가다

조동걸 지음/신국판/반양장 396쪽/책값 7,000원

 한국독립운동사 연구의 대가인 필자가 구한말 의병전쟁의 옛터, 남북만주, 연해주와 시베리아를 거쳐 모스크바에 이르기까지, 그리고 중앙아시아의 사막지대를 답사하면서 그곳 동포들과의 만남을 통해 우리의 잃어버린 현대사의 일부를 다시 정리한 이 책은, 전공자는 물론 일반인들에게도 큰 도움이 되도록 관련 화보를 실어 이해를 한층 높이고 있다.

지중해 문명 산책 – 트로이에서 바르셀로나까지 –

김진경 지음/신국판/반양장 294쪽/책값 20,000원

 이 책은 그리스사를 전공한 저자가 지중해 일대에 흩어져 있는 과거 그리스의 여러 식민지를 둘러본 경험과 펠로폰네소스 기행을 정리한 것이다. 특히 이 책은 단순한 고적 순례기가 아니라, 서양사 전공 학생들에게 도움이 되는 고적에 얽힌 역사적 이슈를 가능한 부각시키면서도, 일반인들을 위해 고적과 관련된 재미있는 이야기와 사진들을 곁들여 쉽게 설명해 놓았다.

중국탐색 ’88 ~ ’94
– 가깝게 그리고 멀리서 본 격동의 현장 –

민두기 지음/신국판/반양장 296쪽/책값 6,000원

 중국 근대사 연구의 권위자인 서울대 민두기 교수가 한·중 수교가 이루어지기 전인 1988년 처음 중국을 방문한 이래, 1994년 초 중국 학자들조차 별로 가본 적이 없는 낙후지역인 호남성을 답사하기까지 6년 동안 일곱 차례에 걸쳐 중국을 여행하면서 보고 느낀 바를 쓴 견문기와 그동안 각종 신문·잡지에 게재되었던 다양한 중국 관계 논설들을 한데 모은 책이다.

나마스테 — 지묵스님 인도성지순례기 —

지묵 지음/신국판/반양장 298쪽/책값 4,500원

　혜초의 〈왕오천축국전〉이나 현장의 〈대당서역기〉에 못지않은 귀중한 성지답사자료로서 거의 1년 동안 빠짐없이 기록한 한 순례자의 솔직한 여행기이다. 인도·네팔·스리랑카·파키스탄 등 동남아시아를 여행하려는 사람에게 좋은 길잡이가 될 것이며, 성직자인 스님 자신이 붓과 벼루를 가지고 다니면서 발원문을 쓰고 사경을 하듯이 그날그날 일기로 쓴 이 성지순례기에는 순례자의 땀냄새가 진하게 배어나온다.

여기가 남태평양이다

권주혁 지음/4×6배 변형판/반양장 474쪽/책값 18,000원

　남태평양 지역 21개국의 문화와 근·현대사, 정치와 경제, 종교와 문화, 현지인들의 삶 등을 지도 및 사진과 함께 꼼꼼히 정리한 기행서. 저자는 남태평양의 여러 섬들을 다니면서, 그곳에서 겪은 경험과 느낌을 꼼꼼히 기록하여 남태평양의 문화, 예술, 사회 등을 두루 아우르는 책을 내놓았다. 비즈니스에 관한 정보도 수록되어 있어 이 쪽에 관심을 갖는 이들에게는 더욱 유용하다.

탐험과 비즈니스 — 남태평양 25년 사업개척기 —

권주혁 지음/신국판/반양장 320쪽/책값 12,000원

　여의도의 약 90배에 달하는 8천만 평의 땅을 솔로몬 군도에서 갖고 그들의 공장에서 필요로 하는 나무를 그들의 땅에서 직접 키워서 쓰고 있는 이건산업이 있기까지 맨앞에서 그 프로젝트를 추진해온 이건산업의 권주혁 부사장의 비즈니스 탐험 기록. 남태평양 솔로몬 군도 오지를 직접 발로 뛰며 현지인들과 부딪친 끝에 선진국들의 많은 기업들을 제치고 성공한 해외투자 개척기.

남태양을 건넌 상록수의 혼

권순도 지음/신국판/반양장 208쪽/책값 7,700원

　한국 현역 병사가 쓴 최초의 본격적인 군대생활 기록문학작품으로 남게 될 이 책은, 한 병사가 바라본 가장 솔직하고 꾸밈없는 군대의 모습, 해외파병의 실상을 다룬 작품이다. 동티모르에 파병되어 머나먼 이국땅에서 군대생활을 한 지은이는 세계적인 인권유린의 장소에서 극한의 상황에 놓인 이들에게 버팀목이 되어주는 상록수부대에서의 군대생활이 무엇과도 바꿀 수 없는 가치 있는 시간이었다고 말한다. 그는 179일 동안의 파병생활에서 일어난 모든 일을 일기에 적어, 그 현장에서 쓴 글들을 이 책에 고스란히 담아냈다.

이만열 교수의 **기독교유적 여행일기**

이만열 지음/신국판/반양장 400쪽/책값 18,000원

　역사학자이자 독실한 기독교 신자인 저자는 일찍이 《한국기독교와 역사의식》, 《한국기독교와 민족의식》 등을 통해 한국기독교의 소명과 민족의식을 규명하고, 역사의식을 고취해 왔다. 이 책은 이스라엘·터키·그리스의 성지와 유럽의 종교개혁지를 순례하면서, 또 선교를 위해 러시아와 중국을 여행하면서 쓴 일기를 바탕으로 씌어졌다. 이 책은 읽는 이에게 종교의 소명과 신앙, 인간 역사의 교훈을 되새겨 보게 하는 성지순례의 길잡이 노릇을 할 것이다.

사회와 사상 6

韓國基督教와 歷史意識

이만열 지음/신국판/반양장 353쪽/책값 5,000원

　韓國史 전공의 대학교수이자 독실한 기독교 長老인 저자가 '신앙과 역사와 민족'이라는 삼각형의 범주에서 '말씀과 역사'를 동시에 생각하려는 노력의 일단에서 우리나라에 전파된 이래 기독교가 어떤 역할을 해 왔는가를 살핀 다음, 오늘에 기독교도는 어떠한 역사의식을 가지고 고난과 시련의 역사를 바꾸어 나가야 하는가를 외친 강론집이다.

사회와 사상 17

한국기독교와 민족의식 – 한국기독교사연구논고 –

이만열 지음/신국판/반양장 546쪽/책값 15,000원

　기독교와 민족주의는 서로 이해하고 공존할 수 있는가? '신앙과 민족과 역사'라는 기본구도 위에 한국기독교사가 종래 선교사의 차원에서만 서술 해석된 것에 이의를 제기하고 민족사적인 시각에서 접근하였으며, 기독교 초기와 관련해서는 전파 혹은 선교라는 시각보다는 수용이라는 입장을 분명히 하였고 한국적인 상황에 반응하는 기독교인의 움직임에 관심을 모은 책이다.

제3회 나라안팎 한국인기록문화상 자서전·회상기 갈래 수상작

아무르만에서 부르는 백조의 노래

정상진 지음/신국판/반양장/300쪽/책값 15,000원

　이 회고록은 크게 두 부분으로 나뉜다. '제1부 북한의 문화예술인'들에는 저자가 북한에서 문예총 부위원장, 문화선전성 부상 등을 지내면서 친분을 나누었던 문화예술인들, 즉 홍명희, 이기영, 이태준, 최승희, 김사량, 김순남 등의 북한 내 활동과 부침에 대한 저자의 회고가 담겨있다. '제2부 소련의 조선인 문화예술인'들에는 조명희, 연성용과 같이 소련에서 독자적인 민족어문학을 전개했던 작가들과 조선극장(고려극장)을 중심으로 활동했던 배우들인 김진, 이함덕, 최봉도 등에 대한 회고와 평가가 들어있다.